在這個時代裡

土娃

魏子雲 著

臺灣學生書局印行

敘

丁文治

從事《金瓶梅》一書研究，已踰二十年之魏子雲先生，於其古稀之年，亦以擬話本之敘述體，撰寫小說《在這個時代裡》，交本局爲之印行。曰：「斯緬往之作。溯洄以從之，返履以拾之。冀在煙塵宇寰、雪泥山河，重獲我見爪跡之我思，虛構之以成說部也。」問：「模之金瓶、紅樓乎？」肅然答曰：「愚者，何敢望塵前賢也。余生於貧家，繩樞甕牖之户，何能擬乎金瓶、紅樓之閥閲門第也。且蘭陵銷金，雪芹悼紅，余則徒有號貧耳！未能模焉！」所答竟慨歎若是。

余有幸獲先睹爲快者也。知此篇《土娃》，乃首部，寫民初至「七七」抗戰軍興，土娃，斯篇之主人翁也。生於淮北平原，誠是「十年倒有九年荒」之旱潦地區，者一部分，由土娃誕生到波起抗戰結之。知其尚有第二部，寫八年抗戰之得勝契機，到復員未成而東渡之苦果結成，第三部則寫台灣四十年之生聚，到兩岸之撤去敵對屏藩止。觀之已成之《土娃》，洋洋灑灑近五十萬言，行文雖以土娃這人物之步履爲經，然所緯者則是一部社會史。凡有關抗戰前之社會動變，經濟步趨，教育改制，以及鄉遂人文與風尚，無不織綴於纖維之間。尤其北方農家田事生活，筆楮所及，細致而精到。寫人物之性格、對話，亦簡潔而契要。話本之體式，誠由金瓶得來。人物土娃，雖衹寫到二十歲，然其生活歷驗，已是天南海北，涉水登山，生生死死，見神遇鬼矣！職業變換，更其多采多姿。斯乃土娃之

「少也賤」，謀其生而試圖事事也。

本局不印說部有年矣！今者竟接納魏氏這部長編踰百萬言之《在這個時代裡》一書，鑑於斯一著作，寓乎近代社會史於字裡行間。自敘云：「這是一本小說，不是傳記。」讀後，堪以從土娃認知其人其事，應是作者子虛烏有之虛構，非自傳類也。作者又言：「小說的題材，則來自時代，是生活上的，也是現實上的。在歷史上，在社會上，無不有跡可尋。」誠哉斯言。信乎！閱讀該書者，定有所身受焉！

多承魏兄力懇，情誼難却。爰弁數語以報。

一九九四年五月於台北

序語

這是一本小說，不是傳記。

可是，小說往往離不開傳記，如小說作者寫在小說中的題材，故事情節儘可是虛構的，但小說題材的歷史背景，則勢必是那小說作者的生活歷驗體會來的源泉。那麼傳記呢？儘管表面上說文中所寫，都是他生活的歷史見證，然而，傳記中的記述，真實的成分，占全文所記百分之幾？

小說的故事是子虛，情節的穿插也是烏有。換言之，小說中的故事情節，全是小說作者胡謅亂編的。然而，那小說中的題材，則來自時代，是生活上的，也是現實上的。在歷史上，在社會上，無不有跡可尋。試想，這小說的真實成分，也許比傳記占有的真實百分比，或許還要高些吧？

當然，傳記是記述某人一生的步履所留下的史蹟。小說所撰，自也不能離開他步履所踩到的史蹟，所不同的是，傳記局限於某一實有之人作爲主腳，小說則反之。小說中的主腳人物，絕不可能是某一實有之人，可能是從小說作者認識的人物中，編寫到小說中的。此一問題，英國小說家毛姆（WILLIAM MAUGHAM 1874-1965）在其小說《餅與酒》（CAKES AND ALE）序言中已說到：

「沒有一個作家能憑空創造一個人。他必須有一個模特兒作爲一個起點；然後，他的想像力發生了作用，他在他這裡那裡加上了特性，這些特性都不是模特兒仍具有的。當他完成了一個人物呈獻給讀者的時候，最多由模特兒得來的成分，在人物身上則已經很少了。」

毛姆的這番話，似可以作爲小說與傳記的分野。

小說與戲劇，都是以塑造人物爲職志的。應說凡是小說家或戲劇家，無不企圖筆下的人物，能走出書本、步下舞臺，儕入現實社會上的生活大衆之間。說來，可真是不易。民國以來的小說與戲劇，若計人物之數，何止萬焉！走出書本、步下舞臺者，有幾人？

在我想來，祇魯迅筆下的阿Q一人而已。

然而，小說作者總應在塑造人物上著眼吧？

文學是語言的藝術。我們中國自有文字以來（以甲骨文算起好了，）已有五千年的歷史，（文字學家已上推過萬年以上），語言的遭變太大了。「小說」的藝術定義，也似乎在變，今之小說作者，似已不在塑造人物上著眼，另以人物爲題材，採用類似小說的筆法，來以哲思溶入，作人生批判之論文了。

而我這業已生不出新骨髓的老骨頭，雖已在小說與戲劇上，研磨了大半生的時間與精力，也許我被「傳統」的框框框死在框框裡了，所以，我仍停留在說書人的敘述體這一類小說的框框中。而我，則認爲也不完全如此，已有所發展，讓既有的框框，再連環出一個框框出來。也許別人不以爲然。這說詞，就像子女成人之後，論斷已不屬於父母一樣。若是由父母的口中說出來，那就是護短與自誇了不是！

土娃這個人物，就是一棵小草，生活要求極其簡單，有一撮潮濕的泥土粘到根上，他就能活。自知己之渺小，不敢與大樹比粗比高；開花也不與百花爭妍。所以，土娃這個人物，總是生活得快快樂樂，本本分分。

不過，被踩了一脚之後，他會勇敢的昂起頭來，依然屹立在地上。

我知道他，我們神交已久。他一生都在平凡中過著平凡的日子。從來沒有去企圖什麼？他只是本本分分的在這個時代裡活著，活得像個人，只希望做到別惹人在背後搗他的脊樑筋。

可以說，土娃是這個時代裡的小人物。一如孟子口中的「鄉人」。

目錄

序曲

草之歌

長不出高大的榦與樹木比粗比高；開不出嬌豔的花與百卉爭奇鬥妍、卻從不自卑於一己的邈小；也無懼於鐵鞋的踐踏。

外貌雖顛頇，內心在發芽！無懼野火！無懼鐵鏟！

我的種子滿天下；詩人說：「春風吹又發。」我的生活要求簡單，只要一撮土就夠了！頌我為十步之芳，能抬高了我什麼？

無論山多麼高，我能攀登絕頂；無論海多麼深，我能深入底層。冰雪，凍不死我；深淵，淹不沒我；大石，壓不住我；厚牆，也堵不住我；我有追求陽光享受自由的堅定意志。

孔子說：「德不孤，必有鄰！」試想，在地球任何角落，我何嘗寂莫！我自知我邈小；太邈小了！

正因為我邈小，上帝命我占有了整個大地。

上帝給我的任務是：使大地永恆的保有青春。

想到上帝給的這一職分，我就快活起來了！為了要使這大地青春永駐，所以，這世上給我的一切又一切的折磨，我都迎著風兒，一笑置之了。

一　隋堤上的挖土人

由於這年的二月有閏，春來得晚些。在這第一個二月的初頭兒，田裡的積雪尚未化完，一眼望去，在那大片的雪白色中，露出了左一塊右一塊的黑烏色來。當地的人，稱之爲「破棉被套子」（註一）。這時節的天氣，太陽一落，地上的水就開始結冰，早晨要是不出太陽，不到傍晌午，都不會化冰。天氣，當然還是挺冷的。

農曆二月初頭兒。

這地方上的人，十之九都是耕種爲生，吃虧的是水利不暢，旱不得也潦不得。若是經月不雨，地就乾裂。若是陰雨數日，窪地便成澤國。於是這地方上的人，便不能專靠種田過日子，只要秋莊稼收完，年輕有力的人，無不外出賺錢，以補農田收入的不足，有些婦女也在其中。至於外出賺錢的行業，眞可以說是一言難盡，只有用俺那鄉人的一句俗話來說：「八仙過海，各顯各的神通。」

特別是像魯甸這個近城不過三十餘里的小鎭，它的背，正好依靠在隋堤上。隋堤，本是隋煬帝時代由汴梁城挖鑿，通向揚州的運河。如今，河床變成了官路。成天裡車水馬龍，擔擔的，挑挑的，塵土遮天。向東，離州城有卅五華里。由天津通向浦口的火車，城東關就是火車站。所以，年年秋收一過，魯甸的青年男公女婦，大半都不會在家蹲著，要向外跑了。南，南京、上海，蕪湖、安慶；北，青島、天津，大連、哈爾濱；麥一發黃，就回家來了。

也有一些人家，一年到頭，不離家門。秋收後的農閒時期，除了早五更起來拾糞，早飯後田裡撿柴（註二）。却也能就近謀些田間以外的收入。譬如到城裡有錢人家打雜兒，修房補屋，縫縫綴綴，看門帶小孩。這些短工，都不時的有。可是，魯永春却有一件經常不斷的額外工作，那就是，給城裡的新生兒人家送沙土；沙土，用來放在嬰兒臀下承受屎尿用的（註三）。

那是由於魯永春有位姨母是收生婆兒，遂能得到這麼一件經年不斷的額外工作。

說來，魯永春在魯甸，也算大戶人家。他父親魯壽來是昆仲三人中的老二，早已分門別戶。祖父曾做過淮軍的統領（註四）。不得志，辭官之後，成了酒劉伶。一份堪稱中產的家業，大半在他老人家的酒杯中絕流而去。迨老人謝世，三房分爨，每家不過分得三四十畝窪地。魯壽來是二房，膝下有五兒兩女，大房與三房，都是一兒一女，却還能依賴分得的田地過日子，二房可就不能靠那三十幾畝土地過活。因而在分家的那一年，魯永春的二弟三弟，就得到近鄉大戶作長工（註五）去了。大姑娘嫁了，二姑娘是排行第四，纔十六歲，也嫁了。四兒十歲，在讀書。五兒還不到六歲。就在分了家的這年麥季子，魯永春的父親揚場（註六），麥糠迷了眼，七揉八揉的發了炎，再加上醫藥有誤，竟致雙目失明。從此，這個家的擔子，便落在魯永春一人肩上。不得已，把在近鄉做長工的老二老三喊回來照顧家。他夫婦二人帶著母親及么弟，到堤北趙家塿趙舉人老爺家作佃戶（註七）。種了兩年，收成差，維持不了一家人的生活。老二老三都要成親安家了，祇得又回到家鄉，重新策畫。

這年，魯永春二十七歲，老二永泉二十五。老三永淵二二，從小兒就訂了親，辦不起喜事，遂拖到如今。提起此事，魯媽媽就眼淚汪汪。

一家人商議之後，還是只有那一條生路，老二老三作長工去。親事不能再拖，永淵的媳婦訂得早，過了廿了。永泉是自己拼上的一個二婚頭，不能再不明不暗下去。遂決定賣了二畝地，爲老二、老三成親。把喜事辦了之後，讓他們帶著媳婦到東家去。

就這樣，魯永春家的人口雖多，這樣的安排，一家人都也有了生活依靠。雖說，這時的民國初創，政局未定。我們的孫中山先生拎著頭顱革命來的大中華民國，竟大大方方的交給別人去作皇帝、作總統、作總理，因而使得當時的民心，還在希望有眞龍天子出現。他們認爲只有眞龍天子出現，坐上了龍庭，老百姓纔有太平年。至於，今天是袁世凱，明天又換了黎元洪，龍椅還沒有坐熱呢，又換了馮國璋。跟著，爭位奪地的人，越來越多，什麼張勳啊！段祺瑞啊！曹錕啊！張作霖啊！人名字雜噪於世者日新。弄得老百姓不知誰是他們想像中的眞龍天子？

鄉間的土豪、劣紳（註八），比往常還厲害，大戶人家的錢票，已改印得像官錢局（註九）的鈔票一樣，花邊正楷字：「當銀壹圓」（註十）。

魯永春是一位唸過幾年私塾的人。想當年，魯統領曾經希望這孫子能在舉子業（註十一）上，完成那「禹門三級浪，平地一聲雷」的三試皆中的期望。但自從他在淮軍的統領任上退了下來，却不是這樣想了。

「官場就是咱們家門前的糞坑（註十二）。」他說：「凡是投入糞坑漚不爛（註十三）的東西，都必定是一些派不上用場，被挑出在外的東西。這些被挑出在外的東西，有的是金子、銀子，有的是磚頭石塊，有的是富豪家的珍寶珠玉古董，可以傳之子孫永寶之物。」於是，魯統領加深感概說：「可是，它們被發現從糞土中挑出後，視爲寶物，已是另一個時代了。」

魯統領名叫魯大年，字豐成。辭官還鄉之後，鄉人統稱之爲「老豐」。自從嗜酒常醉，醉則隨處昏睡，鄉人在背後則稱之爲「醉仙」，或「老醉仙」。然而，他雖是醉仙，田地必留五畝種高粱，作爲釀酒之用。却對後代子孫，留下兩條庭訓：「一、寧爲歉年饑庶，莫作戴罪清官（註十四）。二、酒色財氣四刼，子孫務戒前三（註十五）。」他在世時，不准家中任誰沾酒，年節也不可。若有干犯，重打不恕。

正由於這位祖父的庭訓，魯永春只唸了五年私塾，便放棄了學業，走入田野。儘管，師輩們都爲了魯永春放棄了學業可惜，認爲他再有一年，準能取得童子試，游入泮池（註十六）。那時，還是大清國的科舉時代呢！

事實上，魯永春是家中的長子，田裡的事也不允許他去從事舉子業的呢。

這一些年，魯永春已把這個家經營得有秩有序，老二、老三在近村鄰鄉的大戶人家作長工，媳婦也帶了去養在身邊，一面照顧丈夫，也一面作零工，舂舂，臼臼，縫縫，補補。只是五弟在小學那一年，隨同玩伴去游水，不小心漩在深處沒頂淹死。連累了年已五十的母親，痛失么兒，大病了一場。就在這一年，魯永春的媳婦又有了孕，由於小產了兩胎，魯媽媽爲了寄情在孫子身上，病還沒有大好，就全身心放在大媳婦身上了，惟恐又小產。她知道，已經小產兩次的婦人，最應留心。因而，一切家事，魯媽媽都不准媳婦動，甚而只准媳婦躺著，不准息婦起來行走。

這個冬天，房裡的火盆都不熄火，魯媽媽把房裡的溫度，調理得像三春似的。凡是生產應用的一切，魯媽媽都準備好了。當她一樣一樣重新數上一徧的時候，突然發現少了一件最要緊的東西，沙土。那是嬰兒出生後，就得使用的一樣不可或缺的東西。遂忍不住大聲吼了出來。

「哎呀！沙土還沒有準備呢！」魯媽媽大聲叫著說：「他爹成天裡給別人家坐月子的送沙土，到如今自家的孩子快要落地了，連沙土還沒挖來家呢！」

「有了吧？」大媳婦童氏接過話來說。

「那裡有？」魯媽媽站起身來向房內四周可以放沙土的地方，東瞅瞅西瞧瞧，又說：「沒有。」說著走出門去，一邊走一邊說：「瞧！這荒唐小子，只顧了別人家，忘了自家。」

這時的魯永春眞格是推著小車，到甸西頭烽火墩子下挖沙土去了。却不是挖給自家用的，城南關的晉家要的。不過，他挖來之後，還得回家用篩子篩出了石子、硬粒、以及玻璃碴子，瓦片碗碴，還有毛毛草草，爛布紙屑，都得篩撿乾淨，送到坐月子的人家，就不必費這些事了。也正由於魯永春對於這些工作，作得仔細認眞，多年來出了名，連近鄉三五十里的村墟集鎮，都有了固定的戶頭。有時，在農忙時，還應付不迭呢！

魯媽媽出來一問，有人說看見大春子推著車到甸西烽火墩子那裡去了。這纔放下心來，自言自語的說：「我當他忘了自己的媳婦快生了呢！」

在魯甸那一帶，除了隋河兩岸的堤壩是黃金般的沙土，堤兩岸都是灰色的膠土，耕犂的時候，必須選半乾半濕下犂，翻出的土，纔會鬆脆的散開，過濕過乾，犂頭翻出的土，不是泥塊，就是土塊。就是勉強可以犂完一塊田，也不能用耙耙（註十七）。泥塊，耙完了等於沒犂；土塊，耙齒下不去，在土塊上蹦跳，不但牲口累，站在耙上的人，也易生危險。至於這隋河兩堤都是沙土？也沒有人刨根問底，只想到每家有三幾畝堤上的沙地，三、五口的人家，就不會挨餓了。沙土地夜間反潮，不怕旱。地勢高，水淹不到，不怕潦。所以沙土地上的莊稼。年年有收成。

正由於這種關係，到隋堤去挖沙土，也得有個地方。有住家的堤岸，那地段下的沙土，是不准別人挖取的。只有堤上沒有田的地段，方是公衆可以去取土的地方。這種地段，沿岸只有三種，一種是岸上的烽火墩子還在，有那老大一片土地是屬於公的。一種是寺廟或什麼庭院的廢墟，還橫七豎八睡臥著斷磚殘石，也有那別的老大一片土地是屬於公的。一種是亂葬的公墓（鄉人稱之爲「亂葬崗子」），有那更大一片土地是屬於公的。這三種地段的下面，可以任人去挖。

這些地方，早已被掏成了地窖，有些地方都塌陷了下來，塌成了一個大坑。有時，地上的墳墓隨著塌下，棺木散了，白骨掉落滿地。也曾有人被塌下的土壓死，活埋在坑窖裡。後來，鄉縣公所禁止向裡挖掏，只准向下掘。

說來，在隋堤上挖沙土，也越來越不容易呢！

有時候，魯永春推著小車，沿著隋堤向西走，往往到離家三、四十里的地段去挖取，到另一個烽火墩子之下。

回到家已是傍晚子了。

午間，他只吃了兩個菜窩窩，回到家，鍋裡還有乾芋葉煮成的豆飯，都已經濃成了餅，貼在鍋底上，要用飯鏟加力的挖，一塊塊的懸架在碗上。就這樣嚼咕了兩大碗。放下碗，就去篩那四袋挖來的沙土。

晚飯後，還得送往城南關晉家去。

正在魯永春一篩篩仔細篩檢時，魯媽媽進門來了。

「你怎麼恁麼久纔挖回來？」魯媽媽問。

「我跑到界首那邊去了。」魯永春答說。

魯媽媽一見大春子身邊堆了四蔴袋，就不由的她心花怒放，心想，半年也用不了。「怪不得跑那麼幾十里地以外去挖。」魯永春只顧雙手捧著篩子篩呀篩，沒答話。

「今年閏月，春立得晚，」魯媽媽拉了一張小凳子坐下，一邊說一邊幫著兒子撿土中的砂粒什麼的。「楊家林（註十八）前的那塊晒乏地（註十九），地勢高，雪已化完了。趁著雪水滋潤，早點兒犂出來吧！免得春雨不來，又乾巴啦！」

「這，我知道，娘！」魯永春說。「二泉走時說了，他東家打東三省弄來一批紅高粱種子，桲兒粗穗兒大。他會回來一趟，他說由他掌犂去耕。翻土還得有一套新法子呢！」

「這樣啊？」魯媽媽也很同意。「可沒給我說。」

「娘，你去燒晚飯吧！」魯永春說。「吃了飯，我還得到城南關去。」

魯媽媽這纔想到可能又是送這些沙土去。

「幹啥！又要連夜趕著城南關去？」

「晉家又要添丁了。」魯永春絲毫也不曾想到媽媽在等孫子誕生呢。「姨媽前天著人捎信來，要我務必今晚把沙土送去。」

魯媽媽一聽，火氣上沖，一豁站起，氣火火的說：「我當你忙著篩土，是給自己的孩子準備的呢！」遂用手一指，罵著說：「你這沒肝沒肺的東西，自己的媳婦兒快生了，你都沒有想到？居然忙乎著替人家的孩子準備，我不准你去。」說著就奪下了兒子手上的篩子，扔到一邊，黃沙土揮灑了一地。

魯永春沒有想到母親竟會如此發脾氣，在他認爲媳婦的生產期，大概還有個把月哩！準備沙土，生的當天去準備也來得及呀！他那裡能瞭解到母親盼孫的心情呢！他那裡能瞭解他那年已六歲的弟弟，淹死於水塘還不到一年呢！

魯永春一時怔忡地站起，不知如何回答母親！

「你怎的不想著自己的孩子也快落地了啊！」魯媽媽居然歇絲底里起來。「孩子一落地，就要用啊！」

說著說著，哭哭啼啼走出房去。

這裡只是一個裝牲口飼草的小屋，魯永春坐在隔草的木欄外，一塊空地上作篩土的工作。他一看母親動了怒，連忙跟著出去。說：「娘！妳老人家別生氣。我那裡沒有想到這些！咱家孩子落地，還得些日子呢！」

「胡說！」魯媽媽回過頭來，怒狠狠的罵。「你們男人懂得啥！他大嫂子（註二十）兩天前就叫肚子疼了。」

那時的鄉下人，全憑老人家的這些經驗判斷，那裡有個什麼預產期？只是大估譜兒猜猜而已。實際上，魯永春媳婦的預產期已經過了。只由於魯媽媽不准她多行動，鄉下婦又能忍，有點小小痛楚，也不在意上。她們都必須等到陣痛出現，方始準備收生。這幾天，魯媽媽一直等著媳婦兒告訴她陣疼的情況，收生婆就是近鄰的劉媽媽，隨時可以招來。

「娘！我這次挖了四袋回來，」魯永春說：「留一袋下來就是了嗎！」

「不成，得全留下。」魯媽媽在氣頭上任性的說。

魯永春自然無言再駁。衹是說：「娘，你別生氣啦！照娘的吩咐就是了嗎！」魯媽媽回房去了。

這一帶人的飲食習慣，著重的是早午兩餐，晚飯若是不在農忙期間，則是一些湯水，如稀粥、麵湯之類，若有午間吃得不夠的人，也衹是在灶底下的灰火中，烤軟個雜麵饅頭或餑餑，也就算了。所以晚上，魯永春衹喝了一碗紅芋（蕃藷）湯，啃了一個高粱饅頭，便又拿起鐵鎬鐵鍬，還有蔴袋，放在小車上，在雪地的映光中，推向甸西的那個烽火墩子下，挖沙土去了。

挖個三幾袋沙土，費的工夫不大，用馬尾羅子篩撿，可是費時間，兩袋子土，不過二兩百斤，篩撿起來，需要半天的時間。要是土裡面的砂石細粒太多，還得再換羅子一道又一道的篩撿，可眞的夠麻煩的。

「娘已經說過了，那幾袋篩撿了的，還有沒篩撿的都不准送走。」魯永春知道，娘的話不可違悖。不得不再去挖來，重新篩撿，今天晚了，明晨一大早送去還不遲。信用，也是不可失去的。

就這樣，魯永春又篩撿到三更過。剛睡下不多大會兒工夫，老四小源兒來喊他了。

「大哥！大哥！」小源兒興奮地站在草屋門口喊：「大嫂生啦。」

〔附註〕

註一：在我國北方的大平原上，大雪過後，一片白茫茫的雪，遮住大地。所謂「銀色世界」。但一到了立春之後，陽氣上升，天氣暖了，大地上的雪，開始溶化，地高處積雪薄，先行溶化，露出了土地。是遠遠看去，（尤其以高臨下望去），大片白色中有左一塊黑右一塊黑露出。看去，有如一床稀薄破了的棉被一樣。所以有些地方上的鄉人，便稱這時際的大地是「破棉被套子」。

註二：在皖北等地生活過的民初生人，似乎都曾經歷過「拾糞」、「撿柴」的生活。那一帶，無論牲畜貓狗等，常在野地裡糞便，連人們也在田間拉野屎。那一帶的農田，施用的是乾肥，此類乾肥，要以人類及貓狗糞便最屬上等。在冬間，農戶家家人等，都不忘一大早（甚至午夜一過）便挎起糞箕，拎著糞扒子，在寒風中的雪地裡去拾糞。雪地中的糞便，老遠就看到了，黑黑的一團。凍得乾綳綳，鏟入糞箕，回來傾入糞坑。至於「撿柴」，那就是下雪之後，有些枯草枯木（灌木），枝枒在雪上，老遠就見到了。走向前去砍下。還有秋後經霜未雪的日子，有些蓬蒿草已枯，經秋風一吹，隨風滾轉。人們便賽跑去追拾。每一團蒿草，都是一束乾柴。

註三：古時的嬰孩，在襁褓中的承受便溺物事，是以布袋裝沙土穿在嬰孩雙腿之上，恰好兜住嬰兒的臀部與腰腹。嬰兒的便溺，由沙土吸收。隨時更換。鄉人俗稱之爲「沙土袋子」。

註四：統領，清代的武官職稱，凡統領二營以上者，其部曲謂之「統領」。按「統領」一名，南宋已有。

註五：往時農家僱工，有長短之別。農忙臨時僱工收割，工完解僱。長工則最少一年，且有終生作一家長工者。

註六：「揚場」，乃北方鄉村某一地的方言。在收麥季節，麥在場上以石滾拉石滾拉完畢，收去麥稭，餘麥與糠，則推之成堆，以木鍁一鍁鍁鏟起揚撒空中，使空中風吹去糠，麥粒落下。然後以木鍁與掃帚，分別堆出麥粒與糠皮。此一工作行爲，皖北一帶謂之「揚場」。

註七：佃戶，以工作勞力，代地主耕種田地。耕作收入，雙方平分。條件，由雙方訂立契約行之。

註八：「土豪」、「劣紳」名詞，源自明代。明代封其朱姓子弟或異姓功臣子弟爲某地王、公等職給與田地，享受收穫。這些人家的後代子弟，往往在地方上爲非作歹，欺凌鄉民。鄉人謂之「土豪」。「劣紳」，則是辭官在家的人物，雖已無官，但官勢仍在，却也爲非作歹，欺凌鄉民，鄉人謂之「劣紳」。此一風尙，延至民初仍在。

註九：官錢局，在當時由縣政財務機構，出給的官錢票銀票等，在市場上可以流通，到出票機構，也可以兌現。

註十：當時有些大戶人家的油坊、酒坊、糧食行，雜貨店印的銀票、錢票，也在市場上流通。紙張的花樣，以及「當錢百文」、「當銀壹圓」，都冠冕堂皇的印在票面上。

註十一：「舉子業」，就是專志於讀書應試秀才、舉人、進士，追求中式得官的一門讀書業。

註十二：在俺那皖北農家，幾乎每家都有一個傾倒糞便以及拉圾的糞坑，每年淘兩次，使淘出的爛泥，堆成泥堆，在熱蒸日曬之下，使之發酵。然後，一遍遍的翻曬。翻曬成赤黑色的粉土。再用大車一車車拉入農地，一堆堆卸下，再普遍的撒在田中，此謂之「施肥」。這就是北方的糞便，製成乾肥的施肥程序。

註十三：「漚不爛」，有些東西，如布類、紙類、穀類、菓類，以及動物屍體，放在污水中久了，便被污水浸之發酵腐爛，這種情事，俗語就謂之「漚」。在文天祥的「正氣歌序文」中，用過這個「漚」字，文云：「塗泥半朝，蒸漚歷瀾，時則爲土氣。」魯大年向子孫說的這幾句話，不但有感而發，而且透闢了官場，凡是能步步高陞官職的人，必是一些能被汚水池漚成一體一氣的人，否則，那怕你是一塊金珠玉石，也會被扞挌出來的。雖有歷史家在筆下贊頌你，已是另一個朝代了。像明末天

是不幸中的幸者呢！啓朝的左光斗與楊漣，死前已體無完膚，活著的日子，已粉身碎骨了。像漢武帝時的司馬遷，算得

註十四：「戴罪」，凡是身有一官半職的人，都是隨時準備被按個罪名下獄的人。換言之，一旦身爲官吏，都難免干犯罪咎。在上位的人，要給下屬按上一個罪名，那是極爲容易的事。明末史可法寫給清軍多爾袞的信，曾自稱「戴罪南樞」。天子死於國，臣子都是有罪的。

註十五：「酒、色、財、氣」四大劫難之關，「氣」劫之關，最難過。魯大年誡子孫應戒前三關，不告誡子孫戒氣。

註十六：古時的學宮，謂之「泮宮」。考取了童子試，方能取得入學宮的資格。應童子試錄取，通常謂之「游泮」。

註十七：耙，農具，兩根橫木，中用椽木隔成空格。橫木下方，釘上約五寸長鐵釘，套繩在牲口肩背上拉著，耙地的農人，雙足橫踩在兩根橫木上，一遍一遍的在犂過的土上耙，把土中的雜草及石塊，耙摟出來，便於種植新禾稼。若是土濕，耙會粘在濕土上，不易行動。若是土乾，翻起土變成土塊，耙在上面會顚簸。

註十八：「楊家林」，就是指姓楊人家的祖塋，往往是一大片樹林，多是松柏之屬。故鄉人以「林」稱之。

註十九：「曬乏地」，指收了秋莊稼之後，不種麥，空在那裡，等明年三月種高粱。空曬半年之久。謂之「曬乏地」。

註二十：俺那婦女，不准呼名。姓張的女兒，稱「張家孩子」，已成了「嫂嫂」，老人則以「他大嫂」、「他二嫂」稱呼。

二　俺就叫他土娃

自從入臘以來，魯媽媽就住到前院，陪著大媳婦了。她躭心大媳婦懷的這第二個，再蹈覆轍，第一個生下來的是個女孩兒，生下不到七天就夭折了。魯媽媽却怪大媳婦不小心，早產了半個月。理由是孩子生下來小，像貓兒似的。

魯媽媽沒有小產過，生過十胎，兩個死於痲疹，一個死於痘瘡，第五個兒子是六歲時玩水淹死的。對於生孩子，可是經驗很老到的，會接生。

儘管如此，魯媽媽還是把近鄰的劉媽媽約好，請她來察看，請她來接生。

魯永春的媳婦是第三胎了，陣痛開始不到半小時，孩子就落地了。劉媽媽一把孩接生下來，魯媽媽就看到了孩了肚臍下凸出來像奶頭似的一個小小肉團，遂忍不住大喊：「是個小子」。魯媽媽的話尚未落音，孩子的第一聲「哇！哇！」便一聲連一聲哭叫了出來。劉媽媽也跟著說：「小子！」

接生的劉媽媽，屏氣閉息的小心翼翼，倒提起赤裸裸嬰兒的雙腿，等到孩子的哭聲哇呀哇呀！遂扭過臉來，向魯媽媽，說：「那塊棉被套子呢？準備要割臍帶啦！」

魯媽媽遂從身邊拾起準備妥的一塊洗淨了的舊被套，熟練的鋪在產婦雙腿之間，劉媽媽放下手提的嬰兒，熟練的從衣帶中掏出一個小小的布包，取出一塊三角型的細瓷碗的碗碴子出來，迅捷的就用這塊細瓷碗的碗碴兒，把臍帶割斷下來（註一）。再從包中取出一根紅絨繩，挽了個活絪兒，套上臍帶根兒，順手一拉，就把臍帶紮上了。

魯媽媽已把燒熱水的銅壺，拎了進來。燒滾過的水，涼了又溫，溫了又涼，一直在等著孩子落地。

洗嬰兒的木盆，早已擺好。兩盆火已噴出了熊熊火燄，這間小房，溫度最少也在攝氏二十度以上，劉媽媽在準備接生時，已把身上的棉襖脫下。

「魯嫂子！你瞧這小子的胳膀腿兒，」劉媽媽一邊洗著一邊說：「多長啊！將來準比他爹高。」

「就是肉少了些。」魯媽媽望著那鬆皮搭拉的小屁股蛋子，遺憾而又心疼的說。「他娘在月子裡，不大會吃。」

產婦疲累的產下了腹中的孩子，就聽到「是個小子」的喜悅呼聲。忍不住想坐起來瞧上一眼，却被生理上的疲累心理上的顧忌安下來了。然而，從心底浮泛起的那一分自然的喜悅感情，却熱糊糊的潮起，打從雙眸流出了眼角。

這時，下腹部還留有一些兒痛楚，感受到還有些什麼熱糊糊的東西，在向外流淌。也不敢輕舉妄動的坐起來。

她聽到洗滌嬰兒的水聲，嬰兒的不時哇嗚聲。婆母與劉媽媽的談話聲。

「你瞧這孩子！」劉媽媽說：「眉清目秀，天庭飽滿，地閣方圓，一準不是個種田的。」

「要是眞龍天子出世了，」魯媽媽接過包好的孩子說：「就會再興科舉。俺就是賣了養老地（註二），也供這孩子唸書。」

魯媽媽抱著這新生的孫子，幾乎是嗚咽著說的。

「喲！衣包已經下來了。」劉媽媽略帶幾分歉然的語氣說：「多順哪！」遂問：「熬了紅糖茶沒有（註三）？」

「唷！」魯媽媽這纔想起，忙答：「可說呢！我倒忘啦！」

「別急，」劉媽媽在收拾產婦的床上事務。「等我把這裡收拾好，孩子放到他娘懷裡，再去燒不遲。」

這時，油燈上的燈光暗了下來，燈盞沿上的燈捻頭兒，結出了一朵梅花瓣似的燈花。在收拾產床的劉媽媽見到，就停下手來挺起了腰桿兒，指著燈花兒向魯媽媽說：「嫂子你看！這燈花兒開得像紅梅不像？」

魯媽媽抱著襁褓中的第一個孫子，興奮得臉對著那閉著兩隻小眼睛的赤紅小臉兒，連轉動一瞬兒也捨不得，越看越覺得這孩子長得俊。幾乎從孩子的小臉兒，聯想到他當年的祖父，頭戴花翎的樣子。經過劉媽媽這一聲叫嚷，方始看到了那朵燈花兒的紅艷與璀璨。

「燈花兒，恁大的一朵。」

魯媽媽也一時興奮得說不出別的話來。

「觀音菩薩賀喜來了！」劉媽媽又說了這麼一句。

這時，燈捻兒的另一邊兒，又生出一個鮮紅的花瓣出來。光，却更加暗了。而且，燈火燃燒著燈捻兒燒焦了油的滋滋煎煎的聲音，也響了起來。產婦却也在衆人的興奮呼聲中坐了起來。

「媽！」產婦竟然理智而溫柔的告訴婆婆，說：「燈該加油挑捻兒了。」

房內的這兩人一見產婦坐起身來，遂異口同聲的命令著說：

「趕快躺下！趕快躺下！」

於是，劉媽媽起身扶產婦躺下，收拾清楚床上的一切產後事物，舖整好。從魯媽媽手上接過嬰兒來，放在母親的胸間，說：「童家孩子（註四），瞧吧！多麼俊秀的小樣兒啊！一準是個書生，不會是個莊稼漢！成天風吹雨淋太陽曬。」

魯媽媽忙著去爲油燈加油添燈捻兒。燈，又亮起來了。魯媽媽也覺得這小房的溫度太高了。又去調整火盆中的木柴，小心翼翼的不使煙生出來。

劉媽媽在拾掇產後的一切應清除的事務。

魯媽媽還要到厨灶間去泡製紅糖茶水呢。

祇聽得門兒吱呀一聲，魯永春進房來了。肩上扛著一袋子篩清的沙土。一進門來，就一知半問的說：「生啦？」說過，還扛著那袋沙土，愣愣的豎立著。

「唷！」魯媽媽一看是大春子，却也忍不住喜悅的說：「你倒會揀時辰！生啦！誰告訴你的？」

「小源兒來叫我的，」大春子說。

這時，魯媽媽纔想到當媳婦陣痛時，曾回房去取應用物件，這時的永源醒著，便要他去通知大哥。那時，還沒生呢！永春聽到永源在門外喊他，告訴他，「大嫂生啦！」就起身整理好衣褲，扛起一袋篩好的沙土，出了「草屋」（註五），就向自家院子走去。一路走，一路想：「不是說還要十來天噓？怎麼恁快就生啦！」

由他住的這間草屋走到他與老二住居的那個南院，還隔著土城的壕塹溝渠，要過一道簡陋的木橋，進入了那道土城土墻，方能走到他家的南院。北院，在南院的後方，是一處三進院子的四合院。魯媽媽雖是二房，可是大房的大爺，在統領爺爺在世的日子就死於不知名的急病，餘下的一兒一女住在第一進院的東西廂。後來，統領爺爺過世，（奶奶早就去了）大房的大娘改嫁，一兒一女都帶了去，直到兒子結婚，方始回到魯家來，仍住在前院。這時已分了家，前院的東西兩廂，都屬於大房，二進院是三房住，三房人少，一兒兩女。中有三間主房，左右各一，中有廳堂，東西兩廂，也是各兩間。不過，西廂的兩間，一間是磨房，一間是厨灶。進出後院，是左側（東廂）留下的一個拱形門兒。後院大些，中間一排四間，兩臥房，中間一廳堂一客房。兩廂各兩間，有一間是糧米倉房，以及雜物儲藏。二房有四兒二女，原就隨同父母住在後院。統領爺爺過後，魯二爺與魯媽媽便主有了後院。不過，糧米倉房以及磨房，仍是三房公用。

三房未分爨的時期，即已經有了南院兒，只是一進頭的四合院，中間一排四間，東西兩廂各兩間。兩邊的廂房，是牲口欄，以及農作器具，還有雜物的堆積。盛放牲口飼草的草屋，也在這南院的西廂。但自從三房分家之後，二房已有三個兒子取了媳婦成了家，這南院的房舍，也不得不重加調整。老大永春，老二永泉，安排到南院居住，那間盛放牲口飼草的草屋，不得不移到土城墻外的打麥場近處去。所以，魯永春的住處與他在工作時，偶常住留的草屋，還有那麼一段路，要通過土城墻外那道壕溝上的小木橋，打開那扇小南門，迎面方是他家的南院。

二月初頭的天氣，從子夜到隆明，還是冰凍的地，刺臉的風，特別是天上有星有月的晴天。魯永春肩起一袋沙土出了草屋，打斜處捲來一陣掃地的風，從他套褲（註六）的單薄臀處。冰冰似的波上腰間，禁不住他打了個寒顫，遂想到今年的春天來得晚，過了二月二了，地上的雪和冰，還沒有化完，風還針尖兒似的，套褲還穿不得呢！

到了自家的南院，兩扇大門，有一扇虛閃著。堂屋的門雖是關起的，却也能從昏黃微弱的月光映照下，別出那一線紅亮亮的燈光，打從門縫射出來。伸手一推，門兒開了。

這是兩間屋子，有內間有外間。內間是臥房，但除了床舖及一隻小桌子，一個櫃子，櫃子上還擺著兩口箱子。靠墻角，還有一個捲席式的糧頓（註七）。床前餘下的地方很小，擺了一隻火盆，還有木盆什麼的，連兩個人都轉不開。外間，靠後墻擺了一張長几，用來作供桌，所以上有香爐燭台，以及酒壺酒杯，還有香燭紙碼等等，另外還有賬簿、算盤什麼的。可以說已擺得滿滿的，几前有一方桌，倒是新的。左右有兩張椅子。桌子底下，直竝起四張長條凳。也就是，拉出方桌，可以四方相對，坐上八個人。几後墻上掛了一張中堂，是五路財神的年畫（年畫後面有一張古畫），兩房有副紅紙灑金的對聯。

可是，靠右墻還擺了一張繩網式的軟床（註七）。備著親戚人來用的。（各房都有此準備，分家後，客房沒有了。）這些日子，魯媽媽就睡在這張床上，陪伴大媳婦，等著接生。這天，爲了接生，這外間也生了一盆炭火。所以魯永春一進房來，便被這突如其來的不同氣候，刺激得一時忍耐不住，「啊嗤」一聲，打了一個噴嚏。

魯媽媽在內房聽到外面門聲吱呀，遂打開內房的門出來看，見到魯永春扛著一個蔴袋進來，就知道他送沙土來了。遂也忍不住的打趣說：「你倒會揀時辰！」

劉媽媽看到魯永春進來，也恭喜著說：「是個小小子！」

「劉媽媽您受累啦！」

說著放下肩上的沙袋。

「這兩天還用不著，」劉媽媽意指沙土說：「胎屎，不需要沙土，等胎屎拉完了，奶屎出來再用沙土褲兜子。」

魯永春想走近床去，瞧一眼新生兒，却被魯媽媽攔住了。說：「大男人家，別急著走近你媳婦，兒子是你的，有我這奶奶在，沒有人能調包了去。」

說著又指著剛纔收拾起的一切應清除出去的事物。

「來來，」命令著兒子。「把這些給我帶出去。送到咱家南園，挖個深抗埋上。要想著不會被狗扒出來。」

「噢！」魯永春答應著。照著娘的指示，一樣樣都清理了出去。雞已經叫了。

魯媽媽爲劉媽媽煮的一碗蛤蟆蛋端來。

「劉嫂！」魯媽媽恭恭敬敬的端給劉媽媽，說：「聽啊！雞都叫了。你把這幾個蛤蟆蛋吃了吧！也該回去睡回兒啦！」

劉媽媽一邊接過碗來一邊說：「天還早！雞叫是因爲窗上有亮光。這時候，也不過三更來天兒，四更未到。」

魯永春將房中的一切廢棄物都一樣樣清除去。那一包破棉絮子包起的血糊糊的東西，遵娘的指示，拎起一把鏟子，又走出了小南門那條木橋，深埋在南園裡去。可剛走出，尙未走出院子，狗就從灶間衝出叫了。血腥氣已把主人身上的氣味遮去，雖然聽到主人的叱喝，還是衝著主人手中拎的那包血腥味兒吠。於是，全鎮的狗都吠了起來。使得魯媽媽走出房來關起兩道門。

劉媽媽看著產婦喝下一碗紅糖水，這纔離開魯家。

這時，鎮上的狗還在零星的吠著。劉媽媽告別時，說：「魯嫂！以後，大家夥兒得改口叫你魯奶奶了。」

起先，魯媽媽還不曾想到這一層呢，經劉媽媽這一說，魯媽媽樂得打出了哈哈，笑呵呵的說：「可說呢！就這不到一夜工夫，俺可眞的成了奶奶啦！」

魯奶奶回到房來，又將火盆中的火候，調理了一番。看看媳婦摟著孫子，母子倆都呼呼入睡。又把油燈挑剪了一番。也有些倦了，却又不敢躺在外間那張軟床上睡，遂抱起床上的被蓋，走進內間，背依著糧頓，坐在一隻小凳子上，用被子裹起下半身兒，就這樣低起頭兒，彎著頸兒，一霎那間便入了夢。

可眞的入了夢，他夢見省城來了報錄的（註八），一人打著鑼，一人已把那黃紙寫上中式第幾名舉人的名單，向大門上貼。老二永泉在點放那大掛鞭炮。鞭炮飛爆起的紙屑，迷了魯奶奶的眼。她忙著用手去揉眼睛，她醒來了。

魯奶奶眞的醒來了。

這時，魯永春已趕個早五更，踩著未化的冰凍地，把一份急要的沙土，也送了去。回家之後，又點燃了厨灶，照往日的慣常飲食一樣，鍋裡煮紅芋，芋上擱蔑子，篾上蒸饅頭，也已熄了火兒，鍋中的紅芋，也蒸熟透了。

新生的孩子，他也見到了。只有感於孩子太小，像是小貓兒似的。當眞是早產，別再養不大吧？第一個孩子，生後不滿七天，就夭折了。第二個是小產。

他見到娘那樣握臥在地上，依著糧頓睡得那麼酣，呼嚧鼾鼾，極爲不忍！但又不敢驚動她老人家，所以一次次進出，都是躡手兒躡足的。不想在用火鉗整理火盆時，驚醒了她老人家。

魯永春見娘醒來，遂輕聲叫了一聲：「娘！」

這時的魯奶奶尚在夢境中朦朧著，確是正在揉眼睛，火盆中的灰，飛起落在魯奶奶的眼皮上，把她老人家燙醒了。

魯奶奶略一鎭神兒，方始回到現實境界中來，眼前是大的永春，不是二的永泉，火盆中的火，還在類似爆竹聲地炸鳴著。

魯永春見娘醒後，怔怔忡忡一言不語，怕是娘睡傷了腰，遂又連忙放下手中的火鉗，說：「娘！我扶妳起來，不是睡傷了腰吧？」

魯奶奶完全清醒過來了，見到眼前的老大，也感到脖子有點兒酸梗痛楚，其他都沒有感到什麼不適。這時纔知道剛纔在睡中做了一個夢。

這纔笑嘻嘻伸手讓兒子拉著站了起來。擺擺手，蹴蹴腿，活動了一下，自言自語的說：「這一覺，睡得恁熟！」

「娘！你這樣窩盤著睡，會傷了身子骨的。」

魯永春不安的說。一邊忙著去拾起地上的被子。

「娘！俺都不敢驚擾你！」魯永春的媳婦也從床上坐起身來說：「看你睡得那麼香，又怕吵了你的睏，又怕傷了你的身子。祇有要他大哥把火盆的火苗調理旺些。」

還沒等她媳婦子說完，魯奶奶就走過去把媳婦安倒在床上，一邊說：「可了不的，要躺上個對時，纔准下床。」遂以命令的語氣，又加了一句：「快給我躺下，睡好！」

「娘！午飯我燒好了，」魯永春說。「你吃飯去吧！」

「你燒了午飯？」魯奶奶不相信的問。「怎麼燒的！」

「下煮紅芋，上蒸饅頭。臘菜（註九）不還多著嗎！」

魯永春得意的說。向娘表功似的他代了勞。

魯奶奶一聽就不以爲然的說：「我當你男人家眞的有這分能幹呢？坐月子的娘兒，還能給這些吃啊！這些事，非娘來不可。」

魯永春聽了，也只得癡癡地笑著，不敢言語。

院子裡有了人聲，母子倆一前一後走出房去。

第二天，劉媽媽領著甸西頭的團總（註十）張奶奶，還有鄉公所的李師爺娘子也來了。來瞧魯家新添的孫子。

魯甸人至今還知道，百年以前的魯甸，姓魯的是主掌魯甸的主人，自從長毛（註十一）亂起，跟著又是大捻子（註十二）的亂子，西洋鬼子、東洋鬼子，總是一樁跟著一樁來。尤其是大捻子之亂，魯甸受害最大，那一把火，魯甸的精華，化成了灰燼，從此就沒有再恢復過來。魯家的幾家大戶，都遷到大都大城中去了。那一條有一里長的瓦房長街，還有那一所鐘鳴鼎食的大廟「曹寺」，也祇賸了一堆瓦礫，好多尊石佛，少頭的少頭，缺臂的缺臂。地方上的人，那有能力恢復他呢。而今，連寺基也成了田。

然而，姓魯的人家，在魯甸雖然沒落了，但姓魯人家的輝煌名聲，在魯甸却還是響鐺鐺的。魯永春這一家，論起根帶來，委實是一支嫡系。

所以，淸晨起來，當劉媽媽向現任張團總奶奶報了這個喜訊，張奶奶遂就便約了近鄰李師爺娘子，到魯家來賀喜！

這天，是個晌晴天，雖已日掛東墻，陽光璨爛，春寒却還料峭如刃。魯奶奶走出房，來客已在小院。女人家總是嘰嘰喳喳的大聲說話，團總奶奶一見到魯奶奶走出門來，就說：「魯嫂子，你這可樂和啦！有了孫子啦！俺可得來沾點兒喜氣兒，等來年，俺家來的客人也是麒麟，不再是玉女。」

張團總奶奶比魯奶奶大五歲，三個兒媳婦生了四個孫女兒，所以張奶奶說出這幾句酸溜溜的話。

「先開花兒後結果，花兒朶朶菓兒多。」李師爺娘子唱了起來。說：「有兒成隊，有婦成行，還躭心麒麟的鈴鐺響不到你張家大院裡嗎（註十三）？」

幾個娘兒們聽了，打了個哈哈便進房了。

魯家新生的這小子，可是小了些兒，若上稱稱上一稱，可能五斤也不到。小臉兒倒生得橢圓，五官勻稱，眼兒雖還閉起沒有睜開，小臉兒却也透著淸秀俊雅的氣質。

張團總奶奶看了，嘴裡雖然說：「唷，天庭飽滿，地閣方圓。古語說得好：『一歲看大，三歲知老。』管保將來定是個老爺（註十四）以上的人物。」然而心裡却想：「恁小，八成不足月。養得活嗎？」

這纔出生不過一天多的孩子，雖然睜開眼，也看不見，耳朶，也是聽不到的。所以這孩子被抱起，只輕輕動了動脖子。在挑亮了的油燈光下，把小臉兒照得黃赤赤的。因而觸動了李師爺娘子的聯想，脫口而出，說：「可眞是個從沙土塘裡挖來的一個土娃(兒)(註十五)。」

魯奶奶一聽，隨口就說：「好！俺就叫他土娃！」

「哎呀魯媽媽！」李師爺娘子馬上解釋：「我可沒有別的意思，只是說咱們哄孩子說新生的弟弟妹妹是從沙土塘裡挖來的。」

「不！」魯奶奶堅定的說：「您這說得好！俺就叫他土娃！這名子不是挺好嗎？學名歸學名，學名按宗譜的班輩啓名，那是他爺爺的事。俺作奶奶的，有權爲他啓個乳名，俺就叫他土娃！」

「挺好叫的，」張團練奶奶接過來說：「咱們鄉下人，都叫『鄉老土』，土就土，土生土長，土，是咱們鄉下人的根。這名字啓的好。」又轉過臉來，向李師爺娘子，說：「李嫂，別多心嗎！土娃好聽也好叫。」

李師爺娘子解顏露笑，說：「想不到俺這一句沒肝沒肺的話，竟成了這孩子的乳名，俺這話還立了功呢！」

「當然嘍！」魯奶奶說著抱子孫子交給床上的娘。「俺這孩子的乳名兒，就是師爺娘子你啓的。忘不了你的大功的。」

衆人走出房時，師爺娘子又編了個歌兒，一邊走一邊唱：「土娃！土娃！土娃土；土生土長鄉老土。鄉老土，鄉老土，五穀豐登全靠土。」

「魯嫂，你聽！」張團總奶奶指著李師爺娘子說：「師爺娘子，就是師爺娘子！出口成章！」

「可不是！」魯奶奶說：「師爺娘子不愧是咱魯甸的女狀元。」

於是，三個女人又打了一陣哈哈便分開了。

「土就土，俺就叫他土娃！」魯奶奶堅定的想：「沙土塘裡挖來的，就是沙土塘裡挖來的。窰裡燒出來的泥娃娃，也能成神。俺就叫他土娃。」

可是，魯奶奶却也在燈光下發現，孩子的小臉兒，確是透著黃土色的黃，得再看看，別又像上一個孩子，躭誤了！

〔附註〕

註一：在俺那皖北鄉間，用來割下嬰兒臍帶的物器，不是剪刀。他們不用金屬，說是金屬會使嬰兒患七日風。他們使用的細瓷碗破裂後的碗碴子。那是一些在地上撿拾起細瓷碗盞，破碎後的碴碴，破損處像刀刃一樣的鋒利。收生婆就用這種瓷碗碴碴，洗淨後，留著割嬰兒臍帶。

註二：一般人家，弟兄們分門另爨，家產的土地分配，如父母尙在，就得特別按十分之一的比例，除出一份，作爲在世父母的「養老地」。像井田制一樣，由弟兄們共同耕種收穫，生產的糧米等等，全部交給父母處理。

註三：在俺那鄉間，婦女生產，產後要喝紅糖水。說是紅糖有淸血的作用。是以俺那鄉間產婦。生產後必喝紅糖水。

註四：在俺那鄉間，出嫁後的婦女，便不准再呼她娘家的乳名。都是以其父姓冠稱「×家孩子」。如娘家姓王，則稱「王家孩子」，姓李，稱「李家孩子」。出嫁後的閨女，回到娘家來，也不再呼在家作女兒時的乳名，以其夫姓稱之爲「老張」、「老李」、「老趙」。

註五：在俺那農家，家家都有一間「草屋」，專盛餵飼牲口的乾草，主要是麥穰，其次是乾草。用鍘鍘得短短的，只有寸長，堆積在草屋中。這種草屋，往往是農家青年子弟的冬日睡處，他們只穿著一身棉襖褲，鑽入草中，抱雙手縮在襖中，不用被褥，就可以暖暖和和的過冬。習稱這種睡法叫「拱草窩」。

註六：俺那鄉人，爲了冬天工作方便，有一種只有兩條腿的棉褲，穿在兩條腿上，俗稱「套褲」，走路，作活兒，都行動輕便。

註七：俺那鄉間，除了大床，還有一種小床，床框是木頭的，只是一個框架，再以繩子，經經緯緯的編織起來，木架之間是個網子。冬間上舖柴草被褥，夏間，只要一床蓆子舖上，就可以睡了。俺那人稱之爲「軟床」。

註八：秋天的鄉試，在省城應考，也謂之「秋闈」。考中的謂之「舉人」。自各地考取的人家，報名「錄名」的人，謂之「報錄的」。帶著黃紙寫成的「報單」（上寫某地某某人考取第幾名）。藉此討幾文賞錢。

註九：俺那鄉人，只要年日一入臘，（到了十二月），就準備各種年貨，醃的、曬的、炒的、凍的、風的，一直可以吃到二月過，到三月三。

註十：俺那鄉間，在民國初年，各鄉鎮還組有民間自衛隊，名義似是某某鄉民自衛團，領導人，稱之爲「團總」。由鄉民選出地方人士擔任。

註十一：太平天國洪秀全之亂，俺那鄉人稱之爲「長毛之亂」。

註十二：嘉慶年間，魯、蘇、皖三省邊界，有以油紙捻爲龍戲之俗，抵咸豐六、七年間，竟結黨擾掠地方，時人謂之「大捻子」。又稱「捻匪」。

註十三：麒麟送子，是當時俺那人對生男孩人家的恭維詞。多以爲麒麟如良駒，項上帶著響鈴兒。

註十四：中了舉人，即可稱之爲「老爺」。是以鄉人俗稱「秀才」爲「先生」，稱「舉人」爲「老爺」。

註十五：在俺那，生了孩子的人家，小弟妹們總是要問，新生的弟弟妹妹是那兒來的？大人總是回答：「在沙土塘裡挖得來的。」

註十六：當地人唸「娃」字，帶有捲舌兒音。兒音捲在娃字的音尾，聽去不是「娃兒」兩個字，而是「娃（兒）」一個字。

三　銀子的偏耳墜子

土娃的小臉，在紅赤赤的色澤裡，委實透著些兒土黃，像在沙土坑中滋潤過的。

魯奶奶一看，心頭頓時皺起，遂從他娘懷中抱出來，走到房外，迎着門外的日光亮子再仔細的看看。在日光亮子的照射下，臉上的土黃色，已看不到了。

「沒有的事，」魯奶奶自言自語的說：「血火什麼（註一）？」

頗不滿於張團總奶奶的那句話。

過了三天，土娃的眼白也黃起來了。

這是土娃的娘在餵奶時發現的。魯奶奶一看着急起來，她知道，這叫「胎裡黃」。從娘胎帶來的，七天內不褪，就不好了。

魯奶奶忙着去問東村李家樓的大先生李秀才，他家是世代儒醫，只由於到了他這一代自身好酒，外號癲僧，已很久沒有病家上門。這些年來，家道衰落，酒雖然戒了，手已痙攣，不能按脈，早不行醫。但民間遇有病痛，有時也會就近問問他。

大先生說：「不要緊的。」取出一隻藥瓶，倒出一點點藥粉，交給了魯奶奶，說：「餵奶時，抹一星星在奶頭上。抹上三次，吃下去就好了。」結果，沒有好，黃，更深了些。

魯奶奶緊張得食不能下嚥，眠不能合眼。聽說城裡的傳教士開的洋醫院，治這種病最有效驗，紮一針就會好。也有人說趙家集的趙大夫，還有韓村集的韓八爺，對於月子裡的嬰孩，醫道最好。東家嘴，西家舌，全是好心好意。可是魯奶奶下定了決心，帶孩子與他娘一起進城。這時，魯奶奶之所以信了洋人，認為洋槍洋礮還有火輪船，都比咱們厲害。再加上傳話的人，是城裡新成立的洋學堂（註二）校董三老爺說的。如今，三老爺魯大用已是他們魯家的頂兒尖。

吩咐永春套車，馬上啓程進城。

車上架起蓆篷，前後都用棉被擋起。車裡舖上兩床被褥，連透風的縫隙都用破棉絮塞上。還有了兩隻火簍，婆媳兩人擁抱着還未滿七日的土娃，坐上兩條牛拉著的莊稼車，由魯永春趕車，進城去了。

魯甸的人，看到了這種情形，有不少人認為魯奶奶緊張過度，「胎裡黃」怕什麼？古語說：「胎裡黃，由他娘，七天飽奶紅光光。」娘胎帶來的，娘的奶水，就是良藥，慌什麼的！還去看什麼洋大夫，瞎舞弄（註三）。傞小的孩秧子。

這些話的意思是責怪魯奶奶這樣做，會把傞小的孩子折騰壞了。

有些人則說魯奶奶看中了這新生的小子，將來可以給他魯家重樹家風，這魯甸的主兒，落在別姓已三代了。

特別是張團總家人，見到魯奶奶要帶這新生的孩子進城去看洋大夫，只是為了「胎裡黃」，也認為未免驕貴的過分。可是心裡却在說：「哼！驕貴！驕貴！當心摔碎。」

尤其，魯甸距城不過三十幾里，傞小的孩子，揣在懷裡，抱進城去，豈不更好。又套車，又加篷，塞風眼，堵風尖，驕貴的像皇太子似的。委實令許多人看了不順眼（註四）。

在魯奶奶心裡上則不然。上一個女孩，就是在月子裡夭折去的。再說，她那已上學的小五兒，竟在水塘玩水淹死。這些，都是魯奶奶驕貴這新生孩子的主要心理。

別人，那能想到這些呢！

魯奶奶帶着土娃娘兒倆，在城中的福音醫院（註一），住了三天，土娃臉上與眼白上的黃，全褪了。於是，魯奶奶又帶娘兒們三口，抱著孩子徒步走回家中。

從此，土娃便睡在祖母的懷抱，母親所作的只是奶母的事。

春耕開始，農家忙了起來。

土娃滿月了。小臉兒紅中透粉，眉淸目秀。最顯著的是兩個比起一般人來，要大些的耳朵，耳垂厚厚的。讚美的人，都說是貴相，劉備就是「兩耳垂肩」。魯奶奶可不喜歡這句贊辭，常說：「俺可不巴望這土娃大了像劉備，動不動就哭。要不是諸葛亮，他早回老家賣草鞋去了。還有金鑾殿給他坐。俺到巴望他大了作個諸葛亮呢！」

魯奶奶話雖如此說，她這些日子却一直揣摩著要替土娃穿耳朵，在六歲之前，當作女孩養，這樣就能躲過刧數。又生怕土娃他爹娘不願意，還有瞎爺爺，也會有意見。穿耳朵，也算是破皮破肉，也不知與生辰八字尅不尅？遂又去問李樓大先生。李大先生雖已久不行醫，總比一般人知道的多。鄉鄰們有人家說親過紅（註六），總去找他老人家合八字，訂日子。

李大先生告訴魯奶奶，穿耳朵眼，是件平常事，男單女雙，自古就有，也算不得破相。要當心的是，有了耳墜，不到兩歲不能帶，孩子不懂事會拉扯；傷了耳朵。過了六歲也不能再帶，孩子已懂事，他會經不起人家笑他是女孩，往往會自己取下它，也會弄傷耳朵。又說：「爲男孩子穿左耳，帶偏耳墜，只表明了這孩子是他們家的寵兒，可不能當作女孩看養，會影響孩子性格。使不得的。別信三姑六婆的話，什麼劫什麼數的！」

魯奶奶聽了與八字無關，遂決心爲土娃穿耳朵。瞎爺爺聽了，也不反對。土娃的爹娘，怎敢說個不字。

這一兩天，土娃他娘就要抱他到老娘（註七）家去了。魯奶奶要趕在行前，完成了穿耳朵眼這件事。照一般鄉俗，那帶在左耳上的銀子偏耳墜，由外婆訂打（註七），要葫蘆型的，外型是「器」，可浮水過河；腹中有子成團，可瓜瓞綿綿（註九）。

「穿耳朵，太容易了。」劉媽媽說：「用一根納大底（註十）的針，穿上一根白絲線，耳垂兩邊各貼一片黃表紙，一針紮入，拔過針去，把絲線剪斷，綰個綑兒就可以了。七天之後，再把穿過耳朵的絲線，左右拉拉，別使線結在肉上。一月之後，就可以帶耳墜子啦。」

「唷！」魯奶奶一聽，心有些兒打皺，遂說：「這樣，不使孩子痛得蹬手蹬脚的號啊！」

「不要緊的，」劉媽媽說：「先用冰冰耳朵垂兒，冰木之後再穿，不會痛的。」

這時，已春暖花開，地上的冰雪早已融化。楊柳的靑枝綠葉，隨風飄颺，遠遠望去，綠色煙霧似的。粉紅色的桃花杏花，已是粉粧玉琢。早上，連霜也不結了，那裡還有冰？劉媽媽則說：「用冰冰一冰，那只是一種。孩子滿月穿耳朵，又不祇在冬天，夏天也多的是啊！用醋來酸酸，用燒酒來醉醉，都可以。孩子再大了些，就麻煩，他會哭會跳。」就這樣，魯奶奶決定請劉媽媽來給土娃穿耳朵。

決定給土娃穿耳朵的這一天，魯奶奶不但選了個日子，還拜了祖宗，又拜了灶君爺（註十一）。

劉媽媽知道魯奶奶的脾氣，她把準備好的穿耳針，還有燒酒，都用紅絨布裹起。自然線也穿好在針孔上，約有半尺長，雙起來的。雖然，穿耳朵是件芝蔴小事，魯奶奶却從昨兒晚上就緊張得不能入眠，她把土娃看得太重了。俗說：「掌上明珠」，在魯奶奶心裡上，比掌上明珠還要驕貴。所以，當劉媽媽到來，魯奶奶有些兒後悔，打算作罷。「男孩子，穿的甚麼耳朵眼，幹啥把驕貴掛到孩子耳朵上……」這話是她二媳婦在背後說的，業已注入她的耳朵裡。於是魯奶奶想：「我又怎能被這長舌婦的話擋了下來！」

魯奶奶把孩子抱給了他娘，她知道她心情緊張。

土娃的娘，接過孩子，也有幾分緊張，但却笑瞇瞇的向臂中的孩子說：「別怕！劉奶奶的針尖利，不痛，一下就好了。」一面說着一邊拍着「乖噢！要乖噢！」

實則，這滿月的孩子，那能聽得懂她的話語？

「一月無耳，兩月無目，只會哭。」

劉媽媽一邊唱著這支歌謠，一邊把一個方型的黑漆小木盤放在膝上，針呀，酒呀，剪好的黃表紙呀，全放在盤中。

「三月看人笑臉出，四月笑聲蛙打鼓（註十二）。」

在歌聲中，劉媽媽先用燒酒滴在棉花團上，塗擦土娃的左耳垂，只見孩子的脚手枝枝叉叉的。魯奶奶伸出顫巍巍的手，想去幫忙抓住。劉媽媽連說不要不要。

用酒擦了一會，兩片黃表紙夾貼在小耳垂上。

突然之間，劉媽媽左手指揑着的那根大針，便一針就紥了下去。當魯奶奶與土娃他娘，在驚悸中把眼一眨，連土娃的兩手兩脚一張的情態，都沒有看到。劉媽媽的左手，已伸出把穿過耳垂的針拔了出來，針上的白絲線，也扯出了兩寸多長。微沾着一些兒淡淡的粉紅血色。土娃沒有些微聲音表示。

魯奶奶看到穿過耳垂的針和線，興奮的說：「好了。」

這時，劉媽媽已用小剪刀，剪斷了白絲線，那根大針已放回膝上的小木盤中。跟着劉媽媽已把耳外的兩根白絲線合攏來，綰繫結好。這纔說：「好了！」一邊收起膝上的小木盤，「七天後，還得拉扯拉扯絲繩，別讓肉把絲繩吃啦。」

穿耳的手術，就是如此簡單。魯奶奶心情舒坦了。

「不怕風吧？」魯奶奶問。

「什麼都不怕。」劉媽媽說：「百無禁忌。」又加了一句說：「又沒傷皮傷肉的，怕的個啥？」

穿耳過了纔三天，魯永春夫妻倆，便抱起土娃到老娘家去了。

土娃的老娘家，在城南廿里之遙的童家牌坊，這村的名字，是由宋代一位孝婦的青石牌坊而來。由魯甸走直往的村道，相去也不過十五里路。魯永春三口，挎着一籃子紅點饅頭，兩包菓子。也未備牲口，也未備車輛，揹着孩子，挎着籃子，拎著菓子（註十三），步行而往。吃了早飯動身，傍響午就到了。

這童家，也是童家牌坊的主戶，兩家的祖上，都是當年淮軍的同事，童家的老太爺是文職，秀才出身，是一位統領手下的師爺，派出去作了一任縣知事。如今，土娃還有兩個舅父在居官，大舅是懷遠縣的教育局長，二舅是淮陰縣公安局的督察。還有兩個小舅舅在家照管田地。外公不在世了，外婆

（老娘）還健在。老娘已來過，與這外孫土娃已見過面。滿月後的嬰兒，胎中的那赤紅色褪去，已泛山粉紅，小眼珠兒黑圓圓的，小嘴唇兒元寶似的。頭髮又黑又絨，漩渦兒在正頂心。眉眼鼻唇，淸秀而四稱，眞教人見人愛。

老娘見到孩子已穿了耳朵，就吩咐他三舅到銀匠店去打製耳墜子。不用交代，只要一說是男孩子的偏耳墜子，銀匠店就知道是什麼形式。多重多大，早就有了定規。

童家雖然沒有了老一輩，只餘下了土娃這個外祖母。家中的人口，也與魯家一樣，是四兒兩女，土娃的娘是二姑娘，大姑娘嫁到吳家營，也在近處不過十餘里之遙。由於沒有分家，大舅二舅在外居官，三進頭的四合院子。比魯家可是寬敞多了。後進只有三舅一家陪老太太住，新成親的老四，獨占前院第一進。還住了一家外鄉人，河南衞輝縣老趙，四十來歲，夫妻倆帶着一個將近二十的兒子。農閒時，母子二人挎着巴斗跑集趕會（註十四）作小生意，售賣炒焦熟的花生，或油炸鬼、蔴花、糖糕（註十五）之類的吃食。農忙時，一家三口全是童家田裡、場上（註十六）的短工。老趙的外號叫「沙泡」（註十七）。那老趙一家三人，除了籍貫不同，姓氏不同，住在童家，幾乎一家人似的。童家的一切閒雜等事，他參予的活兒，比童家的這兩兄弟還幹的多，也特別勤奮。當然，他知道他們是寄人籬下的人。

童家的老少，也從不拿他一家三口子當外人看。

尤其，這老趙一家三口，在家也是個大家戶，弟兄五個，他是二房，在分家時，兄弟妯娌們吵嚷不休，遂一氣帶着妻子跑出來，發誓不要祖上一粒土、一根草。他小時候唸過幾年書，知書達理，莊稼活兒，粗細都能做。拿起筆來，能寫會算。到了童家牌坊這五六年來，沙泡趙不但是魯福聚家的幫手，也是全村里老少口中的好人。

土娃回老娘家，他夫婦還把從家帶出來的一塊古玉蟬給了土娃。那玉蟬腹下還刻有「知之鳴」三字。是出土的羊脂白玉，略有淡淡的黃色。

老趙把這雙古玉蟬送給童奶奶時，說：「大娘，這隻玉蟬是當年俺奶奶給我的。那時，她老人家還盼着俺能在書本子上讀出個一官半職，重樹家風。他老人家那裡想到我恁的沒有出息呢！」說着感慨得得淚水濕潤了眼眶兒，又說：「大娘！你是看見的，俺這兒子都廿啦，只唸了三年書，還能巴望他個啥？如今，俺看到你這個外孫子，眞是夠得上相書上說的：『天庭飽滿，地閣方圓』。尤其是耳垂子厚大。古語說得好：『口大吃四方，耳大鳴萬世。』這孩子生成的貴相噢！俺兩口子商量看，把這玉蟬轉讓給您這外孫子。可正適合這孩子帶着。」

說着雙手把這隻玉蟬遞給了童奶奶。

童奶奶不收，說：「可使不的。這是你們趙家的傳家寶物，怎可讓給別家？」用手推却，說：「這可使不的。」

沙泡趙一見此情，撲地雙膝跪了下來。

「俺這是誠心誠意。」老趙說：「這五六年來，大娘你一家人沒把俺老趙當作外鄉人，親子弟一樣看待。俺又沒別處混生活，往後，還得依靠大娘您家過日子。您要是不收，就是拿俺當外人看，攆俺。」

雙手高高遞上，慌得童奶奶連忙起來，接過。扶起了老趙。抱著土娃的娘，一時感動得眼淚滂沱（註十八），說：「娘，接了下來，怎樣謝人家呀？」

站起身來的老趙，從童奶奶手上取過那雙玉蟬，繫在土娃的頸子上，一邊繫，一邊說：「俺一見到這孩子，就想到俺這隻『知之鳴』的玉蟬，應該始這孩子。瞧，這兩個耳朵垂兒，夠多厚實寶啊！」

「老趙，俺拿什麼答謝你呢？」

童奶奶接過女兒的活頭兒說。

「謝個啥！」老趙先是土腔土調的說，遂又轉口用文質彬彬的詞兒說：「言謝就見外了。」

大姨媽從吳家營來了。

大姨媽嫁已五、六年，尚未生育。見到土娃，比任何人都要喜愛。把當年陪嫁的一雙眞珠子耳環，送給了土娃，說：「留著給他將來娶的媳婦帶。」

土娃他娘不收，大姨媽還是堅持非給這外甥不可。

另外，還有一顆銅印，上刻古字，還沒有人認得出來。有一雙獅子坐姿的鈕，紅繩兒栓着。這是她們吳家的。

大舅二舅不在家，兩位妗子（註十九）也隨夫住到任上去了。三妗子、四妗子，一家綉製了一頂虎頭帽子，一家縫製了一雙虎頭鞋。

在老娘家住了幾天，便帶着一大批禮物，還有老娘打製的偏耳墜子，滿載而歸。

當然，土娃他娘也知道，那河南人老趙給的那隻古玉蟬最爲可貴。遂照舊用紅布包起，與那銀打的偏耳墜子，放在一個小木匣內。

「當眞，俺這土娃能金榜題名？」

土娃他娘興奮的這樣想。實則，科學已廢了好些年了。

〔附註〕

註一：「血火」，是俺那皖北人的口頭語。意為不要把事件說得太嚴重來唬虎人。

註二：「洋學堂」是採取西洋的教育學制成立的學校，分初等小學（四年）高等小學（兩年），還有初等中學、高等中學、大學等校。已下令撤銷各地塾屋及書院。

註三：「瞎舞弄」。是俺那皖北人的口頭語。意為「亂整」。等於說一個人不懂，偏要去瞎整理一番。結果，會越整越壞的。

註四：「不順眼」，是俺那皖北人口頭語，意為看着不如意、不順心。不滿意這種作法。

註五：「福音醫院」是西方的傳教會設立的，教會是傳耶穌基督福音的，遂訂名「福音」醫院。鄉人去就醫住院，往往不收費。

註六：「過紅」，指的訂婚，雙方互送花紅綵禮，也稱「過節」。鄉間的禮俗。

註七：「老娘」，即外婆，俺那皖北稱外婆為「老娘」。

註八：「訂打」，俺那皖北，金器銀器的飾物等等，交銀樓製作，謂之「打」。像「打鐵匠」一樣稱呼。

註九：北方的葫蘆有兩種，一種可作菜蔬食用，一種味苦，不可食，但乾後，可作渡河浮瓢，也可鋸成兩半作瓢用，也可，作壺用。只要將腹中子取出即可，子，亦何混在南瓜子中食用。

註十：「納大底」，意指以粗繩線，一針針把男人的鞋底，縫納得結結實實，謂之「納大底」。通常，縫製男女的鞋底，謂之「納鞋底」，「鞋幫」謂之「納鞋幫子」。

註十一：「灶君爺」是北方人家中的主神，俺那鄉俗，婦女們無論作何事，總不忘去拜灶神，她們認為所作所為，全瞞不了灶君爺。這位家神，是「上天言好事，下界保平安。」

註十二：「鼓」是第三聲（上聲），但在歌聲中，則是陰平，音如「姑」（第一聲）。聽來，與上句「哭」字音韵相叶。

註十三：俺那皖北的習俗，孩子滿月到外婆家去，要蒸製饅頭，在饅頭上點個紅點。另外，再帶糕點。在俺那糕點統稱「菓子」。

註十四：在俺那皖北，集鎮通常的市面買賣，不是逢單逢雙集會，就是一、三、五，二、四、六，每十日三次。春天到來的這三個多月，到處都有廟會，市場比集市還要熱鬧。作小生意的，總是今去東集，明趕西會。俺那人稱這為之「趕集」、「趕會」。

註十五：今稱的「油條」，在俺那鄉俗，稱之為「油炸鬼」（或油炸檜（秦檜））。糖糕，是用熟麵包糖炸出的油炸糕。

註十六：「田上」指農地中的一切耕耘收穫等活計，「場上」指農作物收穫後，在打麥場上的一切活計。

計十七：北方灰土飛揚，特別是由河南沿着隋堤走來的人，在晴日走上半天，臉上身上都被飛揚起的黃灰沙土包了一層，像泡起的一樣。所以俺那人稱河南人謂之「沙泡」。實際上，並無不敬之意。因而這位姓趙的有了這麼一個外號。「泡」字讀陰平聲。

註十八：「滂沱」二字，在俺那土音，讀「爬他」二音。

註十九：「妗子」一詞，即舅母、舅媽，北方人稱「妗子」。

四　鳳凰帽子鳳頭鞋

周歲的那天，土娃有了學名：「金土」，依家譜啓的。然而，當魯奶奶把孫子抱到自己床上，就萌生了在上學之前，扮成女孩子扶養的念頭，俗話說：「男當女養，沒災沒殃。」魯奶奶相信這句話。

外婆家已打了銀耳墜子。如今兩歲多了，頭髮一直沒有剪，已經長得長髮覆額，兩條兎耳小辮，紮着紅綠相間的頭繩，豎立在頂心兩角。紅花襖、綠裙子，足穿鳳頭鞋，鳳頭鞋上還有一根懸翹翹的頂羽在顫顫巍巍。穿在脚上，連兩歲多的孩子，都會驕傲的向人伸出脚來顯耀，說：「你看，好漂亮唷！」

冬天到來，還有一頂鳳凰型的帽子，戴在頭上，就像一雙半展開尾翼尙未開屛的孔雀。特別是那軒軒霞舉起的鳳首，有着仕女的高貴氣派。這是一位工於女紅的巧手慧心出來的。不過，這一套鳳凰帽子鳳頭鞋，土娃可沒有穿過幾次，過了三歲，他就開始排斥女裝了。

先是要扯下那戴在左耳上的耳墜子，有一次把耳朶扯破了流血，不得不爲他取了下來。取下耳墜之後，還用一粒小麥塞在那耳洞中。若不堵塞，一年後就長實了。

儘管如此，這鳳凰帽子鳳頭鞋，確曾在土娃身上，風光一時。第一個新年，就走紅了起來。凡是看到的人，沒有不贊賞的。而且必問：「是在那裡買來的？」在當年三春間的廟會上，就有了出售鳳凰帽子鳳頭鞋的攤位林立。一向流行的老虎頭帽子虎頭鞋（註一），相形之下，反而遜色起來。

於是，一家「眞鳳凰帽子鳳頭鞋」的店號出現了。

於是，花鼓班子的花鼓娘兒，脚上的蹻鞋，也改成了「鳳頭」，頭上勒的那團花球，也改成了鳳凰帽子。三歲多的土娃，還穿着鳳頭鞋戴着鳳凰帽子到花鼓班子的場子中去「走場」呢！

這裡說的「花鼓班子」，是准北一帶流行於安徽宿、泗二州，江蘇的徐州，河南的睢州（永城夏邑等地），一種以腰鼓爲主旋律歌唱的小戲。屬於農村人民的鄉野小調，作爲自娛自創的一種戲劇。若是不演唱長篇故事，它只是調笑性的小故事。如「王小二趕脚」、「潘金蓮拾麥」、「王二姐挑水」、「小貨郎」等等，只是走場的二人表演。表演的全是艷情詞兒、風情調兒、藝情態兒。一向不得在莊村裡演出。總在野地裡作場。就這樣，古板的人家，還不准家中的青年子弟去圍觀呢！少女少婦們，更是嚴禁的。可是，魯奶奶却允許他小叔抱着年纔三歲多的小侄子頭戴鳳凰帽子、脚穿鳳頭鞋子，跟着花鼓娘去走場。於是，大家都說：「嗬！可眞是民國了，連魯家都領頭兒去唱花鼓戲了。」

不錯，那天的花鼓，魯家的小叔確是抱着侄子去了。

因爲，魯奶奶聽說這花鼓班子，特地爲了「鳳凰帽子鳳頭鞋」，編了一個唱段來演唱，當然極其高興。花鼓班子聽說魯奶奶知道他們來此，打算演唱「鳳凰帽子鳳頭鞋」唱段，樂得笑開了嘴，遂伺機去拜懇魯奶奶能去捧場。最好能把孫公子帶去，戴着那鳳凰帽子，穿著那鳳頭鞋子，走進場子，給大家瞧一瞧，他們花鼓班子作的鳳凰帽子、鳳頭鞋子，只是爲了戲，改造過的，那裡比得了孫公子身上穿著的眞材實料。就這樣，魯奶奶被說動了心，應允由小叔帶着孫子去。

這天，是二月初二，地上的雪也已融化，有些地方，小草已在土上長出了青青點點，麥苗兒已在盤根（註二）。曬乏地（註三）經過一冬的雨雪覆蓋，已平平正正的了。春耕尙未開始，花鼓戲就在這大畝（註四）上作場。也許是有人傳出了魯奶奶要抱孫子下場，因而這天的觀衆特別之多。當花鼓男（註五）領頭敲打着腰鼓，花鼓娘扭着舞步隨後，敲着舞着走向野地的演出場地（註六），就尾隨了黑鴉鴉一大串看熱鬧的觀衆。所以，到了演出場地，尙未坐好（註七），圍成了圈兒的觀衆，就已不止三層。

等花鼓戲子們，住了鑼鼓坐下之後，就有人在觀衆層中指指點點，絮絮叨叨，因爲這花鼓班子中的主脚花鼓娘，不在其中，遂引起了觀衆的疑問。忍耐不住的觀衆，遂在人層中大聲吼問：「撲拉蛾呢？」

起先，在休息中的花鼓戲子，沒有人理會，跟着，吼問的人更多了。「今兒個有沒有撲拉蛾？」於是，吼問的人聲，此起彼落。花鼓戲子只得回答了。

「馬上就到，」一答者說：「還能少了俺家的黑蛾子嗎。」

觀衆正在嘈雜吵嚷着，忽聽東方傳來鼓聲、鑼聲，大家循着鑼聲的方向望去，又有一簇人蜂擁着一組花鼓戲子向這裡走來了。哇！霎那間，這裡圍了數層的觀衆，一時如同出籠的蜜蜂，嗡嗡嗚嗚的散開，飛奔向東方的鑼鼓群，他們，人人都已意想到那一組花鼓戲子，纔是他們所期望見到的花鼓娘撲拉蛾呢。嗬！今兒格穿的不是一身黑，是一身的藍。

不一會兒工夫，大群的觀衆便滙聚起來，共同的蜂擁着那位年少貌美穿着渾身耀眼的藍衣藍褲花鼓娘，正是撲拉蛾走出來了。今天已不是往常的打扮，額頭上的那個致瑰色的花球不在了，頭上却換戴了一頂鳳凰帽子，那帽子，就像一隻棲止下來的鳳凰，昂頭瞬目，頂上挺拔起的一根細羽，迎風不鞦。長尾微開，金眼閃閃奪人，橢圓鏡框似的框框框住那花鼓娘撲拉娥的粉臉，一雙鳳頭鞋在那三寸不到的弓鞋上，飄搖起鳳頭獨羽，這一分俏麗情致，眞是出塵超凡，有如仙籍中的仙女似的，令人望去，已不能相信今天的撲拉蛾是個土ㄚ頭，已變成了仙班玉女了。

撲拉蛾已步入場地，就開始走場（註八），那花鼓男也年輕，那盤鼓（註九）的勁頭兒也足，花樣兒也盤的邊式，眞的可以說，花鼓娘如飛鳳展翼舒歛自如，走場時的腳步，賴鳳頭鞋的麗姿裹助，在各種步式的舞姿裡，展現了不少出乎往日不同的花樣，引逗得全場裡三層外三層的觀衆，瘋狂似的吼嚷鼓掌。

還一唱一和的唱着新編的「鳳凰帽子鳳頭鞋」歌兒呢！

女唱：啊………二哥呀！咦呀……

俺頭戴着鳳凰帽子藍呀又藍，

出嫁的日子俺坐的是旱船。

（扭扭妮妮手舞摺扇學着旱船搖擺着走場）

男接：胡說，咱們這兒姑娘出嫁坐的是花轎。

那有坐旱船的？

（於是一邊敲打腰鼓一邊舞着坐花轎（姿態）走場。）

（在女脚歌唱走場時，男脚隨着女脚舞；

在男脚唸或唱時走場，女脚則隨着男脚舞。）

女唱：俺出嫁那來的花轎坐，我說二哥呀！

又沒有驢馬又沒有車，全靠兩腿上這一雙金蓮。

啊——哪哈咦呀！

男接：（男脚走過來，女脚手搭男脚肩頭介）

哎唷！就全靠你這一雙小脚走呀！

（一邊說着，一邊反身下腰，伸手去揑女脚的脚介）

（女脚嫣然一笑，嬌嗔的一推男脚，走開介。）

（於是二人相對的在鑼鼓敲打聲中走場。）

（女脚學着金蓮行路遭遇上的各種困苦情景，男脚盤鼓，且隨時耀起，走近女脚，順着女脚舞姿的勢頭，打算去沾點兒便宜，旦脚運用嬌嗔的舞姿躲閃開來。）

女唱：都怪奴家命運薄，娘家婆家都沒有自家田。

我說二哥呀！俺那口人兒，還在地主人家打短工，一年也賺不了幾文錢。俺姊姊妹妹一大串，爹娘養不活，就送的送來扳的扳（註十）。只勝奴家長得俊，多靠養母俺活到今天。

啊呀呀我說二哥呀！哪哈咦呀！你說俺命殘不命殘？

男接：（拭淚介）你這一說不打緊，不由得俺也淚漣漣。俺這裡忙把妹子叫，妳再說上一說那兒男。

（於是二人又走場介，鑼鼓配打，二人對舞介。）

女唱：啊………二哥呀………（又手搭在男脚肩頭上介）

男接：説！大着胆兒説！説出禍來，有俺！

女唱：提起俺那人兒俺心哆嗦！我説二哥呀，哪哈咦呀！

男接：別怕，説。

女唱：俺那人兒倒是個粗大個，田裡家裡他都會幹活。我説二哥呀，可惱他貪酒好杯常醉倒，酒醉時誤了活兒。論活兒，他是地主的工大領，在大領的行裡也數得第一個。正因爲他酒醉常誤事兒，地主人家都不敢要，只落得東一榔頭西一鋤。啊啊呀呀二哥呀！他酒醉回家還折磨我。若是不肯，他就上是拳來下是脚。

啊啊唷！俺好命苦啊……

男接：走，（扯拉女脚介）跟我去找他算賬。

女接：這筆賬用不着算啦！

男接：怎的用不着算啦？

女唱：啊……二哥呀！

有一天，他一碗一碗向肚裡灌，就倒地不起見了閻羅！（鑼鼓等頓時煞住介全場轟起采聲）

男接：（洩氣介，雙手向下一搭，頭一低介）

你説了半天，他死了！（全場轟起采聲）

女接：可不是死嘍！

要不是死嘍，（歡愉介）我怎的能頭戴這鳳凰帽子，脚穿（提足展示介）這鳳頭鞋子？

男接：喲！照你這麼說，（上下打量女脚介）聽你這口氣，好像又作「二度梅」（註十一）啦！

女接：不錯，我又有了人家啦！

男接：（背供介，我的老天爺，俺在這裡樂和了半天，這次又白樂和了啦！他又有了人家啦！）說，是那家？（向女脚作乞憐狀）俺比得上比不上啊？

女接：你自個兒去比吧！（於是向觀衆中環視着喊介）噯！俺的那一口子，請進場來吧！

（全場的觀衆都向四周掃瞄。突然，有一個半大的小子，抱着一個頭戴鳳凰帽子脚穿鳳頭鞋子的娃娃，穿過人牆，走進場來了。）

（起先，大家還不知是怎麼會子事兒，都愣怔着等待下文。等那半大小子把懷中抱的三歲娃娃放下地，大家方始明白，因爲有些人已經聽到了傳說，那是魯甸魯奶奶家的孫子，最先穿戴鳳凰帽子鳳頭鞋子的孫子。於是，全場掌聲如雷，炸響起來。這麼一來，把這三歲多的娃娃諕哭了。哇地一聲，回頭雙手死抱住他小叔的雙腿，狼嚎虎嘯起來。這時，女脚撲拉蛾，以及鼓手男脚，都已走到這土娃跟前，打算要去抱他，他也不肯，反而號哭得更凶，還大叫着說：「我不要，我不要！」他小叔抱起他來，他還頭臉撲在他小叔肩上，哭喊着：「我不要！我不要！」連花鼓娘想去吻他一下，也不可能了。」只有由着他小叔將他抱出場去。）

雖然，花鼓班子預寫的這一場「鳳凰帽子鳳頭鞋」艷段，未能按原寫的劇本終場，這土娃在眞情的孩童意識之下，突然產生的戲劇結尾，較之預寫的劇情結尾，還要來得戲劇化些。可以說，比原先寫完的戲劇結尾，戲劇的效果，還要收穫得大。

那天，連正戲要演的「安安送米」，都受到了影響。許多的觀衆，在這一艷段結束後，已歡歡樂樂的散去了。

（如照原安排的這一艷段結尾，是由他小叔與那另一位半大小子，抱到花鼓場上去，照着演習過的程序，先站在場子裡，亮個相，然後再由花鼓娘領着繞場一周。或抱起來走上一圈。那想到這孩子一走進場，就被過千的人群，鼓出的驚天震地掌聲給諕哭了。只得由他小叔再抱出場去，艷段，就這樣在大衆的掌聲與歡笑中，作了結。）

土娃被抱出之後，還在哭鬧，連頭上戴的鳳凰帽子，脚上穿的鳳頭鞋子，都扯下來了。嘴裡一直吵着：「我不要！我不要！」

抱回家中，魯奶奶獲知此情，心疼得像被揪一樣，淚水擦都擦不乾，接過孩子緊緊摟在懷中，拍着哄着，說：「我的乖孩子，別哭啦！都怪奶奶不好，千不該萬不該，不該讓那唱花鼓的調擺你，別哭啦，等會子奶奶去跟他們算賬去。幹啥欺侮俺家的土娃！」

可是，哄了半天，還是哭鬧不停，一個勁兒的說：「我不要嗎！我不要嗎！」這時，他娘來啦！那一個最容易使孩子止哭的兒歌，唱出了口。說：「別哭啦！你看，毛（讀音第一聲）猴子來了。『綠眼睛，紅鼻子，長着四個毛（讀第二聲）蹄子。走路乓乓響，專吃哭孩子！』看，毛猴子來了！」（註十二）土娃煞然不哭了。

「瞧你，還來誝虎他，」魯奶奶責備土娃的娘。「孩子已經誝着了，你這做娘的還來火上加油。」

這時的土娃，雖然住了哭聲，但那受了屈的心情，還有聲浪泣乎泣乎的在喉頭滾動着，孩子的小肩膀頭兒，還在隨着那喉頭泣乎泣乎的聲浪，在一起一伏的聳動着。受了婆婆一頓搶白的娘，也不敢則聲。

「那個女人，就像娘說的像個毛猴子，」土娃用那唏乎唏乎的聲調說：「紅眼睛，綠鼻子，腿上長的也是毛蹄子。好怕人噢！」

經土娃這一答腔，逗得奶奶與娘兒兩人，全笑了。

「那個花鼓娘不是毛猴子，」土娃的娘說：「是個大男人扮的女人。」

「不要嗎！」土娃哇的一聲又哭了起來。「我不要嗎！」

於是，魯奶奶把孫子摟在懷裡，又是怕又是搖，一再說：「待會子奶奶去跟他算賬！奶奶可饒不過他們。」

就這樣，土娃的委屈，被安撫下了。

可是，從此之後，土娃再也不願戴那頂藍藍地鳳凰帽子，不願再穿那雙翹巍巍的鳳頭鞋子。却也因此打消了魯奶奶將孫子「男當女養」的念頭。

然而，那鳳凰帽子鳳頭鞋，却仍在市場上流行着，那帽兒，那鞋兒，想來還是很美豔的。

〔附註〕

註一：以老虎頭的形像，剪裁出來，縫製成的兒童帽子，在中國北方民間，極爲盛行，大多三兩歲以至四五歲的孩子們，都曾戴過。就是今天，鄉間還在流行。帽尾有一尺來長，拖到背上，虎頭包裹孩子的兩耳，最適宜冬天戴。帽上還繫綴了鈴鐺。鈴鐺的聲音可使他的大人一聽就能知道孩子在身邊近處。

註二：秋天種的麥子，到了春二月，麥根就要盤結起，再發新芽，向叢叢茂茂處生長了。可以看得出麥苗的根厚旺起來。農家人稱之爲「盤根」。

註三：收割了秋莊稼之後的土地，沒有種麥，（麥，九月下種）却耕犁完妥，翻犁起的土，讓秋天的太陽曬，冬天的霜雪凍，留到春三月種高粱。這種土地，俺那鄉人農家，便謂之「曬乏地」。春二、三月，翻犁起的土，已經平了。三春的花鼓班子，便在這些野地上活動，地主從不禁止，還樂意在他們的曬乏地上作場呢。因爲遺落下的食物以及汚穢物等，都是可以作豐饒土地收成的肥料。

註四：大畝，就是大塊曬乏地，可以作場容納多數人的曬乏地。若是地畝小而窄狹，周遭有麥田，就不適作場用了。

註五：扮演花鼓戲的女脚，鄉人稱之爲「花鼓娘」，扮演男脚的稱爲「花鼓男」。（花鼓娘也是男扮女裝。）

註六：花鼓戲，大多在野地作場，但化裝，則在麥場上的車屋裡，（放置裝載莊稼的四輪平車小屋），裝扮好了之後，就一個個扭着（三寸金蓮）走往表演場地。身後總是跟隨了一大幫子小男孩。也有成年的年青男子。

註七：在表演場地上，有一張方桌，桌子的左、右、後三方，擺有長條凳，表演者以及敲鑼打鼓的，就坐在那裡。桌上擺有茶杯什麼的。他們坐好之後，先敲打起來，等觀衆圍得差不多了，花鼓娘與花鼓男就下場走場了。

註八：走場，是淮、徐一帶花鼓戲的一大特色。花鼓娘的雙脚，幫着三寸金蓮（行話叫幫蹻），在走小脚婦女行走時的各種扭擺姿態，花鼓男在敲打腰鼓，幫襯着舞。據徐州花鼓老藝人卜大孩，以及我家鄉濉溪花鼓老藝人周欽泉老師等述說，花鼓藝「走場」的舞蹈花樣，有十大走，卅六中走，七十二小走，九十二抖擻。舞姿嫵媚，變化多樣。而且是唱一段舞一段或邊唱邊舞。

註九：盤鼓，也是花鼓戲的走場舞姿名稱，屬於男脚花鼓男表演的部分。名堂也同樣的多，他要與花鼓娘的各種走場花樣相對稱。但也單獨表演，據家鄉濉溪縣花鼓老藝人周欽泉先生說，他已傳授了青年，衣鉢了他的盤鼓藝術。

註十：扳，音板，扔了不要的意思。「扳了」，就是扔掉了，甩掉了，不要了。

註十一：「二度梅」是一齣戲劇的名字，演梅良玉青年時代，爲人修植園林，尤善養梅。這年梅花盛開，園主人陳日升，正訂佳日偕妻子兒女賞梅。不想夜起風雨，打落梅花。陳家主人深感掃興，且有不吉兆頭傷感。梅良玉暗祈神靈，贏得花神相助，使得敗花復開。後來，陳女杏元與良玉成婚。故又稱「梅杏聯芳」。然而人們每以婦人再嫁，以「二度梅」喻之。這話，早已成爲我們中國人的成語。

註十二：「毛猴子」這個兒歌，可能就是打從隋堤這一帶流行的。「毛猴子」三字，乃「麻胡子」的方言變音，他本是當年隋煬帝派去挖河督工的麻叔謀。傳說這人待人極殘暴，而且愛食兒童，因而留下惡名。（就是唐傳奇《開河記》中寫的那個人物。）這兒歌，是隋堤一帶母親，歌來赫阻孩子止哭的最有效方法。至今，還在這一帶流行着。

五　小老鼠、小青蛙與人手足刀尺

經過花鼓場上這麼一折騰，土娃哭號了一身大汗。二月天的地上，冰雪雖已溶化，西北風已轉到了東南風，俗話說的「春寒料峭」，晌晴天的早晚，還是冷颼颼的。

那天，土娃穿著的不少，紅花襖，紅花褲，還穿上一件綠綢的綉花裙子。再加上頭戴那麼一頂著長尾巴翅兒的鳳凰帽子，脚穿一雙尖尖翹翹的鳳頭鞋子，在傍晌午的陽光溫熱照射之下，已是背上汗津津的了。他這一哭一鬧，當然，滿身是汗，眞的是汗流浹背。

抱回家之後，再那麼一脫一換襖褲。孩子閃了汗啦（註一）。午後一覺醒來，就有幾分燒熱，大人不曾留意。一下午，看得出孩子玩得不如往日活潑。只以爲是上午在花鼓場的哭鬧情緒，還沒有在孩子心靈上消失，大人也就沒有試想到孩子會閃汗燒熱。到了晚飯時候，孩子胃口淡淡，不大想吃。從眼皮上，看得出孩子有疲備欲睡之態。原以爲他午後睡得不夠，卻突然聽到土娃說：「奶奶，我頭痛！」

魯奶奶伸手摸摸額，感受得到熱火火的燙刺刺的，不禁一驚！說：「孩子發熱。」第一個想法，就是上午，在花鼓場子那擋子事，把孩子諕著了。

於是，趕忙要永春去請劉媽媽來。

劉媽媽會「壓驚」，諕掉了魂，也會叫回來。

劉媽媽到後，一聽說到上午花鼓場上那檔子事，就肯定的說：「孩子諕掉了魂啦！」吩咐準備著在二更天過後，人們大多入睡時，到花鼓場那裡，去把孩子諕掉的魂靈叫回來，重附在孩子身上，燒就退了。

叫魂（註二），要三個人，兩男一女，兩女一男，其中之一必是孩子的親人。一個叫，一個答，一個跟著在後面燒紙錢。家中得有人照看失魂的孩子，要他安睡，別讓他醒來。

二更天過後，魯奶奶親自擔任叫者，劉媽媽擔任答者。土娃的爹魯永春跟隨在後，就著手中的燭火點燃紙錢，一邊燒，一邊丟。

「土娃，諕那兒歸來吧！」魯奶奶叫。

「歸來嘍！」劉媽媽接應回答。

魯永春隨後，點燃一串紙錢，丟下。

「金土，諕那兒歸來吧！」

「歸來吧！」

一聲學名，一聲乳名，一聲接一聲的叫著，一聲接一聲的應著，紙錢一串串的燒著丟著。

從花鼓場子繞了三周，再從花鼓場沿路叫回家來。三個人一叫一應的叫回家。唧唧喳喳的聲音，把孩子吵醒啦！劉媽媽便口中唸唸有詞，說：「魂（兒）還！魂（兒）還！認清自家門，認清自己人，野鬼不敢纏。」就這樣，劉媽媽平平圈起雙手，連連畫圓，說：「好了！」

跟著，從魯奶奶手上接過繫上紅繩的兩串五百大錢，告辭回家。

土娃第二天不發燒了。

自從花鼓場子上的這次誆了孫子的事發生，使魯奶奶教養土娃的想法，有了改變，還是像其他人家一樣，「潑生潑養」，任由他隨同其他野孩子去野去好了，別驕貴他。於是，土娃的打扮改了，一頭滿髮梳起的兩根羊角型紅繩紮起的小辮子，鬆散開了。居然也剃成一個「糞扒子頭（註三）」，後腦杓留了一撮「拉尾巴」毛兒（註四）紅花襖褲也換成了老藍色。冬天，頭戴虎頭帽子，脚穿虎頭鞋子，帽子上的鈴鐺，鐺鋃鐺鋃的響。

塞在左耳洞中的那粒麥，也取出來了。

這時的土娃，眞格是土娃了，像泥娃的頭一樣，前後可以說是判若兩人。可是，土娃卻是一點兒也不曾計較，奶奶爲他改了打扮，滿髮的劉海（註五），改成了「糞扒子頭」，這四歲的孩子，一點兒也不在乎，縱有人嘲笑他說：「啊唷，好醜噢！眞是個土娃嘍，土的冒泡兒。」

這土娃最大的反應，也只是撲到奶奶跟前說：「他們笑我！」

「別理他們，」奶奶說：「咱土就土，怎麼樣？咱鄉老土，就是鄉老土；大家都土！有什麼好笑的？」

過了些日子，也就沒有嘲笑土娃的了。

魯奶奶一肚子的兒歌，所以土娃還在呀呀學語，就開始學了。起先，魯奶奶只是唱來哄孩子，到了土娃兩歲多，居然聽到他獨自在玩時，竟淸淸當當的唱：「小小雀，尾巴長，娶了媳婦忘了娘。偷買肉食炕頭放，留著夜裡媳婦嚐。」於是，魯奶奶教唱兒歌。

「月亮光光，賊來偷醬缸；一把抓住了辮子，原來是個和尙。」

土娃最愛唱這支歌，唱完就會心的笑出聲。還加上一句說：「原來是個和尚。」因爲奶奶告訴他，和尚是個禿頭，沒有辮子。他已能會意到這支歌兒的可笑在和尚沒有辮子上。還有另一支歌，他也愛唱：

「上轎時節哭泣泣，回門（註六）時節笑嘻嘻！早知小女婿長得怎樣驃（註七），還（讀孩）哭個什麼的？」

土娃雖不知這歌兒的內在含意，卻聯想到他先哭後笑時際，大人口中的那句：「先哭後笑，自喝馬尿。」遂也唱完就笑。說：「還哭個什麼的？」

到了四歲的時候，兒歌已能唱十多支。但大多時候，都是一個人在一邊玩耍一邊小聲的一字字一句句唱出來的。只要他發現身邊有人，在注意著聽他唱，他就會煞住停止下來。有時，就是魯奶奶聽了拍手叫好，他就會氣火大的跑過來，推他奶奶，說：「不要嗎，你走開。」

只有魯奶奶知道孫子會唱十多支兒童，而且一教就會。有時，竟不敢相信這孩子是怎樣學會了的。教他的時候，雖是一句句的教，也一句句的學，却很少聽到他能唱完整一長句子的歌詞。魯奶奶教孫子唱兒歌，也只是哄孫子玩兒的心理。所以有時候，較長的兒歌，魯奶奶也唱給土娃聽。

譬如這支「訓貓」：

貓兒貓兒你仔細聽；有了老鼠在打窟窿。
去拿住他，可別放鬆；代我向老鼠問一聲；
你找吃的，有野地；爲啥偏住人家裡？
又偷油，又偷米，又咬床又咬衣。

東一個窟窿西一個洞，夜夜吵打又不安靜。

貓兒貓兒你聽不聽？你不捉老鼠休想吃魚腥！

這樣長的歌詞，土娃不到四歲就能唱得利利落落一字不錯。還有那支「小老鼠上燈臺」，他最愛唱：

小老鼠，上燈臺，偷油吃，下不來。

叫奶奶，奶奶發了呆！

叫爺爺，爺爺不敢睬！

小老鼠，往下掉，摔在地上死翹翹！

爺爺奶奶洞裡喊！爹娘也在洞裡叫！

一群蛤蟆來吊孝，咕呱咕呱好熱鬧。

還不到三歲的時候，土娃最愛唱的是那支「小青蛙」：

我是小青娃，我有兩個家。

岸上住住池塘裡划划。

一會兒跳上來，一會兒又跳下；

唱起歌來，呱呱 呱呱呱呱呱。

過了四歲，土娃口中的兒歌，已變成《三字經》中的「人之初，性本善；性相近。習相遠；苟不教，性乃遷。」還有《百家姓》中的「馮陳褚衛」、「金魏陶姜」。連那支他時常掛在口邊的「月宮有位好姑娘」（註七）也不唱了。因爲魯甸書院，已改成了「魯甸鄉立高初等第一中心小學校」，已經開學上課了。五歲的土娃，已準備上小學。

初等小學的課程，有國文、歷史、中外國地理、格致、修身，還有筆算、珠算，以及毛筆習字、毛筆習畫、唱歌、舞蹈、體操等十多種學習的課程。到了高等，還有英文、博物、理化等課，比舊式學屋（註九）的教學，可學的多呢！

魯永春爲孩子弄來小學一年級的國文兩種，一種是較早的，清朝光緒年間，開始設立大學堂、小學堂的時期編印的（註十），另一種是民國成立後改的，正在使用。魯甸鄉新成立的中心小學，教的就是這一種。兩種課本，都附有畫圖，來配合課文。第一、二兩冊，不分課，一頁頁連續寫下去。早期的課本是「人　人有二手　一手五指　兩手十指　指有節　能屈伸」，現在教的則是「人　手　足　刀　尺　山　水　田　狗　牛　羊　大山　小石　夾衣　棉衣」，每一冊有五十頁，初等十冊，高等十冊。從第三冊起，就分課了。清朝的每冊六十課，民國的每冊五十課。都是木黃色的光連紙印的，單面印刷，雙折合成一頁，線裝。

這一年級的兩種國文課本，在不到一個月的光景，魯永春就教會了兒子；當然，他的教育方式，還是老的，先教孩子唱歌。譬如：「小白兎，草中走；我欲投石，哥哥搖手。」又「一小村，五六家，屋後有樹，門前有花。」

魯奶奶一聽，就反對他孫子進洋學堂。

「這書上寫的都是家常話，」魯奶奶感慨地說：「還用得著去上學嗎？孩子上學，是爲了唸書，這那裡是書？書乃聖賢人的金口玉言。」什麼『大風起，樹枝動，樹葉飛。』又是什麼『你七歲，我八歲，他九歲，誰大？誰小？』（註十一）這不都是廢話嗎？」

「永春」，說著面衝兒子，斬釘截鐵的說：「咱家的土娃不進洋學堂，我說的。以後，我也不准你再教孩子唸這洋書。」

魯永春祇有聽著，不敢反嘴。但心裡却想到：「如今，只准設學堂，不准設塾屋了。誰要是設了塾屋，那就是「私塾」，違法的，縣政府就會來查封，教書的先生還得抓去坐牢。原是「魯甸書院」的學監舉人老爺，已是這小學堂的校董，連舉人老爺的獨養兒子，都進了這小學堂。反對最力的魏松巖也到城裡去了。聽說在城中，一家基督教會，教一位小姐唸四書（註十二）。如今，魯甸已無設館的人士。凡是有學力有名聲有郡望的人士，全被教育局延攬到小學堂作了校董以及其他什麼銜名職司。這方圓二十里之內，只有這兩所小學，最近的五舖甸子，也得走五里路。那裡，也是「洋學堂」。

魯媽媽又生了兩胎，先一個小產，這個一歲半的妹妹，臘月間又染上肺炎死去。因而土娃在魯奶奶的心秤上是越發加大了重量。

自從「魯甸書院」改成小學堂，鄉人的嫌言惡語，就不曾斷過。說來，可不是魯奶奶一人有此意見。

第一，學堂的上課制度，與舊式教學的大不同處，是有了上課、下課之分。上課搖鈴，下課也搖鈴。

尤其搖鈴下課，只要鈴聲一響，學童的囂嚷聲，便轟叫到校外。魯甸鄉人很不習慣。

第二，有體操的課程，需要操場。

這小學堂雖是就原來的書院改的，又往後擴充了校園，加了一進院子，合起來有三進院子。在後排教室的後方，又擴出去加了一個院子，可以容納二、三十人作爲體操活動的空間。可是這最後一排三間，有一間是原有書院的大學生（註十三）留下，組成的高等一班。若是在後院上體操課，就影響了這一班學生上課。因此，遇有體操課，便走出校門，到校外近處的打麥場上實施。

這麼一來，每次實施體操課時，雖然人數不多，一次出來不過十來個人，却也如同出籠的蜂子似的，叫著嚷著奔向操場。若是球類，往往有落在人家院中的盆盆罐罐上，再加上，打麥場又無遮攔，擋不住看熱鬧的孩子，從中加入湊上熱鬧。鄉人們自難免要發怨聲。

「這那裡是教孩子唸書啊！」大多人都這樣議論。「極少聽到孩子的讀書聲，只聽到孩子的打鬧聲。只聽到下課的鈴聲。鐺啷！下課啦！麻活油的鳥群（註十四）似的，吱吱喳喳的風過來又風過去。這那裡像教孩子們唸書的學堂？」

「咱們這個書院，舉人進士都及第了不少，」有人這樣說：「就是民國廢了科舉，也不能不教孩子唸書啊！」

「儘跟他娘的洋鬼子學，」有人這樣不滿的議論。「八國聯軍打咱中國，還不是想瓜分了咱們這地大物博！我看這洋學堂啊，是洋人的把戲，硬的用不上啦用軟的。設這洋學堂不是用的軟工嗎！不是有人喊過：『打倒孔家店嗎？』孔老夫子是咱中國人的至聖先師，幾千年來，誰說過一個不字。怎麼？到外洋喝了幾口洋墨水，就有了學問啦！數典忘祖啦！他媽的，都是這些借洋人自重的假洋鬼子在禍國。咳！國之將亡，必有妖孽！」

「眞怪！孫中山搞革命，革掉了數千年的國王專政，自己不坐天下，反而把天下任由別人來把持，袁大頭不是耍了他嗎？如今，又是黎元洪啦，曹錕啦！段祺瑞啦！又是什麼奉天的張作霖啦，上海的孫傳芳啦，亂竄的吳佩孚啦！一句話，都想占地爲王。俗說：『亂世出英雄』，這些傢伙，誰他媽的是英雄！」

……………………………………

正由於地方上反對小學的聲浪甚高，校董們也曾進城反應，甚至南去安慶省府說明。但基於這是時代的趨勢，連最頑固的日本皇國都改了學制，何況，我們中國的廢書院改學堂，在前清光緒年間就已詔命實行，如今都二十多年了，新學堂畢業的學生，出國留洋，學成歸來。也有好幾批了。其中進士、舉人及第的人，都有好幾人（註十五）。地方上要求廢新還舊，那是絕對不可能的事。校董們却誰也不敢率直作對，一年年都是敷衍過去，反正農閒祇不過這三幾個月，到了二月春耕一開始，鄉人那裡還有閒工夫到一起閒聊？

土娃叫六歲了，個頭兒又瘦小，看起來比六歲的孩子矮小。挨過一個秋，又過了個年，還是送進了小學堂。這時土娃實歲六歲多了。不進這個學堂，無處上學去。再說，土娃鬧著去，他已經跟著別的孩子到學堂坐在課堂裡聽課，有好幾次了。

上學，土娃比任何事都有興趣。

大人摽不過孩子。大人鬧乎的那些，孩子一概不計較，他只覺得到學堂去，玩伴兒多，比在家成天跟著奶奶快樂。只有一個問題，五歲多的土娃，尙未斷奶，兩個夭去的妹妹留下的母乳，土娃都承接了下來。

所以，土娃在上學的時間裡，先生（註十六）得准許放他回家吃奶。這是魯奶奶送土娃上學，向先生們提出的唯一要求。

〔附註〕

註一：閃汗，意謂在出汗時，吹了風，凍著啦，患了感冒。

註二：叫魂，是淮北一帶鄉間；時常有的一種風俗。當孩子被貓捉老鼠時，突然從屋樑上跳下地來，或者狗爭食，突然咬起架來，驚哭了孩子，又湊巧遇到孩子睡不適、發燒、減食，便認爲是受到驚諕引起的。於是，便找來笽婆子「叫魂」。

註三：糞扒子頭，是把孩子的頭髮，剃得只留前腦上那一塊頭髮不剃，形狀像鄉人平常拾糞用的那隻「糞扒子」，大半月似的圓鏟鏟的。

註四：「拉尾巴是在後腦勺上，留下一撮頭髮不剃，讓它長成一綹毛兒，在腦後拖拉著，飄搖著。

註五：劉海頭，即滿頭的頭髮不剃，任之長長下搭拉著，像戲釣三足蟾蜍的劉海，頭上滿髮下垂到肩。

註六：回門，淮北那一帶的鄉俗，女兒出嫁，三日後偕同夫婿回娘家。謂之回門。由嫁家作東主，新婚夫婦坐上席。俗謂「三日回娘門，女婿作上賓。」

註七：膘，意指身體健壯。男人以健壯爲美，女人以嬌媚爲美。

註八：這支兒歌的全詞是：

月宮有位好姑娘，俊俏臉龐仙人裳。
不吃人間煙火食，不喝人間煙火湯。
不吃水菓也不吃糖，祇喝甘露仙家漿。
住的水晶房，睡的白玉床。

有朝一日下凡來，可能選我作夫郎。

註九：學屋，是鄉人統稱孩子上學唸書的「書院」或「私塾」，謂之「學屋」。

註十：光緒二十四年（一八九八）五月，開辦京師大學堂。六月，孫家鼎建立小學中學覆議。二十九年（一九〇三）袁世凱奏請舉辦「實學」乃當前急務。翌年，小學、中學課本編成，由上海商務印書館印行。（光緒甲辰冬初版發行）

註十一：據民國二十年印行之課本課文錄下。

註十二：八國聯軍之後，海禁大開，西方教會也如雨後春筍，鄉城也有教會設立傳教士。紛紛學習中文，兒女讀中國古書，一時蔚成風氣。

註十三：年紀已十五六、十七八，已開講禮、傳的大學生。留在學堂編為高等一年級。

註十四：在收麥的季節，伯勞鳥成群的飛來，到麥田上或打麥場上攫食，一群群衝飛下來，又衝飛上去。衝飛時還吱吱喳喳，衝起的風聲，在空中嘯鳴。鄉人以此類鳥群的衝飛態，比喻小學堂到打麥場上作體操時的轟跑情形。鄉人叫伯勞鳥「麻活油」。

註十五：這其中就包括北大校長蔡元培、清史館總裁、柯劭忞等人。

註十六：那時，不稱「老師」，統稱「先生」。

六　土娃上學堂

終於，魯奶奶不反對了，決定准她孫子上洋學堂。

上學期，就跟著讀高等的小叔去了好幾次。每次去，都能安安靜靜的坐在小叔身邊的座位上，或第一，學屋廢了（註一）。第二，土娃鬧著要上學。

昂起頭來，愣愣怔怔的聽，或低下頭來，拿起石筆在石板上畫（註二）。從無不耐煩的情態，是一個愛上學肯讀書的孩子。這一點，是魯奶奶一家人最放心的。只是土娃尚未斷奶，跟著小叔去上學，目的是滿足孩子的好奇心，去不多久，奶奶就去接回了。正式上學，一去就是半天。若是正在上課，孩子鬧著要吃奶，還准送回家，吃了奶再去嗎？

這時，土娃的年齡，剛過六歲。

魯甸小學，是由書院改的，還不到二年。由於地方上人不贊成改設洋學堂（註三），一直抗拒了好幾年。如今，學堂雖然成立了，願意把孩子送學堂讀書的，還是不多。作了校董的人，還得挨村挨莊，挨門挨戶的去勸說。每次去勸說，有些人家還會故意躲開去。像躲老和尚背著鼓來化緣似的在躲、在淮。素常，鄉間就有一支謠歌：

風來了，雨來了！

老和尚背著鼓來了。

風起了，飛砂走石，會傷害人畜，得躲風。雨要來了，算不定夾帶著冰雹，更會傷害人畜，得躲雨。老和尚背著鼓來化緣，或多或少，都得打發，沒有打發，決不離去。得躲化緣的和尚。

自從有了挨村挨莊、挨門挨戶勸及齡兒童入學的校董勸學（註四），上述的那支謠歌改成。

風來了，雨來了！

勸學的拿著個本子來了。

不錯，校董到各家去，手上拿著一個本子，還帶著墨盒與毛筆。準備登記同意送孩子上學的學生名子，及出生年月日。鄉人最不願意登記的，就是生辰八字。

「要俺家孩子上學唸書，那是好事，有啥說的：」有人這樣提出意見：「幹啥還要寫上俺家孩子的生辰八字？沒道理。」

正由於這一點，引起鄉人不少聯想。當時，連當政的是誰？老百姓都弄不清。剛聽說大總統是黎元洪，又成了曹錕，轉瞬間却又換成了段祺瑞，老孫（註五）竟在廣東當起大元帥。北方出了個張作霖，南方出了個孫傳芳。

「這天下究竟歸誰來執掌啊？」

老百姓怎能不這樣疑問呢？

「要俺的孩子去上學唸書，還得記上生辰八字。這不是他娘的秦始皇用過的法子嗎？（註六）」

「咱這地界屬誰呀？」有不少人在追根究蒂。「上海的孫傳芳，管得到咱這窮鄉僻壤嗎！」

「難道段祺瑞也想當皇帝嗎？」

有人這樣推想。因為段祺瑞是安徽合肥人。

「可能噢！咱這一帶的土地，經不起旱潦，十年倒有九年荒，倒是個出皇帝的地方。咱這往北百十里的碭山，出了個大漢劉邦。往南不過百把不到兩百里的鳳陽，出了個大明朱元璋。合肥也是這地界不是。算不定段祺瑞會出來收拾殘局。」

却也有人認為合肥人李鴻章在大清朝辦理的洋務，不是割地，就是賠款。那裡是出皇帝的地方？

鄉人儘管是如此的七嘴八舌，孩子總得有個認字的地方，所以，這春季始業的一年級，還勸來了十人。

魯甸小學堂，成立時只有三班。原有的學生願意留下的，只編了四年級一班，高等一年級一班。初等一年級一班，只有十二人。今年招的春季始業（註七）初等一年級。雖然有十五人，最大的五個，已過了十五歲，有滿十六的一個。八歲至十歲的七個，只有三個六歲的，土娃魯金土也是六歲。

這學堂的情形，是如此在艱難中成立的，像土娃纔六歲就上學了還未斷奶，要求回家吃奶一次，自然不是問題了。

雖然，土娃跟著小叔永源到這學堂，已去過幾次。能安安靜靜的坐在他小叔旁邊的座位上，用石筆在石板上（註八）自作畫圖。先生在講台上講，他也昂著頭，愣愣怔怔的諦聽。不吵不鬧。當然，只是短時間，不久就有人來接回去了。

這次是正式上學，魯奶奶的情緒，有幾分不安。昨天剃頭，試穿新衣。鄉立小學不穿學生服，可以自便，但必須脚上有鞋有襪，身上的衣衫，鈕扣要齊全，一律剃光頭。

土娃不護頭（註九），也不挑剔，也不任性，剃成糞扒子頭，就糞扒子頭，如今剃成光頭，就光頭。只是有些兒不習慣，總是伸手去拂摸光溜溜的頭。初秋天氣，太陽還是秋老虎似的，並不躭心風涼下浸受寒。魯奶奶也爲上學的孫子準備了一頂上綴紅頂子的瓜皮小帽。這帽子，鄉人稱之爲「帽顛兒」（顛字讀第四聲）。本來，魯奶奶想倣照城裡的洋學生，做一套學生服的，怕惹眼招嫌話，却做了一套深藍色市布（註十）的對襟褂褲。足穿黑布雲頭鞋（註十一），紅線配著金線繡捲起的雲朵，團堆在鞋頭上。襯著白細布襪子，叫他「土娃」，已名不符實了。

從上學這一天起，土娃雖然有了學名叫「魯金土」，可是同學們，都喊他的乳名：「土娃」，只有先生喊他「魯金土」。由於同學都喊他土娃，連先生也不叫他學名。事實上，土娃兩字好叫，也好聽。再一個原因是土娃年歲小。

魯奶奶還爲孫子準備了一份拜師禮一塊龍洋。用紅紙包起，塞在孫子的衣袋中。後來聽說，洋學堂已革除了這個「陋習」（註十三），不需要了。

「那有上學不拜師的？」魯奶奶還有幾分見怪。「那洋學堂一定不設孔夫子的牌位嘍！」

這是魯奶奶心裡的話，沒有說出來。

上學的這一天，魯奶奶第一覺醒來，就沒有再入睡。

她睡不著，心裡老是想著她見到過的那兩位到學堂來教書的先生，一位姓趙的，堤北裂山（註十四）趙村人，安慶高等師範學堂畢業，纔廿一歲，黝黑的圓型臉龐，配上一雙圓大而黑白分明的眼睛，透出的精明在眼、角與嘴角上洋溢著。也是光頭，身著一襲青布長衫，挺老氣的。魯奶奶對趙先生挺有好感。當她知道這位小先生的伯父，是舉人老爺的同榜，這小先生又是第三名畢業的「探花」（註十五），國（文）、算（術）兩門都學得精到。所以校董王舉人特地用情分商請來的。對於另一位，魯奶奶只見過一次，就說這位先生「太洋」（註十六）。因爲他穿的還是黑色學生服，還戴著學生帽。個子是個胖墩型。魯甸人在背後給他啓個外號，叫「東洋鬼子」。實則，這位先生應說是本鄉人，東李家人。由於家寓北平，田產交由佃戶耕種，祖父在北洋當差。傳說最早是局中人。却沒有人能說得清楚。如今北方不安靜，想回家鄉來安居。湊巧這孫子在北平師範學堂畢業，遂因應了這所小學先回來了。來教書。

這位李先生已經廿三歲，結了婚，剛生了孩子。媳婦是北平人，是師範學堂同學。等滿了月，就回來，也到這學校來任教，教「唱歌」與「舞蹈」兩門課；李先生教「博物」（註十七）。

像這些新的課程等等，對魯奶奶這般人，說了等於沒說。

魯奶奶委實弄不清楚，只有十來個毛孩子，幹啥要請這麼多的先生。聽說還要請一位教「體操」的先生呢！

這些令人納悶的事情，一直在魯奶奶心裡翻騰。還有「體操」的那種在打麥場上的吵嚷聲，惹得滿村子的狗都在吠個不停。儘管那是幾個大孩子的課，一年級還沒有放出來過。然而魯奶奶認爲這洋學堂，不像個教孩子唸書的地方。

可是，不送孩子進這洋學堂，又往那裡送呢？

對於這五歲半的土娃，這些日子可是興高采烈，見了人就說：「我要上學了。」說著就一蹦一跳的唱：「來來來，來上學，學校裡面朋友多。拍皮球，踺鍵子，大家唱歌，好快樂！」

晚上，土娃也做了夢，夢見是他到學校後，玩伴兒多，比在家跟著奶奶好。所以這天也比往日醒得早。

土娃在床上一睁開眼，略一警醒，就一骨轆爬起，走下床來，說：「我要上學去了。」奶奶走來，拉他去洗臉吃飯。

早飯，給他半個月餅，兩個雞蛋；蛋已經剝去了蛋殼皮兒。另外，還有兩小碗紅芋湯（註十八）。土娃一心只想著上學，只吃了半個月餅，其他都不願意吃了。

「告訴你喲，上學的孩子，不准再吃媽（註十九）啦！」魯奶奶鄭重的告訴孫子。「待會子餓啦，學堂的先生可不放你的學。」經魯奶奶這樣一說，土娃又吃了一個蛋。

土娃這天上學，就像放出籠來的鵝鴨奔向水塘似的高興。一路走，一路唱著蹦著。金線銹的雲頭鞋，蹦跳著蹴起的路上泥土，煙塵飛起，惹得他小叔忙去伸手拉住他，生氣的說：「看，馬上把鞋襪都弄髒了。當心先生打你。」然而，被抓住一隻手的小侄子，兩隻脚還是左左右右的跳著蹦著。一直跳到校門。

上學，不需要繳學費，與學屋時代不同了。教科書也是免費的。所以學生上學，用不著辦理什麼手續。送到學校，找到教室，由先生點了名，安排了座位，走進去坐下就是了。

土娃的先生，就是魯奶奶極有好感的那位趙先生。

第一天上學，雖然只有十多個新生，十五歲以上的，就有五個，其他還有七、八位是由家長送來的。咭咭喳喳一早上，到打鈴上課了，還有家長站在教室戶外看。上衣不扣，披撒著衣襟，袒出赤紅的胸腹，下身捲起了褲脚，露著泥腿，赤足屣著破鞋。也有做母親的，換上了新衣，頭髮用生髮油（註十六）梳得光亮亮香噴噴，鬢邊還插了一朵秋芙蓉。撒腿褲子（註二十）飄呀飄的。也有纏足穿著綉花鞋，紅腿帶子紮纏了褲腿的老式打扮。都一個個在教室窗外的空場子上，嘘嘘喁喁地談著，〃

彳亍地蹀蹀著。直到校工來趕了兩次，方始一一散去。

叮零！叮零！下課了。

看時間，不過十點鐘纔過，魯奶奶就來接孫子了。每天傍晌午，魯媽媽的奶就脹了，遂餵土娃一次。還得半年光景，魯媽媽的奶水，方能回竭。這次生產夭去了孩子，還沒到一年。更由於奶一直有孩子在吮吸，因而奶水還源源未竭。

半個多小時吧，魯奶奶又把孫子送回了學堂。

國文課本教的還是「人、手、足、刀、尺；山、水、田、狗、牛、羊」。實際上，課本已經改了，「國文」已改成了「國語」。教育部公布「注音字母」令（註二十一），已經好幾年了。可是各省縣市，都不能推行。在學人方面，贊成實行國語者與反對者，不但各建堡壘堅守，而且正面出擊，像戰爭一樣的對敵設陣（註二十二）。魯甸是個鄉村，連「半開化」（註二十三）的程度，都談不上。所以呢！由上交下來的「注音字母」、「國音字典」，以及今年剛發下來的「國語教科書」，魯甸小學都壓在那裡，不敢實施。

一年級的學童，第一堂只教「人、手、足」三字。

先生把這三個字寫在黑板上。課本的第一頁，就是一個「人」字。有幅圖畫，畫了七個人：祖父母、父母、一兄一妹一弟。祖母坐著，父母站在祖母身後，祖父站在另一邊，右手牽住哥哥，妹妹站在祖母腿邊。祖母膝上還坐著一個不會走路的小弟弟。共七人。

「你們看！」先生用左手拿起課本右手指著書上的圖書：「這裡有幾個人吶？」

「六個。」

先生這時纔發現那個最小的學生魯金土，既沒有作答，也沒有去數圖畫上的人，却在圓睜著吉靈靈兩個眼睛愣著，下板牙齒在咬舐上嘴唇。

「七個。七個。……」

「究竟幾個？」先生又問。

十五個學生，有不同的回答。

「七個。」

「魯金土，」先生叫他。「你怎麼不說話？」

「我都會啦！」土娃不慌不忙的回答。却又加了一句：「俺家可不止七口人；有十一口」

這話剛說完，大家都笑啦！於是又有人說：

「俺家只有三口。」

「俺家只有五口。」

「俺家只有十三口。」

每一個同學都爭著搶著報他家人口數。

咭咭喳喳鬧鬨了一陣子。先生搖手阻止大家。

「我問的是畫圖上的人，」先生指著書上的圖畫說。

「俺說的是俺家裡的人。」土娃又作答了。

於是，又是一陣咭喳，都接著他說的也是他家的人口。

靜下之後，先生又問土娃：「魯金土你會寫嗎？」

「會。」土娃斬釘截鐵的答。

說著隨手便舉起手中的石板。

石板上寫出了「人手足刀尺」五字。筆畫勻稱。

趙先生見石板上的這五個字，不覺一愣。

「是你寫的嗎？」趙先生沒有留心到土娃在寫字。

「是。」土娃只回答這一個字。語氣帶著疑問：「你不相信嗎？」別的同學也都疑問地望望先生，望望土娃。

趙先生走下講台來了。走到魯金土面前，從他手上拿過那塊石板，定睛看了看。說：「寫得很像個樣兒呢？」

「誰教的？」趙先生問。

「俺爹！」土娃用肯定的語氣回答。

「唔！」趙先生也有了肯定的心情。說：「寫得好。」

拿著那塊石板，走回講臺，張示給大家同學看。

「你們看，」向大家誇讚說：「魯金土寫得多麼好！」

土娃坐在位子上，有幾分忸怩，極不好意思。

「不是土娃寫的，是老土寫的。（註二十四）」

突然有一個大孩子站了起來，用檢舉的語氣說。

所有同學的眼睛都轉向了土娃。這時，只見土娃的臉色一紅，猛的站了起來，委屈的哭了。在哭聲中說：「是我寫的嗎！」說著走出了座位，又轉身面向大家，擦了擦眼淚，仍舊在委屈著，却語氣堅定地說：「是我寫的嗎！」

說著，就頭兒扭著要向教室外走。這時一邊哭著口裡改喊著「奶奶」、「奶奶」了。

所有的同學居然哈哈大笑起來。

趙先生馬上叱喝學生：「安靜！」一面走過去，雙手抱起了土娃，走回講台，一邊說：「土娃，我知道是你寫的。來！」走回講台，用耳語向土說：「你向他們說，我可以寫給你們看。」土娃聽了，馬下停止了哭泣，向先生點頭，表示同意。

趙先生還不敢十分確定，遂又耳語問：「可以寫出來嗎？」

土娃又點點頭。教室中的十多個學生，不論大的小的，都呆呆癡癡地凝望著抱在先生膝上的土娃。

於是，趙先生抱起了土娃，伸手拉過凳子，放土娃站在凳子上。把一支粉筆交給土娃拿著。說：「別慌，一筆一畫的寫。」

這時的土娃，委屈的心顫動，尙未靜止，肩頭還在聳動。他揚起拿著粉筆的手背，抹拭了一次眼淚，頓時，粉筆粘上了黑板，一筆、兩筆，「人」字寫成了。四筆，「手」字寫成了。七筆，「足」字寫成了。這時，趙先生便伸出雙手，抱起了土娃，他的雙目已被泪水模糊，用他那充滿愛心的顫抖語聲說：「你們看到了吧！魯金土會寫。」

正在大家的沈默把教室凝成了冰塊的時際，土娃居然哇地一聲，撲在趙先生的肩頭嚎啕起來。

……………………

〔附註〕

註一：學屋，是那一帶鄉人，稱呼孩子讀書的處所，謂之「學屋」。這類處所，較大的是「書院」，較小的是「私塾」。所謂「私塾」，一是某一村鎮設立的「某某塾屋」或稱「書館」。也有某人憑一己的學識與聲望，自設「塾屋」或「書館」，招收學生講授學業。這些授學處所，鄉人通稱之爲「學屋」。那時，政府已明令廢止，不准設立。

註二：石板，是當時初等學生使用的一種教育工具。用青黑色的石頭，磨製成約兩公厘厚薄的石板，四周鑲上木框，長方。長約三十公分，寬約二十公分。另有如同毛筆筆桿粗細的石筆，每支約廾公分長。灰白色，可在石板上寫出白色的字。還有一個約莫五公分長三公分寬的板擦。（大型黑板擦的形狀一樣，質料也同，只是型小。）可以隨時擦去再寫。那時，通稱之爲「石板」。

註三：洋學堂，是當時鄉人稱呼新設立的大學小學的統稱名詞。不論京師大學堂，鄉村小學校，鄉人都一律名之爲「洋學堂」。（從外洋學來的制度。）

註四：勸學，正因爲鄉人不願意把孩子送到洋學堂唸書，校董們得挨門挨戶勸說，鄉人遂稱這些人是「勸學」的。這個名詞，當時就這麼流行起來。

註五：這段歷史，當在民國十二、三年間。稱孫中山先生爲「老孫」，是當時鄉人稱呼語的尊敬詞。通常，他們對於其他人等，都是直呼姓名。

註六：秦始皇用過的法子，指的是商鞅變法，立下了民有戶口人有身分證的法令。因爲奏始皇的暴君名氣大，鄉人竟把秦孝公時的商鞅，按在秦始皇頭上。

註七：那時的學制，一年招兩次生，陰曆年前，二月招生一次，中秋節前，九月招生一次。到了端午節就放暑假了。遷就農家人的生活。一年兩次始業。

註八：同注二。

註九：護頭，意指兒童理髮，往往剃頭師傅的手藝差，剃刀又不利，剃頭毛時有痛苦。許多兒童一到剃頭，往往會哭鬧拒絕。鄉人謂之「護頭」。

註十：市布，是當時流行的一種棉織的細布，各種顏色都有，特別處是新布的外表，上了一層亮光。洗過兩水，也就消失了。鄉人稱之爲「市布」。

註十一：這是一種明朝就流傳下來的男鞋形貌，在鞋頭綰起兩朵雲彩團，名之爲「雲頭鞋」。

註十二：土娃的父親魯永春，多少年來都以挖沙土送給生孩子的人家派用場，鄉人給他啓了個外號叫「老土」。生了個兒子名叫「土娃」。孩子們遂也喊土娃爲「小土」。連魯家人也簡稱之爲「小土」。

註十三：當時的新學堂，不收學費，稱過去的要向先生行拜師禮，還要送上「束脩」，謂之「惡習」，應行革除。

註十四：堤北，是魯甸人指他們村莊的所在地「隋堤」以北。裂山，是魯甸以北不過十里之遙的一座小山，山下有煤鑛。山上有個大裂縫，故名「裂山」。

註十五：探花是科舉時代全國舉子會試，殿試兩榜之後，選出的第三名進士，俗稱「探花」。（頭名狀元、二名榜眼、三名探花。）無非是贊稱詞。

註十六：在那，凡是穿著外洋形式的衣裳，留著洋頭。（指分頭、平頭等髮型，都以「洋」稱之。）

註十七：當時的新制小學，除了國文、史地之外，還有修身、算術（分筆算、珠算兩種）、高等還有四則題。另外還有博物、唱歌、舞蹈、體操等等課程。

註十八：紅芋，即蕃藷。在徐淮這一帶，紅芋這類食物，幾乎是鄉人的輔助主食。用地窖儲存起來，以免受凍。受凍，就不能吃了，又硬又苦。通常，早飯都以紅芋，切成塊塊加水煮成湯芋合在一起的早餐。不下田的人，就不加乾硬食物（如餅等）了。

註十九：兒童吮食母乳，俗謂之「吃媽」。

註二十：撒腿褲子，是當時生活傾向開放的婦女，在流行穿著的一種褲子。寬大的褲腿，不紮腿帶，任由褲下脚撒開。

註二十一：按「注音字母」教育部首於民國七年十一月頒布。八年四月頒布「注音字母音類次序」，十一年公布「注音字母書法體式」。

註二十二：當年公布「注意字母」以及改「文言文」爲「白話文」，贊成者與反對者形成的對立情況，「文」來「文」往，有如兩軍對敵時的刀來槍往。

註二十三：半開化一辭，是當年流行的，商埠有洋行林立，教育普及的地方，用「開化」一辭。這一地區在水陸線上，已通火車、輪船，尙無洋行，謂之「半開化」地區。

註二十五：魯金土的父親魯永春爲城裡人家生孩子送沙土，鄉人給他個外號叫「老土」，遂也叫他兒子「小土」。事實上，魯奶奶叫他孫子，也暱稱：「小土土」。或「土娃娃」。

七　大狗叫小狗跳

第二天，土娃一到學校，幾個大的同學，一等土娃的小叔離去。就唱起歌來：

好哭精，栽大蔥；
大蔥不開花，抗起鋤來回老家。

幾個大學生一邊拍手唱著，一邊跳著。（註一）

每唱一遍，就向土娃脚前吐一口吐沫。

土娃又哭了。哇的一聲哭了起來。一邊哭著一邊便挎起書包向教室外走。還哭著說：「我不要！我不要！」

於是幾個大孩子還是不停的向土娃羞辱，居然改唱起那個誂虎哭孩子的「毛猴子（註二）」來了。

綠眼睛，紅鼻子，長著四個毛蹄子。
走路乒乓響，專吃哭孩子！

居然圍著土娃，繞著圈兒唱，不准土娃離去。

每唱一遍，還向土娃扮了個鬼臉，大吼了一聲：「啊嗚！」

其他幾個年小的孩子來了，見到這情形，也起鬨式的加入歌唱與胡鬧。

土娃又嚎啕起來。

趙先生來了，大家遂煞然停止，唏哩嘩啦的（註三）歸回各位，靜靜的坐著，不敢出聲。

土娃雖然停止了嚎啕哭聲。仍舊委屈的肩膀頭直抖，唏呼唏呼的說：「他們罵…我…」。

趙先生圜視了大家一眼，問：「你們在鬧什麼？」

半晌沒有人回答。又問：「那土娃爲什麼哭？」

其中一位十歲上下的孩子說了。

「李秀實他們罵土娃是好哭精，栽大蔥。」

「我們幾個都唱啦！」李秀實說：「跟他鬧著玩的嗎！他就惱啦！」

李秀實是這一班中年齡最大，個子最高的一位。

事實上，他們確是鬧著玩兒的，但心理上夾有幾分妬恨。當然，他們也不曾想到魯金土比他們小上八、九歲，纔六歲。

從性格上說，土娃這孩子，也委實愛哭，受不得一點兒委屈，泪水就流出了眼眶。

趙先生洞悉了事實，自是爲了昨天寫黑板的事。

「李秀實，你們也不想想！」趙先生以李秀實爲首，責備他們這幾個大的，說：「你們多大了？土娃纔多大？六歲的人，你們都比他大。書本上的字，你們都會寫了嗎？你們還連個『人』字的兩腿，寫出來都像鳥的翅膀，在飛。『手』字的一撇兩橫也寫不齊整。還有臉去笑別人嗎？」

「先生，陳長生還唱綠眼睛紅鼻子呢！」

一位十歲的張鳳翊在告狀。

「張鳳翊也唱啦！」另些孩子竟齊聲說。

土娃還在吸鼻子，偶然心頭的委屈還會顫上肩頭。

「好啦！」趙先生說：「以後不准瞎胡鬧啦。要把心放到書本上，別用心去想鬼點子。」遂大聲問：「聽見啦沒有？」

「聽見啦！」大家齊聲回答。

突然有人大聲說：「先生，土娃沒有說他聽見啦！」

「我聽見啦！」土娃馬上扭頭回答指責他的同學：「先生知道！」

「好了。」趙先生說：「從今往後都不准在學校胡鬧，當心先生打你們手板。」說著舉起講台上的尺長木板（註四）。

「往後，我們不教舊課本啦！」趙先生又繼續說：「換了新課本啦。文言文，改成白話文啦。」

學生愣愣的聽著，對於「文言文」與「白話文」這兩個名詞，還弄不清楚，特別是六歲的土娃，聽了之後，有滿腦子的狐疑？也不敢問。

「新課本，已經發下來了，」趙先生說著，揚起手中的新課本，說：「全是白話文，像咱們平常人說話一樣。不需要拽（讀ㄓㄨㄞˇ）文啦（註五）。」

「聽！我唸給你們聽：於是趙先生唸：「大狗叫，小狗跳；大狗叫一叫，小狗跳一跳。」

大家聽了，幾個大學生哈哈笑了起來。

其他的學生也笑了。只有土娃沒有笑。

土娃聽他奶奶跟他爹說到這件事。

「聽說今後的學堂，要教什麼白話文，」土娃記得奶奶跟他爹說過的話：「教的是狗跳貓叫。洋學堂若是教的這些，咱可不送孩子上這種學堂。」如今，居然要教「狗跳貓叫」的課本了。若是這樣，奶奶準不會再送他到洋學堂唸書。以後，就不會受這些大學生的氣了。

「笑什麼？」趙先生問：「好笑嗎？有什麼好笑的！」

大家都靜了下來，也沒有人敢說話。

趙先生又揚起手上的課本，指著翻開的第一課畫圖。

「這是什麼？」

「狗。」大家幾乎齊聲的答。

「你們不喜歡狗嗎？」

「喜歡！」又是大家齊聲作答。連土娃也這樣答。

於是，趙先生起身，拿起粉筆在墨板上寫了一個「狗」字。

「認識這個字嗎？」趙先生問。

沒有人回答。遂把目光移到土娃臉上。

「土娃你認識嗎？」

「狗字。」土娃答。

「有人教過你嗎？」趙先生又問。

土娃搖搖頭，說：「沒有。」但補充說：「我猜的」。

「土娃猜對了。」趙先生向大家說。

趙先生又在黑板上寫了「大狗」、「小狗」二字。

「認識這幾個字嗎？」趙先生又問。

「大狗小狗」有個十歲大的同學牛新豐回答。

跟著有好幾個大小同學在爭著搶著說。

「你們怎麼認識的？」趙先生問。

有人說「猜的」，有人說圖畫上畫的就是一隻大狗一隻小狗。土娃似乎沒有說話。

「土娃你說呢？」趙先生問。

「大狗小狗二字。」土娃文縐縐的回答。

土娃居然加了「二字」兩字。趙先生聽了感到怪怪的。

「這些字，你都認識嗎？」趙先生衝土娃問。

「認識。」土娃回答。

所有的同學都把目光射在土娃臉上。

於是趙先生又回身在黑板上寫了「跳」、「叫」二字。

「這兩個字你認識嗎？」再問土娃。

土娃搖搖頭，小聲答：「不認識」。

有一兩位同學失聲笑了。

「不要笑！」趙先生叱責。又問：「你們認識嗎？」

大家都搖搖頭。有人答：「不認識」。

趙先生又回身在黑板上擦去原來寫的，又重新整齊的寫：

狗　大狗　小狗

大狗叫　小狗跳

大狗叫一叫　小狗跳一跳。

遂又拿起了教鞭（註六）指著黑板上的字，一字一聲的唸，學生也跟著一字一聲的學著唸。然後，一句句的唸，像唱歌。孩子們都高興起來了，聲浪也響亮起來，有人還特別提高嗓門放大了聲唸。

土娃的清脆童音，最爲清亮。

居然引出了別的教室班上的學生，走出來觀聽。

學生子越唸越聲高，甚而有人類似起鬨（註七）式在唸。趙先生停頓下來，又在黑板上寫：

狗

大　小

叫　跳

「聽著，」趙先生寫好後，提醒大家同學說：「大家取出石板石筆來，在石板上練習寫這五個字。照著黑板上的這種樣式寫，要寫整齊均勻。一遍一遍的寫，寫不好，擦了去重寫。一直寫到你們自己滿意爲止。」

就這樣，一個個取出石板石筆，照著先生指示的在石板上練習寫字。

竟有兩位沒有準備石板石筆，說是沒有買。

趙先生便要他們站在講台上，用粉筆在黑板上練習。

這一班同學可有事做了，個個都在擦了寫，寫了擦。

土娃最用心，終究小手不聽使，寫了擦，擦了寫。

這時，趙先生看到魯奶奶走來了，他知道是來接土娃回家吃奶的。趙先生走出教室，打了個手式，要魯奶奶回去，手式告訴魯奶奶「不必啦」！

魯奶奶會意，也就以微笑作答，告別離去。心裡想著：「也該趁這唸書的機會，把奶給斷啦！那有孩子吃奶吃到六歲的？」

雖然只有五個字，初學寫字的孩子，要想把這五個字，整整齊齊的排列在那塊不到一尺長半尺寬的小小石板上，可不是容易的事。尤其「狗」與「跳」兩個字，不但有枝起的手，還有飛起的脚，如「犬」旁的兩撇，「跳」字上的兩筆「丶　」與「　」，往往寫出了格，寫得支拉爬叉（註八）。土娃不曾認識過「跳」這個字，無論怎樣的專心求好，也寫不成形。

趙先生要兩位罰站在黑板下的學生走回座位，一個個的檢查學生的成績，沒有一個能把五個字寫成了形的，連土娃也算上。

趙先生擦淨了黑板，向學生說；「我教你們寫。」

「看著，」趙先生寫了。

「先寫這一撇」，趙先生一邊寫一邊說。「再寫這一長的彎鈎；再寫這一撇。」

狗字的犬旁寫成了。

「這叫犬旁」，趙先生說。「犬就是狗」的另一名字。

「再寫這一小撇」，趙先生繼續著另一邊。「再寫這一個大彎鈎。」寫完這一筆之後，便轉過身來，向大家同學說：「這裡面是個『口』字，」說著手指自己的嘴巴，「『口』就是嘴。」你們看，於是寫「口」字，說：「先寫這一小豎，再寫這一彎鈎，最後再寫這一小橫。」

「看」，趙先生轉過身來指著寫完成的「狗」字。「這個狗字，就是這樣一筆（照筆循數）兩筆……八筆寫成的。」又問：「知道怎樣寫了吧？」

有人回答：「知道了。」

「先生，狗嘴怎麼長在狗肚子裡？」

李秀實大聲的問。大家都笑了起來。

這突然的一問，趙金銘竟呆立在講台上，一時不知如何回答。

「那不是狗嘴，是狗屁股眼子。（註九）」

另一位大孩子張良士回答了這個問題。

大家又鬨堂笑了。李秀實却又說了話了。

「不是狗屁股眼子，是狗屄。生小狗的。」

「不要胡說。」趙先生在鬨堂笑聲中怒叱大家，却也因此解除了一己這突來的尷尬。「髒話不是唸書人說的。」

正在這時，下課的鈴聲響了。

祇要下課的鈴聲一響，先生宣布下課，教室中的學生，就像放出籠的蜂子一樣，爭前恐後的飛出教室。

可是，土娃魯金土却沒有跑出教室。他仍舊坐在座位上，埋頭在石板上用石筆寫那五個字。趙先生緊跟著幾個飛奔出教室的學生走出教室去了，不曾注意到土娃沒有出去。土娃仍專心的在學寫那個「跳」字。

下一堂課，是「唱歌」，教唱歌的是位女先生。

「唱歌」這一課，這學期纔開始，上學期還沒有。

這位女先生姓孫，與教博物的李先生是一對夫妻，都是北平師範學堂畢業的。北平人，剛生了一個女孩兒不到兩個月。

她來上課，準備先看看教室，應否把風琴抬出放在教室裡，還是帶孩子到音樂教室去，因爲這學校是初辦，一切都是因陋就簡，談不上規模，自也談不上制度。當她走來，看到教室中還有一個學生，埋著頭在寫石板，忍不住走進教室來看看。一看是個小學生，比她未來學校之前，聽到的說法不符。據說這學堂的一年級學生都是年齡過了十歲的孩子。可是，看到的這個孩子，不可能有八歲。心裡想：「還會有這麼年小的學生？」

土娃發覺有人走近他，昂起頭來一看，頓時愣了。站在他面前的人，就像教科書上畫的姐姐或姑姑的模樣。

烏黑的頭髮，齊頸剪得平平整整，前鬢遮去了雙耳，眉濃目黑，秀挺的鼻子，四稱的口，牙齒整潔而白皙。身穿深藍陰丹士林布（註十）旗袍，桶腰平擺。半頸高領子，領襟上的布扣，鼻鈕平攀著，一排一排，相隔著有五排，扣到膝平。白色線襪，罩在鯰魚頭式的大圓口，脚脖上加了一根寸寬扣攀的黑貢呢平底鞋子。

這裝束，正是那時新女性的流行打扮。

由於這位女先生還在育兒期中，面龐與身軀，都顯得圓圓實實而健美於外。在寬大的祺袍中，微挺的胸部，偶在抑仰動態中展露出乳峯在衣內頂出的塔形尖紋。

「你是這裡的學生嗎？」女先生問。

土娃膽怯怯的點點頭。他從來也沒有接近過這樣穿著打扮的女人。也不知她是什麼人？曾聽到奶奶說這學堂會有女先生嘍。也不敢問「你是女先生嗎？」

後院裡的同學們，在追逐打鬧。趙先生在叱喝。

這位女先拿起土娃桌上的石板，見到「狗大小跳叫」五個字，都寫到石板上了。只是大的大，小的小，尤其是「跳」字，還沒有寫完成，却已占去了石板一大遍地位了。

「你已經很會寫了。」女先生贊美說。

「你今年幾歲？」又問。

「我六歲了」。心上的膽怯逐漸消失。

說著，還伸出左手張開的五指，又伸出右手的食指。

「來，我教你寫。」說著，拿起桌上的石板擦子，擦去了石板上的字，走到土娃身後，伸手拿起石筆，塞在土娃的手中，用手把著土娃的小手去寫「跳」字。一邊寫一邊說：「一豎，一彎鈎，一橫；又一豎一橫，一撇再這麼伸出了腿，這是個足字。足就是脚，有脚纔能跳，對不對？」

土娃有了興趣，雖然沒有回答，而他却知道了，「跳」字要有脚，「有脚纔能跳」。

跟著，女先生又教土娃寫「兆」字，單獨放在另一邊寫。說：「一點，一上提，再向左一大撇，再一個大彎鈎兒向右挑起，再一點再一點，這是個兆字。一個兆字就是一萬萬那麼多，我們中國人有四萬萬，在世界上的國家，數咱們中國人最多。」

這些話，土娃雖然不能全懂，但最難忘的一句是「中國人有四萬萬，人最多的大國。」

噹啷！噹啷！上課鈴聲響了。

趙先生像趕雞趕鴨似的把學生趕入教室。有些大孩子已跳得滿身大汗，竟有人解開衣扣，袒胸露肚，口上還在喘著氣。趙先生向女先生打了個招呼，便走出教室。

女先生站上講台，說：「我姓孫，教你們唱歌，好不好？」

「好。」大家齊聲回答。

「大狗跳，小狗叫；大狗跳一跳，小狗叫一叫。」

孫先生用北平話帶著歌唱的調子，唱了一遍。沒有教他們跟著唱，大家居然跟著唱了一遍。

「狗的叫聲好聽？還是貓的叫聲好聽？」

「貓的叫聲好聽。」大家回答。不過不是齊一的聲音。

「我教你們唱一個小貓兒叫的歌兒，好不好？」

大家又齊聲叫「好」！

「你們聽著！」孫先生說。「譬如你們家養了一隻小花貓兒，給他買了一條魚，放在黑瓷盤兒裡，小姐喊小花貓來吃魚。小花貓被喚來了，向小姐說：『謝謝！』可是，小花貓不會說『謝謝』兩個字，只會說：『咪嗚！咪嗚！』」。

「咪嗚！咪嗚！」是唱出來的。

孫先生的聲音，非常甜美好聽，引來全體同學的掌聲。

於是孫先生開始唱：

咪嗚！咪嗚！小花貓！咪嗚！咪嗚！小花貓！
快來吃飯，快來吃飯，
黑瓷盤兒裡，有魚一條。
咪嗚！咪嗚！
（謝謝小姐！謝謝小姐！）
咪嗚咪嗚咪……咪嗚咪嗚咪！

起先，孫先生的北平捲舌音太重，學生還聽不習慣，三遍之後，就有人跟著唱了。

這歌兒只敎了三幾遍，全部十五名學生，全都會唱了。

下課時，連那最大的一個，也咪嗚咪嗚的唱著，還大狗叫一叫，小狗跳一跳的跳著叫著走出校門。

一時之間，學生口中儘是汪汪的狗叫，咪嗚咪嗚的貓叫。放學回家，自然全唱著回去的。

連土娃回家吃奶的習慣，也在歌聲中忘記。

〔附註〕

註一：這兒歌，是孩子們自己編的，不是流行的民歌。

註二：毛猴子，即隋煬帝開鬮運河的督工人麻叔謀，綽號「麻虎子」的譌稱。

註三：唏哩嘩啦形容學童匆匆返回座位，碰得座凳響出的音聲。

註四：過去，講台都備有體罰學生的木板一條，一尺多長，半寸厚，兩三寸寬。

註五：拽（ㄓㄨㄞˇ）文，意爲不知書，言語偏要夾用古書上的文語之謂。等於說：「假斯文」。

註六：教鞭，也是講台上必備之物，大多是是藤條，先生用來指示黑板上的板書的，也往往用作體罰，抽打學生。

註七：起鬨，意爲一個喊叫，有人跟著喊叫。

註八：支拉爬叉，意爲像個死蟲子一樣，四肢伸著，不整齊。

註九：肛門，徐淮一帶人的土語，謂之「屁股眼子」。

註十：陰丹士林布，是當時最流行的一種細棉布。

八　這孩子該斷奶了

這一套新編印的「國語」教科書，當魯甸小學堂成立的時際，就頒授下來了。經過校董會商議，決定展緩採用。主要的原因是，若是採用這種國語課本施教，可能沒有幾份人家願意送孩子來唸書。

休說是這鄉遂僻壤，就是大城大都，不也有人反對嗎？

有不少大學問家已指出這國語課本是「貓狗教育」（註一），這種新教育的改革，是誤人子弟的勾當（註二）。

這次，教國文科的趙金銘先生，感受到學生在讀人、手、足、刀、尺的課本，心情非常枯燥，遂把新課本上的「大狗叫、小狗跳」唱了出來。一經試教，居然看到學生們一個個神飛氣揚。儘管這班學生只有十五個人，彼此間的年齡上下相差有十歲之多，然而他們在心靈上，都還是個孩子。所以這班學生讀了一課「大狗叫小狗跳」，又學了一首歌「小花貓」，遂一個個都天眞而活潑起來，唱著跳著回家。

那裡想到家長聽了，可沒有這種想法。

「這是什麼學堂？」魯奶奶聽了孫子回家，興高彩烈的唱「大狗叫，小狗跳。」以及「小花貓」的兒歌，就以反翹起的中指骨節，敲打得桌子嚢嚢響，大爲不滿的說：「不教孩子讀孔孟的子曰，却教孩子學貓叫狗跳。大了，還能做出人事來嗎（註三）？」

「這是洋人滅咱們中國的二五眼（註四），」有人這麼議論。「武的用不上啦，改用文的。這豈不是有意的在消滅咱中華五千來的文化（註五）！」

「一點不錯，」有人這樣肯定的說：「北洋政府在勾結洋人訂了一套消滅咱們中國文字的計畫，要改用洋文字來代替咱們中國字了。」

一時之間，魯甸周遭的村集鄉里，讕言蜚語，如波起，如雲湧，如沸騰的釜中滾水。最大的問題是，不願再送孩子去這洋學堂學狗跳貓叫。

魯甸小學的校董們，不得不連夜召開會議。

會議決定：改就改了罷，反正得改，拖不了的，也反不了的。

於是，校董又四出勸學，宣導教育當局的命令。

魯奶奶本已決定不讓土娃去上學。

「咱們不上這洋學堂了。」魯奶奶告訴孫子。「改些日子咱們還是唸子曰，民國不會久的。」

土娃魯金土聽了，就低下了頭，不言語。

「為什麼不准我上學？」魯金土想到那女先生的歌兒唱得好聽，又把著他的手教他寫字。這些，奶奶也不會，娘也不會。爹會教他唸書認字，太兇相。好可怕。他越想越喜歡這女先生。如今，奶奶突然說，「不要上這洋學堂了。」怎的不頓感失落呢？

「自從改了民國，東也要獨立，西也要獨立，」魯奶奶只顧說她的，忘了身邊的孫子有何反應。「你爭我奪，張作霖與吳佩孚又要打了（註六）。必須眞龍天子出現，天下纔會安定。」

魯奶奶說著說著，突然聽到身邊的孫子，坐在小木凳上，抽噓抽噓的哭了，一邊舉手，連連的擦淚。魯奶奶一見此情，心痛得把孫子拉到懷中來，說：「怎麼啦？我的小土土。」

這麼一問，土娃哇地一聲哭了起來。

魯奶奶一點也弄不清孫子爲啥子哭？

「你怎麼啦？小土土，」摟抱起小土土用手拍著安撫，「是不是肚子疼？」

「不是麼，」土娃氣火火的反駁，抽摟著說：「我要上學！」又加重語氣說：「我要上學麼！」

「好！上學，上學，」魯奶奶疼孫子，沒奈何的作答。「上學去學狗跳貓叫。」

「我喜歡那個女先生敎唱歌，」土娃不哭了。「奶奶，她唱的好好聽噢！」

「什麼好聽，貓叫春似的（註七）。」

魯奶奶聽到孫子贊賞那位女先生歌兒唱得好聽，就沒好氣起來，順口說了這麼一句粗話。不過「貓叫春」三字，不是六歲半的土娃能聽得懂的。但從語氣上却能領會到奶奶不喜歡那位女先生。

「那女先生好喜歡我喲！」土娃認眞的說。「我看得出來。」

「好，」魯奶奶說。「她喜歡你，就把你送給她。」

「奶奶，那我不要！」雙手攀住奶奶的脖子撒嬌起來。

就這樣，魯奶奶又送土娃去上學。因爲她擰不過孫子。

當他隨同小叔出門，口中唱著「小花貓」的歌兒，一蹦一跳著去的。斜挎在身上的書包，是他娘親手綉的，是一大朵盛開的富貴花。在土娃的蹦跳中，飛搧起來，敲打著腰臀噼乓噼乓響。

「瞧你！好好兒走麼！」魯奶奶喜憎交織的語氣說：「怎麼連走路也不安分。當心那個女先生看到，就不喜歡你了。」

「纔不會呢！」土娃回過頭來望著奶奶嬌嗔的說了這麼一句。馬上又蹦著跳著，還唱著：「咪嗚！咪嗚！小花貓！」還是他小叔忍不住，不好氣的伸手抓住了土娃的手腕子，說：「好好走！」

到了教室，還沒有上課。已經到了的幾個同學，連那幾個大的都在唱「小花貓」，還相互的一邊在「咪嗚」的唱著，一邊在學著貓兒追逐著，蹦呀跳呀個不停。

土娃人小，膽兒更小。看見幾個大的同學在唱跳，他反而閉起口來，不敢出聲了。

雖然，他望見他們在唱在跳，心情也很快樂，却不敢加入。

他自知年齡小，與他們排不了行（註八），在性格上，也不喜歡加入大夥兒瘋（註八）。可是那幾個大孩子，看見土娃來了，偏要把他當作小貓或小狗似的瘋向他，居然改唱「大狗叫，小狗跳。」要土娃跟著他們跳。這時的土娃雖然堆起滿臉的笑，却站著不敢動。既不敢跳，也不敢唱。他自知瘋不過他們。再說，土娃委實不喜歡他們的那種狂野的樣子。

幸好，噹啷！噹啷！上課鈴響了。

在此，似乎應該說一說這魯甸小學堂的校園。

這學堂，原來是舊式教學的書院，有兩進院子。

第一排中間是大門，兩旁有兩間耳房，一間是接待家長的客廳，一間是校工的住處，還有一小間，堆積雜物，間常鎖起。進大門是個院子，東西兩廂各有廂房兩間，東廂兩間，是學監住處及客廳，西廂兩間是圖書室。第二排一列四間，兩間是學屋（即教室），另兩間是教師（先生）休憩室，也可以住居。有一間靠西，開了一個門，可以通向後院。

後院的東西墻，未蓋廂房，却以磚砌成了花圃。第二排是打橫三間，靠東墻與房屋之間，在沿屋的後墻築了一道圓孔型拱門，可以通往第三進院子。在未成立魯甸小學堂時，這個拱門是封起的，後面是個菜圃。屬於書院所有。成立小學之後，又加了一道院墻，一直圍到圩子（註九）的大墻墻根的行路邊沿。菜圃鏟平了，是個大院子。學生若是六年班級都招齊了，這後院還可以加蓋教室，橫列及兩廂，都能建蓋。如今還沒有。

這時的魯甸學堂，只有四班學生，一年級兩班（秋一一班，春一一班），四年級一班，六年級一班。四年級及六年級兩班，教室設在第二排房屋，各據一間，春一已是第二學期，教室設在第一排，秋一的這一班，放在第三排。下課時，放到最後院子中玩耍。

六年級、四年級兩班學生，都是書院中原有的學生，志願留在小學，按成績重新整編出來的。六年級只有十人，四年級還不到十人，只有八個。仍由兩位老先生在教，小學的課程，只是附帶的在講授，實際上，教的還是書院的課程，論（語）孟（子）三傳（左氏、穀梁、公羊）等。這兩班，自行其是，根本不聽上下課鈴聲的指揮。春一的這班，原有十四人，今春又少了一個。秋一這一班，共有十五人。放在最後一排。把這兩班分開，好管教些。這些在鄉間生長的孩子，太野。

國文課，仍在教學生在石板上練習那五個字「狗、大、小、叫、跳」。一字一字的練習，先學筆畫少的「大小」二字，小小石板，只一右一左寫這兩個字，第一，要求筆循先後有序，第二，要求筆畫長短勻稱，第三，要求兩字的左右排列，地位均衡，各占石板左右一半地盤。就這樣一遍又一遍的練習，先生走到學生座位上，一一查看，一一指點，一一改正。也用手去把著學生的手，一筆一畫的寫，口中教說著筆畫的名稱。

土娃被把著手教過了，已經有了心得。經過趙先生這麼一次次的教授講解，更有了體會，只練習了幾次，就能把「大小」二字，筆畫勻稱，地位均衡的寫在石板上。

趙先生走到土娃座位上看到，非常驚喜，說：「呀！你寫好了。」說著拿起了他的石板，看了又看。嘴裡說著：「土娃，你早就會寫了麼！」

土娃口咬著左手的食指，眼波上微漾幾分嬌羞，笑吟吟地沒有說話。

「你們看！」趙先生揚起土娃的石板，展示給同學們看。說：「魯金土都會寫了，你們怎麼還不會寫？」

十幾個學生的眼睛，都直瞪著先生高揚在手中的石板。

「老土唸過書，認識字，」突然那位大的學生李秀實說了話：「俺家沒有人認識字。土娃有老土在家裡教他。」

「俺家也沒有人認識字。」

「俺家也沒有人認識字。」

一時之間，咭咭喳喳，一片叫嚷。都說他家沒有人認識字，回到家沒有人教。

這話雖是一大搪塞的理由，土娃却又委屈的哭了。

「俺爹沒有教俺寫這兩個字，」土娃哭唏唏的說。

拉著繫在領口上的一條小帕兒擦淚。

「他們誣賴我！」一邊擦淚一邊說著。

事實上，魯永春已經下田春耕，沒有時間教兒子唸書寫字。何況，如今已改成洋學堂，這一套新的教學，他也不懂。所以土娃聽到有人說他是在家中的父親教會的，遂又委屈的哭了起來。

趙先生還沒有再說話，就有人在小聲說：「好哭精，栽大蔥。」

「你們這幾個大的太沒出息！」趙先生生氣的說：「土娃那麼小，都會寫了，你們還不會寫，也有理由搪塞。」

這話的話音尚未落尾，外面傳來了打洋鼓吹洋號的聲音，鼓咚咚，號的嗒，有節奏的傳來。聽來，似乎已經進了村子。

「過兵啦！（註十）」

有學生大聲喊叫。

隋堤，是條官路，近年來，時常有兵馬車輛，打從隋堤經過。祇要過兵，必定下鄉牽去牛馬為他們載送輜重（註十一），拉去人伕為他們挑擔。牛馬被牽去，十九有去無回，人伕被拉去，也往往逃不回一半。所以，一遇到大堤過兵，鄉人便牽起牲口，帶同女婦們，都逃向大堤的南湖（註十一）或北窪。

雖然，大堤上過兵，並不打洋鼓吹洋號，但有一次，則是一位團長領來的，是打著洋鼓吹著洋號，蜂擁著團長騎著一匹大白馬入莊的。到了莊上，不但招待他們十幾口子吃了一頓，臨走，還要去了牛馬十頭，民伕二十名。結果，人是回來了，牛馬卻損失了大半。

因而，這洋鼓洋號的聲音，是魯甸這一帶人最怕聽到的。想不到今天又傳來了洋鼓洋號的聲音。

馬上聽到前院的學生也走出教室來了。

「過兵啦！我們得回家。」

有個大的學生在提議了。遂也有人跟著喊要回家。

「不要慌！」趙先生安定大家。說：「不會是過兵。」

趙先生聽到了鼓聲號聲不像是兵營中的。像是學堂裡的鼓號樂隊。

「就是過兵，」趙先生說：「在學校也比在家裡安全。」

那位女先生走到院中來了。趙先生走出教室，與那位姓孫的女先生說了幾句話，女先生隨同趙先生進教室來了。

「不是過兵，」女先生說：「別慌，大家都坐下。我們來唱歌。」

於是，大家都靜下來了，各歸各位的坐下。

鼓號聲已經沒有了。前院也靜了下來。

「小花貓都會唱了吧？」女先生問。

「都會了。」大家齊聲回答。

「來，我教你們再唱一遍。」女先生說著便扯起喉嚨唱了起來。

衆人都跟著齊聲的唱，已能合唱得節奏和合。

女先生吹起口琴在伴奏。歌聲悅耳，煞是好聽！

噹啷！噹啷！搖鈴下課了。

這十多個學生，一聽下課鈴響，便巴不得的一聲「下課」，馬上蜂出到院子裡，任情任意的瘋鬧去了。

當一聲「下課」，學生蜂子似的飛奔出教室，土娃却仍坐在座位上不動。孫先生看到了，問：

「小土娃，你怎的不出去玩兒？」

「我怕跟他們瘋，」土娃囁著說：「我不會瘋。」

「來！」孫先生聽了，招招手，要他出來，跟她去。

土娃從座位上靦靦覥覥的走出來了。

「這孩子纔六歲，」趙先生向孫先生說。又加了一句：「還沒斷奶呢！」

孫先生聽了這話，不覺得心情一震。這時，他的奶正脹得慌。土娃跟女先生出來，孫先生領著他到她的辦公室。拉住他站在雙膝之間，問：「你有弟弟嗎？」他搖搖頭。再問：「有妹妹嗎？」答說「有」。又加了一句：「死掉啦！」

這時，孫先生的雙乳，已膨脹得奶水漾溢出來，濕了兩層衣衫，從外面也能見到布衫內挺起的乳頭，滲濕了如同酒杯口那麼黑烏烏一大片。芬芳出的乳香，使立在胸間膝前的土娃，馨發了要吃奶的慾渴。竟突然地說：「我要吃媽（註十二）！」。說時還微帶著飲泣音聲的渴求心情。

起先，孫先生還沒有聽懂他的話，「吃媽」二字是方言，他們北平人叫「吃奶」。

「你要吃什麼？」孫先生又問。

「吃媽。」說著竟像三歲兒童似的飲泣著了。

孫先生懂了，却也自感到雙乳脹得不適。張張門外無人。聽聽後院的學生正瘋狂的叫鬧，趙先生在看守著。

「我給你媽吃好不好？」

孫先生摟過土娃輕聲的問。

「好。」想不到土娃居然在淚臉上綻出笑來，嬌聲答說一個「好」字。

於是，孫先生起身，領著土娃去掩上門，坐在前一張小桌後的凳子上，用雙膝頭抱著土娃這孩子，解開鈕扣，拉上襯衣，露出乳來，不曾斷奶的這六歲已過的孩子，熟練的吞含了乳頭，吮吸起來。一種自然的鬆潤與麻滲滲的血流動漾，在女先生每一粒細胞中暢適著。不上兩三分鐘，被吮吸的乳部已消失了脹腫感。跟著又以另一乳頭送入了土娃的小口中。在餵乳土娃時，却也想到，這孩子該斷奶了。她感受到那滿口的牙齒嚼含著乳頭的吮吸，已不像乳孩子。尤其那渾身血流中的滲滲鬆麻感受，有著欲拒不能的微眩。如同初婚時，乳頭被含入丈夫口中時的麻暢周身。所以他心頭一直在跳動著這句話：「這孩子該斷奶了！」

吮吸完後的土娃，却一點兒也沒有不自然的異樣情態。居然說：「俺娘的媽快沒有水了。」

這是土娃吃完了女先生的奶，回答出的感受。

正好，前院的校工來通知他與趙先生到前院去。

說是教育局的視學（註十三）的來了。兩輛馬車，洋鼓洋號隊，就是隨同他們來的。車一到魯甸村頭，洋鼓洋號就下了車，吹吹打打，領著兩位視學大員進村。

如今，已在前院與校董們在談著話，要召集先生們說話呢。

〔附註〕

註一：當民國九年（一九二〇）教育部的「國語統一會」審訂合格的國語教科書一百七十三冊，翌年減訂為一百一十八冊，到了民國十一年（一九二二）又加減少，餘下約一百冊。內容多為兒歌、童話、民謠之類作題材。由於光緒年間開始改立學堂，初小國文課第一課是「人」，國語課本的初等一年級第一課是「狗、大狗、小狗」，跟著便是貓呀老鼠等。遂被反對白話文教育者，責之為是「貓狗教育」。

註二：兼且責備這種國語課本是「賊夫人之子」，意為誤人子弟。

註三：大了還能做出人事來嗎？意為書本上儘是些狗叫貓跳，孩子長大了，還懂得如何做人嗎？孔孟教人，全是做人的道理。

註四：二五眼，是當地人的方言，意指玩魔術的繞眼法謂之「二五眼」。

註五：武的指外洋的八國聯軍，文的指那些主張以羅馬拼音代替代中國文字者，都是受了洋人收買來消滅中國五千年文化的。

註六：民國十三年（一九二四）九月，江蘇浙江開戰，盧永祥發布討伐作戰令，張作霖也發布討伐作戰令。吳佩孚任奉天討伐軍總司令。

註七：貓叫春，是貓兒在發情時，那母貓總是在屋脊上咪嗚咪嗚的叫，當地人稱之為「貓叫春」。魯奶奶却用這話譏責那位女先生教學生唱「小花貓」是「貓叫春」。

註八：排不了行，意為個頭兒小，年紀又小，玩不到一起的。排不到一行一列去。

註九：瘋，就是相互鬨鬧的意思。吵吵嚷嚷，打打鬧鬧。

註十：圩子，讀音是「圍子」，村子的四周，像城墻城河一樣築起的圍墻與河，還有碉堡，當地人稱之謂「圍子」。

註十一：過兵啦，意指有大隊的兵馬，在隋堤官道上經過。這些兵馬人等，時常下鄉要吃要喝，要牲口要人伕。是鄉人最怕的事。

註十二：輜重，是兵隊的車隊、礮隊，以及隨軍應用的鍋灶糧食等物。

註十三：吃媽，是當地方言。孩子要吃奶了，謂之「吃媽」，或「吃媽媽」，（即吃奶奶）。

註十四：視學，就是今日的督學官員，到各地學校去查看教學的情況。

九　洋鼓洋號惹出來的

視學的兩位大人，帶來的洋鼓洋號，入鎮來的一陣吹打，却闖下了一場不小的禍事。竟將張團練家的一匹拴在打麥場邊大槐樹上的小馬，驚駭得又跳又掙，居然掙脫了籠頭（註一），狂野得在鎮上，飛奔亂竄起來。不但踢壞了三份人家的菜園，還踩毀了一家菜園中的五幢蜂房。出籠的蜜蜂亂飛，螫傷（註二）了全鎮中的大人小孩，共有二十餘人。

魯甸鎮四出了二三十位壯漢，追逐圍堵了老半天，方始把這匹小馬捉住，套上了籠頭。一時之間，把魯甸鎮攪擾得雞飛狗叫了大半日。

這件事，魯甸鎮的人，有上百雙眼睛看到一切經過。

縣教育局派來的這兩位視學大人，與派到魯甸小學任教的先生，都是師範學堂畢業的，二十來歲。所不同的是，這兩人都已教過兩年書了，遂派到各縣任視學。

他們這次到全縣各小學巡視，還帶著洋鼓洋號，吹吹打打的擺著排場（註三）來。無非在向鄉下人炫耀洋學堂的與舊制不同。當然，也夾有年輕人擺派頭的心態。其實，他們的視學主要目的，只是在查看各小學在課程教學上的施教情形。按新頒的初等小學堂課程，就有小學唱歌教科書三集，課程中的「唱歌遊戲」、「舞蹈遊戲」，就有了打洋鼓、吹洋號的教學。所以，這兩位帶著兩個打洋鼓的學生，又來了兩個吹洋號的學生，自還兼有指導學生打鼓、吹號的教學理由。要不然，怎的准許這樣吹吹打打的去視學？

他們乘了一輛單馬拉的輕便馬車。六個人擠在一輛馬車上到了莊頭的圩子大門口，就下了車。馬車停在鎮門外柳樹下。這時，已有不少的孩子走近來圍觀。鎮上的男女老少見了，也禁不住駐足打量那馬車等等是幹什麼的？

當那四個人吹打著洋鼓洋號，邁著齊步，吹打步入魯甸大街，後面便跟著一大群孩子。鼓，噗嚨嚨的打著，號，笛嗒嗒的吹著，四個人踏著齊一的步子，在鼓號的奏鳴中，前進，邁向魯甸小學堂。

兩位視學大人，尾隨在後。

突然，有一匹馬斜衝著在鼓號前面飛奔而過。

那馬在飛奔中是狂跳著，忽而左忽而右的奔跑著的。

於是，尾隨在鼓號後的孩子們，四散開去了。

一個個狂吼著說：「馬跑出來了。」

這時，鼓號停了。狂奔的馬，也一煞那間飛奔不見了。

兩位視學的，與那四個打鼓吹號，還不知是鼓號聲驚駭出來的事件，遂停了吹打，步入魯甸小學堂。

魯甸小學只知道有視學的要來視學，查驗新制學堂教學的實情，卻不知是那一天來。近來，縣教育局的人事，又大事更動過了。當這兩位視學的一行六人，到了魯甸小學，除了幾位上課的先生，與一位校工，沒有其他人在。

第一排的教室，正好是四年級與六年級這兩班。

這兩班，教的不惟不是新制的小學課程，也不是舊課程的國文課本。四年級在教《左傳》，六年級在教《說文解字》。兩位視學的遇個正著。這兩位，還是書院時代的老先生。一位是李德雋先生，近五十歲，下巴上的鬍子，一大把了。另一位是魏宗魯，六十開外了。沒有鬍髯，光光頭，圓圓臉龐，笑容總是堆在眉目間，亞似廟中的彌勒笑佛。所以學生給他啓個綽號叫「彌勒爺」。

兩位視學的便由這位魏先生接談。

魏先生老老實實的向這兩位年輕的視學大人，述說魯甸小學之所以採取這樣的教學方式，一是爲了顧及原在書院讀書的學生，有個學業告一段落的機會，二是一步一步的將這新制的魯甸小學堂，由一年級遞次達成一至六年級的完全小學準則。而且說，這兩個班的學生，在國文程度上，已不適合講授新制的國文教科書，休說那又改成的國語教科書。那麼，新制的算術、史地、博物等等，若要施教，必須從頭兒開始。否則，六年級的算術，學生的程度，就無法施教，史地還有外國的，學生的程度，也接續不上。只有採取權宜之計。

「這樣說來，就不能以高、初等完全小學的設備開辦？」其中的一位史視學說。他是徽州歙縣人。另一位姓鍾泗縣人。兩位全是安慶師範學堂畢業的。

這話，魏先生還聽不出話中的意旨出來。遂就話答話似的說：「創辦一個完全小學，不是一蹴而就的事，慢慢來。」

「你們請的是完全小學的經費補助。」

那位鍾視學又加了這麼一句。

魯甸小學的這兩位先生，都不能回答。因爲他們不是校董，不瞭解這些事。

正說著，趙先生與那位姓孫的女先生也進來了。

趙先生是這兩位視學的低班同學，認識的，但不熟。

校工送上茶水，跟著張團練進來了。

一進門，尙未去與客人寒喧，就氣喘嘘嘘的說：

「我家拴在門外槐樹上的小馬跑了。他們在追捕。」

彼此寒暄之後，張團練遂又加以補充說：

「野性大發，還不知闖下了多大的禍呢？」

一邊說著，一邊招呼大家坐下談話。

兩個視學聽了，突然顯得不安起來。心裡却也蠢想到，是不是鼓號聲驚駭起的呢？站在旁邊的四個打鼓吹號的半大小子，聽了之後，面面相覷。

張團練五十出頭，方型的臉，並不胖，赤黑黑的。八字鬍子，兩目微凹。頭戴黑織絨的寬邊梆型的帽子。深灰色布的褲子，黑帶子紮起褲腳。双幫條縫起的尖口黑呢白布底鞋子。上著黑色對襟布攀扣子的上褂，長長的下襟過胯。

「他們在捉，」張團練在說。「跑不遠的。」

「大家請坐，請坐！」又說。

張團練看到大家還站著，連忙招呼大家坐。自己也坐了下來。

「俺們這裡是小地方，」還沒坐好，就把話說到了正題。「鄉角落（這兩字讀音是「ㄍㄛㄌㄚ」）子。今後，全靠這所小學的教育，來開化俺這僻壤。」

「是是是，」李先生附和著。「我們這校董成天在外奔波。這村兒勸，那村兒勸。」

「今年的秋季始業，就勸來十五名。比春一多了。」

「一步步來，」那個禿頭的魏先生也說：「上學的孩子會多起來。」

幾個打鼓吹號的孩子，咬咬耳頭（耳語）走出去了。

兩位視學大人，一時不知如何插嘴。

「三年，」張團練又揚手伸出三個指頭說：「只要三年，我保證俺這小學堂完成初等跟高等各班，班班額滿。」

「在這三年期間，還只是個初等小學。」

那位姓史的視學，終於插了這句話進來。

「按規定，」另一位鍾姓視學說：「經費應實務實報。」

正在這時，從門外闖進一個赤足的泥腿漢子進來。

「團總，馬是捉到了。」他說：「靠圩子墻下的幾處菜園子，全給馬踩啦！」

張團練一聽，猛地站起來了。

這位赤光的泥腿漢子伸起手背，抹了抹額頭上的汗，又說：

「李師爺菜園中養的幾房蜂子，全給踩壞。蜜蜂子亂飛，螫傷了不少人。」

隨後又跟來一個赤光的泥腿漢子，加以補充說：

「去瞧瞧吧！李師爺娘子坐在菜園子裡，呼天搶地的嚎著呢！」

「你們看！」張團練甩起双手，向房中的衆人說：「這該怎（此字方言音讀ㄗㄚˇ）辦？」

這突來的事件，使這兩位視學先生也一時說不出話來。

「快去看看吧！」李先生提議。

兩位視學先生也只得附和。

「好，快去看看！」

於是，兩個泥腿漢在前，張團練與衆人隨後，走出了校門。兩位先生留在學校看孩子。

校門口，已經圍了不少人了。

男男女女，老老少少，有幾十人。

一個個，都在七嘴八舌的議論著。

兩位視學向校門前的衆人，微笑著揚手爲禮。

當衆人中獲知他們在向馬踩過的菜園去，就預先招呼：得小心蜜蜂會飛到身上螫人。說著，竟有不少跟著去看。

到了馬踩的菜園，雖然在圍捉牠時，來來回回踩了幾趟，乍眼看去，並不嚴重。李師爺菜園中的五籠蜂房，確被蹴倒了兩個，踏毀了一個，飛出去的蜂子，如今都又飛回到蜂籠上，成蛇答的蜂擁在一起，偶有一些在飛翔中的蜜蜂，有一隻兩隻會落在人身上，也不至于去飛到人臉上螫人。

李師爺娘子已經沒有坐在菜園中哭了。但聽到有人來，方始出來，向二位視學哭哭泣泣的哀訴。

「你們看哪！」她指著那幾籠被蹴歪踩倒的蜂房，向著來看的衆人說：「全毀啦！蜂蜜還沒收呢。最少有兩籠飛光了。回不了籠了。」

說著就一聲「我的天哪！」一坐在地上嚎啕起來。

兩位視學大人，不知應該說什麼好？

「李嫂子別哭啦！」張團練走過去扶起李師爺娘子，說：「損失，我張鏡明賠。」說著用手一拍胸脯，面向圍觀的衆人說：「大家親鄰聽著，凡是俺家的馬踩壞了的，蜂子螫傷了的，都由我負責，向李師爺登記就成了。」

兩位視學大人，任何話都沒有說，只是這樣去看了一眼。到此，還有什麼話可說？還有什麼要談的事，還有繼續談論的情緒呢？就這樣，二位視學大人，偃鑼息鼓的告別回城。

只有張團練與那一位年輕的先生送這兩位視學走出魯甸的圩子大門，坐上馬車。連來時那些尾隨著的孩子們，也不跟著了。

當兩位視學剛上車走，張團練就出口說了一句：「咳！這兩個鯰魚鬍（兒）（註四）。」話剛出口，方始想到身邊還有一位送客的先生，這一位教書先生，也是他口中的「鯰魚鬍（兒）」。遂又馬上改口說：「這兩個小夥子太不懂事，來查學就來查學好了，還帶著洋鼓洋號，給我惹來這多無謂的閒氣。」

這一位趙先生也只有恭維的回應：「全靠團總你擔戴！」

「幸虧是俺家的馬，」張團練又繼續說：「要是別人家的牲口闖了恁麼大的禍，我就不知道去怎樣來按眼（註五）嘍！」

當趙先生派到魯甸小學任教，就已經知道這位校董張團練的爲人。何況，今天已從兩位視學的口中，獲知了口風中的底因，越發的想到魯甸小學的前途坎坷。

洋鼓洋號驚馬，馬掙脫了籠頭狂奔，踏損了菜園，踏毀了李家蜂房的事，在魯甸鎮風傳了好幾天。

在這些日子裡。最活躍的是張團練娘子。

「虧了俺家老頭子，」張團練娘子，逢人便說。「要不是俺家老頭子，肩膀頭一挺，揹了下來。那兩個鯰魚鬍，那天就走不了。」又說：「非得縣衙門派人來保不成。」

據李師爺娘子說：「受禍的有十多家，被蜜蜂子螫了的有三十幾個。都登了記，交給團總辦去啦！」

不錯，第二天，張團練就離家，到省城安慶府去了。

學堂的課程，不但國文課本停教，改教國語課本，連幾位老先生極力反對的注音字母，也開始教授。

一共三十九個字母，一年級的兩班，都在學習。

意想不到的，最不喜歡學習注音字母的孩子，就是那個最被兩位年輕的先生喜愛的學生「土娃」——魯金土。

爲什麼？主要因素，是字母只有音，沒有義。

土娃喜歡有音聲有字義的句子；特別是歌唱。

另外呢，還有一大原因，他感受到那個女先生不喜歡他了。事實上也是，女先生除了教書之外，還兼以母乳餵乳學生，這事情若是傳揚出去，顏面可就無物遮攔得住。然而，乳部奶水多，膨脹時的脹痛，也妨礙教學。秋天的夾衫，又擋不住奶水滲溶在衣外，看去也不雅觀。經與夫君相商，遂把搖籃帶進了學堂。學堂的空屋多，便騰出了一間給他們，夫婦倆，可以把孩子安排在學校。

那天，土娃吃了女先生的奶，回家就歡天喜地的告訴了奶奶。起先，魯奶奶以爲這孫子說的是新課本的故事，當他弄清楚了，確有此事，便與土娃的娘商談斷奶。一方面要土娃的娘，萬別說出去這件事，也一再囑咐土娃不可說出這件事，告訴土娃吃女先生的媽媽（奶奶），說出去是羞死人的喲。二方面也相商著從此不准土娃向娘要奶吃。每天上學，給土娃帶一個桃子或柿子，以及煮熟的棗子等等，包好放在土娃的書包裡，在想吃奶的時候，就吃個桃子、或柿子或棗子。可是，在女先生這一方，一看到土娃，就會想到那天，土娃的滿嘴牙齒在咬銜著乳頭，舌頭在有力的吮吸時的那種渾身麻暢的滋味。回想起來，總覺得她乳育的不是個嬰兒，與餵乳自己的嬰孩大不同了。嬰孩無齒，肉滑的牙板，引發不出那種眩暈的麻暢。

正由乎此，她一看到土娃，在心情上，就有躲閃他的意想。可是，土娃雖還是一個六歲多的孩子，卻已能從大人的臉色上去體會心意了。

注音字母，就是女先生孫美鳳教的。

起先只教頭五個字母「ㄅㄆㄇㄈㄪ」。一個字一個字的教。只告訴學生說：「這是注音字母，學會了，不認得的字，也就認得了。」要怎樣纔能依據注音字母去認字，却沒有教，也像舊時的塾屋教學，要學生先唱會了歌兒，認識了字母的音聲，再教注音。那已是二年級的課程。可是土娃這孩子，一開始跟著父親學唸唐詩，他是一邊學唸學唱，一邊聽他父親講解字義。如今，學這注音字母，只教讀音，不講字義。土娃不習慣了。

「ㄅ字是什麼意思啊？」他問。

「注意字母都是注意的，」孫先生說：「它們本身沒有字的文意。等你們學會了這三十九個字母，我再教你們注音的方法，以及讀注音拼出字來的方法。到了那時，你們就懂得了。」

孫先生雖然這樣老老實實正正經經的說了，但對這班一年級的學生來說，可以說是一片白霧茫茫。

土娃想到孫先生那天把著他的手寫字的情景來比，他的感受是：「孫先生不喜歡我了！」又想到吃奶的事，奶奶與娘都羞他，羞他說：「不要臉，吃女先生的媽（奶）。」還一再的告誡他，下次再不可以這樣不知羞了。「難道，是我那天太餓了，吃媽時，咬痛了先生？」土娃這樣回想著。

「魯金土，你在靈魂出竅啊？」孫先生發現土娃的眼神沒有凝聚注意力，遂這樣警惕他。「把心找回放在黑板上來。」

這時，座位上的李秀實居然噗嗤一聲笑。

土娃低下頭來，淚水又流出來了。

來，聽我唱給你們聽，可以當歌兒唱的。

於是，孫先生揚起清脆而嘹亮的歌喉，唱了起來。

ㄅㄆㄇㄈㄪ　ㄉㄊㄋㄌ

ㄐㄑㄏㄒ　ㄓㄔㄕㄖ

ㄗㄘㄙ

ㄚㄛㄜㄝ　ㄞㄟㄠㄡ

ㄢㄣㄤㄥㄦ

ㄧㄨㄩ

唱到ㄢㄣㄤㄥㄦ這五個字，ㄥ字音聲拉得長長的，然後再吐ㄦ字音。最後的ㄧㄨㄩ三字，則一字字唸出。聽去像「一窩魚」三個字的字音。

孩子們聽了，居然笑出聲來，有人學說：「一窩魚」。

孫先生叱喝他們不要笑。遂又再唱一遍。

孫先生的嗓音清脆，歌喉婉囀，只唱了兩遍，便把學生的學習興趣，提升起來。流淚的土娃，也眉開眼笑起來。

從此，這一年級的春、秋兩班，都在開始學習注音字母。跟著，四年級與六年級這兩班。也排出了學習國語注音字母的課程。由於孫先生會教，以歌代說，不到一個月的光景，三十九個注音字母，全教會了。

這三十九個字母的歌聲，不但在魯甸小學的高初四班學生的口中旋律似的流漾著，連魯甸以及魯甸周遭村集的那些沒有上學的孩子們，也在歌唱著了。

正當此時，張校董宣布魯甸小學停辦的消息，隨同淒冽的西北風吹到了魯甸鎮。

事實是怎樣的？因爲張團練在省城還沒有回來。

〔附註〕

註一：籠頭，魯甸那一帶人，稱套在馬驢、騾等牲畜頭上的繩索，謂之「籠頭」。

註二：蜂子以尾上刺針傷人，謂之「螫人」，螫，音ㄓㄜ。

註三：排場，意爲擺譜兒，或撐門面。今謂之「打腫臉充胖子」。

註四：鯰魚鬍（兒）一辭，是那一帶人稱呼年輕人的比況語。鯰魚，一出生就生了兩根鬍子，所以那一帶人稱呼年紀二十幾歲人，已經擔當公務，他們通稱這類人物爲「鯰魚鬍（兒）」。看不起這般年輕人能成大事。

註五：按眼，意思是堵上漏洞。比喻的意思是怎麼能把大事化小，小事化無呢？

十　耕讀人家的門風

魯甸小說停辦，是傳言的錯誤。

不是停辦，是停課。因爲視學的把查學經過，已翔實呈報上去。經過上峰會議決定，必須取消高等，必須按學制招生編班，必須照課程標準指定的教科書教學。

最後一條是，改組校董會。

爲了這些「必須」遵照辦學原則，就不得不停課整頓。

還有，牽涉到張校董預領去的經費問題，更是決定魯甸小學，能否繼續上課的重要關鍵。可是，張團練走後，一直沒有回來，近來，居然連張團練娘子也不在家了。

加之近月來，李師爺娘子爲了那幾籠蜜蜂子的賠償問題，竟宣揚說被張團練領了去呑啦。李師爺雖還在魯甸，却已不是張團練的隨身秘書，也打總兒不說張團練的風風雨雨，有人問起他？也答說：「這個，我不知道。」

有人傳說張團練到省城之後，就被扣押起來。

眞相如何？無人淸楚。但新選組的校董，已沒有張團練在內。

但魯甸小學停課了。先生們的薪金，已失去了著落。

先生們走了，學校不得不停課。

連校工也離去，學校關上大門，交給了鐵將軍看守。

對於魯甸小學的停課，魯甸這一帶人，傳言的只是張團練這個人的這啦那啦，包括魯甸學堂成立後一年來的教書先生，未曾領到束脩（註一），以及馬踏壞了幾家菜園，並未領到賠償費的一些閒話。至於魯甸小學的將來，似乎魯甸人並未關心，換言之，關於他們孩子的讀書問題，十之九的人家，所期望於下一代的就學，只要求能拿起賬本子用筆記賬，能拿起算盤來扣算盤子（兒）算賬，也就夠用了。若要再進一步要求，那就是能在農閒的日子唸唱本（註二）。拿起筆來，平時會代人寫信，新年到來，會寫對子；也就是文雅話說的「春聯」。

「反正科舉在光緒年間就廢了（註三），」大家都這樣說：「『禹門三級浪，平地一聲雷（註四）』的日子，看這亂世，似乎不是三年五年可以恢復起來的。那麼，『天子重英豪，文章教兒曹，萬般皆下品，惟有讀書高。』如今已不是這年代了。」因而有大多數的人家，這樣告訴下一代，「務農爲業，纔是咱們莊稼人的本分（註五）。」

可是，魯家的魯奶奶，不是這樣想。他們家的堂屋後墻，上頂著樑椽懸起的一塊黑漆金字「解元」大匾，字上的金色已經脫落，望去已與黑漆的木板，黑黝成一片烏烏，不仔細看，已不能分辨出匾上的「解元」二字。那是他們魯家上五代祖上的功名「解元」，鄉試第一名，「舉人」頭兒，在山東做了一任知州。數百年來，貼在大門上的春聯，總是：「耕稼傳家遠，詩書繼世長」兩聯，橫額是：「耕讀人家」。從來不曾改換。

「難道淵源於周公氏系的魯家，」魯奶奶想：「會中斷了『詩書繼世』的唸書人？」

「好幾代了，」魯奶奶心裡在說：「俺纔在土娃這孩子的身上，聞到了魯家的書香，見到了讀書人的呆氣。」

白日依山盡，黃河入海流；
欲窮千里目，更上一層樓。

土娃三歲還不到的時候，就會背誦這首詩了。

如今，不但已能一筆一畫的默寫出這首詩，背誦起來時的那種如同見到「白日依山盡，黃河入海流」的神情，與那分有著氣吞山河之勢的腔調，不得不使你在聽到「欲窮千里目更上一層樓」的語調中，可以感受到這孩子的更上層樓，得以窮目千里的求知之欲，是多麼的令人爲之鼓舞。

「永春，」魯奶奶得知小學停課了，以堅定的語氣，告訴大兒子。「咱家的土娃，可不能不上學，」她說：「你去問問南門口的魏宗魯去。他願不願意成個館（註六）？咱幫他去張羅。」

魏宗魯就是魯甸鎭上人，原本就在魯甸書院教書。改了小學，留下他教六年級那一班，實際上，教的還是四書五經。

魯永春去一問，正合了魏宗魯的意思。

就這樣，不到三天，魯奶奶便奔波成了。

原來的兩班一年級，願意再上學的有七個，四年級的兩個，六年級的三個。合起來有十二個。

可是問題出來了，除了魯甸小學的房舍，沒有任誰人家，能騰得出一間，可以擺上十幾張書桌的房屋。

私塾的設立，政府已經明令廢止，不准再行復活。

這魯甸小學的房舍，決不可能借給任誰設立書館。縣府教育局的公文，限令魯甸小學下學期要開學。（只准設立初等，高等要延後了。）於是，魏宗魯設立書館的事，又延宕下來。小學停課，書館又沒有設成。

土娃自從不上學那天開始，魯奶奶就看到了土娃的沒精打彩，他小叔唸的國文課本，教他唸，他都能吸收進去。

如第三冊的「燕子」：

燕子，汝又來乎？
舊巢破，不可居；銜泥銜草，重築新巢。
燕子！待汝巢成，吾當賀汝。

還有同冊的「司馬光」：

司馬光幼時，與群兒戲於庭前。
有一兒，誤墮水缸中，群兒狂叫，皆驚走。
光俯取石，急擊缸。缸破水流，兒得不死。

雖然，這些課文，六歲的土娃，已能吸收，略知文義。可是土娃總是忘不了「大狗叫小狗跳」，尤其那歌兒「小花貓！」甚而連那三十九個注音字母的歌兒，他都忘不了。魯奶奶不時的會聽到土娃在小聲哼唱「ㄅㄆㄇㄈㄪ」，唱到了最後三字「ㄧㄨㄩ」，也會將那幾個大學生故意把「ㄧㄨㄩ」

三字，唱成了「一窩魚」，引起的先生笑聲，也惹起大家在笑。他居然也在哼唱中笑出聲來。

天寒了，霜後的田野，不但有枯乾了的野草，可以檢拾來作爲燒柴，收割後未經耕犁的麥田或蕎麥田、紅芋田（蕃薯田），都有殘餘可以任人撿拾。田裡的草乾枯之後，殘留在地上的豆莢、豆粒，以及未生芽的麥穗，紅芋田未挖到的蔓藤結成的芋，以及短蒂的殘餘，都能撿拾來，增加冬春食用的糧食。

魯甸那一帶人的農家，幾乎是家家如此。無論男女，六歲以上的孩童，沒有不下湖（田野）工作的。

若是雪已落地，遍野銀色，早五更的時間，又是男人家到雪地撿拾糞便的一件額外家用收入。糞便，是肥田的五穀苗芽所需，自家的田地用不完，還可以論斤計兩的售與糞廠（註七）。

這些農家的事，六歲以上的農家子弟，都得開始做了。

還有，夏日下湖割草，午後在家鍘草（註八）。夜晚定時定量的去餵飼牲口（註九）。六歲以上的男孩子，都得開始學著做。

六歲以上的女孩，廚灶間的樣樣活兒要學，夜間跟著娘們姐們，一同坐在棉油燈下（註十）學習針線活兒，以及磨房中的磨磨羅麵（註十一），田野中的耘草收割，打麥場上的收收攏攏，堆堆篩篩（註十二），女孩子家也十九都得參予。

當魯甸小學一停課，知道孩子們這一冬都上不了學。魏家的書館也設不成，兒子魯永春遂向娘提議。

「土娃叫七歲啦！」魯永春說：「不能再當個娃娃樣嬌慣他啦！這孩子動不動就哭，那裡還像個男孩子。咱們的家風是『耕讀人家』，大門框上貼著的。那麼，書上的字要認，孔孟的大道理要學，農耕稼穡的活兒，也得跟著大人幹。雖然說：『莊稼活兒不要學，人家怎著咱怎（讀ㄗㄚˇ）著。』要是不打小兒就跟著大人幹活，就能一下手就拾得起放得下嗎？娘！」喘了一口氣又說：「如今晚的年成變了，就是眞的有那眞龍天子出現，得了這江山，坐上了龍椅，也不會還原到大清的老樣子上去。咱家還有這幾畝地，種田是咱們的本分。唸書是咱們的明分。做了宰相的王安石就給人家放過牛，也下過田。咱們種田人家，怎能老爲孩子想著唸書、唸書，不想著要他也得學著跟大人幹農家的活兒。娘！你看我這說法對不對？」

魯永春的這幾句話，把魯奶奶的淚水逼出來了。

兒子的這一番話，說到了魯奶奶嬌貴孫子的缺失。可以說是無言以對，承認兒子的建議是對的。但想到這纔六歲多的孫子，就要帶著他，去挎起糞筐子，拎著糞扒子，到野地裡去撿柴，到雪地裡去撿糞，心裡就爲孩子委屈得打顫，忍不住淚水撲嗽嗽掉下。

「娘！妳老人家別難過，」魯永春也心情悽悽的。「我是說，咱們可不能失去門風，除了督促孩子唸書，也不能不帶著孩子學作莊稼活兒。四書，我都唸完了，都開講（註十三）過了。左傳也讀過了。晚半晌（註十四），我來教咱孩子讀論語，莊稼活兒，我也帶著他去做。這孩子若眞的是個讀書的料，也得設法讓他讀咱的經書。咱家的松三爺都在城裡教一位洋小姐唸咱的經書，聽說那洋小姐要跟著傳教的爹回外國了。要是松三爺回來，咱一面帶著這小子跟著我作莊稼人的活兒，一面要松三爺收他作門生唸經書。娘！你看這想法可好？」

「這想法倒好。」魯奶奶破涕爲笑。「可別向孩子說，帶著孩子跟著去做就好了。」

就這樣，土娃跟著他爹唸書，帶著幹莊稼活兒。一開始，交給他小叔永源帶著他下湖去撿柴。

撿柴，與唸書不同。唸書得先生教，不教，很難無師自通。撿柴，只要勤快二字，比別人勤快，一定撿得多。當然，也得眼明手捷，還得腳步比別人走得地面大。走得地面大，纔能用得「眼明手抉」二字，這情事，也得靠熟練。

可是，卻有些孩子結幫，霸占地面。

魯永源帶著侄子土娃去撿柴，不到三天，便遇到了結幫的孩子干涉，硬說那地面屬於他們的，不准別地面的人來進入撿拾。

這些結幫的孩子，以集鎮村里爲單位，地域的畫分與霸占，是兩件事。譬如某些地面是魯甸人的產業多，這一地面，便理所當然的由魯甸鎮的孩子們享有。往往，有別的村里的某些孩子，仗著會打會拚，就會強自侵入別人的地域。

就這樣，常會發生爭奪、驅逐時的打架行爲。

這天，魯永源帶著土娃，在他們南湖區域的自家一塊田地中撿拾麥根（註十五），坐在田頭上玩「成六」（註十六）的兩三個孩子便走來干涉。說：「這地段是俺們的，不准你們在這裡撿。」

「這塊地是俺家的，」魯永源說。

「是你們家的？」那個孩子反問：「他有個名兒嗎？你叫叫看，他會答應嗎？」

這孩子比起來還沒有魯永源大。魯永源十四，這孩子不過十一二光景，還留著糞扒子頭，夾上掛長到膝，寬寬籠籠地，一看那上衣就不是他合身的衣衫。瞪著兩眼，像要隨時衝上吃人的老虎。

「這塊地本來就是俺家的。」魯永源堅定而理直氣壯的答。

「你是那個村？」這孩子又問。

另兩個稍微大一點的孩子也走過來了。

「魯甸。」魯永源一點也不讓。

「你知道這地方叫什麼名字？」

另一個也加入進來問。說時，以右手的食指指腳下的地。

「俺魯甸人叫這一地帶為南湖。」魯永源說。

土娃站在一旁，不敢吭聲。只是想這三個孩子，何以干涉他們在自家田裡撿拾麥根。這是一塊曬乏地（註十七），剛犁完，之所以沒有加耙（註十八），正因為要曬太陽。因為犁翻起的土，還沒有耙，割後的麥根，一墩一墩的在土中，只要一加耙齒耙上幾遍，麥根與雜草，都會耙到田頭上，自家就會收撿去了。正由這塊田地春耕翻起的土，還沒有耙，土中的雜草與麥根多，這三個孩子，遂看中這塊地。

魯永源之所以帶著侄子土娃，老遠的跑到這塊田裡來，也是由於這田裡有較多的雜草與麥根可撿。想不到遇到了這些撒野的野孩子。

「你知道這地方是南湖，那就成啦！」最先說話的那個孩子說。遂又問：「那你知道俺們三個是那個村的人？」

「管你們是那村人，」魯永源理直氣壯的說：「這塊田，」也以右手的食指指著腳下的地：「是俺姓魯的所有。」

「俺姓胡。」這孩子把胸脯子使力一拍，彭的一聲說。側回半身用手向後一指，「胡家堰人。年年發水，要不是胡家堰拉開了堰口子放水，這一大片湖地，」說著用手畫了一個大圓圈，「還能種莊稼？」

這是一句實話。此話一出，魯永源的語氣軟了下來。

「小叔，咱們走吧！」

土娃的眼眶一紅，淚水又流下了眼角。

「話雖如此，」魯永源語氣緩和的說。「你不准俺在俺自家田裡撿柴拾草，總是沒有理的。」

「笑話，」這孩子又說了。「你們魯甸人的地域要是擴大到俺胡家堰來，俺胡家堰人能忍讓嗎？」

土娃又在哭唏唏的要求小叔一同離開這裡。

經過胡家堰的孩子這麼一說，魯永源方始想到了這些村鎮的孩子們下野撿柴，已畫出了各村各鎮的活動範圍。

沒有再說什麼，便以相讓的態度，同意這地域是胡家堰人的，背起柳條箕筐，帶著土娃走向魯甸的近畿。

路上，遇見了一顆乾枯了的蓬蒿球子（註十九），在風中滾動。遂指示土娃去追。接過了土娃背上的條筐。

土娃追上去了。那棵蓬蒿球子被曬乏地上的一塊坷拉掛住了。土娃正喜可以馬上取到，還未跑到，却又被風颳走，又風馳電掣似的滾向前去。土娃只得向前急追。

正在追逐中，有人打從土娃身後，追上前來，追過了土娃。土娃一看，這人也在追這棵蓬蒿球子，遂也加快了腳步，向前飛奔，賽跑似的奔、奔、奔。

「別跑！別跑！」魯永源在大叫著阻止。說：「咱們不要了，咱們不要了。」

土娃幾乎是沒有聽見，還是飛奔著追去，打算追過那個追過他的人。

那棵蓬蒿球子雖然時時被地上的根根刺刺，高高凹凹掛住，却經不住秋天的疾風吹逐，眨眼間又飛滾而去。又得繼續加快腳步向前趕。

終于，被追過他的那個人趕到，拾取到手。

土娃與前頭那個取得蓬蒿球子的人，都累得氣喘噓噓的坐在地上了。土娃則坐在地上吸呼吸呼的哭。

他不全是累得哭，而是咀嚼到失敗的苦汁。

拾取到那棵蓬蒿球子的人，是土娃的同學李秀實，已十五、六了，當然比土娃的腿腳快速。再說，他也是看到土娃在追那棵蓬蒿球子，纔半路裡去追過土娃，一心要取得這棵蓬蒿球子，獻給土娃。所以，當土娃剛擦乾了眼淚，他小叔還沒有走到，李秀實已站在土娃的面前，手上拿著那棵蓬蒿球子，双手遞給土娃，說：「喏！我給你追到了！」

「不，」土娃拒絕。「我不要。」

「爲什麼？」李秀實失望的說。「我替你追到的。」

說著也坐了下來，把那棵蓬蒿球子放在土娃腳旁。態度展現了無限的親切。

「是你追到的，」土娃說，又流眼淚了。「我不要。」

「你怎麼又流馬尿了，」李秀實說。「眞是個好哭精，栽大蔥。」

土娃沒有回答，却感受李秀實追過他去取得那棵蓬蒿球子，不是爲了要強過他。然而，失敗的苦汁偏偏從他心海中加濃。直到他小叔到來，在他心海上浮蕩起的失敗苦汁，還沒有淡下去。他感受到李秀實比在學堂裡唸書時，要快樂的多。尤其他看到李秀實把手中的那棵蓬蒿球子遞給他時的那種勝利的眼神，不是他在學堂中曾經看到的。而他土娃，坐在這廣漠的大地之上，第一次感受他及不上李秀實。他承認他終究比別人小。

〔附註〕

註一：束脩，意指學生呈獻給老師的禮物。束脩，原意是肉乾一束，文見《論語》，「自行束脩以上。」雖有異解，然此辭早成「學費」的代名詞成語。

註二：唱本，是一種有說有唱的小說體式。在宋代即已流行。淸末民初，相當流行的一種通俗小說。

註三：光緒二十年開始設立大學堂。光緒三十年（甲辰）科，是科舉制度的最後一科。

註四：此詩未悉是何代何人所作，但却流傳民間，早就成爲民間的口頭語，形容科舉時代的人，一經中了進士，即可由民籍入官籍。

註五：莊稼人是農人的通稱，以耕田種植爲本分的事。

註六：成個館，意爲設個招收學生傳授學業的地方。俗謂之「設館」。館，即書館之意。

註七：糞廠，北方土地施肥，用的是乾肥。要以人類糞便發酵後，曬乾作成土，撒在田中作肥。是以北方各城市四周，都有收買糞便的糞廠林立。

註八：農家的耕種牛馬，食用的草是平時累積起的。在夏天，餵飼青草，隨時從田地中割取來的。餵飼時，無論青草或乾草，都需要鍘刀先行鍘成斷斷，方可拌上麩料餵飼。

註九：是以農家的半大孩子，幫助大人割草、鍘草、餵飼牲畜是一件重要的工作。

註十：淮北一帶民間，通常以棉花子榨出的油，作點燈用。

註十一：在磨房中的工作，是看著驢馬磨磨，取下磨出的麩粉，放在各種馬尾羅中篩出粉來食用。麩皮等作為牲畜的飼料。

註十二：打麥場上的工作，就是攤開禾稼來曬，有雨時收，打出糧米來，就是篩篩堆堆這些工作。

註十三：開講，舊式教學先教背誦，然後再開始講解文義。開始講解文義，就謂之開講。

註十四：晚半晌，方言，意為晚間。

註十五：麥根，指麥割下後，留在土上的根楂，約有兩寸高。

註十六：成六，是一種農人在田間工作休歇時，可以隨時玩樂的遊戲。以手指在土上畫出直六橫六槓，每條六個十字位。再以小土塊或草梗，一根根或一塊塊擺在十字位上。先完成六位的為贏家。走滿後，以完成六位多者為贏家。輸贏條件，二人自定。

註十七：曬乏地，指割了麥子後的田地，不再種秋莊稼，留著明春種高糧或穀類、棉蔴等，謂之曬乏地。

註十八：耙，是一種農器，用兩根木槓釘上半尺長的鐵釘，作成梯字型，釘字在下，牲口拉住，人踩在耙上，從田土上，一遍又一遍的耙過田那頭再耙過田這頭。田土中的草根石子，全耙了出來。

註十九：蓬蒿，是一種只能長尺多高的亂枝草本植物，霜降一過，便葉落枝枯。西北風一起，便隨風滾轉，滿地亂飛。詩人筆下的「蓬轉」「飄蓬」就是指它。一大團形如球，當地方言稱「蓬蒿球子」。

十一　子曰學而時習之

土娃下湖撿柴，最躭心的是魯奶奶。當然，魯媽媽也躭心，不過，她的性格是沈靜寡言，也不動輒擺在臉上。

反正在午飯前就會回來，魯媽媽早就準備妥好麵（註一），爲土娃桿麵條子（註二）；這孩子最喜歡的飯食。

不到午飯的時候，永源就帶著土娃回來了。

魯奶奶已在圩子門外盼望著，一看到叔侄二人回來，土娃背在身後的柳條簍子（注三）上，枝叉著那棵蓬蒿球子，就綻放開了心花。心裡贊賞著說：「唷，撿滿了簍子。」

土娃一見到奶奶，就一蹦一跳的奔向前去。遠遠的就叫了一聲。可是，魯奶奶却發現土娃的腳在蹦跳時，有些兒異樣。低頭一看，腳上的兩隻鞋子，都是踏疊下鞋幫子的後跟，屜在腳上的，原因是腳後跟被鞋幫磨破了。破了皮，血潤潤的（註四）。

「舊鞋，也會磨破了腳？」

魯奶奶特別找了一雙舊鞋給土娃穿的。

「我跑的，」土娃很高興的說，表示他會在田野裡幹活兒。

「追這蓬蒿球子。」魯永源接過話頭來說。

魯奶奶轉頭看到土娃背上柳條簍子裡的一棵比斗還大的蓬蒿球子。遂又忍不住罵魯永源：「你不去追，讓他去追，你幹啥來？」

祖孫三人正向家走。路上遇見了鄰居們，看到土娃背著柴簍子，驚異的說：「喲！土娃都下湖檢柴啦！」

「莊稼人嗎！」魯奶奶答說：「那能不幹莊稼活兒。」

魯奶奶雖如此說，心裡却還是疼愛著孫子的脚後跟，被鞋磨破了。所以，還沒有走到，就綳著臉責備永源「爲啥你不去追，要土娃去追？」

回到家，魯奶奶就忙著去把殘留在香爐中的香灰，捏了一些出來，撒在土娃脚跟磨破的地方。又找塊布來包紮了一番。一面包紮一面說：「明兒格，不要去了。咱還是唸書，不做莊稼活兒。俺不信這民國會久長。」

吃飯的時候，土娃還在向他奶奶說這一段追趕蓬蒿球子的事。在土娃心理上，對於這在田野中檢柴，相當有興趣。追逐那隨風滾動的蓬蒿球子，最好玩了。

還有，土娃意想不到李秀實會把追到的蓬蒿球子給他。改變他在學堂中，見到的他扮起鬼臉向他唱「好哭精栽大蔥」的惡魔樣子。

土娃飯後，睡了一個大覺，告訴奶奶說：「明兒格，我還要下湖去。」

「唔！」魯奶奶聽了，本起嘴，用鼻子唔了一聲，說：「下湖去，下湖去，沒出息。」

晚上，魯永春教孩子唸《論語》，他怎麼學的，怎麼教。

先一遍又一遍的教唱，第一次教兩章。

子曰：「學而時習之，不亦說乎！

有朋自遠方來，不亦樂乎！

人不知而不慍，不亦君子乎！」

有子曰：「其爲人也，孝弟；而好犯上者，鮮矣！

不好犯上，而好作亂者，未之有也。

君子務本，本立而道生。孝弟也者，其爲人之本與！」

給土娃讀的《論語》本子，是乾隆年間刻的「學耕四書」本（註五）。書的扉頁上還刻上「悉遵宋板點畫無訛」八字。這是魯家那位「解元」公傳下來的。雖裝幀成兩本，却是放在一隻木盒子裡的。書中的硃筆批注，不但書天上的白間（註六），已是紅燦燦而米米蔴蔴，連行間（註七）也滿滿的。這類書，他們魯家有三箱，每年七月搬出打開，曝書一次。通常，學子開蒙（註八），用的書是竹紙小本（註九）抄錄的，怕是學子年歲小，弄損汚了古本書。魯永春之所以把這祖傳的古本，取出來交給孩子讀，無非要在娘面前，表示他對於土娃的重視，並不亞於奶奶的鍾愛。同時，也在向他娘表白他之要帶兒子學做莊稼活，那是爲了要傳薪他魯家的「耕讀」門風。

這晚，魯奶奶在堂屋（註十）裡點上兩盞油燈，一盞線捻兒燈心的棉子油燈（註十一），把這堂屋照耀得滿室通亮，像白晝似的。那塊貼墻頂椽的「解元」大匾，解元二字雖已黑得在黑漆板上，業已失去了筆畫的形體，但在兩盞通亮的燈光照映之下，却也閃閃放芒。

聚在這堂屋中的人，全是生活在家中的人，盲了的爺爺坐在一張椅子上。魯奶奶、魯媽媽，魯永春父子還有小叔永源。（二叔、三叔都帶著妻小到人家作長工去了。）一到冬晚，魯甸鎮的人家，大多這樣團聚，圍著一盆火，共亮一盞燈，各做各的活計。這時，還不用生火盆，却把厨房中的一張烙餅的案板，擺到這裡，小凳上坐著魯永春，案子的兩斜角坐著土娃與永源二人，一個教，兩個學。

雖然，永源曾經讀過，可也不甚了了。

《論語》上的這兩章，論字數，全部數來只有六十八個字。

教唱了十來遍，土娃已能朗朗上口。永源是讀過了的，但在意識上，也好不了土娃多少。

婆媳兩個，一個在納底（註十二），一個在縫補破了的衣衫。

魯永春在扯起腔調，一句句唱，永源與土娃一句句跟著唱。唱錯了字音，隨時改正。

跟著，魯奶奶與魯媽媽也在隨同唱。先是小小聲，漸漸的也提高了嗓門。一句一句的跟著唱誦，一晚上，書聲朗朗，充實了這堂屋，那後墻上褪了色的黑漆大匾，儘管已失去了「解元」二字的形體，却也似乎是有了靈性，竟在兩盞通亮的燈光之下，閃閃發光。這情況，坐在堂屋中的一家人，固然不曾見到注意到，但一家人的朗朗書聲與讀書樂的心情，委實符契了這黑漆大匾的門第。

就這樣，直到二更過後，方始在一家歡樂中休歇。

休歇時，魯永春向母親提出了一個要求，他要把土娃帶回到他們夫妻身邊去。大了，不能老跟著奶奶。

「娘！」魯永春向母親要求。「土娃大了，還是跟著我們，書要唸，莊稼活也得跟著做。在奶奶身邊，我不方便。」

魯奶奶一聽，馬上眼圈紅了。

「好，你們帶回去。」魯奶奶生氣了。「兒子是你們的，別讓爺爺奶奶慣壞了。」說著便一虎的站起身來，唏呼著鼻子，走回房去。

頓時，歡樂的氣氛散去了，一時綳緊了一家人的情緒。

土娃也惶急地站起，喊：「奶奶！奶奶！」跟進房去了。

「你們這是幹什麼！」魯爺爺雖然看不見，却聽得出事情的發生，也大聲叱喝起來。當然，這話的語氣是責備魯奶奶。「好好的唸書，又吵個什麼？」

說過也左手拄著拐仗，右手扶著桌沿向房內走。

魯媽媽夫婦兩站起，交換了一個眼神，也進房去了。

「娘！你誤會了。」魯永春向母親解說。「土娃大了。娘又有喘病，這冬寒到來，怕娘又犯了病。小子不是個丫頭（註十三），得教他幹活啦！比如餵牲口，取草拿水拌料（註十四），都是夜裡的活兒，得開始跟著我做了。」

「告訴你吧，大春子！」魯奶奶叫著兒子的乳名說：「俺土娃不是種田的料，」說著還掀起土娃的手臂，褸勒起衣袖，指著土娃那圓細形的胳臂：「這孩子生成的是個手無縛雞之力的書生。算命的也算過啦！看相的也說過啦！這孩子是個『禹門三級浪』的人物。」

魯永春無話答對，魯爺爺却說了話啦！

「你老迂了（註十五）」魯爺爺說。「科舉都廢啦！你還想著那『禹門三級浪』，唉！」

「好好好，你們把兒子帶去，」魯奶奶光了火啦。說著便推搡著土娃，說：「去去去，以後別再纏我。」

土娃竟哇地一聲哭了，喊著：「奶奶！奶奶！……」

魯永春夫婦倆跪下來了。

「娘！」魯永源也近前來，說：「你今兒格幹啥這樣扯氣嗎？」

「我的小五子啊！咱家那一輩子人的寃鬼要了你的命啊！」

又惹起了魯奶奶的痛子淹死的淒切心情。

「娘！」魯永春夫婦直挺挺地跪在床前。「兒錯了，那裡想到娘對土娃有這麼遠的盼望？以後，俺照著娘的盼望去作就是。娘不是提過松三爺嗎？」

魯永春把話說到這裡，魯奶奶的啜泣聲止住了。

「我打聽過了」魯永春繼續說：「松三爺教的那個洋小姐要回國了。咱這裡有人要松三爺設館。他的兒子帶著媳婦到堤北趙家打長工去了。可以騰出一間房來設館。就是魯甸小學再辦，咱也不送土娃去讀洋書。娘啊！這些事，俺都想到了。」

說到這裡，魯永春已嗚咽得撲在地上。不能成聲。

媳婦子也跪在旁邊，哭泣得嗚嗚呼呼，肩頭直顫。

土娃也在哭著叫「奶奶！奶奶！」

魯永源也撲在墻上嗚啊嗚啊的哭！哭！哭！

魯爺爺當然蠡知老伴的疼兒淹死水塘的心情。也在暗暗擦淚。他深知他老伴的性格，不敢插嘴。

魯奶奶自知自己今兒格又擰了勁啦！遂翻轉身來，摟住土娃嬌養養地說：「你是咱莊稼人的孩子，得跟你爹學做莊稼活兒。」說到這裡就又吼起來。「你們哭個啥？我又沒病沒災，嚎喪啊！起來。」

「告訴你，大春子！」仍舊帶著氣，轉向兒子永春說：「咱莊稼人的孩子，得做莊稼活兒，我說過不字嗎？」

魯永春夫婦從地上站起來了。

「咱土娃纔六歲，下湖撿柴、拾糞，割草都使得，」魯奶奶接著說：「鍘草、餵牲口，成嗎？」於是又「啊？」了個問號？「半夜三更要六歲的孩子在被窩裡爬出來，去扒草拌料餵牲口，叫得起孩子來麼？（註十六）」停了兩秒鐘，又說：「依我說，得過了十歲。」停了停，又說：「鍘草？六歲的孩子，按得動鍘嗎？（註十七）」

這時，外面傳來打三更的梆子聲。

「娘說的是，」魯永春說。「天不早啦，娘，你歇著吧！」

「小土土的脚後跟打破了。」魯奶奶說：「你知道嗎？」

「我知道，娘！」魯永春回答：「他娘跟我說啦。」

「明兒格不能帶他下湖。」魯奶奶用斬釘截鐵的語氣吩咐。却又回過頭來責備永源，說：「小源兒你老奸，要你帶著侄（註十八）去下湖，你就擺起將軍的威風來啦！發號施令啦！」

說著，把撲在床沿邊的土娃摟上了床，一邊揮手讓他們離去，一邊說：「等松三爺回來，咱們還是以唸書爲主。」這話，自是爲了要暗示他兒子永春說的。說著，便摟著土娃唸起：「子曰：學而時習之，不亦說乎！」

土娃也隨聲跟著奶奶吟誦起來。

這場有關家庭倫理之愛的短劇，就這樣演到煞尾。

第二天，李秀實還特地來邀土娃作伴去撿柴。

當他獲知土娃的脚破了，不能去了。自有乘興來敗興歸的感受。然而，李秀實却也興奮的想到：土娃在學堂裡認字唱書比他強，下湖撿柴，他可強過了他。

由於母親吩咐了：「等松三爺回來，還是以唸書為主。」魯永春怎敢把孩子唸書的事，減慢下來。照舊每晚到堂屋中，像往常一樣，一家六口，圍著一張案板兩盞燈，在唸「子曰」。不過，又多了一位，隔鄰的李秀韞，十八歲的大姑娘，李秀實的堂姐，論輩分，土娃叫她表姑。知道魯家晚上有這麼一擋子事。也拿起針線笸子，帶著女紅要求加入。

魯永春的教法照著他怎樣學來的，怎樣教。所不同的是，他學的時候是，背誦完上論（註十九）之後開講。如今，他改為背誦熟了兩章講兩章。

不到一個月，這兩章的文字，土娃全能背誦，也全能一一默寫出來。背誦時，無論提到任何一句，都能要他接上句就能接上句，要他接下句，就能接下句。一個字一個字的單獨寫出來，也不會認錯。這情形，就是一般人所謂的「倒背如流」。

於是，開講了。

「『子曰』，」就是孔子說。『子』字，是孔夫子的尊稱。就像今天我們稱人為『先生』類似。」

「『學而時習之』，就是說我們唸過的書，學過的任何事情，都要回過頭去複習，再讀讀，再想想。萬不可學了這個，忘了那個。」

「我們來看『習』這個字，上面是個『羽』字，羽就是鳥類的羽毛。看到鳥兒翅膀上以及身上的毛嗎？」

「看到了。」土娃回答。

「那些，我們就叫作羽毛。鳥有羽毛長了兩個翅膀，它纔會飛。對不對？」

「對。」連李秀韞都開口回答。

「朱熹先生註解這個『習』在這句文辭中的意思，說：『習，鳥數飛也。』他說明『習』這個字，就是從鳥兒在用翅膀飛翔在天空中的形狀，必須翅膀飛個不停，纔不會掉落下來。所以『羽』的下面有個『白』字。」

「這個『羽』下的『白』字，是什麼意思呢？猜猜看。」

「鳥肚皮上的毛。」魯永源回答。

「小源子學過了的。」李秀韞抗議。

「烏鴉肚皮上的毛，就不是白的。」

突然，土娃兒脫口說出了這麼一句反彈的話。

一時之間，所有堂屋中的人，都睜大了眼睛望著執教的魯永春。

「造字的先聖賢，之所以將『羽』、『白』二字，上下合成個『習』字，作爲鳥飛的形狀，這個『羽』下的『白』字，提的是大類，大多數的鳥兒，肚皮上的毛，白色的居多。」

說著，魯永春站了起來。伸開兩隻手臂，學著鳥飛的樣子，雙翅上下飄搖。一邊用手伸出的兩臂兩手，學習著鳥兒飛翔時的雙翅飄搖，一邊說：「鳥兒展開翅膀，在天空中飛翔，快不快樂？」

「快樂！」最少有三個人大聲回答。

這時，魯家堂屋中的老少六口以及隔鄰的姑娘李秀韞，都非常之快樂！土娃還忍不住想站起來學飛。却又怕他爹責備他「放肆」！

『不亦說乎！』意思就是：「不是很快樂嗎！」

「我們唸書，不外乎是認字知義，」魯永春停止了學飛，坐下後說：「我們唸書，書上的字全認得了，無論在任何地方，我們見到他，就能喊出他的名字來。不但如此，我們還得知道這人的為人如何？家庭的背景如何？他的出身與才能如何？這就等於我們認字之後的還要知義。所以，我們唸書，字也認得了，字義也明白了。無論任何時候，都忘不了啦。這時候，我們纔會眞正的認爲讀書樂！樂無窮！」

「小土，我問你，『習』這個字，是不是像鳥兒飛在空中一樣，翅膀要上下不停的擺動，纔不會掉落下來？」

「是，」土娃高興起來了。馬上跳起，也平伸起兩臂擺動著兩手，學著他爹作的那種鳥飛的樣子，一蹦一跳的唱著：「子曰：學而時習之，不亦說乎！」一遍又一遍飛躍著。

「好了好了！不要發瘋。」

魯奶奶以嬌嗔的語氣予以阻止，土娃却也以嬌嗔的媚態，傾向奶奶懷中去了。

這晚的課，就這樣在快樂中結束。

睡後，魯奶奶想著大春子這種教學的情景，心裡遂萌生了做母親的歉憾心情。大春子吃虧是家中的大哥，上兩代又沒有提供他從事舉子業的財力。要不然，大春子可能已是舉人老爺了。

越想越覺得古人說的：「萬般皆下品，唯有讀書高。」是句金言。

〔附註〕

註一：好麵，這一帶地域的方言，即麥子磨羅出的白粉麵。

註二：麵條子，即今日仍在全國各地流行的麵食。一般家庭的製作方法，用木棍桿壓成片，用刀切成條。這種作法，這一帶人謂「桿麵條子」。

註三：柳條簍子，用柳枝條編成的圓箭形簍子。

註四：血潤潤的，指皮破了一些表層，有血潤出皮外，尚未到流淌的程度。

註五：按《學耕四書》本，是江蘇金閶寶翰樓梓行，乾隆丁未（五十二年）新鐫。註明是依據宋刊倣刻。

註六：書天上的白間，是指古書文字上頭的留白。俗謂：「高頭講章。」

註七：行間，指的是文字的行與行之間。

註八：開蒙，兒童初入學讀書教學，謂之「開蒙」。

註九：竹紙小本，民國初年，流行的是竹製薄紙，灰黃色。兒童上學，都得釘一本帶著，讀的課文，抄錄在這小本上。以防兒童的手髒污了課本。

註十：堂屋，是院落最後一進，中間的那一間。通常在後墻擺有一張長長的供桌，中置祖先牌位。也是一家團聚之地。

註十一：煤油燈，初興起時，以白鐵作燈桶，煤油加入燈桶中，有一燈管，中以草紙捻作燈心，捲插入燈管，蓋上燈桶，燈心微露出燈管，以火點燃即放光燄。油盡燈息，需要加油。

註十二：納底，即縫納鞋底。那時，鞋底多爲一層層布疊成，以繩針針縫成。方言謂之「納底」。

註十三：小子不是丫頭，意爲男孩子不能像女孩子一樣，可以跟奶奶一起生活到出嫁。

註十四：取草、拿水、拌料，是餵飼牲口的程序，先取草撒入木槽（或石槽），再撒上適當的水，然後再撒上適當的麩料，用木棍拌拌勻。這一道手續，必須適當掌握，還得按時按量餵飼。還得瞭解各個牲口的脾氣。

註十五：老迂了，意爲老糊塗啦！凡事想不通，總是繞大圈子繞了半天又繞不回來。

註十六：六歲的孩子，一頭倒上床就是天亮，往往尿也撒在床上，半夜喊起六歲孩子去餵牲口，當然不易辦到。

註十七：鍘草，是兩個人的工作，一個人雙手掌握一把草，一個人雙掌把著鍘刀，敞開鍘口，跪在鍘口邊的人，一截截把草向鍘口中送，每送入一節，執鍘刀的人，便下鍘刀按切下去，一節節的送，一鍘一鍘的切，二人要合作的一送一鍘恰到適處，鍘草的工作，方能進行順利而快速。否則，極易出事。

註十八：這帶人喊孩子的乳名，帶上的兒音極重，如「源」、「侄」二字，都是「兒」音合成一個音聲叫出的。

註十九：上論，按《論語》分上論下論兩部分，上論下論各十篇。

十二　砍錢、打梭、搧子、捉龍尾

這之後，土娃除了晚上跟著他爹在燈下讀《論語》，也時常下湖，隨同小叔在野地裡撿柴，拾撒落在田裡的穀穗豆粒與豆夾。

李秀實這一幫孩子，也不時聚在一起。

另外，還有不少十歲以上，到十七大八的女孩子，也在野地裡，作這些同樣的工作。這些在野地裡撿柴、拾穗的男孩、女娃，大多是一面工作一面在遊戲。

所以，土娃這孩子，却也很喜歡下湖。

往往，在他們的柳條簍子，或挎著的箕子（註一）將要裝滿了撿拾起的雜草與枯枝或麥根楂子，就會相聚在一堆兒遊戲。

在男孩子堆裡，最常見的一種遊戲是「砍錢」。這遊戲，有著賭的性質。在女孩子堆裡，最常見的一種是「搧（抓）子」。這兩種遊戲，都可以隨時隨地玩樂。

「砍錢」的玩法，先在地上畫一方城。大小約一米見方。（可大可小由玩耍的大家決定）。參予「砍錢」的人，每人放一枚銅板（當錢十文），或放一文有眼的銅錢在方城中心。就這樣你一枚我一枚或他一枚的，把銅板或銅錢放在方城中心，一枚枚壘疊起來。在距離方城的前方，大約五米處或七八米處，畫上一條橫線。由出錢參予「砍錢」的人，擲錢遠近決定先後的秩序，一個個跟著號次，站在這條橫線上，用一枚當錢二十文的銅板，瞄準那方城中心的錢壘打去。若是擲出的銅板打中了那堆錢，他就可走到錢壘邊，蹲下身去，仍用那枚當錢廿文的銅板，向那錢堆「砍」去，若是一次就把錢壘砍倒，有一枚或數枚，被砍離開錢壘，他就可以繼續砍那散出錢壘的那一枚。如能一次砍出一枚到方城以外，就可以繼續再砍另一枚。砍出方城的錢，便屬於他所有。否則，就得讓下號來砍。一直把方城的那堆錢，一一全部砍掃出方城，這一局方算結束。

砍出方城枚數多的人，是贏家，只坎出了一枚，夠本。一枚也不曾砍出，就是輸家了。

有時，參予「砍錢」的人，願意一次放置兩枚，賭碼就大了些。方城的大小，擲錢界線的長短，都由參加「砍錢」的大家夥兒，自行議定。

這遊戲，之所以名之爲「砍錢」，正因爲他們要把方城中的錢，弄出方城，合法變爲己有形式，如同手持刀斧去砍。

土娃對這一遊戲，極感興趣。

起先，土娃與他小叔永源都在旁邊看他們砍。一來因爲這兩人身上都沒有錢，二來因爲他魯家的家規是禁止子弟有賭的行爲。賭，只准在年卅晚到年初五這六天。過了這六天，若是大人發現家中的子弟還有任何賭的行爲，都要用鞭子笞打。

可是，土娃却偷偷兒在奶奶的床頭盒裡，偷取了一個當錢二十文的銅板一枚，又取了當錢十文的銅板三枚。那天，他們下湖，土娃交給了小叔，竊竊私語說：「小叔，今兒格，咱們也試試看，你喜不喜歡？」

永源接了土娃的這四個銅板，詫了一跳。

「這錢是那裡來的？」永源驚詫的問。

「在奶奶床頭那個盒子裡拿的。」土娃老老實實的回答。

「俺娘可知道？」永源又問。

土娃膽縮地搖搖頭。表示奶奶不知道。

永源雖已十五、六啦，總還是個孩子。看見別人玩「砍錢」，玩得那麼起勁，玩得那麼認眞，玩得那麼有趣，怎的不想加入試試呢！

「那咱今兒格不再下西湖（註二），」永源接了土娃給他的錢，猶豫了一霎說：「李秀實他們那一幫子，在西湖裡。咱們可不能跟著他們玩砍錢，俺大哥會知道的。」遂決定的說：「咱今天到南湖去，南湖的那一幫人，不是咱魯甸的。」

土娃猶疑了一霎，答說：「不好！我怕胡家堰的人。」他想到了那天胡家堰那幾個人，不准他們在自家田裡撿麥根楂的事。

永源經土娃這麼一提起來，方始想到不妥。

「好！」永源說。「咱們還是跟李秀實他們在一起玩。」

天變了。陰雨起來，夜裡還落了小雪，雖沒蓋嚴地皮，吃過早飯，就化光了。地上，已是泥淖淖地。都不能下湖工作。

《論語》已經背誦完了上論。不過，魯永春是挑挑撿撿的教的，有不少章，他教不了。自知開講時，說不透澈。他知道松三爺快回來了，還是等松三爺回家教。

松三爺回來設館，已經講定。魯甸小學明春開課，也定了案：只准設初等，初等的學生升入高等時，再專案請求設立。

校董會已經決定，不論魯甸小學的前途怎樣，松三爺的書館是設定了。已跟縣立的民衆教育館講妥，以推廣社會大衆識字班的名義，在魯甸小學的校舍中，設夜間識字班。唯一不可或缺的條件，就是必須學習國語注音字母。

松三爺在名義上，也是魯甸小學的先生。

這些，却已不是土娃所期望的事。兩閱月以來，只是大多的時間教他背誦那些「子曰：唯仁者能好人，能惡人，子曰：苟志於仁矣！無惡也。」他如：「君子去仁，惡乎成名。君子無終食之間違仁。造次必於是，顚沛必於是。」雖然，魯永春都把文義講了，七歲的土娃，終究所獲了了。反而，土娃的興趣在下湖上，他感覺到下湖撿柴很好玩。還有那多的般大般下的孩子們，有男又有女，都在廣漠的田野間，任情的玩樂。比成天坐在書館裡唸「子曰」有趣的多了。

陰雨的這幾天，不能下湖。土娃却也不像早些日子，不時的伸出雙臂，一邊學著鳥飛，一邊口中唱著「子曰學而時習之，不亦說乎！」這幾天，却時時在屋裡的地上，疊上兩個當十文的銅板，練習著用那枚當廿文的大銅板在「砍錢」。這時，他認爲李秀實很有本領，在那麼遠的地方，手上錢瞄準扔出，幾乎是百發百中的能打倒錢垛（註三）。用錢砍錢，十有八次都能一次就砍出方城一枚。

這幾天，早上一睜開眼睛，就希望見到的是陽光耀眼。天晴，纔能下湖。下湖，眞是好玩。在紅芋田中挖到的紅芋（蕃藷），可以用撿來的柴草，在地上掘個坑，把紅芋一個一個架在坑上，點著了柴草，放入坑中燒。燒焦了這一半，再翻過來燒另一半。然後，再把所有燒焦了皮的紅芋，疊入坑中，把坑毀掉，將坑四周被火燒熱了的泥土，埋在燒焦了的紅芋之上。等上半小時，就可以扒出來，剝去了外層的焦皮，來吃食粉瓤。比鍋子裡蒸的煮的好吃。

有時，還有孩子把紅芋帶到田野裡去的。下湖去做的這些行爲，土娃認爲都比啃書本子有趣。

天終於晴了。樹上的枯枝，結上了霜，屋背上，無論瓦屋、茅屋，都像撒滿了白粉。土娃醒來，見此光景，就興奮的喊著說：「奶奶，天晴了。」

魯奶奶知道土娃已經習慣了下湖撿柴。撿柴的日子，就要結束。她聽到土娃興奮於天晴了，自是想到了下湖比在家好玩。田野不惟地方大，瘋瘋嚷嚷，也無人出來干預。一個個孩子，在那裡都是一匹野馬，無韁無轡的不受約束。背去的柳條簍子，柔亂的乾草，以及麥根楂子，很容易塞滿。大人們也很少責備孩子的工作量多寡。這麼大的孩子，放任到田野裡去，比留在村裡要放心的多。秋收後的田野，平平蕩蕩，一望無際。游目望去，可以見到五里之遙的地上一切動靜。

下湖撿柴，只是這麼短短九、十兩個月的時間，雪已落過一次，今已日脚踩進十一月，

「天晴了，就好下湖去野（註四）。」魯奶奶說。

土娃却回答了一句：「爹叫俺做莊稼活。」

魯奶奶沒有答腔，把一套改小了的舊棉襖褲給土娃穿上。

「天冷了，河溝的水都結了冰。」魯奶奶一邊爲土娃換穿上這套改舊爲小的棉襖褲。土藍色的粗布，又加了一道槐子染料，變成了草黃色。薄棉褲，黑布帶紮上褲脚。襖長了些，長到膝。新撕出的

黑布腰帶，緊束在腰間。頭戴線帽，可以拉下遮去全臉，只餘雙眼。連鞋底綑上帶子的帆布棉鞋。打扮起來的土娃，簡直就是個標準的土娃兒，特爲下田準備的。一邊說。「陰雨了這幾天，野地裡都濕沓沓的，要等太陽升高些，蒸蒸水汽。今兒格，用不著下湖早。」正說著，永源進房來了。

「土娃纔起來？」永源帶著幾分埋怨的語氣說。「人家李石滾已到門口來等咱們了。」

李石滾就是李秀實的乳名。

「叫他先去，」魯奶奶沒好氣的說。「咱不跟他搶。」

魯奶奶一向不喜歡李秀實。她知道，在學堂唸書時，李秀實總是欺侮土娃。却不知如今，土娃非常崇拜李秀實。

「地恁麼濕，下湖去跺窰泥啊（註五）。」魯奶奶說：「咱們不燒盆兒也不燒罐兒。」

直到太陽爬出了東屋的屋脊（註六），魯奶奶方始放永源與土娃下湖。若依魯永春的意見，要留土娃在家學搓繩（註七）。魯奶奶認爲陰雨了幾天，太陽出來了，得讓孩子們到野地裡去奔奔跑跑。

「砍錢」幾是下湖工作的孩子們，休憩時最愛的一種遊樂，雖蘊涵了賭的性質，輸贏却不大。三幾文或三幾十文而已。

土娃要參加，李秀實不要他。

「你又不會。年紀又小，纔六歲多，」李秀實說。「我都十五啦！贏了你的錢，也落罵名。」又正面向土娃說：「你看著好玩不是？你玩不了的。不信，你試試看，碰得著錢垛嗎？」說著就把錢在方城內壘了個垛兒。「哼！小土土，別說你，連小源子加入，我都敢讓他三比一。我砍一次，讓他砍三次，他也贏不了我。」

「好，你說了算。」魯永源被激憤起來了。

「那麼你不服氣就試試，」李石滾說：「你先砍。」

魯永源答說：「你先砍。」

「好！我先砍。」李石滾說。「我們不必到線上去扔遠，就在城裡頭砍。好不好？」

魯永源點頭同意之後，李秀實拿好手中的大錢，瞄準錢垛，只一下，便打錢垛中間，砍出了一枚，落在方城線上，再一次，砍出了城。他不再砍了，讓給小源子。

「該你啦！」李石滾意氣飛揚的說。

魯永源見此情形，已經氣餒。却又不得不履行諾言。

於是，一連砍了三次，只有一次把錢垛砍倒。

在旁的五六個孩子們，異口同聲的大吼起來說：

「輸啦！輸啦！」

魯永源通紅著臉，羞赧的一言不發。

土娃也呆愣愣地，腦中呈現出一片空白。

「書是唸出來的，砍錢是練出來的。」

李秀實意氣飛揚的說著，揚起張開巴掌的右手。

「唸書，俺不行。」又說：「砍錢」，搖了搖手掌，接下去說，「得跟俺學。」

魯永源眞的像個鬪敗了的鵪鶉鳥兒，搭拉著翅兒走去。土娃也沒精打彩的跟著叔叔，但却以敬佩的眼神一再側著臉兒投射李秀實。

突然，魯永源回過頭來，向李秀實說：「俺這輩子也不會去學賭。」

這一句話，却引來在場的孩子們鬨起了哈哈笑聲。

從此之後，魯永源與土娃下湖，便不再與李秀實他們一夥。

但在平常日子，孩子們在打麥場上玩樂，土娃還是不時加入李秀實這一夥人之間，譬如玩「成六」，玩「猜子」，玩「打梭」（註八），都跟這一夥孩子玩。永源也參加。

可是，土娃非常願意參加玩耍的「打梭」與「捉龍尾」（註九）這兩種遊戲，偏偏的，既非力之所及，更非才之所能。

魯甸這一帶人名之為「捉龍尾」的遊戲，不需要任何遊戲用的工具，只要孩子們集聚起來，擺成一個龍形，一人作龍頭，四至六人在龍頭身後，一個抓住前一個人的腰帶，作為龍身；最後一人是龍尾巴。龍頭平橫伸出雙手，一手拉住一個的手，這兩個人，也橫展出左右手，作為龍爪。龍形的前面，有一個人在伸出雙手，作捕捉的動作，他要捕捉的對象是那個擔當龍尾巴的人。所以這遊戲的活動是全武的，「捉龍尾」的那個人，要設法，通過龍爪，去捕捉龍尾，龍頭龍爪要保護龍尾不被捕捉到，遂忽左忽右的擺，時東又時西，捉龍尾的那個人，動個不停，也是如此。參加「捉龍尾」的所有人等，一邊激烈地擺動著，一邊吼叫著。直到「龍尾」被捉或摔倒，或是捉龍尾的人被龍頭龍爪捉到摔倒。說來，這遊戲是需要體力的。五、六歲的孩子，與五、六歲的孩子一起玩，十幾歲的孩子與十幾歲的孩子一起玩。土娃這孩子，一出生就被祖母驕寵著，一向在大人身邊生活，極少跟般大般小的孩子在一起玩耍。上學時，也是他最小。在稟賦上，土娃又是一個頭腦稟賦得似乎太高，體魄方面的著力之處，稟賦得似乎太少。然而，他的年歲所賦予的，仍舊是個孩子的心性。所以，他很想跟同那些大他幾歲的孩子在一起玩。

每個玩「捉龍尾」的孩子們，在選龍尾巴的時候，他總是自告奮勇的在旁報名：「我來作龍尾巴」。他認爲他小，作龍尾也最合適。每逢他報名要參加，就被否定。說：「不要他，」有時還要加上一句：「好哭精」。

有一天，李秀實同意他試一次。龍尾巴纔剛擺到第三擺，土娃便被擺斷了出去；摔成了一個死蛤蟆（註十）。摔暈了過去，半晌方被別人扶了起來。摔得鼻子流血，滿嘴臉都是泥土。

從此，土娃就沒有再想去玩「捉龍尾」這遊戲。

兩三歲的時候，土娃就想玩「打梭」這種遊戲。

魯奶奶曾給土娃作了一把木扇子，削製了一個小小梭木，也曾陪伴著他玩過「打梭」的玩耍。這遊戲，非常文雅，不像「捉龍尾」那樣動盪得激烈。他的勝負，也不像「砍錢」那樣論輸贏。更是這一帶的孩子們，經常在打麥場上玩樂的一種遊戲。

「打梭」的遊戲，類似今日的棒球。

將一根圓型棍棒，截成四寸左右長，兩頭削得尖尖。（不是尖成針錐樣，是禿禿的。）看起來像織布梭子。所以被稱之爲「梭」。

玩「打梭」遊戲時，人數在二人以上。二人也可以比輸贏，二人一組，也可以組對組論勝負。

玩耍時，打的這一頭，在地上畫個四方城。不大，約一米見方。當中再畫兩個方，共有三個方。最內一方正中，挖了一個小坑。謂之「正宮」。打時，把梭木平放在方城的最外線上。打者以手中的木棒，打到梭尖上，梭木跳起，遂以手中木棒，用力擊出。對方的接者，若是能夠接到，打者便得棄棒認輸，改由接者打擊。否則，便須跑到梭木的落點，撿起梭木站在落點處，用力將梭木投向方城。如能將梭投落在「正宮」，打者一方，也得棄棒認輸。投到第一線內呢，打者可以再打三次。投入第二線方城，再打兩次。投入第三線方城內，但未落入「正宮」，再打一次。要是連方城的外線，也沒有壓到，打者繼續可以自訂次數，直到那接者接住梭木，或投落「正宮」爲止。否則，就得一次次接完打者訂立的次數。要是接者不接受，寧願認輸一次，就重新來，認輸三次。淘汰出局。

這一遊戲，通常都是二人一組玩耍。有時，也有兩三組合在一起玩樂的。一經輸贏決定後，換另一組。再以各組輸贏多寡定勝負。

土娃最喜歡「打梭」，雖然自小就以木扇當棒練過，但一拿起木棒上場，竟然十有九次打不到，偶然打到了，梭木也飛不遠，有時飛不起來。因爲他總是打不到重心。

李秀實最會捉弄土娃，他要土娃用木扇打，他接投。土娃也一次次輸給李滚子。輪到李滚子打，讓土娃一半，那就從梭木的落點算起，土娃只要站在一半的地處投梭。

就這樣，土娃還是輪到出局。

說起來，土娃跟比他大一歲的表姐童青芹玩打梭，也是輸的次數多贏的次數少。可是，跟他表姐坐在地上「摀（抓）子」玩，他表姐反而抓不過他。雖說，「摀子」是女孩子經常玩的遊戲。「摀（抓）子」的遊戲，大多是十歲上下的女孩子坐在地上玩樂的。工具是五粒石頭子，或五粒用布縫製成的小布包。

玩耍時，手握五粒，撒向空中，任之落在地上。然後以手抓起其中一粒，扔到空中，及時抓起地上的另一粒，再回手接住扔到空中去接掉落下來的那一粒。接住後，再把手中的兩粒扔向空中，再回手抓起地上的另一粒。遞次增進，五扔五接，從不失手，則繼續玩下一次，以五次爲滿貫。如果，撒落的五子，有兩粒壘在一堆無法分開，只有兩子合在一次抓起。這情事，謂之「四抓」。有時「三抓」（有三子疊在一堆），有時二抓（有四子疊在一堆）。這情事，自以「五抓」爲上上。那就是撒向空中的五子，落下是各子分開，互不相連的。可以一粒一粒的撒而撿之，也可以一次將散落在地上的五子全部抓起。

玩得熟練的人，在扔子之前，會說明這一次是「兩抓」或「五抓」？若是說到的條件，沒有一一完成，也算輸一次。

這種屬於女孩子玩樂的「撾子」遊戲，土娃玩起來，往往勝過他那位十八歲的蓉姑姑。「八成是這孩子脫生那天，閻王爺按錯了把把（註十一）。」正由於土娃的女孩子氣重，魯奶奶常常這樣說。

〔附註〕

註一：箕子，是一種用柳條編製成的器物。下底是簸箕型，橫中腰絭了一個攀子，再從攀子當中腰，絭了一個把把，連在簸箕的後肩上。可以挎在臂彎間，也可以繫上繩索，揹在背上。俗名「糞箕子」。

註二：魯甸那一帶人，稱下田工作，謂之「下湖」。

註三：錢垛，指孩子們砍錢，把出資的銅板，一枚一枚疊起來，疊得像垛。

註四：這個「野」字，作動詞用，意思是到田野裡去無拘無束的撒野。

註五：踩窰泥，是指燒窰的人家，燒製盆盆罐罐用的泥土，必須赤脚在泥上一遍又一遍的踩，遇有砂粒，就得撿出來丟掉。要不然，燒成的盆罐，就會有砂眼，會漏水，不中用了。

註六：太陽從東方出來，要是已升過東廂房的屋脊，已是辰巳之間的時候了。俗謂「太陽爬出了東屋的屋脊」，就是「天不早了」。

註七：搓繩，是農家的農閒期間，要作的正常工作之一。一種是蔴繩，一種是草繩。有粗有細。粗的用搓繩車子，細的用手。莊稼人，人人都得會。農家，用繩索的事太多。

註八：打梭，是一種很有意義的運動遊戲。「梭」字魯甸那帶人讀音是「ㄕㄨ」，不是「ㄕㄨㄛ」。

註九：捉龍尾，也是魯甸那一帶鄉間的孩子們，常作的遊戲（不知北方他省縣有無？）此一遊戲，較比激烈。「尾」，鄉音讀「ㄧˇ」。

註十：意指摔倒在地，四肢撲伏，一時站不起來，像個死了的青娃在地上撲著。

註十一：男孩有個小雞雞，俗謂男孩是個有「把」兒的。這個「把」兒是閻王爺給的。「把」字讀第四聲。

十三　拾糞淘糞而鳥聲關關

莊稼人的生活，雖有農忙期與農閒期這個說法，但莊稼人却沒有閒著的日子。所謂「農忙期」，指的是二月二日龍抬頭之後的春種，到夏耘與秋收。當地上的莊稼全部收穫入倉，連藿草（註一）也割下垛成了垛，麥子也已下種長出了青苗，嚴霜落，樹葉飄，一年的田事完畢。所謂「農閒期」，指的是九月九日重陽至翌年二月初二這段日子。實則，農家一年四季，並無半日閒著。

在所謂「農閒」的日子裡，要修理損傷的農具，要補充來年應用的農事器物。特別是明年田地要用的肥料，這一冬要作充分的準備。於是，拾糞與淘糞，便成了北方農家每日最必要的工作。

北方的農田，用的是乾肥。乾肥的製成，主要資源是獸類的糞便。所以北方農家，家家都有一個糞池。用來儲存糞便。

每戶人家的廁所，都是平地上撒拉，事後以鐵鏟鏟一鏟土，蓋上糞便。淸除時，用糞箕盛裝（註二），傾入糞池。牲畜的糞便，也是這樣淸除，傾入糞池。雞鴨鵝鴿圈籠中的糞便，也要淸除傾入自家糞池。牛馬在工作中，若是糞便拉在路上，也十九會用鏟子鏟起，放入糞箕中，回家時傾入自家糞池。撒拉在自家田裡，則以土掩蓋。否則，拾糞的人，也會經過這裡，發現了就會扒走。

還有，貓、狗、人，都會在野地裡糞便，遂有了所謂的「拾糞」人。拾糞人不分老少，有時，年老的婦人也有（註三）。

拾糞雖在冬天雪地，六歲的男孩，也就開始作拾糞的工作了。

今年的雪下得早，日腳尚未踩入腊月的邊兒，一場大雪就落了下來，把大地舖張成了一個銀色的世界。俗說：「雪是麥的被子」，田裡的麥，最需要的就是雪被，越厚越好。古語：「寒霜銀玉樹，瑞雪兆豐年」。這裡的農家，最樂意見到的就是雪下得早、下得大。

下了兩天一夜的大雪，眞個是令人抬起頭來，銀色的映照，使人睜不開眼。一眼望去，連大地上的村落，也看不見了。直到太陽升上東天，方能尋得近鄰村落的所在，偶有黑花花的樹木枝椏，暴露出來。陽光由於雪的反映，毫芒微帶金黃，特別顯得艷麗。

農家人，幾乎戶戶都有人挎起糞箕子，拎著糞扒子，走向田野。雖然是下田看看雪落得是否均勻（註四），自家的麥田，有無厚一處薄一處的情況。人類的心理就是這樣，縱然麥田上的雪，有著厚薄不勻的情事，也不是人力可以挽回的，更不是可能予以補救的。可是農家人在大雪之後，總忍不住要到田裡去看看。去時，總不忘挎著糞箕子，拎著糞扒子，準備著，路上要是發現了糞便，可以隨手拾扒起來，放入糞箕帶回。

這些下湖「視田」的事，莊稼人都得懂的。

魯永春這天在雪中下湖視田，便帶著土娃。

給土娃使用的糞箕子、糞扒子，都是小型的，早就爲他準備了。而且是新的。頭上戴的，身上穿的，腳上蹬的，魯奶奶也早都準備妥。自從大雪一降，魯奶奶就叫土娃回去跟爹娘住宿，地上有雪，就是農家的孩子，起五更去蹓莊、去踏雪，到處蹓踏著去拾糞的日子。這一套耐寒的衣裝，遂也交給了土娃的娘。

雪停後的這天，傍（讀音「胖」）晌午纔下湖，目的是看雪落得勻不勻？不是起五更，太陽已在天上了。遂穿著平日穿的，只是換了一頂帽子，線織成的一種，既可以折疊起來，也可以全部拉成一個桶子，罩住了全部頭臉，留露出兩隻眼睛洞。冬天，最易受凍的地方，是耳朵、鼻子，以及手腳。所以，土娃有一双手套，一雙蘆花編成的「毛窩」（註五），其中還塞了新彈出的棉花。

可是這兩樣，魯永春不准土娃戴，也不准土娃穿。

「稼莊人要熟練的，就是冬天的寒凍，夏天的烈陽。」魯永春說：「夏日下田，還能帶著扇子嗎？耳朵鼻子可以遮，手腳不能礙事，作不了活兒。」

一路上，父親教兒子在雪地裡行路應當留心的是些什麼？

「熟地方，得知道路上的左邊或右邊，何處有個坑？何處有個窪？某處有個池塘？雪蓋上之後，看去都是平的，如一時大意，就會摔跤，若是掉入水塘，事故就大了。」

「生地方，得帶著一根棍子，像瞎子似的，要點著路走。如有窪處，棍子一點，就會陷下去。依照眼睛看得見的黑色處走，凡是黑色處，都是雪沒有蓋嚴實的地方，定是土路，不是坑窪。」

土娃這纔知道，雪中走路也得學。

看了兩處自家的麥田，雪都舖落得還算勻稱。

「下雪的時候，往往有疾風打斜處吹來，」魯永春告訴兒子說：「飄雪的時候，風一吹就捲飛起來，往往捲成一團團的落下來。落在地裡就有厚有薄。厚的地方，雪化得慢，薄的地方，雪化得快。所以雪落得厚的地方，麥根也長得厚些。收成，當然會好些。這情事，靠天。」

於是，又向兒子說到作人處事，要忠厚爲懷。

「說起來，咱們莊稼人是靠天吃飯。事實上，天也是看人的。所以我們作人，要積德！積德的人家，纔能得到天佑。我不是教你唸過嗎？孔夫子說的：『獲罪於天，無所禱也。』又說：『自作孽不可活！』合起來說，就是可不能傷天害理！」

土娃聽得怔怔愣愣的，卻也懂得他父親說的。

「咱們明兒一大早，去拾糞。」魯永春又說：「在雪裡拾糞，要靠眼睛亮。人畜拉在雪地裡的糞便，尿是黃色，糞是黑色。老遠就能看見。屎拉下來的時候，是熱的，把雪化了一個小坑。屎上了凍，在雪上的顏色，看去是一小團黑色。容易看到。」

「不過呢？」又說：「得當心眼睛變成雪盲。」

遂說已替土娃準備了遮眼的罩子。

第二天，雞纔叫過三遍，五更的梆子聲尙未響過，就把土娃喊起來了。穿上了魯奶奶爲他準備妥的那套裝束。除了不准他戴手套，蘆英窩子，也穿上了。爲了走雪會掉，還特別攔鞋腰，繫了一道帶子，綑在腳脖子上。

一出院子門，奶奶已在冷冽的寒風中，站在院子門口等了。她要看看他兒子給他孫子穿上那套禦寒衣服沒有。

看到土娃沒有帶手套，就問兒子。

「幹啥不把手套給他帶上？」

「啊呀娘！你看，」魯永春拉過土娃的手，扯著那已經長到可以遮蓋了五指的襖袖子說：「襖袖子恁麼長，帶手套豈不礙事？」

魯奶奶一看也是，自也沒有了話頭好說。

「可得小心他跌跤。」

魯奶奶還是不放心，又交代了這麼一句。

「都教過了」魯永春帶有幾分頂撞的語氣說：「跟著我還不放心哪？」

「奶奶，我不冷！」

土娃興興頭頭的說。

魯奶奶這纔平下心來，打胸懷飛揚起一分驕矜的心情，望著兒子帶著孫子走去。

雪後的村里家屋，由於人氣重，道路又經過掃除，積雪都在屋上，垛上，以及墻角落，溝渠等處。貓狗喜在雪上拉撒，有類似土的雪，可以用爪子抓蓋。雪上如有糞便，一眼望去，即可認知。人却極少在村里中便溺，却往往便溺在野地裡。也有不少貓狗在雪地裡打食。鄉里人家的貓狗，到家外自尋食物的時間多，在家中等待家人餵食的時間少。是以貓狗的糞便，大多拉在野地雪中。因而早晨拾糞的人，多在村外的雪地裡奔尋。

常去拾糞的人，都有其一定的地域。人來人往的官路四周遭，村莊與村莊之間的徑路兩旁。都是拾糞的人，腳步時時踏到的地處。如有時晚間車隊打從官（註六）路經過，拉在路上的牛馬糞便，不是一個人可以用臂挎的糞箕子可以裝得完的時候，拾糞的人，就會鏟來在路旁堆成堆，上插一根樹枝或秫楷（註七）什麼的。昭示這堆糞便，已有了主顧，別的拾糞人，也不會侵占。

像這些，土娃都得學到。

拾來的糞便，回家便傾入糞池。

糞池，農家戶戶有，大小不同。都挖在家門近處，便於傾倒。爲了方便冬天糞便的積儲，每在十一月間未結冰以前，就把糞池中的糞便淘出，一堆堆在糞池旁邊。空出池中的位置，留給冬天存儲。所以，「淘糞」一事，更是莊稼人的重要工作。因爲北方的農田，使用的是乾肥，儲存的糞便，必須使之發酵完成，曬乾，一遍又一遍的倒翻成粉末。此一工作謂之「倒糞」。不可使糞便有不曾發酵完成的糞便存留其間。如撒在田裡，就會生蟲。生蟲，就損害莊稼的禾苗。

拾糞、淘糞、倒糞，這一套處理糞便成爲肥田的肥料，工作程序，不但要親身去作，還得用心認知。應知拾來的新的糞便，只是材料，必須傾入糞池，使之與泥土混合起來發酵。再淘出來曬乾。乾後再使之發酵，再一遍又一遍的倒翻，不惟不使其中無有砂石以及未腐爛成粉的各類纖維在內，未曾發酵成熟的部分粉末，也須使之再發酵成熟。

有關這些農家的生活，六歲的土娃，已經跟著父親作了。

拾糞，不要費大的力氣。淘糞，要一鏟鏟的把糞池中泥巴似的糞泥，鏟出堆在池邊。池深，又有水。淘時，必須腳穿破鞋，下入池內，方能去作淘糞的工作。這一部分，自不是七歲的土娃，可以隨同父親去作的事。然而，此一工作，有時要換鐵杓子，用鐵杓子來挖，挖出倒在水桶裡。土娃與他小叔永源，得站在池邊，遞遞接接，聽候差遣。

這些粗活，也得看在眼裡，記在心裡。

「莊稼活，不要學；人家怎著咱怎著！」

話雖如此，「莊稼活，不要學；」換言之，「不要學」只是用不著看書本。「人家怎著咱怎著」，還得跟在大人後照樣去做。

土娃已懂得了「莊稼活」也得學。跟著他爹，樣樣都在用心。他也想到「子曰學而時習之」這句話。等他能拿得動父親手上的那把鐵鏟，一鏟鏟把糞池中的糞泥淘出來，不也是「不亦說乎」的那句話嗎！

過了臘八（註八），就忙年事了。俗謂：「吃了臘八飯，忙把年事辦。」臘八這天一大早，孩子們的工作，是端著臘八粥餵菓樹（註九）。這一風尙，不知別處有無？

入臘以來，雖又落了一場雪，却不大。如今的田野，雪已融去三分之一，望去，眞的像破棉套子一樣，黑一片白一片的。拾糞的工作，已不是天天要去作的事。不過拾糞這件工作，是鄉下的莊稼人習慣的風尙。平常到別個村莊串門子（註十），胳臂彎上也挎著糞箕子，糞扒子放在糞箕子內。挎到親友家，向門口一放，再進去聊天，聊完了，出門時再挎起糞箕子回家。

糞箕子裡，已有了糞便，別人見了，也不以聞意。

臘八過後，土娃天天被偪著描紅（註十一），還讓他練習寫大門上的對聯：「耕稼傳家遠，詩書繼世長」，以及「耕讀人家」四字。先寫寸楷，漸而放大茶杯口大，再放大到碗口那麼大。

寫了一遍又一遍，磨墨也一碗一碗的磨，磨成後倒在碗裡，磨滿了一碗，就開始寫。寫完了一碗墨，纔可以休息。有時，每天要寫兩碗墨。作廢的新聞紙，都是城裡的姨奶奶給的。

「咱家大門上的門聯，我是六歲那年開始寫的，」魯永春向兒子土娃說。「寫了二十多年了。今年，該由你承繼。要不然，咱家的大門還配貼這兩句話嗎？」

說完，又補充了一句：「你是二月生，我那時小你四個月。」

土娃練習寫這十四個字，天天寫一碗，寫到年二九，方始更換紅紙，年卅的午後，終於貼上了大門。

今年，春莊稼雖差些，夏日雨水調和，種在南湖中的紅米、黃米（註十二），以及黃綠二豆，還有麥田種下的蕎麥，都是好收成。

大門上的紅紙春聯，又有了新一代的筆墨承祧。

松三爺已經回來了。魯奶奶已經帶著土娃去見過。

「孩子想唸書，就跟著我。親鄰家門，莫說別的。」

松三爺這樣回答，他進城在一家教會教洋小姐唸四書，已去了三年。今年五十五歲，長挑個兒，三綹美髯，頂微禿，腦後有髮，稀稀疏疏，花白零落。疏長的眉，金邊眼鏡，白晢的圓臉，有時戴有棱的黑絨有頂的爪皮帽。給人的印象是清雅而慈祥。

拜年那一天，答應土娃正月十六日到他家上學，這時，魯甸小學還沒有決定那天開學。

到松三爺家中書館上學的孩子，只有八人。唸完四書的有兩位，其中一位就是舉人老爺王道傳的兒子，另一位是東李家的。同土娃一樣，背誦完了上論的，有三人。南謝家的，都比土娃大，兩個九歲，一個十一。還有四個都是與土娃同學的，一個李秀實，一個張鳳翊。這三位都是從新開蒙。

松三爺在城中教會工作了三年。這個教會屬於基督教浸禮會，老牧師戴維斯已五十多歲，隨父母來中國的這個女孩，也十七大八了。本來，松三爺非常反對設立洋學堂，想不到在教會工作三年，思想大變，不但贊成設洋學堂，反而學會了英文，以及算術。所以，他教學生的方法，也改了。不是先唱文句，繼教認字，再講解文義。他改成一面教學生認字，一面講解文義，最後再教唱文句。

開蒙的學生，先教《詩經》。因爲《詩三百篇》是民歌，講起詩義來，全是人民的現實生活，孩子們容易接受。

於是，一開始，松三爺就教《詩經》首篇「關雎」。

關關雎鳩，在河之洲。

窈窕淑女，君子好逑。

「第一個字是『關』字，開門關門的『關』，」松三爺這樣講解。「你們知道開門關門嗎？」

都開口答說：「會」。

「那麼，關關兩字合在一起，就不是開門關門的『關』字了。在這詩句裡，這兩個『關』字，是形容鳥的叫聲：『關關，關關。』叫聲就像這樣。」松三爺又問：「聽過斑鳩鳥的叫聲嗎？」

「聽過。」孩子們回答。還有人「咕咕！咕咕！」學著斑鳩鳥的叫聲。

「這個鳥兒，不是斑鳩，」說著把斑鳩二字寫在黑板上。說：「這兩個字是斑鳩，上一個字是斑字，下一個字是鳩字。」詩句中的這個鳥，名叫雎鳩。當然不是斑鳩。對不對？」

大家同聲回答：「對。」

「雎鳩是水鳥，會下水捉魚吃。」於是又問：「斑鳩會不會？」

大家同聲回答：「不會」。

連其他的同學，都一起聽講，一同答問。

「這個雎鳩鳥，究竟是個什麼形狀的鳥兒？兩千多年來，還沒有個統一的說法。」松三爺說到這裡又問：「你們見過大雁嗎？」

大家同聲回答：「見過」。

「這種鳥兒，非常合群，」松三爺又講解說：「飛到空中，會排出整齊的隊形，不是『一』字形，就是『人』字形。對不對？」

大家同聲答：「對」。

「落在沙灘上，群聚在一起睡眠，還有巡邏的。若有危害他們的情況，會大聲鳴叫，群起飛走。」又問：「這種鳥兒好不好？」

「好！」大家揚起了激動的聲調答。

「還有呢！這種鳥兒一生不二配，」松三爺加以解釋說：「不二配，就是若是夫死，妻不再嫁，妻死，夫不再娶。」又問：「你們見過飛在天上的鴻雁，在整齊的隊形之外，有時會有一隻靠在隊外邊上飛，有沒有？」

有人喊起「有」。

「那個飛在隊形邊外的雁，就謂之『孤雁』，也就是失去了侶伴的孤雁。」松三爺說到這裡又說：「這孤雁就是那隻在雁群落地睡眠，他還得去擔任巡警任務。」又問：「這種鳥兒好不好？」

「好！」大家同聲說。還有人說：「太好了！」

「我們人類拿鴻雁來比喻我們的男女婚配，合不合適？」

「太合適啦！」大家一起回答。

「那麼，我們權且把這詩句中的雎鳩鳥，當作大雁好不好？」

當然個個都說好啊！好啊！

「大雁也是水鳥，他們遊息的地方，也是河上的沙灘，松三爺說：「洲，就是河中的沙灘。『在河之洲』，就是說鴻雁們這些水鳥，落在河中的沙灘上，休息下來。」又問：「懂不懂啊？」

個個都興興奮奮地答說：「懂！」

「這裡懂了，下兩句就更容易懂了。」松三爺說：「『窈窕淑女』，就是指面貌美性情好的閨女，『君子好逑』，就是說，這種面貌美性情好的大閨女，纔是有才德的男孩子尋求的好伴侶呢！」又說：「這話可以再換一句話解說：「『必須才德完備的男孩，纔有資格娶這種好女孩呢？』又問：「對不對？」

大家都興奮的說：「對對對！」

一個個無不興高而彩烈。

於是，松三爺扯起了嗓門，歌唱起來。一口氣把這首「關雎」的全詩句唱完。同學們更是歡欣而鼓舞。

然後，松三爺教大家學唱，一句一句的教唱。

「關關」的鳥聲，在孩子的歡樂情緒中，飛揚起來。那歡樂的聲浪，這小屋已盛不下了。

〔附註〕

註一：藿草，不是藿香那一種，也寫作茴草。葉如韮，但細而薄長，用作茅屋頂遮雨的外層。

註二：糞箕，用柳條編成的一種用器。俗稱「糞箕子」，但也裝盛其他雜物。

註三：通常拾糞的人，都是男人。天不亮就到野地裡奔跑，婦女不適合這種工作。但也有年老的婦人去拾糞。

註四：均勻，意指雪花飛落時，往往有風吹動，所以落地時厚薄不勻。

註五：毛窩，是用麻繩與蘆花編成的一種冬日禦寒的靴子。由於蘆荻花毛閧閧的，魯甸人俗稱這種靴鞋，謂之毛窩。

註六：官路，指此路是四通八達的大路，通往四周各省。

註七：秫楷，即高粱桿子。魯甸那帶人的方言稱高粱為「秫秫」。

註八：腊八，即農曆十二月初八。

註九：菓樹，指桃、李、杏、棗等結菓實可吃的樹木。

註十：串門子，即閒時到親友家去聊天。

註十一：描紅，指學童初學寫字，照著印好的紅字，一筆一畫照著描。

註十二：黃米，指黃色的小米。也稱小米。

十四　魯甸小學又上課了

魯甸小學又上課了。

在體制上，課程上，人事上，都變動很大。

體制是初等，從初一起，升到高等時，再申請設立高等。原有的四年級一班及六年級一班，以測試方式，插班到五舖、百善兩所小學去。任憑學生選擇那一所。課程必須依據部訂準則，採用部訂課本教學。在人事上，除了校董會改組，原來的教師也全部更換了。由於學生少，只聘了三位先生，魏松巖先生教文史修身與算術，還有習字，陳勛先生教博物、中外地理，另一位馬鴻賓先生教體操及唱歌。

本來，今年應再招春一一班，合起來應有春一上春一下各一班，秋下一班，共三班。可是，經過這次的停課，勸學來的那些學生，十之九都不來了，應招的春一上，只來了兩個，全部合起來，也不過十五人。春一上兩人，春一下八人，秋一下五人。由於土娃稟賦高，編到秋一下。因此，也權宜的將春一上兩個新生，併入春一下合班上課。

可是夜間的民衆識字教育班，學生比白天的正式小學的學生還多。超過二十人。由魏松巖先生講授。

名義上，夜間的教學是民衆識字教育，事實上，則是舊式書院的教學改革。松三爺的三年教會工作，不但跟戴牧師學到了基督教義，還有能力閱讀小說的英文程度。兼且領會到教學應用的啓發教育，使他聯想到孔夫子的話：「不憤不啓，不悱不發；舉一隅不以三隅反，則不復也。」（註一）這番話，豈不是啓發式的教學。所以，松三爺的教學，在神情上，溫和可親，在語言上，奮發有致。他講課看對象。教孩子，是一套，教成人，又一套。這麼一來，夜課的學生，越教越盛。連那些曾經讀過幾年書，開過講，爲了要作田事，已丟疏了多年的人，也聞風而至。譬如土娃的爹魯永春，也不時抽出空來，入學聽課。自喻是曾點父子（註二）。

松三爺爲了教學方便，不得不分作單日雙日。單日教孩子，雙日教成人。雖然這樣規定，聽課的人，却不管這些，成人也在單日來，他們說：「這些學過的，早都還給先生啦，得重新學。」有的人則說：「松三爺教的，我都沒有學過。」可是雙日，孩子們也來，因爲雙日教成人，松三爺講的小說。不是講三國，就是講水滸。有時，還講西洋的希臘神話「依利亞特」（註三）與美國的小說「李伯大夢」（註四）呢！

不過，松三爺的講授對象，還是單雙日分開的。日間的課，課本全是白話文，只要帶著孩子唸一遍，字不認識，教一遍兩遍，孩子自己會唸了，就不再教。文義，孩子會唸，也就懂得，至於深處的文義，那裡是一年級的孩子應去深知的？所以不教。多餘的時間，還是選老的國文課本上的文章教。譬如這一課（第二冊）

有一物，頭大尾小；能游能跳。

放入滾水，身換紅袍，頭戴紅帽。

問學生，這是個謎語，猜猜看？

松三爺又改口用白話語言說一遍：

有一種吃的東西，頭大尾巴小；又能游水，又能蹦跳。捉來放入滾水，身上就換穿了紅袍，頭上也換戴了紅帽。

還是沒有人猜到。遂告訴學生說：「這是蝦子。」

一經這麼指明，學生都明白了這些話是破謎（註五）。

松三爺把這些文字，全寫在黑板上。

「數一數，這兩段文字，各有多少？」

於是學生一字字的數。

「前一段，共二十三個字，後一段共四十三個字。」

兩下裡一比，後一段多二十個字。

松三爺又將第二段，圈去「吃的」、「捉來」、「身上就」、以及「了」、「頭上也換」等十二個字。文句遂成爲：

有一種東西，頭大尾巴小；又能游水，又能蹦跳。放入滾湯，換上紅袍，戴上紅帽。

「這樣改一改，少了幾個字？」

學生再數一數，回答：「少了十三個字。」

「這三段文字的意思，是不是一樣？」

都答說一樣。

「我們用文字寫文章，我們用嘴巴說話。在語言上有沒有分別？」松三爺又問。

答者有的說「一樣」，有的說「不一樣」。

松三爺感受到這個問題，問得深了些。遂擦去了黑板，又寫：

雨水沒蟻穴，群蟻聚穴外。

見樹葉飄來，一一爬上，皆得不死。（註六）

松三爺唸了一遍，問：「懂不懂？」

大家齊聲說：「懂」。

於是松三爺指著最小的土娃。

「魯金土，你說說這幾句話的意思。」

土娃站了起來，又用心唸了一遍。

下雨了，水灌進了螞蟻洞。螞蟻都漂到了洞外。

他們看到一片樹葉子，在水上漂來了。

螞蟻好高興噢！一個一個都爬到了樹葉上，都沒有淹死。

大家拍手贊美。松三爺也贊美說：「說得好」。

「沒有螞蟻好高興啊這一句」，張一鳴突然這樣指責土娃不該加多說話。文中沒有寫螞蟻高不高興的話。

大家笑了起來。

一時之間，松三爺竟然不知如何解說是好。

在古文上，他懂得訓詁，訓詁忌諱的是「增字解義」，他唸過英文，略諳翻譯，翻譯也避免有增字解義的文辭，以免扭曲了原文的情致。不過，魯金土這個纔七歲的孩子，能想到漂流在水上的螞蟻，看見一片落葉流過來，會想到螞蟻見了好高興噢！這分想像力來得如此自然，不得不意想到這孩子是個有創造才分的人物。

「我問你們，」松三爺說：「發大水的時候，我們淹在水裡，突然看見一條船來了，或一張門板漂來了，我們高不高興啊？」

「高興。」大家齊聲說。

「小土娃替小螞蟻想到了這分高興，替小螞蟻說了出來。」遂把話頭一轉，「小土娃比你們都小，所以他能替小螞蟻想到了這分高興。不過張一鳴也是對的。」又把話頭轉過去。「解說文句，不可加上文句以外的話。這是你們以後要學的事。」說到這裡，又把話頭一轉，說：「以後，我講故事給你們聽，說古(註七)給你們聽。說咱中國的古，也說西洋的古。好不好？」

都興奮的大吼：「好」！

於是松三爺一句一句的帶著大家唱那課紅蝦子：

有一物，頭大尾小；能游能跳。

放入滾水，身換紅袍，頭戴紅帽。

大家正興高彩烈的唱著，下課鈴聲響了。

下一堂課是體操。今年新請的先生。

這位馬鴻賓先生是山東人，剛從軍隊裡下來，據說當過連長。自誇當過營長。總之，他是魯甸小學的體操先生，還兼教唱歌。

全部學生只有十四個，前後排成兩列。

先教立正，後教稍息。左右看齊。報數。像訓練新兵。

做不正確，他要改正。改正的時候，孩子笑，他還罵：「不准笑，再笑就得挨揍。」

然後散開來，前後隔兩步，左右隔一步。

「前後間隔兩步，左右間隔一步，散開。」

他喊出了口令，孩子們聽不大懂他的山東膠州話。也聽不懂他說的軍人用語。

儘管，在他喊口令以前，已經說過了。可是這些孩子們，連幾個大的也不懂得什麼是帶兵出操。

馬先生想到這不是訓練新兵，遂心平氣和的走向前來，一個一個的擺好。

他教的體操是肢體前後左右活動。擺擺頭，甩甩手，踢踢腿。動作，都是一、二、三、四。作了幾遍，又集合起來，排二路縱隊，教他們齊步走，一、二，一、一、二、一、的喊著腳步，一左一右的口令。

當然，這些孩子們走不齊。馬先生還不高興。

「這麼容易的齊步走，也走不齊，」馬先生著惱的說：「下一次再出操（註九），要是走不齊，那條腿錯了，我用教鞭抽你們那條腿。」

他手中拿著一根藤條，教室中也有。那是給先生用來指示黑板的。馬先生竟拿在手上，搖來搖去，要打人。

這一堂課上下來，個個學生都綳起了臉和嘴。

「倒楣！城隍廟裡的牛頭馬面，都來當先生嘍！」

李秀實厥起了嘴向大家說。

從此，學生們給這位先生啓了個外號，叫：「牛頭馬」。

跟著，這位馬先生又教學生上唱歌課。

第一首歌是在北洋軍中流行著的「三國戰將勇」。

三國戰將勇
首推趙子龍
長板坡前逞英雄
甲藏小阿斗
單槍戰曹兵
七進七出衝又衝
救出小主公
還有張翼德
當陽橋上等

咭哩咔喳喊連聲
喝退百萬兵

還有諸葛亮
他的八卦靈
七星壇上借東風
燒得戰船紅

還有關雲長
義氣享盛名
過關斬將去尋兄
古城得相逢

這幫虎將真呀威猛
一二三四
一二三四

馬先生有一條賽過破鑼的嗓子，他非常認眞而又精神抖擻地來唱這個歌兒，一開口就逗得學生發笑。馬先生一點也不在乎，他毫不動容的挺起胸脯、昂起了頭，一本正經的扯起喉嚨還加大了嗓門，把四段唱完。

最後的一句七個字唱到結尾，跟著喊出的「一二三四」兩句，還站在講台上，原地踏步，兩手有力的前後甩動。腳步有力的踏在地平泥土上，乓踏乓踏的響。

這情景，全教室十多個大大小小的學生子，個個都被馬先生的精、氣、神，以及那殺氣騰騰的歌聲鎮住了。

「好聽不好聽啊？」

馬先生打著他山東膠州腔問。

「好聽！」孩子們大聲的回答。

「再唱一個麼！」居然有人要求再唱一個。

「好聽，就得學。」馬先生說。「俺肚子裡裝的小曲兒多著呢！唱起來，你們聽不完。」

說著就唱起了首句：「三國戰將勇」，把双手一揚。十多個孩子居然跟著，一句一句的學唱起來。

這一堂唱歌課上完之後，仍舊沒有挽回學生們對馬先生的壞印象。總覺得那歌兒若是眞心照著馬先生的那種唱法來唱，好使人害怕，似乎是洋兵在手托著洋槍衝來。

若是隨隨便便的哼著唱，聽的人都會發笑。

孩子們回家唱給大人聽，大人聽了也反感。

「這是當兵的唱的軍歌，」大人們說：「咱唸書的孩子唱它幹啥？」

過了不兩天，傳來孫中山先生病故北平的消息。

魯甸雖是鄉鎮，聽了這消息，也震撼起來。

這時，業已發生的大事，是宣統這位被廢了的皇帝，被日本人劫出了北平皇城。中山先生一死，廣東的唐繼堯通電接任廣東政府副元帥。在這種情事之下，各地的軍人都在蠢蠢欲動。

鄉下人所擔心的，怕是又要起內亂了。

西鄉的界首集，已成立了農民協會，說是今後的鄉村，也要組織民團，來對付那些拿了洋人的錢，打著獨立的旗號喊打的軍閥。

種田的人家，最怕的不是天乾水潦，是盜賊蜂起，到處劫掠，又殺人又放火。

夜校的學生，突然銳減。來的人，卻主動要求松三爺說三分講梁山。對日間上學的學生來說，那個教學生操一二一齊步走，唱著「三國戰將勇」還得齊步用力踏地，大吼：「一二三四」的馬先生不見了。

問起來，說是回他的山東老家去了。

他自己也不滿意這份工作。

「在這裡教這麼幾個小不點兒操齊步，太沒意思啦！」馬先生在背後向人說：「要是有了機會，還是下部隊。」

所以，在傳來孫中山先生死了的消息之後，沒有幾天，就不見了馬先生。走的時候，曾誇口說：「這一次下部隊，起碼也得撈個團長幹。」

馬先生走後，體操課就停了。唱歌這門課，改由松三爺教學生唱詩。有一天，松三爺一高興，還引吭高歌崑曲《林冲夜奔》：「數盡更籌，聽殘銀漏。逃秦寇，好教我有國難投，那搭兒相求救？」十來歲的孩子，怎能聽得懂。聽不懂自然沒有興趣體會。松三爺唱了這幾句也就停了。

可是，馬鴻賓先生的一二一齊步走，以及那曲「三國戰將勇」的歌聲，卻在魯甸小學的學生口中，旋律悠揚了許多年。

魯甸鎮的大人與野孩子，也都會唱。

〔附註〕

註一：見《論語》「述而」篇。

註二：孔子的學生中，曾點、曾參二人是父子。魯永春與土娃魯金土，也是父子。遂也如此比喻。

註三：《依利亞特》（ILIAD0），荷馬史詩之一。世界馳名。

註四：《李伯大夢》（LIP VAN WINKLE）美國小說家華盛頓·歐文的作品。與唐傳奇《南柯太守傳》有同趣之處。

註五：破謎，就是猜謎，此處方言謂之「破謎」。破解謎語的意思。

註六：皆得不死，意爲漂在水上的螞蟻，爬上漂來的那片樹葉，都沒有淹死。

註七：說古，或稱講古，就是講說古代的故事。

註八：間隔，就是中間隔開的距離。

註九：出操，也是軍語，意爲排隊到操場上去操練。

十五　魯甸鎮的廟會

魯甸鎮要逢會了（註一）

四月十二日是魯甸鎮的曹時廟曹時爺的忌日。

今年的收成好，魯甸鎮的會頭們（註二），爲了要把今年的會，鋪張得熱鬧些個，決定演三天梆子大戲。

衞輝縣的雙喜兒班，姐弟挑班，姐姐叫大喜，弟弟叫二喜，這班子遂命名爲「雙喜班」。姐是唱紅臉的（註三），弟是唱小旦的。孿生，今年還不到二十歲，跑過大地方的，洛陽、開封都唱過了。這次到魯甸來，是趙家海子趙團練的顏面，重金禮聘來的。

魯甸逢會，小學就停課。何況今年的會，戲台就搭在魯甸小學的右旁打麥場上。曹時廟已成廢墟，只搭蓆棚於戲台正前方，用紅紙寫了一個神位供在几案上。權作這戲是特爲他老人家演的。

（搭了戲台的這個打麥場；是其中一個會頭家的。）

說起來，魯甸鎮的這個會，每年只逢一次。日期是四月十二日，不改變的。別處的廟會，有一年兩次的，往往三月一次，四月又一次。每年，一過了二月初二，地上的廟會，就接一連三，今天這裡，明天那裡。有時還會重疊著，使趕會的人，趕不過來。

何以呢？佛家的廟宇，道家的庵觀，幾乎村村都有。連個小小的土地廟，都會掛個名義，訂個日子，來「逢會」（註三）。

這些會，如同集市一樣，有一定的「逢集」（註四）日期。所不同的是「逢集」一月有許多次，不是逢單日或逢雙日，就是逢一三五或逢二四六，大集市，則是天天有市。「逢會」則大多在春二、三月，最多到四月半，以後就農忙了。秋天「逢會」也有，少。因爲春天的農家，幾乎家家需要增添農具，所以「逢會」的日子，大多訂在春天。

會的市場，與集鎮的市場，是一樣的，牲口市場，主要的是牛馬驢騾。雞鴨豬羊，大多不在會的市場上。都在集鎮的市場上。主要的原因，會是流動性的，今東而明西。今天沒有賣出的雞鴨豬羊，再趕回自己的「行」（註五）。還有糧食的買賣，也不在會場上，會場的大買賣就是牲口與農具兩種。農具包括鐵打的犁、耙、鏟、扒子、刀子，（鐮刀）等等，還有藤的筐子、籃子、箕子、笆斗（註六）等等，其他，就是飲食攤子，最多的是油煎包子，胡辣湯、油炸糕、油炸鬼（檜）、以及油茶、糝、粽子、饅頭、燒餅等等。還有就是挎着笆斗賣花生的，賣麻花的，擔着挑子，賣涼粉的，賣豆腐腦的。槺着草綑子，賣糖球的（註七），賣麵人的，賣紙風車的。也有拎着小鳥兒籠子，手搖木鈴打卦的。

吃食攤子，都是布篷子。這些布篷子，都是中間一棵支起，釘上四個角兒。另外還有一種布篷，搭起來像一間小屋，掛着門帘，大多搭在會場的隱蔽角落裡，各角都有，有時並排，有時散開，順着各處的地勢搭蓋。

這種布篷，一是鴉片煙館，一是賭館。

那時代，這種「煙館」、「賭館」，在一般集市上，也是公開的。市集上，還有買賣大煙土（註八）的店面。田野間，有整塊田種植了罌粟，桃子大的罌粟果，一大早就有男男女女在手持割脚繭的小刀，在田中一刀一刀的在果上割一條裂縫，讓它流出奶汁，兩天後，再去一縫一條的刮下來。同時再割第二條縫第三條縫。直到這罌粟果流不出奶汁來爲止。

魯甸鎮的幾個大戶人家，都備有抽鴉片的工具。來了貴賓，最上的待賓之禮，便是招待客人臥到「煙榻」抽上「一口」（註九），再起來喝茶說話。

財主人家，還僱有專工煮土、濾膏、作煙泡，伺候客人上床遞煙槍到口的人手。土娃曾親眼見他們魯家的一位叔叔，只有二十歲，就把大煙（註十）抽上了癮。訂了親的親家（註十一）知道了，提議退婚。長輩知道後，把這孩子用鐵鍊鎖在一塊拉石（註十二）上。拴在大門外的一棵棗樹上，祖父搬了一把椅子，坐在旁邊看著。癮來了的時候，躺在地上直滾，用牙咬腕上與脚脖子上的鐵鍊，四顆門牙都崩斷下來。他的親生爹娘不敢猥（註十三）。

如有人走近前來看一眼，這位老祖父就說：

「你們看，把大煙抽上癮的人，就是他這個樣子。」

「癮上來了，八大金剛也擋不住他，他千方百計，非把大煙弄到口不可。」

「要他戒掉，就得這樣，禁止他再抽。爲了要禁止他再吃鴉片煙，就得鎖住他。」

「我把這不成器的孫子鎖在這裡，就是要你們大家夥看看。」

說話的時候，那被鎖鍊拴在棗樹上，脚脖子還鎖在拉石上的人，突然不滾動了。

「死嘍死嘍！」看的人有人在這樣說。

「死不了的。」那老人看了一眼後，向看的人說：「這時候，他的癮過去了。等一會兒，這癮還會發作的。」

過了一會兒，躺在地上的那個被鎖鍊拴起來的人，睜開了眼睛，坐了起來。滿臉都是淚水，兩根白銀銀的鼻涕，從兩個鼻孔上流掛下來。

他祖父起身走過去，擤去他的鼻涕，爲他擦擦臉。

「把我弄死吧！」他說。唏呼唏呼鼻子，又說了一句。

「再忍受三天，你就戒掉了。」他祖父說。

後來，這個孩子死了。那是由於他的祖母看到孩子犯了癮，難過的情形太不忍，遂偷偷兒給他買來五粒煙泡，這孩子不知好歹，竟一口氣吞下肚下，毒發而死。

這件事，魯甸人都知道。

還有傳說是他祖父毒死了孫子呢！

松三爺有三年沒有見到魯甸鎮的廟會了。

今年的廟會，有三天梆子大戲。今年的收成又好，廟會也就特別興盛。不但一條橫貫東西的大街，擺滿了攤位，連其他的打麥場有了空處，也有各種不同的篷篷攤攤。譬如「煙館」、「賭館」等篷屋，附近必有不少吃食攤子、挑子，以及半大小子們的牌九攤子（註十三）、骰子碗（註十四），象棋攤，以及卦攤、看相的桌子，都圍着這些篷屋擺設。

會還沒有正式上人呢，「煙館」、「賭館」已在頭天晚上開了張，已經有煙鬼、賭鬼上門。靠煙賭弄金銀的人，那有閉門不納的。這幫人做買賣，還會看皇曆（註十五）選吉日嗎？

魯甸小學停了課，夜課也停了。

松三爺吃了晚飯，出門到會場上蹓躂了一個圈子。沿街的篷帳，雖然沒有開張，已是燈光閃灼。走到那滿是煙館、賭館的打麥場上，已能聽到呼盧喝雉的呼叫聲，尤其，那一爐爐在篷外熬煎大煙土，別有芬芳的馨香味兒，更是從四面八方撲鼻而來。松三爺想到了林則徐禁煙的歷史，想到了八國聯軍的恥辱。忍不住鼻子一酸，流下淚來。

松三爺離開了那煙、賭之地，沒有回家，便到魯家去了。

他想到這幾天不上課，他要單獨把土娃帶到身邊去看鴉片煙與賭博這兩件，得向土娃這孩子說說。他看中了土娃這孩子，倒是個唸書的材料。

到了魯家，說到這幾年他不在家，社會變化得太大。想不到大煙跟賭博，在鄉間，會氾濫到這種地步。幾已不可收拾。

「如今是大盜搶天下，小賊搶牛馬。孫中山先生又不幸大去（註十六），今後，不知會亂成怎麼個樣兒？」

「從明兒格起，咱這裡的會，要逢三天。又有大戲。」

「戲，是活的課本。戲碼我知道了，有轅門斬子、有斬黃袍，有包公鍘陳士美，還有小旦戲蓮花庵、陳杏元和番、穆桂英掛帥，都是好戲。我帶土娃去看，就便教教他。」

「會，也得逛逛，這些，都是書本子。我帶他去逛逛，一面看，一面給他講講。」

松三爺有這一分心意，魯家當然求之不得。

土娃更是高興得眉飛色舞。

農家人起身早，辰時就開市了。太陽剛爬上東廂屋脊的那個時候，只要走上圩墻內的女墻（註十七），用不着爬上碉樓（註十八），就會看到村路上人，一大隊一小隊似的，牽着牲口，揹着土產，或扶老挈幼，紛紛攘攘，都往這會上來。有的是來買的，有的是來賣的，有來抽的，有來賭的，也有煙館兼作色情的。

總之，能賺錢的事，都有人在幹。

松三爺帶着土娃逛會場，牛馬的市場交易最大，不但有人收行規（註十九），連牛馬的糞便，一手提着糞箕子，一手拎着糞扒子，只要一看到牛馬拉了，就趕快跑去，用糞扒子將拉在地上的糞便，扒起放入糞箕，再傾倒在近處的糞堆上，隨時有糞車來，馬上清除推走。

土娃看了，就想到了他跟着父親去拾糞的事。

怪不得有人說：「一坯糞便一錠銀」。

隨處，可以見到不少的半大孩子，在擺牌九地攤。

地上舖了一張白紙，紙上方方正正擺了三十二張牌九，有三十張背朝上，兩張天牌臉朝上。旁邊已經蹲了兩個，也是十六七、十七八的男孩子，在招徠另一個入夥。

「來來來，着一個。」看見人過就叫。

松三爺問土娃，知不知道他們在作何勾當？

「他們推牌九。」土娃只認識這是推牌九的賭博遊戲。過新年的那幾天，他已參加過。

「不是。」松三爺回答：「他們三人張開的是一個蜘蛛網。在捉那不張開眼睛看清楚，就橫衝亂撞的盲撞鬼。」

土娃聽懂了。遂連說帶問：「那他們三個都是一夥兒的？」

松三爺笑了。「人世之間，到處都是這樣的蜘蛛網在張著。」又說：「一不小心，就會撞上。一撞上那張網，後果可就很難想像了！」

土娃雖祇七歲，蜘蛛網的比方，尚能領悟。却領悟不到人間的蜘蛛網是怎麼個樣子。不過，他却領會了剛纔看到的那三個孩子的牌九攤子。他懂得了他如果去加入一個，湊成四個人去賭，他一定上當。人世間的其他事，他都領會不到。

所以，他只是疑惑的想，不能發問，也不知作答。

松三爺又帶土娃去看農具市場，那些鐵打的，錫鑄的，柳編的，木製的，應有盡有。土娃全認識。

「工欲善其事，必先利其器。」

松三爺看完了這農具市場，向土娃唸了《論語》(衛靈公篇)上這句話，又加以解說：「孔夫子這句話的意思，就是要求我們作人處事，必須先瞭解事實的眞象，方有判斷的根據。並不是一般人說的：『工匠要想把工作作好，必須先把刀斧磨鋒利來。』孔子說的這十個字，可不是這個意思。我問你。」說着又問土娃：「有了鋒利的刀子斧頭，若是沒有學好這一門工作上的精到技能，能把他的工作作好嗎？」

土娃聽了，還不能十分的領會。呆呆的不能作答。

「比方說，」松三爺又打比方教土娃，「你沒有好好用心唸書，又沒有好好學寫字。就是給你一枝最好的筆，最好的墨，最好的硯石，最好的紙，你能把字寫好嗎？」

土娃懂了。馬上回答：「不能」。

「照做莊稼活來說，」松三爺，再打個比方，「種田的犁耙、鋤鐮，只是耕田的各種用具，如果那個人不懂得做莊稼活，那些耕種的用具，利於他嗎？」

這些話，土娃一聽就懂。又搖搖頭。

說着，松三爺領着土娃，坐在這家打麥場上的一個土堆上。

「背得出『必先利其器』這一章的全文嗎？」

土娃說：「我沒唸過。」又想了想。說：「沒有唸過。」

凡是土娃唸過的，沒有他背不出的。

「不是讀了《論語》嗎？」

「我只讀了《上論》，」土娃答。又說：「俺爹挑挑撿撿教我的。」

松三爺這纔知道土娃連《論語》也沒有讀完。

「噢！這是《下論》，」說着站了起來，像祖父一樣，牽着土娃的手，說：「走，到家唸去。」

一陣熬煎大煙土的芳芬味道，隨風吹來。

土娃突然嗤哼嗤哼鼻子。他聞過這種香味，也知道這是熬煎大煙土的氣味。

「你聞到了這種氣味吧？」松三爺說着向左方一指，說：「那些布篷就是大煙館，賣大煙，抽大煙的地方。」

土娃知道大煙又叫鴉片煙，他不但見到不少骨瘦如柴面色慘白的大煙鬼子，也見過犯了鴉片煙癮的那種痛苦樣子的人。

「鴉片煙是害人的，怎麼還有人去吃呢？」

「唉！上了癮，就戒不掉了。回家告訴你吧。」

帶土娃回到家，就講林則徐禁煙的那段歷史。

「鴉片煙不是咱們中國的，」松三爺像講古似的說。「鴉片是洋名字，從英文OPIUM音譯出來的。本是一種可以治病的藥，傳到咱們中國來，也是治病用的。是一種會開花的草。咱們這裡也有人種。說起來也不怪人家洋鬼子，怪咱們中國人無知，洋人拿它當藥用，咱們中國人竟拿來當飯吃。說什麼呢？吃上癮了，想不吃都不成。癮發了，痛苦得非吃它不能解除。凡是吃上了癮的人，不死也成了廢人。就拿咱們魯甸鎮來說，拿鴉片煙待客的人家，數起來就有幾十家。吃上癮的人，何止十幾廿？怎的會弄到這種地步？連大城大都，像咱這鄉村集鎮，遍地也都是煙館子了！怪誰？（註廿）……」

松三爺沈痛地說到這裡，也尋不出誰是該怪的人？

「鴉片煙的禍害，到了今天，已形同洪水，比洪水還要厲害。七十年前，林則徐禁煙，到了廣州，第一步就是整頓海防，查鴉片的商人，全部繳出鴉片存貨。否則，一經查出，就地正法。經過林則徐的禁煙令，雷厲風行之後，查繳到鴉片煙的土膏（註廿），有兩百幾十萬斤。在虎門這地方挖了個大池子，引進海水，將查禁來的鴉片煙土膏，全部投入，加上石灰，焚化了一個多月。」

「林則徐這樣做的對不對？」松三爺說到這裡，歇口氣問。

「對。」土娃斬釘截鐵似的回答。

「對是對，英國人居然開來兵船攻打咱們。」松三爺哀痛的說：「洋人的船堅砲利。咱們中國人，打是打了。可是打不過。結果，清朝的道光皇帝被迫，接受了英國的條件，訂立了南京條約，把香港割讓給英國，還賠償了英國人鴉片煙的損失，這一條那一項，共達二千多萬兩銀子，還得同意開放我國沿海岸廣州、福州、廈門、寧波、上海五大海口爲通商海岸。還得保護英國以及其他外人在中國經商的安全。各種稅捐，都得優惠。從此，鴉片進口，名之爲「洋藥」，變成了公開的進口商。

「所以……」松三爺說到這裡，聲音已有幾分哽咽。淚水也溢出了眼眶。

土娃也眼睛紅了，撇着嘴，沒有言語。

「所以鴉片煙在咱中國，氾濫成了災害，竟到如此地步。」

「都是洋鬼子害了咱們！」土娃擦擦眼淚。

「鴉片煙要是這樣下去，」松三爺很痛苦的說：「洋人滅中國，還要用大跑來轟嗎！全國都是大煙鬼子啦。」

「爺爺！我不吃鴉片煙。」土娃天眞的說。

松三爺笑了。說：「『工欲善其事，必先利其器』，還是用功唸書吧！」

於是，松三爺把《論語》取出攤開，爲土娃講書。

〔附註〕

註一：逢會，是春季三閱月（二至四月半）的季節裡，北方農村舉行的廟會，地方上的村集，幾有太半鄉村有此廟會。當地人謂之「逢會」。

註二：會頭們，指各廟會出面爲廟會辦理的組織人等。

註三：唱紅臉的，指河南梆子班中唱老生的主脚。

註四：逢集，也是這一帶人的稱謂。指經常的市集。

註五：行，讀ㄏㄤˊ，這一帶的市集，如糧食行、南貨行、北貨行，牛行、馬行、豬羊行，雞鴨行。通名之爲行。

註六：笆斗，是一種用柳條去了皮，編製成的圓斗用器。

註七：糖球，即北京人口中的「糖葫蘆」，山楂粘糖，以竹簽串成了串的糖食。這一帶方言稱「糖球」。

註八：大煙土，由罌粟菓實以刀割出一條縫，流出白汁，經過地上飛起的土沙，蓋了一層，刮下來包在油紙中，一塊塊壓成餅。這種餅，這一帶人就謂之「大煙土」。

註九：抽上一口，指把裝好煙泡的煙槍放在燈火上燒成煙，吸完一個煙泡。

註十：大煙，這一帶抽鴉片煙的人，謂之「抽大煙」。

註十一：親家，兒女訂了婚後的兩家父母，互稱「親家」。

註十二：拉石，是一種半月型的石板，圓的這一方，中央有眼，可以用繩套繫在石滾子後邊，磨擦打麥場上的麥子。使它把麥穗上的麥粒磨下來。這種石板，這帶人名爲「拉石」。（土音讀拉爲ㄌㄠˋ）

註十三：不敢猥，意爲不敢接近，不敢走到身邊去。

註十四：牌九攤子，指那些以賭爲騙錢的大孩子們，在地上擺下牌九攤子，等候愛賭的孩子上攤來受騙。

註十五：皇曆，指日曆本，這一帶人在這時代仍稱「皇曆」。

註十六：大去，這一名稱，指皇帝駕崩，尙未議定諡號，稱之爲「大去」。

註十七：女墻，指城墻裡邊的小墻，可以在上邊行走。

註十八：碉樓，指城墻周圍特別蓋出城墻的方型小樓。守城用的。

註十九：行規，指各行各業訂的規定。

註二十：清史道光廿二年（一八四二）中英「南京條約」。

十六　魯甸小學的民衆識字班

復課後的魯甸小學，教育局的視學，這一年多都沒有來過。校董也沒有去挨門挨戶勸學，上課的學生，反而一季比一季興旺起來。秋三上雖不到十人，春一上却招了二十餘人。如今，全校學生，已經有了四班，四十餘人了。

興旺的原因有二，一是復課後的魯甸小學，日間教的課程是新制，夜間的民衆識字班，十九都是日間部的學生，還有民衆，老少齊集。孩子也反而到夜間上課的多，到日間上課的少。學堂，實質上還是老式的塾屋。二是魯甸小學有個松三爺，他的教學方法，却不全是老式的塾屋教法，因爲他在西洋教會的傳教士那裡，學來了西洋的教學方法，不是全教經書，連小說、戲劇，他都當作課本，編成故事，用講古（註一）的方法講授。不但孩子們喜歡，連大人以及婦女，都吸引了來。

再說，地方上不平靜，劫掠或姦殺的事，也時有傳聞。有時傳來盜賊出沒的謠風（註二），魯甸人會躲到小學中來，往往得到安全。這一點，也是魯甸小學的興旺，附帶的原因。

起先，夜間的民衆識字班，每晚都有，單日教學的對象是孩子，雙日教學的對象是大人。後來，不但松三爺累不了，上學的成人也不能天天到。不過，凡是交了束脩（學費）的學童，則採取新學制的一周六次。也就是學童日間到小學上課，晚間到夜間的松三爺書館上課。這時，松三爺的書館，上課的地方，也在魯甸小學。

反正，魯甸小學的課程是新舊合一的，對公對私，都已成了公開的半明半暗秘密。只是今年有了四個班，不得不增聘先生。增聘的兩位先生，都是新從師範學堂畢業的，二十幾歲的年輕人。魯甸人謂之爲「鯰魚鬍（兒）」（註三）。

這兩個年輕人，一個教國語文，一個教唱歌，兼教體操。這時，魯甸小學已經有了四位教書先生，比過去的塾屋，只有一位先生看着一窩大小年齡不同的孩子，在魯甸人看來，已是浪廢。好在這兩人的束脩，不由魯甸小學支付，魯甸人也就不說什麼。

但這兩人到了不到一個月，就參加了夜間的民衆識字班，隨著大家夥兒，坐在一起聽松三爺講課。有時，連學童的課，他們都去聽。只有那位教博物的先生，一向沈默寡言，除了上課，大多時間都在他自己的房間裡，要不，就是不在家。

松三爺講課，採用的教學方式，有兩種：一種是一字一辭的訓詁、一文一句的釋義，然後再一段一段的貫通義理。一種則是像說書人一樣，在講說故事；講故事則不據課本。這兩種講法，無不活潑生動，趣味盎然，更可以說是深入、淺出，雅俗共賞。

不過，對於識字班。每次教《百家姓》八個字，《三字經》十二個字。先寫在黑板上。讓學生用石筆抄在石板上。教五遍，再問五遍。然後，說故事。故事說完，再溫習今日教過的十餘字。還要考問已經教過的字。

有一天，他講了這麼一個故事：

這個人，並不富有，雖然算不得是有錢人，倒也算得是小康人家。膝下已有了兩個兒子。

這兩個兒子，都跟着老父親在家種田地過日子。

不曾想到小的兒子，在外交友不慎，被一幫子狐朋狗友帶壞了。吃喝嫖賭，樣樣都學上。因而在外面，到處都欠了賬，這小子，遂想着要分家，他要得到他的那份產業。

這個做父親的，知道用規勸的方法，已經沒有用了。可以用父親的威嚴，分文不給。若是這樣用氣憤把親生子攆出去，不但別人會講閒話，作親爹娘的也不忍心。於是，這個做父親的，就夫妻老兩口商定，把舅父請到家來（註四），將所有的家產，分作兩分，從兩分中，提出養老父母的這一分。把這小兒子應得的這一分，一文不少的給了這學壞的小兒子。

這樣作了之後，親親鄰鄰都在紛紛議論，人人都認爲這個做父親的人這樣作，是「老糊塗了。」可能會把這小兒子送上死路。

這小子分得了這分產業，在外面是浪蕩逍遙，大哥二哥麻子哥，不到兩年光景，就把分得的這一分產業，耍得精精光光。沒有了吃的，只得到一個大户人家作了幫工。又湊巧這地方大飢荒，連這東家都窮困起來。他只得出去討飯。飢荒年成，到那裡去討吃的呢？

這時，肚子餓的難過。餓得，看見豬在啃一個爛了半拉（註五）的紅芋（蕃藷），都想去搶過來吃。去要飯，也沒處去要。

「難道，我就這樣餓死在外鄉嗎？」他想。

這時，他最想念的就是爹娘。最祈求的就是老天爺。

「爹啊！娘啊！」他時時刻刻叫。「我決定討飯回家。就是把我打死，也死在家裡。不認我作兒子，作個奴才，我也不怨！」

就這樣，這小子回家了。一路上乞討，一路上檢拾可以吃的草根、樹葉。好在天還沒有變冷，他終于活着回到了家。

回到家，意想不到的，他爹見到他，不但沒有生氣，反而高興得眼淚都流了出來。說：「我的兒啊！你終於回家來了。」還走向前去抱起這浪子，嗚咽得說不出話來。

「爹！」這浪子喊着，說：「我對不起你，累你爲我在人前抬不起頭。從今往後，我再也不會去賭了。再也不會離家向外跑了。我要做個好兒子。」

這個老爹，見到兒子餓成這個樣子，衣服破得這個樣子，真是心痛得滴血。趕快着人替他弄飯吃，給他找衣服換。不但準備的飯是肉類，換穿的也是好料子的衣服。還把自己手上的戒指脫下來。戴在這浪子的手指上。把自己一向捨不得穿的好鞋，也找出來穿在這浪子的脚上。

大兒看到了，心裡很不是味兒。却沒有說出來。

可是，這老爹竟高興得把家中養的一頭小牛，著人牽去殺了。他要爲這個回家來的浪子，擺下酒席，請全族人來共同慶祝。

這麼一來，大兒子忍耐不住，說了話了。

「爹！」大兒子說。「我從小到大，一直到今天，凡事都照着爹的話去作，服侍你這麼多年。你老人家的話，我從來沒有違悖過。就是我生日那天，也沒有爲我殺隻雞來請請朋友。老二他把他應得的那分產業都敗光了。又背叛了你，在外鄉逍遙浪蕩了這許多年。赤身露體的回到家，爹！你反而爲他殺牛宰羊擺酒席，請全族的人來歡樂的慶祝。這樣看來，在家作乖孩子，還不如到外鄉做浪蕩子好呢！」

這老爹一聽，知道這作大兒子的，不能瞭解他做父親的這種心情。遂走向前去，拉大兒子的手，親切的向他解說。

「兒啊！你是我的乖孩子，從小到大，沒有要我爲你的行爲操過心，一直跟我在一起。你那兄弟，自小就頑皮，他的行爲，勸也不聽，打也不改。他要去了他的那一分產業，被他浪蕩光了纔回來。他既然回來了。又向我表示他已悔改他過去做錯的事。從今往後，不願再犯錯了。兒啊！你想想，那個做父親的不喜歡改過向善的兒子呢？俗話說得好：『浪子回頭金不換。』若是你作了父親，生了個浪蕩子，忽然改過向善，你能不歡喜嗎？」

這麼幾句話，大兒子的氣憤心情，已平和下來。

「兒啊！我懂得你的想法，這時，我得告訴你了。你弟弟的那份產業是當着你們的舅父，一清二楚分給他的。他的這份產業，被他浪蕩完了，也是人所共知的。你想：我還會再給他一分嗎？兒啊！我不會再給他的。那得等到我們老兩口子死後，我老兩口子養老的這一份（註六），還有一半屬於他。其他的，他都沒有份。兒啊！你明白了吧？」

這老爹又繼續說：

「這浪子後悔了，回家來了。今後，他就得作個乖兒子，要乖得比你還要乖。他得用他自己的智力勞力，以及他所有的才能，去爲自己謀生。他在家工作，自應按一般的勞工工資給他。他要是真正悔改了，我這樣對待他，他不會反對的。」

這番話，反而使老大感到慚愧起來。

從此，這浪子在家，工作得特別帶勁。

松三爺把故事講到這裡，話還沒有落音，聽講的人中，已在竊竊私議。突然，一個廿來歲的漢子（註七）站了起來。

「三大爺（註八）！」他喊松三爺，「你講的這個浪子，就是我！」

一時全場鴉雀無聲。這人小名叫二倉子。

他是松三爺的親侄子，大哥名叫大倉子。那年正月，年賭很盛，二倉子一時糊塗，被幾個壞朋友帶去賭，受了騙。沒有辦法，不還錢，會丟命。在萬分無奈之下，只有逃離了家，不過沒有分產的事。後來，在外鄉混得走投無路，不得不回家來，跪在爹娘面前悔過。這事，魯甸人都知道，所以松三爺講了這個故事，在課堂上聽講的大人，在竊竊私語。

二倉子站起來說出這句話，就坐下來流淚。

「不是說你，」松三爺微笑著回答。「這個故事，是西方的聖人耶穌講的故事。」

說着，左手舉起一小本巴掌那麼大，厚厚莊莊，黑漆表皮書口燙金的書。揚起向大家昭示。

「這個故事，就在這本書上。」

一說到耶穌，大家就會想到教會，一想到教會，大家就會想到洋人，一想到洋人，就會想到義和團的歷史。一想到義和團的那段歷史，就會想到洋人的洋槍洋砲。殺死了很多我們中國人，訂下了不平等條約，又割地，又賠款。

於是，聽講的人，又竊竊私語起來。

「耶穌是猶太人，生在一千九百多年前，」松三爺又繼續講下去。「他是一位提倡博愛的人，想把猶太人的舊教義：『以牙還牙，以眼還眼』的以恨作報復的想法做法，予以革除掉。」

「他就這樣到處去宣揚他的這一教義。猶太人不能容忍，就把他捉來釘在十字架上，殺死了他。」

「耶穌死時，年紀纔卅三歲。」

「他的作爲，他傳的教義，與咱們的孔夫子有類同之處，」松三爺又說。「這個故事的比喻，就是孔夫子說的『不二過』，人不可能不犯過錯，却不應該一犯再犯，知過不能改。這個故事，目的就是勸人要知過能改。」

松三爺這一番講話，連二倉子的心情，都平適了下來。

祇有土娃，在心裡又多了一個（要知道的）人物—耶穌。

同時，對松三爺揚起的那本小書，也產生了要讀的興趣。別人，似乎沒有會想到這些。

「西洋的教會供的都是耶穌嗎？」有人問。

「可以說是。」松三爺說。「不過呢，西方的教會有新舊兩大派，舊教我們稱之爲『天主教』，教會稱爲『天主堂』，傳教的教士，稱爲『神父』。天主教崇敬的是耶穌的母親，稱之爲聖母瑪麗亞。新教會有名叫『耶穌教』的，也有名叫『基督教』的。傳教士稱之爲『牧師』。新舊教的最大不同，是天主教的神父是獨身，不準娶妻，基督教的牧師，可以娶妻生子有家庭。至於他們傳的教義，都是這一本書，他們名之爲『聖經』，內分新約舊約兩部分。新約是以耶穌的教義，由門徒紀錄下來的書。情況與咱們的《論語》一樣，都是門徒記下來的夫子的語言，耶穌的『新約』，是門徒記錄下來的耶穌說的話，以及他一生的作爲。另外，也有耶穌的門徒寫的說的。」

「還有一點大不同處，」松三爺又說：「咱們的孔夫子，不談神，不談鬼，更不談怪。在咱們孔夫子的心目中，神就是老天爺，鬼就是死去的祖先們。孔子一生，只談人生，不說神話，更不談鬼。可是，孔老夫子最相信頭上的老天爺。那麼耶穌呢？尊天爲上帝，稱之爲『主』。認爲他是創造萬物，主宰萬象的神仙。耶穌自己呢，他說是這位神的兒子。上帝特意安排一位貞潔的處女懷孕生下了他，到人世間來替有罪的人。來洗刷罪惡的。猶太人說他是叛徒，把他釘死在十字架上，所以西方的教會，供的是十字架，不是神的像，也不是牌位。」

松三爺的話，說到這裡，又補充了一句。

「我們中國人心目中的那個大神，是老天爺，西方人心目中的那個大神，也是這個老天爺。我們孔夫子口中的天，是這位老天爺。耶穌口中的那個大神，英文叫「GOD」，給咱們中國人翻譯成上帝、主、神等稱謂，其實，也是這位老天爺。這兩位東西方的聖人，他們的共同點，就是他們都崇敬咱們頭上的老天爺。所不同的是，咱們的孔老夫子，把天理化。稱之爲「天理」，天理是不可違悖的。天理，是一種在天地間循環不已，道路不變的規律。任誰都不可能離開這個循環的規律。所以孔子說：『獲罪於天，無所禱也。』耶穌則不然，耶穌把天上的老天爺神化了。把他自己也神化了。他說他是神的兒子。也就是說，他是老天爺的兒子。」

聽衆中有了笑聲。笑的是老天爺會生兒子。

聽衆中年記最小的土娃，對於後面說的什麼「理化」？什麼「神化」？七歲的土娃，委實解（讀ㄒㄧㄝˋ）不透。還有：「老天爺不是神嗎？不應該看作神嗎？」他想問，不敢問。湊巧，有一人站起發問：「老天爺怎樣生兒子？」

松三爺聽了這話，忍不住睴然一笑。

「這話是西洋人相信的，耶穌教教義上說的，」松三爺又揚起手中的那本耶穌聖經說：「說是上帝見到世上的人，越來越不像個人，也就是說，世上的人，大多都是身披人皮，不做人事的人。遂用他的神靈種子，使一位沒有嫁人的黃花閨女懷了孩子，生了耶穌。所以西洋人相信耶穌就是老天爺的兒子。」

「耶穌還活着嗎？」

於是聽講的學生，又有人問。他知道咱們中國人說的神仙，都是長生不老的。

「大多數的西洋人相信耶穌還活着。」

松三爺的這句話尚未說完，就有人提出反問。

「三爺不是說耶穌已經被人釘死在十字架上了嗎？」

松三爺又揚起手上的那本耶穌聖經說：「西洋人相信耶穌又復活了。埋葬之後，耶穌從墳墓中逃走。棺材空了，屍體不見了。西洋人說，耶穌又活了，被老天爺救走了。」

這時候，掛在教室中的一盞有玻璃罩的煤油燈，由於油已燃到底層，光燄業已暗淡下來，因而有些人在這黯然燈光下，都毛骨悚然。半响，半响，教室闃然無聲。

幾個年小的孩子，特別是膽子小的土娃，身子直向他小叔永源身上粘。雖然心裡害怕，却萌生了想見到耶穌的希望。他想：「耶穌既然還活着，一定有人見到過他。」但又一想：「耶穌是西洋人，我是中國人，怎能見得到呢？」

突然又有人問：「三爺，你信洋教嗎？」

「我不信。」松三爺毫不猶豫的回答。說着又揚起手中的那本耶穌聖經，說：「這本書上的話，有不少句子，可以用來與咱們先聖先賢的話，來作對照。」

松三爺的話，剛說到這裡，教室中突然嚷嚷起來，有人說：「大堤上又過兵了。」一時之間，教室中的人紛擾起來，一個個爭先恐後的向外走。他們都要趕回家，牽起牲口攜老扶幼的去逃兵反（註九）了。連說了故事之後，還要溫習一遍這次教的八個生字的練習，也沒有作，教室的人已霎那之間跑光。

每次，大堤上過兵，對於這一帶人，都造成很大的災害！

〔附註〕

註一：講古，說故事的另一名稱。

註二：謠風，當地人稱傳播來的話，無論眞假，都稱謠風。

註三：鯰魚，是魚類的一種，大扁頭，頭旁兩鰓，長匾的尾巴，無鱗。生來就長了兩根鬍子。魯甸這一帶人。稱初入社會工作的年輕人，謂之「年魚鬍」。

註四：魯甸這一帶人的風俗，弟兄們分家，要請母舅到場作見證。

註五：半拉，意同半個，或半邊。一個完整的東西，破損了一半。

註六：魯甸這一帶人的風尚，弟兄們分家，如父母尚存，得留一份養老的產業，等父母雙雙下世，弟兄們再分。

註七：漢子，男子的一般稱謂。

註八：三大爺，這稱呼是松三爺的族侄輩。由平時的稱呼發問。

註九：隋堤上往往有兵隊來往，常常走下堤路到近處鄉村去，不但要吃要喝，還拉牲口拉人，因此魯甸這帶人，最怕隋堤上過兵。一聽說過兵，就牽起牛馬牲畜，偕同婦幼，跑向田野躲避。俗謂之「逃兵反」。逃避其他盜賊，謂之「逃反」。

十七　收麥的季節

一連好幾天，大堤上都在過兵，由東向西。

有人馬，也有車輛，車輛中，也有炮車。

人馬也不是大隊，車輛也是零零落落。，有人說是吳佩孚的部隊，也有人說是靳雲鵬的部隊。更有人說是孫傳芳的部隊。反正也沒有人敢去近前觀看，就是看見，也沒有人認識旗幟，認識臂章的知識。他們之所以這樣傳說著，那是因爲這時的孫傳芳在上海，自封爲五省聯軍總司令，山東的靳雲鵬又占領了開封，河北的吳佩孚又率軍進攻河南（註一）。魯甸人的說詞，就是這麼來的。

要不是魯甸背靠著楕堤，如今的隋堤，已成了一條由河南橫穿了安徽北部，直向江北揚州的大道，這一帶人纔不會管它什麼孫傳芳、吳佩孚呢！

可是，近年來的隋堤，時常過兵，只要大堤上過兵，魯甸人就得「逃兵反」，別說是拉去了一個人，爲他們擔擔挑挑，久久歸不了家，就是拉起一頭牛，鄉下種田人也損失不起。所以魯甸人怕兵比強盜還要怕。強盜來，是暗的。強盜來，鄉人可以對抗。殺死了強盜，是天經地義。兵來却是明的，（所謂「明火執杖」），兵來了，不敢對抗。若是鄉下人敢殺死一個作壞事的兵，那還得了？「逃兵反」，遂成了魯甸這一帶人的驚心大事。

自從這天夜晚起，大堤上一連過了幾天兵，魯甸小學也就停了好幾天的課。跟著，農忙的日子到來，麥季子（註四）來了，魯甸小學放了暑假。

土娃會讀書，被師輩比喻為有「言一知十」的天稟，但已七歲，生為莊稼人的孩子，卻不能不跟著老的下湖作莊稼活兒。

俗謂：「莊稼活，不須學，人家怎著咱怎著。」說清楚來，就是作莊稼活兒不需要看書本子，只要跟著大人下田，自會看樣跟著作就是了。所以說：「不須學」。

麥季子，通常從收割，到麥子入頓（註三）。全程約兩閱月。

第一步，是下田收割，謂之「割麥」。像南方人割稻類似，不同的是麥禾帶穗，必須裝上車，拉運到打麥場上曝曬，乾後方能取出麥粒。第二步是打麥場上的工作，要經過曬場（註四），打場（註五），颺場。第三步纔是入頓（倉）。

拿起鐮刀來下田割麥，可不是七、八歲的孩子做得了的，自然派不到土娃頭上。割麥時，割麥的人，要隨手將割下的麥禾捥成小綑，放在地上。有人跟著收攏，再一綑綑的綑起來，放在地上。這時就得有人跟著把地上的麥綑拿起來，三綑一堆豎立在田中。這一工作，通常由七、八歲的孩子在作；不分男女。下一步，用牛車到來，一綑綑裝運到打麥場上去。在牛車裝運時，孩子們要把那三綑一堆的麥綑，搬送到牛車邊，由大人一綑綑裝載。第二步打麥場上的事務，交由七八歲的孩子擔當的工作，可就多了。如看場（註六）的工作，得隨時注意雞鴨以及麻雀、烏鴉、喜鵲到麥場上啄食。曬場的兩段日子（註七），大多都是孩子擔當的工作。也總是老奶奶們監管著。

從六歲起，土娃就擔當這份工作了。

看場的工作，是不費勞力的。只要拿一隻小板凳，坐在場邊的棗樹或柳樹、槐樹底下，手邊放一根長竹竿，看到雞鴨走來，烏鴉、麻雀飛來，就得張嘴吆喝，拿起竹竿唬虎它們。就這樣把它們趕走。工作就是這麼簡單。

可是，工作雖是如此的簡單，却也得眼在場上。心，更得放在場上。這樣說來，土娃可就不是一個夠格的看手。

土娃的心，隨時隨刻，他都離不開書本。更可以說，他的心總是放在許許多多的他接觸到的事件上，並不僅限於書本上的文字。連書本上的文字，涉及到的事事物物，他都想知道，都想弄明白。因此，土娃的心，老是想那些要弄個明白的問題。往往，目有所見，耳有所聞，體有所觸，他都會據以聯想。不但常常向先生發問，甚至見了人，也往往觸景生情隨時發問。不問則已，一問就是「打破砂鍋問到底」。常常問得令人生厭，問到最後挨頓罵結束。最愛他的祖母，就常常爲了他問個不完，沒法子答，罵了一頓纔停。

試想，看場的土娃，怎能合格。何況，土娃看場，次次都帶本書，不是先生教過的課本，就是他爹在冬夜燈下火盆邊，唱給家人聽的唱本，像《孟姜女》、《孟麗君》、《二度梅》等等，這類小本子的書，他也拿去看。遇見不認識的字就猜。儘管，大人一再的吩咐：「不要老是把眼放在書上，要時時刻刻把眼放在場上。要知道烏鴉、麻雀子有翅膀會飛，來得快。一看到飛來，就得趕快吆喝，別讓它們落下來。一落下來，你就得掂起（註八）竹竿子攆了。」話雖如此交代，諄諄吩咐，却忘了人要是心不在焉，就會：「視而不見，聽而不聞，食而不知其味。」就這樣，土娃看場，正好是雞鴨飛鳥的大宴之日。老鴉麻雀子雖已落了滿場，坐在場邊棗樹下的土娃，竟也「視而不見」。儘管他今天沒有帶書，心也出竅。

魯奶奶到來，喊土娃去吃飯，她來接替。

一看場上已落滿了烏鴉、喜鵲、麻雀子，還有不少大雞小雞，一個個都正在場上啄食；還有鳥兒爲了爭食在展起翅兒打架。遂馬上跑到場中，張口大吼，又彎腰拿起一把曬場上的麥禾，揚起來搖著吼攆。

這時，土娃方始把出了竅的心神抓回來。遂也撿起竹竿，跑入場中，也吼著攆。

「你到那裡去了？」

魯奶奶一看到土娃就氣得大吼！沒有再說下一句，就趲向前去，奪過土娃手中的竹竿，揚起來順手就狠狠掃向土娃的大腿，這一竿打去，土娃撲（ㄆㄚ）下了。

這時，魯奶奶突然怔住了。竹竿從魯奶奶抖顫的手中鬆落下來。只聽得一聲：「啊呀！兒啊！」奔向前去，跪在麥禾上，雙手摟起正在準備爬起的土娃。

土娃被奶奶摟到懷中時，歇斯的里的喊了一聲：「奶奶！」跟著，便是魯奶奶的顫巍泣聲。她泣呼著去拉開土娃的褲子，看看打在那裡？一看，這一竿子，正好落在土娃的屁股上。在屁股的下方，斜橫著一條紅槓子，棒槌（註九）樣寬，沒有破皮，皮上已有血液滲滲欲出，尙未流出來。

「我的小土土，奶奶的心肝肉，我這是爲了啥子啊？恁麼狠起了心啊！」啜泣著說。「難道是鬼使了我麼？」

土娃也一直哭著叫著：「奶奶！奶奶！」

打麥場有好幾家聯在一起，魯家的這件事，有好幾個人見到，背後都說魯奶奶氣極了，打了她心痛的孫子。幾乎有不少人在背後說魯奶奶太寵孫子，將來，會把土娃寵成松三爺一樣。還偏偏要他跟著松三爺唸書呢！

松三爺就是個立志從事「舉子業」的人，却連個秀才也沒有考上。雖有人說松三爺的學問比王舉人老爺好，可是去了三次考場，次次名落孫山。廢了科舉，還有館看（註十）著，年得束脩，加上田裡的收入，一家五口（一子二女）還過得去。民國成立之後，兩個女兒嫁了，只賸下三口，遇見歉年，却也過得。自從禁設書館，兒子又娶妻生子，田地雖然自己種，一遇水旱，收入就不夠吃的。松三爺先到鄉公所去作事，也作不了多久，又回家閒著。魯甸書院改成了小學，他又不願去教那「人手足刀尺」。遂去了縣城，到洋人的教會，作了這三幾年。牧師回國了，這纔回家，接受親鄰的商請，又重新拾起了舊業—教育。由於他有時會講上一段耶穌說的故事，或舊約上的故事，遂有人背地裡罵他「迷洋」，稱他是「洋奴」。（曾經在洋人手下做過事。）

如今呢，松三爺已年近耳順，分來的祖產，在他手上已賣了將半，兒子又生了六個子女，已發誓不讓後代唸書。雖祇一個兒子，却也分門另食。兒子在內心恨透了他老爹是個書呆子。從來也不過問田裡的事。成天手不離書。且時常彈他的古琴，總是自彈自唱。在魯甸，連個說話的人都沒有。所以，他從城回鄉之後，七歲的土娃，便成了松三爺心目中的「英才」。常常自樂的說：「得天下英才而敎之，一樂也（註十一）。」

我把話揷說到此，讀者先生準會瞭解到土娃挨了他奶奶這狠狠的恁麼一竹竿，打得屁股上的皮肉滲血，魯甸人却無不認爲這狠狠一竿子打得對，要不然，這土娃長大了，一準是第二個松三爺沒錯。

正當魯奶奶抱起孫子，要回家使用燒酒摩搓傷處的時際，魯媽媽也趕來了。

「怎麼的？」

「我打的。」

魯媽媽見了魯奶奶抱著土娃，就這麼一問一答。

魯奶奶還掛著滿臉的淚痕，喉嚨管子裡還在啜啜的泣呼著。土娃也在奶奶懷中嗚咽著。別的話都沒說，她要趕快爲孫子療傷。魯媽媽想去把土娃接過來，魯奶奶一邊走一邊說：「妳挺著個肚子，抱得了他！」說過，就背起了七歲的土娃離開了麥場。

魯媽媽遂尾在婆婆身後回去。

回到家，讓土娃撲（ㄆㄚ）在涼床（註十二）上，脫去了褲子，經過這一番折騰，皮下的血，已滲出皮外。斜橫起一大條，沒有滲血的地方，都是紫綠色的。魯奶奶知道皮破了，不能再用燒酒塗擦，遂吩咐他娘去取棉子油來，輕輕塗在傷處，又用黃裱紙蓋上，再找了一條窄小的褲子穿上，將傷上蓋的黃裱紙，緊緊束住。然後把土娃抱起來，坐在一張墊上蒲墊（註十三），又墊上一床小被子，再讓土娃坐下。

「痛不痛？」

「不痛？」

實際上，是有一點痛疼，土娃沒有說。

吃過了午飯，魯媽媽過來了。

「你怎麼恁的不當心呢？」魯媽媽說。「你怎麼連看場也看不了。滿場上都是老鴉（註十四）麻雀子，你都看不見！你又沒有跑到別處去，那你的心跑到那裡去啦？幹活兒不當心，怎能不出錯呢？」

事實上，土娃也說不出，他怎的會沒有看到場上落下那麼多的烏鴉與麻雀？也回想不出他當時在想些什麼？那天，聽了娘的吩咐，也沒敢再帶書本。上一回，要他到田裡去看著那塊明天就要收割的麥田，他居然帶了一本《孟姜女》去看，結果，被人鑽入麥地，暗中割去麥頭（註十五）好幾處。計算起來，損失不止一斗。這次，在樹底下看曬麥，也會忘了去攆飛來的鳥兒。

「我自己怎麼沒有看見呢？」

這時，他娘問他：「你的心跑到那裡去啦？」他纔想到先生說的「心不在焉，視而不見」這句話。

「以後我知道怎樣當心啦！」土娃心裡想著，沒有說。

「娘知道你愛唸書，」魯媽媽又說。「你總得知道掛在咱們人口角上的這些話：『幹啥要像啥！賣啥得吆呼啥！你怎麼不想到這些話呢？』

其實，這些話，土娃已聽過許多次，也知道該怎樣去扮演自己的脚色，就是做不到。

「唸書，你倒能把心放到書上，」魯媽媽繼續說：「作別的，你就不是那個樣兒。在我看來，你是心不在焉！不甘心作莊稼活兒。咱家又……」

說著說著魯媽媽就傷心起來。傷心的唾液上湧，堵住了喉頭，使魯媽媽的話，說不下去。她原要說：「咱們又窮！……」

土娃聽了，除了擦淚，不知怎的作答。

「你奶奶這一棍子，肉痛的是你奶奶，不是你。」魯媽媽又說。「你太叫大人生氣了，一次又一次，你都心不在焉！你奶奶還在後院哭呢！她怪咱家老老爺是酒鬼，把產業敗了。眞是這樣，怪也沒用。你可得記著你爹說的話。唸書歸唸書，咱們莊稼人，莊稼活兒可不能丟。丟了莊稼活兒，光會唸書也不行，咱們不能丟了魯家的耕讀家風。」

魯永春從田裡回來了，他知道了土娃捱打的事。

魯媽媽一見丈夫回來，就趕忙說：「你到後院去勸勸娘去。肉痛的是咱娘！」

說著一時啜泣得不能成聲。

「爹！我錯啦！」土娃眼淚撲嗒的跪了下來。他以爲必然還有一頓要捱。不想他爹的臉上沒有怒容，反而慈祥嚴肅的說：「起來，知道錯了，就得改。」說完這話，就到後院去了。

過了一夜，土娃屁股上的棍傷也消了腫，紫綠色也淡了下來。土娃又像平常一樣，跳跳蹦蹦玩去了。

當日，要收割堤崗地上的這處麥子，是今年他們家的麥田長得最豐滿的一處，永源在這裡整整看守了半個來月。今天，要收割了。

於是，魯永春帶土娃下田工作。

土娃這次下田工作的分派，是纂麥綑，五綑一纂（註十六），由他小叔永源帶領著工作。只要持鐮刀收割的人，把麥禾綑成了綑，就取去纂成了纂。車來時，再一綑綑的送到車旁，由裝車的人接過，一綑綑遞上車，由站在車上的人，接來再一綑綑的裝載，每一車都裝成長方型，高高的像城堡。這種車，魯甸人叫「大車」。長方型，木製，車廂平板底層。兩旁廂壁高約兩尺，再外伸一尺，車把與車廂之間，加上幾根橫木條連起。車箱前後無隔欄，兩旁各兩個車輪。前後橫擯釘有套牲口拉車的鐵環，最多可套四個牲口。

這種載運莊稼的「大車」，平時，也當作載送家人，來往親戚家的車輛代步工具。載送貨物走長途，也是這種車。河南、山東，皖北、蘇北一帶平原的農家，大都使用這種車。

執轡趕車的人，都必須是莊稼活中的老手，大多由大戶人家的長工頭子擔任，這種人稱之爲「大領」。每一輛車的運行工作，都有副手跟著。魯家執轡趕車的人，是土娃的爹，在車輛運行中，永源與土娃就跟車作副手。俗稱「跟車的。」

還有，在麥田中跟著撿麥綑子的土娃，還得隨時隨地觀賞割麥的人，在比賽「趕頭趟」。也就是比快比好的工作競賽。比賽，都是流汗最多的工作。麥季子，天已很熱了。

麥田是一壠一壠的生長著的，通常，持鐮刀收割的人，每一人，只能收割三壠。比賽時，每人三壠，同時下鐮，誰先割到麥田那一頭，誰是贏家。稱之爲「趕頭趟」的人。

不過，不是熟手，不敢輕易嘗試，一不小心，鐮刀會割到自己的腿。割傷了右腿迎面骨（註十七）的事，時常有。

正因此，割麥的工作，十歲上下的孩子，大都不准參予工作。土娃見到割麥的比賽，大有興致。遂想到：「我要早些長大。」

儘管，土娃這一麥季子，已全日投入了莊稼活兒，無論麥田裡，麥場上，都分配了他能做的工作。譬如麥場上的打場工作，用手牽著一匹蒙上眼罩的騾子，拉起石滚拖著拉石（註十八），只要牽著牲口在麥場上轉圈子就可以了。如不作這事，拿起柳木做的三枝型杈子，在麥場上，翻騰在滚打中的麥禾，一杈杈的翻騰個過兒，使滚石重壓一遍再一遍。這一份工作，土娃也跟著作。但在夜晚，還是不時到松三爺家去，聽松三爺講四書、講小說、講耶穌的故事。教他吟誦詩經。有時，聽彈奏古琴，絲有金聲，很好聽。

同時，土娃也是魯甸的孩子喜歡的玩件。雖然，他不會瘋那種「捉龍尾」，更不會玩那種「打梭」，他却很會說故事，又會唸唱本。常常在月亮地裡（註十九），那些孩子們聚在一起，聽土娃講故事。當然，土娃的故事，全是從松三爺那裡學來的。

土娃也樂意聽那些孩子傳播魯甸人的一些不能告知別人的隱私事。

麥季子一過，青紗帳扯起，莊稼人的另一種工作，又開始了。

土娃已經知道，凡是莊稼人的後代，都得：「莊稼活兒跟著作」。

〔附註〕

註一：民國十五年二月，許世英辭國務總理，賈德輝代，吳佩孚進攻河南，靳雲鵬占領開封。（民國八年十一月靳雲鵬曾任國務總理）。

註二：麥季子，即收麥的季節，鄉人俗稱「麥季子」。

註三：頓，是魯甸那一帶人的俗稱，即儲糧的倉廩。用竹席一捲捲一圈圈，圈起來的糧頓。亦稱「屯」。

註四：曬場，就是把收割下的五穀等物，放在打麥場上暴曬，俗謂之曬場。場字讀陽平。秋日曬糧類，也稱曬場。（應寫作「傷」。）

註五：打場，指麥子收割下來，散在場上曝曬，等到乾燥之後，用石滚滚壓，滚後掛著「拉石」磨擦，將麥註六：看場，指場上有莊稼曝曬的日子，怕是烏鴉麻雀、雞鴨等鳥類，到場上啄食，得有人看著，隨時攆走。謂之「看場」。此「看」字讀陰平。

粒壓磨下來。這一工作，謂之「打場」。豆類也如此。

註七：曬場的兩段日子，第一階段指打場前曬莊稼，第二階段指秋天曝晒倉頓中的糧米。

註八：掂起，就是拿起來的意思，土話。

註九：搽捎，是平常洗衣裳，用來搥打的木棍。直徑有兩寸多。

註十：看館，意即教書，館指書館，看，讀陰平。

註十一：《孟子》篇中語。

註十二：涼床，是一種用木棍釘成有四根脚的框，用繩子網成的床，上舖一張草蓆，作爲夏日睡床。

註十三：薄墊，是一種用薄葉編成的墊子，放在地上坐的。

註十四：老鴰，烏鴉的俗稱。土話。

註十五：麥頭，即麥穗。

註十六：纂，是收集的意思。割麥者，割下的麥子，跟著有人一綑綑的綑，再五綑纂集起來。

註十七：迎面骨，指兩小腿前面的皮最薄的那根腿骨。

註十八：拉石，前已注過，即打麥時，拖在石滾後的三角形或半月形石塊。

註十九：月亮地裡，指每月月圓，月光最亮的晚上，可以在月光下唸書。

十八　青紗帳扯起的日子

農家的生活，不外春耕、夏耘、秋收、冬藏四事，忙碌的季節，則是麥季子與秫季子兩季。所謂「秫季子」，就是高粱收砍的日子。收麥，使用鐮刀割，故謂之「割麥」。收高粱（土話叫「秫秫」），使用鐵扒子砍，從根上砍下來，故謂之「砍秫秫」。割麥，在夏中，砍秫秫，在秋初。此一時間，以淮北魯甸這一帶說，在別處，收穫的時間，則有參差。

割麥，不是十歲上下的孩子可以擔任的，砍秫秫，更不是孩子可以做得了的。砍秫秫，雖有十七八歲的孩子加入，也必是自小兒就幹莊稼活，身子骨已成長得粗粗壯壯了纔成。

然而，從秫秫的播種到收穫，約有四個多月的時間，三月播種七月收。先是以鋤分苗（註一），要有眼力分辨得出，一堆苗中，那一顆應留。秫秫的生長是獨立挺拔的，彼此相隔的距離，有一尺左右的遠近。第一次下鋤「鈈」（ㄆㄤˇ）秫秫，就是作分苗的工作，不可留的除掉。第二次下鋤，再清除一次。第三次下鋤，除了鈈草，還要爲留下的苗，在根下培土。等到第四次去下田「鈈秫秫」（註二），秫苗已長到一尺多高了。這時的下鋤，一是鬆土，二是除草。可得小心，下鋤除草鬆土，可不能傷了苗根。一旦傷了苗根，那棵苗就得分出精液去護治那受傷的根，長的就比別的苗慢。而且，也會影響到結米多寡。

若是說來，可見「鈈地」（註三）這一工作，也不是孩子們可以作的。怕他們手上的鋤頭，下鋤時會不留心傷了苗根。

却有一件事，雖是交給孩子，也是由大人帶領著去作的。一是秫秫長成，出了穗又成了實，在太陽曬紅了米粒的這段日子，（已是俗稱的「青紗帳」扯起的日子，）需要去披下秫楷（註四）下半截的葉子。這事就要孩子們去下田工作了。六歲以上的孩子，就有能力擔任。還有，豆田（黃豆、綠豆）、芝麻田、棉花田中的雜草，要隨時去拔除。特別是雨後數日之間，需要下田工作。拔草，也是孩子們的工作。

還有，下湖割草，爲牲口準備新鮮的飼料，都是孩子們的工作。到秫秫田裡披葉子（註五），到豆、蔴田裡去拔草，還有，挎起糞箕子，拾糞、割草，都是孩子能幹的工作。只是年年到了這一季節，當秫秫（高粱）長成了個頭兒，在大地上扯起了青紗帳子的日子，却又是農家人擔心受怕的時期。爲非作歹的盜賊們，就要憑藉了這地方青紗帳子的掩護，出沒無常，小則搜去細軟，大則牽去牛馬，還有綁架勒索的呢！

當然，姦淫拐擄之事，更是隨時聽到傳說。

尤其如今，北也戰，南也爭。東也攻，西也伐。地方上的歹人，自然越來越多。賭輸了，不敢歸家，大煙癮來了。不敢歸家，就在外爲非作歹。魯甸人發現某人好久不見了，不問則已，一問就是「到紅草湖（洪澤湖）去了」的回答。

紅草湖是當地人叫的名字，在魯甸東方，距離不過一百多里。那裡是一處長滿了蘆葦的大湖，說是一千餘年來，沒有人曾經進去過的神秘處所。

正由於時局若是，近幾年來，魯甸這一帶人的婦女兒童，已很少在青紗帳扯起的日子去下田工作，怕的是會遇見歹人。就這因由，使土娃得到在松三爺家求學的機會，他不下田工作了。也就是，不下田割草，也不去披秫葉。

麥已打下入頓，砍秫秫的日子，田裡的工作，是男砍女簽。簽，就是把砍下的秫秫，連根帶棍橫鋪在地，由婦女們用特製的簽刀（註六），一根根把秫穗簽割下來。再一把把的紮起來，然後再一把把的綑起來，綑成綑。謂之「秫頭」。運到打麥場上，頭朝上暴曬，乾後，再男男女女的坐在打麥場上，用特製的木梳子（註七），一穗穗的把秫米粒梳下來。

在還沒有進入梳米粒的階段，曬場時都是魯奶奶或魯媽媽到場上去，帶著土娃在場上聽候差遣。准許他帶本書去看。他們總是坐在棗樹底下，槐樹柳樹雖然陰影厚（這兩種樹，葉子細密），却會掉落蟲子的糞便，或者小蟲子（註八）。

有時，土娃也會帶一本小唱本，吃吃巴巴（註九）的唸給奶奶與娘聽。土娃這纔發覺他奶奶與他娘，在聽故事的時候，也是心在場上，不時的吼叫起來，要駭走飛落下來的烏鴉或麻雀。且有時會兀的站起，拿起竹竿或鞭子去趕。

不像他，一旦拿起了書本，別的都「視而不見，聽而不聞。」

落雨天，土娃就到松三爺家去，晚上，也到松三爺家去。在暑假的日子，到松三爺家去唸書的，只有土娃一個。偶然，舉人老爺的兒子王貞一也到他姐姐家來玩。也會有興陪同土娃一起去。松三爺教過王貞一。

土娃最喜歡問問題，越來，問題越多。

這一點，竟是松三爺最喜歡土娃的關鍵。不像別人，往往被土娃問得討厭。

自從那天松三爺說耶穌是老天爺的兒子。有人問：「老天爺也會生兒子嗎？」土娃就問過了。

松三爺就詳詳盡盡的告訴他。

「這是西方人把耶穌看作神的說法。」

耶穌說他是神的兒子。可是耶穌却有個親生的母親，名叫瑪麗亞。西方人口中的神，譯成中文稱神、稱上帝、稱天主，在意念中，等於咱們中國人心目中的老天爺。咱們中國人在遇到可怕的事，就會喊：「天哪！」「老天爺啊！」西方也是這樣，他們喊：「GOD！MY GOD！」這話就是咱們中國人說的：「天哪！我的老天爺啊！」那麼，耶穌在向他們猶太人傳揚他的「博愛」教義，要改變他們猶太舊教的「以眼還眼以牙還牙」的「恨」的報復教義。就說他是天上神（上帝）的兒子，派到世上替人類贖罪的。贖的什麼罪呢？那是因爲人總是以「恨」字作爲作人的出發點，所以犯了不少罪孽。老天爺把神的「靈性」給了一位聖潔而貞靜的處女瑪麗亞，懷孕了耶穌這個人。出生在人間世。因爲這個人，他雖然是人的肉體，人的形象。他却具有神的萬能，神的靈性，以及神給他的肉體，所謂神之子。如以咱們中國話來說：「耶穌是老天爺的兒子，所以他有老天爺給他的萬能，以及老天爺的靈驗。」西方人把這一層問題，說成「三位一體」，稱「聖靈、聖神、聖子」。

松三爺的這番話，對於八歲的土娃來說，還是深奧了些。

但在土娃的心靈上，懸疑的只是：「老天爺不是神嗎？」

在土娃心理上，他認爲老天爺是神。

子曰：『獲罪於天，無所禱也。』

土娃深刻的認知孔夫子的這句話。

「孔夫子如不是把老天爺看作神，怎會說出這麼一句話？」

松三爺告訴他，孔夫子這句話的天，是說的「天理」，不是把「天」當作神來說的。這話的意思是：人的所作所爲，要是違悖了天理，無論求誰，都挽救不了。

人要是作了傷天害理的事，這人必是公敵。「無所禱也！」就是這一層意思。

「《論語》不是說嗎，「子不言怪、力、亂、神。」可是，孔夫子的心裡，是有神的。他說：「祭如在。祭神如神在。」這話的意思，就是說：「我們祭祖先的時候，心中應想著祖先活著的時候，留下的功業。祭天地衆神的時候，也應想到那些被我們祭祀的神是存在的。」倘若祭祖先也沒有誠心，祭神也沒有誠意，那就等於沒有祭。我們鄉下人有句俗話：『敬神如神在，不敬如泥胎。』這俗話，也就是打從孔夫子的話來的。」

「我們中國人，最喜歡把人當神崇拜。所以我們中國的廟最多。幾乎每一座廟中的神，都是我們大家崇拜的人。老天爺更是我們崇拜的神。自古以來，我們中國人都把老天爺當作神來敬而祭之。《詩經》『大雅』中的一首詩：『板』，這首詩很長，說的都是老天爺與我們人的關係。要我們如何去敬天，如何去順應著天。就是老天爺發了脾氣降下了災難到我們頭上，我們都不應該怪他。」於是，松三爺又說：「你們今時還小，還沒有到講這些書的時候。以後再講吧！」

說到這裡遂總結一句說：「老天當然是咱們中國人的神，要不然，我們一旦遇上了危險跟災難，怎的會開口就喊：『老天爺呀！保佑我。』說起來，咱們中國人心目中的老天爺，纔眞的是一位唯一的眞神呢！」

松三爺又去拿出那本耶穌《聖經》，一邊翻一邊說：「在這本書的『舊約』中，有一篇『約伯記』，其中記述的故事，跟咱《詩大雅》中的這首『板』，異曲而同工。很類似！很類似！」又說：「你們這時太小了，等幾年，大了些，再講。」

土娃看了看王貞一，他認爲了王貞一比他大六歲，怎麼說：「你們這時太小了？還要等到多大？」

「還要等多久？我跟土娃纔能聽講這首詩？」

王貞一忍不住發了問。

「我這話指的是土娃，」松三爺說。「你麼！該找你爹講。」

王貞一聽了，頓時臉紅起來，低下頭去，囁囁嚅嚅的說：「俺爹說我不成材！」

松三爺聽了，遂微笑著說：「貞一，你聽我說。你爹是有功名的舉人。你讀經書，不能到我這兒來，別人會笑話。你爹跟我說過，說你不喜歡讀經書，成天泥心在唱本上。是不是？」

松三爺把話說到這裡，土娃心頭也一驚，他近來也在唸唱本，他也認爲比讀經書有意思。

「三大爺！」王貞一不服氣起來。問：「唱本不算書嗎？」

「唱本怎能不算得書，當然算是書。」松三爺說：「往後，咱們中國人不但要把唱本當作書看，還得當作文學看。它屬於小說，往後，小說的文學地位會提高起來。我這幾年在城裡的教會，跟戴牧師學到不少。不但在這本聖經上學到不少，還讀了不少西洋的小說。咱們大城市的書店裡，翻譯的西方人作的小說，不少了。比早些年林琴南用文言文譯的，容易讀的多了。貞一你想，我怎能不把咱們小唱本當作書呢！可是，我跟你爹的看法一個樣，咱們中國人，應先在經書上紮根，有了經書的根，別的文學，都會像莊子說的那個解牛人的刀子一樣，都會迎刃而解。孔夫子說的：『工欲善其事，必先利其器。』豈不就是這層意思！」

王貞一這一聽，心情豁然了。深深認爲這話是對的。可是土娃竟抓住了一個發問的機會。這句話他聽講過了，却有一層意思解不透。

「爺爺！」他要問問題了。「我不明白，子貢問仁，孔子怎的會告訴他這麼一句話呢？尤其是下一句：『居是邦也，事其大夫之賢者，友其士之仁者。』怎麼能跟『工欲善其事，必先利其器』這句話聯在一起呢？」

這問題，在土娃心裡懸盪著，搖蕩了不少日子了。

松三爺喜悅的笑了。似乎連他唇上的兩撇鬍子，下巴上的一把花白長鬚，都在喜悅的笑起來了。

松三爺伸手捋了捋長鬚，說：「問得好。」

又望了望王貞一，問：「你也是讀完了《論語》的。」

王貞一馬上臉又紅了，他怕松三爺要他起來先講。

「這句經文還有更深一層的意思，」松三爺說。「不能光從字面上的辭義去訓解。若是光從辭句的文義講解，等於是準備去割麥子，必須先把鐮刀磨快。這一文義，就聯不上了。應知道這句話中的『器』字，指的是人，不是指的刀子。有用的人，謂之『成器』，有大用的人，謂之『成大器』。那麼，人如能成器，成大器，第一件事是『修身』。《大學》上不是說到這一層次的先後了嗎。所謂：『修身、齊家、治國、平天下。』這『修身』一事，就是『必先利其器。』這時，孔夫子帶著幾個學生，正在衛國。」遂又喘口氣說：「大家都知道衛國的國君衛靈公，是一位失德的君王，就是寵愛南子的那位國君。孔子率領學生們在衛國，目的是想導正衛靈公的行政方向。當然，孔子與他那些個一同住在衛國的學生，他們都應在立身處世上，做一個守正不阿以身作則的人。所以孔子說完了『工欲善其事必先利其器』這話之後，就跟著說：『居是邦也』，指的就是「我們今日在衛國落脚，就應知道如何守身不阿！所以下面告訴子貢：『我們在衛國，首先要注意到的就是在交往方面，應認清衛國的臣僚，誰是賢德有人望的，誰是讒言於衛靈公身邊的人。遂告訴學生在衛國的優先作爲，是謹慎的選擇那有德望的大夫，以及那有人格有愛心的士僚。何以要在這交遊上謹愼呢？目的就是會同那些有才德的官員，去影響衛國的國君，能爲政以德。』

松三爺說完了這一段，已從土娃的臉上，看到了意興遄飛的神情，推想到這孩子已瞭解到這一層。

王貞一也同樣的臉上漾溢出喜悅。

「《上論》不是有一章子貢問：『賜也何如？』孔夫子告訴他說：『女，器也。』不是唸過了嗎？」松三爺問。於是土娃與王貞一使異口同聲的唸下句：『何器也？』曰：『瑚璉也。』」

松三爺笑得更歡了。遂背誦朱熹注解：『器者，有用之成材。』子貢在衛國向先生問『爲仁』？夫子遂就著他們師徒這時在衛國處身的環境，說出了『工欲善其事必先利其器』這句話。這句話，就是一個比方語。比方語中的「工」與「器」這兩個字，已不是工匠與工具。比方的已是他們師徒們處身衛國應謹愼的操守修治：『事其大夫之賢者，友其士之仁者。』仲尼先生的教學方法，是活教育。不是背死書，更不是死背書。」

這兩個孩子，都懂了。

這時，纔看到土娃的小叔永源站在門口。

他不是來接土娃的。過去，沒有這種情事。又見到永源臉上的神情不對。松三爺遂問：「家中有事嗎？」

「俺大姐被土匪綁去啦！」

說過，便哇的一聲哭了的起來。

一時之間，都錯愕起來。一霎那間，土娃也哭了起來。

永源在家見到大姐夫走來，已經晚飯過了多時。大姐家在堤北孫家莊，十多里路。她是在棉花田裡拔草，被土匪綁去的。遍地都是青紗帳，把眼睛一蒙，嘴用布一紮，一個女人還能抗禦得了嗎？

由於秫秫田太多，一塊連一塊。什麼時候被綁去的，也無人看見。只看到棉花田中的墳頭上，揷了一根秫楷，繫了一個信封，裡面有一張字條，上寫：「孫大嫂在俺這裡，請放心吧。準備妥五百塊龍洋，寫幾個字放在三舖集東頭那個煙墩子（註十）裡，用磚頭壓著，聽候約定交錢放人的日子。」就這樣，其他什麼消息也沒有。

大姐夫連夜跑到丈母家來，一來送消息，二來商量怎麼辦？

永源聽到後，就跑到松三爺家找土娃。

松三爺馬上說：「走，我得去問問。」

松三爺奶奶也走來了。說：「我也去。」

就這樣，松三爺走前，其他人等隨後，出了門，走到土娃家去。

在路上，松三爺感慨的歎了一口氣，說：「唉！獲罪於天，無所禱也！好人自有好報，惡人自有惡報。天理哦！」

到了魯家，又同時獲知了蔣介石誓師北伐的消息。前鋒部隊已到了湖南長沙，四路北進。口號是：「打倒列強，除軍閥。」

松三爺聽了，歎口長氣，說：「能再出了個劉邦，出了個朱元璋，就好。老天爺！別再形成南北朝與五代十六國啊！」

〔附註〕

註一：以鋤分苗，因爲秫秫播種有兩種，一是撒種，一是「耬子」種。撒種要技能，一般人做不了。「耬子」是一種木製的播種工具，上有盛種子的木斗，下有兩隻脚，脚上鑲有鐵鞋，形如婦人纏足穿的綉花鞋，前尖後圓，尖的一端入土，圓的部分也入土，圓處是空洞，上端的木斗有兩個漏孔，播種時，由一頭牛或一匹馬、驢，拉著耬子前行。一人在前牽著拉耬的牲口，一人雙手扶著耬把子，邊行邊搖，用眼看著木上漏口流下的種子多寡，隨時調整漏孔的流量。種麥、豆、芝蔴或穀米，都毋須分苗，只有秫秫一種，需要分苗。分苗的工作，以鋤來鋤去多餘的苗秧，只留下強壯的一根。此一工作，要作三次，方能完成。「耬」字，讀第三聲。

註二：「鈈秫秫」，以鋤分苗，叫「鈈秫秫」，以鋤在秫秫田中除草，或鋤鬆地土，也叫「鈈秫秫」。「鈈」這個字，字書上沒有，是我造出來的。唸ㄆㄤˇ。這一帶人的土話。

註三：鈃地，凡是用鋤頭在田中鬆土或除草，方言謂之「鈃地」。

註四：秫稭，指秫秫的桿子，稱之爲「秫稭」或稱「高粱稭」。

註五：披葉子，秫秫的穗子結了米，曬紅熟的日子，秫秫桿上的下半段，需要將葉子披下來。一來可以從下望到遠處，遮藏不了人畜。二來，披下的葉子可餵牲口，不然，會黃爛在田裡。

註六：簽刀，是一種半月形，裝上彎木把的刀，專門用來割秫秫穗子的。

註七：這種木梳子，有一尺半長，在一根四寸見方的木棍上，栽了指頭粗細的木齒，齒朝上，用繩索綑在腰間，那一邊，拴在石頭上，把一穗穗秫秫放在齒一次的梳拉，把米梳完爲止。

註八：槐樹上有槐蟲，俗名「槐狗子」，柳樹上蟲最多，有黑牛蟲（鐵甲蟲）會拉糞，還有蠶似的爬蟲。

註九：吃吃巴巴的唸，那是由於土娃年小，認識不了那麼多字。遇到不認識的字，就吃吃巴巴的猜。聽來是吃吃巴巴的。

註十：煙墩子，指的是隋堤殘存的烽火台。

十九　毛毛雨下個不停

這幾年來，在青妙帳扯起的日子，也就是盜匪蜂起的時期，搶掠、綁架，年年都有。由於魯甸、韓壇這一帶的村鎮，組有鄉團，自備了大小槍枝，如中正步槍、鞏縣造，還有七六三自來得盒子炮。像韓壇集，還有一雙馬克新機關槍，能單打，也能連放。這些鄉團都是十多個莊子聯合起來組成的。不但晚上有打更的，還有拿著槍巡夜的。就是田裡的莊稼，也有「看青」（註一）組織，在包看某一區域中的莊稼。在秫秫曬紅米的日子，可以見到一處又一處秫秫田中，有杉木或竹竿搭起的看棚子，看青的人站在上面，日夜輪流著。夜晚則四處巡查。

這樣，確實有防止的作用。但對穿堂入院，姦淫綁擄，可就管不到了。就拿土娃的大姑媽被綁架一事來說，今年也不是第一件，也不是頭一遭。不算縣東，光是這縣西，今年就有了三起。地面大，口頭傳播，也不是那麼快，更不可能傳得遠。這地方；三省搭界（註二），被稱爲「三不管」的一個區域。何況，民國成立以後的這十多年來，中央的政權，究屬誰主？民間的老百姓，雖然只想到自己的「收成」，可是他們終究不是「桃花源」（註三）中的人民，他們住居的地方，四通八達，今天，姓張的出來了，說這地方歸他管，過不了幾天，姓李的又出來了，趕走了姓張的，又說這地方歸他管了。弄得老百姓莫知所從？莫知所歸？國不安，這國中的人民如何能聊其生？所以松三爺說這個時代是「大盜搶天下，小賊偷牛馬。」那麼，這時地方上的自衞隊，（人民自組的衛鄉團），對付的對象，只有那些在鄉間行盜作竊的小賊。所以一旦遇有偷盜、綁架、姦淫、拐擄等事發生，保家衛鄉的鄉團（自衛隊），無不相互聯手辦案（註四）。一旦捉到那個盜賊，只有一條刑律：「殺無赦」。土娃的大姑被土匪綁去了，屬於另一個鄉團，當然，也是聯手起來的自衛鄉團。頭幾天，一點線索也沒有。

魯甸西鄉的一個鄉團，斃了三個纔沒有幾天。這裡卻又發生一件綁架勒索的案子。

土娃的這位大姑，是老大，比魯永春還大一歲半，已有了三個孩子，三十多了。孫家並非富有，堪稱小康，餵飼三頭牲口的人家，一牛一馬一騾。要他籌措五百龍洋，委實吃力。小麥也不過一塊大洋一斗，一石（註五）麥也祇能賣十塊錢，五百大洋得五十石小麥，那裡能辦得到。爲了贖人，只得求助親友。

孫家的外婆家，原是大戶，今已破落。丈人家的四弟兄，老么還在唸書，尚未成人。其餘三個竟有兩個在外，一個作佃戶（註六），一個作長工（註七）。連自給都有困難，前年的春莊稼收成差，到今年還沒有喘過氣來。

如今，依仗洋槍洋砲爭地盤的戰爭，還在此起彼落。在人們口中傳說著的直魯奉軍與五省聯軍，如今又變成了南軍北軍的傳說。說是南軍的蔣介石，兵最多，由南向北打，已經占領了江南好幾省，分好幾路北進，已經占領了九江，到了安徽。孫傳芳的五省聯軍，槍口調過頭來向南。張作霖則在北方，整頓人馬，準備迎戰蔣介石。趁亂子，日本的兵艦也在海上開砲亂轟，造成了「大沽口事件」（註八）又要求擴大貨物進口到中國來。這些，那些，都先先後後傳到魯甸鄉人的耳畔。這些謠風，越發吹得鄉人個個都有自保的觀念。於是，田裡的秫秫，秫秫米還在半紅半白的時候，就砍收下來了。爲的是撤除大地上的青紗帳子。

也許是南軍北伐的氣勢，越來越大，綁架土娃大姑的綁匪，自動削價到貳佰大洋。送到孫家老林（註九）大墓前的石香爐內，時間是九月重陽午夜子時。

信是用磚塊紮住扔到孫家院中的。

雖然削碼到貳佰大洋，還是相當吃力的。

土娃家幫助二十元，由二老的私房首飾籌措十元，其餘賣糧食湊上。就這樣，新收的麥子，業已曝妥入頓，也不得不駝到市集去賣。還有一頭猪，也等不到年跟前了，也牽出去賣。

日腳已踩到八月邊，雖秋風颯颯，並無寒意。尤其掛在東天的太陽，似乎比春季還要清新。有的樹木，葉子已經落了，有的在枝上迎風飄搖，只是顏色已變黃。最沒有遮掩的，就是樹上的鳥巢，灰團團的東一個西一個。烏鴉、喜鵲還有斑鳩鳥，偶爾飛上飛下。由魯甸到近處一個較大的市集，是白沙鎮，只有十里。在隋堤上，由隋堤向西走去。

如今的隋堤，是一條寬大的道路，它本是隋煬帝挖掘的運河，乾涸已經許多許多年了。這河床，業已高過兩岸的土地，最少一公尺以上。所以堤兩岸發大水，這河床也進不了水。

河床河堤，全是黃色沙土。河床雖然是大路，由河南到江蘇的運貨大車（註十），不到冬天不走這條路，因爲路上沙土車轍太深，不好走。但兩旁的堤岸，有人行小徑，驢馬及小車，可以在這小徑上行走。堤上的小徑兩旁，全是各類樹木，榆樹、柳樹最多，也有松柏其他什麼的。這小徑雖也是沙土，卻被人的腳步帶來的別種黏土，摻和了進來，混合得堅堅實實，不像純沙土那麼軟。再加上樹木的根在下盤措著，這小徑，不但堅實，而且被人踩的相當平整。當然，偶爾也有些坑坑窪窪。

趕集（註十一），也是莊稼人的生活要件之一。譬如買賣交易，都在集市上。各鄉村的集市，不是天天有。有的逢單或逢双，有的則一、三、五，或二、四、六，十日三次。謂之逢集（註十二）。這些「逢集」的集市，還有著「日中爲市」的古風，通常都是上午日上柳梢頭的這一辰光，開始上市，到了日中，就下市（註十三）了。所以在隋堤的小徑上，早晨的太陽已爬過了東屋脊，走的便全是趕集的人。擔的，揹的，挎的，扛的，牽著牛馬的，趕著猪羊的，絡繹於徑。男女老少都有。

土娃已經跟著他爹去趕集，去過多次。他最喜歡看的地方是糧食行，一家家毗連著，一袋袋捲下袋口，露著各種農產豆麥等等，任由買主選購。雙方談妥買賣時，便由行內的三位人員，去用斗量過的手續。一人倒入斗中，一人用斗衡（木製的丁字棒）來平斗（註十四），平過後，再由另一人把斗（註十五）倒入買方的袋內，或大型麻袋內。

若是大宗的買賣，一斗一斗的百拉八十斗量下去，就會有歌唱式的數號聲，那位手持斗衡（也叫斗平）的人，唱著報數，那位把斗的人，在把起斗來，倒入買方時，隨聲應和著。像一問一答的歌聲起落著。買方也有兩人在同時記數，也在小聲的應和著。也是一起一落。

要是那持衡唱號人偶然唱錯了號，把斗人也會稍停更改，重唱一遍。當然，買方的兩位記號人，也會阻止。

唱號的歌聲很響亮，不惟店裡的人聽得清，店外的行人也能聽得明。不知者，還認爲他們在唱歌呢！

這次魯永春到市集去賣糧食，是爲了給大姐夫湊贖金，一口氣要賣四斗新收的小麥。所以還牽了頭槽驢（註十六）駝著去趕集。原不需帶土娃去，偏巧白沙鄉鄉立的幾所小學，要舉行歌詠比賽，魯甸小學得派學生參加。數目是一至三人，不准放棄。魯甸小學的唱歌課，派來教唱歌的先生，不久就離去。這小學還不夠條件名之爲小學，教唱歌的先生，任誰來此，也不能一展所長。可是，有一個名叫魯金土的孩子歌喉好，是塊材料，先後來了兩個教唱歌的先生，都看中了土娃魯金土。今年從這裡走的教唱歌的先生就在白沙小學，幾乎指名要魯金土去參加。

唱什麼歌？並無硬性規定，反正，撿最拿手的唱，就可以了。唱的那首歌？先把歌詞送到白沙小學去。

松三爺爲土娃準備的一首歌，是詩小雅「蓼莪」（註十七），松三爺教的，土娃會唱十幾首。松三爺之所以選了這首，是基於這首詩是孝子思親之曲。

老實說，土娃也唱得好。

就這樣，魯永春把土娃帶去，先送他到學堂，然後再去糧行，賣了糧再去接土娃。同時，也要練土娃牽驢去趕集，還須注意些什麼？

譬如牽的是叫驢（註十八），最得注意路上遇見別人牽的槽驢，牠會發性掙脫跑走。槽驢雖然老實，也得防備別人牽的叫驢會跑來糾纏。會突然發生很大的痲煩，往往大人都控制不了。所以，牽驢趕集都得給驢帶上眼罩，只准牠看前，不准牠看左右。就這樣還得當心由對面來的驢呢！魯永春告訴兒子說：「遇到這種事，只要勒緊驢嘴上的驢嚼子（註十九），使全力對付，就能控制住。」

所以這次趕集，驢的繩嚼子，交給土娃牽著。

可是，魯永春沒有想到在路上，會遇到這樣的事。

近來，各鄉團的自衞隊，在青紗帳逐漸撤除，遂聯手開始作緝捕盜賊的行動，不到一個月，就循綜追索，逮捕了一大批。只要在這些人的身上搜到證據，不出十日，就被送上刑場。

白沙鎮槍斃盜匪的刑場，在東門外的一處亂葬崗子上。這一處亂葬崗子，有幾棵一抱多粗的大柳樹，樹身雖都洞洞窟窟，伸出樹身的樹枝，都已比碗口還粗。往往，人已槍斃了，還會割下頭來，掛上樹枝示衆。是以每次槍斃盜匪的時候，也像縣太爺送犯人上刑場一樣，先有人頭前開路，不准人在路上行走，也不准人在後面跟著。來到刑場，槍斃了之後，纔准人去看。

白沙鎮槍斃盜匪的事，各鄉當然知道，懸頭示衆的事，各鄉也知道。誰曾想到近日刑殺的三位，居然把割下的人頭，從頭頂心貫穿皮，插入一條繩子拴繫起來，懸掛在白沙鎮東門，大堤小徑兩旁的樹枝上。這次刑殺的還有一個是女的，各鄉也聽說了。捉到一位強盜婆，不是本鄉人，也不是近處省分的人，是來自東北的一位具有東洋鬼子血液的女人。說是雙手能使兩把盒子砲，還能跳過五尺高的大墻，躍上屋脊，如走平地。在咱這三省交界之處，已經做了好幾泡案子了。纔三十三歲。丈夫是河南人，這次同時在大煙館中被捕。

又說這夫婦二人都是英雄好漢，一捉到就說：「行不改名，坐不改姓，既然我們人到你們手上，沒有別的說的。早點給我們個了斷就結了。」

男的槍斃，女的絞刑。爲了絞殺這個女人，還特地向木匠店借來一個上樑吊樑木用的滑輪，來吊絞這個女人。

這兩人死了之後，男的割頭示衆，女的吊起示衆。而且還剝去了衣服，赤裸裸的將双腿拉起拴掛在一棵大樹枝上。長髮披撒下來，在風中絲絲飛舞。私處繫了一塊紅布在大腿上遮住，特別顯眼。斜風吹來，那紅布偶然飄飛起來，私處的一片黑毛，就裸露出來。所以，路過的行人，總要駐足在這棵樹下，觀看一些時候再走。還有捉挾鬼撿起地上的土塊，瞄準那塊紅布擲去。若打中了，還贏來一片喝采聲。

魯永春就帶著土娃經過這裡。由魯甸到白沙鎮的必經之道。

起先，這父子不知那路邊站了一堆人在看什麼?自也忍不住到時駐下足來一看。當土娃看清了眞實的情景，遂啊的一聲大叫:「啊呀!我怕。」丟下了手中握著的驢嚼繩，誠得坐到地上。

好在是頭槽驢，牠站住沒有動。

魯永春連忙拉起兒子，隨手拉起驢嚼繩。

「孩子別怕!」聲音卻也是顫抖的，伸手拉住土娃的手，急步向前，「咱們別看，快些走!」

前面的樹枝上，還掛著兩個人頭，也站了一些人。

土娃低著頭，誠得泣泣呼呼的，要哭也哭不出來。

掛在樹上的人頭，就在小徑的路邊，那裂著牙，灰著眼，樣子纔更怕人呢!幸好土娃都沒有見到。

魯永春牽著驢把土娃送到白沙小學。把驢拴在校門外的槐樹上，請人代看一下。一直把兒子送到報到處，見到了先生，(他認識的在魯甸教過他)方始離開。(再交代兒子，不要離開，就跟著女先生，等著他來接，再一同回家。)

土娃到了學校，見到那位餵過他奶吃的女先生，又見到許多在參加歌唱比賽的他校學生，雖然不相識，那喜皮笑臉的樣子，已把他在路上誠走的魂兒，又附上體，遂也喜喜樂樂的坐到一起。可是，心目中的那個倒著被吊掛在樹枝上的女人，長髮搭拉著迎風絲絲飛舞，他就想到說鬼的人口中的吊死鬼。雖然坐了好久，心裡還是忐忐忑忑。

歌詠比賽開始了。土娃被排在第五位，一共有十二人。

前四人唱的歌，有三人唱的都是兒歌，他都會，只有一位唱的是「可憐的秋香」，他不會，也不知道這支歌。

土娃本來也想改唱兒歌的，卻已排定他唱的是詩經中的「蓼莪」。他不知怎的，當第三位上台唱時，他的心已在跳了。跳得噗通噗通的，好像要從胸中跳出來跑走。

當輪著喊他上台唱時，卻已鎮定下來。這時他纔發現叫他名字的人，就是那位喜歡他的女先生。他走上了台，目光向台下看去，突然發現座位的最後方，坐了一位長髮過頸的女人，使他頓時想到倒起双腿吊在樹上的那個女人，一時之間，把一切要做的事都忘了。

他愣在台上，不知來作什麼？直想逃出這間房子。

「蓼蓼者莪」！他的女先生提了他一句。

土娃這纔如夢初醒，遂下意識的接了下去。

好在土娃的書背得熟，還能接得下來。可是，那位長髮女人仍舊坐在那裡，他終於又忘了詞，唱不下去了。

「我怕！」

土娃只說了這兩個字，便匆匆走下台來，要向門外衝去。

被他的那位女先生攔住了。「別怕！待會兒再重唱。」

遂把土娃送到座位上坐好。又重說了一句：「別怕！待會子再重唱。」只有這位女先生，知道土娃會唱，而且唱得好。可是，她那裡知道土娃怕的不是「怯場」（註二十），怕的是路上見到樹上吊掛的那位被吊死的長髮強盜婆。」

這教室中坐的這位長髮過頸的女人，是白沙小學的女先生。比賽完後，若依教過土娃的那位女先生建議，希望讓土娃再重唱一次。別人不同意，只有算了。第一名是白沙小學四年級的，他唱的是《毛毛雨》（註二十一），一首新歌，也是那位教過土娃的女先生教的。

這位唱《毛毛雨》的比賽者，唱完了這首歌，土娃的心情已經恢復，他心裡便學到了這首歌，照著發下的歌詞，就一直在心裡唱著：

毛毛雨，下個不停。
微微風，吹個不停。
微風、細雨、柳青青。

……………

如果，准許土娃重唱，第一名未必會是別人。

他爹來接他了。土娃見到他爹，就又哇地一聲哭了出來，說：「爹！我不會唱啦！」雙手摟抱住他爹的双腿，就嗚嗚地哭了起來。

那位女先生走過來說：「不知怎麼的？土娃今兒格怯場，一走上台就愣著不知怎麼著唱啦！」

「沒有別的，」魯永春說：「鄉旮旯裡的孩子，上不得台面。」

魯永春又何嘗想到土娃在路上所見，會如此驚心動魄呢！

糧食已經賣了。出了校門，見到拴在槐樹上的驢，向土娃說：「你騎回家。騎牲口，也得學。」

可是土娃提出了意見，說：「爹，咱回去不走堤路吧？」

這時，魯永春從土娃的臉上，纔見到那份驚懼的神情，還留在臉上沒有失去。遂決定走堤南的路上回去。要多繞上一里路。

土娃不願騎驢，他的理由是怕摔下來。

這時，已變了天，霧毛雨在落。地上濕漉漉的，土娃腳上穿的是雙新鞋。魯永春不願意土娃在泥地上踩髒了鞋，遂把土娃抱上了驢。又把頭上的竹葉斗笠取下，戴在兒子頭上，自己則把賣去了小麥的空布袋，遮在頭上。

「話不多，刺斷肝腸，雨不大，淋濕衣裝。」

魯永春用自言自語的語氣，說給兒子聽。

土娃則正好看到了正在霧似的飛落著的毛毛雨，不由他在心裡哼著：「毛毛雨，下個不停！」然而，土娃卻聯想到，這毛毛雨是不是老天爺在爲那幾個被殺的土匪在流淚呢？

他們眞的是應驗了：「獲罪於天，無所禱也」嗎？

〔附註〕

註一：看青，是一種由莊稼人組織成，專在莊稼成熟時，派人在田野輪流日夜看守，防備盜者到田間盜割。看字讀平聲。有收費用的契約。

註二：魯甸這地方，是江蘇北部、安徽北部、河南東部，三省交界之處。

註三：桃花源是陶淵明文中創立的一個獨立自治不需要政府的一個理想國。這魯甸一帶四通八達，自不可能是陶淵明筆下的「桃花源」。

註四：相互聯手辦案，指這一帶各鄉聯合組成的捕盜工作。是共同決策共同處理的。

註五：一石，是十斗的名稱。石，讀音是「ㄉㄢˋ」。

註六：佃戶，種別人家耕地的人家，名爲「佃戶」。

註七：長工，長年在大戶人家作工的人，謂之長工。一年一僱，也有數年一僱的。臨時工，謂之「短工」。

註八：大沽口事件，是英國兵艦在海上胡亂開砲，死傷將校多人。

註九：老林，當地人稱「祖墳」爲「老林」。

註十：運貨的大車，就是載運莊稼的牛車，也稱「太平車」。

註十一：趕集，就是到市上去購物，或售賣物品。

註十二：逢集，是指集市的一定日子，鄉人按日期到集市去。稱爲「逢集」。

註十三：下市，就是指市集結束，人散去了。

註十四：那丁字型的衡木，就是推平傾入斗中的米糧用具，糧食就靠掌衡木的人，從中吃售者也吃買者的

「斗平」。損耗多寡，全靠手段。

註十五：把斗，把，讀第三聲，指那位抓起斗把傾倒斗中米糧的人。

註十六：槽驢，即雌性驢，槽讀如「草」。所以也寫作「草驢」。

註十七：「蓼莪」是《詩經》「小雅」中的一首，寫一孝子反思父母恩如天大。

註十八：叫驢，指雄性驢。都是這一帶的土話。

註十九：驢嚼子，是一種鐵打的鎖鍊，在攏頭以外，再加上這一串鐵鍊，卡勒在驢馬口中，用來操縱。俗名「嚼子」。

註二十：怯場，意指在表演時，一上場就害怕。

註二十一：《毛毛雨》是音樂家黎錦暉的作品，當時寫出譜出，就很流行。流行在中小學裡。

二十　親手殺子的悲劇

土娃的大姑，放回來了。

孫家照辦，依時依地把二百大洋送到。孫潭鄉的鄉團，也曾埋伏在放錢處的孫家老林（註一）四周隱藏，原以爲可以捉獲前來取錢的人，結果，巧裝改扮在田裏作田事，夜裡隱藏在田溝裡，等待獲得，人已安全返家。再去探視那兩百大洋，只見一塊坷粒（註二）壓著一張字條，只寫了兩個字：「謝謝！」何時何人取去？所有埋藏守候的人，都沒有注意到。

秋高氣爽，田裡的莊稼連藿草（註三）都已收割完畢。大平原，一目千里。雖說，孫家老林有松柏數株，枝葉未落，但總不能不進不出啊？事前事後，老林的松柏，枝葉之間也都一一檢查過了。

於是，鄉團的人在推想，取錢的人，必是孫家的熟人頭兒。只是鄉團不能理解的是，如何進去？如何出來的呢？孫家老林的四周，埋伏了十幾位，竟無一人見到有人出入。

其而懷疑是事家自己人。可是，孫家姑夫這兩個月來，已把眼睛哭出了病，錢是他帶著八歲的小兒子，一起去放置的。

孫家的大姑回來了，孫家的大姑夫，視力却已糢糊，連放回來的妻子的臉，也看不太清楚了。

事情已經過去。錢去人平安，已是慶幸的事。

雖然孫家大姑回家說，她在棉花田裡拔草，突被背後走來的人，用布包起她的頭，摀住她的嘴，想叫也張不了嘴，棉花田旁就是一大塊秫秫田。就這樣彎彎曲曲的在秫棵裡（註四）轉游，也不知轉游了多久，多遠。停下之後，就反綁了起來。

孫大姑的嘴在包起時，問：「你們這是作什麼？」沒有聽到回答，就有一雙手塞了一塊布到孫大姑口中。

孫大姑又沒有嘴可以說話了。就這樣被綁在秫秫田好久。似乎是夜了，纔把孫大姑帶出了這地方，要她上了一輛牛車。車上有秫楷，也有麥穰。聽得出是一牛一馬拉著車，車上似乎有三個人，講話都是細言細語，聽不出說了些什麼。

最後，安排在一個洞裡，是石洞，有兩道門，一進去，洞很黑，啥也看不到，待會子，送來一盞棉油燈，還有兩個豆麵窩窩頭，一包乾荷葉包的醬菜。那個人，手裡拿著槍，頭上罩住黑布套子，怕人認識他的臉。孫大姑聽到洞外遠處，好像是第一道門口，有人說：「天冷了，舖的蓋的都得送進去。一天兩餐不可缺。油燈不可缺油。咱們要的是金銀，不是要人。鑰匙在我手裡，有什麼事找我。」孫大姑聽出了口音語調，似乎是他大哥孫景陽的大兒子孫星朗，乳名大光兒。曾送到北平唸過幾天書，不學好，被開除。回到家來，無所事事，大煙抽上了癮，他爹曾多次勸侷他戒，他戒不掉。怕他爹鎖起了他，遂離家他往。曾有信寄自上海，都以爲他在上海作混混，卻有鄉人在縣城見到他。總之，他的父母對他是：「眼不見爲淨」。

家中有個媳婦，很懂事，明情達理，兩個双胞胎兒子都七歲了。對於公婆招顧周到，家裡的活兒，粗的細的都能。老二孫星雲，乳名小明，也二十多了，也有妻有子，廿三、四啦。在家幫助父母料理農事。田地僱長工耕作，家裡經濟狀況，比孫景清要好。孫景清是土娃的大姑夫。

如不是孫大姑被放回家後，道出了這麼一個事實，誰也不會想到這事會是自己的親侄子幹的。

不過，光憑了這麼一點猜疑，是不能作証的。也不能隨便透露出去的。

「這話，可不能說出去？」孫景清告誡妻子。「尤其不可透露半句口風，咱大哥是咱鄉的團總。他聽了這話，向咱要証據，咱怎麼辦？反正錢已送出了，還是忍耐著過日子吧。」

就這樣，這事沒有人知道。孫老大，卻也想到是自己的這個不成材的兒子幹的。

元宵節。由於今年的收成不太好，社會也不安寧，聽說上海孫傳芳的五省聯軍，也被北伐的南軍打垮了。這幾天，大堤又在過兵。那麼，這一帶連孩子們的燈節應景，如提花燈、放冲天炮、放地老鼠、耍火把，都被禁止了。因而今年的燈節是黑暗而無光的，今晚；又是濃陰的天。可是，孫團總家的大媳婦，卻把房中的燈挑亮起來。

晚飯之後，她那離家快兩年的丈夫孫星朗回家來了。

由於今晚天氣濃陰，孫星朗身著軍裝，還身披斜皮帶，口袋上還有符號，粗藍邊的右方直格，蓋有一顆黑三角，在橫方的直格中，寫了孫令名三字。手拿軍帽，大搖大擺的走進家來。首先被他兄弟星雲看到，頓時吓了一大跳，以爲又是大堤過兵，拉伕的來了。

「小明，」他喊弟弟的孔名，「是我回來了。」

「喲！」看到大哥這一身打扮，不禁一怔，「是大哥，怎麼，你去當了兵啊？」

「兵？」孫星朗神氣的回答，說著就戴上了軍帽。「是官。」用手一指口袋上的符號，說：「少尉。」跟著就問：「爹呢？」星雲答說在廳裡。遂挺有氣派似的說了一句：「帶路」。便走入內院。

兩老夫婦正在廳堂說閒話，星雲一踏進門，就報說：

「爹！娘！俺大哥回來了。」

兩老抬頭一看，一位身穿軍裝，背挎斜皮帶的人挺挺拔拔的站在廳堂，低聲下氣的叫了一聲爹一聲娘！

「噢！你回來啦！」說時就打量著兒子這一身打扮。

「你當了兵啦！」娘也驚疑的問：「南軍還是北軍？」

「國民革命軍。」兒子回答。又用手指著口袋上的符號，加了一句「少尉！」

「管它是啥？」老爹站起來，想看看他那符號。孫星朗已經隨口作答：「排長，少尉排長！」

這時老爹已犯了疑，老娘也愣著。看到他身上穿的這套軍裝，不像是他的。孫星朗比在家時還要瘦，這軍裝太大，袖口綰了兩圈，褲口雖然沒捲，卻褲大如水桶。

他媳婦被星雲喊來了。老爹要他們回房去，明兒格再說吧。而且吩咐他媳婦爲他丈夫張羅一切。

老夫婦倆一進房，就共同認定這小子又回家行騙來啦。

於是二老相商了半晚，準備明天如何應付？

第二天一大早，大媳婦就向公婆說了。她認定她丈夫還是個大煙鬼子。軍裝的下方口袋裡，還有一包白麵（註五），今早起來，只賸下這一片包紙了。紙上還有招牌字號。連軍服都帶給了公婆看。他說要換便裝，已爲他尋出了掛褲與長袍馬掛。

孫景陽接過這套夾軍裝一看，符號上的名字就是改的，從改寫的筆跡上看，孫字是從孔字加筆改的，「令名」二字是原名。「令」字是孔家的譜號輩份之別。這一看，也就不必追問了。

孫星朗起床後，沒用早飯就出門了。換了長袍未著馬褂，卻戴上一頂彈了灰的舊禮帽。回來時已近午，聽說他爹喚他，方去了廳堂。二老都在，要他坐下來說話，告訴爹娘離家後在那裡混日子？

答說在上海。問他那來「這身榮耀」？答說是遇見了北平的一位同學，在國民革命軍當了營長，遂給他一個排長。再問他是那一軍那一師那一團？他就「之乎者也」（註六）。這時二老都氣上心來，老子順手把身後的軍裝拿出，指著符號上印的部隊番號說：「這上面明明是五省聯軍第一師」怎說是「國民革命軍」？

孫星朗一聽，馬上答說：「爹！你這就不懂了。我原是五省聯軍，打敗了仗，被國民革命軍收編了的。」

「你倒會辯，」老子說，又指著軍裝上的符號問：「這符號不是你的，是姓孔的。你把孔字改成了孫字，明眼人一看就破，還用得著找行家嗎！」

孫星朗低頭不語了。老子卻越說越氣，老娘也加入了。

「看你那臉色，看你那身子骨？」老子又說：「大煙必定當了飯啦！」

「你怎麼不學好啊！」老娘傷心的哭了起來。

「啥子叫個好？啥子叫個壞？」孫星朗惱羞成怒。又說：「他媽的這年頭兒，那裡還是老實人能活的日子！有本領騙到吃喝，騙到花用，算不定有一天能騙到個督軍幹幹！」說著用手環指一圈，又加了一句：「你們相信嗎？」

老子更氣了。馬上回答：「我不相信。」說著把手上拿的那件軍裝扔到地上。問：「你這次回來，假扮軍官，準備騙誰？你二叔招了這檔子事，連眼都愁瞎了。難道，還輪到我頭上嗎？」

這時，孫景陽已氣得渾身抖顫。那裡想到這小子竟然回答：「那可算不定。」

老娘在一旁也氣得發抖，手已伸出來想打兒子了。

當這句「那可算不定」的話，尚來落音，老娘的巴掌已狠狠的落在這小子臉上。這小子頓時一怔，伸手摀臉，竟轉身怒目瞪著他娘，咬牙切齒的說：「你打我！」跟著老子這邊，又猛上去衝臉打了一拳。想不到這小子居然轉過身，伸手一連了享了老爹三個巴掌，一掌掌都打到老子的臉上。

老子一時錯愕得不知回手，也不知躲閃。只向後退。

就在此時，老娘回身拿到了一根頂門槓（註七），双手拏起，衝著這小子的頭腦，狠狠的杭了一記。頓時倒在地上不動了。

老子愣怔了，老娘手中的棍子掉了。

這時，廳中衹這三人。老夫婦倆愣怔了一刹，老娘纔哇的一聲「兒呀！」趨前抱起兒子的頭，業已血流滿面。

老子趨前看到這光景，一句責怪老伴兒的話：「妳這一槓子下來太重了。」未說出口來，便改口說：「這樣好，省的別人殺了他，還要掛到樹上示衆呢！」

老娘這一聲哭喊，大媳婦二媳婦，以及二子星雲都來了。原說請醫生來，再看看兩眼，瞳人已經沒有了。脈膊也不跳了。

二媳婦以毫無哀傷的神情，與滴淚不流的面容，堅定的說：「這個人早該死了。二嬸家的事，就是他幹的。我不敢說。他昨晚向我說，他這次回來，目的是向爹要錢。他說五百大洋可捐個營長。我沒理他。」略停了停，又用腳踢了踢死在地上的丈夫，說：「這樣好，死在家裡比死在外鄉好。」又說：「他那煙癮，已到了吞的光景。養著他也活不了三年。」

雖然媳婦如此說，作父母的又怎能不心傷。所以，老子老淚縱橫擦也擦不乾。老娘哭得呼天搶地，口口聲聲說：「都是我作的孽，我不能活了啊！」

兩個媳婦扶持著她，扶進了房。

此事傳到了魯甸，沒有任誰怪孫媽媽狠，都說孫媽媽做對了。要不然，還不知這小子會在地方上惹出多少亂子呢？

松三爺得知此事之後，向土娃講了古代三椿父母殺親子的史事。

首先說春秋時代晉獻公殺他的世子（註八）。

晉獻公出兵攻伐西戎的驪國，戰勝之後，驪國的金玉子女，便歸勝方所有。晉獻公擄來驪國的大小公主兩人。雖然想立大的爲夫人（註九），臣僚反對沒有立成，卻仍安置在宮中，作了如夫人（註十）。大的生了個兒子名奚齊，二的也生了個兒子名卓子。這時，晉獻公已立了世子申生，受到寵妃驪姬（註十一）的要求，打算廢太子申生，改立驪姬的兒子奚齊。臣僚們認爲不合禮法，不同意。驪姬就出點子來陷害世子申生。

有一天，驪姬告訴申生，你父親睡後，總是夢見你的亡母齊姜（註十二），快些準備祭品，去祭拜你的母親，解除你父親的夢魘。申生是個乖孩子，就照著繼母說的去作。

祭完之後，依禮的規定，用過的祭品，必須帶回宮，由君先下箸（筷子），挑出一塊來嚐一口，然後方能撤出給別人食用或丟棄。

祭品帶回的那天，適巧晉獻公田獵去了。一去就是六天。驪姬便將準備妥的毒藥，偷偷兒的放進了這些祭品內。

當晉獻公田獵回來，要依禮下筯時，驪姬在旁說：「這些東西是從宮外拿進來的，先試試吧。」於是，鉗了一塊丟在地上，地上的土，馬上鼓起，還冒著煙。再鉗一塊給狗吃，吃了祭品的狗，頓時倒地，四條腿蹬了幾下，就死去了。

「哎呀天哪！」驪姬當著國君歇斯的里哭著說：「好狠心的申生啊！這分明是想毒死老子，好搶先得到君位，來害我們姊妹母子啊！」遂又說：「怪不得申生祭完了亡母，就逃往他處（註十三）去了。」

晉獻公一聽，就大發雷霆，下令處死申生。申生不在京城，把申生的師傅抓來殺了。這時，有臣僚要求申生說明根由，指出這是驪姬安排好的陷阱。申生不願意這樣作，他說：「我父親喜歡的是驪姬。縱然我說的話當用，我父親沒有驪姬，怎麼活下去呢？」他的弟弟重耳（註十四）勸申生逃出國門。申生說：「爹給我的罪名是子想弑父得國。這樣的罪名，有誰敢收留我呢？」這位晉國太子申生，便自殺了。

土娃聽了，一語不發，直在擦淚。

於是，松三爺又講漢武帝殺子的歷史。

「在咱們中國歷史上的君王，漢武帝劉徹，算得一位聲名最大的人物，」松三爺繼續說。「可是，他也殺了他的太子還有親女。」

土娃已擦乾了眼淚，凝起神來聽下一個父殺子的故事。

「漢武帝劉徹，在位很久，共達五十三年。改元十一次。」松三爺繼續說。「晚年的劉徹，從行爲上推想，好像有了瘋癲症。作大臣的人，稍不如他的意，就殺字當頭。臨死的那幾年，他想得到不死之藥，成仙不死。所以他派人到東海去求仙。迷信道士，寵任太監。遂有了史家筆下的『巫蠱』事件。」

「什麼是巫蠱呢？」松三爺又補充說：「巫指的女巫，蠱，指的用來使人迷惑的邪術。當時，由於漢武帝想成仙，遂相信這些女巫以及道士們的胡說八道。因此，各方的邪魔鬼道，都聚集到長安京城來。女巫們出入宮庭不禁。這些女巫，又能治病，又能教人使咒語咒人死掉。紙人紙馬，木人木馬，都能聽命替人工作。這麼一來，就有大臣讒言皇帝，說有人製造木人木馬，圖謀奪取王位。遂有掘蠱事出現。有臣僚江充與太子不睦，便暗下陷害太子，在太子宮中，暗暗埋下了不少的木人木馬。按道候韓說，正好派江充去挖掘，居然在太子宮中掘出大堆的木人木馬。漢武帝不察不問，就把殺父的罪名按在太子頭上。代太子說話的陽石公主，還有皇后，都被視爲同黨。陽石公主一家判斬。偪得皇后與太子合力舉兵反長安，雖然先殺了江充，大戰長安數日，軍民死傷幾萬人。太子與皇后還是失敗。皇后自殺，太子逃離了長安。不久，還是自殺了。」

「這件歷史上的大事，太有名了。」松三爺又加補充說。「司馬遷筆下的那篇『報任安書』，就與此事有些關聯。」又向土娃說：「你如今還小，等你大了些，這些文章，這些史說，都應好好去讀的。」

雖然，松三爺這樣簡略的說，土娃也只能獲得這個故事的大概，卻深刻的烙印了這個故事在心板上。

「與漢武帝相同的一個故事，」松三爺繼續說：「就是唐朝的武則天，爲了她的皇位，也殺了她的親生子女。而且是殺了一個又一個。」

土娃聽了這些，眼睛瞪得更大了。

「高宗李治，有八個兒子，其中睿、弘、賢三人，都是武則天親生。睿，先封爲太子，不聽她的吩咐，廢爲盧陵王，趕出京城。弘嗣封爲太子，這個兒子，書呆子氣極重，不是他娘喜歡的。他時常爲人民請命，爲罪人請赦（註十五），後來死了。正史說是病死的。傳說是武則天藥死的。她不能建議皇上再廢一個太子。後來，立了她的第三個兒子賢，就是史書上戲劇上寫的那位章懷太子。武則天這個兒子，被封爲太子的時候，他母親已掌大權，因而母子不和，被廢爲庶人；就是貶爲平民。武則天本來想立他侄子武三思的，怕的惹出禍來，遂又把大兒子召回京來。重復太子位。後來，這章懷太子李賢，雖然貶爲庶民，還是不放心。偪他今往東，又偪遷到西。偪李賢走上死路，自殺了。」

結論說：「這位被封爲天后的母親，三個親生子，她都容不得。長子李睿的能夠坐上皇帝寶座，儘管有扶佐，多少還帶幾分運氣。」又說：「說來話長，也不是你這孩子能聽得懂的。」

土娃聽了先生講的史書上這三段古史，都與孫媽媽打死兒子的情形不同。望著松三爺，愣愣的不知發問。

「人生在世。我們人活著，爲的只是名利二字，」松三爺繼續說：「我向你說的這三個歷史上的故事，這三個偪死親生子的父親及母親，只爲了一件事，不願失去君王的高位。明明知道這王位是要傳給兒子的，在他未死的日子，卻不願失去。爲什麼呢？因爲王位太高了，名與利都在頂峰。所以嗎！做王的人，個個把這王的名利，看得重；看得極重極重。連親生子，也不許在他活著時候侵入。那麼，孫媽媽這件事呢？」

松三爺拿起茶杯來，喝了一口水。

「也是名利二字在身後推動著的，」松三爺繼續說：「他知道他這兒子不是好孩子，大煙癮已到了無可救藥的地步。近年來，不但在外說白詐騙，居然加入賊幫做了擄人勒贖的勾當。俗說：『兎子不吃窩邊草』。《大小五義》說部上寫的，尤其是《水滸傳》上寫的那些梁山賊寇，綠林強梁，我們都稱他們是『好漢』，正因爲他們『盜也有道』。像孫家大光子（孫星朗乳名）這類人，已是人類中的禽獸，連禽獸也不如了。任何一位作父母的，都會感到『丟人』，活一天『現眼』（註十六）一天。」

松三爺又以帶問的語氣說：「丟人不是名的問題嗎？」

土娃聽到這裡，豁然領悟了。

「再說，」松三爺又向土娃解說下去。「孫媽媽見到自己親生的兒子打老子，一巴掌一巴掌打他親生老爹的臉。任何一個做娘的，站在跟前都不會不生重氣。都不會不動肝火。所以孫媽媽在這種情形之下，一時火起，隨手拿起一根頂門槓，狠狠的向這失去倫理的不孝子打去，推論起來，應是一時衝動，一時失手。上法律來判，也判不了罪。只是這事過後，做娘的可就難受了！」

土娃已經知道，他奶奶說：「可憐的孫媽媽，已喝過一次洋火了。」

〔附註〕

註一：老林，指的是祖墳埋葬的地方，有松柏等高大樹木。鄉人習稱「老林」。

註二：坷粒，讀音是「ㄎㄚㄌㄚ」，堅硬的土塊。

註三：藿草，蓋草房屋頂用的，藿，讀如「回」。

註四：秫棵裡，就是高粱田裡。

註五：白麵，指的是海洛因，洋人製作大煙粉。鄉人稱爲「白麵」。

註六：之乎者也，是諧音「枝枯遮葉」瞞不了啦的事。

註七：頂門槓，用來在房裡面頂門用的木棍，有小碗口樣粗。

註八：世子，是承襲君位的嫡長子。也稱太子。

註九：春秋的姬周時代，國君的主婦稱夫人。

註十：如夫人，就是小老婆。等於夫人的稱謂。

註十一：驪姬，是驪國國君的女兒，姬是姓，先秦時代，婦女不稱名。祇以國名父姓或夫謚合稱。

註十二：齊姜，意爲齊國姜姓女，申生的母親，是齊國人。

註十三：這時，申生到許國去了。驪姬要他去的。

註十四：重耳，就是後來的晉君晉文公。

註十五：事見新舊唐書高宗紀。

註十六：現眼，意爲子女做壞事給父母丟人到大衆眼前。

二十一　鼎豐酒坊的新鈔票

北伐的國民革命軍，四路北進，勢如破竹，可以說沿途所至，對敵的部隊，都是不戰而降。大城市都是地方官帶着父老們，出城十里迎接。這麼一來，孫傳芳的五省聯軍，不但沒有迎戰，反而倒戈轉向。上海的孫傳芳，不得不溜之乎也。

於是，國民革命軍輕而易舉的占領了上海，占領了南京。

新的國民政府在南京組成了。魯甸背後的大堤，雖還不斷的過兵，大多是虎奔狼竄，由東向西，目標是河南或西方其他等地。兵車雖有，輜重已少。據說，有些笨重的東西，怕的撤退累贅，都留下來，被國民革命軍撿了去了。

有些丟棄的槍技，被民間收藏，却也不少。

被拉去的牲口，自然是回不來了。被拉去的民扶，沒有死的或被編成兵列的，也有不少人跑回家來。一個個不是脚穿草鞋，就是綑綁着破鞋，脚底破成了瘡，小腿腫成了瓠瓜一樣。他們只有一個目標，能撿條命回家，就是托庇了老天爺的福佑。當然，也有發了一筆橫財，不聲不響，偷偷摸摸回家來的。凡是被拉去的伕子（註一），只要被拉去，便很少有逃回的機會。十九被拉去的人，都是個人行爲，只有極少部分是挑擔公物的。他們挑的擔子或推的車輛，大多是私人的。拉去的伕子，似乎是誰拉去的，就是誰的奴隸。挑着他擄來的私物，甚至在行軍途中，連背上的槍，都會取下掛在擔子上。一旦開上戰場，爬進了戰壕，也強迫民伕隨在身邊。遇有機會，他要脫逃時，也得拉同他的民伕同行。機會好，一同逃脫了。他便分一些給這民伕，分頭各自回家。若是運氣不好，被捉到了。還得陪着送命。在戰壕，響起號音衝鋒，總是驅趕他的伕子在前。

這麼一個歌兒，就是民伕們自己編出來的。

老鄉見老鄉！兩眼淚汪汪。
你是槓子隊，我也没有槍。
一旦上前線，槍子兒嚶嚶響。
老天不保佑！碰上就出殃（註二）！

自從國民革命軍占領南京，成立了國民政府，北方的張作霖、吳佩孚，還有山西的閻錫山，也都亂了陣脚。鄉鎮地方，除了盜賊們仍舊在作姦犯科，大案時生，小案不斷，但最使鄉人苦惱的還不是這些，是在集市上流通的錢票，魯甸這地方上的人，謂之「流通劵」。有時，也叫「錢票」。

較早，這種在市集上流通的紙票，是「官錢局」（註五）簽出的大額錢票，最小額也是「憑票兌換龍洋五圓」。特地給大家商戶準備的。這種「錢票」，不但可在本縣各市集流通，還兼達鄰近各縣鎮。他們互有往還，可以憑票兌換現銀。只是偶有假票，使用時得小心。近些年來，又有「軍票」在市集上流通。在當時，不被拒絕的有「奉軍」、「直魯軍」、「五省聯軍」數家。但也有地方上的三幾家大商戶，也自簽錢票，票額小多了。從「當錢壹佰文」到「當錢壹仟文」三五種，也簽「當銀壹圓」的「銀票」，像「官錢局」一樣，可以到他的店裡「憑票兌換」。分店也不拒兌。譬如「鼎豐酒坊」（註四）、「萬盛糧行」、「金繡染坊」、「趙鈞農家」（註五）這四大家，簽出錢票，也流行好幾年了，業已建立了信用。

如今，「鼎豐酒坊」突然印了新票子了。從「當錢佰文」、「當錢伍伯文」、「當錢壹仟文」，到「當銀壹圓」、「當銀伍角」、「當銀貳圓」、「當銀伍圓」等七種，不是棉紙的，票面上的名字，也不是老掌櫃的（註六）手簽的，全是印上的，票的樣式跟日本的鈔票，一模一樣，聽說是在日本印的。

在市集上，到處都有，各行市都是「鼎盛酒坊」的新票子。一時謠諑紛起，無不疑心到「鼎豐酒坊」在這時候印出這種新錢票、新銀票，用來到各行各業收購貨物，怎能不令人疑心。於是有人說：「鼎豐酒坊」想發亂世財吧？

「鼎豐酒坊」以釀酒爲業，家在韓壇集的韓村，酒坊並不大，也不過五口鍋鑪，空地上，倒堆疊了大小酒缸酒罎數百。在縣城倒有三間門面的酒店，三個大鎭，都有分店。可以說場面擺的不小。在袁世凱時代的北平，當過什麼管庶務（註七）的小差事，袁大頭死後，纔回到家來，接手經營父祖手上的酒坊。人，當然能幹，錢票就是從他手上開始簽出的。

由於「鼎豐酒坊」是本鄉人開的，彼此相距不遠，遂有人集合了一二十家，持錢票去兌換現錢，換得非常爽快，票子拿去，連個「坎」字也沒打，就付了現錢。

「沒有問題，」這一口碑便傳開了。「鼎豐酒坊沒問題。」

儘管如此，口碑倒也生效，總有賣戶，不肯收錢票；除了是「官錢局」的。

這天，魯永源帶着小金土到白沙集去售賣二斗小黃米，三斗芝蔴，合起來，也不過兩塊多銀洋。

剛放下，就賣出了。二斗小米一塊四，二斗芝蔴一塊又兩吊四百錢。這時的大洋一塊換制錢（註八）三吊（三仟文）。糧食行給的是「鼎豐酒坊」的銀票與錢票。永源與土娃這兩個孩子不收。這兩個孩子趕集時，魯永春交代過，寧可不賣再扛回家，也不收票子。除了官錢局的。

這糧行的夥計，起先不理，只顧去作他的事。

兩個孩子哭着吵鬧起來了。「我們不要票子，我們要現錢，先說了的。我們不要票子。」最會哭的就是小金土土娃，竟然嚎啕起來。

一時之間，圍來一大堆人。這個夥計沒辦法了。

「這是鼎豐酒坊的票子，」指着兩個孩子不收丟在尚未售出的敞口糧袋上。「有信用的老字號，竟說不要。講理嗎？」說着瞪着這兩個哭了滿臉淚痕的孩子。又狠狠的說了一句：「你的糧食賣了，咱給了錢。還哭，哭個啥？想訛俺們。」

一口東北口音。高挺挺的個子。氣勢昂昂。

「怎麼會子事，」有一位旁觀者走近前來問。四十多歲。

這位高個子掌斗人，轉臉瞄了一眼，沒有理會，又去與別人談生意去了。

魯永源擦擦眼淚，一五一十的說了這事的因由。

「事先說過了嗎？」此人又問。

魯永源叔侄二人異口同聲的說：「一來，放下糧食時，就向這個人說了。我們不要票子。」

這人正要過去，向這位高挺的人物理論，這個人却過來了。滿臉飛揚着怒氣，指着這兩個孩子說：「錢已經付了，錢已經收了，又說不要票子。什麼地方的規矩？」

這兩孩子都搶着說他們沒有收錢，指着那幾張還在一個糧食袋上的新票子，說是那人扔到那裡的。

這時，又有一人幫腔說：「不錯，這兩個孩子沒有接錢，不願意要。是這人一氣扔到這裡的。」還手指著那一疊票子。「荷！」這人把胸脯一挺，打起那東北遼甯土腔，盛氣凌人的說：「你們想幹什麼？」說着指着那一疊票子，「這銀票跟錢票，都是你們白沙鄉的大紳士、大酒坊印的，又不是我李虎子假造的。幹麼不要？」這人的口頭語居然一溜出了口，「媽拉個八字，我（ㄜ）李虎是東北軍出來的，天南海北也混過年月，見過市面的，明情達理的。你們這地頭蛇還想壓我（ㄜ）每這強龍嗎？」

這自稱李虎的人，連珠砲似的說落了這麼一大堆。先前說話的那個人，還沒答腔呢，第二次說話的那個人就光起了火，馬上向他上吐了一口唾液。「呸！」跟着就說：「你東北軍出來又當怎樣？」遂故意打着東北腔說：「我（ㄜ）也是東北軍出來的。我（ㄜ）也恁麼着混過。」說着就唱了起來。

穿軍裝，不戴帽；沒有臂章沒符號。

上火車，不打票（註九）；

媽拉八字是車票，後腦杓子是護照（註十）。

上了火車隨便坐，不讓位的得心跳。

唱完了，又變成嬉皮笑臉的衝着李虎說：「這媽拉八字的神氣日子，我（ㄜ）也混過幾天。」遂又改口說：「像這些咱（ㄗㄚˇ）們當年作的丟人現眼的荒唐事（兒），還能再扯來掛在嘴上丟臉嗎？」

這幾句話一說，李虎的氣勢就一落千丈，可以說掉到谷底。遂裂開大嘴，笑也不是，怒也不是。

「什麼叫強龍？什麼叫地頭蛇？」這人又變了個臉說：「古語說得好，『十八個鐵金剛，拉不動一個理字』，古語又說：『有理行遍天下，無理寸步難行。』做生意，講究的是『童叟無欺』，什麼強龍？什麼地頭蛇？都是江湖的惡霸說的。俺是莊稼人，聽不進！」

一時說得所有在場的人，都怒目瞪着那個大高個。

「唷！老哥哥！」這人滿臉堆笑說：「都怪我一時忙糊塗啦！給現洋給現洋！」

遂馬上把頭扭向後，大聲吆喝着。

「付賬！現洋兩塊四，銅錢一吊二。門面上付賬啊！」

吆喝完了，就連忙趨前向這位打抱不平的人說話。

「哎呀老哥哥，」雙手抱着拳，「你這一說，咱們是親人哪！請教貴姓？」

這時，聚來停步看熱鬧的人們，大都裂着嘴散去。起先說話的那位，隨口說了一句：「這纔像話。」也轉身走去。

魯永源與土娃都認識這人是韓村人，是他們魯家東院老二家媳婦的娘家姑表兄。會看牲口的疾惑（註十一）。常到魯甸來。永源叫他表大爺！遂也說聲：「表大爺！虧了你。」

「我姓韓，」他客客氣氣的回答那大個子。「回子，人都叫我韓回子。」

實則，這話是謙詞，大多數人都稱他韓大叔。

「噢噢！我認出來啦！」這時李虎子說：「你是韓大叔，你留了鬍子啦，咱爺兒倆沒見不過兩年哪！」

「李掌櫃的你太客氣啦！」韓大叔說。他想再說句客氣話告辭：「我還有事要辦，咱弟兄們改天再說話吧。喝上兩盅。」

「好好好，」李虎抱拳揚到耳際，連連行禮。「小的我請，我請！」

正在這時，店裡面有人把錢送來了。

「現洋兩塊四，銅錢一吊二百文。」

韓大叔一聽，業已轉身邁出去的脚步，又停下轉過身來，看到那人拿在手上的一吊二百銅錢，又向李虎說了話啦！

「哎！我說老兄弟，」韓大叔說。「這一吊二百銅錢，換銅板吧？這一千二百銅錢太沈了。再說，銅的成分（註十二）也得挑撿，那得費多大工夫。」

「這……」李虎有點兒爲難，送錢的人愣在那兒。

「這兩孩子，也不好帶。」韓大叔要求着。

李虎的眉眼只那麼一眨，就主意決定。

「這樣好了，我身上還有小洋（註十三），」李虎說：「給四毛小洋吧！」

「小洋在市上的行情是八折，」韓大叔馬上回答。

「說得是，」李虎馬上答應：「我給五毛。自家人何必計較誰占便宜誰吃虧呀！」

就這樣，李虎馬上打從腰間的肚兜帶中掏了五個當銀一毫的香港小洋出來。連同兩塊大洋交給了魯永源。魯永源剛要伸手去接，韓大叔伸手接了去。

那位送錢人，頓時臉色凝滯了起來。當即與李虎交換了一個眼色。

韓大叔接過錢來，先看五角小洋，便轉手交給了魯永源。再將兩塊銀洋相互碰敲了幾聲，又放到嘴上吹吹送到耳邊聽聽，遂挑出了一塊，交給了李虎。

「這是一塊啞板（註十四）。」韓大叔說。

李虎把錢接到手上，臉色十分難看，吹了又吹，聽了又聽。很想說話，動動嘴，又收回去了。

「俺這裡不會收啞板？」那送錢人說。

「嗳！咱可不能這樣說，」李虎打起當地的方言，「既然客家犯疑，咱就換一塊。」說着把手上的一塊錢，轉手交給了送錢人接過回身進去。李虎便從自己腰包中掏了一塊龍洋出來，交給了韓大叔。

「韓大叔你吹吹聽聽這塊，」李虎說：「應該啞不了。」

韓大叔只吹聽了一次，說：「不錯。」就交了魯永源，馬上握起雙手，向李虎連連作謝！然後，帶着兩個孩子，拿起了空糧袋離開了店。一出店門，還沒轉灣兒。李虎就在店內瞪着這三人的背影，鐵青着臉，在心理狠狠地罵了一句：「眞他媽的遇見鬼啦！這不是土地公坐了城隍爺了嗎。」

韓大叔帶了兩位孩子剛出店門一轉彎，就遇見了魯永春，當然，這段經過，得述說一遍。韓回子怪魯永春不該讓這兩個孩子去買賣糧米。不是百拉八十文的買賣，韓大叔認爲鄉下人都丟不起一塊大洋。韓回子會給牲口看毛病。總在集市牲口市場活動。

魯永春到白沙鎭李家去爲孫家大姑料理債務去啦！

那位孫媽媽絕食死了！孫景陽除在他二弟付贖款時，幫助了五十塊大洋。如今，他又要代二弟還清債務。魯永春帶着么弟與兒子趕集，一來是爲大姐向李家（大姑的親家）還了債務，二來也爲了帶土娃到市集上，學學莊稼人趕集作交易的事。沒有想到賣出的這樣快，差點兒被騙。

他們到茶館中坐下聊了一會子。韓大叔告訴魯永春，糧行中的這位東北老鄉李虎子，是他們韓村「鼎豐酒坊」的韓順興，在北方帶回來的人。這次，鼎豐酒坊之所以又發行了大量的新票子，是由於他看準國民革命軍一旦得勢，實行新政，錢票就不准私人印了。遂趁機撈上一筆。反正糧米是有漲無跌的。

韓回子又從身上取出了四川的牲口客人，帶來的四川錢票，一張「當銅錢百文」的票子，可以分作四分使用，從中有道打上了眼的十字線，可以撕成四塊使用，一方塊當銅錢二十五文。

土娃看了非常感到新奇。就是銅板，四川也有假的。四川的「當十」銅板，之所以在各集市，有些商家不使，就是因為他有假。韓回子也取出一枚來給魯永春他們看。顏色不同，是淡黃色。因為銅不純正。

這次趕集，使土娃裝了一肚皮的狐疑回去。

果然，這之後不幾天，鼎豐酒坊的新錢票，商家拒收了。

〔附註〕

註一：伕子，是當時軍隊的稱呼，在民間強迫拉去的老百姓，拉了去挑擔軍中車輛運不了的輜重（軍品），却也大多要伕子挑運他們自己的私物，視同奴隸一樣。他叫民伕。

註二：出殃，是魯甸等處的方言。他們迷信人死了，還有一口氣閉在腹中，得由陰陽先生算算死時的八字，可以算出那一天會吐出這口悶氣。人性都得躲避這口氣的行進日子時辰，以及方向。陰陽家稱之為「出殃」。有些樹木往往會突然枝枯葉落，鄉人說是「遭殃打的。」或者說「遭殃」就是這一說法。

註三：官錢局，是政府鑄錢或者寫金銀紙票的地方。

註四：酒坊，是私家釀酒公開販售的廠，他如油坊、染坊，麵坊，都稱「坊」，只賣不造的店，則稱酒店、油行、麵店等。

註五：糧食的買賣處，謂之「糧行」。富農也有發錢票的，以姓名稱某某農家。也有，少，沒有商家多。

註六：銀票錢票上，除了印上店號，店主也得簽名在票上。可是「鼎豐酒坊」印的新票子，不是老老闆韓鼎豐簽名，印的是小老闆韓順興了。

註六：掌櫃的，即今商家稱的「老闆」。

註七：庶務，即機關掌管購買一般辦公用品的官職。

註八：制錢，就是圓型方眼的銅錢。

註九：上火車不打票，即不須買票。方言，買票謂之打票。

註十：後腦杓子是護照，因為東北人自小背朝後睡，後腦是平的。護照，是軍人的證件。

註十：疾惑，即毛病。方言謂人若有病，謂之有疾惑。

註十二：制錢，不但有銅的成分優劣，還有錢的破損、厚舊，都得削價。

註十三：小洋，指廣東、香港的銀元及銀角子。

註十四：啞板，指假銀元，吹不出音來，謂之啞板。

二十二　魯甸小學的高等

儘管，大堤上三天兩頭的過兵，却很少岔出大路，到近處鄉鎮強拉民伕，又牽去牛牽去馬。那是因爲北伐大軍，已過了長江，又過了淮河，先頭部隊已占了徐州。

北伐軍沒有使用軍票，有時吃了老百姓一碗粥，還要付錢呢。據說，被鄉人稱爲「南軍」的北伐隊伍，紀律甚嚴，遇有不守法去擾民的兵士，抓到就原地槍斃。

正由於這種情形，魯甸這一帶人的膽子，也就大了起來，魯甸小學也就不在大堤過兵時停課。近來，縣裡的視學先生，又到魯甸小學來了。這裡的學生，自重組過董事會之後，如今，四年級的兩班，這學期、就要結業。換句話說，魯甸鄉立初等小學的首屆畢業生，今年就要離校了。

魯甸小學最初申請的是連高等兩年在內的，業已奉准。第一次視學的來看，發現到許多問題，遂又下令停辦高等。如今，初等四年修業的學生已經到了，未來怎麼辦呢？

視學先生的意見，近白沙的，到白沙小學去，近五舖的，到五舖小學去。魯甸人不同意。

「你們這所小學，根本上還算不得小學。」姓趙的視學先生說：「你們還是在當作私塾教學生。按事實，應該撤銷。還能談到辦高等？」

另一位姓牛的視學先生，是白沙鄉大牛家人，遂打圓場說：「說來，這情形也不是魯甸小學一所。為了普及鄉村教育，減少文盲，教育局也就不在這方面去苛求。」

「事實上，確是如此。」校董魏松鶴說。「這些年，時局動盪不安，當政的是誰？不要說老百姓弄不清，就連你們官府中的人，也弄不清。就像俺這窮鄉僻壤，有人能在地方上設立一個給孩子上學唸書的地方，在我想來，很不容易。何況這魯甸書院，已有三百多年的歷史，不但出了不少舉人，進士也有。不信你們查查歷朝登科錄（註一）看。當時教育局要取銷書院，改成新制學堂，魯甸人的條件，就是改辦高等學堂。如今變成了初等，應說這是開始創辦者的人謀不臧。這幾年來，雖然沒有完完全全照着上面發下來的教學課程去作，那是因為有許多現實的因子。不能把這些現實環境上的因子，讓想唸書的孩子受害。你們想想是不是？」

這位校董是魏松鶴先生，松三爺的長兄，一向在北洋政府擔任筆墨方面的差事，纔回來兩年。張團練走後，就由他來接的。校董也就選推了他。此人能言善道，據說正因為他這張瀑布似的快嘴，都不敢重用他。說來，他在外混得並不得意。

「却也不然」那位姓趙的視學先生說：「我們派到貴學堂來的幾位教學先生，至今也沒有任何一個在這裡教上一年的，還有連半年也不到，還有前後不到一個月，就離開了的。他們告訴教育局的理由，幾乎衆口一辭，說魯甸小學還是一所私塾，根本不接受新的課本，他們要離開這裡，是你們這裡用不着他們。」

「不然！不然！」校董魏松鶴說。「你們派來的先生，都是大地方的洋學堂畢業出來的，到了俺這鄉旮旯裡，本就看不上眼，遍地都是一坯坯牛糞一團團驢屎蛋子（註二）。再一看學生，一個個都土頭土腦，而且土得像爛泥的腐朽氣在冒泡，又笨，一個個都剃光了頭，又不穿學生服。甚至還有不穿鞋子，打着赤脚來的。他們一看心裡就發惡心。這纔是他們要走的眞正原因呢！」遂又說：「兩位先生如不信，我們還有課程表留着，有那一門課沒有排上他們上課的時間？都排上了。他們竟一到課堂上，望着課桌椅上坐的那些叫花子似的孩子們，他就心煩意亂，所以麼，就教不下去了。」

經魏校董這麼一說，兩位視學先生，便不知如何回答。

「我的意思是，我們不能膠柱鼓瑟，」魏校董繼續說下去。「這小學既已辦到四年級了，校門口的牌子，也寫看：『白沙鄉立魯甸高初等第一中心小學校』，爲了不使鄉人說長道短，咱就得按部就班一步步辦完六年級。如今，老蔣的北伐大軍已過了徐州，國民政府已在南京成立。看來，這位姓蔣的可能會鏟除軍閥。那時，統一了天下，新的國家政府對於一切政令，定有新的措施。以我看，不過兩年，天下必是另一個局面。所以我奉勸兩位回去，代我們向上頭說說，要考量考量時代，讓我們辦完這六年再說。」說着便站了起來，「你們來看看我們學生的成績。」

兩位視學先生怎能反對？只得跟着站起來。

遂領着兩位視學先生，到了另一室。這個房間雖不大，布置的也簡陋，靠墻的兩張長條几上，確是擺了些學生的作文、習字簿，以及試卷成績。

兩位視學先生翻了翻，一本本，一疊疊，可以說得上是：「頗有可觀。」

「至於算術、博物、外國地理、還有體操，」校董加似解釋說：「我們可是擺不出成績來。這可不能怪俺這學堂，要怪你們派來的那些先生，看不上俺這學堂，不肯在這裡教。」又說：「嫌俺這裡太土啦！」

雖只那麼三幾十本成績，總算有啊！

又帶兩位視學回到客房坐下，魏校董提意見了。

「咱們一切照法令來辦，」魏校董說。「說初等的四年級學生，也得經過考試及格，纔准畢業。畢了業的，纔准升上高等。你們二位說對不對？」

兩位視學先生在這位能言善道的校董，語語一出如黃河之水天上來的波濤滾滾而下，連嘴都張不開了，那裡還能回答。只有唯唯而已。

送客離開校門時，魏校董還鄭重的補了幾句。

「不錯，俺這裡還有講解經書的課，那是夜校。」

「說到俺這夜校，可興旺着哪！逢五逢十上課，次次都坐得滿滿的。連那兩位來這裡教書的先生，都做了夜校的學生。他們在這裡一學期，上正課的時間，還沒有去聽夜課的時間多呢！不信，二位不妨來聽聽。俺那老三，不但咱中國的，他博古通今，他還能說英文，能講西洋的呢！」

校董老蒼爺（鄉人稱呼的外號），越說越有勁頭，居然送客到大門外的馬車旁，還在說：「雖然夜校在名義上是民衆識字班，事實上却是講古論今，收到的社會教育效果，掂斤稱兩論起來，比正式學校還要大得多呢！」

兩位視察先生走了。就這樣，魯甸小學的「高等」，辦下去了。

當然，土娃這批學生，一個個也都順理成章的升到了高等。

到了高等，土娃這一批學生的課，可就有問題了。

高等課程的教學先生，除了國語、歷史、修身、珠算、其他的課，都派了先生來，雖然，派來的三位先生都是白沙、五舖兩所小學的，派到魯甸小學來兼教。魯甸人也尋不出理由拒絕。

別的，都能將就着應付，只有算術，這些學生除了三位教的加減乘除學過，其他都沒有去學，到了高等，大小分數，四則題，那裡接受得了？

第一天，那位來上算術的先生，剛站上講台一看，就皺了眉頭。一看學生只有十四五個，都是禿頭，幾個新剃的，頭上的肉光還一閃一閃的。大的看去有廿多歲了。小的又小得像個蔓青根子（註三）。身上的衣服，黑的、藍的、紫黃的、青黃的，對襟的，斜襟的，新的、破的，各色齊全，新、破各擅勝景。

這位先生皺著眉頭嗤哼著鼻子。

「你們不是一起上課的嗎？」他第一句話就這樣問。

學生一聽都愣了。他們聽不懂這話的意思。

「我問你們這一班，」這先生又解釋說：「都是同一年上學的嗎？」

學生聽懂了，於是各答各的。

「不是，我是春季始業。」

「不是，我是秋季始業。」

還有的答說他已經讀了五年，今年是第六年了。

算術先生明白了這班學生的情況，遂問這讀了五年的學生。

「你叫什麼名字？」

「我叫陳長生。」

「這學校今天纔升上高等，你怎麼在這裡唸了五年？」

這位算術先生頗爲納悶。所以這麼問。

「還有唸了六年的呢？」

想不到還有人這樣回答。這學生叫牛新豐，個頭兒看去最小，年齡比土娃還大一歲。

牛新豐說出了這句話，李秀實頓時臉紅了。

可是李秀實竟猛然站了起來辯白。

「俺先唸了兩年，就不唸了。」他說：「開辦了這所學校，勸學的（註四）勸俺爹，俺爹不肯，又勸俺娘，俺娘把俺又送來的。」

他氣火火的還想再說什麼，看到先生的那種笑的神情，他不說下去了。

「你多大啦？」

先生這麼一問，李秀實蹩紅着臉馬上回答：

「十八。」

「不是，李秀實二十啦！」

這是陳長生搶着回答的。

李秀實氣得一蹦，站到板凳上，又站到桌子上，想踩着桌子跑過去揍陳長生。被先生大喝一聲：「坐下。」李秀實纔停下來。但還站在桌子上衝陳長生說完一句「好，你損我，三年報仇也不晚。」這纔氣火火的撅着嘴坐下去。

這時，算術先生笑了，他要用笑臉來和諧剛纔的課堂氣氛。

「大幾歲上學，有什麼丟人的，」算術先生說：「蘇東坡的父親到了廿七歲，纔上學唸書。《三字經》上不是有這麼幾句嗎？」說着先生也用古老唸書的吟誦腔調唸了起來，「『蘇老泉，二十七，始發憤，讀書籍。』後來，不是成了大學問家嗎！」

這句話一說，李秀實的臉色恢復了正常。

「平常日子，你們誰的算術好？」先生又問。

「李秀實最好。」又是陳長生回答。

大家噗嗤一聲笑了。一是笑陳長生向李秀實討好，一是笑李秀實曾經出過一個算術題打賭考同學，他輸了兩個銅板（註五）。

李秀實的那個算術題目是：

老母豬，十八個奶。

走一步，甩三甩；

走了一百零八步，問他甩了多少甩？

那天，馬上就被張鳳翊答出來了。因為張鳳翊早就知道了。所以馬上答了出來。

（張鳳翊是張團練的孫子，如今已不住在魯甸了。）

這時，李秀實又火了。却沒有再被氣得蹦起來，但却欠起了身子衝向陳長生，狠狠地說：「好！你專找我的岔，報仇等不了三年啦！你等着，放了學我就揍你一頓死的。」

這位算術先生那裡知道老母豬甩奶的這件事，一時摸不着頭腦，不知怎麼作答？

這時，已有人在唱了起來，「老母豬，十八個奶……」。

全堂的學生都笑呵呵起來。

於是，算術先生說：「這個算術題，很有趣很有趣！我都不知道。」遂又正正經經的說：「來，咱們言歸正傳。」說着攤出了課本，拿起了粉筆。又說：「算術到了高等，較比難解是『四則題』，我先教『四則』，學過嗎？」

所有的學生子都睜瞪着大眼望着先生。

他們在魯甸小學，唸的仍舊是私塾，對算術一課，除了加減，其他一概不曾接觸，珠算也只是三下五除二，四下五除一。逢五進十這些。其他，一概視同陌生人。

當算術先生講解算術題，可以說所有的學生，無論大的小的，都如同瞎子看太陽，聾子聽雷。可是，算術先生還是在講台上講他的，在黑板上寫他的。

「四則」，算術先生一面寫一面說。「就是加減乘除的算法。」只是合在一起，把算法變化就是了。」

說着，已在黑板上寫了兩題：

一、兩岸植樹

堤長一千公尺，兩岸栽樹。樹與樹間隔十公尺。從頭栽到尾。

問：各岸栽樹共幾棵？

二、雞兔同籠

雞兎三十雙，共處一籠，合共有脚一百雙。

問：籠中雞多少？兎多少？

算術先生在黑板上寫完了兩個試題，告訴學生：

學一向教的是文科，沒有人教理科。所以有人沒帶算術簿，那是他們把所有的簿子都放在書包裡了。可是，大多數的人，連個書包也沒有。大都用一塊布包起，有的用油紙包的，有的就拿在手上。上學不到一個月，拿在手上的人，書本已經變成捲毛狗。往往一學期不到，書本已經缺頁最少四分之一。

這些情形，大地方來的先生，那裡知道。為了遷就現實，只有統一，各給一張白紙。

鈴響了，全部十四人，都交了卷。

所有的人，只會寫數字，不會作程式。

算術先生看後，一一作了統計：

第一題，答共十棵的九人。

答共九棵的四人。

答共廿棵的一人。

第二題，答兎十隻雞三十隻的四人。

答雞八隻兎四隻的二人。

答雞二十隻兎十隻的二人。

答兎兩隻雞八隻的一人。

答雞五十隻兎二十五隻的一人。

兩個試題，十四個學生無一人答對。百說成十，那是因爲他們心裡沒有百千那樣大數字的概念，可以理解的。只有一人的答案，接近答案。

這人就是那位年紀最大個子也大的李秀實。

先生因而想到年紀大的，終究比年幼的知道轉彎。

「李秀實。」先生叫他。

李秀實坐在座位上應了一聲「啊！」

先生叫李秀實站起來，並關照所有的學生，以後先生喊誰，誰就得站起來說話。

其實，這些禮貌，其他的先生早就教過了的。像松三爺，只要向誰瞪眼，不用叫，也站起來了。否則，就拿着板子過來了。誰不怕！

「李秀實，你怎麼知道共栽廿棵？」先生問：「向大家說一說。」

李秀實站着，紅着臉說不出話來。

「不要怕！向大家說明白你是怎麼知道的？」

算術先生却想不到李秀實囁囁嚅嚅了半晌，竟答說：「我猜錯了，應該是十棵。」他聽先生報告答案「十」的多。

算術先生愕然了。想不到就這一個答案接近的，還是瞎貓啣了個死老鼠，瞎撞上的。一時失望到極點。

「怎麼會寫是廿棵呢？」先生又問。

「我忘了先生向我們說的兩頭還有兩棵。」

「那你怎麼只寫廿棵呢？」李秀實却又一語也不能回答，愣在那裡不說話了。

這時的土娃却一時懊惱起來，他領悟到了。心想：「我怎麼沒有想到這一層呢？」他的答案是十棵。却突然看到先生那笑不像笑哭不像哭的臉，直在搖頭。却又頓時迷惘起來。

先生又衝土娃叫：「魯金土，你說說雞跟兎這一題答案。」最後一人的答案，是土娃的。

土娃生來自信心強，却不固執。不旦被人指出他錯了，他會悔恨自己許多許多日子。這時，他還不知他錯了呢！便意興遄飛的站起說：「雞有兩個脚，五十隻是一百隻脚；兎有四隻脚，二十五隻是一百隻脚。」

先生要他坐下，看了看同學們，似乎都同意土娃的答案。

「魯金土，你沒有把題目看清楚。」先生鄭重的說。同學們在相互觀察別人的反應。土娃張口結舌了。「題目上說是籠中只有三十隻雞跟兎子。三十隻雞兎共有一百隻脚，不是兎子一百隻脚雞一百隻脚。」

土娃這纔明白過來，只有愣怔的望着先生，痛心自己錯了。淚水從眼角淌了下來。

「你們都答錯了。」先生說着，轉身向黑板寫答案。

第一題答案：

1000÷10＋1＝101

101×2＝202（棵）

（一邊寫一邊說：「你們把一千公尺看作一百公尺了。」）

第二題答案：

40×30＝120（假設全部是兎子）

120－100＝20

20÷2＝10（雞）

30－10＝20（兎）

不寫答案還好，一寫答案，所有的學生，看到黑板上的答案，更糊塗了。他們的算術，不曾一步步從階梯走上去啊！不知道演算的程式。

先生還沒來得及細講學理，下課了。

這天放學，一個個把算術說給家人聽後，於是魯甸人又議論起來了。

「這是什麼算術？」有人議論。「還不是從咱們中國的閒話變了去的嗎？」

遂大家聚在一起說古論今起來。有人說到了「蝸牛爬竿」：「一根竹竿丈有八，蝸牛從根向上爬。一天爬了三尺六，夜裡又掉一尺八。爬了三天併兩夜，蝸牛爬到竿那哈（ㄏㄚˊ）（註六）。」都說洋算術沒有中國的好。如今的洋學，都是一些洋學生崇洋。回國來禍害出的洋名堂。結論是：「可怕啊！可怕！」

這麼一來，魯甸小學的學生，對於算術這門課，自然更加的排斥。教算術的先生，還能教得下去麼？

〔附註〕

註一：歷科登科錄是清朝人編的明清以來，歷科中舉中進士的名單。

註二：牛糞是一大攤一大攤拉下的，掉在地上團團一大堆，鄉人稱之爲一坯（ㄆㄞ）。驢糞則一小團一小團的光滑的球形，鄉人稱作驢屎彈子。

註三：蔓青菜，是一種白色的根，像白蘿蔔的草類，能在雪中不死。青色的葉子，平長在地上，有一白色的根，像白蘿蔔，兩寸多長，半寸直徑粗，是貧窮人家的恩物。冬春之間，貧窮人家，常向田中挖取來作飽腹食用。

註四：起先，一開始將魯甸書院改成小學堂時，許多人反對，不願送子弟上洋學堂，校董遂分頭去勸說。鄉人謂之勸學的。

註五：當時流行的錢幣之一，「當十銅錢」，或「當錢十文」的銅質圓型等銅板。鄉人稱爲「銅板」或「銅各子」。

註六：那哈（ㄏㄚˊ）即那地方之意。當地土話。

二十三 打倒列強除軍閥

打倒列强　打倒列强
除軍閥　除軍閥
國民革命成功　國民革命成功
齊歡唱　齊歡唱

近來，「打倒列強，除軍閥」這首歌（註一），已由隋堤傳到兩岸的鄉村，在孩子們口中歌唱著。由於歌詞短，只有三句。調子也挺活潑，而且歌頌的是「國民革命」成功。可以說是，只要一聽就會，用不著有人來教唱。

孩子們不但在口中唱，還在腳手上表演。表演的時候，往往設定某一人爲「列強」，或某一人爲「軍閥」。他們會聯起手來，向那設定的「列強」與「軍閥」進攻。有時，是相互間鬧著玩，有時，卻又有人假借這名義向他討厭的那個人進行毆打。

這些表演，都是從一、二年級的唱歌課程學來的。

自從南京有了國民政府，魯甸小學的課程，幾乎全部變了，變成了眞眞正正的小學。往日教的「私塾」那一套，全部沒有了。連國語課，也不是松三爺教了。校董雖然還是魏松鶴老蒼先生，名義已改為校長，教務則已落在縣府派來的教務主任安平身上。老蒼爺能掌握到的權責，只是當年「魯甸書院」留下的院產，應如何支援到學校的用度上。教學的先生，幾乎全是縣裡派的。

一、二年級的唱歌教學，附有舞蹈表演，所以課本有《表情唱歌》的課本（註二）。雖然，這課本中沒有這一首「打倒列強」歌，但由於國民革命軍已過了長江，過了山東，原有的幾大軍兵，幾乎都瓦解了。所以這首歌在民間非常流行，幾乎人人會唱，在鄉、在城，隨時都能聽到這首歌的歌聲。在小學的唱歌表演課程中，遂也列了進去。

因而，高年級的學生，也都學會了。遂模倣著表演起來。

這天，土娃魯金土也在他們年級的同學中，加入了表演行列，已經表演過很多次了。不想這一次，他在輪到表演被打倒的「列強」、「軍閥」這一方的時候，居然被誰衝土娃頭上，狠狠的打了一拳，被打昏倒地，有幾十秒鐘躺在地上沒有醒來。大家一看情況不對，有的一鬨跑了，有的走近去看，還是李秀實走過去把土娃扶起來的。

孩子們在一起玩耍，摔倒了，摔昏了，也是司空慣事，摔倒的已經起來，也就無人去追問。反正摔倒是大家在一起玩耍時發生的，自也不必追問原因。只有扶起的同學李秀實問了一句：「你摔到頭了？」

這時，土娃覺得頭還有點兒暈，左臉耳旁有點痛疼，他用手摀著痛處，李秀實也沒有發現土娃臉上青了一塊。李秀實遂又責備了土娃一句：「你眞沒有用，一碰到，你就摔倒。」土娃知道有人打了他，不知是誰？在一起玩的人，有十幾個。當然，聽到李秀實責備他，淚水就又流出來了。他知道李秀實不會打他，何況這次玩耍，李秀實跟他，都在被「打倒」的這一邊，當「列強」當「軍閥」。他卻不敢說：「有人打了他一拳。」如果這樣說，李秀實會去猜這個猜那個？他會去打人。

李秀實看到土娃的淚水又一長條一長條流到頸上，就罵了起來，「你怎麼又哭啦！」伸手用大力把土娃從地上拉了起來，一邊拉，一邊又罵了一句：「好哭精，栽大蔥！」跟著，走回來站在旁邊看的幾個孩子，又跳著蹦著唱起來了。

好哭精，栽大蔥。

大蔥不開花，扛起鋤頭就回家。

他們怎知道土娃挨了暗拳呢？

雖然，土娃站起後，左臉青了一塊，也沒人認爲是被人用暗拳打青的。

至於玩耍「打倒列強」的孩子們，（不限於學校的學生，鄉村上的一般孩子，也玩這首歌的遊戲。）實際上，他們對於「列強」與「軍閥」這兩組名詞，究竟是什麼意思？知道的人，十個孩子之中，可能一個也沒有。在他們心理上，只知道「列強」就是類同土匪強盜的那種人，「軍閥」就身穿軍服下鄉拉伕拉牛馬的兵。那麼，他們在玩耍這首歌的時候，老實說，他們只是玩耍，並不涵有什麼「打倒」的眞正意義。所以，在玩耍時，口唱「打倒列強除軍閥」，卻也有些孩子在心理上，選擇了攻擊的對象，對象是在他心理上討厭的那個人。平時，也沒有理由去對敵。譬如，在功課上，總是被擠在後面，在課堂上受窘，也總是由於這小子。

可以說，土娃挨了暗拳，應是此一原因。

然而土娃，則沒有能想到這一層。土娃這孩子，往往不會從「打倒列強」的玩耍，想到別處去。在唸書上，也是如此。他只會在書本上的某一問題的相關上去想，不會想到這棵樹的枝節以外去。所以，土娃對於挨了這一暗拳，非常納悶。

「我怎麼能是列強？能是軍閥呢？」

「在所有同學中，年紀最小。個頭兒也小，排隊時只有一個站我後面。」

「列強不是指的外洋嗎？軍閥不是指的孫傳芳、張作霖嗎？」他又繼續想：「扮列強，扮軍閥，是表演呀！怎麼眞的打起我來？」

土娃不明白了。像演習算術一樣，總是磨不過某一個彎。

松三爺雖然不在魯甸小學教學，魯甸小學的識字班，還在上課，仍舊是逢五、逢十。沒有人能替得了松三爺。

由於土娃已升到五年級，高等的課程，算術、博物這兩門，土娃總是不及格。教學的先生，換了一個又一個。都說他們這一班，需要加一年纔能讓他們畢業。

松三爺的書館停了。高等的課，都是新的，對土娃來說，得加緊的用功。

松三爺曾告訴土娃說：「如今的年歲變了，上學的制度也變了。以後唸書，就得由小學、中學再大學再到外洋留學。小學未畢業，沒有資格進中學，中學未畢業，沒有資格進大學。遂一再的關照土娃要在這未來的一年多，應全身心在小學高等課程中，努力去克服趕不上的功課。《左傳》的這一部分（註三），等小學畢業，考取中學之後，我再教你吧！」土娃爲了小學畢業的功課，松三爺也不要土娃再去他家上課。

當然，松三爺的學館，也不准他再設。近年來的松三爺除了十天兩次的晚間，在民衆識字班講《紅樓夢》，又講《三國演義》等小說，每次還教學生認識十二個字。其他的時間，他只在家看書、寫字、畫畫，要不，就是彈奏他那張古琴，自彈自歌。他不會作田裡的事，偶爾到田野間走走，也祇是蹓躂蹓躂，連陶淵明的那種「或植杖而耘耔」的事，他也作不了。他如今可眞的成了「聊乘化以歸盡，樂夫天命復奚疑」人物。

好在，還有個民衆識字班，每月還有六次，可以使松三爺宣洩肺腑！

正因爲土娃也大了，通人事了。遂也不敢輕易去打擾他。這次，爲了「列強」與「軍閥」的辭義，卻不得不去問松三爺！這位最器重他的先生。這位三爺爺教了他三年多了。

松三爺一一回答他。

「列強」、「軍閥」，是今天這個時代產生的兩個新名辭。過去，沒有的。簡單的說，就是指的那些仗著船堅砲利的東洋日本及西洋的英國、法國、德國，欺侮咱們中國的這些仗著國力強大，不講公理的國家。

要是仔細講起來呢！那就得一字一辭的講解。

松三爺看到土娃一雙期待求知的神情，當然得講下去。

「列」，是排列在一起，「強」，今天的意思是指「強國」，在今天，指的就是當年的八國聯軍攻打咱中國的那些強國。

我們今天所謂的「列強」，可以說就是指的這些。

今天，不是還在無理的要求我們給他們這樣還要那樣嗎？

說什麼呢？我們中國人不團結起來抵禦外侮，一個一個偏要去爭地稱王。三千年來，不斷的爭，不斷的伐，遂把國家鬧成這樣！「軍閥」二字，就是在這種你爭我奪的時代裡出現的。

說到「軍閥」這個名辭，就得扯得遠些。

「土娃，你叫十一歲了不是？」

「是。」

「可以聽得懂了。」

於是松三爺再往下說。

在文學上說，「軍閥」二字這個辭組，是兩個獨立的形容名辭，組成的一個今日專用的形容名辭組。意思就是：「具有軍力氣勢的軍隊」。

「軍」字，不必說了。在「軍閥」這一辭組中，就是指的有軍權在握的軍頭。

「閥」字的辭義，起源遠些。

首先，應知此字與伐字同用。本為功績的意思。加上個門字，這個「閥」字，便意指積功的人家，有勳業於國家的人家。通常與「閱」字連用，謂之「閥閱」。

「閱」字，本義是府門濶大，可以出入車馬。

這個「閱」字，之所以又可當作檢閱、察看的意思，像今天說的「檢閱車馬」，「校閱軍實」（即檢點部隊及裝備等等）。《管子》「度地」篇，就有這樣一句話：「常以秋歲末閱其民。」《周禮》「夏官」、「大司馬」說：「冬教大閱。」鄭注：「冬大閱，簡軍實。」所以後來，就把「閥閱」二字，作為有勳功大臣之家的門第稱謂。《史記》「功臣年表」，太史公曰：「古者，人臣有五品：以德立宗廟、定社稷，曰勳；以言，曰勞；以力，曰功；明其等，曰閥；積日，曰閱。」從太史公的話看，「閥閱」二字，都是具有勳功等第的官宦人家。遂有「明其等曰閥，積其功曰閱」的說詞。到了唐宋，這些有勳功的大戶人家，把大門加大，門兩旁遂設有粗大門柱，在左邊的柱子，叫閥，在右邊的柱子，叫閱。

總而言之，「閥閱」二字，都是貴族大戶人家的門第代名詞。今天的人，把這個「閥」字放在「軍」字之下，稱為「軍閥」，已與古代的「閥閱」辭意，有了很大的出入。今天的「軍閥」，只要有能統領了大軍，占地為「王」，具有了相互爭天下的氣候，便成為頭號等級的「軍閥」。

到了今天，「閥」這個字，本是美名之辭，業已變成惡名。

土娃聽了松三爺這一番說古道今的講解，雖還不能百分之百的洞澈，卻已瞭解了「軍閥」一辭的意義。

「爺爺！」土娃說，情緒稍有幾分激憤。「我大了要去作打倒列強的事。」又問：「孫傳芳不是沒有了嗎？張作霖不是跟蔣介石談和了嗎？」

土娃以為軍閥已除掉了。

「打倒列強，先要自強。」松三爺說：「咱們中國的一部廿四史，五千年來，從黃帝戰蚩尤說起，除了堯舜這兩代。史上寫的全是爭城掠地，幾無暇日。孔孟二聖之所以贊頌堯舜的治世，正因為堯舜二君，行的是以法治，不是以人治。夫子不是說嗎：『舜，南面而已矣！』（註四）他只是面南坐在天子職位上，不專主自己的意見，一切依照帝堯的法制為準則，去執行政令。不必費心去裁奪這，又裁奪那。也就是孟夫子說的：「率由舊章。」

這些話，土娃都讀過了，全能隨時背誦出口。

「那時，是方伯制。」松三爺又說：「分天下爲五嶽，天子居中，其他四嶽，由諸侯推出有才有德的一位，出作諸侯之伯。若是這個伯，才德不能服人，諸侯仍會再推一位，去代替他。天子只要按時出巡，諸侯們，每年終到天子的中嶽之地去朝會。一方面去報告這一年來的行政得失，一方面去領回天子頒發的明年的施政計畫。功者賞，罪者罰。」

松三爺告訴土娃，堯舜就是這樣治理天下的。

松三爺一時興來，去取出古琴，放在案上，彈奏了一曲。土娃只能感受到那絲弦竟能傳出了金屬之音。雖不懂。卻也令人入神。其他，都不知其所以？

最後，松三爺又是那句老話，全力把這一年多的小學學業完成，要不然，就上不了中學。

從此，土娃對於「打倒列強除軍閥」這首歌詞，有了更深刻的認知。

他曾到一、二年級去觀賞一、二年級的小學生表演，在那位女先生彈奏的風琴聲中，又看到了教唱遊的女先生在教小同學表演，「打倒列強」這首歌。模倣著手拿棍棒或手握双拳，一邊唱著一邊齊步向前的奮進精神。使他想到他唸一年級時那位女先生，敎他唱「咪咪小花貓」的情景，還有那次他見到被割下頭來的土匪，掛到樹枝上示衆，驚誆著了，居然上場唱不出來的事。一一都浮上了腦際。

這不久，又有一首「歡迎革命軍」的歌，傳到魯甸小學來了，不是小學生的唱遊，是全校各級共同學唱的一首歌，歌詞是：

歡迎革命軍　致我們一片敬愛心

來同唱一曲歡迎歌　感效忠黨國志士
勉繼續努力前進
想我中華民族窮蹙至萬分　全靠你們挽厄運
把萬惡軍閥先後都打倒　使帝國主義戢野心
勞苦功高垂史冊　仰壯志耀日星
願奮鬪到底求貫澈　慰總理在天靈
敬祝勝利　民族解放　武力毀滅
革命早完成　聽萬衆歡呼慶和平

這首歌是縣裡頒發下來的，指定要全體學生都會唱。還指示說：「遇有革命軍下鄉宣慰，各校學生要列隊歌唱歡迎。」可惜大家學會了這首歌，一直沒有用上。雖然，蔣介石下野後復出，又下第二次北伐攻擊令，大軍早已到了徐州以北，對戰的局面已是山東以北，要不就是河南以西，大堤上已很少有大隊兵馬東來西去。祇有一次，于學忠的部隊由西向東，好像是由河南開向安徽，任務似乎是保衛那條正在修築中的津浦鐵路（註五），免得遭受破壞，延後了通車的時間。遺憾的是，那天，身爲軍長的于學忠，打從白沙集出來，就只帶了幾位隨從，步行了八里，經過魯甸，看到這所小學的房舍，不同於一般住戶，也不是個和尙廟，也不是個道士觀，有三進院子。遂停下來，要在這裡休息。可巧是個星期天，學校沒有學生。再說，也沒有人知道他是個軍長，矮小的個頭，穿的是麻灰色的中山裝（註六）。隨從中雖有人牽了一匹大馬，一行

五、六人，看去挺氣派的，隨行中的人，卻也穿的是國民軍的草黃軍服，看見的人，也不會想到要找人來唱這首「歡迎革命軍」的歌。

這位于學忠軍長，一到了魯甸就找鎮長，他不知魯甸沒有鎮長或莊長，這裡最大的人物是鄉團的團總。

把團總魏松鶴找來，一看這五、六個人的派頭，也不敢怠慢，遂迎入魯甸小學，幸好小學中，還住宿了兩個先生，卻不是教唱歌的，男的教體操，女的教英文。是一双夫婦，都是這學期纔來的。遂由這一對夫婦擔任了接待。

這時，正當清明過了，田裡的清明齊（註七）剛長滿了仁，有的麥穗，麥仁已膠質起來，有的麥穗的麥仁還水汪汪的呢！就這樣，魯甸的人家，已把清明齊的麥穗割下，一粒粒揉搓下來，放在鍋子裡，焦了芒，焦了皮，連焦了的芒與皮，也不丟棄，全部放在磨中磨，磨碎的麥仁等等，不是粉末是一條條像蛆蟲一樣的條條麵筋，鄉人俗名叫它作「捻筋」。就那樣，全部放入鍋中，加水煮成了稀粥似的飯食。俗稱「捻筋飯」。也等於俗話說的「饑不擇食」。認眞說起來，能有「捻筋飯」吃的人家，應算得是魯甸這一帶人的大戶。比其他那些剜野菜、刨樹根、吃麥苗、吃柳葉、槐葉以及藤花、榆錢，甚至還有吞食觀音土的窮戶，要好得多了。

魏團總待客的點心是「捻筋飯」，茶是竹葉茶。

六個人，每人一大碗「捻筋飯」，一個個都吃得津津有味。除了于學忠是北方人，其他五位都是南方人，家鄉都不是產麥的地方，這種等不到麥熟的日子，就提早採來製作飯的大麥膠仁「捻筋飯」，委實是一種異味。

在吃點心的時候，魏團總曾吩咐那位教英文的先生去找幾位還在家中的學生，來唱他們業已學會了多日的「歡迎革命軍歌」，居然連土娃魯金土也不在家，跟著他娘下湖剜菜去了。這兩位住在學校中的夫婦，又不會唱，只尋到了一張歌譜，呈給了于軍長。

于軍長看了，說：「這歌他們已經聽過了。」

其中一個隨從，掏出一張歌譜，「主義貫澈」歌，說：「還有這一首，白沙小學也唱給我們聽了。」

他們要告辭了。魏團總接下這張歌譜，只有時間展開看了一眼，另一位隨從又遞來一塊大洋，這時，于學忠軍長說：「多謝欵待！這碗飯，勝過山珍海味。」

魏團總不收，彼此謙讓了一番，還是收了下來。

剛要出門，土娃魯金土由那位女先生帶來了。

魏蒼爺一見土娃到了。一時心花怒放。

「軍長！我們學校中的這個孩子，最會唱歌，他叫魯金土，」魏團總說。「這孩子既然找來了，軍長您還是聽聽我們歡迎革命軍這首歌再走！不大會兒工夫的事。」又恭謹問：「不會耽擱了軍長你的公務吧？」

「不會不會！」于學忠軍長說。

他一見到魯金土這個孩子的清秀面龐，以及他那透露著靈明的雙眼，還有那兩個大過常人的耳朵，垂著圓厚厚的耳垂子，就頓時感受到在這鄉間竟見到了這麼一個清清秀秀靈靈明明的兒童。忍不住的說了一句：「喲！好喜人的小子。」

「那我可得聽了這孩子唱了之後再走。」

「來！」魏團總過去伸手拉過來土娃，「叫于爺爺！」

土娃叫了一聲「于爺爺！」于軍長回說不敢。也伸手把土娃拉到身邊，問：「幾歲啦？」土娃答十二歲。

魏團總說：「土娃唱歡迎革命軍歌給于爺爺聽，于爺爺是咱們革命軍打倒列強除了軍閥的大將軍！」

土娃愣怔了一霎，說。「歡迎革命軍的歌，要好多人在一起合唱纔好聽，爺爺！」他面向于軍長說：「我會唱那一個『從軍殺敵歌』（註八）。」

「好好好！」于軍長連連拍手，隨從也跟著拍手。「這一個歌更好！」

土娃略一沈靜心情，就扯起了喉嚨唱了起來。

軍鼓敲，軍號吹，軍旗隨風飛。

看我這一小兵隊，個個是精銳！

今夜要到前線，殺敵救國危。

那怕粉身碎骨，願作戰場鬼！

不得勝利，誓不生回。

土娃的歌聲剛一落音，于學忠軍長就高興得伸出双臂把土娃抱了過來，說：「好極了！好極了！」

放下了土娃，又說：「這孩子前途無量！」

隨從過來耳語，遂不得不馬上離去。

臨去時，又給了土娃一塊大洋。說：「作學費」。

春風拂拂，柳枝搖搖，出了村鎮，大地上的大小麥，處處苗都不旺。大麥已出穗，小麥剛打苞（註九）。由於冬少雪，春缺雨，乾癟癟的田地，怎能長出青蔥旺盛的禾苗出來。

送走這位于軍長離開莊子大門之後，就能一眼見到田野中的春莊稼，長得羸弱，一株株都像在飢餒中營養不良的孩子。枯黃瘦弱得可憐！

「不知這位軍長會不會見景生情呢？」魏蒼爺想。「這時，不但握有槍桿子的軍人還在劍拔弩張，洋鬼子們更是個個在伺機起鬨。」

「打倒列強！打倒列強！除軍閥！除軍閥！」

儘管小老百姓都會唱了。熱心的文士們，又寫出了「歡迎革命軍歌」！可見老百姓是多麼的希望革命軍有能力來收拾孫中山先生死後的殘局哦！

〔附註〕

註一：「打倒列強」這首歌，在民國十四、五年就已流行了。直到今天，還有不少人會唱。據民初音樂家沈秉廉說，這首歌的原譜，是從西洋的歌曲中借用的。原歌名是：「ARE You Leeping」（你睡著了）性質是GAME SONG（玩樂歌）曲感是快樂而滑稽的。他認爲此一歌譜，不適宜用在這一曲戰鬪性質的歌詞上。話雖如此，這首歌卻傳播了踰一甲子，尚未失傳。沈先生寫的這首「歡迎革命軍歌」，雖已列入了當年的中學音樂歌唱教材，竟也未能流傳下來。足可想見時間與歷史，對待藝術家的殘酷與無情。

（此一教材，是當年上海商務印書館印行，名爲「中學新歌」（副題是「三民主義教育）編於民國十七年二月。此一史料，乃熊德昕先生收藏，承熊先生提供給我選用於此，特此注明，並致謝忱！（熊先生編印「抗戰歌曲」三大冊，業已出版兩集。）

註二：《表情唱歌》集，也是上海商務印書館出版，印行於民國十五年，嵇宇經編。屬於小學低年級的唱遊歌曲。

（此一史料，亦熊德昕先生提供。）

註三：這時的土娃在松三爺的書館，正讀三傳，由《左傳》爲根，兼講《穀梁》、《公羊》，如今，書館不准設了。

註四：舜，南面已矣！此語見《論語》

註五：津浦鐵路，北由天津南到浦口，這一段鐵路稱爲「津浦路」。

註六：當時流行的一種服裝，對襟褂，平領帶扣，扣在顎下，西裝褲。由於孫中山先生常穿這種形式的服裝，遂流行起來稱爲「中山」裝。

註七：清明齊，是一種大麥的品種名，到了清明節就出齊穗了。再過一個月，就可以先取穗子食用。濟飢的穀類。

註八：這首歌，也是革命軍北閥前後，在各級小學流行過的歌。

註九：打苞，意爲麥亭子上已鼓起了苞，尚未出穗。謂之「打苞」。

二十四 花轎、鐵炮、八個響

去年的春莊稼歉收，好在秋季雨水勻稱，在收割前雖有兩次大雨，一時遍地水深尺許，三天就退了。跟著晴上半個月，這兩場大雨，雖損及了葉子變黃，業已結成的實，反而得了濟。秫秫、豆類，尤其是紅芋（蕃藷），反而成了豐收之季。那是由於濕透了的土地，加上大水流來的自然肥料，經過半月的老陽曝曬，粒實成熟得更加飽滿。都說這是老天爺賞了這個好秋。

五省聯軍，沒有了。直魯軍被消滅了，奉軍也沒有了。尤其是，東三省的張大帥在皇姑屯的火車上被炸死了。國民革命軍進入了北平內城。雖然一度南北兩軍還在天津對峙了幾天，北軍終是強弩之末。擺了一些日子的陣勢，也就潰敗四散。

張學良接任了東三省保安總司令之職，已掛上了青天白日滿地紅的旗幟。

國民政府發表宣言，所有過去北洋政府與外人訂立的什麼治外法權，以及所有的不平等條約，一律廢止。於是，這一首「打倒列強除軍閥」的歌聲，在民間唱得更其響亮，也特別熱烈！

那一首「歡迎革命軍」一歌，也在各學校，響徹雲霄的合唱著。

去年冬季的雪，落得特別厚，今春的雨水也勻稱，不但麥苗長得蓊蓊翠翠，曬乏地（留著種高糧的）也是在土鬆時耕作出來，連到地裡掂起榔頭打坷粒（拉）的工作都不須去作。

因而鄉人說，天下要太平了，連老天爺都風調雨順起來。當然，今年的秋季，正如前面說的：「老天爺又賞了個好秋。」只是一樣，魯甸小學的高等，連土娃都算上，全部留級一年。都得再唸一年。

土娃多唸了一年，卻獲得了一個進城去到火車站，歡送總理孫中山先生的靈柩，由津浦路運到南京奉安（註一）的代表。魯甸小學只選了土娃一個。

這年，土娃第一次到了縣城，不但看到了那麼一長串車廂的火車，又看到了地理教科書上畫的城牆。也參觀了他小學畢業後，可能會進入的兩所中學，其中一所是教會辦的那個學校，就是松三爺在那裡教洋小姐唸書的地方。其中一幢房子，形式是尖聳的屋脊，有一根柱子，從屋山直伸向上，最上頭有個「十」字。他知道，那就是松三爺爺說的「十字架」。

土娃遺憾的是，沒有見到洋鬼子。

那所中學裡的先生，有男有女，都是自家中國人。

大街是青石板舖的，雖有許多處都破了，也比魯甸的街道好。魯甸的街道都是土，白沙，五舖也是土的。下了一陣雨，道路便是泥塘。

他也隨同大家登上了城墻。他的個子還夠不到把頭從城墻垛口間，觀看城外。卻有的地方有塹起的土塊，土娃站在上面，望見了城外。不巧的是，他瞭望到的地方，是個糞廠（註二），一陣斜風吹來，得馬上摀鼻子。

也參觀了城隍廟，城隍爺爺城隍奶奶的泥像，跟戲台上的人一樣，一點也不如說書人說得那麼叫人害怕。這所城隍廟，有不少地方是些做各種小買賣的地攤子，看相的，算卦的，還有擺個桌子等人去推牌九的，賣草藥的，賣破爛的，都有。只是沒有見到十八層地獄，還有判官爺與小鬼們的形像。

魯甸離城只有三十五里距離，上午去，中午吃了飯下午就回來了。說起來，魯甸的鄉人，竟有從出生到老死，沒有進過城的。

津浦路通車之後，白天夜晚都有火車的汽笛鳴叫聲。起先，使魯甸這一帶人受驚不小。傳說秫秫田裡有了狼了（註三）。

今年，秫秫長得很好，一株株又高又肥，眞的像竹竿似的。秫葉有兩尺多長，有半尺寬，秫秫穗子，長得像掃把似的，秫秫穗上的粒子，紅得比硃砂還要艷麗。都油晃晃的放光。

都說，要不是革命軍來了，剷除了那些拉伕拉牲口的惡兵，還有那些依仗了青紗帳子爲非作歹的盜賊，都一個個逃到紅草湖去了。否則縱有這樣的好秋，也難有好日子過啊！

自從土娃這次被選上代表，到縣城火車站，去恭送總理孫先生的靈柩到南京舉行奉安禮回來，魯甸人對於土娃是更加喜歡，任誰一見到土娃，總是要求他唱「紀念總理歌」。有時人多些，土娃就會當衆高歌：

我們總理　首倡革命　革命血如花

推翻了專制　建設了共和　產生了民主中華（註四）

由於今年收成好，國民政府也有了信託。

雖還有些七嘴八舌，有些你你、我我、他他。

更有些洋人還在搗局。老百姓的心，終究平適下來。

老百姓的要求很簡單，只要能過安居樂業的日子，收成差，吃不飽，穿不暖，挨凍受餓，連天都不怨。

土娃的小叔魯永源，訂親幾年了，今年已十九，而女家已二十了。二十的大姑娘沒迎娶，娘家就開催。

魯奶奶決定今秋收後給永源完婚。

對方是趙家河人，獨生女，是永源二嫂的姑表妹，親戚連串著親戚說合成的。新郎新娘双方都沒有見過。

好日子選的八月初一，不但秋稼莊大多收齊，天氣却也是個秋風送爽的清涼時節。

女方陪嫁是兩大抬還有兩大挑。

兩大抬是衣橱、衣箱，兩大挑是兩個柳條把斗，兩個杉木盆，兩個杉木梢（桶）。另外，還有兩個簸箕兩把掃帚，一大是竹枝的，一小是白稷穗子的（註五），都附在柳條把斗這一挑。把斗是下田摘棉花，在家磨麵用的。木盆、木桶、掃帚，更是婦女常用之物，不必表白了。

這是中等人家的陪嫁，大戶人家通常四大抬四大挑。這裡說的是鄉村農家，若是城中的官宦人家，那可說不清是多麼的排場了。

雖然，女家沒有要求什麼？四檯花轎（註六）倆鐵炮，八個響，自是不可少的。

對魯甸人家來說，這好幾年來，不是旱就是潦，不是逃兵反，就是築壘防盜。幾無人家這樣舖張過喜事了。老三永淵就是童養媳婦圓的房。老二永泉則是二婚頭的「招打對」（註七）。永源是湊著年成好，對方又是獨生女，魯奶奶又是四個兒子的小么兒。不得不熱鬧一下。老大永春的婚禮，就挺熱鬧。四抬的花轎，双鐵炮，八個響（註八）。如今，永源也照樣。說起來，誰也不能怪，老大、老四的娘家好。

這一帶的婚俗，由男方向女方迎娶。在吉日的頭一天，男方的花轎，以及鐵炮、響兒（吹打手），就要到女家了。

女家宴客的日子是頭一天，小戶人家，只是晚上設宴，中午平常飯食，晚上纔是酒席。大戶人家，中午就是酒席。所以男家的花轎要在吉日的頭一天到。

男家花轎去時，不但要一路點放鐵炮，一路吹吹打打，花轎還不能空著抬去，轎中還得坐了一個壓轎的。還有一匹驢子或騾子，由媒人騎著跟在轎後。

這個壓轎的人，必須是男孩，身分不是新郎的兄弟，就是新郎的侄子。別的人，都沒有壓轎的資格。

這次的花轎迎親，壓轎的人就土娃。

土娃穿著是青色夾長袍黑馬褂，頭戴銅盆呢帽（即官稱的禮帽），足著黑色織貢呢圓口蛤蟆頭白布底鞋，白色線襪。十二三歲的孩子，個頭兒已是半大人了。加上他那臉龐清秀的氣質，都說這壓轎的侄子，相貌富泰，看去不像農家子。

晚宴的首席，主客就是壓轎的。要坐首位。

經過松三爺教過一番的土娃，居然能步武著八件響器吹打的音樂節奏，大模大樣的入席，適時舉杯，酬應得有分有寸，且能及時謝酒。每次舉杯，無論酬去，還是應接，無不杯到唇間，濕唇沾舌而止。而且是雖居主位，毫無傲然之氣，總是以子侄之禮作答。

第二天回程時，由女方備馬送壓轎人。女家在他胸前馬褂的左方口袋上，綴了一朵秋季鮮花，粉紅色的抱心菊，茶杯口樣大。雖然，那位牽馬人一次又一次的說：「侄公子上馬！」土娃總是點頭為禮辭謝。直到花轎起轎，兩抬鐵炮轟轟放了八響，喇叭、鼓鑼、笙笛、奏鳴起來，土娃這纔回身向所有看熱鬧的人鞠躬為禮，又双手抱拳，笑吟吟的向衆作謝。這纔引轎前行。贏得歡呼的「好好好」聲，以及爆竹似的掌聲。

牽馬人扶著土娃上馬之後，土娃還又抱拳拱手向衆人再辭謝一次。

「嗨！像個知府！像個巡按大人！」

好幾位長輩伸出大姆指，贊歎著說出這句話。

婚禮，古稱「昏禮」，禮在昏；大禮應在昏時。

魯甸這一帶人，結婚的拜堂時間，在午間。所以夫家的迎親花轎，要頭一天晚上去。不論双方的距離遠近，第二天的花轎，都要午時以前趕到。

花轎一到，就要把轎抬到大門，掀起轎帘，轎口對著大門。第一件事是「迎親禮」。

魯甸這一帶的「迎親禮」，非常別致。通常都是四至八個小女孩擔任，年紀在十二歲以上十六歲以下。一個個打扮得花枝招展，從拜堂的堂屋起步，一個個魚貫而出。在一路舖出的紅布上走向轎口，走得極慢極慢，走三步退兩步，一步一斂衽。最累的是八個樂手，要一直吹打個不停，不到拜堂完畢，不能停。

魯甸人有句成語，說：「你怎麼恁麼慢，迎親哪！」

這話就說明了，「迎親」是慢的。

為什麼要慢，就是為了必須午時拜堂，黃昏進房。

若是拜堂的時候到了，迎親的女孩就得加快腳步走完。走完後，分到轎門兩旁，等候扶持新娘的兩位婦人走來，（一位是媒人婆，一位是嬸母或大嫂），到轎中攙扶新娘出轎。後面，跟著八個迎親的女孩，一路平常步子走向禮堂。新郎由男女儐相站在堂屋門口等，由新郎揭去新娘的蒙頭紅（布），男女儐相就攙住新郎新娘進入堂屋拜堂。在新郎揭開新娘的蒙頭紅布時，八個迎親的女孩齊唱：

漂亮新娘！漂亮新娘！

英俊新郎！英俊新郎！

於是男女儐相合唱：

雙雙偕手，進入中堂。

先拜祖先！（拜祖先下跪，三拜三叩後起立。）

再拜爹娘！（拜爹娘下跪，三拜三叩後起立。）

之後便是血親、近親、遠親，一一下拜三叩首或一叩首，這些，全由男女儐相唱禮而行。先後秩序是預先排次好了的。

往往，拜堂的時間會到黃昏，方能喊：

「夫妻交拜，送入洞房。」

正因爲禮數如此，時有新娘「穢嫁」的情事發生。「穢嫁」就是新娘忍受不了大小便的情事。所以新娘在出嫁日一月前，就得「餓嫁」，三日前，就減少喝水的水量。

這裡說的「夫妻交拜進入洞房」，是眞的「進入洞房」。

可以說，從轎中迎進新娘之後，照顧新娘的便是媒婆與女儐相二人。這兩人，要事先與新娘在一起生活三、五日。習知了新娘的飲食習慣。否則，若在大熱天時行婚禮，會出事的。雖然，夏日行婚禮的少，不是沒有。

晚間喜宴入席的時候，自然也是按內親外親長幼尊卑的秩序排位，敬酒也是老套，不必說他了。最後的壓軸戲是鬧洞房。

鬧新房，雖是老套，三天不分大小。似乎每一地方都有每一地方的特色，說起來也不過是新郎的同學或朋友們，在別人的「一刻千金」這個吉日良辰，偏要從中搗亂，來惡作劇而已。但在魯甸這一帶的鄉俗，則有媒婆與女儐相在洞房內，爲新娘新郎作個舒解人。只要梆子與鑼聲打出了二更鼓聲，媒婆與儐相就要負責攆走房裡的鬧房人。

當然，鬧房人也只得依俗一一出房。房裡沒有鬧房的人了，二人便也走出房去。依俗卻不准這兩人搜查房內有無暗藏。往往，床底下會躲著兩人，房裡會暗放三幾隻癩蛤蟆。人多時，它仍會躲藏在墻角，蟄伏著不敢動。人走後，到了夜深人靜，它會「嗎哈嗎哈」的叫起來。乍一聽挺謊人的。所以新郎新娘在安睡前，總是拿著燈燭搜房。

墻角間，床底下，以及衣櫥、箱櫃的腳下空隙，都得搜到。卻不曾想到鎖上的衣櫥裡，竟然藏了一個人。

這個人，是任誰都想不到的，他是土娃。

這一搗亂的鬼點子，不是別人想出來的，就是那位身分是二嫂的媒人婆教的。安排土娃藏在衣櫥中的。

說起來，土娃雖已十二三歲了，卻還沒有鬧過新房。可以說也沒有見過。這些年來，年成不好，不是盜來，就是兵往。舖張得起的，也不敢舖張。就像「八個響」的吹打，還有宴席上的吹打表演，也是土娃沒有見過的，沒有聽過的。這一切他都感到挺新鮮。這幾天，他特別快樂。尤其是他壓轎的表現，贊美的話，也隨著新娘的花轎抬到了魯甸。也是使土娃在精神上特別活潑的原因。

鬧房的這天，他二嫂問他想不想去鬧小叔小嬸的洞房？土娃興奮的說「好」！之所以這麼痛快的應允，也只是爲了好奇。

二嫂告訴他，先和合在鬧房的人群裡，等到二更的梆子鑼聲一響，當她與儐相下逐客令的時間，趁亂子裡鑽進衣櫥，輕輕把櫥門在裡面關好。說著又給了土娃一個竹節製成的鵪鶉哨子。土娃認識那是秋後在藿草田、棉花田裡捉鵪鶉用的哨子。捉鵪鶉的人，會使那哨子吹出公的叫聲，也會吹出母的叫聲。讓土娃偷偷兒的先去學著吹兩聲。等到洞房的人都走了。你就把櫥門輕輕打開半扇，靜靜的聽，一聽到新郎新娘上床之後的笑聲、鬧聲，你就吹這哨子：「追追追；可可叉！」（鵪鶉叫）。再去聽他們兩人說些什麼？等他們二人再有動靜，你再吹一次！他們就會點燈起來找。這時，你再輕輕拉上那半扇櫥門。他們看到櫥門閃開，準會拉開櫥門看。這時，你就哇的一聲跳出，他們必定諕了一跳。你就哈哈笑嘻嘻說：「好聽啊！」說過就趕快開門，跑回到奶奶房裡睡覺。

就這樣，二嫂把土娃安排到新房的衣櫥裡。

起先，土娃聽到他們在搜查，聽到他們上床，聽到他們嗦嗦嗦嗦，聽到他們小聲說話，聽不眞說的什麼話？

再聽聽，沒有了聲音？偶有輕悄的新娘笑聲。

土娃把哨子放到唇邊，等著他們有了「笑鬧」聲就吹！偏偏的，沒有？他聽呀！聽呀！希望聽到那「笑鬧」聲。竟然沒有？土娃進入了夢鄉！

突然心中咭喳的一驚，他醒了。

土娃竟忘了身在何處？只覺得背麻腿酸，黑暗得一絲絲光兒也沒有。手中的哨子早已掉了。耳邊只能聽到房內墻腳下的蟋蟀，此起彼落的鳴聲，還有房外屋簷下，呼冷的癩癩嘟嘟（癩蛤蟆）在「呼嗨！呼嗨！」哀鳴不已。還有房外的貓頭鷹叫聲，遂使他突有身在野地墓穴中的感覺。

摸一摸頭上的衣襟紛紛亂亂，也不知是什麼了。想站，痲木的腿也站不起來，遂大叫了起來！

「救命啊！」

跟著便是夾在「救命」中的嚎啕聲！

新娘新郎這一驚可是不小？連忙披衣起身，先點起燈來，這時已能辨別這哭聲是土娃。還沒有走過去，就大聲問：「土娃！你在那裡？」

新娘新郎這纔放下心來，遂拉開了兩扇橱門，兩人把土娃從橱中攙出來。一問究竟，始知是二嫂安排的「鬧房」。

新娘新郎都笑了。卻也忍不住責怪二嫂太惡作劇，竟找上這個小書呆子土娃來演這齣戲。

「好啊！表姐」新娘子說：「敢明兒格不跟你算賬，除非閻王爺把我這條長蟲變成了一條蚯蚓！」

〔附註〕

註一：奉安，乃賢臣孝子，承命薄葬的意思。

註二：糞廠，是北方普遍的一種行業，收買糞便，製成乾肥的地方。北方田地，施用的乾肥，粉末似的。

註三：鄉下人沒有見過火車，也沒有聽過火車的汽笛響。津浦路初通車，火車的汽笛聲，鄉人誤為狼號。

註四：這首紀念總理歌曲，可能遲後再流行起來的。按民國十七年上海商務印書館編印的《中國新歌》，其中的「紀念總理歌」，歌詞不同。另一本《小學活葉歌曲選》上海萬葉書店印行（熊德昕先生收藏），其中的「紀念總理」歌詞，也不同。

註五：白穆穗子，是一種白色穀粒的小米，粘性強，可包粽子。即黍稷類。穗子長而且大，可作帚。

註六：四檯花轎，用四人抬，前二後二。轎槓前後，中加橫木，再由中加一根抬棍，二人一前一後，前後各二人故謂之「四抬轎」。

註七：招打對，意為在外已有了未婚同居的相好。有句歌詞是：「騎著毛驢抱著被，外頭定有招打對。」

註八：雙鐵炮，是指兩把鐵製的火炮筒。有四個眼，可裝藥點燃搶放，一眼一聲通。八個響，指的是喇叭二，笙一，梆一，大小鑼各一，堂鑼一付，鈸一、鼓板在外。實際上，指的是金、石、絲、竹、匏、土、革、木八音齊備。

二十五　土娃要上中學了

這一年來，魯奶奶眞是笑口常開。兒女的親事，全辦了。

去年，老天爺賞了個好秋，今年的麥收，雖然生了麥銹（註一），影響了收成，倒也有個七分，算是不錯的了。春天呢，雖然無雪，兩水還稱得匀和。今年正月立春是個晴天，俗語說：「只要立春晴一日，農夫不用力耕田。」正好應驗了這句俗語。春耕，田裡的泥土也是鬆軟的。所以秋莊稼種得好，也長得旺。都說：「老天如能再賞一個好秋，明年有了旱潦，也會有餘糧抵上。」

偏巧，在秫秫曬米的日子，先是兩陣雷暴雨，晴後又陰，不過午夜，麵條子的細雨（註二）就下了起來。就這樣下了十日未停。鄉人最怕的是那種「連陰天」，又降臨了。眞格是細雨細線，從早晨到黃昏，總是點點滴滴，幾無住點的時候。

雖說，田裡並沒有積水，可是秫秫在這陰雨連綿的日子裡，不收，就在穗子上發芽了。

於是，家家戶戶，老老少少，男男女女，都頭戴雨笠，身披油布什麼的，到秫秫田中，扳下秫穗剪割下來。揹到家中，放在木梳上，把米粒梳下來。然後，放在火盆上烘乾。費事可大了。這種米，得單儲，不能作種籽用。

田裡的泥水，被連日來不散的雨潦，泡得鬆軟泥淖。男人的大脚板，一踩一個坑，還容易拔脚，婦女們的金蓮小脚，可不能適應了，一踩一個深窟，踩進去的脚，拔不出來。因而婦幼都無法下田，只在家中，坐地梳秫穗子。另外，還有小黃米，也是這樣的做法。

至於田裡的黃豆、綠豆，以及芝蔴、紅芋，有正在開花的，有的正在結角生實的，也就管不了嘍。

土娃，不但在這個時候，讀了七年的小學，已經取得畢業證書，更由於土娃的文、史成績特別出色，又知道土娃這個學生，唱歌的歌喉，也特別婉轉悠揚，更會吟誦詩經，縣城的縣立中學，已通知土娃魯金土直升中學，可以免去應試的這一關。白沙小學有兩位，五舖小學一位，魯甸小學也只有魯金土一人。

這件事，更使魯奶奶的歡情笑開了大臉。

按說，這是土娃進入中學，無須憂心也無須期待的事，別人，還得去報名、去應試，期待放榜。這些，土娃全免了去。可土娃上中學的問題，比任誰都多。業已多到不能克服。這些，都是家庭方面的問題。

當土娃直升中學的通知，在兩個報錄的（註三）燃了一串鞭炮，送達到魯家。魯奶奶歡歡樂樂的接下了這份通知，招待了兩個報錄的到家用過茶點，又送上兩百大錢，還是特別找來紅絨繩串起的。還未送出大門，家中新娶的四嬸就開了腔啦！

「小學畢業，直升中學，倒是喜事，」這位四嬸說：「倒不知城裡的中學，要不要錢？」遂又說他陳家堂弟已在城裡唸中學的事，「俺那堂弟就在城裡唸中學，不算學費，光是伙食，就得套上牛車拉糧食送進城去。俺嬸子說：『算起來，四年中學（註四）讀下來，花下去的錢，可以打一匹金馬駒子。高中還有兩年呢！』土娃去上中學，這筆繳費歸那裡出？」

這話，土娃的娘，以及魯奶奶都聽見了。

聽見也裝著沒聽見，反正這四嬸說這話的時候，只不過是在打黃腔，不是衝著對象說的。

可是，魯爺爺坐在堂屋裡聽見了，瞎子耳聰，聽得眞。遂把這話告知了魯奶奶。魯奶奶這纔想到，土娃上中學，有了等著解決的問題。並沒有怪這四嬸說了閒話。

先請人去打聽上中學的一切應需費用。

魯奶奶知道了四年下來，這筆費用委實可觀。最不可少的是伙食費。學校又沒有住宿生，吃住都得自謀處所。

固然，城裡有一家是土娃的姨奶奶，土娃他娘的姨母，就是那位給魯永春安排新生兒送沙土的姨媽。

可是，這位姨媽家的住處窄狹，家中的兩個兒子和媳婦以及孫子，都無處擠，雖然願意，也容不下外人。

另有一家，是土娃的遠房舅父，在城外設了一處糞場，城裡有一進院房子。土娃的娘說，這位堂舅一向在外，極少回鄉，鄉間也沒有產業，祇見過一面，再見面時，可能已不相識。

這種麻煩的事，不是一天兩天，一住就得四年，開不得口的。但據打聽的人說，城裡倒有人家專收外地的學生，供應住宿及飯食。算起來，收授的條件很可觀，不是土娃家可以應付得了的。

魯奶奶雖已瞭解了這許多情況，愛孫心切，還是不死心。

一天晚上，魯奶把家中所有的弟兄以及媳婦，都喚了來。

魯奶奶的意見，是賣了養老地供應土娃上中學。但是得先分家。

魯氏家族，也有人出面，願意撥出魏氏宗祠的祖產收入，供應土娃讀到大學畢業。

這些事，也非先給自己一家人說妥不可。

一家人都團聚了。這天是陰曆七月初十前後，處暑已過，白露將臨，上懸半月的夜晚，老人需要上著夾衣，已是初秋的微涼天氣。飯後，弟兄們相聚，先談了些今秋的莊稼，秫秫、穀子剛收完的農家瑣事。蕎麥剛開花，棉花正吐雪，都預測著怕的秋後乾旱，小麥種不好。弟兄們談到農事，個個都有各自的經驗。待會子，幾個妯娌料理完厨灶間，以及房裡的事，孩子的事，一個一個也先後到了堂屋。

土娃有個妹妹，名叫喜娃已三歲，帶了來。二嫂的兩個兒子，一個在外婆家，一個小的五歲，帶來了。三嫂兩個，一男一女，女孩是大的，已能照顧弟弟，留在東家沒有帶來，他們離家遠。老四去年秋新娶的，業已大腹便便。就這樣一家十幾口子，團聚一堂。可以說，除了一個三歲一個五歲的孩子，其他的人都知道今晚的家人團聚，要談的是土娃上中學的事。

所以，人人都先有了腹案。更可以說，除了土娃的娘，其他三位妯娌們，都已相互談論過了。

「土娃要上中學了，咱家人都知道。」魯奶奶開門見山的說：「只是咱這裡離城遠，上學倒沒啥？學費也繳得起。只是吃住這兩件事，不但沒有親友依靠，費用也大。……」

魯奶奶說到這裡，便哽咽起來，拉起襟上的手巾擦淚。

一時大家靜肅下來。土娃背靠著門站著，頓時頭就低垂下來。反起的雙手，在扣門板上的一顆凸起的釘子，頗為用力，很想把那釘子扣出來。

「不是族上祠堂肯拿出這筆上學的錢嗎？」老三說。

土娃的爹馬上就接上了話，說：「就是族上都肯，咱們也不能這樣。」說著，面向老三，繼續說：「這事，俺跟咱爹娘商量過了。咱們弟兄想想吧？要是受了族上這個份子，萬一土娃的書讀不出來，怎麼交代？豈不叫人在咱們身後搗咱們的脊樑筋（註六），搗上三輩子。就算土娃的書讀出來了，像今天的什麼留洋啊！博士啊！咱族上的這份子情，也是咱們弟兄十輩子也還不完的。何況，現今晚比不了從前科舉，只要肯唸書，囊螢、鑿壁，獨守茅屋，都能『禹門三級浪平地一聲雷』。（註七）。現時怎麼能？咱們今兒晚上說的，還祇是上中學，以後還有高中呢！大學呢？」

土娃的娘一邊抱著躺在腿上正在吵著要出去玩的喜娃，一邊安慰著，一邊抽出一隻手來擦淚。這些話，土娃早已聽他爹向他說過了，土娃早已知道中學上不成，這時心已坦然。可是魯奶奶早已胸有成竹，她可沒有像土娃的爹那麼絕望。今天，她之所以主張把幾兄弟的全家人都喚回家來，就是要表達她決定要送土娃上中學的作法。

「娘打算這樣作，」魯奶奶斬釘截鐵的說：「俺給老頭子商量過了。俺兩個老東西的養老地，先賣掉二畝，」魯奶奶的話剛說到這裡，三個弟兄以及三個媳婦的臉，都昂起來了，他們都沒有想到爹娘有了這個想法。「俺合算過了」魯奶奶繼續說：「四年中學的花費夠了！」

「不，」老大永春的話，剛剛吐出一個不字，便被二嬸子搶出口的話打斷。

「養老地，也是四個人的份兒，（註八）」

二嬸一出口就指明養老地不是老大一家可以享受的。

「我也這樣想。」

緊跟著四嬸便附和了一句。

魯奶奶一聽這一對表姊妹，竟在一唱一和，雖然生氣，却未動氣。反而臉上堆出了微笑。

「按說呢！養老地也是祖上留下的產業，」魯奶奶說。「養老地必須等到你們分門別戶的日子，俺老兩口子纔有養老地。你們應想到我今兒格把你們弟兄們兩口子都叫到家來，是啥個意思？」

這時，四個兒子纔想到，爹娘的主張是要分家了。

分家，是每個弟兄都想到的事。尤其，當老四娶了媳婦之後。四個弟兄已在爹娘口中，不時聽到「將來你們分了家」這句話。如今，爲了土娃上中學籌學費的問題，居然恁麼快就提出來了。四嬸進門，還不到一年。

「娘！你主張分家嗎？」

老二首先發言，因爲他媳婦已說出了養老地不能賣了替土娃繳學費的話，附和的四嬸又是他媳婦的表妹。

「鳥兒會飛了，就離開了娘窩，犢兒大了，就離開了娘脚。」魯奶奶說。「咱家三代都是到了第二代就分炊。因爲咱家不是大戶人家，做不到五世同堂，連四世也做不到。」

魯奶奶的話還沒說完，幾個兒子幾個媳婦，都已啜泣得不能成聲。

「我不要上中學！我不要上中學！」

土娃嗚咽著說。魯奶奶一見到土娃哭著說「我不要上中學」！就心如刀割。

「娘的想法，可能不需要，」老大永春說。「松三爺說教會可以幫忙，不過，得進教會那個中學。」

「這樣倒好！」老三永淵附和。

「進洋人辦的學堂，我可不願意！」魯奶奶反對。「還得信洋教，洋教不准拜祖先！咱家的孩子可不能進。」

「不管怎樣，爲了一個孫子上中學，就賣田賣地。」又是二嬸說：「俺呀！還有兩個呢！」指他也有兩個兒子。「等將來上中學，還得賣，有多少田賣呀？」

「這倒說得是。」四嬸又附和了。

魯奶奶還是按下了心頭的火，強忍著心頭的痛楚，仍舊展顏歡笑的說：「所以嗎！我主張分家。」又說：「分了家，各有自已的一份。各有自已的分配。愛種豆子就種豆子，愛曬乏就作曬乏（註九）。用不著再去問當家的。我想來想去，……」說到這裡，魯奶奶的痛楚心情，實在耐不住了，遂略停了停，在嗚咽的喉頭，顫顫巍巍的滾出了這句：「還是……分了吧！」

魯奶奶的這句話尙未落音，三嬸竟然大喊一聲：「娘！」噗咚一聲跪在堂前，撲在婆婆脚前，哭得說不話來。

四位兒媳，只有三嬸是童養媳，十二歲就到魯家。她到魯家作童養媳的日子，已無父無娘，爹死了，娘帶著八歲的妹妹嫁了。在魯家作了四年童養媳，婆婆一直當作女兒一樣看待。所以她在四個媳婦中，與婆婆的情誼最爲不同。

在魯奶奶說這一番話的時候，堂屋中所有的人，都在擦淚，二嬸、四嬸雖然扳起臉，但在這種氣氛下，却也淚水盈眶。

土娃還是那句話：「我不要上中學。」

「都不要難過，」魯奶奶起身拉起了三嫂。擦乾了眼淚鎮定一下說。「分家是常事，早分遲分，遲早都是分。」又解釋說：「我說賣養老地給土娃上中學，只是個由頭。」

「娘！可准俺問一句？」這位二嬸又開腔了。

「臭婆娘，妳還要問個啥？妳問！」老二永福沒好氣的阻止。

「我問一句都不行？」二嬸反嘴。「咱總得弄清楚怎麼分？」

永泉氣鼓起的嘴又蹩下去了。還瞪著眼聽她問啥？

魯奶奶還是笑盈盈的臉，溫和的答：「妳問麼，李家孩子（註十）。」

「分了養老地，娘就能賣嗎？」二嬸問。語氣輕柔。

「分了之後，各人的就屬於各人，」魯奶奶回答。「俺兩老口子也不例外。」

「俺知道的，可不是這樣。」二嬸子這樣說。

魯奶奶問她知道的怎樣？永泉也想知道，沒有生氣。

堂屋裡所有的人，都想知道，連土娃都算上，都在等著。

「養老地是不能賣的，」這位二嬸子這樣說：「養老地是俺們弟兄四個的，留下來合夥耕種，收下的柴草糧米，都交給年老的爹娘保管享用。爹娘百年之後，養老地，就再歸還俺們四兄弟。」

經過二嫂這一說，魯奶奶語塞。一時通紅了臉，壓制著沒有發作。這時，老頭子却插了一句嘴：「照老規矩，是這樣。」

「你個老混賬，」魯奶奶把氣發到老頭子頭上了。「瞎了眼，坐吃山空，還有你說的？」瞎老頭子受了搶白，火了。一豁站起，氣火火的說：「這家裡就多餘我！我死去好了。」說過就摸索到椅邊的手杖，扶著牆要進房去。

「要死就去死，說出來諕虎誰？」魯奶奶說著也站了起來，「死連皇帝老子都躲不了。」也隨後要進房了。

全屋的人都站了起來，異口同聲的說：「爹娘別生氣嗎？」

想不到永泉竟突然一拳向他媳婦打了去，打到左臉上。

這二嬸不曾提防挨了一拳，當時就倒在地上，昏過去了。

「你個臭婆娘！」永泉還罵，「都是你惹是生非。」

這突發的情況，四嬸啊了一聲「啊！表姐！」跑了過去。連瞎爺爺與魯奶奶都停止了脚步。幾個婦人趨前扶起了二嬸，永春與永淵都責備老二不應動粗。被扶起的二嬸，方始從一陣昏寐中醒過來，醒後便聳起身來，要向丈夫一頭衝去，被大嫂及三嬸猛力抓住了。雖然被抓住了，却又扯起嗓門，身子一聳一聳的叫：「你要打死我！你打！你打！」好在她帶來的五歲兒子跟土娃的妹妹喜娃在院子裡月亮地玩耍。聽到房裡哭吵，這纔進來。那個五歲的金鯉，看到他娘在哭喊，喊了一聲娘，便跑過去抱住他娘的腿在哭！

二老都又退回脚來，坐回原位。瞎爺雖然看不見，却也聽得出發生了什麼事，埋怨著說：「幹啥打人哪！」

魯奶奶一言不發坐回原位。喜娃跑過去，偎在奶奶膝前。

二嬸雖然哭著喊著，聳跳著，終被三個女人連推帶擁的推出了堂屋。土娃在小聲的哭泣著說：「我不上中學！我不上中學！」

「你們二老去歇了吧！」老大永春說。「沒有事。」

「這婆娘欠揍！」老二說，還在堵氣。「瞎三話四，娘！你別放在心上。」

「嘻！別出手就打啊！」魯爺爺責備老二。

「我不該娶了這種婆娘！」永泉說：「惹二老生氣！」

「不，」魯奶奶說，「他二嬸子說的有理，我倒想通了。去吧！俗話說得好：『堂前訓子，房裡勸妻。』別堵氣，去吧！』既然睡在一張床上，可得記住，不可脊樑對脊樑話（註十一）！去吧！」

永泉聽了娘這幾句話，也就低下頭來，懊悔他這一拳。

老大永春又說了一句：「二老去歇著吧！要打二更了！」

當老大老二要轉身出門時，魯奶奶叫住了老大。

「永春！你去跟松三爺說去。咱同意土娃進那教會的洋學堂。」

永春聽了娘的這句話，低首唯唯，說：「好！我這就去說。」

回頭看了一眼老二，當二人的眼光交織時，都能明白彼此的心在說：「娘竟然改變了！」

這時，二人尚未出門，就聽到娘的委婉聲腔。

「瞎子！咱們睡去吧！」

老大老二兩弟兄回過頭來，看到娘去攙扶著爹，一步一步，慢慢蹙蹙地走進房去。

〔附註〕

註一：麥銹，是一種植物病蟲害，麥葉、麥桿上，生了不少黃點子，苗實都受到了這種蟲害。

註二：麵條子的細雨，指秋日的那種細細拉拉的像麵條子似的，滴滴落落個不停的細雨。這種雨，往往一落多日。

註三：報錄的，本是科舉時代，縣衙差役向中第舉子的人家，去送中第名次的名錄，提前告知家人。到了民國十幾年廿年，還有這種「報錄的」存在。不過，只是去獲得小惠而已。

註四：四年中學，那時的學制，有四、二制，初中四年，高中兩年。大學還有預科一年。

註五：金馬駒子，指用金子鑄製成的金馬，此處意為花得錢多。

註六：脊樑筋，即背脊骨。搗脊樑筋，即背後說閒話。

註七：「禹門三級浪平地一聲雷」是一首歌頌科舉時代舉子中了進士時的情況。

註八：四個人的份兒，意為養老地也是四個弟兄的。

註九：曬乏，指曬乏地。曬乏地是割了麥子之後，便不再種秋莊稼，冬天耕了之後，便曬著，專等明春種秫秫，這種田，俗謂之曬乏地。

註十：李家孩子，是魯甸這一帶人的公婆叫媳婦，通常都以媳婦娘家的姓稱呼「×家孩子」。生育了子女，或以子女的名字稱「××的娘」。

註十一：意為不可背對背睡。俗語說：「夫妻吵架床上和」。就是這個意思。「脊樑」是魯甸這一帶人的方言，指背脊。

二十六　崇德中學的那段日子

土娃終於到縣城進了教會的中學。

這教會是較古的浸禮會，上一個創辦了這教堂的牧師戴維斯夫婦，帶領著子女，已經回國。聽松三爺說又回到中國，在浙江一個大縣城又建立了教堂，不回到這裡來了。換了一位中國名字叫鍾斯的牧師來接管。年紀不過四十上下，夫婦倆帶一男一女。男的十二，女的十歲，都安置在這個中學唸書。實際上是學習中文與中國話。男孩名叫鍾約翰，女孩名叫鍾瓊妮。由於還不會說中國話，與土娃相見時，似乎連多看一眼都不屑。

這時的土娃，已經十三歲了，還是個半大小子。

十二歲的鍾約翰，比土娃高半個頭，十歲的鍾瓊妮，幾與土娃相等高。這兩個孩子，隨同母親來了不久，對於過去曾經發生過的義和團事件，心頭尚有餘悸。是以從家鄉來到這土老的縣城，還不敢輕易出門。只會與他的父母說他們的土語，也不是英語。中國話只會說「你好！」、「謝謝！」、「再見！」鍾牧師也不會用中國話傳教，只能說一些應酬話。講道時，還得由一位中國人作翻譯。所以這教堂中，除了鍾牧師一家四口，還有女僕李嫂，四十多歲，廣東台山人，只會說廣東話，及些微的英文。還有翻譯盧教師是女的（註一），不到三十歲，合肥人。說是纔由什麼神學院畢業。另外一位是清潔工還兼作門房守衛的老晉。五十餘歲，本城南關人。粗壯樸實只是滿口土語，與鍾家人講話，有時連那位合肥人盧教師都聽不懂。不過，老晉喊盧教師爲「驢教師」，盧教師却不能表示反對。皖北這一帶人，盧字尙存古音，唸作「驢」音。

教堂與崇德中學是緊鄰在一起的。

房屋原是兩戶三進頭的四合院。教會把它買了下來，在兩戶之一的右邊大門，建立了一所小小的教堂，歐洲式的建築。另一戶的大門，則也重行改造，除了保留原有大門內的小院，又在教堂房屋左方闢出一間小房，放置教堂傳教應用的書籍用品。教堂這邊的後兩進，東西廂房，以及中央兩排三間式的房舍，還有左邊一戶的後進三間，都作爲崇德中學的校舍。校門就是左院重修過的，「崇德中等學校」的牌匾，就掛在這一院子的大門外。

左院的二進打橫三間，是鍾牧師一家四口的住處。仍照我們中國的舊式未改。右爲主房（靠東），左爲副房（靠西）。副房隔爲兩小間，前坐後臥，男孩住。東廂兩間，女孩住一間，女僕及女教師合住一間。西廂兩間，一作鍾牧師書房，一作接待室。後院的東西廂房以及中央打橫三間，都是學校使用。不過，西廂的兩間是厨灶。

第一進院子的靠東墻，有兩小間，一間靠外，老晉住。一間靠內，較大，原爲養馬的槽廄。鍾牧師來後，不坐馬車，騎自行車。所以馬也賣了，車也廢了。這間房遂打掃出來，放置雜物。土娃，就住在這間房子的空隙處。床，架起一個舊門板而已。

學校只有三班，是三年制，一個年級一班。各班學生，最多的二年級只有廿五人。三年級十二人，一年級十八人。合起來也只有四十五人。

土娃抱著滿懷的理想與興奮，由他爹偕同松三爺送他到學校。等到爹與師（松三爺）走後，鍾牧師就把土娃叫到書房去了。

「看到你這個很可愛的孩子，我很高興！」

鍾牧師用生硬的中國話說，仍須盧教師在旁作譯員。

「你這學期的一切費用，都由教會支付。下學期得憑成績。」鍾牧師繼續說：「成績超過八十五分，全免；八十分以上半免。不到八十分，不免。」

這時，土娃方始知道，教堂還立有這些規矩。

松三爺沒有說，只說教堂是作慈善事業的，幫助窮家孩子唸書。當然，唸書的學生，總得用功，不用功誰願意幫助？土娃能瞭解。

「住的地方，也已安排好。」鍾牧師又說：「老晉會來帶你去。」

果然，老晉就在門外等著。盧教師伸頭向門外喊了一聲「老晉，」老晉就進來了。

遂吩咐老晉帶土娃離去。土娃遵從松三爺教的規矩，向鍾牧師深深一鞠躬，又向盧教師一鞠躬。這纔隨同老晉走去。

首先，安排土娃的宿處。這地方，原是飼馬的馬廄。雖然整理過了，又用土塡平過了，馬糞馬尿的餘味仍在。一進門就能嗅到。今又堆集了許多雜物，還有腐朽的氣味，雜揉其間。土娃是鄉下人，這些氣味，他都聞慣了。

一個門板，老晉已給土娃架好。

「魯金土，你就睡在這上面，我給你搭的，」老晉說著還用手按了按。「挺平坦的，你自己舖吧。」

然後，又跟老晉到後院去見李嫂，老晉要土娃叫她「李姨媽」。李嫂帶著土娃去見鍾師母。黃髮灰眸，見到土娃只說了一句「歡喜你來」。又到約翰住處，不在。李嫂的話，土娃也聽不懂。

土娃來此的日常工作與功課，都由盧教師一一吩咐清楚。

從第二天開始，土娃就得照吩咐履行工作了。

早起，要從廚房向李媽媽拎一大壺熱水，到內院各房一一將洗臉水，傾入臉盆。晚上，洗脚水傾入脚盆。要是洗澡，就得與老晉擯抬那一大桶熱水。夏天，就免了。

早飯後，得準時陪同約翰上學，他們二人同班。凡是有關中文的課，回來之後，都得土娃再教一遍數遍。全得聽約翰的吩咐。漸漸的，連瓊妮的中文課，也落在土娃頭上。

起先，叫他學名魯金土，後來，知他乳名叫土娃，竟都改口叫他土娃，兩個字，簡單明瞭，叫起來順口。連李嫂與老晉也都這樣叫了。土娃却拘謹的叫牧師爲師父、師母，以及李媽媽、晉伯伯。本來，土娃叫約翰、瓊妮爲師弟、師妹，這兩孩子聽著不習慣，纔改口也叫他們的名字。

最忙的日子是禮拜天。

土娃不但是詩班中重要的一員，高音、中音、低音，都是好歌喉，他還具有高八度低八度都能發出膛音的天賦，兼且咬字清晰，吐音圓潤。這些才能，不完全基於天賦，還受過松三爺在聲韵學上的清濁明辨，以及五音四呼上的字音講授。還有五音六律的八音克諧等學理認知。他都學到一些，所以他在詩班中，是一株出乎林表的翠綠枝子。平常，聖壇上下的接應事務，也大多交給了土娃。盧教師的工作減輕了，專心在詩班上以及家庭訪問上工作。鍾師母彈奏風琴。

一學期沒有完，土娃便熟諳了教堂中的一切禮儀。

因而，禮拜天的教堂事務，一大早，總是土娃去準備一切應準備的工作。學校中的功課，最弱的兩環，便是算術與化學。由於他缺乏基本訓練上的基礎，他跟不上了，總是不及格。約翰是個不用功的孩子，教學的先生是中國人，只會用中文講，對於約翰來說，那眞是「聾子聽雷」。在學校的功課方面，土娃自然成了約翰的幫手。

起先，兩人同進同出。下了課，除了算術、化學，所有的功課，都是土娃代作。瓊妮的功課，則由盧教師照管。

不久，約翰不願與土娃同行共處了。連課室的座位都調動了。理由是土娃渾身臊臭。

土娃來到此處，不到一周，他就開始天天尿床。

主要的原因，是土娃的日間工作太忙，正在吃長飯的時候，給他的那份伙食，飽不了土娃的肚子，夜晚餓時，往往去喝涼水。夜晚一上床，倒下頭去，就呼呼入睡。「遺尿」症，怎不自然產生。

在家時，隨同祖父母一床睡到六歲，分床睡到十歲。晚上總是祖母喊他夜起尿入夜壺。近兩年來，跟他爹睡在草屋，學習夜起餵牲口。吃了晚飯，入夜不久就上床了。農忙的日子，更是如此。農閒的冬夜，也不會過了二更不上床。雖然農家的日子忙，總是日出而作，日沒而息。土娃來到教會，可不是如此的了。

白天，正在課堂上課，有時老晉會來叫，不是牧師叫他出去送信或到車站購票，以及到商店購物什麼的。就是師母叫他陪著到市場去購買蔬菜與雞鴨魚肉，或到商店購物品什麼的。老晉不認識字，只能作粗活，李嫂語言不通，買來的菜蔬，不但不合口味，價錢也貴。自從土娃到後，遂成了鍾牧師一家人的有力幫手。土娃不但知書達禮，兼且誠信樸實，交給他的事，沒有辦差錯過。鍾師母雖然不會講中國話，帶著土娃在身邊，只要用手就可以，指這買這，指那買那。論價還價，買到的都比老晉李嫂便宜得多。因而土娃又多了這份工作。

在學校，土娃的性格是不能不如人，雖然算術、化學還有外國史地及體操不如人，他却努力在趕。只是平常的工作太多，連李嫂老晉都算上，一有什麼問題，就到學校喊他。在他們心理上，都不認爲土娃是來唸書的，是他們這所教堂的「博愛」。有時，鍾牧師就喊土娃爲「BOY！（註二）」當然，這是西方人對於孩子們的口頭語。

就這樣，土娃在學校的功課，也就越來越不如人，十八個人，成績退到末三名。除了國語與中國史地，還有格致一科，其他無一門能達七十分。數理兩科，幾乎是零。

小學時代，土娃的那分出類拔萃的情致，在此，煙雲似的散失。

這一點，自是土娃深感苦楚的事。最使土娃難堪的事，還是夜間的「遺尿」，如今，幾乎是夜夜尿床，往往尿下不止一泡。一床墊被，已經濕漉漉地不能墊用了。

起先，今晚尿了，第二晚睡上一夜，還可以熅乾。如今，每夜都尿，有時還不只尿一泡。天氣又涼了，雖然捲起搭在房中的雜物上晾著，一天也晾不乾。何況，這房子雖左後兩方有窗，已被雜物擋住。土娃的床，只是衝向門口的一處騰出的空隙。一次、兩次，還能在房中尋得破薄墊子、破布片子、破爛衣衫等作爲替代。但却夜夜遺尿，竟使土娃連晚上睡覺，都出了問題。被子又不夠大，作不了半鋪半蓋。也不敢墊著身上穿的棉袍子睡，也不敢穿著棉褲睡。只有自去買些麥穰來（註三），墊在濕漉的床墊上。雖然滑動，多少還能除濕，睡時不涼。

可是，他身上的尿臊味，却越來越重了。

偏巧，這些日子，學校在排演兩齣歌舞劇，一是《可憐的秋香》，另一是《毛毛雨》。這學校全是男生，女生祇有牧師的女兒鍾瓊妮一個，由她來表演秋香，但她不會唱，只表演舞劇，由土娃在幕後領頭主唱。《毛毛雨》（註四）則由土娃主演，一邊唱一邊表演。還得男扮女裝來表演。

原來，教唱歌的老師認爲男的也可以扮演《毛毛雨》的主角。盧敎師與鍾牧師商量之後，認爲還是扮成女的表演，更有趣味，何況，土娃的臉龐，長得非常清秀，眉目尤其嫵媚。經過一次試扮，扮女果然比男的俏致。土娃也同意扮女表演。

因而，土娃的工作量更多了。接觸的人也更多更近了。

儘管，土娃自己注意到身上的尿臊味兒，約翰却因此不跟土娃坐在一起做功課了，連課堂的坐位也調過了。盧敎師曾嗤哼著鼻子問過土娃：「你身上怎麼有尿臊臭啊！」土娃囁嚅著答說：「我睡的房子，原來是馬房。」却也遮掩過了。

平常日子上學，他身上的所有口袋，都裝滿了樟腦球兒，用來遮掩身的尿臭。他們鄉下人，素來不用胰子（註五）洗臉洗衣。尤其是日本貨「日光皂」（註六），味道極濃極烈，用時嗆鼻子，走在路上，風吹著都會順風聞到。這些年，抵制日貨，言論洶洶，行動切切。在小學時代，同學中如有人嗅到某人身上有日光皂的味道，同學們就會對他向地上吐唾沫，駡那同學：「不愛國！」是「漢奸坏子。」如今，土娃却偷偷兒的用日光皂洗臉，洗澡，使之與身上帶的樟腦球味兒，渾合起來，目的只是爲了遮掩身上的尿臊臭而已。

特別是禮拜天到教堂去，此一僞裝，做得最爲周到。

大多數人都認爲土娃住的是馬房，連鍾牧師都知道，打算下學期給土娃換個地方呢！冬天，遮掩這種尿臭，終比夏天要好得多。

可是，土娃在與大家夥排演歌劇，一邊唱一邊表演，雖在冬寒日子，也難免要出汗的。只要一出汗，這尿臊味兒可就濃起來了。

「唔！……」有人連連嗤哼鼻子。問：「那裡來的尿臊味兒？」

於是大家都把鼻子嗤哼起來。

「哼呼！哼呼！」四下裡試試鼻子。說：「是，有尿臊味！」

正在練習表演的土娃，內心發虛，頓時歌兒也唱不好，表演也變了樣啦！盧教師看到了。

「停！停！」

盧教師喊停後，遂說明了這一原因。

「土娃住的是舊的馬房，下學期就給他換地方了。」盧教師這樣解釋，又說：「大家不是聞到土娃身上有樟腦味兒嗎！土娃也怕大家聞到呢。」

就這樣幾句話，把大家的鼻子給支呼開了。

陽曆十二月廿五日是耶穌聖誕節，舉行完了所有的儀式，鍾牧師爲了遷就時尙，餘興的節目，就是《毛毛雨》與《可憐的秋香》兩齣歌劇。土娃的節目在前，只能容納一百廿人的教堂，擠得水洩不通。所有本城其他幾家中小學的負責人，都請到了。

土娃是鄉下姑娘打扮，上著紅花緊身小襖，下著黑色長褲，紅帶子紮著褲脚。綉著牡丹花朶的小圓頭黑緞鞋子。前流海，後面拖著又粗又黑的長辮子。薄施脂粉，淡點朱唇。土娃來時是楕圓豐滿的臉龐，這兩個月來，臉龐瘦削一圈，微現憔悴的容顏，正適合《毛毛雨》的這位充滿失戀情意的女脚。

也許是這位十三歲的孩子，生來就具有表演的天才稟賦，但也許是在松三爺的聲韵指導時，說到可合傳達曲情的意蘊，所以他在前奏曲剛完，便踏著音樂的拍子，循應了音樂的旋律，唱出了歌詞：

毛毛雨　下個不停
微微風　吹個不停
微風細雨柳青青　哎哎喲喲！柳青青！

就贏得全場炸堂的彩聲！幾乎無人相信這是個男孩子。

跟著，風琴再彈奏起助奏曲兩番：

110 10 21 | 165 35 65 61 | 21 23 55 | 05 05 :)

土娃在這兩番助奏曲的旋律上，在台上輕踏著節奏，在無限深情的眉目秋波中，漣漪出的失望與祈求，又贏來一陣掌聲。

小親親　不要你的金
小親親　不要你的銀
奴奴呀　只要你的心

哎喲喲　你的心

唱完這第一番曲子，台下的觀衆，風靡之情，已將毛毛雨變成了暴風雨，歡呼聲與如雷的掌聲，小小劇場都被震撼起來。

四番曲子唱到：「哎喲喲！好人哪！」

眞可以說是，已將今年這「眞神堂」的聖誕，恰如眞神送來天使降臨似的。對土娃來說，應是他到此的第一次風光景致。

下一齣，是鍾瓊妮的《可憐的秋香》，她是西洋的女孩，藍眼睛、黃頭髮，雪白的皮膚，未施脂粉的臉龐，那異國女孩的嬌質媚態，一出場就是鞭炮樣的掌聲。

幕後的主唱者，還是土娃。

這一齣歌劇，不是一個人在台上，有七個人。鍾瓊妮演秋香，三個人扮羊，兩個人扮問話者，一位老公公，一位老奶奶。後台衆人幫腔合唱：「暖和的太陽，太陽，太陽；太陽他記得，照過金姐的臉，照過銀姐的衣裳，也照過幼年時候的秋香。」土娃領頭合唱。下面的句子是土娃（獨唱：「金姐，有爸爸哎！銀姐有媽媽哎！秋香，你的爸爸呢？你的媽媽呢？」下面還是土娃幕後獨唱：「他呀！每天只在草場上，牧羊，牧羊，牧羊！」後台合唱牧羊牧羊時，秋香趕羊群在台上慢慢走，羊在吃草。唱完後，二老人再用手指著牧羊的秋香，後台土娃連唱四句「可憐的秋香！」這齣歌劇共三番，第一番太陽，第二番月光，第三番星光，它們照到的秋香，也是三次秋香不同的臉，第一番幼年，二番少年，三番老年。這一歌劇也是鄉里人很喜歡的。

耶穌聖誕過了，開始放假十天，陽曆一月五日纔上課。這是教會學校，與其他學校不同的地方。

可以說，土娃最企盼的日子，終於到來了。他是多麼的想回家呀！

魯奶奶原說先一天進城，住在土娃的姨奶奶家（代魯永春張羅新生兒沙土的那位姨媽），很想觀賞孫子的表演。却聽到人說，教堂是野（耶）教，不但洋，而且野，不敬祖先，不分老少尊卑，男人通稱「弟兄」，女人通稱「姐妹」。若是進教堂，先得忘了祖宗。得罪了祖先，可了不的。魯奶奶不敢來了。託西關糧食行一位表叔順便託人帶土娃回來就可以了。不過半天的路。

當土娃捲起了舖蓋，外加一張油紙包好，揹在背上，走出了他睡了三個多月的這間尿臊薰鼻的馬房，心裡便湧起了一個問題，我還會回到這裡嗎？

〔附註〕

註一：教師，是神學院畢業，在教堂已經實習期滿，而且工作了一段日子，升作教師，在教堂協助牧師工作的一個教會工作人的職稱。若是男教師，成績好可升為牧師。

註二：Boy一辭，本是孩童的意思，但在某些地方，則已成了僮僕的稱呼。

註三：麥穰，就是打完麥子，留下的碎破麥桿。已經成了桿皮。

註四：《毛毛雨》與《可憐的秋香》兩首歌，都是民初音樂家黎錦暉的作品。當年，盛行一時，幾乎全國中小學都在演唱。

註五：胰子，是那時鄉人稱呼「肥皂」的名稱，通常還要加上個「洋」字，謂之「洋胰子」。

註六：日光皂，是當年在我國銷路最廣的日製肥皂，洗臉洗衣兩用。氣味濃烈。抵禦日貨時期，此一日光皂受到排斥最大。只要使用過它，頓時就能嗅到。不但被辱罵為「漢奸」，還會受到粗人動拳脚。

二十七　內外多置小門墻

還沒到午飯時刻，土娃就到家了。

他總是先到奶奶那裡，但一進大門，就見到情景變了。怎的，原來的院子，門墻怎的改過了？進門之後，最先見到的是三嬸，怎麼，三嬸不是跟著三叔在大戶家打長工嗎？他不知三嬸回家來了。三叔還在東家。

「三嬸！」土娃站住叫了一聲，想問還沒有問。三嬸見到土娃，也駐足停下，手中還拿著一棵蔥，一言未發，竟低下頭來哭了。忍不住還揚起手來，用袖口擦淚。

這一來，土娃驚詫起來。

「怎麼啦？三嬸。」

「分家啦！」

說過，扭頭就走。像躲什麼似的，奔回自己的新門墻。

土娃愣住了。那天晚上的一幕，馬上浮上眼簾，一時悲從衷來，站在三嬸家的門外，哭了起來。

小叔永源出來了。看到土娃就大聲說：「土娃回來啦！」馬上去爲土娃放下肩上的鋪蓋，拎在手上，說：「奶奶等你吃飯！」

這時，魯奶奶聞聲走出來了。一見到孫子，兩隻眼睛馬上就看不見了。淚水盈滿了眼眶，淹沒了雙眸。

「奶奶！」土娃叫了一聲，便抖顫著喉舌說不出話。

「快進來吃飯吧！」魯奶奶擦了眼淚說。「作了白菜、豆腐、細粉（註一）肉丸子，還有合餅子（註二）。」

進房之後，土娃就抱住奶奶哇嗚一聲大哭起來。

「別哭！別哭！」奶奶用手巾給土娃擦淚，她自己的淚水已在她臉上的皺紋溝溝裡流下來。「吃了飯再說。」

魯爺爺看不見，拎著手杖，說：「三個多月了。」

魯奶奶已經看到孫子瘦了，臉色也失去了往日的粉潤。但卻痛在心裡，沒有說出口來。

「奶奶！我要到南院裡去，」土娃要求說。

「吃了飯再去吧！」魯爺爺說。

「不，」土娃又想哭了。「我先去南院。」

說著就去拎那個舖蓋捲。

「去就去吧！」魯奶奶說：「還拎這個幹啥！」

魯奶奶怎知土娃被舖已經看不得也嗅不得了呢！

土娃是個誠實的孩子，經過奶奶這一說，他遂想到不該瞞著奶奶。

「我尿床！」

土娃說了這一句，便過去抱住奶奶啜泣起來。

魯奶奶一聽，再看一眼鋪蓋捲包起的油紙，也就瞭然了。

「快到南院去吧，」魯奶奶說。「鋪蓋我收拾。你娘跟前，還有個妹妹喜娃。」

土娃這纔擦拭了眼淚，說聲我就回來，便走了出去。

這時，魯爺爺憂歎出一句話來：「這孩子尿床啊！」

「沒有你說的！」魯奶奶搶白了魯爺爺一句，便拎起土娃的鋪蓋，房內去了。

打開一看，經過半日間的濕潤浸染，被褥及床單，幾乎全是濕的。臊臭的氣味，幾乎非得用布來掩上鼻子不可。

「哎喲！我的孩子，竟尿得這般光景！怎麼睡啊？」

這是魯奶奶心裡的話，只顫動到口唇邊，就被內心的痛楚淹沒。

於是，馬上取出剪刀，一件件剪拆開來。褥子裡的棉套子，已經濕過之後，一再睡壓，變成餅了。就是曬乾之後，也未必還能再彈一次。（註三）

無論怎樣，土娃的這床鋪蓋，得重新整理了。

分家的事，土娃一概不知。他到家後，見到院中門墻改了。

三嬸在見到土娃時的那種痛傷情景，回答了三字「分家了」，便飛奔回屋，都使土娃錯愕。

說起來，土娃的爹也曾不時送沙土到城裡去。由於這教會是洋人辦的學堂，有好幾次想去看看孩子，到了教堂門口，他不敢進，又折回頭走了。

所以，家中分家的事，土娃一點兒信息，也沒有得到。

到了南院一看，大二房分在南院。原祇一個院子，今已隔成兩家。原來方方正正的四合院子，變成兩個小長方。兩扇的大門，從中一分爲二，兩家都變成了單扇門。

親手足怎會如此呢？土娃一到了他家的大門口，就愣住了。

要不是他知道他們住的是東廂兩間，二叔家住的西廂兩間，就不敢推那一扇門進去。

他爹不在家，到大堤挖沙土去了。喜娃正在小院中玩耍，見到哥哥回來，就歡喜的大叫起來：

「娘！大哥回來了。」忙不迭的跑向厨房。喜娃四歲多了。

魯媽媽出來了，展開滿臉的笑容望著兒子。

「到了奶奶那裡嗎？」

「從奶奶那裡來，」土娃答。又問：「爹呢？」

「挖沙土去啦！」魯媽媽答。問：「在奶奶那裡吃了飯嗎？」

土娃答說沒有。要回到奶奶那裡吃。

「咱這裡也準備了。」魯媽媽說。「蒸的韮菜角子。不在家裡吃，就帶幾個去。」

「我也要去。」喜娃過來抱著哥哥的棉袍襟子。

魯媽媽去厨房取韮菜角子。土娃領著妹妹在打量改過的房子。

原來，這東廂的兩間，一間是磨房，一間是馬房，（換言之，飼養牲口的房子），靠大門的墻，還有一小間草屋（註四）。如今，全改了。磨房拆了，改爲厨灶。馬房還保存著，但却隔了一道土墻，隔出一間草屋出來。分了家，牲口少了。土娃家祇有一驢一牛。

正看著，想著，魯媽媽用一隻柳條筐子，端出了一筐子蕎麥麵蒸的韮菜角子。看到兒子在打量改過的房子，隨口說：「分了家，就要各立門戶。西院還是你二叔一家，還在東家沒有回來，西院是空的。」

「各立門戶，必須加上一道墻，把院子隔開嗎？」

這一點，是土娃想不通，也看不慣的。

「難道就不能兩家合住一個院子嗎？方方正正的，也好看。」

魯媽媽端一筐韮菜角子，頭前帶路，她也要到後院去。

經過前邊靠大門左側墻的那一間，原是草屋的小房，已騰空出來給土娃住。

「這間房騰出來給你住的，」魯媽媽說著，用腳踢開了門，土娃看到裡面已布置妥了。一張舊木料重釘的木床，一張小桌子，一張凳子。魯媽媽又說：「咱家那幾箱子古書，搬了兩箱來，放在你的床頭。」果然，床頭裡方，有兩個壘（註五）起的木箱子。

十一月初頭的天氣，午間的太陽還有點暖和和的。入冬以來，一直沒有雨水。秋潦後的乾燥天氣，連麥都沒能利利落落的種下去。種下去的，麥苗不是乾死，也是黃葉。一走出大門，魯媽媽就感慨萬千的說：「老天爺也在變，人怎能不變？」土娃卻還沒有想到這天乾麥黃地裂的情形。他由城一路打從大堤上走回家，下了大堤，到家這一段，也是堤坡上的沙土地，日乾夜潮，是既不怕旱，也不怕潦的，還沒有看到乾裂的湖地。魯媽媽見到兒子來家，看到了分後的小門小戶，就在臉上現出了茫茫愰愰的神情，遂說出了這句話。看到孩子的臉色，也有幾分憔悴，遂又說：「地都裂了，種下的麥，也大半乾死了。就是這個月有雨有雪，種下的麥，也只能救得一半，也許不到一半。沒有種下去的地，得等到春天，才能下種。明年的春莊稼，難望好收成了。」

說著說著就到了後院。土娃在城裡這三個多月，幾乎與鄉間隔絕，縱然聽說過天旱，農地都乾裂了，麥苗也死了，卻不曾使土娃關心到這些。有好長好長的日子，他只在關心他的那條濕了又濕已不能再鋪的墊被。還有就是每天注意自己身上的尿臊味，如何能使它消失了去。那裡還會關心到鄉下的田土耕耘與收穫。土娃，還只是一個十三歲的孩子。

魯媽媽雖然看到土娃的臉色，不如在家，卻想到了土娃在城中教會學校唸書，還管吃管住，總比在家好。魯媽媽想到頓裡的糧食，熬不過三春，等不到麥熟。何況，地裡的麥子已經半死，縱能及時得到雨水，種下了春麥，收成也打折扣。魯媽媽躭心明年三春的日子怎麼過？土娃呢！一回到家之後，就惶惑著他的這個家，怎的突然變了。

二嬸與四嬸那天晚上的言談舉止，一一浮泛在眼簾。

魯奶奶看過了土娃的被褥，纔知道土娃尿床，已到了不能上床的地步。她哀傷起來。直到後院，坐到飯桌前，還在茫茫恍恍。

「怎的會尿床尿到這種樣子呢？」遂想問：「土娃在學堂中的日子是怎樣過的呢？」越想，也就越心傷起來。

魯媽媽帶著土娃、喜娃來到後院，看到奶奶把鍋子裡的合餅子與細粉、肉丸子都盛出放在案上。還冒著熱氣呢。

五口子坐下吃飯。魯奶奶看到今天有恁麼一家人，坐在一起吃飯，就是這個最疼愛的孫子回來了，卻也喜樂不起來。

這個家，已經分了。後院的東西兩處廂房，還有正房三間中的靠西那一間，分由三、四兩房兄弟居住。三、四兩房，一家只有一個孩子。魯奶奶本想讓大房住到後院來，二、四兩房住到南院去。可是大二兩房早已在南院住定，尤其是大房的土娃已經十三，正在讀中學，需要有一間房子了。住到後院來，就騰不出。三嬸原是童養媳，跟著魯奶奶長大的，也不肯遷到南院去。遂由大家弟兄商定，還是不動。

不想分了之後，四房的媳婦，堅持門向西開。因爲後院不能中間隔道墻。所以四房住的兩廂，竟把向內院的門堵上，反開一門向外，只留下巷子可以入內。與三嬸子的東廂，背對了起來。在西邊門外，又加了道小院墻。眞的是「另立門戶」。

魯永源性情柔，也奈何不了媳婦。

土娃吃著合口的饃飯（註六），聽著奶奶感慨的說著分家那天，商定前院後院如何分住的事。最難安排的就是磨坊，商量之後，只有在南院外的一塊空地上，重蓋一間磨房，四家公用。這樣，纔能給你騰出一間住處來。

這時，土娃想到了松三爺講過一篇文章，歸有光寫的《項脊軒記》，遂觸發他想到了文中的這一段話：「先是，庭中南北爲一。迨諸父異爨，內外多置小門墻，往往而是。東犬西吠，客踰庖而宴，雞棲於廳。庭中始爲籬。已而爲墻，凡再變矣！」那時的土娃聽了這篇課文之後，就曾意想到他們家要是分了，這文中的「內外多置小門墻」的情景，可能就會出現在他們家。今天，土娃果然見到了。

像四嬸家這種竟然堵上內院的門，在原來的後墻上，再另外開個門，背向著原來的內院。這不是擺明著要以「背」來對付公婆嗎？

「奶奶，四嬸家爲啥把門堵上？」土娃問。「好難看噢！」

吃得不夠。臉，都瘦去一圈了。

魯媽媽也不知該說什麼好？她這時自看到土娃吃家裡的飯，吃得恁麼香甜，就想到土娃在學堂裡

「別題那個潑婦！仗著她娘家有產，由她酢去吧！」

魯奶奶一聽，臉色就變了。

喜娃，也吃了一個韮菜盒子，還想吃合餅子。魯媽媽只扯一下小塊給她，怕她吃多了。

魯永源來了。向土娃說：「再不下雨落雪，麥季子就沒有了。」

魯永源說這話的意思，是羡慕土娃在教會上學，還有得吃有得住，不會在家裡過滅年（註七）。

飯後，魯奶奶要土娃去睡了一會。起來後，要永源帶土娃田裡去。

「田裡去看看吧！」魯奶奶說。「土地老兒渴得嘴張著，像東北山似的（註八）。老天爺要是再不下雨，地就成了磚塊啦！」

土娃跟著小叔剛走出小巷，就遇見四嬸抱著孩子在門口。

「四嬸！」土娃親切的喊了一聲。

「喲！我們家的洋學生回來啦！」四嬸見到土娃說。「不是洋學堂都穿洋學生裝嗎！你怎麼還穿著土棉袍子？」

土娃沒有話回答。他們這個教會中學，並沒有要求穿學生服。有一所省職四年制，要穿麻黑色的學生服。縣中也沒有要求，倒是有的學生穿。尤其是冬天到來，爲了保暖，大家都穿棉袍子。穿學生服，就得外穿呢子大氅，一般人家都買不起。支吾了一句：「我跟小叔下湖去。」就走了。

從西門出，到西大窪以西，再向南繞回來，所看到的幾無一塊麥田是青色的，塊塊都是黃殃殃

的。塊塊地都龜裂得橫一道口子斜一道口子。只有田中的土在地脈（註九）上，麥苗長得青青翠翠。還有不少地沒有下種呢。

「如果春天有了雨水，種春麥也能收成。」永源告訴土娃說。「春麥的收成，遲一個月多些。收割的日子在六月末或七月初。不種春麥，就作曬乏地，種秫秫、豆子了。」

「咱們莊稼人，全靠老天爺！」永源又一路走一路說。

「像去年，秋莊稼長得多旺啊！太陽正在曬米，天就陰雨連綿。掠穗子都來不及。十九都被水泡了。長成的米，也發了芽。吃個啥？」跟著又說：「瞧這個冬，乾裂得恁樣，老天不是存心要咱這莊稼人挨餓嗎！」

這時，土娃就想到，家裡人都沒有了吃的，我還能去唸書嗎？

晚上，是秫秫米煮成的稀湯。再蒸一鍋子韮菜合子與合餅子。這一帶人的晚飯極為簡略，俗話謂「喝湯」。（註十）

雖然，分家後的南院，土娃已有自己的房子，魯奶奶却關照土娃的娘與爹，這一晚仍住在奶奶房裡。一張軟床（註十一），業已鋪好。關於土娃尿床的事，魯奶奶已與土娃的爹娘說過，尿濕的被褥，也給土娃的爹娘看過。

孩子怎的會尿床尿得這樣厲害？得問個明白。

魯奶奶之所以要留土娃睡到他房裡，就為了要問他在學堂裡的生活。一經問過，纔明白孩子在日裡的工作太瑣碎，功課又緊。教堂裡的禮拜、查經，以及培靈等工作，都少不了土娃在場，需要他跑裡又跑外。有時，睡眠要過了二更天。孩子太累了，倒上床就呼呼大睡，連尿也不知不覺的尿了出來。就這樣，尿得不堪設想。再下去，就是結冰的天氣。那……魯奶奶不敢想下去了。

「可以再唸下去嗎？」

魯奶奶這一問，土娃哇的一聲哭了。

「我不想去唸了。」土娃說。「我的功課也跟不上。」

「別哭！」魯奶奶也嗚咽著說。「都怪奶奶一時糊塗，不該送你去讀洋學堂。咱們餓死也死在一起。餓死也不做洋人奴！」

就這樣，決定不讓土娃去讀了。

第二天，見到松三爺。松三爺却不是這樣的看法。

「由教會供應食宿，又免繳學雜等費，理應付出可以付勞力作爲交換的代價。」松三爺說。「在外國，這叫作半工半讀。這樣的學生多得是。別誤會什麼奴呀隸的？」

松三爺在教會裡工作了三年多，懂得外國的這些。

「不過，土娃夜間遺尿，倒是個大問題。」松三爺又說：「遺尿是個病症，要去看大夫。在我看來，能在這所教會中學讀畢業，一步步可以由教會協助去留洋。教會有這種辦法，也有這種能力。今後不會再有科舉了，歷史不會倒回頭來後退著走的，歷史總是向前進的。」

最後，松三爺的意見是贊成土娃繼續去唸。

「首要的問題，是解決了土娃尿床的問題。」

「學校的生活是群體的，怎能容得一個渾身尿臊薰人的學生在裡面？」

魯永春夫婦倆商量一番之後，覺得應該採納松三爺的話。看一看那乾裂的田地，那些要乾黃死去的麥苗，却也覺得力田不如力讀。終於想到了防止尿臊薰人的辦法。像嬰孩一樣，每晚穿上一條沙土袋的褲子。就是遺了尿，也濕不到被褥上。只是多了些麻煩，晚上穿，得裝；早上脫，得倒。還得每天早晨用水洗屁股。冰寒的天，得養成這個習慣。

這一辦法，不但土娃願意，魯奶奶也點了頭。

看一看乾裂的田地，看一看黃死的麥苗。

天天起來，看到的都是白霾霾地乾寒天氣。連霜都是粉薄粉薄的。所以這一帶人都說：「咱這裡是那一位老爺冤殺了人嗎！」（註十二）

這時，城門口以及火車站，還有其他通衢要道，都貼上許多許多這樣的標語：

打倒縣長方明誠！

誓死援助工支！

土娃回校的那天，一進西關就見到滿街滿墻，貼上了這些紅紙條與綠紙條寫的標語。

〔附註〕

註一：細粉，即今人稱呼的「粉絲」，魯旬人叫「細粉」。

註二：合餅子，是麵粉拍作成的餅塊，有單層的，也有加上油塩蔥花捍成多層的，長方形。俗稱合餅子。合字續第一聲。

註三：舊棉被套，可以再送到足踏的彈棉機上，再彈一次，可以變得軟和些。

註四：草屋，專以用作爲餵飼牲口的麥穰等飼草用的房子。

註五：壘起，應以方言讀爲「ㄌㄨㄛˋ」。

註六：饃，是北方麵食餅類饅頭的通稱名詞。

註七：減年，就是指的收成差的年代。減，讀第四聲。

註八：在魯甸東北廿華里的地方，有一座山裂了個大裂口。名爲裂山，魯甸人稱東北山。

註九：在魯甸這一帶的土地，有幾條在莊稼長苗時，可以清楚的見到，莊稼苗長得特別旺。當地人謂之「地脈」。今已向下鑿出煤鑛來了。

註十：喝湯，是魯甸這一帶人對晚飯的稱呼。

註十一：軟床，是用木棍釘起的床，中間用繩子橫豎納織成的。

註十二：元雜劇《竇娥寃》，竇娥寃死時曾呼天喊寃！六月落雪，大旱三年。此一故事，人所皆知。關漢卿作。

二十八　沒有了麥季子

原已吩咐過老晉，要土娃與他同房。

土娃回來，把實情向鍾牧師說了，遂又打消此議。

鍾師母知道此事，不但問過土娃尿床的情形，還問他尿床時知不知道？問他作不作夢？土娃回答他一無所知，醒來後，已經濕了。

又看了土娃每晚入睡時，穿在身上的沙袋褲子，以及夜晚尿了床，早晨起來，如何收拾沙袋等情。因為，鍾約翰也尿床。

於是，約翰也採取了土娃穿沙袋褲子的方法。

不過，鍾約翰不是天天尿床。他們已有了油紙等預防物，濕了就拿出去曬，天陰不乾，再換一床舖的。穿起沙袋褲子來，十分累贅。約翰拒絕，遂逐漸備而不用。

這學期轉眼就過了。

天仍乾旱，臘八那天，落了幾粒雪子，幾滴斷線的細雨。太陽雖常蒙在霧霾裡，沒有陽光的乾旱，俗謂之「陰旱」（註一），比「陽旱」更傷禾苗。到年根底下（註二），田裡的秋麥，幾乎全乾死了。除了長在地脈上的那一些些。

求雨的隊伍，至今還在敲敲打打，蹦蹦跳跳的滿鄉跑。龍王廟中的龍王爺與龍王奶奶，還有那位大太子小龍，從廟中被抬出來，曝曬在打麥場上，業已數月。龍王爺的鬍子，被孩子們拔得光禿禿。小龍的束髮冠都給取了下來。

今年，臘月立春，明年正月初頭就是雨水節氣了。所以這個年三十與年初一，整整一夜一天，都是求雨隊的活動。鑼鼓聲轟天，抬炮聲震地。鞭炮聲却稀少了。

年，難過啊!住在鄉間的地主人家，誰也不敢舖張。

土娃回家，春聯上的文字，年年必寫的是「耕稼傳家遠，詩書繼世長」這副聯語，今年，魯永春把它改了，改作「旱祓裂田土觀音救世人」，橫聯改作，「風調雨順」。也無非祈求雨來。

但無論怎樣，天還是偶雲而不雨。十天有八天都是霧霾的天空，土話叫作「白擠眼子天」。像那種已到深度的白內障眼睛一樣，白翳翳的。這種天，在西北風怒吼中，尤其冷洌侵人。

田裡，連個剜菜的人都沒有了。這樣乾旱的地，野草都不能生存，那裡還有野菜?

很多人家，在臘月初頭，幾乎大半家子人，都扶老挈幼到淮河南岸，或長江兩岸，逃荒討飯去了。

魯永春還有二畝沙地，麥子雖然長得不好，却還是青青的苗，無論如何，會長出粒子來，得成天成夜有人看著。否則，麥穗子也會被人掠完。爹娘也有二畝養老地在堤上。由於這塊田中有兩條地脈穿過，幾有二分之一的麥苗，長得茂盛。奶奶與三嬸輪流看守，已有部分麥苗被人剜了去。晚上，魯永春與永源輪流去看。

還好，四嬸到沒有說閒話，她娘家那一帶，也是乾旱區。

過了年，果然在雨水節氣過後，來了雨，雖然不大，濕下地皮不過一寸。却也不無小助。可是，乾死的小麥，是救不活了。等了兩天後，濕了地皮一寸的潮濕泥土，向下浸潤，有些膠質不濃的地土，勉強可以下犁。

於是，未過正月，春耕便已開始。大多人家要把麥田重行犁過一遍，再種春麥，或種新傳來的種子！無芒大麥。這些，都還是農家的理想，雨還沒有再來。

土娃在這種乾旱年代，饑餓迫人的時日，自然又回到了崇德中學。

由於鄉間的田土乾旱，自然影響了城市的商業，所以這學期又少了五個學生。二年級少了兩個，一年級少了三個。

教會中的教徒，也減少了。近來的禮拜日，教堂中的人數，連二十個也無有了。詩班只賸下三個，還得包括盧教師與土娃，下餘的一位，是個熱心的孤寡老太太周媽媽。不認識字，全憑口授，一年多來，全由盧教師一字字教出來的。已能唱幾十首了。

或許由於這個原因，聽說鍾牧師又要回國，要換一位中國籍的牧師來。前幾天，鍾師母已帶著兩個孩子先回國去了。走時，特別喊去了土娃，問土娃願不願意獻身於上帝，去讀神學院，像他們一樣，終身任職於教會，作一位忠誠的眞神的僕人。鍾師母也是神學院畢業的。

這突如其來的問題，使十四歲的土娃，一時不能回答。

鍾師母則認爲土娃還沒有認識了這位創造萬物的眞神。

走的那一天，贈給土娃兩個銀質的十字架，還帶著銀鍊子。告訴土娃說：「遇到困難，就祈禱上帝，天上的那位眞神，一定會幫助你的。」

土娃眞切而誠贊的記著鍾師母的囑咐。

「天何言哉！四時行焉！萬物育焉！」

孔夫子的這兩句話，松三爺教過了。他早已明白天上有一位萬能的眞神，就是大家口中的老天爺！老天爺是不說話的，祂無所不有！祂無所不能！祂無所不在！祂所要施行的懲罰，不是懲罰某一個人，祂要懲罰的是一個時代。祂的懲罰，爲了要驚愓億萬人，不是針對某一個人。

「天無私覆也。地無私載也。日月無私照也。」（註三）

「祂叫日頭照好人，也照歹人。降雨給義人，也給不義的人（註四）。」

像這些由東方聖人與西方聖人說出的金言，松三爺都一條一條詳而盡之的講給土娃聽過。等他到了教會，跟著在教會中服務了這將要一年期間的「基督」認知，越發的認知了這個眞神老天爺的無所不在！越發的相信孔夫子的那句：「獲罪於天無所禱也」的至理。

當松三爺講這麼一篇「去私」中的「天無私覆也。地無私載也。日月無私照也。」他就聯想到他知道的耶穌經文，說到「日頭照好人也照歹人」，就講到耶穌之所以說了這番話，那是因爲耶穌常對猶太人的舊教「以眼還眼以牙還牙」的「恨」字。所以耶穌告訴他的門徒說：「你們聽見這樣的話：『當愛你的鄰舍，恨你的仇敵。』（註五）只是我要告訴你們：『要愛你們的仇敵。』」，隨後纔說出了這兩句神的意旨：是「愛」，不是「恨」。

土娃記得松三爺的結論說：「我們的孔子，眼看當時政治腐敗，世衰道危。方始周遊列國，力勸各國君王，應行堯舜之道。從自己修身起，以德服人，始能居上位如北辰，而衆星拱之？這位西方的聖人耶穌，反對他們猶太人以『恨』教人的教義來治國安邦，這樣恨下去，一定會招致滅亡。遂到處宣揚博愛，甚至教人去愛與自己爲敵的仇敵。所以，猶太的執政者，把他捉來，釘死在十字架上。我們的孔子、孟子，還有這位比孔子晚生五百多年的猶太人耶穌，都是革命家。都是救世者。他們的救人目標，是全人類，而且是希求人類萬世萬萬世相輔相濟的共存下去。不應「以眼還眼，以牙還牙」來「恨」下去的。」於是土娃想：「我是中國人，若是跑到外國去讀神學院，回國來作一個牧師，立教堂來傳耶穌的教義，又何不苦讀經書，來傳孔、孟口中的堯舜之道呢？」

松三爺爺講左氏傳的時候，就說到孔夫子之所以爲魯國編寫了二百多年的歷史，用簡潔得不能再簡潔的文字，隱寓了列國國君的善善惡惡，不但寫給當世的人看，還希求後代的人，都能作爲鏡鑑來看。目的還不是警惕在位的人，不要上下交征利，導向國危而民不安嗎！所以土娃握住鍾師母給他的一條銀鍊子繫起的十字架，一再想了又想：「我還是回家跟松三爺讀經書吧！」

却又想到今春竟是乾得寸草都生不出了。難道，這是老天爺在考驗約伯（註六）似的在考驗俺這一帶人嗎？

土娃又想到，基督經典中的那個約伯，只是一個人與他一家人。如今，這個旱災的地面，可大了去啦！南到淮河以南，北到黃河以北，東到海州，西到開封，天哪，這麼大地方，受到老天爺懲罰的人，多少啊！

松三爺爺說：「我們的老天爺只有一個。」土娃却想：「那又爲什麼祂在西方只考驗約伯一個人？受災的只是一家人。爲什麼對我們中國人，就恁麼惡狠呢？怎能是同一個老天爺呢？」

這一夜，土娃很久很久纔睡，又起身去尿了一泡尿。忽然聽到屋簷有滴水聲。仔細諦聽，好像在落雨。忍不住把披在身上的棉袍子穿上。打開門一看，果然細雨答答，地上已有水汪了。遂舉手向天作揖，說了聲「謝謝老天爺！」

却又忍不住走出門來，用脚步親自踏到地上的雨水，用頭淋到了天上落下的雨水。雖然細細的，滴滴答答的，終究雨落下來了。

在鄉間，爹就說：「過了雨水這個節氣，可能有雨。若雨落得夠量，春麥還可以下種。」

近來，鍾師母帶兩個孩子回國，土娃的雜務工作更多了。教堂的人又少，鍾牧師又要回國，換個中國籍的牧師來，教會的工作也減少了。譬如家庭訪問什麼的，都不作了。沒有增加新教徒，舊教徒反而減少。學校的開支，還得由教會的外國方面滙款補助。鍾牧師比初來時的熱情，要降溫很多。土娃的日間工作減少，夜晚的遺尿，也就減少。因而土娃這一學期的功課，也就趕上不少。不是末三名了。

土娃天亮醒來，雨還在落。看情形，春麥可以順當下種。

這天上午的英天課，教的是一課題名：

TO MAKE MONEY

內容是說，當兒童已能給父母或其他長輩服務時，如去購買一包煙，買一份報紙，大人就會付給孩子少量的金錢，作爲這孩子付出勞力的代價。從小養成孩子存有付出勞力去賺錢的習慣。有時，測驗孩子去回答一個問題，也給獎金。從孩子出生那天開始，凡是屬於這孩子的收入，都以專戶爲他儲存起來。用這些教育方法，來養成一個人的獨立與自主。

這堂課，使土娃獲得極大的啓示。

他想起了這次離家時，他父親向他說的那番話：

家中的麥子，除了作為下種春麥的種子，可能餘二斗光景。把二斗麥子，磨成麵粉，麩子留著自己塡肚子。麵粉蒸饅頭，挎起巴斗，趕會（註七）去賣。賣不了，下次還可以蒸了賣。天涼，饅頭又不會餿。實在賣不掉，留自己吃。爺爺奶奶都年紀大了。若是一次一次都賣掉了呢！就再買麥子，繼續蒸作。多多少少，咱能賺下了麩子，總還能擋一陣子（註八）餓。家中還有一袋子花生，倒出來撿挑撿挑（註九），破了的，霉了的，都剔出來。好的，咱上鍋炒一炒，炒到了火候，也能賣錢。咱家還有一隻封桶，賣不完的，收在封桶裡封起。只要不透風，也能賣上三次五次不會疲的（註十）。反正蝕不了錢，賣不了，自己吃。花生，更擋飢。咱家還有這兩樣本錢，我想，總能折騰折騰。咱這裡，天又沒個高低（註十一）。說雨，下個不停。說旱，乾得龜裂。過減年，是常事。咱這裡的人，有幾家沒有勒緊腰帶磬過（註十二）？不要緊，你就不去唸書，在家裡，咱這三口子，折騰折騰，也能等到六月。洋人的教會給你唸書不要錢，還供你飯吃。咱中國的善堂都沒有這樣好！

如今，土娃讀了這一課英文，再想一想離家的時候，爹說的這番話，使土娃想到咱中國的承繼祖產這種傳統，養成了多少游手好閒的公子哥兒？養成了多少只會游山玩水，只會琴棋書畫的名士？於是土豪呀！劣紳呀！都成了我們中國的專有名詞。

古時的讀書人，為了修舉子業，期望能一浪浪向上游，躍過了龍門，進士及第，這一生的榮耀就有了。「書中自有黃金屋，書中自有顏如玉」，否則呢？就像松三爺一樣，到如今，東奔西走，連個固定的噉飯之所也無有。

「今春，不知俺那三爺爺怎樣活得下去？」

儘管，今天看到了這場好雨，春麥可以下種了。曬乏地可以下犁了。可是，這纔二月初頭，等到柳葉、槐葉可吃，還得兩個月啊！

從這一天開始，土娃認眞的想到他松三爺爺在感慨中說出的一句話：「百無一用是書生」。他又想到了他們魯甸有些人，秋收一過，就離家外出，不到收麥的日子不回來。有的在上海打工，有的在下關蕪湖等碼頭上作小工。有的人專門「跑火車」（註十三），帶些貨去，買些貨來，一冬一春下來，日子過得比有地的人還要活絡。何必苦苦去唸書呢？

趕不上的功課，也都不去奮進了。

凡是教會要他去趕辦的事，他都盡心盡意去辦。

他懂得了，這是他在教會中住宿飲食應付出的辛勤代價，已不是初來時的想法：「我是來唸書的。」

這學期初來的頭兩個月，在算術與化學兩門課程上，土娃的成績，確有突飛猛進之勢，教學的先生都深感驚異。近日突又一落千丈。在課堂上聽課，也看得出他的心不在焉。問他問題，不是站起來發愣，就是答非所問。

就是他擅長的國語文與歷史，還有格致等，他也在退步。有一次。教國語的先生責備他說：「國語注音字母已改叫國語注音符號了，你怎麼老是寫作注音字母？」他也站起來以愣怔的臉作答，不說話。

「我知道，你是憑成績免費攻讀的學生，」先生忍不住直說：「怎的不用功了？」

「我認爲洋人的說法是對的，」土娃回答了：「TO MAKE MONEY！」又加一句：「學賺錢纔是對的：TO MAKE MONEY！」

土娃這一說，課堂中的同學都笑了起來。

「俺的松三爺爺說了。」土娃又說：「百無一用是書生。」

同學們又笑了。先生却沒有笑。他也有此感慨！

「好了！你坐下罷！」先生遂又無奈的加了一句：「人各有志。」鍾牧師也知道了，遂把土娃叫來問詢。

「聽說你的功課退步了。」鍾牧師說。「又聽說你不想讀下去了！是嗎？」

土娃兩淚汪汪，向鍾牧師點點頭。

「你來的時候，我已經向你說了，」鍾牧師說。「免學費，學校方面，訂有辦法。必須成績八十分以上，家庭窮苦的學生纔能免；不是光憑家庭貧苦。」

土娃又擦擦眼淚，再向鍾牧師點點頭。

「我想，你一定知道我快要回國了。我的父親在生病！」鍾牧師哀傷著說。「來這裡接事的牧師是你們中國人，姓秦，秦始皇的秦，秦牧師。我相信，秦牧師看到你這個聰明可愛的孩子，也會喜歡你的，像我一樣。不信，你可以問問盧敎師！」說著指著身邊的盧敎師。

「我認識秦牧師，我們是同學。」盧敎師說。「秦師母是德國人，他們去年纔結婚。我也相信，秦牧師與秦師母，都一定會喜歡你的。」

「你聽到了吧？土娃。」鍾牧師說。於是又說：「你如果有志從事敎會工作，將來進神學院是沒有問題的。我相信你會是一位被耶和華願意賜與神力給你的傳道人。」

土娃只是聽著，一句話都沒有回答。心裡却想著前些日子想到的那個問題：「中國人的老天爺，與西洋人的老天爺，是同一個神嗎？」

鍾牧師把這番話說完，便差遣土娃送一封信到南關以外的周媽媽那裡。周媽媽就是那位詩班中的孤寡老人。她病了。信封中裝的是一塊龍洋，要土娃送了去周濟她。

陰曆已是四月了。清明已過，桃花、杏花早都謝了，已是綠葉滿枝。大雪似的柳棉也已飄過，只偶爾還能看到一點一點的白色在空中隨風飄蕩。春麥的麥苗也在盤根，長得很旺。秋麥除了堤崗上的沙土地，業已青翠逾尺，其他地上的秋麥，大都全部犁去。種下去的秫秫，也分了一次苗了。有的田地，豆類也提早種下。

土娃出了南關，沿途看到這種情形，雖已遍野翠綠，但却沒有了應有的麥浪。遂想到今年沒有了麥季子。

去年秋季種下的麥，全被旱祓蝕去了。

出了南關到周家窪，不過一里之遙。離開教堂時，問了晉伯伯，他是南關人，已把路程說清楚了。

正好，周家窪近處有個「大王廟」，這所「大王廟」供的是蛇神。也有人說是「盜王廟」展跖（註十四）。不管他啦，今天是「大王廟」的廟會

照這一帶人的一般說法，蛇是小龍，由於它常在旱地生活，時常保護旱地的滋潤。因此，這一帶的幾場雨水救了旱災，都把功勞歸到這位「大王」頭上，所以今天的「大王廟」會，特別熱鬧。當土娃到了周家窪，把錢送給了周媽媽之後，便順便到會上看看熱鬧。

當土娃一步踏入這廟會靠邊陲的一處牲口市場，就看到他爹。要不是他爹又轉過臉來看了他一眼，土娃還不敢認呢。鬍子滿臉，四十幾歲的人，鬚髮都頒白了。

頭上還是那頂線帽，上身還是個短襖，勒著一條由藍變灰的腰帶。單褲，雖然紮著褲脚，在風吹中飄起的單薄，還是一眼可以辨別出的。

「爹！」土娃大聲而興奮的喊。

魯永春見到土娃，頗有驚異之感。

「你怎麼來這裡？」

土娃告訴爹，他是來替牧師送信的。問爹來作啥？方知是來賣牛。還用問嗎？牛都得賣了。

「二十五號的牛？」市場有人喊。

這號碼正是魯永春牽來的牛編出的號子。

遂匆匆應了一聲：「在這裡。」又向土娃說：「快回去吧！」說著便沒入了那滿是牲口滿是人的市場。

土娃看到他爹的臉又黃又瘦。知道是飢餓折磨的。

雖然四月了，按往常，下個月就是麥季子。

再望了望田地上還是一遍靑靑翠翠，可是今年，沒有了麥季子。

〔附註〕

註一：陰旱，指天空看去似是陰天，實際上，天上沒有雲。俗謂「陰旱」。出太陽不下雨，謂之「陽旱」。

註二：年根底下，指十一月底十二月間。

註三：文見《呂氏春秋》「呂覽」。

註四：文見基督聖經《馬太福音》第五章。

註五：這句話猶太舊經文上的句子，也就是「以眼還眼以牙還牙」的報復之意。

註六：基督聖經上，有一篇《約伯記》，寫的是上帝考驗約伯這個信徒的信心故事。

註七：趕會，就是到各地不同日期的廟會上去叫賣。到廟會去，謂之「趕會」。

註八：意爲這樣作，比坐吃山空好，可以擋一陣子，意爲可以抵飢餓一些時候。

註九：撿挑，意爲挑撿出損壞了的。

註十：不會疲，花生炒後是焦脆的，放久了，會疲軟，就不能賣了，封起，不會。

註十一：天又沒個高低，指有時雨落個不停，謂天又塌下來了。有時不雨，旱得地裂，謂天高起來了。

註十二：弩過，意爲強忍渡過難關之意。當地方言。

註十三：跑火車，意爲經常在火車上南北奔波，作點小生意。通常，買短程票，坐長程車。經常在車上躲避查票的。

註十四：當地人是這樣說。不知有沒有人考證過。

二十九　老天爺啊！老天爺啊！

這一帶的學校，暑假都放得早。

通常陰歷正月十六開學，五月節（端陽）一過，就放假了。遷就農家的麥季子。

雖然，今年的農家沒有了麥季子，春耕春種還是忙碌的。

只是春莊稼沒有收成，農家欠缺了塡肚子的糧米。因而有不少田地在荒蕪無人耕種。一來是年少力壯的，逃荒外地去了，二來是家中有人，却沒有換得種子的東西。也只得任它荒着。

魯永春的二斗麥，磨了麵，蒸了饅頭。賣不到兩個月，却被自家人吃了大半，一家人包括二老，算是將就過了三月。

如今，柳葉、槐芽，都可以吃食了。還有麥麩子皮，豆麵，可以和合起來蒸或煮，反正能塡飽肚子。可以忍受住餓就可以湊和了。飢餓的年成，凡是能果腹能下嚥的，連死老鼠也取來剝了炒煎了吃。墳地裡的狐狸窟，也設法用火薰出洞來，打死剝了吃。狐臊，也無人計較了。一向烏黑一群群的烏鴉，竟然少見了，都另尋食宿之所。正因爲田地裡的春麥與秫秫豆子，苗秧長得興旺，遂有大戶人家或城中的廠商，在作預借糧米粉麵的換約事業。

譬如，一袋子霉麵粉，換新麥二斗。一塊豆餅或一塊花生餅，換什麼糧米多少？願意的、就向鄉保長登記，寫上保甲戶名字，蓋上指姆印，一樣一樣的領。

魯永春家的這頭小牛賣了。賣了之後，就用在購買霉麵粉，購買黃豆粉這些可以飽肚子的吃食上。他認為以後還新糧的辦法，吃虧太大，收了新糧，還得吃啊！

還有更苛刻的一種，訂有以土地交換糧米的條件呢！

人在飢餓時，需要的是飽肚子的食物，因而再苛刻而又無理的條件，也會接受。

魯永春賣了牛，購買的霉麵粉，雖然是所謂頭等麵，可以用來炸油條、炸麻花、炸散子，可是霉了，原有的那分勁性，已經失去。發了霉的麵，揉制成饅頭，都得多加酵麴。蒸出的饅頭，也不是白色的，是灰黃色還夾雜着黑點在內的。不要說吃，就是嗅着，也有噴鼻的霉朽氣。當一打開蒸籠的蓋子，那乍然噴出的蒸氣，霉味可就嗆鼻子，不由人不把頭扭轉過去。反正比不發霉的麵，要便宜四分之三。對商家來說，原是應該丟棄的，還能進入四分之一的金錢。又省去了僱車船運到海上撒掉的這筆費用。對飢餓的人來說，有了這樣便宜的吃食，可以飽肚子擋餓。還有許多人擠不上隊呢！

至於這發了霉的麵粉，吃下去的人，對身體有無壞影響？可就沒有人去講究這些了。

就這樣，連裝麵粉的布袋，傾出麵粉之後，都要泡在淨水裡，泡出的麵水，也用來與柳葉、槐葉一起煮成吃食，那裡捨得拋棄！

當土娃於端節後回家時，一路上見到不少人，（也有男也有女）臉手都是腫的，臉腫得眼睛只賸一條縫。臉色又青又黃。書上說的「菜色」，要是沒有見過這些人的臉，不可能意想到「菜色」的眞正臉色。

據說，都是吃槐葉吃到了槐狗子（槐蟲）或槐狗子卵的毒，引發出的。柳葉，大多有苦味。榆葉不能吃，榆錢能吃，可是榆錢長出的晚，要到三月底四月初才有得採。

當然嘍，樹根、樹皮，以及茅草根，放在臼窩子裡用鐵鎚擢成泥，煮熟來，也是擋飢最有效的食物。

田野裡到處都是剜野菜的人。有些人家的春麥田地，都被踐踏了。小河小塘裡的魚蝦，幾乎給絕命綱（註一）網絕了種。

沒有了麥季子的六月，今年，更是魯甸這一帶人的待哺關口。

好在秋莊稼長得旺，秫秫都肩樣高了，黃豆、綠豆的葉子，一片片茶杯似的，綠油油，翠艷艷。人人都眼看着老天爺又賞了一個好秋。收了這個秋，麥季的歉收，也就補上了。

當日脚剛踩上七月的邊緣，秫秫出穗，豆子開花，却打河南傳來煌蟲東南飛的消息。

消息說，從黃河北岸飛來的蝗蟲，遮天蔽日，如狂風，如冰雹，來勢如黃河的急流，湧不可當。只要落下來，蟋蟋唰唰，霎那間田裡的禾苗，變成禿桿。

傳來的這消息，眞是諕人哪！

有人說，蝗蟲是神蟲，選地方吃，選地方落。「在劫者難逃」。也許不經過咱這裡，也許飛過咱這裡不落。

「燒香拜神吧！」這一說，確是有人把香案擺到院子裡，焚香膜拜，誠心祝禱！

過了三幾天，消息證實了。距此不過二百多里的夏邑、虞城，還有山東的曹州，都已經受害了。說是蝗蟲眞是遮天蔽日的飛來，落下的是落下的，繼續向前飛的，還繼續向前飛。

也有人不相信傳言中的蝗蟲，會恁樣的厲害？憑牠那身子不過兩寸長，只有兩個翅膀，展翅一飛，也不過幾尺遠。那能一飛幾十里幾百里呀！

「都是一些血火家血火人的（註二）。」

這些傳語，土娃也不相信。說得是，蝗蟲如果就是平常見的螞蚱，不可能振翅一飛，就是幾十里幾百里？

於是土娃去問松三爺：「蝗蟲眞的這麼厲害嗎？」

「我還沒有親眼見到過。」松三爺說。「歷史上倒記載了不少。蝗災是農家最可怕的一種災害，比水旱可怕多了。發大水，還有淹不到的高地；乾旱，還有旱不到的沙土地，還有江陰、河陰等地。蝗災可就不同了。它飛來的時候，漫天漫野，落下來嚼噬莊稼，不分高崗低窪。所以蝗蟲的惡名叫『橫蟲』，（橫讀第四聲）它給咱農家帶來的災害是蠻橫無理的。」

「蝗蟲的災害，總是連着旱災一起來的」，松三爺又說：「去年秋冬這一場大旱，乾旱的地面又是恁麼大，蝗蟲又出現了，似乎是必然的因果。」

「蝗蟲能振翅一飛幾百里嗎？」土娃不相信的又問。

「我知道史書上有這樣的記載。」松三爺說着，去取出一本《史記》，翻了翻，指到『秦始皇記』上的一般文字唸：『十月庚寅，蝗蟲從東方來，蔽天。』既稱『蔽天』。必能飛得很遠。」遂又說：「我們最好不要見到煌蟲蔽天來的光景。」

之後，不到三天，蝗蟲蔽天從西北方飛來的情景，出現了。

那天，傍晌午。土娃隨同母親在棉花田裡拔草。忽然聽見有人聲嘈雜喊叫，也聽不清叫喊什麼？站起身來，四下一看，就看四面八方的青翠田野裡，所有在田裡工作的人，都從田裡站起，不分男女，都在田裡昂起了頭。到處都是吼聲，吼些什麼？聽不眞。

「幹啥子呀？」魯媽媽自言自語的疑問。

這時，土娃看到所有田裡站起來的人，都臉向西北。

西北方，正是白沙鎭那裡，於是土娃猜想，大堤上又出了什麼事件了。有一次，有一輛從河南拉向東方揚州地界的牛車，在白沙鎭東頭被劫了。還殺死了一個人。

忽然，土娃聽到了西北方有一種類似磨房裡傳出來的磨磨聲。再支起耳朵，凝靜了心態，仔細的聽了聽，聽得更眞切了。是一種暴風雨來前的風推雲行，而雨奔的風雨遠來聲。再看一看西北方的天邊，淸淸亮亮，連一點兒雲翳也沒有。

站在莊稼田裡的人，仍舊人人面向西北方。還有人在吼叫，聽不出吼叫什麼？

這情形，約莫有十幾二十分鐘，西北方面的人，幾乎全部吼叫起來。

「幹啥子呀？」土娃的娘，仍在疑惑不解。

「娘，我到前面看看去。」就在這時，土娃看到了。他看到西北方的半天上，有一大片灰灰黃黃的東西，迎着艷麗的初秋驕陽，一閃閃的向前飄來。仔細聽聽，聲音就是從那裡來的。

西北方面的人，有人向這東南方奔。

「娘！妳看！」土娃叫着用手指向西北天，說：「你看天上那一大片，灰灰黃黃的，還在閃呢！」用手指着，又說：「娘！你聽啊！嗚嚕嗚嚕的聲音，就是那裡響出來的。」

說着說着，已有零零星星的螞蚱飛來，落在莊稼上了。

起先，以爲是田裡原有的，可是，越來越多了。而且，從西北天飛來的那一大片灰黃的東西，嗚嚕嗚嚕之聲，已到頭上，飛落下來的蝗蟲，一大陣一大陣的，直向人臉上衝，不由你不得不揚起手臂去遮擋它們。不得不蹲下身來躲避它們。

頭上天空中的黃烏烏一大片，有看不到四邊的那麼大，還在嗚嚕嗚嚕的叫聲中向東南飛去，飛去。落下來，落下來。霎那之間，田裡的莊稼禾苗上，已是滿滿的了。

只聽得蟋蟋嗦嗦的一片咀嚼聲。土娃再度直起身來，定睛一看，天哪！每一株禾苗上，都爬上了兩寸多長的長有翅膀的螞蚱在用那剪刀似的有齒大嘴，在啃噬着了。

土娃見到他娘竟然雙膝跪在地上，合起了手掌，低下了頭，向天祈禱！土娃聽到娘的口中，只喃喃着一句話：「老天爺呀？老天爺呀！」這時土娃又想到了那句話：「獲罪於天，無所禱也！」遂向娘說：「娘！咱回家去吧！災害已落到咱們頭上，求天也無用了。」

母子倆從滿是蝗蟲的棉花田裡走出，親眼看到已有不少葉子與花朵，被蝗蟲口上的剪子齒牙，剪落了下來。

一路上，看到田裡的人，脫下上衣，拎在手上，在田裡發了瘋似的亂打亂撲、亂搧，剛打動它們飛起，轉眼間又落下了。

尙未回到家，就遇到有人拿起繩子來，幹什麼用？也不知道。到了下午，幾乎所有村鎭上的老老小小，男男女女，都下了田，下田去趕螞蚱。有的拿着一支支長竹竿，有的拿着一捲捲一團團的繩子。土娃他一家，也不例外，帶繩子下田。

土娃這纔知道，繩子是用來趕螞蚱的，由兩人，一人拿着一端，量好了他們的那塊田的寬度，兩人在田的兩邊，各扯一端，讓繩子橫在田上的禾苗，由這一頭，扯到另一頭，再由另一頭扯到這一頭。用這種笨法子來驅趕田裡的螞蚱。可是，當繩子扯過時，禾苗上的螞蚱是飛起來了，繩子一過，它又落了下去。有什麼用啊？還不如用竹竿打呢，老打這一片，打得蝗蟲飛起來，沒有機會再起來，沒有機會再落下去。只有飛到別處去了。

可是，竹竿能打多大一片呢？再說，竹竿狠狠打下去，連禾苗也傷害到了。想想，豈不是白費氣力！何苦來哉？

更有不少人在田頭擺了香案，一家老少跪在田頭，乞求老天爺把他家田裡的蝗蟲趕走。

田頭上的香案桌子，遍田野都是啊！

事實上，凡是落下地來的蝗蟲們，都不會再飛走的。

它們落下之後，除了飽吃飽餐，破壞了田地裡的田禾。它們還在這地面上產子生小的呢！未出三天，田裡的莊稼禾苗，不分彼此，所有的禾苗，全部變成了「光桿子」。一株一株，都禿禿的。縱有有葉子的，也是禿子頭上的髮，稀不楞的三兩根。

秋季子，又沒有了，籽粒，休想在田中收穫。

「老天爺呀！老天爺呀！」

在每個人的口中喃喃咀咒着。

這時候，雖還有人跪在香案桌前膜拜祈求神助。已有大多數人到田地活捉螞蚱，揪頭去翅，帶回家來，一筐筐傾向鐵鍋中，煎而炒之果腹。

不過數日，落下來的螞蚱，母的個個大腹便便，有的已把肚腹下插入地寸許，在下子，在傳宗接代。

所以，人們煎炒螞蚱作食用，正是佳味時節。

於是，帶了一個網袋子，帶了一雙長些的竹筷子。下田捉螞蚱的人，比麥季子或秫季子下田收莊稼的人還多。

把螞蚱焙製成螞蚱乾子，儲存起來的人家。却也不在少數。

可是，再加十倍的人手，也捉不完田裡那麼多的螞蚱。

因而，不幾天，竟然遍地都是豆大的洞眼，密集的像篩子，眼看著都令人心麻。緊跟着，小螞蚱一個個像烏麥粒子（註三）似的從洞內向外爬。似乎見了光就體大一倍。這時的母螞蚱已產後死去，公螞蚱也失去了嚼食的能力。爬出洞穴來的小螞蚱，成堆成堆的爬出了洞穴。天啊！不到兩天，地上已滿是新出生的小螞蚱，雖然還沒有脫皮長翅，一個個爬在禿禿的禾苗竿上，像麻糖上的芝蔴。它們一出生就會嚼食，那些禾苗的光禿桿子，還能冀求桿中的穗苞再生出來，總能或多或少的再得到一些收成？這麼一來，又被新出生的小螞蚱接上嚼食。眞是一點指望也沒有了。

打螞蚱的行動，又風起雲湧起來。

起先，大家全體出動，可以說是只要有脚有手，無不下湖去打螞蚱，用脚踩，用手拿着破鞋底拍打。在路上，用牲口拉起石滚子軋，拉着磨石拖磨。爲了使用方便，鞋底加上把子，拍打起來便利。家中泥墻用的泥抹子，也拿來用作拍螞蚱的用具。可是，幾乎所有的地面上，全是篩子眼似的螞蚱下了子的洞穴。每一個小小洞空裡都有幾十個或上百個小螞蚱鑽出來，那裡是人靠脚和手，可以對付得了的。

土娃想了個辦法，先挖個坑，用掃帚把地上的小螞蚱掃到坑裡，再用榔頭三幾下打死。縱然抗坑的螞蚱都用榔頭打成了泥，也不當大用。這樣做，雖然有效得多，工作的效果，既快捷又打死得多。只是地上出穴的小螞蚱太多了啊！這樣的工作效果，再快捷，再收效大，也無濟於事。

這時的土娃，方始明白了人們何以把蝗蟲看作神，何以人間爲蝗蟲蓋廟，直捷了當的稱之爲「螞蚱廟」（註四）。

有人說：「蝗來雨掩」。這是古話。蝗災來時，只要一陣雷暴雨，再多的蝗蟲，也會消失。

於是，人們又來求雨了。

果然，小螞蚱尙未長翅，風雨來了。一陣雷暴雨過後，爬在光禿禾苗上的小螞蚱，全部打落下來，淹在泥窪裡。

人們正慶幸天災還須天滅的時際，兩次暴風雨過後，緊跟着連陰天繼續了下來。一連半月不晴，田，又成了湖了。

由於是兩場暴風雨過後，田裡的雨水尙未消退，就跟着連陰雨麵條似的落了下來。落了半月不停，四處又乏排水的河川溝渠，怎能不成「澤國」（註五）！

這次的水，有些近於低窪地區的村莊，也都泡在水裡。魯甸靠近隋堤，地勢高，沒有進水。但圩墻外的四圍壕溝，還有莊內的大小池塘，水都滿溢出池外。南湖地裡的水，已與村莊中的那個大池塘，通連起來。在雨中，孩子們做了釣魚鈎，到池塘裡去釣魚，幾乎是每個孩子的正常正作。

土娃，自也不能例外。他也加入了。

他的釣竿，只是一根秫楷，釣鈎只是一根納大鞋底的大針，是他爹放在燈火上燒紅，彎成鈎子的一個釣鈎。使用的魚餌，都是蚯蚓。這天，雨已住了點，太陽已在雲彩眼裡露過臉，西北的天已經開了。

土娃坐在池塘頭的一棵柳樹下，垂竿而釣。

突然，浮在水上的浮標下沒，頓時消失無踪。不像往常，浮標會沒而復出，沈下去又會漂上來。這次，居然一下子沈下去沒有再浮上來。土娃要用手把釣竿拉起時，却拉不動，還向下拖他。有一股子大力在拉他下水。

土娃雙手，拉不動那根釣竿，手一鬆，釣竿落入了水中。居然在池塘裡漂浮而去。

「我的釣魚竿被魚拉跑了。」

土娃大聲呼喊。池邊有十多位釣魚的人，也有孩子也有大人。聽到土娃這麼一聲叫喊，在池邊釣魚的人，都看到了那根魚竿在水上一直向前游動。

李秀實看到了，遂脫下上衣，跳入池塘，猛游過去，拉住了那根秫楷的釣竿。游了一段，便把釣竿取回來了。只餘下一根秫楷，繫在秫楷梢上的釣鈎及釣線，全不見了。

李秀實說，一定是條大魚，他抓住了釣竿，被一種大力量拖了好遠，始輕漂下來。

於是，大家夥去尋找封口的鐵篦子（註六），準備把池塘通向南湖的出口封起來。水可以流，魚不可以走。

天晴了。雨水雖然兩天後就消退了。可是南湖與北窪，可不是十天八天可以退得了的。這兩個地方，遂成了這一帶人前去撈魚的一件大工作。

魚，也是擋餓的食物啊！

於是，這一帶人，每天一大早，就帶着各種各樣捉魚工具，網呀！罟呀！罩呀！叉呀！鎚呀！刀呀！不是下南湖，就是上北窪，到水澤去撈魚。

還有呢！凡是有田地的人家，都到自己的田地裡，在水下挖掘坑洞，挖上好多個。準備水退時，魚蝦會殘留在低窪的水坑中，等待水退後，就得有人看着。那麼，誰家田裡水坑中的魚蝦，便是誰家的。這樣作，也是一種耕耘方法的收穫。所以，南湖北窪，天天都是黑鴉鴉的撈魚人頭。

天是晴了！水也退了！土地又面對着天上的太陽。

可是，這一年來，春也無收，秋也無收。儘管，家家都意外的得到了一簍簍焙乾了的螞蚱乾以及魚乾。又怎能挨過今年的寒冬與明年的三春呢！

土娃又去問他的先生松三爺：

「獲罪於天，無所禱也！」是「自作孽不可活嗎？」

「老天爺呀！老天爺呀！俺這裡的人，個個都作了孽不可活嗎（註七）！爲啥給俺們這大的災難呢？」

又是旱災！又是蝗災！又是水災！連着來。

春無收，秋無收，俺這裡的人都應餓死嗎？

「老天爺呀！老天爺呀！」

〔附註〕

註一：絕命網，是一種細眼的網，小魚小蝦都漏不過。

註二：血火，是這一帶人的方言。意指說大話誆人。稱之爲「血火大家」。

註三：麥子中有一種病變的麥，黑粉的粒子，無穀。俗謂之「烏麥」。

註四：虮蠟廟，按「虮蠟廟」一辭，來自《施公案》五集第十七回至廿二回，在戲劇中享名。查「虮」，字書無其字，《康熙字典》亦無其字。按「蠟」字，原爲「蜡」的本字，用於祭祀，則名蜡祭。《禮記》「郊特牲」有文，說：「天子蠟八。伊嘗氏始爲蠟。蠟也者，索也。歲十二月合祭萬物而索饗之也。蠟之祭也，主先嗇，而祭司嗇也。祭百種以報嗇也。」註謂：「饗者，祭其神也，萬物有功於民者，神使爲之也。」又《玉燭寶典》說：「蠟，祭先祖。蠟者，報衆神。同日異祭也。」從古人所記，當知「蠟祭」乃祭天地間衆神，所以禮列之郊祭。由此說來，可以想知應是《玉燭寶典》說的「蠟者，報衆神。」換言之，蠟祭就是在郊外祭饗天地間衆神的禮典。再查《民間諸神》一書（一九八六年九月河北人民出版社印行），列有「驅蝗神」，說到一些驅蝗的事蹟。這些驅蝗的人，被鄉人敬之爲神。但世間，似無「虮蠟廟」。一般人受到清末小說戲劇的影響，誤「虮蠟廟」爲「螞蚱廟」。

註五：澤國，本意是地多沼澤的國家。乃多水澤沼池的國名。後遂用爲水災的代名詞。

註六：鐵箆子，是一種鐵條橫幾根豎幾根編焊起來的閉水口用物。防止池中魚蝦外游。

註七：古聖說：「天作孽猶可違，自作孽不可活！」土娃不相信他們這一帶人都作了孽。

三十　做啥像啥！賣啥吆呼啥！

經過了這一連串的天災，這一帶人幾乎家家都被驅馳到飢餓之境。大戶人家，連著兩年籽粒未收，也是受不了的。中秋沒到，許多人家的年輕人，連婦人都算上，都已離家出外謀生。

「逃荒去了！」

這句話已成了這一帶人的口頭語。

魯永春接到了崇德中學的通知。

通知中有土娃這一年來的各種成績，總評均只有七十二點八分。依據附來的有關貧苦學生免學費等工讀辦法，土娃的成績已不合格了。下學期的入學繳費單等等，也在其中，雖祇兩元多錢，又那裡是魯永春可以繳納得起的。別說是今年粒穀未收，就是豐收之季，也讀不起。一年有兩個學期，還有一年又一年的食宿呢！

魯奶奶一家人，也早都盤算好了。

賣牛的錢，還餘下一些。買來的霉麵粉，還有豆餅、花生餅（註一），以及黃豆、綠豆、估計起來，配上一些乾菜葉子、乾螞蚱、乾魚，可挨過了年。年後的三個月，可就得有所張羅。

賣過兩個月的饅頭，雖說，沒有賺到什麼，兩個月後，連本兒都吃掉了。然而，却賺來了不少經驗。

第一，饅頭的個頭兒，要看着比人家的大。

第二，饅頭的勁頭兒，吃着要比別人家的韌些。

第三，饅頭的層次，擗（註三）開來，要比別人家的層次多。

第四，饅頭的顏色，要粉白光潤。

第五，饅頭的味兒，要在用手一擗開來時，酵酸香撲鼻。

同時，秫秫麵與蕎麥麵的饅頭，以及菜角子，也做出來賣。務必做得外型端莊、大方，像大姑娘的前瀏海與背上的粗大辮子一樣，臉上不必擦粉，髮上，不必用油，看着就是喜人的。而且不抬高價錢，方能達到薄利多銷的目標。

這些，都需要費精神、費工夫，更得費勞力。只要一旦做出了名，銷路就廣，薄利就厚了。

就這樣，家裡靠着三個女人—魯奶奶、魯媽媽還有三嬸子，兩個男人，魯永春父子。三叔還在東家，土娃也十五歲了。

這生意，魯永春挎着巴斗，端着秫秫亭子的饃筐子，逢集必趕。半個月下來，每次趕集回來，能賣出一半，已算好生意。只有一次，賣了大半，靠一處把戲攤子買去的。

土娃看着生意不是太好，遂也主動要求加入。挎着饃巴斗，趕集去。

起先，土娃穿著對襟兒小短襖，下著套褲紮上褲脚，足著布襪小圓口鞋，繫上攔脚心拴脚脖子的鞋帶。頭戴線帽，齊上了眉眼。到了集上，還生怕碰見親友，尤其是同學。，第一次出來，是離家二十多里的韓壇集，這裡熟人一定少。可是他早晨天剛矇矇亮，就被他爹喊起來了。

「韓壇集在韓村還要南些，」土娃的爹說。「廿幾里，到時得太陽過東屋脊。揹着這一巴斗子饃，也有一廾斤呢。」

早飯就是蕎麥麵韮菜盒子。吃完之後，父子二人分別上路。

奶奶也起來了，送孫子出了小南門。又送上了南去韓壇集的路。一再吩咐，說：「走路小心些，過莊頭，小心狗。」土娃應聲着。心一再的想着娘交代的那幾句話：「幹啥，要像啥！賣啥，要吆呼啥！」可是，這一邊的奶奶，望着土娃邁步走去的背影，心裡却在想着：「像個賣饅頭的嗎？」

十月的清晨，屋上的霜，像灑上一層白粉似的。落了葉的樹枝，也有幾分粉孳孳的。雖然不是西北風，吹到臉上，却也秋涼如水。九月種下去的秋麥，苗秧已經出土，綠蘇蘇的。

「再也不會又是旱災重現吧？」

土娃揹着一巴斗子的饅頭與蕎麥角子，是從鍋子裡的蒸籠裡，熱騰騰的取出稍稍晾晾水氣，就放進巴斗中的。揹到背上走了一段路，熱氣從巴斗滲出，熱在背上。越走越熱，也越走越覺得背不舒服。遂放下背來，捺到手臂上，使背脊骨舒服一些。交換着在兩臂上挎着。

一路上遇見趕集的人不多。當然，尋常趕集，與逢會的趕會不同。逢會是春天，一處的廟會，一年也最多兩次。逢集則十天最多五次少三次，不能比了。可是土娃，一向也不常趕集，韓壇集更是第一次去。

土娃雖然十五了，身子骨可不結實。他生來就與一般的鄉下孩子不同，一般這大的男孩子，胸脯子與臂膀子，都緊綳起肌肉。土娃的胸脯子，還是平平落落的。兩肋的肋骨，清晰的露着。兩個臂膀子，不但肉鬆鬆的，而且臂膀也細細的。個頭子雖已猛過了大約五尺，稱起來未必能有百斤重。渾身上下，只有臉兒圓潤潤的。他負荷了這麼一巴斗的饃饃，廿幾里的路程。這孩子一路上揹揹挎挎，到了韓壇集，已經傍晌午了。

韓壇集的逢集期是三六九，有一條長街，還是青石板鋪的，有一條洪河的支流打斜裡北出，通過韓壇集的壇台墩子，流向泗洲。傳說是水母娘娘逃出泗洲，由洪河入淮，紓迴入海的一條小河。韓壇人叫它作「娘娘溝」，也有人說叫「良糧溝」。早年的韓壇集之所以一度熱鬧，都靠着這條「娘娘溝」。在韓壇集的集西頭流過，有一個可以灣停帆船五七艘上十艘的碼頭。據說在大捻子鬧事之前，碼頭已不存在，小河也時流時涸。這個集的熱鬧景，早已成了老人口中的歎惋與說古。

不過，這條小河雖已有名無實，那凹凹的溝渠，也大部變成了耕地，然而每過水災，它還照樣有着排水入淮的功能。就拿這次的蝗災之後的一場水災來說，韓壇集比魯甸鎮，可要減災多了。就靠了這條「娘娘溝」還具有排水的功用。

雖然，由於這條「娘娘溝」的水源乾涸，連累了韓壇集的繁華已經雲煙過眼。但韓壇集的市街規模，還有舊樣。只是近來的市街已經冷清了，如今的熱鬧景，在牲口市場。年成不好，賣牲口的人家最多。於是，土娃便跟着大多數人去的方向尾隨而去。

果然，這裡的人很多，他聽到了鑼鼓聲的緊打慢敲，也聽到了絲弦聲的急奏緩彈。灑眼看去，還沒有見到有賣饅頭的或賣捲子的。或賣烙餅等吃食的。只聽到賣煎包的，敲打着鐵鏟，口喊：「熱的，剛出鍋的油煎包噢！」

到了人群熱鬧處，見到了幾家賣吃食的，一是油煎包的布篷子，一是露天的油炸鬼與油炸糕。還有賣胡辣湯的挑子，挎在肩上的布包大壺走動着喊：「油茶！」、「油茶！」賣油茶的。還有賣豆腐腦的擔子。只看到一個賣花捲的老人，孤單單的箕坐在地上，只是把一個放了一個花捲的筐子，放在巴斗把兒中間的斗口上。作了個賣花捲的幌子，也沒有吆喚，也沒有什麼的。

「我在那裡叫賣呢？」土娃想。

「也像這人一樣，找個地方，也學他那樣，擺個幌子嗎？」土娃一邊想一邊看了看周圍，不知放在何處？

「難道，跟那賣捲子的老人對抗嗎？」土娃又想。

正在這時，他聽見身後傳來了吆喝聲。

「白麵饅頭花捲子，還是熱的咧！」

土娃回頭一看，一個比他大些的孩子，左臂挎着巴斗，另一隻右手端着筐子，筐子上有一個饅頭一個花捲，這人却一看到土娃，就停下來了。頗感詫異的大叫：「土娃！你來幹啥！」

土娃定睛一看，原來是曾在魯甸住過的韓回子的兒子，蕎麥眼韓小壠（註三）。他本是韓村人，又搬回韓村了。這一晃幾年沒見，都長大了。

於是二人都擱下了巴斗，土娃告訴韓小壠也是來賣饅頭的，纔頭一回。韓小壠打開土娃的巴斗看了看，覺得土娃的饅頭與蕎麥角子，都比他們家作得好。遂要土娃也照着他的樣兒，用一根筷子打從筐底穿上來，把饅頭與角子，各選一個完整好看的，揷在那根上露着的筷子上，這樣把筐子拿在手上，饅頭就不會滾下筐子來了。

就這樣，土娃跟着韓小壠挎着巴斗，拿着饃筐子，一路在市集的人群中，吆喚着：「饅頭！角子！還是熱得咧！」一路吆喝着叫賣去了。

土娃得到了一個相識的伴兒，心頭的惶惑與忐忑頓然消失。

兩人約定在太陽扭頭時，仍在這相遇的地方見面。見面時，再對談各人在叫賣中的經驗，也好作爲下次叫賣的參攷。

「饅頭！角子！還是熱的咧！」

「饅頭！捲子！還是熱的咧！」

二人吆喝着，挎着饅頭巴斗，拿着饃筐子上擺着的饅頭幌子，一路叫去，各奔各的「市場」去了。

土娃吆喝了半日，只賣了兩個饅頭四個角子。

看看快要响午了。口也喊乾了，肚也喊餓了。

奶奶告訴他，餓了就吃。爹娘却告訴他，吃那兩個秫秫麵的，再加一個蕎麥角子。買一碗胡辣湯，就可以了。

土娃遵照爹娘的吩咐，先吃一個紅色秫秫麵的。

問過了，一碗胡辣湯，要五個制錢（註五）。一個銅板，兩碗。豆腐腦，只要兩個錢一碗。過去，一個錢一碗。已經貴了。土娃只買了一碗豆腐腦。不喝胡辣湯，省下三個錢。

當土娃在啃吃着秫秫饅頭時，近處的墜子又拉起了弦子，打起了板，歌唱起來。突然，土娃聽到那男聲的歌喉，好像聽過，好熟的歌聲啊！「終日裡愁思好似湘江水，每夜裡，夢繞巫山欲赴難。這小尼姑年方二八情更熱，又遇上這融和三月杏花天。……」這不是王貞一教他唱的「小尼姑思凡麼？

土娃忍不住三口兩口呑啃了那個秫秫饅頭，就挎起巴斗。端起笸子，走向那個唱墜子的地方。近前一看，果然是王貞一。土娃一到了場子的人群裡，在歌唱中的王貞一就看到他了。用眼神給土娃打了個招呼，到了下個停歇的關子（註五）一完，就跑出攤位來見土娃。方知土娃也為了求生存，跑到市集賣饅頭來了。

問他生意如何？只賣掉兩個饅頭四個角子。

反正，他們這四五個唱墜子的，也得吃。遂給大家一說，向土娃買了饅頭十四個，角子二十個。跟着，王貞一又帶土娃到花鼓班子，居然全部數了去，還不夠。於是，土娃又去把韓小壠找來，又配上了一些。還約土娃在二五八到洪河窪去趕集。這一個月來，他們在這兩個集演唱。只是洪河窪又遠了十里。有卅里之遙。

如今，已有了固定的主顧，已不需要在市集上，走着叫賣，路途遠一點，也不打緊了。

「謝謝老天爺照顧俺們家這孩子。」魯奶奶向兒子媳婦說。「要不是遇到了這樣的主顧，這生意也是作不下去啊！」

從此，土娃便跟着這個花鼓班子跑，今趕三六九，明趕二五八。生意有了固定的主顧，土娃又能帶着經書去讀。只是有時路遠，回家已晚，不能常常到松三爺家唸書去就是了。

這個花鼓班子，原是撲拉蛾領銜的班子。如今，撲拉蛾年紀大了，只能扮靑衣，不能扮花旦了。他的學生藝名小黑孩，今年纔二十歲。生得小巧玲瓏，歌喉又亮，場子走得又俏。那一雙會傳甜心甘腸的眉眼，老觀衆說，比他師父還要好。

再說呢！花鼓班子在這討生活的年月，一些淫穢的唱段與表演也不避了。新成名的花鼓娘小黑孩，自然恰逢其時，因而一出山就紅了起來。

自從接觸到小黑孩的花孩班子，每次到了市集，交代了生意，十九都在花鼓班子裡混時間，一面替小黑孩抄本子，改本子，一面又向小黑孩學唱。不久，花鼓戲的老師傅，聽到了土娃的歌喉，又看中了土娃的身材與眉眼，居然自動的教起土娃走場，居然爲土娃綁上了寸子（註六），正正式式的教起土娃學起花鼓戲來。

反正，他每次到了市集，把巴斗中的饅頭，一個一個數給了花鼓班子，還有墜子攤子，就沒有事了。除了看戲，抽空子，土娃還是不忘讀他的經書。他還在松三爺那裡讀三傳、三禮（註七）。不過，自從土娃的興趣移到小黑孩的花鼓戲上，他的經書，自然廢弛了下來。松三爺以爲是生活環境的影響，也就不像往日那麼要求土娃。

土娃之所以恁麼用心去學花鼓戲，應說是好奇心的驅使，實則呢，這孩子在性格上，也頗有幾分女性的質素，他的雙手指節，不但蔥型的細長，而且柔輭白潤，從食指到小指，根節處的手面，平平伸出手指時，每個指根，都有漩渦。手掌紅赤，手背柔潤，而且細膩。他的歌喉，輕柔中微帶雌音，旋律婉轉中，有着魅人的裝飾音，令人聽來，總覺得與衆不同。教花鼓戲的老師傅說：「土娃有着天生的演藝天才。」

這一冬，土娃不但學會了不少艷麗的唱段，也學會了踩寸子的文式走場，（武式走場要練武功）雖還不能在武功上與表演滾鼓的生脚配合上。像「劈叉」呀，「大翻」、「小翻」呀！「鷂子」的衝上衝下呀！這些需要武功的武式走場，土娃自然作不到。像女孩兒家的上下樓，針線活計，奶孩子，紡棉花，以及撲蝶、捏蜻蜓，還有彩扇舞，綢帶舞等等文式走場的表演，土娃都能細致的表演得出神入化。師傅說：「可以下場子了。」

小黑孩出了名。花鼓班子這一個冬的後兩個月，已不需要演一段就停下來要錢，如同討飯。這一帶的集鎮，爲了活落市場的繁華，已在搶着「重金禮聘」。這一冬，土娃家的饅頭生意，使老少一家人，渡過了這個凍餒的嚴冬。魯永春得成天在外奔波生意上的許多雜事，像需要的糧米選購，用小車推運回來。在家，還得協助幾個婦女的手力達不到的揉麵工作。蒸饅頭的生意，也多虧了土娃的好運道，第一天上市，就遇到了一個不需在集市上奔波叫賣的長期主顧。至於孩子居然醉心到花鼓戲上，而且盡心盡意的學會了花鼓娘的走場。還應允了花鼓班子過了年，南征蚌埠西遊藝場的禮聘表演。而且，土娃同意了以「小紅娃」爲藝名，作爲小黑孩的班配。他要正式下場去表演花鼓娘了。家人全不知。

土娃之所以膽敢不告知家人，自己就答應了與小黑孩的花鼓班子到蚌埠去下場子？還不是想到明年的春天，還有四個月長啊！他已與花鼓班子說好，在明年年初五就會跟着他們的花鼓班子到蚌埠去。名義上是幫助他們料理文字上的事務，實際上，土娃要改名叫「小紅娃」，下場子表演花鼓娘了。

年初四，小黑孩與他師傅撲拉蛾到土娃家拜年，就說明了後兒格初五，就要起程搭火車到蚌埠去。帶土娃幫他們料理文事，爲期一個月就回來了。當天，還留了三塊大洋。魯奶奶一家人，還有什麼說的呢！

同時，還有舉人老爺的兒子王貞一也去了。他協助河南的一班墜子與一班曲子，也到蚌埠去。又有了一位要好的同學也去，自然更加放心。

於是，初四這天，魯奶奶便興興頭頭的，爲土娃收拾行裝，讓他跟着小黑孩們去蚌埠。

松三爺還說：「這年頭兒，什麼都是假的，能賺錢飽肚子纔是眞的。」遂又說：「我這一冬，不也虧了土娃這孩子嗎！」

那裡想到土娃走後不到半個月，就傳來了消息，說是有人在蚌埠西遊藝場看到表演花鼓戲的小紅娃，就是咱魯甸的土娃魯金土。遂有人把帶着刺的話說出了口：「想不到咱這魯甸鎭的老魯家，出了有名的花鼓娘了！」

魯永春聽到這消息，非常生氣。告訴了娘，魯奶奶也非常生氣。怎的就這三幾個月，土娃能下場子演花鼓娘？想了想，倒也有幾分懷疑。

「到蚌埠去看看去，又不遠。」魯奶奶這樣提議。

魯永春已準備要到蚌埠去，松三爺來了。

土娃在蚌埠西遊藝場，演花鼓戲，扮演花鼓娘，名叫紅娃，是松二爺的老大親眼見到的。粉紅色的招紙上，還印上了「洋學生」三字在「紅娃」兩個字的頭上。土娃在場上還表演親筆當場書寫「斗大黃金印，天高白玉堂」以及「禹門三級浪，平地一聲雷」等大字，在紅白宣紙上賣十枚銅板一張呢！

松三爺到來，還沒有說話，魯永春就先開了腔。

「這小子把咱魯甸人都丟光了。」魯永春痛傷地說。

「我可不是這樣的看法，」松三爺鄭重的說：「時代不同了。往日人們口中的『王八戲子吹鼓手』，往後不會有這說辭了。歐風東漸，咱們中國人保而守之的老套子，西洋的飛行艇（註八）都發明了，還能守得住嗎？萬不可再這樣守着舊的，抱着它牢不可破。洋人的船堅礮利，咱們抵當不了，洋人的拉拉唱唱，吹吹打打，也有他們的那一套。人家當作藝術看，咱們列爲九流十拉品。將來會變的，像風一樣，像潮一樣，人能擋住從天上吹來的風嗎？人能擋住從海上湧來的潮嗎？」松三爺說到這裡，不禁感慨萬端，停了停，又說：「擋不住的！擋不住的！」

魯奶奶與他兒子永春，都聽得懵懵懂懂！

「別把土娃演花鼓娘，看作是丟人現眼的事。連孔老夫子都毫不隱瞞的說過這樣的話：『吾少也賤，故多能鄙事。』這話的意思，就是說他小時候，是一個出於貧賤家庭的孩子。爲了求生存，今天學這樣，明天學那樣。所以孔老夫子學會許多種求生的技能。當他成名之後，有人發現孔夫子這樣也會，那樣也會，遂在背後議論：『何其多能也？』，奇怪孔夫子何以懂得那麼多！會做那麼多不同的事務呢？」

「土娃是個天賦高，稟性強，大不同於常人的孩子，」松三爺又說：「咱們是個貧賤的家，老實說，咱們的家，養不起這樣的孩子。以後，聽其個己的意願，他要去那裡，就讓他去那裡。別攔住他。古話說得好：『男兒志在四方』，任他去闖！」松三爺說到此處，遂換了一句更其堅定的語氣說：「我放心！這孩子無論到那裡，他都會闖出一片天來的。」於是又問：「你們不放心嗎？」

松三爺轉身要離去，一邊走一邊還說：

「別聽那些酸言鹹語。左耳進右耳扔！別理它。」

「扮演花鼓娘又丟的什麼人哪！」

……………

〔附註〕

註一：豆餅、花生餅，都是油坊用黃豆榨油，用花生榨油，榨出了油之後，留下的圓如小磨樣的餅塊。

註二：饃筐子，是這一帶人用秫秫亭子（穗下的桿子）編成的，用來盛饃。饃饃是乾食的總稱。

註三：蕎麥眼是韓小壠的綽號。

註四：制錢，就是有眼兒的銅錢，這時，還在流通使用。

註五：關子，指曲子唱到緊要關口，下面，聽衆非聽不可的地方。

註六：寸子，又稱蹻（ㄑㄧㄠˋ），綁在脚上的三寸金蓮，假扮成的婦女小脚。

註七：三傳，指左傳、穀梁、公羊三傳，三禮，指周禮、儀禮、禮記三書。都是稱之爲「經」的經書。

註八：飛行艇，就是今天的飛機，那時，叫飛艇、飛船。

三十一　一塊鉗入鎔爐中的鐵

當土娃在花鼓班子裡改叫「小紅娃」的藝名，在蚌埠西游藝場下場演花鼓娘的消息，傳到了魯甸，這時的土娃，業已離開花鼓班子躲到第一舞台平劇班裡去了。

這時的土娃，既不敢再留在花鼓班子裡，也不敢離開蚌埠。說起來，挺長一串的呢！

那天，土娃下場第二天，小紅娃這位小花鼓娘的丰采與歌喉，便風傳到蚌埠這新興市鎮的大街小巷。起先兩天，花鼓戲擺場子，還採取古老的鄉野方式，在另一處打扮妥後，便一路上敲敲打打，鑼鼓在前，花鼓娘與花鼓男隨後。花鼓男一路用花樣敲打著挎在腰間的花鼓，一邊挑逗著花鼓娘，花鼓娘羞赧婉拒。有時也扭起腰來舞上幾步。

身後，總是跟了許多看熱鬧景的孩子們。

到了蚌埠，他們住在鄰近西遊藝場的一家小客棧裡。距離他們在遊藝場擺場子的地方，約有半里光景。蚌埠並不是徐淮一帶的花鼓戲常到之處，花鼓男都是平常莊稼人或一般作粗活的工人裝束，也不特別打扮。花鼓娘則不同，他們打扮的特色，是在額頭勒上一朶碗口大的花球，還綴下兩根與那花球同樣顏色的飄帶。（那朶花球本就是那根絲綢結紮成的）。頭梳一根長長粗粗的辮子，拖搭在背後。額上有時是前劉海髮式，有時則不是。身穿當時婦女最流行的服飾，總是上身高領子各色綉花的緊身短襖，或者下繫長裙，或者下著撒腿大褲腳（註一）的褲子。綁在腳上的三寸金蓮，走起來，眞格是：「婀娜多姿風擺柳，嬌媚輕嗔勾兒魂。」

以小黑孩領銜的這個花鼓班子，有四位花鼓娘，兩老兩少，加上土娃已有五位。由於這小紅娃是以中學生下場賺學費爲號召來表演的，他的打扮，與其他四位花鼓娘不同。他頭上不帶花球，額上梳下四指寬的齊眉宜春髮式，油光光的假髮覆蓋著，順著頸項拖下一根黑長粗大的髮辮。上身著紅緞子黑花鑲金綉的緊身小襖，下繫千層紅綢金花的長裙。不綁寸子，天足穿黑色綉上紅花的圓口平底鞋子。薄施脂粉，輕點硃唇。儼然大家閨秀。望去，任誰都不會說這姑娘是男人扮的。

按花鼓班子在鬧場時，花鼓男先挎起腰鼓下場子表演滾鼓等各種武走（註二）的技能，跟著再一一引惹花鼓娘下場。在開場時，花鼓娘都坐在場上，與敲打鑼鼓的人們，一排排坐在凳子上，可以任由圍在場上的觀衆，指名道姓的喊他們下場。頭一天，第二天，小紅娃都不坐在場上。雖然，報上登著，花鼓場子上，也有豎立起的牌子寫著文字，都是「中學生小紅娃」在本班客串表演，卻不知那一位是「小紅娃」。其中，最年輕的一位是「小黑孩」，他是用「黑」色來代表他的。當觀衆認不出那一位是「小紅娃」時，遂鼓噪起來。

花鼓班子的老闆，遂不得不出來交代，告訴觀衆在第二位花鼓娘走場完畢，小紅娃一定下場表演。

這時，小紅鞋被安排在他們休息的布棚子裡。還用布幔把小紅娃圍起來。當場上喊出了一聲：「靜！靜！小紅娃下場子了！」

場子上圍了上千的觀衆，頓時肅靜下來，只聽到別處場子上的管弦或鐵板的彈拉打奏與說唱聲。

花鼓的鑼鼓場子也停了下來，留出了一條出路。

喲！小紅娃出來了。羞人答答的紅著粉臉，大腳片在衆人如雷的掌聲走出棚來了。頭一直微低著不敢抬起。

眼角與嘴角，雖然掛著嬌羞的笑容，卻被臉上的羞澀粘滯著，使觀衆見之有不能滿足之感。

因而有人大喊：「抬起頭來！抬起頭來！」

小紅娃走到場子間的花鼓男身旁，方始微昂起頭，笑吟吟的向觀衆鞠躬爲禮，還轉起身來，向四面八方爲禮。

遂有人肯定的說：「小紅娃決不是男人扮的。瞧那手嗎！男人那有那樣細細長長，蔥一樣的手？」因而有人肯定的說：「是個小姑娘！」還說：「最多不過十六歲。」

當小紅娃謝完了四圍的觀衆，花鼓男開了腔。

「噯！我的紅娃妹子！你瞧，」用手四圍一指，說：「有這麼多捧場的，個個都是來看你小紅娃的，怎麼著？唱一個吧！」

小紅娃頭仍低著不敢抬，四圍的觀衆又報以熱烈的掌聲。

小紅娃點點頭，嬌羞的說：「我唱一個俺一家老小十五張嘴。」他說。「這是俺家鄉的小調。」

於是在四圍觀衆的雷樣掌聲中，揚起歌喉，唱了起來。

俺一家老小十五張嘴，他個個張嘴都難纏，

七嘴八舌的，一天到晚各說各的圓。

這個說：燒菜調味可不能淡，那個說：可不能鹹。

這個說要吃白米飯，另一個偏說要吃蕎麥麵。
有人要吃稀來，有人偏要吃乾。
唸書的他不種地，種地的反對給唸書的錢。
老頭子氣得拍大腿，老嬤子氣得拍床沿。
老頭子說：「你也別想東來？你也別想西？」
老嬤子說：「你也別想北來？你也別想南？」
二老爹娘商量個定：
「分了吧來分了吧！」
「你們各立門户各支鍋，各吃各的各自便。」
「省得俺二老當家難。」

小紅娃唱的時候，場子上的梆子檀板，起伏有致的打著節奏，每在一段休止時，還加上了鑼鼓。花鼓男也用鼓棒子打著節奏。

所以，這個歌兒，本是鄉下人不時在口唇上掛著的小調，十有九位大姑娘或小姑娘都會唱，但聽了小紅娃的這麼一唱，頓時覺得怎的這個歌兒恁麼好聽呢！

四圍的觀衆，突然起閧的亂喊起來。

這邊喊：「十杯酒。十八摸。」

那邊喊：「洞濱戲牡丹。小尼姑思凡。」

——一時亂喊得連秩序都亂了。居然有人向小紅娃這邊衝來。正弄得花鼓班子不知如何是好時，突然一位丘八爺衝進場內，吹起了哨子。「嘟嚕！嘟嚕！」哨子一停，就站在場中央大聲喝叱！說：「各立各位！不准衝到場子裡來！小紅娃姑娘會唱給你們聽的。」就這幾句話，把場子的秩序安下來了。

混亂的人群，馬上各歸各位，又都站回四周。

這位丘八爺一看場子又恢復了寧靜，回身走向花鼓班子的坐處，問那位是班主？撲拉蛾便出來接應。此人遞上一張名片，說：「這是我們團長叫我來幫助你們維持秩序的。」撲拉蛾接過名片，連連感謝！名片上的名字，連個姓他都不認識，卻也不敢問。只是連連「多謝！多謝！」甚而想跪下來磕頭作謝。

「俺團長就在場子外觀賞！」此人說。又關照他們「繼續演唱下去。」

說完了這句話，就揚常離場而去。場子四圍的人，雖有因怕事散去了一些，卻又擁來更多的人。

小紅娃既然下了場子，總得把這一場完成個結尾。於是小紅娃又唱了一個《可憐的秋香》、《毛毛雨》還有《月明之夜》《葡萄仙子》四個歌，方纔結束了這一場都是當時中小學流行的時代歌曲。

由於他仍是花鼓戲，小紅娃不得不順應四周觀衆的要求，明天早場，小紅娃就得改扮成花鼓娘的裝束，下場子與花鼓男相配合著走場，唱一段舞一段了。

等撲拉蛾把這張名片遞給了土娃一看，上寫：「國民革命軍第一路軍獨立第三旅第一團團長郝元禮」字樣。

土娃告訴班主團長姓郝，是河北大名人。名片的左下印著他是那裡人士。就在這天的晚上，仍舊是那位丘八爺，送了一張紅紙請柬到他們住的客棧來。訂定這一天的大後天晚上，在蚌埠臨淮大街五福樓酒館，宴請班主及演員共六人。當然，小黑孩與小紅娃是不能少的了。

這種邀請無有謝絕的餘地。在場子上，已決定了明天的早場，小紅娃扮演花鼓娘下場走場，郝團長已經知道。所以班子爲郝團長準備了兩條長凳，一杷椅子，放在場子的正前方。這時，班上的人問起來，始知這位丘八爺姓陳，是郝團長的副官。他說：「叫我陳副官就好了。」

其實，花鼓娘的走場，就是「文走（學婦女平常各種走的形態），土娃也只能走個大樣，走不到像小黑孩那種蹻工上的工夫（註三）。武走，土娃更是連個樣兒也走不了的。不但要飛翻起跟斗來，還得能雙腿飛起，一躍落下，來個大叉，還得能隨落隨起。這些工夫，都需要從七八歲時就開始，天天練習，也得個三年五載，始能達到這種藝術的範式。土娃只學了幾個月，還不是在班子裡的正式練功學來的，自然做不到了。

可是，土娃的身材好，臉蛋子俏致，尤其兩隻手，擦上了粉，伸出來眞是蔥白似的。說她是男人扮出來的，都不會令人相信。

說起來，就是下場走場的歌唱，土娃也只會三幾段。較比長的一首，就是「王二姐挑水」。這天，土娃與花鼓男小叫驢（註四），配合起來表演的，就是這一首。

這天，也像昨天一樣，先由另一花鼓娘表演第一個段子，第二個段子就是小紅娃。爲了像昨天一樣，小紅娃上場，就要給與四圍的觀衆來一個搶眼的驚奇，所以仍把小紅娃隱藏在幕後，專等第一個段子完了之後，再宣布小紅娃上場。

突然，第一個段子結束了。仍是同一個花鼓男不換，他居然飛躍起來，翻了幾翻，滾了幾滾，表演了一段滾鼓的身段，便公雞追母雞似的斜著身子，搭拉著一個翅子，斜伸起一隻左腿，留一條右腿在地上，單腳蹉著蹉步，急速的蹉向坐在那裡的花鼓娘。正在四圍觀衆還在以為下一個段子還不是小紅娃呢？突然，一團赤紅的火燄似的，噴出了火筒，這紅燄燄的火，打從一排花鼓娘的身後出現了。

這小紅娃，可眞的又是一身的紅，額上勒的是大紅綢子的紅彩球，下綴的同色飄帶長到腳跟。上身雖然還是昨天穿的那件紅緞子鑲綉金線的緊身短襖，下身則改穿一條寬寬鬆鬆的大敞口褲子，綁在腳上的三寸金蓮，隱隱約約的在撒開的大褲腳下幌動。手中拿著一把紅色毛絨絨的羽扇，婀婀娜娜像風擺桃花枝子似的飄然走出。

四圍的觀衆吼叫了起來。吼叫聲中還夾雜了口哨。

一時之間，四圍的人圈子，突向中間擠來。幸好還是那位身著軍服的陳副官，及時走下場子，吹了兩聲哨子叫了一聲：「不要亂動！站在原地。」這纔安制下來。

由於小紅娃不會武功，矯工也不是受過訓練的花鼓娘那樣走得快捷，更不會彎下身去，双手扶地就翻了一個車輪。可是小紅娃的嬌媚處，他眉眼上的那一分風情萬種，配合上那並不撒野的端莊清麗，令人看起來，小紅娃的走場，比起一般人往日所見的花鼓娘，大不相同。有人見過昨天的小紅娃那副大家閨閣少女的打扮，再對比一下今日小紅娃打扮的花鼓娘，越發的令他們感受到的是：不同！可是他們怎的懂得靜中漾出的武媚，比動中盪出的風騷，要奪人心魂勾動情魄的多呢！

走了兩圈場子，開唱了。

唱的段子是：「王二姐挑水」：

那一天，俺到南塘把水挑。我說二哥呀（註五），咦啊！

男說：「到南塘把水挑，又怎麼樣啦？」（男腳一直用鼓棒打著腰鼓木身叶叶作節奏）

俺匾擔上的兩個水筲（梢），它晃搖著，它晃搖著。

男說：「噢！匾擔上的兩個水筲（比畫著）它晃搖著。」

俺挑著水筲向前走，（兩人走介，女學挑著擔子走介）

（走時，男腳打著鼓搭配著女的挑擔舞姿。場上的鑼鼓梆子，全部打出搭配的節奏。）俺走呀走！

俺走到塘邊那長條柳枝它把俺撓；它把俺撓。我說二哥呀咦啊！

男說：「那柳枝子也想占你的便宜！」

俺撥開了柳枝，放下了擔子又擱下了筲。

俺拎著水筲水塘邊走，打滿了水筲好往家挑，啊喲我說二哥呀咦啊！

男說：「又怎麼啦？」

啊……啊……俺看見了哦！（不好意思說）

男驚奇介，問：「看見了啥？妹嗳！」

俺看見了！俺看見了！（女用手指著，男順女手看著）

啊！呀咦啊！我說二哥呀……我說二哥呀……

男還在看，裝著沒看見，說：「在那裡？在那裡？」

在那裡！在那裡！（男的順手去看，被花鼓娘一推，踉蹌了一跤。於是二人走場介。）

俺看見那荷葉上有兩個蛤蟆它們在緊壓著。

俺乍眼一看就読了一跳，差著點兒就掉下了河。我說二哥呀！（男腳去攙扶介，被女的一手推開，又走場介。）

俺看到這副光景心直跳，腳不敢動來只用眼瞧。

哎呀呀我說二哥呀！俺又看見了又看見了！

男問：「又看見了什麼？」

俺看見那上頭的哈蟆它一股肚兒，那下頭的蛤蟆就一凹腰。哎呀我說二哥啊！可了不得了啦啊……

男問：「這有啥子不得了，那是兩個蛤蟆壓尾（註六）。」

俺看著看著看出了神！突的有人打後，他抱住俺的腰。

俺左也掙來掙不動，右也掙來也掙不脫。用手扳那粗手也扳不開，那双手它一摔俺就跌了個跤。

仰八拉又俺臉朝上，俺這纔看到那壓在俺身上的人兒他真糟糕！我說二哥呀……我說二哥呀咦啊！

男問：「是誰？那個混賬王八羔子他是誰？」

俺看到那人直犯惡心，他是咱那南莊上的禿腦殼！

男：（回身低頭作嘔吐介。於是二人走場介。）

俺這一看渾身長了勁，彎起雙膝俺用了上腳，雙腳用力直直的蹬去，俺這雙腳一蹬，他掉下了水牢。

（這唱段，是一邊唱，一邊的鑼鼓梆子等打樂器，隨著女的唱做男的配合，打擊出節奏起伏，控制著唱做的旋律。花鼓戲的伴奏樂器，沒有管也沒有弦，只有打樂器。）

這一唱段完畢，激蕩起的歡叫聲，把蚌埠的這個偌大的西游藝場，似乎都震動了起來。連下面的小黑孩走場的武走表演，都受了影響。還居然有人要求小紅娃改成本裝與大家見個面。他們要確切的認一認小紅娃是男還是女？又是國民革命軍的陳副官出場，把鬧鬨鬨的場子壓下去了。

小紅娃剛回到了棚內，就有兩個女學生打扮的觀衆，在等著要見小紅娃。她們不是兩個人來的，還有父母，還有一雙青年夫婦。原來，他們都是正在蚌埠第一舞台演出中的主要腳兒，那男的，就是台柱子文武老生張鴻飛，兩個女孩姓李，大的叫李韻吟，小的叫李韻玲。大的十七，小的十四。大的十二歲前後，唱老生，如「斬黃袍」、「硃砂誌」、「獻地圖」、還有「轅門斬子」等以童音可以翻高的戲。十二歲以後，就改學梅派青衣，父母都是內行，在北京坐過科的。看到小紅娃這個孩子，是塊戲料子，遂有心收到皮黃班去。不知這孩子底細如何？遂特意來到這戲棚子裡看看。

只寒暄了幾句就走了，卻留下了四張當晚的戲票，還是樓座左廂的包廂，今晚的戲，大軸是武戲「奚皇莊」，壓軸就是李韻吟的「三堂會審」。走時，這位李小姐告訴小紅娃說：「我今兒晚上的戲，是滿堂紅，務必請你這位大紅人小紅娃來看看，來指教！來紅紅我們。」

土娃常看河南梆子，但只看過兩次京班。都只是看熱鬧。既聽不懂唱的什麼？也看不懂演的什麼？河南梆子倒是年年都有的看，像什麼「桃花庵」、「安安送米」、「五元哭墳」、「大祭椿」、「轅門斬子」等等，不但印象深刻，也會哼哼其中的某些戲詞的調子。至於他突然投入了花鼓班子，扮演了花鼓娘，一句話，衹是為了能使一家老小度過今年這個大減年而已。可是，今晚看了李韻吟演出的這齣名為滿堂紅的「玉堂春」，卻使他有幾分入迷。在他直覺的感受上，是歌唱得好聽，那台上三個人的對話，很有趣。這時，他纔發現到戲中人物的扮像，比起河南梆子以及山東拉魂腔，都要美些。換一句話說，要古典些，雅致些。在土娃的土俚土氣的心靈上，覺得李韻吟姐姐演的這種戲，比他過去看過的戲，都較比好聽好看。

「我如果要去學唱戲，就應該學這種京腔大戲。」

可以說，這時的土娃，有如一塊鉗入鎔爐的鐵，他何嘗知道鐵在鎔爐中被鍊成鋼，要經過多少的鎚打與烈火的鎔鑄啊！

他又何嘗知道演藝的人，面對的是個怎樣的社會人生啊？

〔附註〕

註一：撒腿褲子，是當時婦女流行的一種新的服裝樣式。寬大褲腳撒開來，不紮褲腿。以往，凡女人的褲子，都紮褲腿。

註二：花鼓戲走場子，分文走武走兩種。武走，花鼓男與花鼓娘，都須表演武工。文走，則不必要。只是走出平常婦女走路的各種形態即可。

註三：矯工上的工夫，指的是腳上綑綁著小腳，模倣婦女各種小腳走路的形態，在假的小腳上表演出的藝術工力。

註四：小叫驢是綽號，淮北這一帶人，幾乎人人都有個綽號。

註五：花鼓娘走場，在歌唱時慣常加一句：「我說二哥呀咦啊！」是花鼓戲走場時歌唱的特色。

註六：這一帶人稱禽獸蟲魚交配，俗稱「壓尾」（壓讀第四聲）。

三十二　小紅娃的乾老子

淮上飯館這頓飯，郝團長一家四口全到；夫妻倆及一雙兒女。

郝團長年紀不過四十上下，矮墩墩的，胖都都的。可是眉目清秀，臉色紅潤，沒有鬍鬚。若不是身著馬可呢黃色軍裝，似不至於有人認爲他是吃糧當軍之人，倒像位有錢的商家大老闆。太太的年紀，看去挺年輕，似乎不到三十，嬌小身材；與郝團長的矮胖，恰成正比。臉色微黑，脂粉不施，而五官勻稱。尤其是眉黑細長，眼圓如杏子而雙眸黑白分明。身著紫緞團花襟鑲黑緞寬邊旗袍，高領子，桶腰身，長髮披肩，足登半高跟皮鞋。氣質端莊淑靜，看去應是出身於大家的閨秀。項間帶著銀色閃亮的圓形繫著紅色寶石的飾物，左手中指帶著白金鑽石戒指。江浙口音，與郝團長的膠東土腔，極不相襯。

男孩是哥哥，十歲。女孩是妹妹，六歲。兩人都說魯語，一聽言談，就知這兩個孩子都不是這位郝太太的親生。

另外，郝團長這邊還有一位陳副官與一位年紀不過十五六歲的勤務兵，站在飯桌以外，不時聽候差遣。

這邊除了土娃與小黑孩，還有班主撲拉蛾陳金城，以及演盤鼓出色的吳大孩四位。好在土娃這邊的四位，土語家腔與郝團長的膠東土腔，七八雷同，交談卻也無隔無礙。

當土娃他們接到這位郝團長的請帖，邀宴土娃他們，大家也曾商量過，盤算過，推想這郝團長請客目的何在？

自從那天的開場，被陳副官的哨子壓了下來，得知這是郝團長在背後幫了大忙，今又下帖子宴請這十五歲的孩子，總得先瞭解一下郝團長請客的目的。他們知道土娃這孩子出身於書香門第，耕讀人家，這次下場子演花鼓娘，是迫於大減年，生計窮困。要是出了什麼問題，怎麼向土娃家人交代？何況，土娃又是個自己偷跑出來的呢！

花鼓班子輾輾轉轉繞上幾個彎子，方始打聽到一些消息，說是這位團長，是這獨立混成旅旅長的舅子，最愛捧演藝界的紅腳兒。更有龍陽之癖，他的小勤務兵時常更換，都是十五六歲的男孩。他的這位太太就是蘇州灘簧班中的一個腳兒，就是仗著他是國民革命軍的團長，花了五百大洋娶來的。藝名也跟這花鼓班子的主腳一樣，都叫「小黑孩」。娶來還不到兩年。大老婆是個鄉下婆娘，也住在蚌埠。

由於花鼓班子打聽到這些消息，便與土娃講好，就說馬上就要回家，還得回學校去上學。業已說好，而且買好了火車票，明天一大早就動身。土娃的叔叔也來蚌埠接他了。

就這樣一切安排妥當，遂四人共同來赴宴。

這位郝團長很會講話，只說他一見到小紅娃就猜出他不是花鼓班子的花鼓娘，既已上了中學，就應該繼續上學，怎的會演唱花鼓戲？白裂裂的，血糊糊的（註一），要這麼一個正唸書的孩子，來演唱這七葷八素的粉戲，可要不的。可惜了這唸書人家的孩子。遂說：「我已著人到南宿州魯甸集魯家去了。俺到願意全程全套的供應土娃這孩子唸書。將來，送到軍官大學去，論前程準是位大將軍。」

花鼓班子的這幾位一聽，都呆了。想不到這位郝團長居然從根上著手挖掘，因而原擬妥的一切安排，在此都使用不上，也就全部隱而不說了。所以，在這一頓豐盛的餐餚過程中，除了一再感激郝團長的捧場與幫助，便只有傾聽這位團長誇說他在北伐戰役中的彪炳勳功。那位太太，只是在飲宴中照顧那位六歲的女孩，眼睛不時的射向土娃，似在探詢土娃這孩子的反應神情。

土娃呢！只是問一句答一句。神情卻也犯疑郝團長說已著人到他家，與他爹娘說去了的話，是眞還是假？土娃想：「我的事，當家的是奶奶，爹娘作不得主。」又想：「縱然眞的有人到俺家去了，也說了。家人沒有見到我，也不會憑空答應什麼的。」

吃過飯，遣使勤務兵先送兩個孩子回去。郝團長要求土娃陪同他與太太到公館去看看，陳副官已備妥馬車等在飯館的門外。

土娃頗感爲難的打量了同來的幾人。

「他叔叔來了，」班主推辭說。「要接他回去，他奶奶生病。」

「是。」土娃低下頭來，抽抽泣泣地說：「俺奶奶爲了我氣病了。」

郝團長一聽，就知是托辭，臉色頓變。

「照這麼說，你今兒晚上就搭夜車離開蚌埠？」

面對土娃，正言而厲色。看去有動武之勢。

這時，班主本想接說：「已買妥明早的車票。」甚至可以晾出車票來。卻也被郝團長的臉色給擋住了。

「這到沒有」班主解釋說：「明天不還貼著小紅娃的戲碼子嗎！明兒格，那裡能走！」

「你們就賞我們團長一個顏面，」團長太太的吳儂軟語開了腔，笑盈盈的。「到我儂屋裡向走一趟，坐一會子就走，也不遲。」

「好好好，」小黑孩朗朗暢暢的說：「我陪小紅娃去，師父你跟師弟先回去，跟魯先生說一聲俺們這隨後就回來。」

就這樣，兩輛馬車到了郝團長這一處公館。

這公館地處坐落於小山子南麓靠近西四營房北端一個新形成的小市街上，距離西遊藝場也不遠。由飯館坐馬車到了這裡，曲曲折折耗出幾近一小時的時間。房舍是一處獨立的小院落，最後是平房三間，中廳，左右各一間。院落各有東西廂房兩間，西廂是厨厠與馬房，東廂是女傭與陳副官夫婦，大門東西兩側，各有耳房一間，是馬車伕與勤務兵住所。由大門到後房廳，舖了一條紅磚走道。道兩旁栽有竹篾交互斜揷起的短矮竹籬，籬下栽有葉似的花車，春夏之季，籬上一準爬滿了蔦蘿。雖是半四合院的平房瓦屋，堪以「雅致」二字贊之。

到了廳堂，後墻懸一大張「中堂」（註二），是關羽坐觀春秋像，關平周倉後立，兩旁的一幅紅紙對聯，寫的是：「曾將彩筆干牛斗，未許空梁落燕泥」。可就搭配不上關爺這張像。可見這家主人是何等人物了。倒是廳中的紅木椅桌，閃閃奪目。但進廳之後，尚未讓客人落坐，這位郝團長就去掀起西房的白底綉花門帘，笑嘻嘻的指著說：「這一間是客房，小紅娃你要是不回去，這間房子就給你住。」土娃一聽，沒有等人指示，就連忙說：「不不，俺叔還在等著我呢！」

女傭與勤務兵進來了。這纔招乎土娃二人坐下。

團長太太又換了一件黑緞子繡金線花邊的旗跑出來，重施了脂粉，配上她赭黑的面容，唇紅齒白，越發的標致。郝團長一見此情，突然說：「小紅娃，瞧你這乾娘俏不俏？」說著驀地伸手拉過土娃，說：「叫乾娘！」又說了一句：「叫聲乾娘俺聽聽。」

一時間蹩的土娃滿紅通紅，站在旁邊的小黑孩，雖然出道已經數年，卻也一時不知如何轉圜。這位團長太太卻也靦腆著進退維谷。她倒及時適情的說了一句：「我當不起的！我當不起的。」

由於女傭已將茶冲好，蓋碗已放在几上，團長太太一見，遂馬上招呼客人坐下飲茶。一會兒，女傭又送上水果、點心等。

坐下之後，這郝團長進房換了一件黑色呢料的長袍出來，領子上的扣子沒有扣，還露著軍裝領子上的上校階金色領章。出房之後，尙未坐好，就衝著唱花鼓娘的小黑孩說：「你說說，俺給小紅娃找的這乾娘，行不行？」（註三）

小黑孩只有順著口氣，答說：「好好好！」別的，什麼話也不敢附加。只是團長太太卻羞答答的說：「當不起的！當不起的！」

不想土娃卻淚水汪汪吃吃艾艾的叫了一聲：「乾娘！我要回去，俺叔還在等著。」

「好好好，」郝團長一聽土娃叫了聲「乾娘」，就心花怒放起來，連忙答說：「送你回去！送你回去！」遂又交代太太說：「哎！你這做乾娘的怎能乾著，禮呢？」又說了一句：「還有俺這乾老子的一分，更不能少。」

一時說得團長太太楞在那裡。她不知還有什麼禮？連認乾兒子的事，也不曾聽說過。自從她被郝團長娶進門後這一年多，認乾兒子乾閨女的事，也數不清了。見一個認一個，認一個就丟一個。她從來不敢說個不字。這一年多來，她是認清了這位團長，不但外貌看去面善，做出事來心惡，而且嘴裡說的，決不是心裡想的。凡是他想得到的，必須得到纔罷手。如今又看上了這麼一位純純眞眞的小男孩，看樣子這小男孩不像是演藝行業中人。事前也沒聽說有認乾兒子這碼子事，更沒有交代她準備什麼禮物。這時，突然要她拿禮物出來，還有他乾老子的這一份。眞的被擺布的這位太太，一時不知所措？

連小黑孩與土娃都愣怔著。雖然，土娃說了一句：「俺不要」。這郝團長似乎沒有聽見，一邊望著他太太，一邊在解他腰帶上的一塊古玉珮。他太太也祇有去脫下指上的戒指。

這一時之間，弄得小黑孩與土娃面面相覷，這郝團長把解下的玉珮，竟自向土娃的棉袍領襟上的扣鼻上拴，土娃已誠得打著哆嗦，哭咽咽的說：「俺不要！俺不要！」這郝團長一邊拴繫著說：「乾老子給的，就得帶著。」

團長太太拿著脫下來的戒指，不知怎麼好？

冷靜下來的小黑孩說了話了。

「團長！」小黑孩懇求著說：「俺們都是鄉下人，配不上這些高貴的東西。說實在的，俺們不配！俺們眞的不配！」

「人家說的是，」團長太太說：「鄉下人那會要這些玉呀石呀的。」

郝團長一聽，馬上說：「好，咱們給現大洋。」遂叫他太太：「去拿去。」

於是二人進房，郝太太在前，郝團長在後。

土娃在解領扣子上的那個玉珮，灰黃色的，有茶杯口那樣大。一邊解一邊哭咽咽著說：「俺任啥都不要，俺只要回家！俺只要回家！」

郝團長出房來了。手上托著一捲用白紙包起的現大洋一百塊，說：「這一百塊龍洋你拿回去，這是乾老子的。」

跟在郝團長身後的太太，手上拿著一個紅絨小盒，上蓋在張開著，一眼就看到盒裡是一枚金戒指。

土娃把解下的玉珮，拿在手上，呆呆的不敢說話。

小黑孩也愣著，不知該怎麼作纔合適。因爲他見到郝太太臉上呈現著無奈的表情。

這時，郝團長卻從土娃手上接過玉珮去，一邊遞過托在手上的那一捲現大洋，嘴裡還說著這麼一句話：「乾老子乾狗屌，一百龍洋抵得了。乾娘乾狗屄，金鏐（誰ㄌㄧㄡ）子一個也比得的。」說著把手上的銀洋一捲遞給了土娃，土娃不敢不接。又回身從他太太手上拿過那個小紅盒，也遞給了土娃。土娃雖然轉身看了看身邊的小黑孩，看到小黑孩臉上在冒熱氣，氤氤氳氳的在臉上浮樣。尤其他看到站在正對面的「乾娘」，不但羞赧得面紅耳赤，似乎那副靦覥的神情，像雕塑家完成的塑像，恆久也不會消失似的。郝團長說出口來的那兩句粗話，雖是鄉下人時時聽在耳際的熟話，但在郝團長家的這個客廳裡，竟然聽自一位面團團富泰泰而身爲國民革命軍團長的口中說了出來，居然連一位唱花鼓的花鼓娘，也聽了頓時臉紅起來，自難怪這位頗有幾分貴夫人氣質的太太，聽了委實難堪呢！

「乾爹乾娘賞了你，」小黑孩說：「那就收下吧。」

土娃捧在手上，不知如何是好？心裡只有恐懼，口裡仍在說：「俺不要！俺要回家！」

小黑孩去從土娃手上接了過來。

「好！送你們回去，」郝團長說著就轉身走向門外，大聲的喊：「陳副官，套車（註四）。」

「牲口沒下套，車子等在這裡！」

陳副官就站在門外，聽候命令，立正作答。

「回去吧！」團長太太小聲的向土娃說：「還是去上學唸書。」

語氣裡夾著無限感慨與關懷。

於是郝團長夫婦送土娃二人上了馬車，口裡還在囑咐著土娃，說：「兒子，回去唸中學，唸完了中學進俺的學兵連，再進軍官隊，有俺這乾老子保你，還怕不會步步高升。」

土娃被這一連串意想不到的情事，像突起的旋風捲來，一時躲避不及，被捲進了旋風的真空核心，窒息得連大氣都喘不過來，那裡還能說得出話。雖然，身邊的小黑孩教他說聲「謝謝乾爹乾娘！」土娃也說不出口。

好在郝團長沒有計較，用手一揮，趕車的把手中的繮繩一抖，舌頭打了一聲捲舌「推勒！」，馬車便在馬蹄答答聲中轆轆飛馳。

時間雖已過了二更，蚌埠這個在南北戰爭中新興起的都市，大街小巷的商店縱然關了門，市街上的燈光，還是明燦燦的，路口的小吃攤，街巷上流動著的擔擔挑挑，也隨處響出了叫賣的鈴鐺聲，梆子聲，以及叫賣聲。

北伐成功後的蚌埠，已成不夜的市鎮之一。

一直下了馬車，到了他們住居的小客棧，土娃都還是呆呆的，木木的，花鼓班子裡的人，也都在焦急的等候。看到土娃與小黑孩二人回來，雖然都放下了心，但見到土娃的那副木呆的神情，一個個也都圍了上來，人人都想知道這頓飯之後，到了團長公館又發生了些什麼事？

聽了小黑孩一番陳述，大家又見到了那一捲大洋還有一個盒子裝的金戒指，也都個個發呆。誰都沒有想到會有這種事？尤其是那一百大洋，他們這花鼓班子跑碼頭，串場子，跑遍整個春天的廟會，也賺不到一百大洋啊！

有人建議打開包來看看，是不是眞的大龍洋？

用舌頭舐一舐那金戒指，是不是眞金（註五）？

打開之後，一塊塊都是可以用嘴吹出銀聲的眞龍（註六）。

金戒指兩錢五分八厘重，盒子裡還附有銀樓的保單。保單上，不但寫明了戒指的重量，還寫明成色九九·五。

這麼以來，大家都怔愣住了。

土娃唸完了金戒指保單上的文辭，就說：「我不要！」又加了一句說：「俺不做人家的乾兒子。」

「男孩子怕什麼的？」有人說。

「怕什麼的！」有人意見不同。「要是你的兒子，你肯讓這位團長帶去嗎？」

這一反問，又沒有人出聲了。

大家商量了半天，也不知如何處置這事纔好？

這個花鼓班子，一向都是在平地上一邊演出，隨時停下來，帽子翻口朝天，向觀衆要錢的鄉村班子，形同乞丐，那裡遇到過今天發生的這類事情。所以人人都想不出應該怎樣來處理這事的辦法。因爲人人都猜不到郝團長的目的何在？

土娃哭著要回家，什麼金子，什麼龍洋，他是連碰也不敢碰，一再說：「俺不要！俺不要！」十五歲的人，終究還是個孩子。這時，在書本上讀得的那些話，他都忘了。他只記得先生說到顏回不貪財的那個「天賜顏回一錠金，外財不發命窮人」的故事（註七）。

若說，土娃跑到花鼓班子裡來演花鼓戲，是基於他在減年的歲月中，來謀求溫飽，不如說是這孩子的一時好奇與玩樂造成的。他那裡知道演藝界的這一行，面對的是一個萬花筒的社會呢！所以，這時的土娃恰像跌入一個黑暗無光的世界，看不到也摸不到任何事物。

突然，小黑孩想到了一個出路。

「昨兒格，蚌埠第一大舞台的李家姐妹，不是來與小紅娃見了面嗎？」小黑孩說：「他們在咱們演藝這一行，一定知道的多，咱去請教請教吧！」

土娃一聽，就說要去。大家一揣摸時間，正是散戲的時候。於是班主撲拉蛾與小黑孩，帶著土娃便一同出門，到第一大舞台去。

由於他們是花鼓班子的人，沒有經過阻攔就到了後台。大多的腳兒都已卸裝離去。幸好李家一家人，還在樓上吃夜宵。李家姐姐一聽是小紅娃到後台來了，就放下碗筷驚異的問：「這咱晚了，來這裡有啥子事兒？」

正在這時，三個人已到樓上。

這舞台的樓上，有李家一家人的住處。另外，也有他們的家。遇到有戲要連串練工，天不亮就得起床，住在戲院比較方便。另外的家，則是隱居處所，不是親戚故舊，從不接待。也不告知，知者一定隱而不告他人。

李韻吟一見到上樓來的小紅娃情致沮喪，就問：「小紅娃你怎麼啦？」

「郝團長要認我作乾兒子。」

土娃一到樓上見到了李姐姐，就像見到救星，見到了親娘似的，馬上就照實說了出來。

李韻吟聽了也頓時臉色大變。李老先生一聽郝團長三字，沒有說話，卻也看得出臉色也陰沈下來。他遂即引領著三人進入房內。聽完花鼓班子的班主，從頭到尾，說完了這事，李老闆馬上就下了決斷，說：「把孩子留在我這兒，就說他家裡來人接回去了。」說著又衝土娃問：「你肯不肯？」

「肯。」非常堅定的回答。

「等我把事情處理妥了，你們再來人把這孩子送回家去。」

遂又悄悄關照他們不可走漏風聲，戒指與那一百大洋也都留在李老闆這裡。要他們回去聽消息，明天的場子，掛牌子告假就是了。

就這樣，土娃沒有回去，就留在第一舞台李老闆這裡。

〔附註〕

註一：白裂裂的，血糊糊的。這話的意思是指的赤赤裸裸，像殺猪刮去了毛，稱之爲白裂裂的。把肉割得一塊一塊的，還帶著血，稱之爲血糊糊的。合起來指的是赤裸無隱。這裡指的是花鼓戲表演粉戲，無論唱詞跟表演，都太赤裸了。

註二：中堂，指的是客廳正後墻上掛在中間的大幅字畫，俗稱「中堂」。

註三：行不行？意思是「可不可以？」問句。

註四：套車，意爲把拉車的牲口加上了套繩，安排好拉車的牲口，套好在車套上。

註五：鄉下人在傳說中認爲眞金是甜的，黃銅是苦的。金子的眞假，可以用舌頭試出來。

註六：清末光緒年間發行的銀幣，有一面是龍形圖案，俗稱龍洋。這種龍洋在民國初年還在民間通行。假的，稱之爲「假龍」，眞的稱之爲「眞龍」。

註七：孔子的學生，顏回最窮，「一簞食一瓢飲，居陃巷」。因而有一個傳說，有人丟了錢，懷疑是顏回偷的。孔夫子聽說，就故意遺落一塊金子在地上，旁邊留塊木簡，上寫：「天賜顏回一錠金」。顏回見了，遂在這木簡的句子旁邊加了一句：「外財不發命窮人」。這故事，是當年塾屋的先生常常向學生述說的。

三十三 皮黃班中的李姐姐

當晚，花鼓班子的兩人離去之後，李老闆就馬上安排土娃改穿女裝，戴上假髮。要他隨同大個頭（韻吟）還有曹嫂，三人一同下樓，坐上那輛預包的馬車，返回居家的住所。

一再關照三人路上不要說話。曹嫂照顧韻吟姊妹已十多年了，對於演藝人的生活以及際遇，早已瞭解透徹。却不曾想到這麼一個十幾歲的男孩，也會遇到麻煩。

戲院距離這一處住所，在這路上已絕行人的深夜，馬車的馬蹄，也得踏上兩刻多鐘。

這處所坐落在小山子西邊的一個新興起的小村子上，大多都是外地人。有草房也有瓦房，草房居多，李家的住處，就是草房。與一般草房人家不同之處，其中的三間正房，靠左的一間，升出了一個小樓，樓頂是用兩層蘆葦蓋的，爲了散熱，兩層間有空，成了麻雀的窩巢。這小樓在李家是名符其實的「閨閣綉樓」，由他家的兩位姊妹合住。李老闆家之所以要加蓋了這一個小樓，除了有利於他家這兩個女孩的管教，還在有心讓他家這兩位從事平劇旦脚藝術的姑娘，在實生活中去體會古代閨閣小姐的「繡樓」生活。樓下，就是這兩個女孩在家唸書、習字，以及休閒的所在。房內有書橱、書桌，還有琴、棋、書、畫的擺設與懸掛。新發明的留聲機（俗稱「話匣子」）就有兩台。（樓上一台）。樓梯就在樓下這間房內。關上房門，這一樓一底，便是獨立的一處小天地。

中間是廳堂，與一般人家一樣，靠東是臥房。李老闆夫婦居住。曹嫂與一位老灶爺都住在小院的東西兩廂。

老灶爺也姓李，似乎無人叫他的名字，却是蘇州人。除了厨房的事，還兼管大門口的事。曹嫂大多在後房三個婦女處聽候支應。不過，遇有崑曲唱唸的字音，也不忘向老灶爺請教。

土娃突然加了進來，原可讓他跟老灶爺住一間房，却又爲了事實上的顧慮，遂把這孩子安排在兩位姑娘的樓下，晚上臨時搭舖，早上收捲，就躲到樓上去。土娃纔十五歲，瘦弱弱的，扮成女孩，如若不知內情，絕不會被認出是男孩子扮的。尤其那橢圓的臉龐與一雙明麗的眼睛，還有他那一雙纖纖如蔥的秀致十指，說他是男孩還會使人生疑呢。

平常日子，李家的這兩位姑娘，有一半時間，隨同父母住在戲院的樓上。譬如，吊嗓子、練工、排戲都需要早起，都需要在不怕吵的地方。再如練工，在舞台上最方便，翻觔斗、跑場子，就是在科班的壇子功教室，也抵不上舞台的練工效果。那麼，李老闆又何以要在這一距離戲院頗遠的四方人士雜處地區，蓋了這麼一個居家之所，原因有二，一是鑑於蚌埠已成新興的繁華商埠，此處有津浦路火車貫通中國南北，還有淮河中的小火輪與汽船，貫通中原東西，在此處作爲一個落足之所，跑碼頭（註一）比他處方便。二呢，李老闆又是安徽人，根應紮在家鄉。

李老闆的這一別墅，只作他一家人休憩之所，建成住人纔一年多，從來不接待任何賓客，戲院中人知道的也祇身邊三幾人。連他青幫（註二）中的門生昆仲，也不曾接待到這住處來過。儘管這一小小村落，是新興起的四方雜處，各行各業的人都有，挑挑擔擔的叫賣貧戶也有。正由於此，這地方纔更其具有隱蔽的作用。

這些日子，戲院正在排練連本大戲「趙匡胤出世」（飛龍傳），主脚是武老生的那一組，偶爾在頭場墊一齣小戲，到了星期天上午，纔加一場大戲。因而李家姊妹，很少上戲。但練工、吊嗓，不能中斷，所以這姊妹兩住在這小樓的時間，十天也只能住個三天。每逢住在這鄉郊小樓的日子，就有一位教國文的老師來教這姊妹，讀書、寫字，時間總在午睡後這段時間。早上的時間，在房裡按裝在墻上的木欄杆上，軋軋腿，再捧起罈子，對著罈口喊嗓子。他們住在這裡，儘量掩飾他們是演藝人員的身分。白天，也避免外出，換穿著像村姑一樣的打扮。

家中有兩台唱機（話匣子），每天要花上半天的時間，哏著唱機，播放唱片學戲。雖還是陰曆二月天，窗子都是關起的，在播放唱片時，還是放在一個只開一面口的木盒子裡，用來擋住音聲的傳出。

土娃到來，就隨同這兩姊妹生活在這麼一個小天地裡。

從到來的第二天一早開始，李媽媽就把他帶到了樓上。這年已十七歲的大姐，突然有著在唱「花田錯」（註三）這齣戲的聯想。一時之間，面紅耳熱，心在跳。土娃也有著類似的羞赧與尷尬，只有十三歲的妹妹，天眞無邪的說：「俺這樓上還能再搭一張床呢！」

韻吟側臉瞪了妹妹一眼。然後向土娃說：「你就躲在這樓上，不要出門。」隨著又指著衣櫥旁的一個木箱子，又說：「急了，就在這裡方便。」

「記著噢！」韻玲接下去說：「噁屎灑尿，都在這便桶裡。」

這時，韻吟正在打開留聲機匣子。聽了韻玲這樣說話，遂回頭罵了一句：「你又嚼蛆啦（註四）！爹怎麼跟你說的？」

「哼！你不嚼蛆！」韻玲生氣了。「裝大小姐呢！」說著，把嘴撅著下樓去了。

說過，又繼續向土娃講說使用留聲機的方法。

「你看著，」韻吟向土娃說著，把業已打開話匣子的蓋子，「這蓋子兩邊的兩根銅架子，支撐起來的時候，會響出咯蹦一聲。」說著，她打開了唱機匣子，果然，有細微的一聲「咯蹦」，匣子蓋被兩旁的交叉銅架子，支撐起來了。

其中，有一個圓型的磨盤，中間有個軸心。

「看到沒有？」韻吟說：「中間這個盤子，放唱片的，叫唱盤。」說著，又在另一個木製小方盒中，取出了一張張黑色的唱片，一邊選一邊說：「這是唱片，放在唱盤上，擺好。」說著，就把唱片上的洞眼，對準唱盤上的軸子，安放妥當，便用手去取那卡在匣子蓋裡邊的一隻「ㄣ」字型棍狀物，說：「這是上發條（註五）的搖把，」說著，把這搖把對準匣子腰邊的一個洞眼插入，然後用手一下一下咯吱咯吱的搖轉，還用嘴數著一二三四，一直數到第十停住，說「輕輕的轉，轉到第十下就可以唱完一面，不要用力，也不要太多，會把發條弄斷的。」

「上好了發條，就要放唱針了。」韻吟繼續說著，遂去用手取那架在唱盤邊上的唱針。那唱針是金鋼鑽製的，裝在一個茶杯口大的圓筒筒上，有一個把把在唱匣上。韻吟拿起這個唱針筒子，輕輕向右一拉，只聽得咔喳一聲，唱盤就轉了起來，再向左輕輕一拉，唱盤就停止了轉動。向土娃說：「你聽見了吧？拿起唱針筒子，輕輕向右一動，唱盤就轉了，輕輕向左一動，唱盤就停。都得輕輕的，若是不小心，粗手粗脚的，就會弄壞。」

土娃都一樣樣的，看在眼裡，聽在耳裡，記在心裡。

於是，李韻吟把手上的唱針筒子輕輕放在唱片邊上嗚嗚了兩秒鐘，有人在匣子裡說了話了。

「百代公司，特請梅蘭芳老闆，唱玉堂春。」

「聽到了吧？」李韻吟向土娃說：「我正在練這齣戲。」說著，就跟著唱機轉出來的歌唱，跟著唱：「來在，都察院……」

土娃聽過一次京戲，却從來沒聽過這麼悅耳的聲音，聲音的溫馨柔和，比他習聽的河南梆子大戲，要好聽多了。

這時，韻玲又上樓來了。站在房門口，氣火火的說：

「你們連吃都忘啦！還得上園子裡去排戲呢！」

「知道啦！」韻吟也沒好氣的回答。「嚎啥子？」

跟著，曹嫂端了一個筐子，盛著土娃吃的早餐，兩個捲子，一碗胡辣湯，兩盞子小菜，（豆腐乳與醬菜）。

吩咐過的，要土娃躲在樓上，不可下樓。

「你吃了飯，就聽留聲機，」韻吟吩咐土娃，又嬌嗔的說：「晚上回來我要考問你喲！」

這時，站在房門口的韻玲撅起了嘴，說：「喲！收了徒弟啦！」

「關你啥事？」說著已走到韻玲身邊，伸手就要去扭妹妹的嘴。韻玲急轉身跑下樓去了。一邊下樓還一邊唸著「金玉奴」的詞兒：「青春正二八，生長在貧家，綠窗春寂靜，空負貌如花。」這十三四歲的小丫頭，近來正在學這齣戲。她偶然唸出了這幾句戲詞，在已懂人事的姐姐聽來，却也忍不住心有戚戚！也祇有隨口作答似的說：「剛學了這麼四句，就趕著在這大清早吆呼著發賣啦！」

用完了早餐，李韻吟又跑到樓上，看著土娃學會了操作留聲機，然後方始下樓偕同妹妹跟著母親到戲園子去。臨走，還吩咐土娃：「記著，我晚上回來要考你哟！」

在土娃笑吟吟的望著韻吟不知如何回答時，李韻吟還對土娃作了個鬼臉，伸手把房門關上，方纔轉身，咚咚的走下樓去。

土娃的心志，業已放在那台話匣子上，他要再仔細聽聽梅蘭芳唱的玉堂春。他曾唸過「玉堂春」這個唱本，故事他已知了個大概。這時，他一心只想學唱。雖然過去聽過，也跟表哥學過「珠簾寨」的「昔日有個三大賢」（註六），却從來沒有感受到這話匣子唱得這樣好聽，像仙樂似的。

唱片套裡面，還有一張唱詞，取出唱片時，他纔發現。昨天，李姐姐沒有取出來，因爲她會唱了，不需要唱詞了。所以忘了這事。如今，土娃見到唱詞，先唸了一遍，像唱本似的，句句押韻。「來在都察院，舉目往上觀。兩旁的劊子手，嚇得我膽戰心又寒，……」於是土娃依照昨天學到的工作程序，一道又一道的把唱音從唱針上傳達出來。他對著唱詞，專心一志的聽了一遍。靜心的吟味了一遍，又放了一遍。他想到，這也得像唸書一樣，一字字，一句句，一段段的學。就這樣他先抄下第一段句子，從「來在都察院」抄到「啊！崇爹爹呀！」。然後再一聲聲聽，一聲聲在抄寫的字句上，把唱腔的高低婉轉，音聲的長短，用自心測度出的分寸，畫在字旁。先是一字字，繼而便是一句句，不到半日，土娃已能跟著播放出的唱腔小聲的學下來了。

可是，不跟著放音出的唱腔唱，就連貫不起來。

土娃是個用心的孩子，凡是他已經喜歡上的事，他都會專心在上面，俗說；「天下無難事，只怕心不專。」只要心專，天下就沒有做不到的難事。何況，土娃心裡一直記著掛在他先生松三爺口唇邊的那句孟夫子的話：「學問之道無他，求其放心而已矣！」終於，土娃投下一個上午的時間，他不跟著唱片也能連續的從頭唱到尾。

他興奮的一遍又一遍哼唱，再一遍又一遍的聽唱片，一遍又一遍的修正。

「等李姐姐回來考我，就考不倒我了。」他好勝的想。

到曹嫂上樓敲門，送飯來的時候，土娃把下一句導板「玉堂春跪至在都察院」，也學會了。

土娃停了話匣子，前去開門，曹嫂這纔面對面看清楚了小紅娃的本來面目。這時，土娃光頭上的黑髮長近雙眉，上身穿的是大丫頭常穿的一件黑緞子團花對襟小襖，下身穿著他鄉下人在春天常穿的藍粗布棉套褲，上下極不適稱。曹嫂却沒有驚異這些，但看到土娃的俊秀臉龐，又聽到他在學唱戲，遂忍不住說：「你在學京調啊？」說著一邊走入把盤中的飯食放在茶几上。轉過身來，就上下打量土娃這孩子。

「李姐姐教我學的，」土娃說：「是梅蘭芳的玉堂春。她回來還要考我呢！」

「聽我說，小紅娃，」曹嫂說：「可別幹這一行。」她用官話說，仍帶著濃重的家鄉口音。「還是回家唸書去吧。這一行……」她原想說句什麼?話到唇邊，又收回去了。

曹嫂只知道這孩子是演花鼓戲的花鼓娘，藝名小紅娃，被一個什麼團長看上了。要認作乾兒子帶走，纔躲到這裡來的。曹嫂這一看土娃這孩子，生得眉淸目秀，雖還未脫鄉下的土氣，臉龐的俊樣兒，令人看去，不但由心生喜，還由心生憐。她在李家許多年了，演藝行中的蜚短流長，她雖然沒有經歷過，可聽得多了。

雖說，李老闆是淸幫的通字輩（註七），却也難免遭遇到一些無謂的干擾。所以她見到土娃便一時萌生的愛憐之心，遂不由得不提出勸止。勸他別幹這一行。

曹嫂這突來的話語，使得土娃一時愣怔下來。

土娃耗去一半天的時間，來學唱片上的這段戲，一是好奇喜新，一是不相信自己沒有這分聰明；當然，還有一分自然而然的「異性相吸」的成分夾雜其間。他何嘗想到什麼「行」不「行」呢！

所以，土娃愣怔了下來，無言作答。

曹嫂見到土娃愣在那裡呆呆的，遂又補充說。

「京腔這一行的人來人往更雜，可不好幹的。」

這時，土娃方始想到自己目前的處境，都是因爲他扮演了花鼓戲的花鼓娘造成的。頓時悲從衷來，忍不住鼻子一酸，眼淚便熱乎乎的從眼角溢流下來。

曹嫂這一看，突然覺得自己又多嘴了。更忍不住要連連嗤哼鼻子。

「孩子別哭！孩子別哭！」連忙走過去，慈母似的掏出手巾爲土娃擦捩。「事情了啦，回家去種田流汗，也比在台上流汗，回家流淚的日子好過。」

「謝謝曹媽媽！」土娃只說了這一句。

曹嫂又馬上忙著爲土娃擺碗筷，擺飯食。

「快吃飯吧！」曹嫂說。「待會涼啦！」

曹嫂下樓，帶上房門。土娃望著茶几上的飯食，半晌半晌沒有動筷子。曹嫂的話又鈎出了昨晚郝團長那一幕幕的景象，在心版上重映。他想了又想，也想不到那郝團長怎會使蚌埠演藝界的人，對他那麼害怕？

「我是個男孩子，」他想。「躭心的是些什麼呢？」

他左也思，右也想，想不通這個問題。

飯後，他就躺在床上睡了。一覺醒來，發現茶几上的飯食等等已經收去。知道曹嫂已經進來過了。

醒後，郝團長的那一幕幕，雖也重映在心版，却沒有「玉堂春」的唱段，更能引發他的樂趣。因為李姐姐的那句：「記著，我晚上回來要考你喲！」對土娃來說，具有牽引千鈞重量的力量。於是土娃又去玩話匣子聽唱片，繼續學「玉堂春」，他全心全志的在準備應考！

「我絕不能輸了這一場。」

土娃堅定的這樣想，所以他全心全志的準備應考。

晚飯時，這裡仍是土娃與曹嫂二人。連老灶爺都沒有回來。

「原以為他們會在家裡住兩天的，」曹嫂說。「今兒早上園子裡來人，把他們全喊了回去。八成又有戲。」

土娃有期待的心情，他期待在李姐姐面前應考時，有所表現。他認為這表現準能贏得李姐姐的驚奇與贊賞。

晚飯後，曹嫂為土娃在樓下搭床，告訴土娃，如果有戲，他們回來很遲，有時多日不回家來，住在戲園子裡。回不回來，老灶爺回來之後纔能知道。

老灶爺每晚都回來。

曹嫂爲土娃舖好了床，關照土娃可以先睡，不必等他們。他們沒有準頭什麼時候回家來。

土娃聽了，非常失望。曹嫂又關照土娃，入晚不可唱話匣子，在外工作的人，入晚都回了家，話匣子一唱，會干擾別家。儘管這地處附近的人家，並不是貼墻的緊鄰，夜晚，聲音傳得遠。特別是樓上。這麼一來，晚飯後的土娃，更是感到孤寂。費了一天心力學會的一段「玉堂春」，準備應考，偏偏考官不登場。只有上床睡覺。

土娃還是一位十五歲的孩子，倒上床就進入了夢鄉。

墻上的自鳴鐘敲打十二點的時候，土娃醒來一次，灑了尿，就又矇矇矓矓的上床，鑽入被窩便又步入睡鄉。再醒來時，陽光已從窗簾隙縫中射入。看到曹嫂在房中打掃，見到土娃醒來，走近去用手指著樓上，輕輕說：「小聲些，他們回來已過半夜了。」

土娃起床後，收拾好舖蓋，吃了早飯，心裡則一直想到李姐姐要考他的功課。在收拾舖蓋時，在吃飯時，他也在心裡哼那幾句「來在都察院，舉目往上觀」。

反正沒有事作，他就坐在這小客聽裡，掏出了那張抄下來的戲詞，依著畫上去的符號，反覆的溫習，腦裡還清皙的聽著梅蘭芳的唱。他一邊在嘴裡哼唱著，目光却一分一秒也離不開樓梯口的房門。耳朶也在諦聽著樓上的動靜。一直等到快晌午（註八），樓上方始有了動靜，不久，樓上的房門打開了。

是二丫頭韻玲站在門口。一看到土娃就說：

「你眞會睡，死人似的。捏都捏不醒。」

土娃站了起來，只是傻笑著沒有作答。

跟著，土娃期待的人兒，身穿粉紅色掛褲，側著半個身子伸出頭來，衝著土娃說：「別忘了我給你的功課，我說過的，要考！」

「你可得準備脫褲子抱板凳，挨刀劈子（註九）喲！」

二丫頭還沒等土娃回答，就搶著揷入了這麼一句。

這句話說得土娃一時間丈二和尙摸不著頭腦，因爲他不懂得「脫褲子包板凳」這句行話是挨打。

「俺會了！」

土娃腼腼腆腆的輕輕回答了這三個字，樓上這個大丫頭已縮身把樓門關上，沒有聽見。待會子，兩個丫頭穿著整齊，下樓來了。

大丫頭換穿了祺袍，藍色陰丹士林布罩在紫紅緞子面的薄棉；頭上，剪了辮子，短髮後梳，大學生打扮。二丫頭雖還紮著翹搖搖的兩根小辮子，却也改穿了竹青掛兒黑裙子，中學生打扮。在土娃看來，他如今雖已脫下了那件藍粗布的棉袍，上身改穿了李姐姐的黑緞子對襟小襖，下身穿的還是用槐葉染靑（註十）的套褲，自也忍不住相形見絀，總覺乎著站不到一塊去。

這兩個丫頭，似乎並沒有從衣衫上看人。他們一下樓就吩咐土娃：「你還是躲到樓上去。等我吃了飯回來，再來考你！」

「當心的是腚膀子噢！」（註十一）。

二丫頭又向土娃說了這麼一句。

「死丫頭，你的嘴怎麼儘嚼蛆，我撕你的嘴。」

大丫頭韻吟搶白二丫頭韻玲說粗話。

「腚膀子就是腚膀子，」二丫頭不服的還嘴。「咱爹咱娘都恁樣說。」

二丫頭撅起嘴，大踏步向前走去。大丫頭隨後還罵了一句：「不長進的東西！」

二人走出門去了。隨手把房門帶上。

土娃呆呆的望著二人走出門去，便遵照李姐姐的吩咐上樓，關上房門。全身心的注意力，都在等待應考這件事上。到了樓上，原想打開話匣子，再聽一遍。話匣子雖仍擺在原處，但已鎖上，打不開了。他只有再掏出自抄的那一張紙片，對著記錄的符號練習。

不久，兩個丫頭都上樓來了。

一進門，李韻吟就說：「來，應試的舉子，我要考了。」

說著就大模大樣的坐在床沿上。那床是舊式的，帳子有帳鈎，分披在兩邊，李姐姐向床中間一坐，眞的像戲台上坐大帳似的。這時，二丫頭韻玲也順勢拉了一個凳子，坐在右邊，用右手食指指著自己的鼻子說：「我是監考官」。

土娃直立立的站在李姐姐面前，他鎭定了一下心情。

在李姐姐的一聲：「唱」字令下，土娃一字字唱完了這一段西皮散板「來至在都察院」。喜得李韻吟一聳躍起身來，就超前抱起了土娃，扔了一個圈子，連二丫頭都發起愣來。

「簡直神啦你！」李韻吟驚詫的說。她絕難相信一個從來也沒學過皮黃的人，會在這短短不到一天的時間裡，唱得這樣好的成績出來，遂說「這簡直神啦你！」

二丫頭竟走近去，雙手扭起土娃的兩腮，說：「我要看看你的舌頭是怎麼長的？」痛得土娃吱吱叫，也不敢罵。

兩遍。

「只是字音帶土腔，」李韻吟說。「你要學京片子。聽我唸一遍你聽。」說著，遂用京片子唸了

曹嫂在樓下催了。要他們姊妹快到園子去，車在等。

於是，李韻吟告訴土娃今天是星期六，下午有日場，晚上有夜場，明兒格早上九點，還有一場。今兒個都不能回到這裡來。要到明天晚半晌，或夜深，她們纔能回來。要土娃再學後面的慢板。說著伸手去輕輕扭了土娃的鰓幫子一下，說：「我還要考哦！」

兩個丫頭把這小樓丟給了土娃，她們下樓到園子裡去上戲去了。

〔附註〕

註一：跑碼頭，乃指一般演藝人家，今東明西，忽南忽北，奔波求生的一句形容詞。

註二：青幫，是中國的一家幫會名稱，與紅幫對稱。是江湖碼頭上的一個秘密組織。也稱「三番」幫會。

註三：「花田錯」這齣戲，是《水滸傳》上的故事，又名「周通搶親」，其中有一場由小生改扮成小姐，躲到繡樓上的情節。

註四：嚼蛆，罵人說粗話的比喻詞。蛆蟲是糞上及腐肉上的蒼蠅幼蟲。

註五：發條，指機器中有一捲銅片捲裹起的鋼帶，捲緊後，可在放鬆時，使捲軸捲動，唱機上的唱盤，就是這樣轉動的。

註六：這句唱詞，是老生戲「珠簾寨」劇中李克用的戲詞。

註七：據說青幫中是以輩分論高低的，「通」字輩是高一代的輩分。

註八：晌午，指中午，此間的方言叫「晌午」。

註九：這段指戲班裡的徒弟，要是犯了錯，無論在台上或台下，只要犯了錯，師父就得以木刀或棍子打屁股。打時，通常都是脫了褲子，爬在一張長條凳上，任憑師父重實的用刀片子打，往往打得流血。

註十：鄉下人通常使用槐葉與槐子砸爛，作染料染成黃黑色，可以省下顏料錢。

註十一：腚膀子，是皖北這一帶人稱呼臀部的土話。

三十四　十六歲開懷是那一個

雖然，只有土娃一人在看守這座小樓，却無孤寂之感。由於他一心只想著去繼續聽話匣子，學梅蘭芳唱的這齣玉堂春。第一段，他已有被贊賞的成績。有了信心，自也有了興致。

突然，土娃想到話匣子是鎖上了的，忘了向李姐姐說了。「可能是曹嫂鎖上的。」他想。「只要去找曹嫂就可以了。」可是，他不知道曹嫂住在樓下那一間房？李大爺跟李姐姐都已認眞的交代過他，不可走出這樓一步。

土娃惘然一會子之後，又去查看那台話匣子，赫然發現有兩個鑰匙繫在一根繩子上，掛在裝話匣子的木箱右邊。他取下，對準匙孔，向右一擰，鎖就開了。

他打開箱門，照著工作的程序，一樣樣作好，放播出唱片中梅蘭芳唱的「玉堂春」，他用較大的楷書，抄錄了全部唱詞，又從頭一字一字一句一句的諦聽，再照著李姐姐唸給他聽的京片子，用心仔細的審聽唱者歌唱出的字音，又配合了他學聲韻學，如何運用反切的切音方法，體會到這些歌唱上來。就這樣，土娃一遍又一遍的審音細聽，再一句句的學唱，一句句的對證，心無二用的去專心於一，不到半天，他學會了那段「慢板」。

土娃只是照著唱的字音與腔調婉轉，比樣畫葫蘆似的去學，至於那些板眼的名稱，什麼慢板、快板、流水、二六，他一概莫知其所以然。但却能從腔調的快慢與旋律變化不同上，吟味到那些名稱都是音樂上的分別。

這些問題，土娃在松三爺那裡，已經學到一些知識。居然在這裡用上了。

起先，他祇是學唱，照著唱片的唱針，畫出的聲音來學，細心的希求絲毫不差。漸漸的，他體會到唱詞的文義上來。使土娃疑而不解的是其中的一句：「七九一十六歲，可是開得懷了，頭一次開懷是那一個？」玉堂春的唱詞是：「十六歲開懷是那王？……王公子啊。」

土娃想到這「開懷」二字，在他們家鄉，指的是生孩子。譬如那家的姑娘嫁出去數年，或娶來的媳婦已有數年，都還沒有生孩子，就會說：「出閣（嫁出去）恁幾年啦，還沒有開懷呢！」或「娶來家幾年了，還沒有開懷呢！」還有，若有婦女婚後多年未曾生育，就會說：「某人沒有開過懷。」在皖北這一帶的婦女，就是十七八歲嫁後生了孩子，也會當衆解開衣襟，毫不隱蔽也毫不害羞的「袒出雙乳，乳育嬰兒。生過孩子的婦女，往往敞襟袒胸，從不在男人面前有所隱蔽。所以，土娃對「開懷」這兩個字，有些不解。這時，土娃纔十五歲啊！一向，他又不與一般野孩子打壠在一起。

雖然，土娃也想到了男女之間的那一層，可是土娃在唸書時，總是聽先生講書，識字知義，過於講究用辭。所以他想不通這「開懷」二字，究竟指的什麼？難道蘇三爲王金龍生過孩子嗎？

他唸過《玉堂春》這個唱本，不記得蘇三還生過孩子。

十六歲生孩子的女人，不也很多麼？

可是，他一唸郅「七九一十六歲，可是開得懷了；頭一次開懷是那一個？」遂又想到，不是他們鄉下人說的生孩子的事。應該是指的男女間的那一層。

關於男女間的這一層，在學堂裡，還是孩子的時候，就聽到李秀實他們說過。他們口中的名詞是「壓攏」。如鷄鴨交配，青蛙、青蜓、螞蚱、蒼蠅等大小動物交配，都叫作「壓攏」或「壓尾」。牛、馬、狗，叫作「交尾」。土娃也聽到對於人的稱呼，粗話極其難聽，叫「……」？土娃從來不敢說出口。但在一般婦女口中，往往一出口就會罵出「你娘的個血屁」，甚而加詞罵「你娘的個臊屁浪毛尾（一ˇ）。」這些髒話，就是一些十來歲的小丫頭，也會在罵架時，罵出口來，幾乎是習以爲常的口頭語。大家在口頭上說慣了，也就沒有人認爲穢汚不潔，或粗俗不雅。

尤其是男人，動輒就是「糙（ㄘㄠˋ）你十八代的祖奶奶。」

當然，這些粗話，都是那些滿腿汚泥，滿嘴亂草鬍子的人士說出來的。凡是大門上貼著「耕讀人家」紅紙春聯的人，走出門來的男男女女，都不會有人說出這些粗話。

應該說土娃是「耕讀人家」大門內走出來的孩子，所以他對「開懷」一詞有疑問。然而，他從文詞的義理上去理解，推想到那是指的女子的「初夜歡」，他在唱本上唸到過了。

還有，他們鄉下人指女子初夜，用詞是「開苞」二字，以花朶的由蓓蕾（花苞）到綻放開來作形容。聽起來是粗話，解釋起來倒是挺雅致的。

整整半日，土娃一邊在專心的聽梅蘭芳唱，一邊則在瞭解唱詞中的意蘊。他學唱的方式，也像跟松三爺讀書一樣，先識字，後知義，再從理路上下貫通，背誦起來，就容易了。跟松三爺唸書，要朗誦。像歌唱一樣，扯起長腔，高聲朗誦。松三爺說：「文章與音樂一樣，同樣的要講究格律，還得在腔調中傳出聲色。」又說：「文章中的神理、氣味，都是從格律（註一）中表達出來的。」俗語說：

「讀陳情表不流淚者，此人必不孝！讀出師表不下淚者，此人必不忠。」（註二）這說法，就含有「格律」傳達出的「氣味」、「聲色」！如今，土娃又在梅蘭芳的唱腔中體會到了這些。

對於梅蘭芳的那句回答：「十六歲，開懷……」老生問：「是那一個？」再唱：「是那王……」又問：「王什麼？」再唱：「啊……」不敢說。又追向：「是那一個？」再唱：「王公子啊……」土娃這纔從唱腔的格律中，吟味到了「開懷」二字的意旨，應是男女間的那一層。

土娃看過李韻吟練唱的這齣「玉堂春」，由於是第一次接觸，那只是「悅耳之聲之爲美」。可以說給土娃留下的印象極少。經過這兩日來聽了梅蘭芳的歌唱，又一字字對證了詞司。從文詞上吟味到先生在教學時說的「格律」、「聲色」，以及「氣味」！也因此使土娃學得更快，等曹嫂送飯上來，他還在一字字一句句的在哼唱。一邊在抄錄的戲詞上，一字字一句句改正他自作的符號。曹嫂上樓來，業已把飯食擺在茶几上了，土娃都不知道，仍在背著身，對著那台話匣子在小聲哼唱著。

「小紅娃！」曹嫂喊他，說：「你入了迷啦！」

土娃一驚，這纔發現曹嫂站在身後。連忙站起。

「曹大娘！」土娃不好意思的臉上現出了靦腆。

「李姐姐要我學會他，」土娃說。「很好聽噢！我要學會他。」

曹嫂坐了下來，臉上有著無奈的表情。

「我問你，小紅娃！」曹嫂說：「你家裡還有什麼人？」

「俺啊？」土娃望了一眼曹嫂，說：「爺爺奶奶！還有俺爹俺娘！三個叔叔都分了家。俺還有一個妹妹。」

「開店哪？還是種地？」曹嫂又問。

「種地。」土娃說：「俺家幾輩子都是種地的。」

「幹啥子要去演花鼓娘啊？」

「還不是兩季子都沒有收成嗎？」土娃帶著幾分哀傷的語氣說。

「那花鼓戲，你是怎樣學來的？」

土娃把他賣饅頭的時日，認識了花鼓班子的小黑孩，好玩似的學來的一些情形，一五一十的說了一遍。

曹嫂聽了，覺得也跟她一樣，都是爲了家窮。

忍不住「唉」了一聲，說：「等這事兒了啦！還是回家，別迷這一行。」起身離去時，說：「快些吃飯吧！待會子涼啦！」

聽得出曹嫂的心情，也有些莫可奈何？窮啊！

一點都不錯，土娃學入了迷，他學會了慢板。逞強的性格，在逼迫著他，希求能在明兒格李姐姐回來，把整齣玉堂春都學會。就這樣，他全神灌注在聽唱與學唱上面，一個人孤孤單單的守在這小樓上，却也忘了寂寞。一直到吃晚飯，曹嫂關照他，不能放唱話匣子了，他纔停止。

儘管，李家姊妹要他住在樓上，土娃還是在樓下搭了舖。他不敢睡在人家女孩子的那張床上。

第二天起來，吃早飯時，李韻吟竟翩然而歸。

說是早場沒有她的事兒，鑼鼓通天的，她回來休息。

回到樓上，換了睡衣，就走到樓梯口喊土娃。

「別傻在那裡！」土娃正坐在那裡背誦他昨天學會了的那些唱，所以李韻吟看到土娃傻在那裡，就喊他：「到樓上來。」

「噢！」土娃只回答了一個字，就哼唱著走上樓去。

土娃一到樓上，韻吟就遞給他一杯茶，說：「你先潤潤喉嚨。」土娃接過茶杯，韻吟竟走下樓去。

土娃回頭看了一眼，弄不清她下樓作什麼？心裡已在哼唱「玉堂春跪至在都察院」了。但却聽到韻吟在樓下開門關門的聲音。不一會兒就咚咚上樓來了。一上樓就坐到床沿上，像上次一樣，架勢挺足的，說：「應考吧舉子。」

土娃直挺挺的站在床前，恭恭敬敬像站在先生面前一樣，只吸了一口氣，鎮定了情緒，就唱：「玉堂春跪至在都察院」。於是李韻吟學小生唸白：「嗯！狀紙上面寫的是蘇三，你口稱玉堂春，分明是一刁婦。」又學一位唸白：「劉大人用刑！」又學另一老生唸「來看𢬵！」再唸了一聲鑼，土娃也能接下去唱。唱到「大人哪」三字的長腔。韻吟聽了，就忍不住心花怒放，在心裡說：「眞是塊材料，怎麼學的恁麼快！」遂接唸：「玉堂春三字，是何人與你啓的名字？」

土娃一句句接下去，一直唱到「十六歲開懷是那王公子」，李韻吟竟然按捺不住春情的激盪，聳身站下地來，伸出兩臂把土娃一抱，翻轉身來就把土娃扔在床上，全身壓在土娃身上，口唇堵上了土娃的口唇，臉，竟在土娃的臉上摩擦起來。

土娃突然遭遇到這意想不到的情況，竟然下意識的抗拒起來。手推、脚蹬，嘴裡說著：「啊！我怕！啊！我怕！」

這時的李韻吟怒氣上衝，遂把上身一挺，雙手劈開土娃的兩隻手膀子，一手按住一個，下身的兩腿，緊緊的夾住土娃的兩條腿。李韻吟究竟練過幾年功，瘦弱的小土娃，那裡還能動彈。也不敢哭了！他看到李姐姐那張憤怒的臉，瞪著滾圓的兩隻眼睛，本著紫紅色的嘴唇，狠狠的在說：「你怕！你怕！你怕什麼？我眞想吃了你！」正在這時候，他看到李姐姐散開來的粉紅睡衣之間的雙乳，土娃突然想到那年在學校，去吮吸女老師奶水的事情。一時之間，所有的恐懼心情，都頓然消失，居然像孩子似的脫口而出，說：「我要吃媽！」

李韻吟也是皖北人，「吃媽」二字，她聽得懂，遂兩手一鬆，便翻轉身來，仰臥在床上，雙峯玉雕似的像兩座金字塔聳立著，下身還有腰帶紮著沒有散開來的睡衣衣襟，在遮蓋著腰腹。可是，土娃被鬆了壓力綑綁的束縛，雖然坐起身來，居然愣愣怔怔的不知如何行動。小時候吃奶，都是先由母親或乳育者，把他擁到懷裡，擺好乳頭，迎接他去吮吸。土娃對於「吃媽」這件事，從來也不曾主動過。

儘管李韻吟已袒裸裸的仰臥在床上了，金字塔似的雙峯，圓都都的聳立著，土娃還是愣怔怔的望著發呆。

仰袒著的李韻吟，已像四眠的蠶（註二），軟綿綿的連蠕動的能力，也無有了。

「姐姐！我怕！我不敢。」

李韻吟這時伸出左手，輕輕把土娃一拉，上身便倒在她的胸間。再雙手扶著土娃的臉，貼在她的雙乳上磨擦、磨擦！突然間，土娃的口唇吞下乳頭，在吮吸了起來。另一隻手掌滿握住她另一乳峯。李韻吟的雙手在按摩著土娃的後腦與後頸。她的整個軀體，都像蛇褪皮時在伸縮著蠕動。

「沒有水！」土娃的嘴，放下乳頭說。

李韻吟再以雙手扶起土娃的頭，放在她的雙乳間磨擦，於是，土娃的嘴，又吮吸到乳頭上。這一次，不是爲了吮吸奶水，自然的異性吸力，已侵入了土娃的男性神經細胞，十五歲了，已能產生自然的衝動。可是，李韻吟這一波潮泛已經退了。她按摸著土娃的臉面貼在雙乳間的後頸後腦，任憑軀體在排遣中舒散地綿癱下去。享受著這自然界兩性相悅而投合時的那種溫存。

「起來！」韻吟推開土娃的頭，說：「我教你拍板。」

二人坐下之後，李韻吟就向土娃說戲。告訴土娃要學的戲有三種，西皮二黃與崑曲。「玉堂春」是西皮。是旦脚必學的一齣戲，因爲這戲包含了所有西皮調的腔，除了搖板、散板沒有板，其他如流水、快板，二六、南梆子、原板、慢板，都有板眼規範。這些，你得慢慢的學，先教你學拍慢板。

於是，從「玉堂春本是公子他取的名」，一句句教土娃學著一板一眼的拍下去。突然，李韻吟發現了土娃的手比她的手還要白嫩纖柔，尤其手背，五個手指的根節，伸出手指來，不但肥都都，還有個窩窩。李韻吟見及此情，竟停止下來，雙手拉起土娃的手，要仔細觀賞一番。越看越疑，再看看土娃那清秀的臉龐與水靈靈的雙眼，遂忍不住的扯大了嗓門，驚詫的說：「你不是個男孩子！你是個女的。」

土娃一聽，又看到李姐姐那副驚奇的樣子。

「不是啦！俺是男的。不信你……」

很想說「你可以看那！」却沒有說出口來。

在李韻吟心理上，則想到他父親怎會也像保護女孩子那樣，要土娃去躲郝團長，還要他住在她一起，也不交代要保持什麼距離。特別是剛纔，他竟然不去摸她下體，為什麼不像男人那麼急猴猴的張牙舞爪。雖然不是女的，也是二尾子（註四）。

「要不你就是個二尾子。」

這時，李韻吟已經在心理上肯定土娃是個二尾子。

「不是啦！」土娃雙手摀著大腿當。他見到李姐姐的架勢，想伸手去摸他。「不是啦！不是啦！」

土娃越是這樣掩護著，李韻吟的推想越加肯定。

「好！讓我驗驗！」李韻吟眞要伸手去脫土娃的褲子。

「李姐姐，你不害羞（臊）啊！」

「有什麼害羞的，」李韻吟說。「有人在這裡我都不怕。」

土娃在莫可如何之下，只得答應。

「那我到床上去脫，」土娃說。

「可以，」李韻吟是非要驗證不可。命令著說：「快去脫。」

土娃到了床上，從褲帶上拉下褲腰，還不好意思露出來。李韻吟伸手就把褲子扯下腰來了。一看，果然是個男孩，像一朵玫瑰花似的花骨朵（蓓蕾）。李韻吟還是不能相信。居然也上了床，要土娃躺下，她要仔細的驗證，看看是不是雌雄同體。這事，李韻吟聽人說過。

土娃只得躺下，無奈的說：「妳還要看個啥麼？」

李韻吟伸手握起那一都魯，下面已是屁股眼子，沒有別的。這時，土娃身上的那個玫瑰蓓蕾似的男人，竟發起威來，它要以眞實的男人證據，展現給這位不相信的女孩子看。這時，雖然土娃的嘴裡還在說著：「妳相信了吧！」、「這妳總該相信了吧！」可是，他的李姐姐竟然把那握在手中不肯放下了。這時的土娃，却也在自然的過程中，感受到一種心理的快感，毫不反抗的，任憑李組姐去揉搓它，拂弄它。

突然，李姐姐坐到他身上去了，下體有刀割似的痛楚，他雖然感到痛楚，口裡喊著「哎呀好痛！哎呀好痛！」却絲毫也沒有反抗。何以在痛楚中也沒有反抗？可能連土娃自己也無從解釋。不一會兒，李姐姐休止了激盪，把土娃的上身子，從床上抱了起來，緊緊的擁抱在懷。這時，土娃到想到了一句他偷看西廂記上的話：「軟玉溫香抱滿懷」。這時，土娃方始興起了異性的衝動，在每一粒細胞中澎湃。然而，他所能表現出來的，只限於迎合對方的緊緊擁抱。土娃終究還是一個沒有發育完全的十五歲男孩。何況，下體還有一分痛楚存在呢！

兩人擁抱著，緊緊的擁抱著，雖然，土娃的上身，還穿著棉襖，韻吟的雙臂還套在睡衣袖子裡。兩人還是擁抱的很緊。土娃的雙臂，摟著韻吟的脖子，韻吟的雙臂摟著的土娃的腰，手從土娃的棉襖下襟伸入去。

就這樣溫存了好一會子，土娃說：「姐，我好痛。」

於是韻吟鬆開手掌，從土娃身上翻過來。却一眼看見土娃的那一枝致瑰花蕾似的小花苞，變成了一條剛剝了皮的長蟲（蛇），肉紅紅的，還在向外滲血。土娃一看，忍不住叫了一聲：「剝了皮，流血了。俺不要……」他嗚咽起來。

「別叫！」李韻吟伸手把土娃一推，說：「躺下別動，我去拿藥。」

土娃便躺下不敢動了。

等韻吟把藥取來，土娃的那一枝玫瑰花蕾，業已恢復原狀，不是那麼血糊糊的，像剝了皮的長蟲了。

韻吟坐在床上，要用手去脫退那層包皮，土娃一霍坐起說：「不要再剝了，好痛噢！」

「誰剝你啦！你看，」李韻吟說。「不是原樣的嗎？」

土娃一看，果然恢復了原樣。不說話了。遂又被李韻玲推倒躺在床上。

「來，擦點子藥水。」李韻吟說著便把沾得飽飽的一團碘酒藥棉，堵在土娃的那枝玫瑰花蕾上。一霎那間碘酒浸入包皮內，火辣辣的痛楚起來。

「哎喲！妳可不能割了去啊？」土娃疼得坐起身來。

李韻吟氣得一巴掌劈去，打在土娃的臉上。

「噱街呀你！」李韻吟瞪著兩眼光火。「你看看，誰割了去啦？」

土娃諕得不敢哽聲了。

李韻吟也頓感太光火了。遂又輕聲安慰土娃說：「快穿好衣服下樓去，該吃晌午飯了。我還得換衣裳呢！」

土娃乖乖的穿好衣服，輕輕走下樓去。

果然，曹嫂已在門外催他們，說午飯好了。

〔附註〕

註一：神理、氣味，格律、聲色這八個字，是桐城學派最講究的文學研讀與寫作原則。

註二：諸葛亮的「出師表」、李密的「陳情表」，是兩篇馳名的古文。這兩句俗語，是社會間一般人的口頭語。

註三：四眠的蠶，是等著上架吐絲結繭的蠶，軟綿綿的，頭微動，也不吃，也不動地方了。

註四：二尾子，是皖北方言。指的陰陽兩性合體人。尾，讀已

註五：都魯，指幾件拴繫在一起的事物，俗話謂之一都魯。

三十五　有情地也有情天

土娃走下樓來，就看到小圓桌上，已擺好了一筐子饅頭。還有兩盤小菜，饅頭還在冒熱氣。他剛坐下，曹嫂就又開門端了一大碗大白菜肉片燒豆腐進來。熱氣還在蒸騰。

「大姑娘呢？」曹嫂問。

「在樓上。」土娃回答。

不知不覺的土娃的臉飛紅起來，連坐立都有些不自然。

這時，他還隱約的感受到下體有些痛楚。碘酒的麻木勁兒已經過了。忍不住想用手去摸摸。

「大姑娘！」曹嫂站在樓梯口喊：「快吃飯吧，涼啦！」

樓上沒有人回答，曹嫂望著樓上怔然一霎，轉身向土娃說了一聲：「快些吃吧，待會子涼啦！」說過便走出房去。

不大會兒，李韻吟下樓來了。

她換著了一套新裝。陰丹士林布旗袍，短髮後梳，不是兩根翹巍巍的小辮子了。腳穿帶絆的蛤蟆頭（註一）布底學生鞋，白色的線襪，脂粉不飾。圓胖的臉龐，烏油油的眼睛，襯著尚未洗淨的唇上紅脂，再加上那時隱時現於旗袍內的雙峰尖頂，看去已是個成熟的大姑娘，已不像纔十七歲的少女。

儼然一副大學生模樣了。

走下樓來，便在土娃對面坐下。

土娃看了一眼，便低下頭去，羞羞赧赧地不敢正視。

「吃飯哪！」李韻吟見到土娃的羞澀面容，命令似的說：「你的戲還沒學完呢！我吃了飯，還要到園子裡去。晚場可能還有活兒派給我（註二）。」

一邊說著，一邊便取了筐子中的饅頭，在撕開來吃。自自然然，似乎不曾有過剛纔在樓上做過的一切。

土娃雖也跟著取了饅頭，學著撕開來，一塊塊向口裡塞，一邊舉筋夾菜。可是，他一望見李姐姐那一雙不時在旗袍內頂出尖尖來的乳峰，就會想到這不久前的一切行爲。遂不免在神情上，有些呆裡呆氣的。

「吃飯就吃飯，發的啥子呆？」李韻吟說：「別噎死了你！吃了飯再想，明兒格纔會考你哪！」

土娃聽了，雖然應了一聲「噢」！大口大叉的去吃飯，心裡卻又想到明天，是不是還會像今天一樣？不會再驗我是「二尾子」了吧，可是，在心裡卻希望著能再演這場戲。

似乎著，覺得下體還有一些兒痛楚，火辣辣地。

本來想說一句：「俺還有點兒痛呢！」竟沒有敢說。

吃完了飯，李韻吟到樓上去了一會兒工夫，就走下樓來，向土娃說：「上樓去。好好學完這齣戲，晚上早點兒睡。今兒格晚上，我同韻玲會回來的早些。」

說過便揚常走出門去。

土娃回到樓上，繼續聽話匣子學梅蘭芳的「玉堂春」。

可是，他今兒格卻靜不下心來，老是想著這上半天的事。卻不時去檢查自己的下體。過去，從來也沒有勒剝過那一層包皮，如今，已能勒剝開來，露出了鮮紅的頭來。他見過同學們，有的人沒有這層包皮，都是青紫紫的頭兒。這時，土娃方始想到李姐姐坐在他身上的那種刀割似的痛楚，就是勒剝了這層包皮。於是，土娃試著慢慢向後，一次次的勒剝，還有些微的痛楚。仔細檢查一番，並未發現破損，只是見到那一圈立出的圓邊，有滲血的現象。細看之下，還滲滲然有紅色的血液在津津呢！只是血液滲出極微，沒有流淌下來。

「分明有血啊！」土娃回想他見到血流出了的。

土娃再檢查一下他穿的那條老藍布褲子上，還有些許的血漬，已經紫烏烏地乾了。他聽到李秀實說過，女孩子有處女膜，初婚的夜晚新郎要用白綾子驗取初夜紅。因而使他想到這血是李姐姐的了？

「明兒格，李姐姐肯不肯讓我驗驗她呢？」

土娃有了這麼一個想法，卻又不知怎麼驗？

然而，他卻明白了這句：「二十六歲，可是開得懷了。頭一次開懷是那一個？」這「開懷」二字，土娃是澈底的瞭解到了。於是，他對「玉堂春」這齣戲，又有了更深一層的體會。遂又興致更加蓬勃的打開話匣子，繼續學唱下去。到了晚飯時，不但全部「原板」學會，而且進入了「流水」板。

土娃累了。晚飯後就鋪床入睡，醒來天已大亮。

捲好了舖蓋，曹嫂進來，告訴土娃樓上的人沒有回來。

問土娃還是吃麵條？還是饅頭捲子？土娃答說吃現成的饅頭捲子就可以了，不必爲他再煮麵條。

正吃著早飯，李韻吟拎著一個紅布包袱進門來了。身上還穿著早晨練工的褂褲，只在上身加了一件對襟紅緞子小襖，敞開衣襟，沒有扣扣。進門來見到土娃在吃飯，站了一下，說：「你吃了飯到樓上來換衣裳。」說過就走上樓去。

土娃到了樓上，看到李姐姐就在用那塊紅布在包裹那台話匣子。看到土娃上樓來，說：「你穿穿這些衣裳，合不合身？不合身再去換。」土娃一看靠窗的一張坐椅上，有一堆衣裳，一疊白色的，一堆藍色的。只有一件看得出是棉袍子。

土娃一看，發了愣。一時不知如何是好？

「你的衣裳太髒了，該換。」李韻吟說。「所以我給你買了一套新的。」說著，放下手上正包紮中的工作，站起身來走過去。一樣樣拿起，說：「這是小褂褲，穿在貼身。這是夾褲，套在白色褲外穿。這是棉袍子，罩在白褂子外穿。快穿！也許明兒格俺爹會帶你到澡堂子（註三）去洗個澡。快換！」這話帶著幾分命令似的，「我下去吃飯，待會子我來看看你穿得合身不合身？」說過，就轉身下樓去了。到了樓梯口又轉身說了一句：「快換。」命令的口吻，更加嚴厲。

李韻吟下樓，土娃在幾分興奮心情中，一件件看了一遍，他便一件件脫下換穿上身。雖然白色小褂褲略嫌大了一些，藍細布棉袍倒也合身，夾褲與白褲一樣，都長了一些。他用原來紮套褲的帶子，把褲脚口攏起一疊，攔口紮上，也就不會拖拉在腳根上了。

穿好之後，自己去對著鏡子看看，倒眞的比他原來穿的那件黑粗布棉袍子，要好看多了。小褂褲穿在身上，白白的領子襯在棉袍領子裡，比他原來那件已經漆上腦油的變了灰色的小褂子，可要整潔多了。

「是大爺大娘要李姐姐買的呢？還是李姐姐自去買的？」

土娃又在推想了。李姐姐要他換衣服的時候，曾說：「也許明兒格俺爹帶你到澡堂子去洗個澡。」想來，「這是大爺要他買來給他的了？」

「難道，他們打算留我在他們戲班子裡學唱戲？」

土娃正在想東想西，一邊在收拾脫下來的舊衣裳。

樓梯響了。還聽見韻玲在哼著：「在監中住了一年整，皮氏大娘……」韻玲到了樓上，就一眼見到土娃的穿著換了新，就扯起了嗓子大叫著說：「嗬！小紅娃變了個黑小子啦！」

「叫啥子叫？」姐姐在身後說：「你總是大吼小叫的，瘋子！」

「你纔是瘋子呢！」妹妹反口相譏。「把個綵球都拋到台下去了（註四）。」

「我掌你的嘴，」說著就去抓妹妹，一邊說：「是我拋到台下去的？明明是兩個丑搶下台下去的。」

還沒有抓到，韻玲就喊「救命啊！」

土娃也不知怎樣去拉架，愣巴巴的豎在那裡傻笑。

好在姊妹倆時常打鬧，鬧一陣子就平息了。

「昨兒晚場我演『綵樓配』，拋下去的繡球，竟被兩個丑兒一搶，搶到台下去了。」李韻吟解釋。「惹得鬨堂大笑。」

李韻玲可沒有聽她姐姐解釋昨晚的笑堂事件，注意力仍在土娃一身新衣上面。

「小紅娃！」一面叫著一面打量著，「你還是扮個男人好看。」

韻玲的兩個眼睛死盯著，似乎已在土娃身上發現了異物。

「姐，小紅娃這衣裳是妳買的吧？」

「管它誰買的？干妳啥事。」

李韻吟又在包紮那個話匣子，還有幾張唱片。

李韻玲看到了，走了近去。

「姐，妳幹啥？」

「與妳不搭弦（註五），」李韻吟順口回答，瞅也不瞅妹妹一眼仍在工作。「輪不到妳出聲。」

韻玲雖然受到搶白，也沒生氣，心裡只在犯疑，姐姐為啥要收起這台話匣子？她知道，戲團子裡還有一台。

「壞了是不是？」韻玲還在追問根由。

妹妹這一問，韻吟竟然一聳躍起，大聲吼著說：「別問！」話未落音，居然坐在床沿上，低著頭，淚如雨下，嗚嗚咽咽的啜泣起來。

一時之間，連韻玲與土娃都愣怔住了。

正在這時，曹嫂上樓來了。說是老闆回家來了。

於是李韻吟連忙擦乾眼淚，說：

「都到樓下去等爹來說話。」

李韻玲若有所悟似的向土娃說了一聲「走」，便頭前帶路，土娃尾隨著在後，走下樓去。

樓下沒有人，韻玲知道，爹回來總在中廳，不會到他們姐妹這綉樓下來。她知道小紅娃是在此躲事的，遂也不敢貿貿然領小紅娃到中廳去。遂說：「俺爹可能在中廳」說著轉臉向土娃說：「咱們在這裡等著姐姐。」

於是二人坐了下來。

這時土娃想到，他可能不必再在這裡躲下去了。

「在監中住了……」李韻玲又哼起她在學唱中的「玉堂春」流水，一句尚未哼完，就停下來問土娃，「喂！小紅娃，姐姐說你兩天就學會了。是嗎？來，」她也像姐姐李韻吟似的，擺出了老師考學生的架勢，「唱給我聽聽。」

土娃正在想到他可能不必再躲到這裡了。心情在迷惘著。同時，還在想著那血是他的還是李姐姐的，還想弄弄清楚呢！所以他「聽而不聞」，怔怔然沒有回答。

「哎！看你這人！」韻玲生氣了。「聽見了沒有？俺跟你說話哪！」

這孩子氣的韻玲，怎能瞭解到這時土娃的心情呢！本來，在她哼出這句唱詞時，土娃卻是聽到了，還在心裡跟著唱腔的旋律在唱，那只是下意識的，實際上他想著可能要離開這裡了。所以李韻玲擺出老師考問學生的架勢，向他問話，他都因爲心不在焉，視而不見，聽而不聞。當李韻玲語氣火火的大聲一問，竟把剛纔的一切都煙消一空。

祇有膽怯怯地愣怔著了。

適巧李姐姐上樓來了。她仍舊穿著那身練工的衣服。

「妳又吼啥子？」李韻吟瞪著妹妹責備，「總是吼！」

「吼吼吼！吼妳的這個男人在下神啦（註六）！」

「我撕開你這張爛嚼蛆的嘴，什麼這男人那男人的！」

「男人就是男人，妳當我不知道！」

正吵著李媽媽推門進來了。

「你們倆是前世的寃家怎麼的？成天的吵，吵個沒完。」

「小紅娃！」遂又向土娃說。「你爹來啦！在廳堂等著你哪。」

李媽媽這話一出口，頓時使房內的三人一怔。恰似一鍋滾水，被沖入一瓢冷水，沸騰馬上平息。

「俺爹來了！」土娃聽說他爹來了，略爲一怔，便淚滲滲歇斯地里的說了這麼一句。但卻掃目看了看大家，不知如何行動。

「胖胖帶著去。」李媽媽指示著說。

「胖胖」是韻吟的乳名。

於是，李韻吟帶著土娃到了中廳。見到他爹，就撲地跪下，只喊了一聲「爹」！就嗚嗚咽咽哭得不能成聲。

魯永春這天倒穿得像個教書先生似的，長袍還外罩大褂，頭戴線織的疊邊、頂上有個球的線帽。見到了兒子到來就跪在跟前，哭得不敢抬頭，又說不出話，雖然眼眶中也滲滿了淚水，卻沒有嗚咽起來，還是笑吟吟的說：「給李大爺磕頭，多虧李大爺救了你！」

土娃聽了，遂微昂起頭來看一眼李大爺，馬上移動了個方向，跪向李老闆，說：「謝謝李大爺！」

李老闆趕忙屈身向前一步，伸手攙起了土娃。說：「快起來快起來！」

攙起了土娃，便向魯永春說：「車票已經買好，我著李常經送你們爺兒倆到宿州。」站在廳中還有一位身穿長襖夾褲的二十來歲的小夥子，在旁答腔：「我送大叔跟兄弟。」

「火車的時間是兩點半？」李老闆問。

「是。」這位叫李常經的小夥子回答，還把拿在手上的三張車票，展示出來。

「魯兄弟！」李老闆回身與魯永春回手合掌，作了個禮。說：「我園子裡還有事兒。孩子交給你啦！保證，沒有事啦！我已吩咐家裡弄吃的，你們吃了再走，火車還來得及。」

說過，又吩咐了李媽媽幾句，便匆匆離家到戲園子去了。

魯永春推說已經吃過飯了。可是，飯已準備好了，雖還未到吃晌午飯的時間，還是提前上了飯桌。

吃飯時，李媽媽雖然沒有坐在桌上，卻坐在一旁與魯永春談了些家常。魯永春告訴李媽媽，宿州的地土比不上他們穎州。穎州還有潁河接連著洪河淮河，宿州的濉溪與臨渙，河都平了。旱則河乾田裂，潦則遍地澤國。十年收不到三季。大家都是窮戶。當飯快要吃完時，曹嫂來喊李媽媽，說是大姑娘找她去。

不大會子工夫，李媽媽帶著兩個女兒來了。

大姑娘手上拎著一個絨布包裹，裡面包的是「百代」牌的留聲機（話匣子），二姑娘手上拎著一個藍布包裹，裡面包的是土娃換下來的舊衣裳。姊妹倆的臉上，都浮樣著一層戀戀不捨的神情。

「喏！小紅娃，這是你換下來的舊衣裳。」

遞給了土娃，土娃呆瞪瞪的眼中含著淚水，接了下來。

「這是話匣子，」李韻吟指著手上拎的紅布包裹，向土娃說，聲音低沈而淒楚。「你帶回去，還有好幾齣梅蘭芳的戲，你都沒學哪！」

「我不要，」土娃拒絕，卻又一時情感衝動的哭了起來。「我不要！我不要！」扭動著身子說。

二姑娘李韻玲竟從姐姐手上接了過來，硬往土娃手中塞。說：「拿著，給你了，不能不要。」又加了一句：「俺姐姐把你看成梅蘭芳呢！」

這時，魯永春纔弄清楚是怎麼回子事。遂也加入拒絕，說：「這麼老貴的東西，俺鄉下人用不著。」

李媽媽看了一眼他的大女兒，正綳著嘴含著淚，一聲也不吭，作娘的最清楚女兒的脾氣，遂也加入說詞。

「魯大叔你就代孩子收下吧！俺還有兩台呢！」

說著從韻玲手上拿過來，双手送給了魯永春。

「帶回去，給鄉下人聽聽，也是個趣兒。」李媽媽又說。「您哪！別使俺家姑娘心裡難受。」

說著說著也忍不住想哭，双手拎著，只等著魯永春去接。魯永春還在進退爲難著。

「魯大叔！你就接住吧。」

二姑娘韻玲又從媽媽手上拿過來，硬向魯永春手上塞。

魯永春還是遲疑著不敢接，土娃仍在哭泣泣的說：「我不要！我不要！」

「收下吧！」那位站在旁邊的李常經一邊說一邊代魯永春收了下來。又說：「以後兩家人當個親戚走嗎！宿州潁州都是安徽地界。兩地又不遠。收下吧！咱也該趕火車了。」

「向李媽媽磕頭謝謝！」

魯永春說這話的時候，也有幾分哽咽。

土娃連忙跪下向李媽媽磕頭，說了一聲「謝謝李媽媽！」就哇地一聲哭了出來。

突然間，大姑娘也哇地一聲哭著轉身奔出門去了。

「娘！妳看姐姐麼？」

二姑娘韻玲一看姐姐哇嗚一聲，跑出門去，向娘說了這麼一聲，也奔出門去追隨著。

一時之間，弄得魯永春與李媽媽都不知說什麼好？

還是那個在場的小夥子，給這場戲作了個結尾。

「走吧！不早了。」李常經說。「走到車站還有一段呢！」

就這樣，魯永春向李媽媽再連連作揖言謝。

三個人這纔離開李家的客廳門。

剛剛走出大門，正與李媽媽還有曹嫂作別時，大姑娘李韻吟居然跑步到來。

「魯大叔！」她向魯永春乞憐著說：「回到家，你可別打他！」

〔附註〕

註一：蛤蟆頭，形如蛙蛙頭一樣圓的前狹後寬的鞋子，帶絆。

註二：還有活兒派給我，意爲還有戲需要李韻吟上演個腳兒。

註三：澡堂子，是北方人在冬天去洗澡的地方。大衆共浴的熱水池。

註四：「綵樓配」是「武家坡」前面的一齣，奉皇后懿旨，在大街高搭綵樓，抛擲綵球爲婚配對象。打富貴嫁富貴，打貧賤嫁貧賤。

註五：古諺，指古琴的協聲，必須依徽位按弦彈奏，兩弦不相搭配，出音不諧。所這古諺在民間流傳。意思是輪到你應和，你這根弦才能輪到出音。

註六：下神，指的是巫婆子作法，可以抛開她自己，變作神或鬼說話，俗謂之「下神」。意指發愣！

三十六　莊稼漢應守田園

火車到宿州，下了車就有人來接應，也是李大爺李老闆安排好的。

魯永春原想下了車，請陪送人吃頓飯，然後，他們就住到城西關和興糧食行，行裡有位同鎮的鄉親，糧食行也有經常爲外地客人預備的房子與舖位。來時，已說好了的，若是時間晚了，就住在行裡，第二天一早再起步還鄉。在車上，已向那位陪送人李常經說了。可是，來接車的人，卻把他們接應到城南關徽州會館，晚飯都準備好了。

這些，都是李大爺預先安排好的。

魯永春只得依李大爺的安排。吃了晚飯，安排好住處，李常經就走出去了。臨走時說：「給我留個舖位就可以了。我晚上回來歇（註一）。」

這房間，一共有四張舖位，都有舖有蓋。

魯永春沒有向兒子問長問短，只向土娃說了這麼一句：

「明兒格早上起身，還是換上你那些件舊衣裳。」

說了這一句，又噓了一聲長氣，就到最裏邊那張舖位上睡下了。

第二天，吃了早飯，李常經帶來一位年約四十多歲，滿臉鬍子的人到來，向魯永春介紹說是張大爺，由永城來的販牲口商人（註二），今天回永城，可以陪同魯永春父子同行。

「你們一起走，路上，張大爺會照顧的。」

就這樣，魯永春父子隨同這位張大爺一起上路。

這位張大爺，左肩上只揹了一個前後都長到腰的搭連（註三）袋子。癟癟的，不像裝有很多東西在內。中等身材，雖然滿臉的鬧腮鬍子，還是烏黑烏黑的，白色的極少。仔細看去，方能挑出幾根來。頭戴鄉人稱之爲的「火車頭帽子」（註四），一口河南腔。說話時，笑嘻嘻的，但卻不大講話，問一句纔答一句。

由城南關到魯甸鎭，全程約卅五里，通常徒步得三四小時。這天是個大晴天，仲春末的氣候，業已柳綠草長。只是隋堤土深，路上人衆，塵土飛揚，把綠油油的春天都染灰了。是以四小時的行程下來，黑鬍子也變成了黃鬍子了。身上也是一層灰土，不能當著人去撣，撣起來，塵土飛揚會迷眼。

到了魯甸，離永城還有一天的行程。魯永春要請張大爺到他家住一晚，第二天一早動身，當晚可以到家。張大爺不肯，堅持再走二十里到柳子集休歇，第二天回到家就輕鬆了。他帶著乾糧，連頓飯都不願打擾。

「沒有事了。」張大爺向魯永春說。「要是有什麼意外，這方面會有人出來照管的。」

張大爺沒頭沒腦的說了這麼幾句，就分手了。

到了家，最激動的就是魯奶奶。見了孫子，雖然孫子已像個大人了，還是像孩童似的摟抱在懷，哭得說不出話來。因爲他們聽到的傳說太可怕了。說是那位姓郝的團長，是一位出了名的「金錢豹」，專門撒銀子，在游藝場上獵取小姑娘，也收買逃荒的男孩（註五），遭踏完了，不是轉賣，就是殺人毀屍滅跡。尤其是男孩子，往往當作逃兵槍殺。仗著他是一位有功於北伐的旅長小舅子，他自己也是一位在軍中立過功的排長。據說曾衝進敵人陣地奪回一架機關槍，立功升了連長，不到兩年就升到了團長。土娃這件事，要不是皮黃班的李大爺出面，後果不知怎麼樣呢！

這些，都是花鼓班子的人，回來傳說出的。

就在這次事件中，小男孩的花鼓班子，也在蚌埠草草收場。據李大爺告訴魯永春說，這位團長已經奉令調到另一個部隊，不久就要到江西履任新職去了。

那一百元龍洋等等，已經如數歸還，一切都是和平解決，只說一個理由，小紅娃的家人不肯。這孩子原本是個中學生，由於滅年，趕會賣饅頭，好玩樣的學了幾段花鼓戲。隨著花鼓班子到蚌埠去下場，也只是爲了賺幾個錢養家，度過這個青黃不接的三春（註六）。

「不是個賣藝的。」就這樣說妥了的。

那位郝團長本來不願收回那一百龍洋。李大爺說別讓小紅娃家人心情不安，還是收回去好。郝團長還一再表示，他只是很喜歡這孩子，沒有別的。

但李大爺爲了小紅娃的安全，還是一路上都作了安排。他們清幫的規矩，幫忙助人要幫助到完事。

也許，郝團長不是大家傳說的那樣可怕？也許郝團長眞的有過這些惡例？不過，傳言總是又加油又添醬的。

但從蚌埠的皮黃班班主李老闆李大爺，又是青幫的老大輩分，都是如此謹慎的處理這檔子事，傳說的那些話，不得不加些小心。所以土娃回到家之後，就有好長一陣子，沒有讓他出門。帶來的那台話匣子，也沒有准他再打開。依魯永春的想法，過些時，他帶些土產親自到蚌埠去看李老闆，順便送還人家。

俗語說：「堂前訓子，房內勸妻。」土娃到家的當晚，一家人便聚在他們家堂屋裡，像說家常似的向土娃作了訓斥。

「事情已經過去了，」魯永春說。「按說就不應再說它。總要記取古語說的這句話：『前事不忘，後事之師』啊！」

魯永春也讀了五年私塾，也讀到了「三傳」（註八），古書上的古語，他還是挺熟諳的。看他平常不大說話，一旦說開了頭兒，也能滔滔然如小河流水樣的潺潺流暢。

曾子一日三省吾身。他每天每天反省的三件事，第一是忠誠處世，第二是信義交友，第三是長者的訓教不忘。

所以，我們儒家的處世爲人，不過天天作到「反省」二字。「過則毋憚改」，人，誰能無過？有過能改，則善莫大焉！子貢說：「君子之過也，如日月之食焉！過也，人皆見之，更也，人皆仰之。」（論語「子張」）先聖賢只要求人不二過。同樣的過錯，不再犯第二次。

譬如你，這次竟然打個謊兒，說是替花鼓班子記幾天賬目，混個口糧，渡過三春的饑餒，那裡想到你是去扮演花鼓娘，下場子演起花鼓戲來。

想不到你有這麼大的膽子。瞞天過海！瞞得了嗎？

魯奶奶見到兒子說著說著動了火氣。遂連忙插話：「孩子小，還不是一時間爲了好玩嗎！」

這話插入，有如向火燄上潑了一杯水，魯永春略一停頓。

「好玩！」魯永春的火氣又上來了。「玩丟了你的小命，還不知道命是怎麼丟的呢！」

「你怎知道外面的世界，是個萬花筒啊！」

魯媽媽插入了這麼一句，方始把魯永春的話頭兒，引到結論上來。

咱們是莊家漢，莊家漢的本分，是守著田園。

祖上給咱們留下的田地，咱們就得守著。「農家安土重遷」，這就是咱們莊稼漢的守則。咱們中國，土地多，自古以來，都是以農立國。「有土斯有財」，做莊稼漢的，總是守住田園，「日出而作日沒而息」，做莊稼漢的，就是這樣安安分分的過日子。」

這時的土娃，聽到這裡，卻也想到了，就像今年這樣，地上兩季子沒有了收成，莊稼漢也只好安安分分的在家等餓鬼來一個又一個的拖到土坑裡去？不願餓死的人，不也是一家家一戶戶向外地逃荒去嗎？可是土娃沒有敢說出口來。

咱們是生成的莊稼漢，因爲咱們有祖上遺留下來的土地。所以我們世世代代都居住在這裡，耕種著祖上遺留給咱們的土地。

莊稼人就是莊稼人。如今又沒有了科舉，讀書人也失去了這一可能改換門庭的機會。就拿咱們的松三爺來說，博學多才，上通天文，下知地理，如今晚兒，連個館也設不起來（註九）。肩不能擔，手不能提提。在家，不會用鎚子，下田，不會用鋤頭。唸唸書，彈彈琴，一家人的嚼穀（註十），天上不會掉下來。

土娃聽到這裡，推想今後連松三爺那裡也不准他去了。忍不住一時鼻酸眼熱，淚水從眼角流了下來。

魯奶奶見到了，非常心疼，遂責備兒子起來。

「算了，別再說下去了。」魯奶奶阻止，「孩子這些日子，也夠受的了。花鼓班子不是送來三塊龍洋嗎！總算是孩子賺來的。」

魯永春聽了，望了一眼正在淚眼婆娑的土娃，心裡卻想著：「不男不女的去扮花鼓娘，丟人現眼（註十一），……」卻沒有說出口，便站起身來，表示聽從娘的吩咐，「不再說下去了。」但卻衝土娃說：「收了心吧！還是做咱的莊家漢，掂起榔頭打坷粒（註十二），扶著犁把耕田。吃碗安心飯，過平坦日子。」剛起身要出門，又轉過頭來，向母親說：「娘！不能由著他，慣不得。」這纔走出門去。

魯奶奶也沒有頂撞兒子，委實由於土娃在蚌埠瞞著家人去演花鼓娘，惹來的這檔子麻煩，聽到的傳說，確是怕人的。他爹要孩子從今以後，在家做個安分守己的莊稼漢，是她沒有理由反對的。家中已有了一代，在淮軍作過官，反而成了一個「醉仙」（註十三），把家產喝去了大半。

「如今已沒有了科舉，」魯奶奶對於這一點，是她老人家時時縈繞心上的一個遺憾！「會讀書的孩子，反而變成廢料了。」

魯媽媽懷裡抱著睡著了的女兒，一邊還騰出手來捻綫。從始至終，都不敢多說話，只是聽，偶爾觀察一下土娃臉上的反應。直到魯奶奶說：「咱們都歇去吧！」方始起身。

「娘！你也別放在心上。」魯媽媽起身時說。「莊稼活兒不要學，跟著做上一季子，還不就上路啦！」

這時的土娃，腦中的思維，似乎已經停止。只有一個問題，還在他腦中翻騰，就是聽到他爹說到松三爺肩不能擔擔，手不能提提，只會唸書、彈琴，老天也不會掉下糧米來養活他一家人。就知道今後他連去松三爺家唸書的日子，都不會再有了。以後，就不會讓他讀書了。所以，土娃一直想：

「出生在這塊土地上的人，難道命中就註定作個莊稼漢？」

直到他娘催他回去睡覺，土娃還呆呆的坐在那裡不動。

「如不想到南院去，就在奶奶房裡搭鋪。」魯奶奶誤會土娃不想回南院。「天暖了！用不著厚的啦！」

土娃這纔呆瞪瞪的站起，說：「我回去睡。」

遂跟著他娘回南院去。剛走出門，土娃就發問了。

「娘！以後不准我去松三爺家唸書了嗎？」

「不會的。」魯媽媽斬釘截鐵的回答：「你爹只是打個比方。農閒時，到松三爺家去多讀幾句書，不會攔著你的。」

儘管娘這樣說，土娃還是感受到爹的話比娘的話當眞，他知道他這次在蚌埠去扮演花鼓娘，惹出了這麼個亂子，爹要管束他了。從今下田作莊稼活，不准再讓他念書。

說得也是，自從改了民國，不准鄉間設置書館塾屋，松三爺就像一片飄在水面上的浮萍一樣，連個立足之所，都定不下來。一兒一女，女兒嫁了，俗說：「嫁出去的女兒別姓家的人」，那裡還有能力管得生身父母。兒子也有了孫子，連松三爺老兩口子，已是五口之家，只餘下那幾畝地，收成好，糊口都不大夠，何況這兩季子不收。這整個春天，松三爺都在外奔波，靠著在各地廟會上，替人家寫寫算算，混口飯吃。整個春天，他都在「趕會」（註十四）。到了農忙，會沒有了。他賺的那幾文錢，拿回家來，往往不夠兩老夫婦還債的。農忙了，他更是無所事事。人們只聽見他在家彈琴、歌詩、誦書。被鄉人背後稱之為「怪物」、「廢物」。

「俺爹不會要我再去松三爺家唸書了。」

土娃脫衣入睡時，用手把了把（註十五）自己的胳臂腿，手臂竹竿似的，大腿不但瘦弱弱的，而且肉也髮皮搭拉，沒有肌肉。除了臉龐圓潤潤的，兩手也胖乎乎的，其他，都不像一個能出力的人。尤其上身，看得出肋骨一根根的，兩個肩岔上的鎖骨，凸出來可以用手指掐住。

他自小就不敢與一般孩子們蹦蹦跳跳，奔奔競競。連「打梭」、「砍錢」他都玩不了。「捉龍尾」（註十六）那樣瘋狂激烈的遊戲，土娃更是不敢猥。就是他要參加，其他玩的人也不要他。當然，他的肌肉不發達。田裡的莊稼活兒，十九都得使力氣，對土娃來說，別說掂起榔頭砸坷粒（ㄌㄚˋ），就是拿起鋤頭鋤（ㄆㄠˇ）地，也不能持久工作。若是麥季子拿起鐮刀割麥，也跟不上趟兒（註十七）。

這些活兒，魯永春不是不知道土娃作不了，可是既然出生在莊稼漢的人家，除了去作莊稼活兒，別的還能幹什麼呢？

土娃有個堂房舅舅，安慶高中畢業，到北京大學讀了兩年回來，高不成低不就，到公安局去作了一名錄事，他都作不了。如今，竟祇有在家拎畫眉籠子溜青（註十七）。可是人家家裡有兩頃地（註十八）的田產，是地主家的少爺，要不然，可能連松三爺也不如。

魯永春夫婦倆先商量過，也與爹娘商量過。除了要土娃在家跟著下田幹莊稼活兒，卻也祇有一條路好走，送到商店去作學徒，最好去到藥店學抓藥（註十九），再進一步學把脈、學望聞問切（註二十）。將來作個醫生。可是，年成不好，託人問了好多處，沒有藥舖子要添學徒。就是連經營南北雜貨的店舖，也不招收學徒了。就是要學徒，自家的子侄還用不完呢！

正由於這些原因，一家人方始決定，生爲莊稼人，只有學著做莊稼活兒。

在蚌埠，李老闆曾向魯永春誇說土娃是一塊在他們這一行中少見的「苗子」（註二十一）。若是學戲走上他們這一行，極可能三、五年就會嶄露頭角。可是魯永春只答說：「李大爺你誇獎了。」沒有鬆個口兒，願意讓兒子在李老闆那裡學戲。在魯永春的心裡，還存在著那句古話：「王八戲子吹鼓手」。總是認爲唱戲這一行是最下賤的職業。何況，這一次遇上的痲煩，就是由「戲」這一行業惹出來的。這事，魯永春一回到家，把帶來的那一台「留聲機」（話匣子）交給了奶奶，還有那一套新製的衣裳，也交給了奶奶。遂也一件件說到了這件事。還有他離去時，李家的大姑娘又趕出來，特別求他說：「魯大叔到家可別打他」。也都向爹娘說了。認爲李老闆李大爺這一家人，都有留土娃去學戲的意思。

一家人商量了之後，結論是：「萬萬不可答應孩子走這條路。那是對不起祖宗的事。」

土娃回到他那間小房，已有了霉濕味兒。忍不住使他嗤嗤鼻子。他沒有去點燈，只靠著從小窗子透進來的一絲光亮，使他能見到房內的一切。遂拎起床上的被子抖抖，又提起枕頭來拍拍，就脫衣入睡。

土娃睡不著，最困擾他的問題，是從今往後，就這樣「日出而作日沒而息」的做個莊稼人，守這旱潦不均的田園，忍耐著過一輩子嗎？最不能忘懷的是李姐姐樓上的這幾天，他學會了梅蘭芳的「玉堂春」，又得到李姐姐的垂愛。原以爲帶回來的話匣子，可以使家人高興，聽後感到新鮮。如今，卻被包紮起來藏起，說是過些日子到蚌埠去謝李老闆一家人，順便送還人家。又想到李姐姐一定會掛記他，應該給李姐姐寫封信去。再想想，家裡連個信紙信封都沒有，可以寄信的地方，在五里路外的五舖甸子，只是一家小店掛了一個「郵政代辦所」的牌子。有時，要寄信，只是付了郵票錢，把信交給他們，寄沒有寄出？也不知道。

李姐姐曾說，算不定今年下半年，會到宿州來演一期。還盼望我能唱一場「三堂會審」呢！他怎的知道，家人最看不起唱戲的呢！

不知松三爺還在不在家？不知爹還准不准他去松三爺家？

他想到宗周爺家還有不少書，他見到一部「天雨花」，小小本子，有幾十本呢？還有「梅玉配」、「安安送米」、「五元哭墳」什麼的。他可以請宗周爺家的韞姑帶他去拿。反正拿出來，唱唸給他們聽就是啦！

就這樣，想著想著，他心情平適了，入了夢鄉。

第二天，天剛亮，他爹就把土娃叫醒了。

要他隨同下田，學扶犁耕地，春耕已經開始。

犁地，通常由兩個牲口拉著一個犁子，一人扶著犁把，趕動拉犁的牲口，一壠壠的犁下去。由田的這一頭，犁到田的那一頭，再由田的那一頭，拉回牲口，轉過頭來，再向回耕犁。就這樣來來回回的耕作，直到整塊田地，犁完。

技能全在扶犁時的直線準頭，一壠壠犁下去，不偏不斜。方能使犁頭翻開田地中的土，沒有不曾犁翻出的地方。還有，當犁頭在扶犁人掌握著牲口的繮繩前進的時候，若是感受到犁頭在土下遇到硬物阻礙，就得馬上使牲口停止前進，扶出犁頭，看清楚土下有何物阻礙，能否克服？若是土下有大石塊，不能克服，就得扶起犁頭避過。否則，犁頭就會受損。總之，犁頭在行進時，遇見障礙，就得停止耕犁，解決了障礙，然後纔能再繼續進行。

犁地，只是這麼一點兒竅門，一學就會的。

不過，若是牲口調皮不聽話，扶犁人手上的繮繩控制不了，也會出問題的。

第一次下田學犁地，就學了這麼多的耕田知識。

至於扶犁與控制牲口的技能，應是慢慢練習來的了。

不過，下田犁地，牲口還得拉著個拖車。這拖車是不用輪子的，由木架釘裝成的一個框框，底下釘著兩條約有十度弧形的平板木條，像北極人雪橇一樣的車子。它的作用，只可以安放犁子與耙地攏草的耙，別無他用。由於犁頭是鐵刀，耙齒是鐵釘，趕著牲口上下田，都得時時握著牲口的繮繩，注意著路上的情景。若是叫驢遇見草驢發了情，一時控制不住，也會發生大危險的。

這些，都是魯永春教給兒子應去特別留心的事。

就在這天，土娃跟著父親下田趕著拖車回家，在圩子門口，遇見了松三爺。他一見到土娃就面現喜悅的神情，說：「噢！孩子回來啦！」

「三爺你在家？」魯永春這樣招乎。

土娃則靦靦覥覥的通紅著臉，不敢說話。

「我纔從韓壇集回來，」松三爺說。「正打算去找你哪！永春。」

「有事嗎？三爺！」魯永春問。

牲口仍舊拉著拖車走著，繮繩握在手中。

「我在韓壇集成了館」松三爺說：「想帶金土去。」

魯永春聽了，沒有作答。松三爺這一春，一直在各地廟會間奔波，韓壇集的書館，就是這次在韓壇集會上談起，近日纔敲定了的。一共有二十個學生，說定是管三口人的飯食，除了他老夫婦倆，另一個就是魯金土—土娃，他已向韓壇集說妥，帶去一個小夥子，一方面可以作小先生（註二十一），一方面也可以代他二老跑跑腿，一月兩塊龍洋的酬勞。松三爺認爲這樣做，對土娃來說，應是一件一舉兩得的事。

一來，每月兩塊龍洋補助家用，二來，也可以跟著他唸書。

再說，對松三爺二老，身邊有個可以跑腿的人手。他雖然知道土娃曾在蚌埠演花鼓娘的這件事，卻不知道魯家已決定要土娃下田作莊稼活了呢！

當時魯永春沒有回答，松三爺還沒有體會，只以爲魯永春在趕著牲口，沒有分神去回答他。

「你們先回去，」松三爺又說了這麼一句。「晚半晌我到你家來說說這個館。」

「晚半晌我到三爺家來。」魯永春回答

一邊趕著牲口，一邊用手照拂著拖車轉彎進入圩墻的側門，由此進圩到他家是抄近路。遂手握繮繩控制著進入圩門，就急於要奔回家的牲口，遂落下松三爺迅速的前行了。

〔附註〕

註一：我晚上回家歇，歇這個字，此處方言即住宿之意。

註二：販牲口的商人，就是由甲處買了牛馬驢騾，或豬羊等牲畜，趕運到乙地出售的商人。

註三：搭連，指上下兩節可以裝銀錢雜物的袋子，中段空的，可以搭在肩上。這種袋子，方言謂之「搭連」。鄉人常用之物。

註四：是一種用栽絨製成後三面折邊，最前一面支出一塊馬蹄型，中間是屋脊型的帽頂，樣子類火車頭，鄉人稱為「火車頭帽子」。

註五：逃荒的男孩，意指逃荒的人家，不能維持生活，賣男鬻女。

註六：青黃不接的三春，指三月間，莊稼禾苗還在青著，麥還沒有到發黃可以食用的時期。

註七：京調，當時此處鄉人對京腔大戲的一種簡稱。

註八：三傳，指左傳、穀梁、公羊三家的春秋傳記。十三經的文辭。

註九：連個館也設不起來，館，即指小型的塾屋，教書先生教少數學生讀書處。

註十：嚼穀，指吃食的糧米。可以飽腹之物。

註十一：丟人現眼，指在外做些不名譽的事，被人在背後說長道短。

註十二：坷粒，粒讀「拉」音。指田裡的土塊，非用榔頭打碎不可，乾旱後的現象。榔頭，木頭中有把，可以兩頭使用敲打的木鎚。

註十三：「醉仙」，指愛吃酒，每吃必醉的人物。

註十四：皖北一帶，春天到處有廟會，大都借廟會舉行鄉間的商業活動。鄉下人到會上去作買賣，謂之「趕會」。今天到這廟會，明天到那廟會。

註十五：把了把，用手握著，量量精細，試試鬆緊。謂之「把」。

註十六：「捉龍尾」，是一種鄉間孩子們的遊戲，由十多個孩子排成龍的樣子，有龍頭、龍爪、龍尾，一人在前面去捉排在龍尾巴的那個孩子。

註十七：割麥，一人三壠，同時向前割下捆好，放在地上。由麥田這頭割到麥田那一頭，謂之「一趟」。沒有力氣及技能，總是落在後面。謂之「跟不上趟」。

註十八：一頃地是一百畝。（當地的畝數）

註十九：到藥店抓藥，是藥店學徒學的工作，譬如醫生開的藥方，拿到藥店買藥，藥店的學徒得認識藥方認識藥。

註二十：作中醫講的就是望、聞、問、切四字，望是看病人的病狀，聞是聽病人述說病情，問是問病人沒說的病情病狀。切是號脈與判斷病情。

註二十一：苗子，指植物初生的幼苗，一看就能令人知道是個會成大樹或會結好果子的苗芽。換言之，看得出會成材。

註二十一：小先生，指塾屋中的大學生，代先生教開蒙的學生。

三十七　韓壇集書館作小先生

爲了松三爺這幾句話，魯家又作了一次家庭聚會。結論是，如果松三爺韓壇集的館能成得起來，願意帶土娃去，就答應下來。反正，土娃不是個能作莊稼活的料。

松三爺到韓壇集設館，是說定了的，契約都簽了。

當松三爺再到魯永春家說定了帶土娃去的設想，無非是想把土娃這個會唸書而又肯唸書的孩子帶出來。不向遠大上期，讓孩子多唸幾句經書，將來有機會去作傳道授業的先生，還是會有的。已有不少末科的舉人、進士，被請到大學校去作教授去啦。就是退上一步想，在鄉間設個館，也能糊口。松三爺認爲如今晚的政治局勢，還沒有穩定，日本鬼子還在東三省禍害著，牽著個廢帝宣統，在東北成立滿洲國，坐起了小皇帝（註一），這都是日本鬼子玩的把戲。我們的國民政府，已經在經濟上統一了幣制，稱之爲「法幣」（註二），只許政府准予設立的銀行，纔可以印行鈔票。商家行號，不准再私自印行紙票。若再私自印發可判徒刑，坐上幾年監牢。

「國民政府已在勵精圖治，」松三爺滿懷希望的說：「再等個三、五年，一切政事上了軌道，讀書人的飯碗，總會加多起來的。孟夫子不是說嗎：『勞心者，役人；勞力者，役於人。』這是古來的定理。天子選才，爲首的著眼點，就是讀書人。所謂：『天子重英豪，文章教爾曹，萬般皆下品，惟有讀書高。』勞力者，總是受勞心者役使的。」

說到這裡，松三爺又轉了個話頭說。

「當然嘍！天之生才也不齊。」松三爺說：「孔子的學生三千人，只有一個會讀書的顏回，聞一知十。顏回的這分聰明，孔子都自愧不如（註三）。像土娃這個孩子，雖不能說是聞一知十，却倒是一說就懂。記性又好，又專心，所以古人說的一目十行，過目不忘，這些長處他都有。如今，我有了這個可以帶著這孩子去唸書的機會，孟子說：『得天下英才而敎之一樂也（註四）。』何況，土娃又是咱們魯甸鎮上的孩子，怎麼肯把這孩子去在莊稼田裡折磨他？可惜啦不是？」遂又重複了一句剛纔說的話：「天之生才也不齊。這孩子生來就不是能幹莊稼活兒的料兒。」

松三爺這麼幾句又貼心又相知的話，說得魯奶奶淚眼濛濛。

「這些年來，可多虧了三爺你照顧這孩子，」魯奶奶從衣扣上扯出手巾擦了擦眼淚說：「可是有一樣，每月的兩塊錢可不能收。管孩子吃的住的，三爺你已夠累的了。」

「這錢不是我給，」松三爺說。「連吃住都由館方供應。這一人手，我得說明，這孩子去，還得兼管館內的清潔，還得代我敎啓蒙生（註五）認字誦文。在我，還覺得少了些呢！我知道成這個館不容易，有一半費用要靠學生家的束脩錢補貼，不敢多要。」遂又補充一句說：「就這，還夾帶著幾分面情呢！」

一切就這樣圓滿的決定，土娃準備跟松三爺去韓壇集。

李姐姐買的那一套衣裳，可以穿出去了。

李姐姐送的那一台留聲機（話匣子），土娃要求奶奶准他帶去，也同意了。數天之後，松三爺的兒子，套了一輛太平車（註六），載送二老到韓壇集去，土娃隨行。

魯甸人見到松三爺又有了館，連土娃也帶了去，有了兩種反應。第一種是：松三爺又有了館了，連他最喜歡的土娃也帶了去。看起來，還是讀書人路子寬。第二種是：松三爺這個老怪物又謀到了噉飯之所了。還不忘把這個小怪物也帶了去。這眞是屎蜣螂推糞球兒，嗅成了堆兒。有人看到土娃穿的那一身清清新新的薄棉袍子，裡面襯著白掛褲的衣領，秀秀麗麗的土娃，看去像個女孩子似的。

「怪不得花鼓班子喜歡上他。」

有人見了說出這麼一句閒話。

郝團長的事，還沒有人知道呢！

到了韓壇集，對於土娃來說，又換了一處新環境。雖說，韓壇集是土娃到過的地方，那次，他挎著一個饅頭巴斗（註七）在韓壇集廟會上，羞羞答答的叫賣饅頭，這次到韓集却不同了。說來，雖還是個學生，却還兼作「小先生」（註八）。縱然，還兼作校工這個職司，但對外，總是「小先生」這頭銜易被人知。

韓壇集已經有個完全小學，因爲韓壇集過去曾是水陸碼頭，有個可以行從洪河到了韓壇集，滙漩成的一個「娘娘溝」，可以灣船幾十艘的碼頭。所以韓壇集的人口，一向比魯甸鎭多。這話自是指近代百把兩百年的情景說的。若是隋堤還是隋煬運河的時代，魯甸鎭的繁華，可能不是韓壇集可以比擬的了。不過，幾十年來，韓壇集也蕭條了，原因就是「娘娘溝」已經淤塞，洪河也小了，當年的行船光景，已不再見。到了發大水，「娘娘溝，方能水滿起來，却也沒有了它當年的桅林帆墻。早就不通船了。

總之，韓壇集的商業繁華譜兒，還在韓壇集的大街小巷中殘留著。三進五進院子的人家，還多得是呢！

使土娃最感興奮的事，是集上有郵政代辦所。於是土娃寫了一封信寄給蚌埠李姐。

韓壇集鄉立高等中心小學，就設在娘娘溝的北崗子上。就著韓公祠建立的三間門面兩進頭各有東西兩廂的四合院。一開辦的時候，有七八十人，四個班級，初等三班，高等一班，數年以來，也是由由於鄉下人反對「貓狗教育」（註九），當然，也爲了時局不安，教學的先生年年換。因而有些人家不願送孩子入學堂。松三爺之所以到韓壇集來，再成個書館，起因在此。

書館設在韓大夫家三進頭院的第一進。韓大夫是世襲儒醫，住到縣城藥舖中去了。在韓壇集祇有一爿老字號「韓林齋藥店」，長子韓煜明繼承衣鉢，纔三十五歲，在鄉間作駐店大夫。住在後兩進，另走偏門。夫妻兩帶兩個男孩，大男孩八歲，二男孩六歲。前一進橫排三間作教室，西廂廂房，就交給松三爺老夫婦倆及土娃三人居住。

學生有十八人，其中五名還在小學讀書，夜間再到這書館來，加讀四書五經。年齡也有過了十八歲的三個，從前上過學，仍想晚間繼續唸書。有十名是不願上小學，願意唸私塾的學生，這幾個都在白天上學。八個六歲，二個八歲，這八歲的兩個已在小學上過一年學。

那麼，這十個白天上學的孩子，拜了師開蒙之後，教學生像唱歌似的誦讀，便是土娃這位小先生的教學任務。

帝制革除了。科舉廢了。民國建立已過了廿年。贊成讀私塾的人家，也祇是反對洋學堂的「大狗叫小狗跳」的教材。他們已瞭解到科舉的制度，可能以後不會有了。他們知道，在光緒朝就改了學堂，不要私家塾屋。所以，松三爺在韓壇集成立的書館，教學的方式，也不是再像過去，教「三字經」、「百家姓」啓蒙，改用學堂一開始頒訂的課本，教認「人、手、足、刀、尺；山、水、田、狗、牛、羊；大山、小石；夾衣、棉衣；」再以接近語體的詩、詞、曲以及兒歌，來教授小學生。大些的孩子，就教授「論語」、「孟子」等等。這一部分，是老先生松三爺講授的課。講授的方式，還是先以歌唱的吟誦，背得諳熟之後，再開講。

這些教學的方式，土娃都學過了。所以要土娃來作小先生代老師教剛上學的學生認字啓蒙，眞可說是駕輕就熟。而且，聰明過人的土娃，不但會照著他學來的教法講授，還會發明了一些啓發學生的比方，引導學生進入字義的內涵，點燃了學生的求知興趣。

譬如說，土娃教學生認識「人」這個字，先把「人」字寫在黑板上。要學生照樣寫在手中的「石板」上。

「我們是不是人？」

這樣發問，要學生回答。

「是，我們是人。」

學生們這樣回答。

於是土娃告訴學生：「這個人字，就是我們『人類』的人字。」

「我們人，有兩隻手兩隻脚，是不是？」

說著，伸出兩手張著，兩雙脚踏著。

於是學生們也放下手上的石板，伸出兩手，也兩脚在桌子下踏著。回答說：「是」。

土娃在黑板上又寫上了「手」、「足」二字。

轉過身來，用藤條指著「手」字說：「這個字就是我們的手」伸出手來張開五指的「手字」。再轉身在黑板上寫個「足」字。轉過身再用藤條指著「足」字說：「這個字唸足，ㄓㄨ・足，就是我們的脚。在文言文中，稱足，平常說話，叫脚。」跟著便一字一字教學生唸了三遍。然後，又指示學生，「來，拿起石板（註十）來，跟著我一筆一畫寫這三個字。」

土娃在黑板上，按筆循一筆筆的寫。學生也一筆筆的跟著寫。再走到每一個學生桌前，拿起筆來，一一代爲改正，寫得過於離譜的筆畫，就把起學生的手來，重寫一遍。

遂又走上講台，再向學生發問。

「馬牛羊還有貓和狗，有沒有兩隻手？」

學生答說沒有。再問有沒有兩隻脚？

有的答「有」。有的答「沒有。」

再問究竟「有沒有兩隻脚？」

有的學生這纔答說：「有四隻脚，比人多兩隻。」

突然有個學生說：「猴子也有兩隻手兩隻脚。」

「不錯，猴子也有兩隻手，使用起來，跟我們人一樣。」土娃答說。「可是猴子不會說話，也不會認字，牠們只是吃、喝、拉、撒、睡。所以他們不是人！人是萬物之靈，人是會想、會說、會寫，會作許許多多事的動物。」

再教到「刀」與「尺」的時候，就拿出了刀子、尺子，作爲實物，來教學生，說：「刀，就是這一類，無論大刀、小刀，長刀短刀，切菜刀，砍肉刀，都叫刀。尺，是量東西長短的，尺上有分有寸，十分一寸，十寸一尺。」遂指著刻在尺子上的長短線說：「這尺子上刻著的長線短線，就是一分一分，五隔一長線，是半寸，十隔再有一根更長些的線，是一寸。這根尺子。是一尺長，其中有十隔，就是十寸長的一尺。」說著再把「刀」、「尺」二字，按筆循先後，一筆一畫的寫在黑板上，要學生跟著寫。

第一天的課，土娃這位小先生，就是這樣教的。

再教學生一到十數字時，就採用了古人那首嵌十數的五言詩，教學生歌唱出來。

一去二三里，　煙村四五家，

樓台六七座，　八九十枝花。

同時，也採用早些年的小學課本，搭配在一起教。

一小村　五六家

屋後有樹　門前有花

田事畢　農人歸

三三兩兩　笑笑嬉嬉

姊呼妹　同遊戲
拍皮球　踢毽子　滾鐵環
歡天喜地
大門外　鑼鼓聲喧　掀天動地
父母兄弟姊妹　一家人
同出門　看猴戲

再呢，當時社會，鴉片的禍害最大。大戶人家，幾乎是家家客廳，都備有吃鴉片煙的床位—「煙榻」，以及食用鴉片的工具—煙槍、煙燈，以及煙籤子、煙盤子等等。以備客人到來，必須應酬的鴉片煙。

客人來了，不是捧茶待酒，而是躺上「煙榻」先抽上幾口，再坐在廳上待茶聊天。是以當時報上，不時寫有鴉片煙爲害的歌謠。松三爺與土娃看到了，也抄來作爲兒歌，教授小學生子，當作課本唱。

大煙斗　圓又圓
能量房子也能量田

吸人血　耗人錢
家人縱有萬貫財
不要幾年就量完

敗了家　現了眼
心裡後悔　想改難

肚裡没有飯　身上衣破爛
爹娘他不敢見　老婆也另嫁漢
親友翻白眼　人見人討厭
冷冷清清死路邊（註十一）

還有唐詩「慈母手中線，遊子身上衣，臨行密密縫，惟恐遲遲歸」，以及宋詞的辭簡義明者，如「去年元夜時，花市燈如晝；月到柳梢頭，人約黃昏後。」再如「西塞山前白鷺飛，桃花流水鱖魚肥。青箬笠，綠簑衣，斜風細雨不須歸。」還有元人散曲的「彤雲布，瑞雪飄，愛垂釣的老翁堪笑。子猷凍將回去了，寒江怎生獨釣。」都是土娃這位小先生依據松三爺的指示。選來作爲教材，教導學生歌誦熟了，再一一背誦，書寫，一字字一句句講解的課程。

每天放學時，大家還要唱這首歌：

晚鴉噪，夕陽紅。
諸同學，離校中。
離校後，各西東；
今天暫告別，
明日再相逢。
來來來，鞠躬！鞠躬！
明日按時到學，再相逢！

松三爺的課，講的是四書、三傳。由於松三爺講課，無論講四書或三傳，都不是照本宣科（註十二），就是講論語或孟子，也能設比出歷史上的故事，以及人生現實生活的比方，使那些本就讀來枯燥的文句，也都能字字句句生動起來。因而夜間的學生，在上課一個月之後，就增多了起來。再加上土娃帶來的那台話匣子，不時在夜間或雨天的農工休閒時日，放播給韓壇集的人來聽。有時，土娃還歌上一段，松三爺也不時彈奏古琴，當衆謳歌。

正由於這些原因，松三爺與土娃師徒二人，到了韓壇集不到兩個月，老先生與小先生的大名，便傳播開來。於是，設在韓大夫家的這個書館，遂也成了韓壇集的不少人有興在農閒時，步入書館聽書的處所。到了端節前，麥季子到來，書館必須放假了，這時的書館已有人滿之患。

可是，到了土娃放假回家，都沒有收到蚌埠李姐的回信。也不敢再寫了。

麥季子過了。秫秫也砍了。豆子芝蔴也收了（註十三）。農忙已過，中秋行將到來，書館就要開學了。韓壇集已與松三爺商量，秋後的書館課業，依照前幾年魯甸集的民衆識字班辦法，成立民衆識字班，每逢十、五兩日晚間上課，一月六次。其他正式上學讀書的學生，仍照往常一樣。白天的還是讀白天的，晚間的還是讀晚間的。不過，學生可是增多了起來。

秋季的書館，由於農閒的日子多，韓大夫家的第一進院子，雖已調整過了。但一到逢十逢五，還是擁擠不下。遂不得不把這個識字班，移到韓壇集西頭的韓公祠去。

韓公祠就在韓壇集鄉立中心小學旁邊。

當然，這一學期的松三爺書館，在韓壇集的聲望，更加提高，連韓壇集小學的教學先生，都到松三爺講授歷史故事的識字班去聽課。這麼一來，風聲傳到了教育當局。

「這還得了。禁止設立的私塾，又復活了。還有取代小學之勢。」

於是，在十一月十幾吧？年集正要開始擺設年貨時日，縣府的兩位視學先生，到了韓壇集。先到小學視察了一遍，遂會同了校董之一，鄉團的團總韓鳳翎到了韓大夫家，見到了松三爺。這天，正巧有個串學的（註十四）來，挑了一擔書籍及學生用具，圍了一大堆學生在選購著各類物品。

兩位視學的沒有說什麼？見了松三爺只是問詢了教學的情形，以及學生學習的興趣。還有民衆識字班的教學情形。

這些，松三爺都一五一十的照實作答。

當這兩位視學的走後，不到一月光景，在祭灶（註十五）的前夕，縣政府教育局的一紙公文，專人送到了。說是韓壇集擅自設立私塾，違悖教育法令，著於文到之日停止授課，結束一切該塾教學事務。至於民衆識字班，目的乃爲文盲而設，不得改變教育形式，作爲說書人場地。最後一條是：「若有違抗，依法執行。」

就這樣，韓壇集的書館不能存在了。

松三爺祇有偕同土娃回家。

〔附註〕

註一：日本人擁立宣統在東北重登帝位，是民國廿一年三月間事。

註二：法幣，是國民政府在民國廿二年間統一幣制改訂的貨幣辦法。除由中央、中國、交通、農民幾家中央設置的銀行及各省設置的銀行，可以發行紙幣，其他一律禁止。銀元則可以通行。銀本位。

註三：語見《論語》「公冶長」：子謂子貢曰：『汝與回也孰愈？』對曰：『賜也何敢望回！回也聞一以知十，賜也聞一以知二。』子曰：『弗如也！吾與汝弗如也。』

註四：語見《孟子》「盡心篇」上。

註五：啓蒙生，指兒童初入學認字，謂之「開蒙」或「啓蒙」。

註六：太平車，是北方民間用來裝載收穫莊稼用的一種四輪車。木製，平底，兩旁有木架、車把。也可以載人代步。由牲口拉著行走。

註七：巴斗，是一種用柳條編製的有把的斗形用具。

註八：小先生，在書院（塾屋）時代，由在學大學生代老師教初入學的啓蒙生，尊稱之爲「小先生」。

註九：指民國二十年前後的國語課本，課文有「大狗叫小狗跳」等文。反對新制教育者，譏之爲「貓狗教育」。

註十：石板，是當時學生學校練習寫字作文的工具，木框嵌成的石板。有石筆，可以在石板上寫字，可以擦去重寫。

註十一：這一首民歌，是當時流行於民間的勸莫染上鴉片歌。流行的還不止這一首。還有一首是：「大煙槍，不好帶，索性吃白麵。今五毛，明一塊。這也賣，那也賣，煙癮上來無可奈！賣光當盡等死來。」

註十二：照本宣科，意爲照課本文詞唸，像宣示法令文句似的。諷喻不會教書的先生。

註十三：秫秫即高粱，七月收割。黃豆、綠豆、芝蔴都在八月收穫。這些，都叫秋莊稼。

註十四：串學的，是書院時代的一種專業人員。他經常串遊於各書院塾屋之間，除了售賣應用文具及參考書籍。也代各書院傳遞書籍的交換。

註十五：祭灶的日子，通常是臘月廿三、四兩天。有的人家廿三，有的人家在廿四日。

三十八　莊稼活兒不用學

韓壇集的書館，祇有奉令停辦。

不過，松三爺仍被韓大夫留下來了，作爲他家兩個小孫子的家塾先生。白天上小學，晚唸四書。還有，識字班的識字教育，得依據民衆教育館的教學辦法施教，但留下來的松三爺，仍舊另訂日子講授歷史故事，以及小說長篇和短篇。譬如長篇《水滸傳》、《三國演義》、《鏡花緣》，短篇《李娃傳》、《鶯鶯傳》以及說鬼道狐的《聊齊志異》，都是松三爺留在韓壇集說古的題材。束脩，都是韓壇集聽講的人湊的。

可是，土娃却得回家了，已沒有留下他的條件。

當這事發生時，好哭的土娃，流下了淚來。

松三爺最難過了，却也莫可如何？這裡又重新作了安排之後，他送土娃返家。雖然松三爺安慰土娃及其家人說：「這事過個一年半載，也許還會恢復。到那時，土娃再去。」

可是，這時的土娃已有了「還是在家作莊稼活兒」的意念，年年寫春聯，大門上的横聯總是寫「耕讀人家」這四個字。如今他已想到這四個字早已註定了他的命運。

「莊稼活兒不用學，人家怎（ㄗㄚˇ）著咱怎著。」土娃聽熟了這句話。也認爲莊稼活兒，比其他行業好學多了。

所以，土娃在這次回家之後，就換下了長袍，穿上了短襖套褲，第二天還沒有天亮，就起身挎起糞箕子，拎著糞扒子，在滿地都是濃霜薄冰的酷寒天氣裡，重新作他作過的拾糞工作。這舉動，也就等於向他爹表白，從今往後，安心在家作莊稼活了。

由於今年沒有麥季子，秋莊稼收成不錯，麥子種下去之後，留下的曬乏地（註一），在十一月間，就已冬耕完事，翻出的土塊，經過一冬雪雨的滋潤，到了春天還要春耕一次。所以，每天早上，魯永春帶著土娃去拾糞，也就借此機會在漫野的濃霜薄雪中，一塊田又一塊田的巡視。一邊巡視一邊告知兒子，在開春之後，再春耕一次，耙出田裡不能腐爛作肥料的草，以及妨礙禾苗生長的磚頭石頭，一一檢出田去，就要撒種秋莊稼秫秫與穀黍（註二）還有芝蔴、棉花，以及西瓜等。都需要曬乏地來種植。

某一塊地需要種什麼？某一塊地的耐旱耐潦情形，以及吸收肥料的情形等，也都把多年的經驗，一一告訴兒子。

魯永春知道，土娃已下定決心要在家幹莊稼活了。

土娃的毛筆字，寫得更有樣了。今年大門上的紅紙春聯，雖還是那兩句：「耕稼傳家遠　詩書繼世長」橫聯還是「耕讀人家」四字，看去，今年寫的柳體（註三）正楷，比往年更有氣魄似的。再加上今年的土娃，在韓壇集作小先生，賺回十塊龍洋。所以今年，魯永春家的這個年，過得非常興盛。

從蚌埠帶來的那台話匣子，也在新年裡播放梅蘭芳的「玉堂春」還有「霸王別姬」等唱片。雖說鄉下人並不懂得，可是那金鉦絲管的悠揚音樂，伴奏出的梅蘭芳那甜美嗓音唱出的歌聲，人人還是聽來受到美感的。

因而，在整個大正月裡，土娃不時應親鄰要求，放在大門口播放，總是不少人，聚集在魯家大門前，聆聽梅蘭芳的歌唱。

歡樂的正月，眨巴眼之間就過去了。

「二月二龍抬頭　收了玩心理田疇」

通常，農節的歡樂，到正月十五日鬧過元宵之後，就要人人收心停止，大家就得全心全意的料理農事。不可再沈淫在春節的玩樂中了。到了二月初二這一天，農家認爲這一天是龍抬頭的日子。所謂「龍抬頭」，也就是說一入二月，霜雪就沒有了，地上的冰雪已融化，灰色的泥土，已露出青色點點，麥苗已二三寸高。春耕總在二月開始，所以在二月初二日這一天的一大早，家家戶戶的大門口，都用石灰灑成五行方位式的圖案，有什麼意義，可能他們自己也說不清楚。業已發酵完畢，翻碎成粉末的糞堆上（註四），用枯樹枝，在枝尖上掛著棉花球兒，或者是苧蔴楷的楷心白瓤（註五），掐成一小截一小截的塊塊，按在枯枝上。看去，到處糞堆上都是一株株的白色花樹。說是象徵今年風調雨順，棉花豐收，霜雪滿枝，預兆今年是一個豐年。

如果這二月初二是個晌晴天，總是家家戶戶套車下湖耕作。出發的時候，還要焚香、放炮，一大束一大束紮著紅紙箍箍的香把子（註六），香氣四溢的青煙繚繞著，插在一家家大門外，打麥場邊的糞堆上。若不巧遇上雨天，那就沒有這種情況。然而，農家就會另檢一個好天氣的日子舉行。不過，二月初二日這天，糞堆上的白色花樹，總會有的。

今年的二月二，是個晌晴天，土娃穿著短襖，夾褲腿捲到膝蓋，赤脚穿一雙舊了的砂鞋（註七），還用布繩子攔脚腰綑起，繫緊在脚脖子上。跟著父親套上牲口（一頭牛一頭驢子），拉著拖車，下湖春耕。

儘管莊稼人有「莊稼活兒不用學，人家怎（ㄗㄚˇ）著咱怎著」這麼一句口語，事實上還是離不開這個「學」字，「人家怎著咱怎著」，說起來還是看著人家的樣兒學。與上學唸書不同之處，只是不要課本而已。大人帶著孩子下田耕作，還是得一句句說出工作時的訣竅出來。

魯永春帶著土娃，趕著兩個牲口拉著的拖車，到了田頭，把拖車停放在田頭的左方，從拖車上取下犁子，再把拖車上兩個牲口的套繩鐵鈎（註八），改掛在犁子的拖鈎上，扯起繮繩，把兩個牲口控制到田頭下犁的地方。

下犁的地方，正是這塊田的正中央。

「犁地的訣竅，沒有什麼，」魯永春告訴土娃說。「下犁時第一條犁線，要放得準。要不然，到後來會變成左半邊犁完了，右半還有兩三犁子的犁線沒犁完，那就得重起一次犁線。多不好啊！」

第一條犁線的正確與否？全靠莊稼漢的經驗，只要用眼一看田的寬度，用不著畫線，連用步子量出個中間線位，然後再犁也用不著，用眼一估譜兒，就能認定下犁的第一條下犁的犁線。往往準得連再加一犁來補，都用不著。

犁田是一犁一犁的來回下犁，犁田的工作是用犁子犁翻地上的泥土，使已經在雨水中淤實了的泥土，重新翻鬆起來。冬耕與春耕的作用，除了使田地淤實了的泥土，翻鬆起來。還有一個最大的作用，就是使那些隱藏泥土中冬眠的田禾害蟲，被翻騰了出來，讓冬天裡的冰雪凍死它，可以減少莊稼禾苗的病蟲害，春天再加上一次春耕，也只是爲了加強這兩大作用。當然，更是爲了翻鬆了田裡的泥土，以便播種。

「爲了第一條犂線放得準，先用步子量量也可以。」

這時，魯永春已把牲口控制到下犂的線上。

「實際上，用眼一估摸就量得出來，正當間嗎！」

說著，便下犂趕起牲口前進。左手握住繮繩，右手扶犂。

犂頭下地，泥土便鬆鬆塊塊的在犂子上翻捲出來。

「要掌穩繮繩，兩眼看準了地那頭的當中間，控制著牲口的蹄步，不要偏了，斜了。」

牲口的蹄步聲，蹼蹼踏踏，犂子入地翻土聲音，嗦嗦砂砂。有時犂到土中的磚頭石子，偶爾會發出咯崩地一個響聲。有時，會嘘叱牲口停下蹄步，當然也得用手中的繮繩控制。當牲口尚未停止蹄步，扶犂的手已把犂子從土中拎提起來。順手在腰間，拔出一個鐵扒子，扒扒被犂的土，挖出那塊石頭。挖出之後，就叫土娃搬去扔到田邊。

「這一次又加深了一寸，」魯永春說。「春耕要比冬耕深一些。古語說的『深耕易耨』，就是這個道理。」

犂到田的那一頭，再將牲口控制回頭，在第一條犂線左邊，再下犂耕第二條犂線。這一條犂線，幾乎是在同一條犂線上的地位下犂的。土娃一邊跟著一邊看。還不時有在土下冬眠的青蛙、蜘蛛，以及蚯蚓、螞蟻等，被犂頭翻騰出來。

「這回頭的第二條犂線，必須在同一條線上。」魯永春教兒子說。「要不然，會留下沒有犂到的土地。就不易耨了（註九）。」

下犁翻出的土，都是由左向右翻落，回過頭來，也是如此。來來回回，犁子翻出的土，都是由左向右翻。這樣的一來一回，便是一左一右的相對著，都把犁出的泥土，翻鬆向內。一塊耕地犁完，也就不會有不曾犁到的地土。

犁了兩個來回之後，土娃便接過了牲口的繮繩與耕犁，果然是「莊稼活兒不用學，人家怎著咱怎著」，一看就會，一說就知，比唸書容易多了。

一個半天，這一小塊曬乏地的春耕第一層次，即告結束。下一層次，就是耙地這一項工作。

耙地的工作，最少要曬上兩三天太陽之後，使犁翻出來的蟲類，讓鳥兒們啄食幾天，再來下耙。所以，凡是新犁耕的土地，總會飛來不少各類的大小鳥兒，落在泥土上彳彳亍亍的在尋找著啄食。

曬乏地要播種的都是秋莊稼，到三月間纔播種呢。

魯永春家祇有兩塊曬乏地，另一塊較比低窪，濕度大，還不適於犁耕。爲了教土娃學耙地，遂趁著天好。過了兩天，就又帶著土娃去套上拖車下湖，要將這塊田也耙了出來。若是雨水勻，下月播種時，就不用再下犁耕，也可以下樂子（註十）。另一塊低窪的田，得在犁耕之後，就得下耙。

耙地，是莊家活兒較比有危險的一件工作。因爲耙上釘滿了半尺長的鐵齒，耙是梯型的，平橫在地上。釘似的鐵齒釘在梯型耙橫的下方。耙地的時候，由牲口套鈎在耙橫的兩個鼻鈎上，耙的前後橫，都左右在橫杆上繫著可以用來操縱耙的繩子，掌握在站在耙上工作的農人。

站在耙上工作的農人，是橫著身子站在耙上的，通常都是左脚踩著耙的前橫，右脚踩著耙的後橫。兩隻脚都是打橫踩在耙橫上的。耙是整體橫著，耙齒朝下插入田土中，耙地的工作農人，之所以要打橫站在耙橫上，作用除了要以體重壓在耙上，使耙齒全部揷入泥土，另一作用，站在耙上的人，還得在耙上控制著拉耙的牲口前進或停止，還得操縱著耙的耕作情況。在行進時，遇見耙下有堅硬東西，或耙齒上耙出的雜物太多了，都得控制牲口馬上停止前進，走下耙來，翻倒出耙齒清除乾淨，或清除耙下的硬物，然後再繼續趕著牲口耙下去。若是在工作中不留心，稍一大意，往往會把站在耙上的人，震顛下來。若是來不及控制牲口停止，還讓拉著耙的牲口前進，就會發生危險。

這天，土娃第一次學耙地。起先，父親站在耙上，土娃跟在耙後，一邊跟著一邊聽他爹教他，如何提起耙的前後槓，只是把兩脚的重心，一前一後的分開，前脚側重，後脚稍提，再一拉後槓上的繫繩，耙的後槓齒就會提出泥土。若是前槓齒下有阻礙，就用相反的方法，提起前耙齒。要是齒下有堅硬的磚石等等，就得馬上勒住牲口，走下耙來，移過耙去，檢查耙下是什麼硬東西？清除了之後，再繼續工作。

這些事，土娃都聽在耳內，記在心裡。

耙了一趟之後，魯永春就把牲口的繮繩交給了土娃，讓他試著踩上耙去，他跟在後邊照顧著。不想這趟尚未耙到頭，耙子突然一跳，土娃竟然摔了下來。牲口還在拉著耙前走，土娃的一隻左脚，纏在繫耙的繩子上，人繫在耙上向前拖拉著。

魯永春見此情形，哎呀一聲，便急忙飛步向前，先把兩個牲口止住，再趕忙把牲口套繩上的掛鈎，從耙上取下來。他看到兒子已經從地上坐起來了。這纔趕快丟下牲口，跑去扶持兒子。

土娃雖已下意識的坐了起來，右脚却還纏在繫耙槓的繩子上。心還在驚駭的怔忡情致中，誠得一句話也說不出來。

魯永春跑過來，看到孩子的脚脖子還掛在繫耙槓的繩子上，一邊解，一邊竟在責備兒子：「你怎麼會掉下耙來呀?不當心!」

土娃這纔想到他是怎樣摔下耙來的?

耙正耙著,突然一跳,他站不住了。好在是後脚掉在耙後,前脚掉在耙前槓的後邊,當他側身摔倒在地上時,左脚正好被他握在右手上的繫耙繩子攣纏住了。於是,左脚被繩子攣纏住,隨著牲口前行拉走著的耙,把他拖了好幾尺遠。左小腿,有些損傷,但只是破了表皮,出了血,並未傷到骨胳。

魯永春扶起了兒子,看到小腿在流血,也沒再說什麼,遂趕快解下腰間的布巾,撕裂了扯下來一條,匆匆把破損的傷處包纏上。再撕裂下一小條作綳帶紮上。

遂又攙扶著兒子,一拐一拐的走幾步。

「痛不痛?」

「有一點。」

魯永春推想沒有傷到筋骨,無大礙的。

不能再工作了,遂再整理好牲口,拖起了耙,裝上拖車,下工回家。土娃,坐在拖車的耙槓上。回到家之後,土娃下了拖車,左脚已不能落地了。小腿已經紅腫起來。非請醫生不可了。

家人見到這種情形,最心疼的是魯奶奶,一把鼻涕一把眼淚的責怪兒子,不該讓一個瘦弱到還不上一百斤的人,去學耙地,那裡能壓得住耙啊!要是孩子的腿骨斷了,成了跛子,給孩子弄成一輩子的缺陷。

魯永春還有啥子話可以安慰老娘呢!

還好,醫生來看了。說是沒有傷到骨頭。因爲土娃從耙上摔下來,正好左脚掉下時,被行進中的後耙橫絆了一下，挫傷了小腿肚子。用消腫的藥物包紮起來，過些日子就會消腫的。不礙大事。

一家人這纔放了心。

魯永春到田裡去查看了一下，發現生事的禍根，是一根旋絲頭木根（註十一），耙齒掛上了它，卡在耙齒上，耙到前面，又遇上了一個圓都都的石頭，卡住一根旋絲頭的木根，被那個圓都都的石頭一頂，耙便跳了起來。不到一百斤重的瘦弱土娃，壓不住耙了。他又沒有站在耙上耙地的經驗，當耙齒卡住一根旋絲頭木根，土娃要是有經驗，就應該在兩隻踩在耙橫上的脚，感受到了。這時，就應該止住牲口前進，提起耙來，把耙齒上的障礙清除，再繼續工作，就不會發生這種事了。可是土娃無此經驗。往往，一個碗大的石頭，是擋不住耙齒會把耙耙到土外去的。正因爲耙齒上卡了一根旋絲頭木根，方始惹得耙齒子跳了起來。

再說，若是有經驗的耙地農人，縱然耙子跳了起來，也不致於會摔下耙來的。除了產生手中的繮繩控制不了牲口的情況（註十二）。可是，若是遇到這種事情，會出人命的呢！

自從這事發生，魯家人改變了主意。連魯永春都算上，已不打算讓土娃在家做莊稼活了。雖已十五六啦，個頭兒也差不多有五尺多高。看去，臉龐也圓圓的，胖乎乎的。但若是脫了衣裳，不但胳臂腿兒都蔴楷杆子似的，胸脯子也是平平的，肋骨都一根根的淸晳可數。

松三爺早已說了，「天之生才也不齊」。土娃生來就不是一個作莊稼人的材料。

再到城裡崇德中學去繼續學業吧？換來的這位牧師還在，不肯再減免土娃的學雜費。賺來的這十來塊大洋，經過這次的傷，花去了兩塊多醫藥費，下餘的就是家裡不用，也不夠讀到畢業。何況，還有高中，還有大學呢？怎是土娃的家境可以支應的。入城唸洋學堂，更是不可能的了。

正巧這時，一位在縣城西關糧食行工作的張家表叔回家。雖不同宗，住却近鄰。知道了土娃耙地在耙上摔了下來，差點兒把腿弄斷啦。本著親鄰的情誼，前來探視。

這位張表叔在市城工作，一年回不了幾次家。妻小也都住在縣城工作處所。有時過年也不回來。對於土娃這孩子，只知道他會唸書，長得很秀氣，被花鼓班子拐了去演花鼓戲，差點子惹出了紕漏。這些印象自都是從鄉鄰的口中傳說得來的。他見到了土娃，看到這孩子的書生氣質，及其秀慧可人的眉目，還有那彬彬有禮的行止，忍不住使這位張叔叔想到華英煙行的陳老闆，曾說起要找個幫手，必須能寫會算。因爲他作的是洋煙生意，要經常來往上海，家中只是夫婦二人，兩個孩子都未成人。女孩十四，男孩十歲，都在上學。女孩高等小學一年級，男孩初等小學三年級。陳老闆識字不多，老闆娘不認識字。所以張表叔見到土娃，遂想到了華英煙行陳老闆說過的這句話。這話，並不是曾向這位張叔叔說，希望這位張叔叔代他物色個人物，只是聽到過陳老闆說過找幫手這句話。

洋煙是新興的商業。這位陳老闆賺了錢，就購買糧米囤積起來，到開春時拋出。去年春天，就飽飽的賺進了一筆。他們的關係，就建立在這上面的。却老長日子沒見了，不知他需要的人找到沒有？但這位張表叔見到土娃這孩子，可眞不像個做莊稼活的料子，遂留下了一句話：「我到縣城給這孩子找個店，做學徒去吧。」

魯永春一家人聽了，自然萬分感謝！

一家人便把土娃未來的出路，寄託在這位張表叔身上。隨便什麼店，三十六行，行行出狀元。反正這孩子不是做莊稼人的料兒，尋個安身之所，由他自己混去吧！

魯家人個個都放在這一個想法上。

〔附註〕

註一：曬乏地，是秋莊稼收割之後，不種麥子，留下來冬耕之後作爲明春種秋莊稼。如秫秫（高粱）、芝蔴、棉花等。

註二：穀黍，是小粒的黃米，鄉人稱之爲「穀」、「黍」，也叫「小米」。

註三：柳體，就是唐人柳公權的字體，通常以柳氏《玄秘塔》碑爲本。

註四：北方的土地，使用乾肥，是以厠所都是拉灑在平地上，便後以土掩蓋。清除倒在糞坑中，滿了，從糞坑掏出堆放在露天，一邊曝曬一邊由它發酵。再一翻又一翻的用鐵爬鐵鍬倒過這一邊，再倒到另一邊。名爲「倒糞」。至糞成粉末，方始用大車（牛車）拉到田中，一堆堆散間，再一掀掀鏟起，撒散在田地間。

註五：苧蔴是一種竿型的草本植物，它的竿外有一層皮，放在汚泥中漚爛剝下，可以用來搓繩，編製物器，及綑綁等用。剝了皮的內層竿子，便只是一根用手指甲就可以一節節一塊塊掐下的白瓤，一如今日的白色壓克龍。

註六：香把子，北方的祭祀用香，也是成把成把的，用紅紙綑束起來。年成好，總是成把成把的燃燒起來，插在糞堆上。

註七：砂鞋，是這一帶農家作莊稼活的人，大家慣穿的一種鞋子。幫、底都縫製的紮實，不容易損壞。「砂」讀如「ㄙㄚ」。

註八：套繩鐵鈎，是兩頭牲口套繩上的鈎子，拉車，掛在車的鐵鼻上，拉犁，掛在犁子的鐵鼻上，拉耙，掛在耙子的鐵鼻上。

註九：耨，音ㄎㄡˇ，除草的意思。

註十：樂子，是這一帶用來播種的一種農器。上有一個斗型的斗子，裝種子。斗下有三條腿，腿下有脚，穿著鐵鞋。腿是空的，斗底有三個小洞，用來流下種子，順著空隙打從腿的空隙中，流洩到脚底。播種時，由一頭牲口拖拉著樂子，樂子的三隻穿上鐵鞋的脚，深入土下，播種的農人，雙手扶著樂子的斗後橫槓，左右搖動。斗孔上有兩隻小鈴，釘釘鐺鐺的響著，由鈴鐺調節種子播種的均勻量。

註十一：旋絲木頭根，是一種長的不規則的木頭，最爲頑固，斧頭也劈不了。

註十二：韁繩控制不了牲口的情況，往往發生在叫驢見到槽驢（雌性）發情，會不聽韁繩指揮。不過，耙地時，農人早就注意到，不用這種牲口。

三十九　華英煙行的學徒生活

張表叔回城三天，就捎信來，說華英煙店願意收土娃這個徒弟。土娃的腿傷，已經消了腫，浮皮破處，也結了疤。只是膝蓋及大腿骨，還有幾分酸痛，行路略有點跛。醫生說，再過個十天八天，就會恢復正常。

這次到城裡去，在一家洋煙店作學徒。比三年前去上學，長高了一個頭。漸漸成大人了。從蚌埠回來，穿的那套白色褂褲，還有藍細布棉袍子，都顯得短了。何況，天氣逐漸轉熱，棉袍子也穿不了幾天。得給土娃添製兩套衣裳纔是。

他們見到過商店的學徒，藥舖的小學徒，比土娃小，冬天，穿的是短襖子，夏天，上身穿的是汗搨子（註一），經常看到他們在店門口，坐在小板凳上，双腿岔開，用切刀切藥。據說，還要下田去採藥。雜貨店的小學徒，更是像個聽差似的，站在店裡，不但兩眼不休歇的釘著出出進進，來監視各樣貨物的客人，還得支起耳朵在聽掌櫃的與夥計（註二）的吆喝，依照吩咐跑前跑後，聽差了，做錯了，還得忍住性子挨罵。有時，老闆的巴掌與手技，也會打落在身上。祇有綢布莊中的學徒，總是穿著整齊，講究排場（註三），更講究待人接物上的禮貌。送茶、遞煙，點火，都得看眼色有分寸。但卻沒見到過這洋煙店的學徒，講究些什麼？

洋煙的買賣有了店鋪，還是北伐過後這幾年，纔興起的一種商業。據說生意很好，有零售也有批發。但華英煙行則是新開張還不到半年的一個店鋪。原來，這位姓陳的店掌櫃，是位跑火車（註四）的行商。去年囤糧發了一筆小財，方始開了這家店鋪。這位陳掌櫃在名義上，同意了介紹人張表叔的說詞，「收個學徒」，事實上，也祇爲了店裡多個看店兼跑腿的幫手。土娃這個孩子又是一個讀過幾年書，又能寫、又會算的孩子，對陳掌櫃來說，眞是一舉而數得。至於土娃到來，教土娃這個學徒，應該學些什麼？老實說，陳掌櫃根本沒有想到這些。

此一學徒上的問題，在雙方面的概念上，有著一些差距。

魯永春一家人，愼重其事的爲土娃準備行裝。一家人都有著習慣性的傳統認知，作學徒的，工匠技藝是七年滿師，至於商店，除了藥舖子學抓藥是五年或七年，其他雜貨舖或綢布莊，都是三年出師。

「這煙舖子也是三年吧？」魯家一家人這麼推想。

在陳掌櫃這一邊，什麼問題都沒有想，他只想到店裡多了這麼一個十五六歲的男孩子，來後能幫他作那些應做的事。洋煙牌子就那些種類，各牌各包裝，一看就知，用不了一天就能全部認知。價錢的等級門類，也是容易記得的。

其實是，有什麼可教的。

儘管如此，土娃到了店裡，張表叔還是吩咐土娃双膝跪下，向陳掌櫃作了拜師禮。連師母也是双膝下跪，磕了三個頭。

店鋪不大，兩間門面，也不算小。

店舖在大街上，只不過在商業清淡的這一頭。店後有個小院，靠院右西方有兩間小房，一間堆滿了雜物，一間是廚房，有爐灶。老闆一家人卻不在這裡做飯，一家人住在店外的住房。一天兩餐，都由家中送來店中食用。廁所在堆雜物那間小房後的巷子裡。

房屋都已經很老舊了。墻上的磚已風化斑駁，已有不少凹窩。櫃台也是老舊的，長度卻占有兩間門面的三之二。店面坐北朝南，櫃台靠西墻向東沿伸，再向後彎出一角，留出一個小巷子，對著後墻門。也可以打從櫃台的彎處，裝設的矮門，進入櫃台內。

後墻是擺設貨物的山架，隔出了大小不等的方格，一列列，一層層，大多擺滿了洋煙紙盒，有長方的，也有四方的。也有圓桶型的一罐罐。靠西墻放一張桌子，桌子後面擺了一張藤編圈椅。山架前面放置著兩個裝整盒煙用的方型大木箱。櫃台內邊有抽屜，數來有八個，只有三個能用，三個不能用，已關不實或關不上了。兩個已經空出了木格，抽屜早已損壞丟棄了。也沒有再配，壞了的也沒有再修。櫃台上的木板，極其厚實，只是木板上的漆，十之七八都已磨掉，露出來的原木色，與那沒有磨去的漆，雖顏色有著漆黑與黃灰的不同，都全是光光滑滑的。櫃台裡面的抽屜雖有大半損的損，無的無，架勢可也絲毫沒有變樣。可以看出它們當年的氣派，還殘存著富貴人家的傲氣。

這房屋是老式建築，昂起頭來，雖能見到樑椽上的瓦片，卻是一片片砌在方型花磚上的。主樑是雕花上彩的，樑椽上的五彩花樣，若是擦拭去蒙在層面上的灰塵，那色彩，可能還是很鮮靈的。如今，還能見到露出五色艷麗的斑斑點點。特別是那根大樑，又粗又直，不是普通的榆楊之材。

那後墻山架的木格子，木頭也是又方又直又粗，雖然那大一片，只是兩個架子並起的，仍舊豎豎挺挺，不偏不斜，傲傲然立在那裡。地，又是方磚舖的，但已經破損了，有了坑坑窪窪。

櫃台的右方靠墻，放了一個兩尺見方的木盒子，口朝外，放著各類牌名的小盒洋煙，作爲零售的。

零售有三種，一是整條整盒的賣，二是一盒一聽（註五）的賣，三是一根一根的賣。當然，也作批發買賣，一箱一箱的批發出去。

兩間門面，四扇大門最爲完好。不但木料好又厚，工又紮實。是以至今還是完完整整。陳掌櫃賃下這個房子，沒有人手，遂閉死靠東的兩扇，餘下的兩扇，向左右開。靠墻的那扇門向裡開，貼靠右墻，左一扇則開後，疊在它左方的另一扇上。也可以四扇同時卸下，兩扇店門大開。由於大門厚重，陳掌櫃家沒有有力的人手，只能左開一扇，右開一扇。從外看去，像兩家店鋪似的。原以爲多了一位人手，就可以店門大開了，想不到土娃這個年已十五六歲的學徒，身子骨瘦弱無力。若是把一扇門卸了下來，不是土娃這個學徒，有體力搬得動的。

所以土娃到後，便將陳掌櫃原先添人手的第一個希望，添了人手，將店門大開的理想失去，無法實現了。

「依我說，要添人就添個大人」掌櫃娘子第一天晚上就向丈夫發出了怨言，「如今竟弄來這麼個瘦瘦削削的孩子，還沒有我氣力大呢！咱這店門還是沒法四門大開。」

陳掌櫃的這家店，開張半年了。生意好，由半間門面的小店搬遷過來的。陳掌櫃之所以沒有要添一個有體力的大人，有他個人心理上的顧慮，他要時常跑上海、跑漢口、跑廣州，一走就是幾天。過去，只是夫妻倆偕手經營，一掌裡一打外。如今店面大了，若是添個大男人，裡裡外外，他都放心不下。他原計畫想修整這店後的兩小間房子，一家人全住在店裡。經過夫妻倆對這家店鋪的情況，要想一家四口住在店舖裡，還得大費一番周折，膝下的一男一女，也十歲以上了。特別是女兒已十四歲，非大動工匠整修不可。首先，就得徵求屋主的同意。賃約只是兩年，修好了不續租，又當如何？這計畫遂又擱了下來。

土娃到後，尙無安身之處。只有讓他把櫃台內有兩個裝煙的木箱子並起來，日捲夜舖，當作床睡。每個木箱的上下及四面，都有三寸寬的木條釘攀著。土娃的墊褥又薄，兩個木箱對頭並接的地方，正好有六寸多寬的木條，橫在中間，恰好墊在土娃睡下去的腰間或臀上。所以每晚關門上床之前，並好了箱子，就得用上幾十條洋煙紙盒疊在一起，把放頭腰的這一方墊平，要不然格在腰間，臀上很不舒服。第一晚，一覺醒來，就格得腰酸屁股痛。第二天，纔想到可以用空了的洋煙紙盒拆開，疊成一疊，墊平了木格中的凹處。

雖然，土娃獨自一人睡一間屋，在崇德中學時，已經慣了。在家時，也獨自睡一間小房，但卻比這兩間門面的店屋小得多，也矮得多。這所店屋，雖說是兩間，中間有一條橫樑，有水桶樣粗，還雕了花紋，塗上了五彩。墻也高，屋脊更高，看去，比崇德中學裡的那個洋教堂還高。一個人睡在裡面，非常感到空曠。更由於這大的房屋已久無人住，遂成了老鼠的安樂處所。入夜之後，叫嚷打鬧的聲音，總在山架上、屋樑上傳來，有時還在他睡在身下的木箱內打鬥，把土娃由夢中吵醒。它若在屋樑上追逐打鬧，土娃用手拍打睡在身下的木箱，也不懼怕。停不大會兒，就又打鬧叫嚷起來。

頭一晚，土娃就沒有睡好。第二天一早，陳掌櫃夫婦帶著早餐來叫門時，土娃還沒有醒來。開了門，土娃心情忐忑著叫了一聲師父師娘。

陳掌櫃說了一句：「做學徒的，天一亮，就該起身了。」

土娃見到師娘的臉色鐵板一樣，怒氣在眉目間浮盪著。沒有發作，但拎在手上的一碗麵條，向櫃台上一放，聽到碗底重擊的響聲。土娃很想解說：「老鼠打架，吵得人睡不著。」話到唇邊就抿抿嘴又嚥下去了。

「該開店門做生意了。」掌櫃娘子說。

「不急，」老闆說：「你收拾收拾，吃了這碗麵再去開門。」

土娃應了一聲「噢」，便趕忙收拾舖蓋，放進櫃台下方的空格中。這裡沒有起火燒飯，連水也沒有。陳掌櫃夫婦也不曾想到這地方，連個盥洗的地方也沒有。見土娃已把舖蓋放妥，就說：「快去吃，已經涼了。」土娃只有遵命到櫃台邊，解開那個布巾裹起的一碗麵條，揭去蓋在碗口上的一個小盤子，碗中的麵條，已經濃成了餅子，沒有了熱氣，還有些微溫。土娃端起碗來，拿起筷子，三口兩口就吞食完了。

這時，掌櫃娘子已拿起掃帚在掃地。土娃吃完了麵，收了碗筷，就去開店門。

土娃去開店門的時候，老闆娘曾向丈夫建議，試試看土娃能不能卸下四扇大門，把店門大開來，店面就好看了。

於是陳掌櫃過去，協助土娃試試，結果作不了。不要說那一扇大門，試試土娃搬不搬得動，就連在裡面提起大門扇，從那圈住的門軸中卸出來，也不是這師徒二人的氣力，可以做得到的。就是早上取卸了下來，晚上裝按的這一道工作也難以作到。每天早上一次，晚上一次，別說是一個十五、六歲的孩子作不到，就是一個大男人還得孔武有力者，方能作得了這件事。否則，卸下來再裝上去，非兩個人不可。

試了一試，做不到，也就算了。還是照舊開兩邊。

頭一天，土娃必須要學的是認識各類煙的牌名，然後再是知道售賣的價錢。

凡是用紙捲成棒棒型，用紙盒包裝，或用錫鐵片做成圓桶裝的這類香煙，這當地人通稱之爲「洋煙」或「洋煙捲」。實則，這時的洋煙，牌名中也有我們中國人與洋人合資開設的煙草公司。總之，凡是這類煙，縱然是我們中國人投資開設的，其中的煙草、捲煙紙、製造各類應用的工具，全是洋貨，賺的錢，百分之八十，都被外洋拿去了。當然，還有不少品牌，如「三五」、「大炮台」、「小炮台」、「加里克」，「小大英」還有一種在當時鄉間銷路最廣的「老刀牌」或稱「老盜牌」、「站人牌」，都是從外國進口的。十之七八都是英國貨。

至於「美麗牌」（有「大美麗」、「小美麗」之別）還有「大前門」、「銀行牌」，這些牌子的「中國貨」，實際上，也都是外國貨，煙草大都是外國進口的。吸用起來，自然比我們的旱煙袋與水煙袋，方便多了。這時興起的洋煙店，可比用鍘刀切煙絲的煙店要利市多了。

土娃學徒的這家「華英煙行」，並不是這宿州城的大批發店，認眞排名起來，他連中盤商都列不上，他只是一家小盤商，還正在向上爬升。這位陳掌櫃之所以時常跑上海、漢口、廣州等地，有時也去山東青島、河北天津，目的只是想擺脫小盤，直接向大盤商批貨，想爬升到中盤生意。只是他目前所能掌握的商場台面，只有三、五個鄉鎮的部分小店，前來他家店內批貨，能夠批去整大箱的商店，還沒有呢，批發量最多也出不了百條之數。他祇有城關十來家飲食店，經常三條五條或十聽八聽（註六）的拿去而已。

說起來，「華英煙行」還只是個小本經營的商店。

像這麼一個小本經營的洋煙店，土娃這孩子能學到什麼呢？認識煙牌子的牌名，弄清楚各牌子的零售批發等售價，連半天的時間也不用耗去，土娃便全部學到，而且一清二楚。

那麼，土娃每天在店裡做些什麼呢？

早晨，太陽尚未升上屋脊，他打開店門。先打掃店門外的地區，連街道也打掃。然後打掃店內，完後再盥洗。

每天，趁著老闆娘在店裡，或老闆在店裡，他就挑起兩個水桶，到近處四眼井挑兩桶水回來。自土娃到後，添了一個煤爐子，添了茶杯茶盤，經常茶水不斷。土娃學會了生爐子，學會了煮麵條，學會了做麵絮子（註七）。早飯，由他自己準備，不再帶早飯給他了。漸漸的，中午給土娃帶來兩盤菜餚，還有烙餅、饅頭、捲子、包子、餃子什麼的，要土娃自己料理。就這樣，連三餐飯食，也有一大半交由土娃自己料理。可以說，連土娃的食宿兩件事，也大半不須煩勞掌櫃娘子。

土娃到來之後，除了一早開店門，灑掃店內店外，日間的工作，就是站櫃台（註八），門面上雖有零售，一盒盒的賣，也一根根的賣。零售的各類煙牌子，都擺在櫃台上靠右墻的一個敞門的木櫃子裡。櫃子的旁邊，櫃台上本就有一個投錢孔，下面就是錢櫃，零售的收入，投入錢櫃就是。收錢是老闆娘的事，用不著土娃管。

鄉鎮的幾家批發商，來了之後，都是掌櫃的與掌櫃娘子接待，批發的買賣，土娃擔當的事，只是按照掌櫃的或掌櫃娘子的交代，取貨點交。金錢收授都不用他。有時，派遣土娃到銀行或錢莊，拿著鈔票，去兌換錢幣，或拿著折子（註九）到幾家飯館去收賬。收賬時，要土娃用布袋裝了一條條一聽聽的各類洋煙，順便在收賬時，問一問還要不要留下來？兼作售賣的工作。

當他們知道了土娃不但能寫會算，書又讀得好，遂從此之後，把店內廚房修整了一番，午晚兩餐飯食，都改在店內庖製食用。目的是便於土娃給他們家的兩個孩子，補習功課。從此，土娃這個學徒，又多了一份例行的工作。

老實說，他這個煙行的門市，並沒有什麼生意。到店裡來整條整條來買煙的人，極少極少，往往三天遇不到一個。買一盒或一根的雖有，聽掌櫃娘子夫妻閒談時說的，比沒有搬到這裡之前，在靠近城隍廟的那段市中心街上的半間門面，生意要差多了。搬到這裡，批發的買賣，並沒有興旺起來。

由於土娃在到各處收賬時，還要他揹著一條條一聽聽去售賣，每次都能售賣幾條。說起來，都是他們見到土娃這個清清秀秀的孩子，見了人又斯文有禮，口又甜，總是大爺大叔的在嘴唇上掛著，到處都討人喜歡。所以，每當土娃開口說：「俺這裡帶著好幾種牌子的貨呢！大叔，你這寶號要是需要招待上客，您就揀幾條幾聽留下。反正有折子，不用現錢，下個月俺再來收。」只要土娃笑笑嘻嘻的說上這幾麼幾句，店夥計或老闆總會揀個一條兩條留下來的。

這麼一來，這收賬帶賣煙的事情，便成了土娃學徒的一個新項目。

有一天，城隍廟逢會，掌櫃娘子竟給土娃準備了一個用繩子繫著的方型盒子，可以掛在脖子上，到會場上去作小販似的工作，盒子裡擺滿了各類牌子的洋煙，打開的盒蓋，張仰在胸前，盒蓋裡寫著店招牌：「華英煙行」四個字。土娃脖子上掛著這小販的買賣樣式，不但要在人叢中穿來走去，嘴裡還得喊著「煙捲！煙捲！清香蕩氣的煙捲！三五、老刀、大炮台，外帶大小美麗！」還得替他們的店舖打招牌：「西門大街華英煙行大門面。」

雖說，城隍廟會祇不過一天。土娃卻不曾想到，打從這次之後，這一售賣的小販行當，又成了土娃學徒的一個新項目。三天兩頭的（註十）要叫土娃照這個樣兒脖子上掛著一個木盒子，到大街小巷去叫賣。晚上，還得教師妹師弟做功課。

師妹的國語、史地，幾乎得替他們做好，要他們重抄一次，就這還抄錯呢！師弟，根本心不在書。這個小男孩，最愛的是與同學在一起打錢，還不時向土娃要錢呢！

起先，土娃總是給他一個大子兒（註十一）或兩大子兒。如今，土娃身上沒有錢了。

在學徒期中，曾說每個月給土娃三百文零用錢。

這話是張表叔說的。三百文是當十文銅板的三十枚。說起來不過一天一個大子兒。可是，土娃來了兩個月了，還沒有給過一文呢。

土娃來時，奶奶給了三十個大子兒。娘給他五十個沒有絲毫破損的制錢（註十二）。這兩個月來，已經貼補完了。

初來的那大半個月，都是掌櫃娘子在住的地方燒煮好，送到店中食用。土娃那敢放起量來吃？十五、六歲的男孩子，正吃長飯，所以每餐都只吃個七八分飽。但在城裡人看來，這個瘦骨仃仃的孩子，已認爲他已很會吃了。加之，城市的人，比不了鄉下，只要梆子鑼一響起二更，大多數人家都已熄燈入睡。城市裡的人，總是睡得晚些，熬夜的人也多。所以半夜過了，街上還有賣吃食的叫賣聲，以及鈴鐺或梆子的代賣聲。像那賣油茶的叫賣聲，那一聲既粗厚又低沈的「油茶」！以及那賣胡辣湯的梆子，梆梆幾聲打住，就高喊一聲「胡辣湯」（註十三）。與賣油茶的低音高低相應。還有賣豆腐腦的鈴聲，嘀鈴鈴一陣跟著一陣響。賣油茶的是揹著個大壺拎著個裝碗筷的水桶，邊走邊吆喚，有人喊買，他纔停下。賣胡辣湯與賣豆腐腦的，都是擔子，一放下來，總要敲敲搖搖個十來分鐘，沒有了生意，纔會挑起了擔子，再換個地方。

這些常在街頭巷尾打破長夜靜寂的叫賣聲，就是土娃肚子欠飽時，起床開門去買來塡肚子的食物。雖土娃到後不到一個月，後面的廚房已擺了煤核爐子（註十四），也有麵粉什麼的。不但生起爐子來費事，煤核與麵粉用多了，也怕師娘講話，寧可在夜晚餓得饑腸轆轆時，拿一隻碗去打開門來，買了端回來吃。自從不時遣他出門收賬，以及脖子上掛著個木盒不時去穿街走巷作小販，爲了減少回來時，飯量降低，也就時時在外加餐。買一個饅頭或燒餅，也有時到小飯館去吃一碗炸醬麵。

土娃之所以如此做，還不是爲了回店吃飯，少吃些就少看師娘的臉色。尤其那個十一歲的師弟，往往在土娃再拿起第三個饅頭或烙餅時，會脫口而出的說：「娘！他又吃第三個了。」雖然師娘會用筷子敲了一下兒子的頭，阻止他不要說。或加了一句：「小孩子不要多嘴多舌，小器鬼！」

這情形，也使得土娃每飯都不敢吃飽。只有師父在家吃飯時，會主動再拿起一個饅頭或再揭起一張烙餅，放在土娃面前，說：「再吃，正吃飯的年紀，別餓著肚子。」有時吃扁食（註十五）也會要土娃把臢在碗中的十個八個，強要土娃吃下去，說：「吃下去，撐不著的。扁食臢下不好吃。天氣熱了。」

可是，掌櫃的時常不在家吃飯。師娘卻從來沒有這樣照顧過徒弟，還總是覺得土娃這孩子雖然瘦削削的，肚子可不小，他一個人吃的，抵他夫婦倆的量。尤其在店裡燒煮，爐子小，鍋子也小。只能炒與煮或熱熱饅頭包子，饅頭烙餅，都是一筐筐的買來或一籠籠的自己蒸製。帶到店裡來，吃時再放到鍋子裡，加一層篦子（註十六）蒸一次，還有臢菜餚，也是這樣熱過就是。飯後餘下的，大多由掌櫃娘子收起放在一個有蓋子的饃斗子內（註十七），都是數過了數的。

掌櫃的到天津去了，這裡下了兩天雨，燒灶的煤核兒反潮，引火慢，遂又改在住的地方燒煮，土娃不出去穿街走巷作生意，只在店內站櫃台，所以掌櫃娘子也就不冒雨到店中去了。由女兒把土娃的飯食送到店裡去。這個年已十四歲的師妹，早已發現這個師哥，總是留量，不敢多吃。這天，遂在數目以外，又多拿了兩張餅，另外包起來，送飯到店中之後，特別塞給土娃，說：「你留著夜裡餓了吃。」土娃非常靦腆的收下，卻沒有說任何感謝的話。這師妹又悄悄的加了一句：「你放好來。」

這女孩也不敢多留，放下飯菜，就出門撐起雨傘來回去。

這兩天晴了。掌櫃娘子到店裡時，土娃已自己生了爐子，作了一碗麵糊吃了早飯。因為掌櫃的在天津拍電報來，說是有貨帶回。所以掌櫃娘子一早到店裡與土娃，一起整理山架。

在整理了一遍山架之後，掌櫃娘子又在那張桌子底下，撿起一個空盒子。起先以爲是整理山架時掉下來的，可是拿到手上，掂著卻有重量在內，推想其中可能餘有一包兩包。打開一看，居然是一張烙餅，取出來摸著，還是軟的。最多不會擱過兩天時間。

當時，掌櫃娘子就拿著這張餅，氣火火的指著土娃問：「是不是你放到這個空盒子裡的？」

土娃一見，沒有言語可辯。在整理山架的時候，他曾經想到，竟然沒有發現。這個盒子是老鼠們嗅到，從山架拱掉下來的。由於這個紙盒子紙厚，交叉揷入的折疊封口，又密又實，老鼠們還沒有來得及咬出個洞，天就亮了。這些情事，土娃工作累了，也習慣了老鼠們的打鬧，睡熟了沒有注意到。這張餅，就是昨晚師妹特別給他的那兩張，夜裡吃了一張，另一張放在山架上。不想被老鼠給折騰下來。

這時的土娃，只有低頭不言。

「填不飽你啊？又沒有人不讓你吃！居然偷啦你！」

土娃挨了如此重的罵，每一個字都像利刀似的，一刀刀刺在心上。但又不能辯白，只有忍氣吞聲，頭低著不敢抬起。土娃的心，卻在滴血！滴血！

掌櫃娘子見到土娃低頭不言，有如當場抓到小偷兒似的不肯放過。竟然加了一句：「生成的賊骨頭吧你！」

這句話剛落音，掌櫃娘子要轉身走的時候，土娃忍不住的這口氣，脹破了肝膽，馬上抬起頭來了。

「俺不是盜賊人家的子弟。」

土娃說了話了。充滿了兩隻眼眶的淚水，從下眼皮的睫毛上向下流。但卻不再是土娃在委曲時，老是泣乎乎歇斯的里地那種聲音，他說出的這十個字，像是打從槍砲口中擊發出的，字字滾圓聲厲。說了這句話，就挺起了腰杆子，昂起頭來就走。從櫃台門走出，步出店門，踏上大街，昂然朝西方而去。

掌櫃娘子原擬走回後面，猛不防受到土娃這一句硬話還擊，又見到土娃竟是如此傲慢無禮的昂昂然走出大門，錯愕間，一時說不出話來。一直看到土娃步上大街西行，方始迸出一句話來：「好！等著你把張大頭搬來，再來講理。」

〔附註〕

註一：汗搨子，是一種北方人用白布製成的夏衣，沒有袖子，只有前胸的兩片對襟，與後背的一塊遮背。穿在身上搨汗。俗稱「汗搨子」。

註二：掌櫃、夥計，是北方稱呼店主與店員的通用名詞。

註三：排場，北方人的方言，意同今天說的「場面」。

註四：跑火車，專指在火車上南北奔波，買來賣，或帶去賣，謀取蠅頭微利的行動商人。

註五：一盒，是指一包包裝成方型的方盒型煙，一條，是指一盒盒包裝成長條型的長條型煙。

註六：聽，是當時對洋煙包裝型的一種名稱，凡是圓型桶裝，叫「聽」。

註七：麵絮子，是麵食最簡單的一種吃法。用乾麵粉加水，拌攪成絮絮，加鹽加蔥薑，放在鍋中加水，煮熟即成。

註八：站櫃台，是北方商店店員的工作形態，作店員的都站在櫃台裡應接顧客。學徒，則成天不能坐，只站。

註九：折子，就是一種長型厚紙折疊起的小冊子，先記賬，再照折收賬。

註十：三天兩頭的，是淮北方言，意爲三天總有兩次。認爲次數多。

註十一：大子兒，是當地指當錢十文的銅板。也稱「銅各子」。

註十二：制錢，是當地人稱呼清代以前各代鑄的有眼銅錢的名稱。

註十三：胡辣湯，是用青菜、豆腐、木耳、海帶絲、鷄蛋絮子。加上麵粉熬製出的湯類，其中蔥薑之外，胡椒粉與辣椒末兒，放得最多。還有芝麻油與鎮江醋。當地人最愛食用。

註十四：煤核，是生煤燃燒後餘下的，不曾燃透的楂子，大多圓棱棱的，當他人叫作「煤核（音胡）兒」。許多婦女與兒童，經常在火車站的鐵軌之間，檢拾售賣，燃爐子沒有煙。一般城市中人家，常用的燃料。稍有潮濕，不易引燃。

註十五：扁食，即餃子。當地人叫作「扁食」。

註十六：箅子，是竹子編製成的圓型隔子，可以放在鍋間，放置食物蒸熱。

註十七：北方人稱饅頭餅類等食物，統稱之爲「饃」。放置饃的斗型柳條編製的器物，俗稱「饃斗子」。

四十 憤憤昂昂然的離開了華英煙行

華英煙行的掌櫃娘子，原以爲土娃憤憤然走出門去，是到西關三和興糧食行去搬他表叔張大頭。等到中午也沒見人，一時犯起疑來。她怕土娃這孩子一時想不開，跑出城去跳了城河吧？想著想著害怕起來，後悔自己出口太重，不該罵人家是「賊骨頭」。這話太傷人了，連人家祖宗都傷了。但又想了想，她罵土娃的時候，店裡只她兩個人，萬一兩相對質講起理來，就來個死不承認。否則，那就站不到理字上。

這掌櫃娘子那裡想到土娃走出店後，就打定了主意：「回家」，根本不曾想到去找張表叔。

自從土娃到華英煙行之後，這兩個多月來，張表叔來過幾次。但土娃可祇見到兩次。一次到了店門口沒有進來，掌櫃的走出店去，在門外談了幾句，只與站在櫃台裡的土娃，用笑臉打了個招乎。有兩次來，土娃被派出辦事去了，沒有相見。掌櫃的告訴他張叔叔來了。還有一次來告訴土娃說他爹到城裡來過，沒有到店裡來。留了一句話，要土娃端午節也不必回去。只有一次，張表叔進店來坐了一些時，曾向土娃笑逐顏開的說：「好好兒學下去，你師父師娘都誇你聰明伶俐，很會作生意，總是笑臉對人，斯文有禮。」又說：「前幾天你爹到城裡來，我都說了。」又說：「生意這一行，結骨眼兒就是『和氣』二字，俗說：『和氣生財』呀！」當時，在場的師父師娘也當著張表叔誇讚土娃是個誠實能幹的好孩子。他們一家人都喜歡。來了之後，幫助他們很多。

土娃早就想到，萬一他說句不想學下去了。或者有一天被辭了不要他，這位張表叔都會一切責任推到他頭上的。

今天，掌櫃娘子爲了一張餅，竟然罵他是「偷」，還罵他是「生成的賊骨頭」。老實說，土娃到來的頭一夜，居然連他睡的一張床位也沒有，已經感受到這個商店，不是一個正規的商店，就想著要離開。甚而想到不如去演花鼓娘，不如逃到蚌埠去找李姐姐學戲。所以第一晚幾乎是睡在老鼠窩裡的土娃，思前想後，翻來覆去睡不著。天將亮時，他纔入夢鄉。因而睡到掌櫃的到了，敲門後方始起身。

祖父雖然瞎了眼，幾乎一天到晚守著那間屋子，卻還不時的哼著小曲兒，背誦著他兒時讀過的古文，奶奶不時數落他，也只是默然以對，一笑置之。總是說：「處事忍爲上，作人孝當先。」土娃一想到他祖父的那分忍耐性情，就認爲祖父惟有這樣，纔能使他的生活過得愉快。認眞的說，這位不到五十歲就因爲揚場迷了眼失去了視力，在生活上行動不便，正因爲他養成了「忍」字工夫，生活纔過得這樣快活。

土娃想到了祖父說的「處事忍爲上」這話，以及見到祖父生活上的那種忍耐勁兒，遂在此忍耐了兩個多月。

連那種脖子上掛著一個擺滿洋煙的木盒子，穿街走巷去作小販，也不怕遇見同學或親友們，會臉紅。他想到那年挎著饅頭巴斗，去趕會賣饅頭，爹娘跟他說的那句話：「人活在世上，還不是肚子空了，嘴巴得吃。爲了飽肚子，只要不偷不盜，坐到大街上號街（註一）乞討，也不算丟人。」又說：

「身上披著一張人皮，到了人世卻不做人事兒，吃紅詐騙（註二），言而無信，無論走到那裡，都有人在背後搗脊樑筋（註三），那纔丟人呢！老實說，這種人已不是人。」遂又說：「還有些人作的事，連禽獸都不如的呢！」

正因爲土娃的頭腦裡裝著這些父母的訓教，他是循規蹈矩，脖子上掛著販賣的各類貨品，在販賣時，類類都比街頭上的煙攤子便宜。若是整條買去，更便宜。有時，也有商家或個人購買整條整聽的，多收入一兩個大子兒，是作得到的，也可以的。土娃卻從不踰越規範。肚子餓了，寧可花身上從家裡帶出來的那幾十個銅板。連那個小師弟向他要錢，都是用自已身上的錢打發。每次販賣回來，收入賬目，分分文文都交付清楚。就這樣的誠實無欺，還落得個「賊骨頭」的惡名。土娃忍不下去了。

話說土娃昂昂然走出了華英煙行的店門，頭也不曾回的一直走出了兩道城門（註四），過了城門的吊橋（註五），本可由西門大街步入隋堤大道，但土娃爲了怕走過張表叔那家糧食行，碰見了張表叔，遂沿著城河南走一段，再轉入一條打由堤南西行的道路，這條路也是通行太平車的官路。與走隋堤大道不同的地方，只是這條路要經過許多莊村，好處是，這條道路的泥沙，飛揚的程度比較少些。至於到達堤南魯甸的行程，遠近還是差不多的。

時光已是近四月的天氣，下了幾天雨，今天放晴，田裡的禾苗，堤上砂土質的田地，麥子已經打苞，有的已經放穗兒。大麥中的清明齊（註六），有些田裡已經出齊了。長長的麥芒一簇簇的上聳著，矖乏地上種下的秫秫，苗芽也數寸高了。不但路上草青青，桃花半謝，已經青葉叢叢。杏花、李花還在鬥妍，柳棉也開始飛飄著了。眞可以說是一個鳥語花香的三春季節。

土娃身上還穿著一件短襖，短襖內只有一件襯袿，走了不到三幾里，已背汗津津，雖然春風和煦，卻還穿不了單衫，只有推車挑擔的人，已敞襟露腹。土娃知道自己身子骨單薄，雖然背上在出汗，也不敢脫下棉襖，只是解開了襖襟上的扣子，披開襖襟，大踏步前行。這時的土娃，是歸心似箭，他是急於想早些到家，見了奶奶來訴說這兩個月來的學徒生活。他想了又想，一樁樁、一件件的際遇，都前後左右以及內裡外層，都用心去探索過，思慮過。他到家要一五一十的傾盤吐出，這兩個多月來，委曲受的可是不少噢！

他一直在想：「這兩個多月來，我學到了什麼呢？」

也曾認識一位在綢布莊學徒的東鄉人，年紀比他小一歲的牛春海，布莊是他姐夫家的，也祇是認識各種綢布的樣品名，以及出產地。還有絲綢的質料好壞以及綫的粗細絲數。更有一些倣造的假貨，也得辨認清楚。料子的囂薄、厚重（註七）以及勁穿不勁穿（註八），也得有一套說詞，說得使客人聽了貼心（註九）。牛春海已經學了快兩年了。每月三百文零花錢，到月頭就給，由櫃上（註十）支付。牛春海只是初等小學畢業，連高等小學也沒有上過。

從牛春海口中，得知他也是每月三百文，推想是商業上的行規。可是他到了兩個月滿後，還沒有給過他一文錢。每次在吃飯時，卻總是看到當他去拿饃筐子中的饅頭或烙餅，老闆娘的眼睛珠子，就會鼓轆轆地滾動出一種異樣的目光。當時推想，這商場上給學徒三百文的行規，可能計算到飯食上去了。如今想來，頗爲後悔忘了問李春海一頓能吃幾個饅頭？

邁開大步，一路行來，頭腦一直在回想著這兩個多月來的學徒日子，沿路的柳綠花紅，蜂飛蝶舞，鳥語鶯歌，以及沿途往來的人畜，大車小車，大擔小擔，全都過目而逝。正是古人說的「視而不見，聽而不聞。」不知不覺走到了孫町集。這地方是土娃到過的，那年，孫町集逢會，他曾揹起一巴斗饅頭到了這裡，小黑孩的花鼓班子就在孫町集的西頭一塊曬乏地上作場演出。土娃方始想到，他已岔到南官路上，走遠了。還得再向西北走，離家還有二十里呢。抬頭看看太陽，雖被一大堆灰色的雲團遮住，卻也隱隱約約的見到那偶爾一露臉的太陽，業已扭頭向西了。這時，纔感到肚子裡的腸子在轆轆喊餓。這纔想到，早晨自己點了爐子，由於所餘麵粉不多，只攪了半碗麵糊塗（註十一）吃了，走了這大半天，怎能不餓。

土娃身上的銅板，多天前就花用光了，連那五十文孔方（註十），也三文五文，買花生或糖球兒（註十二），已花用得差不多。這時，再從衣袋取出那變成了綠灰色的布包，打開來數一數賸下的制錢，只有十三文了。白麵饅頭十文錢一個，雜麵窩窩頭兒五文錢一個，可以買兩個。遂到街上走了一遭，尋到饅頭舖子，有一家有雜麵窩窩頭兒出售，他買了兩個，走出了孫町集，到大路邊一棵大柳樹下坐下來，一邊啃食著豆雜麵（包穀）窩窩頭。其中有沒有麥麵，他就吃不出了。肯定沒有秫秫（高粱）麵兒，如有秫秫麵兒雜摻在裡面，就會有灰紅色泛出來。

這窩窩頭兒還沒有太涼，咬在牙上還軟乎乎的，否則，豆麵一涼就發硬，咬起來牙會感到吃力。賣家之所以要摻進一些其他雜糧、玉黍秫麵等，就是爲了減少豆麵的堅硬。大多人家之所以要用豆麵作窩窩頭兒，正由於豆麵中潛在的油質重，擋餓。這也是製賣饃饃的人家，除了製作白麵饅頭，也製作豆麵窩窩頭兒，專意賣給路上勞力重的人食用。價錢比白麵饅頭便宜一半。

土娃坐在路邊的一棵大柳樹底下，啃食著這豆雜麵的窩窩頭兒，一時的感受，覺得比在華英煙行吃食的白麵饅頭與白麵烙餅，還要有滋味兒。正吃食著，樹上竟有一絲絲的粉屑掉落下來，起先沒有留心，跟著竟一團團的落在頭上，身上。忍不住抬起頭來看看，看不出什麼來。挪了個坐處，又有一大團掉落下來，昂起頭來凝神注目看去，原來是一團團黃色的木屑，用手指捏起一些，仔細一瞧，知是柳樹上的蛀蟲，在樹的枝幹裡面，蛀出了洞穴，將蛀碎了的碎末，一屑屑擠出洞外來的。

再看看這棵大柳樹，有水桶那樣粗，樹幹上的皮，都一塊塊枝立起來，已有不少地方凸起一堆堆，堆得像墳似的黃色小墳。再一看，已有大洞，土娃已見得多，知是這棵柳樹已經老了，業已成了蛀蟲的窩。他也見過柳樹上的蛀蟲，大的有筷子那麼粗，黃白色的，頭上有兩把鐮刀似的黑色蛀刀，嘴在兩把蛀刀之間，身體軟軟柔柔的如蠶似的，居然有本領蛀空一棵大樹。這棵大柳樹，也是蛀空了的，枝葉還很茂盛呢。於是，土娃聯想到松三爺講過的荀子勸學篇的話：「眞積力久則入」，還有另一句：「不積蹞步無以致千里。」土娃遂又想到鄉下人口中的另一句掛在口唇上的俗話：「三十六行，行行出狀元」，那各行各業的「狀元」，不也像這柳樹上的蛀蟲似的，它們大家夥兒，只是一個勁的在樹中蛀呀蛀呀！蛀蛀蛀，終於把大樹蛀空，蛀死！

「不是有一次我做錯了事，奶奶生氣罵我：「『你只是個書蟲，除了會啊啦啊啦的唸書，其他啥都不會做。』」

土娃這時看到了柳樹上的蛀蟲，它的才能不也祇有一樣，只會蛀樹嗎？也許它只會蛀柳樹。我也只喜歡唸古書，別的都不適合我。

當然，這時的土娃，還沒有知識把柳樹上的蛀蟲聯想到其他上面去。

土娃正在一邊啃著豆麵窩窩頭兒，一邊望著柳樹上那一堆堆蛀蟲蛀出的粉屑，聯想到許多問題的時候，突然有一簇人打從路上，斜刺裡走向大樹下來。最令人注目的是其中一人手上打著的一面白色三角形旗子，上方由左向右寫了四個大字：「招募新兵」。中間蓋了一塊長方形的紅色大印。印上刻的什麼字，卻還看不清楚。還有一個穿灰色軍服的人。其他還有三個人，都是普通人的衣著，只有一個穿著長袍，因爲天已熱了起來，長袍脫下用腰帶綑起，拎在手上，上身還穿著棉背心，沒有扣子，披敞著。另兩人都是短襖，一個脫了襖，夾在脅下，一個還穿在身上，敞開襟，可以看到這人的襖上襟左方，釘著一條白布，約兩寸寬五寸長，布上用墨筆寫了名字，也蓋了一個方形的紅印章。

任誰一看到這幾個人，就知道是某一部隊在下鄉招兵。這情形，是這一帶鄉下人見慣了的。通常，在春天各地的廟會上，都能見到，往往不是一家部隊的旗子，多的時候有三家。還有的在空地上擺一張桌子，豎著穿在木棍上的長方形旗子，有一尺多寬，四五尺高，上寫「招募新兵」四個大字，旁邊還寫著部隊的番號。有時還有一個當官的，帶著兩三個兵丁，站在桌子前面招攬過往行人。

「老鄉，補個名字吧！中央部隊，不欠糧餉。」

「補名字」，就是當時鄉人口中的「去當兵了」的代名詞。譬如說某人長久不在鄉間出現了，人們就會說：「可能補名字」去了。

那時，又沒有身分證，在你被招兵的招攬去了，問你叫何名字？任你隨便說叫啥名字，他們也不多問，照你說的寫上布條，用針線縫到上衣胸上，就算「補了名字」，當了軍吃了糧了。

等到眞正穿上軍衣時，姓名可能又換過，既不是他「補名子」時的假名，更不是他本人的眞名。

這些情事，土娃早就聽到說了。

這幾個人物一走到大樹下，土娃就打量了他們一眼，馬上邁步走去。當土娃轉身要走時，其中有一個人問：「小弟弟補個名字吧？」土娃雖然沒有答話，卻回頭看了一眼。這時，那個穿軍服的，在打量了一眼土娃之後，竟用不屑的口吻說：「還不夠材料？不要他。」

土娃手上還有半個窩窩頭兒沒有吃完，拿在手上又啃了一口，一邊在口中嚼著，心裡一邊想：「我又沒有向你們要求補名字？夠不夠材料，干你們啥事！忍不住在心裡罵了一句：「莫名其妙！」」

遂一邊啃著手中未吃完的半個豆雜麵窩窩頭兒，便步入大道，走了一段，再斜入到另一條回家的小路。這一帶在隋堤以南已有十里之遙，已不是沙地，有些土地去秋沒有種上麥子，所以這一帶的土地上，看不到東風蕩起的麥海波浪。在土地上，麥田已是疏疏落落的，秋莊稼的禾苗，還只是三、五片葉子的時期。看到這種情形，土娃就想到了生長在這一帶土地上的莊稼人，似乎都是命中注定要挨凍受餓的，這裡的土地，是旱也經不起，潦也經不起，「十年到有九年荒」的鳳陽花鼓歌，說的應是我們這一帶啊！

我們這裡的人家，卻還世世代代守在這裡，幾乎年年都在三春間這青黃不接（註十四）的時日裡餓肚子。放眼看去，滿田野都是黑簇簇的人，在漫野地裡尋找可以吃食的野菜，剜了下來，用以補助糧米的不走。

這些在春天尋食的事，到柳樹上縷柳葉，到槐樹上摘槐芽，到架上縷葛藤花，到田野裡尋找可以吃食的野菜，如蔓青、小蒜、攀根草的草根、野薺薺、還有潮濕藿草地中的地骨皮（註十五）。有時，還去偷掐人家菀豆田裡的嫩菀豆心子。土娃都跟著孩子們下田作過。所以他走在田野間放眼看去，見到田野中的簇簇人群，就知道他們全是在田裡尋找野菜，剜下來到家蒸蒸煮煮，用來塡肚子的。

「我又離開了一個噉飯之所，回家之後，定然跟這些田野中人一樣，以後，將一生都是這樣，世世代代都是這樣。」土娃早已在書本上懂得了「安土重遷」這句話。幾千年了，中國的農人，就是這樣：「一生苦守田園」。所以土娃想到這次回到家之後，就應該認命，既然生長在這個窮苦的地方，就得做個莊稼人，莊稼人的子弟，怎能不克紹箕裘，如今又廢了科舉，「禹門三級浪平地一聲雷」的鄉巴佬，不會再有這種運道的了。時代已經改變了。

作個莊稼人，一生苦守田園，旱潦全得靠天，只要勤力田事，不欠田賦，本本分分做人，不爲非，不做歹，比依人籬下過的日子，還要舒服些。一旦又旱潦不收，大減年又來了，就學那些跑火車的人（註十六），像前幾年一樣，趕會作小販，要是有了子女，加入逃荒的人群中，到外鄉去乞討，也不丟人。想到這兩個月來的學徒生活，連塡飽肚子的事，都得察看主人的臉色。還不如在家作莊稼活呢！

多勞累，多吃飯，身子骨總會長壯的。力氣也是鍛鍊出來的。回家見了奶奶與爹娘，只說明回家的這一心意，也就成了。相信爹娘聽了，一定會滿意的。

在奶奶嘴裡常唱：「出外不如在家，在家非親即故，出外盡是八不搭（註十七）。東也闖，西也撞，頭破血流還結不了疤。」

土娃想到這裡，便心情開朗起來。遂一時興起，放開嗓門，高聲朗誦起陶淵明的「歸去來辭」，大踏步「戴欣載奔」。

歸去來兮！田園將蕪胡不歸

既自以心爲形役，奚惆悵而獨悲！

〔附註〕

註一：號街，也稱嚎街，一種坐在大街上，在冰天雪地裡赤著上身，手舞兩把大刀，用刀片乒乒乓乓敲打胸脯，口中喊著老爺奶奶可憐可憐我吧！嚎的嗓門大而且粗，鄉人稱之為「號（嚎）街的」。

註二：吃紅詐騙，吃紅是強取佣金，或知你經商賺進了一筆，他來強要給他一些，謂之「吃紅」，編說個名目，向你借錢或捐錢，或者借去或捐去，都不再歸還。謂之「詐騙」。

註三：在背後搗脊梁筋，意為你如不作好事。在前面走，後面就有人指指點點說閒話。

註四：兩道城門，凡是古代城門，都是兩道城門。外門對西，內門對南，中有空處，以備行人駐留檢查。

註五：城門的吊橋，凡是有城的門，通過城河，都有吊橋。關城吊起，開城落下。

註六：清明齊，大麥名，清明節前後，出齊穗子，早熟。

註七：囂薄，指布料子線細織得鬆，厚重，指布料子線粗織得緊。量也重。

註八：不勁穿，意為製衣穿到身上，不久就破了。反之謂之「勁穿」。

註九：貼心，也就是話語中聽，合乎心意。

註十：櫃上，指店老闆，也叫掌櫃的。

註十一：麵糊塗，由於麵粉少，水放得多，遂把麵架子攪和成麵糊了。

註十二：孔方，古人對金錢的稱呼。因為古錢中有方孔。

註十三：糖球兒，是用山楂一個個串成的串子，北京人叫「糖葫蘆」。

註十四：青黃不接，指農曆三四月的時期，地裡的莊稼尚未成熟，也就是還在青色期，還未發黃呢，鄉人稱此時爲「青黃不接」。

註十五：地骨皮，是一種在潮濕土地上，生長出的一種類同木耳類的菌類，一片片的生在水滲滲的地上，可以吃食，鄉人謂之「地骨皮」或「地腳皮」。

註十六：跑火車的人，就是偷坐火車躲避查票，經常往南京上海的跑單幫者。

註十七：八不搭，在此民歌中的意思是四面八方都搭不上關係，只是在外鄉流浪而已。

四十一　補了名字當兵去也

當土娃高聲朗誦陶淵明的《歸去來辭》到「實迷途其未遠，覺今是而昨非。」他戛然而止，停下了脚步，不再向前走了。

因爲，土娃突然想到，這次到家，怎麼說呢？

當然是照實說。那麼，掌櫃娘子要是不承認呢？又沒有人證。晚上會餓，也可以向她說呀。留下晚間擋餓吃的餅呀饅頭呀，怎不說呢？再說，店裡有煤球爐子，還有麵粉，餓了可以自己攪麵絮子吃。早餐就是這樣，有時候土娃自己也會料理著吃用的。幹啥還要偷偷摸摸的，暗中藏下來？

要是知道這餅是他家女兒給土娃留下來的，會惹是非。算不定會說他勾引他家的女兒。那就很難逆料到會扯出多少閒話。那時，張表叔也不會幫他說話的。

再說，傳揚出去，街坊鄰舍，也不會相信我的實話。跟著小黑孩的花鼓班子，跑到蚌埠去演花鼓娘，已經招來不少的諷言諷語。說：「外表看起來，斯斯文文，像個閨閣中的姑娘，誰能想得到，會瞞著家裡人去到那狐鼠雜聚的遊藝場，抛頭露面，不男不女的扮起來，去演花鼓娘！從那裡看人去？」

回到家，比上次由蚌埠回來，還會更甚的受到親鄰們的白眼，以及惡言惡語，前頭走，後頭就會有人搗脊樑筋。

這時，土娃纔想到在一氣之下，就這樣昂昂然離開華英煙行，未免太衝動了，欠考慮了。遂又想回去到西關去找張表叔，一起到華英煙行，見了掌櫃娘子說淸楚後，再揹起舖蓋離開。如此作，纔算了當。

於是，土娃轉身回城，去見張表叔。

轉過身來，剛走了幾步，又停下了。

「好馬不吃回頭草。」這句成語湧上了心頭。

到華英煙行兩個多月，就算啥也沒幹，也只是吃了他們兩個多月的飯食，最後，還是爲了肚子吃不飽，藏下了那女孩給他留下的一張烙餅，竟落了一個「生成的賊骨頭」這句罵名，這纔一惱走出了他們的店。再回去，那就太沒有囊氣啦！

難道，爲了吃人家一口飯，就甘願低聲下氣作奴才？

松三爺說過，讀書人的性子是「士可殺，不可辱。」

土娃轉身停止了脚步，只回想了這麼一刹那，稍一凝神，就看到了那一方上寫「招募新兵」的三角型白布旗子，還在那棵大柳樹下，順風在飄搖著。

俺除了瘦，論個頭兒，要比其中那個矮的還要高些。俗話常說：「好鐵不打釘，好人不當兵。」去，去補個名字！那人竟然說我不夠材料，俺不服氣。

在隋堤上過兵的日子，有一隊岔到魯甸鎭上來的兵，其中就有一個小兵，上身穿的軍衣，長過了膝。問年齡，答說「十五歲」，我都十六啦，比那個小兵還大一歲呢！何況，俺又唸過幾年書。

四十一　補了名字當兵去也

說俺種莊稼活兒不夠材料，這話俺到承認，說俺當兵不夠材料，可得問問看。

於是，土娃昂昂然又走回到那棵大柳樹下。

土娃一走回到那棵大柳樹下，幾位正在啃冷饅頭的人，面對著土娃瞪著，都沒有說話。

「給俺補個名字。」

土娃昂昂然站在樹下，面對著坐在樹下的幾位說。

語氣堅定，神情毅然。兩個眼睛則在等著回話。

那個穿軍服的人，站起來了。認眞的打量了土娃一眼。

其中坐著的三位，有一人却發問：「你幾歲？」

「十七。」土娃回答。爲自己加了一歲，實際上十六歲零點。

「補了名字，就入了兵籍，可不能說走就走的。」

這個穿軍服的人這樣說，並沒有拒絕的意思。

「俺知道，」土娃說。

「你叫啥名字？本地人嗎？」

「俺叫牛大鳴，靈璧人（註一）。」

土娃編造了個假名回答。

其中有人要土娃走過來，參加他們坐下來談。

土娃也就坐了下來，坐在那個穿軍服的對面。

「家裡還有什麼人？」

那穿軍服的人，已在軍服衣袋中，取出了一本折成兩疊的名册。土娃隨話答說：「家中有爹有娘，有兄有姊，有弟有妹，還有祖父祖母，俺是老二，是種地的。」

穿軍服的這個人，再打量一下土娃，搖搖頭。

「你不像是種田人家走出來的人，」說著，又打量一眼土娃的一雙白嫩的手。

「種田人家不許有讀書人嗎？」土娃辯說：「俺唸到中學，減年，讀不起了。去學戲，家裡人不肯，要俺回家幹莊稼活，俺幹不了。準備到永城（註二）去，永城有個打戲的梆子科班，俺認識，也學過一陣子。他們說我是塊戲料，可是家裡人不准俺去。看到你們在招兵，俺想了想，補個名子也許比學唱戲好。補個名子當兵，不用討飯（註三），家裡也沒法子向兵營要人。說起來，也比戲子好聽。算不定運氣好，打仗立了功，還會掛上斜皮帶呢（註四）。說著，土娃站了起來，（其他幾位都跟著站了起來。）把右手輕輕向胸口上一按，說：「眞格的，俺不夠材料，補不上名字？」

這個穿軍服的一聽，伸手向土娃肩上一按，笑堆到臉上了。

「嘀！唸書人說話可眞是有條有理，像你這號人，到那裡找去？坐下，」拉土娃又坐下來，「咱們一起吃飽了，就到東關火車站，搭車去徐州。」

其他幾個人，也都興高采烈起來，有人說：「以後到了營盤（註五），用不著請師爺（註六）代咱們寫家書了。」

就這樣，土娃補了名字，當兵去也。

土娃雖已啃了兩個雜麵窩窩頭兒，遂又就了醬菜與滷牛肉，又吃了兩個饅頭。

他們這一夥五個人，除了那個穿軍服的，都是新補上名字的「新兵」，胸前衣襟上都用針線縫上一個寫上名字的白布條，土娃自也不能例外。穿軍服的人，又從布袋中掏出了一疊白布條，拿了一張給土娃，再從布袋中取出墨盒及插入銅套的毛筆，也交給土娃，說：「你自己把名字寫上。」

土娃接過墨盒與筆，筆與墨都還是濕的，用不著再放入口中，以齒牙濕散筆毛，醮醮墨，馬上就在白布條上，寫了「牛大鳴」三個柳體正楷，筆畫秀麗，結構端正。其中一位綑起長袍子的那位，不勝驚訝的呼出：「嗨！你唸了不少書噢！」其他的人，也都睜大了眼睛驚羨著。

穿軍服的人，一邊接過土娃交還的墨盒與筆，一邊笑著向土娃說：「憑你這筆字，到了營盤裡，算不定會給你個師爺幹呢！」

這時，彼此各報姓名籍貫，此後大家都是同事了。

穿軍服的胸前左衣袋上方，佩有符號，藍色框，橫寫部隊番號及職稱姓名，左邊的豎格裡，有兩顆黑色三角型，那是中尉的標誌。土娃已經認識，黃色框是校官，紅色是將官，將、校、尉各分三級，一級一顆星，豎欄中的那個黑三角，就代表星。另外，領子上的兩邊，還有領章。長方型的，四周金框，（是銅質）尉級框中橫亙一根金槓，少尉一個金三角嵌在槓間。校級兩根金槓，將級是實的，習稱將級領章爲「大金板」。兵種分步、騎、砲、工、輜五個兵科，領章的底板，用紅、黃、藍、白、紫五種顏色，來分別兵科。士兵的符號，四周只有黑線邊，沒有顏色區別，士官的士豎方框中，有一根直線，黑三角蓋在直線上，士分上、中、下三級，兵則沒有這根直線，也分三等，二等兵、一等兵、上等兵，同樣的，一等一個黑三角。士兵的領章，也是這樣，兵科在底板上分顏色，士與兵，也只有一根線與無一根線的區別。

這位中尉軍官的領子上，沒有帶領章，風紀扣（註七）也沒有扣起來，身上的灰色軍裝，也是陳舊的，不大合身的。武裝帶（也叫三角皮帶）勒在身上，箍得那件略嫌寬大的上衣，在腰間折了好幾條縱折。褲子也寬大，從膝蓋折下來，蓋上打起的綁腿（註八），總有兩寸長。脚上穿的一雙力士鞋（註九），倒是新的，也很合脚。看去年已四十上下，鬧鰓鬍子有兩分長，從耳到鰓，由上唇到下巴，黑烏烏的連起來的一個圖型，像帶在牲口嘴上的「嚼口」（註十）。符號上寫的職稱是「副官」，部隊的番號是「國民革命軍直屬第一獨立混成旅第三團第一營勤務連」，大名是雷聲遠。

在當時的土娃看來，總覺得這個人的貌相，以及穿著與言談舉止，看起來與他符號上的官稱，不大合得起來。

却認爲他的大名，可不平凡。人不可貌相啊！

聽口音，像是渦陽、太和或阜陽這一帶人。（都屬皖北）。

其他三位，有兩位是臨渙人，離魯甸不過卅餘里，一看就知是莊稼漢，去當兵，還不是因爲減年，家裡沒有吃的嗎！一叫趙宗先，一叫陳新河，都已年過卅。另一位穿長袍的，名叫張有才，河南永城人。上身穿的是細藍布對襟夾襖，走熱了，解了扣子敞開著，裡面穿有一件白細布襯褂，同色料子的夾褲，紮起褲脚，配著脚上的白線襪與黑色織貢呢小圓口白粗布底鞋子，再看到他身邊綑起的灰色長袍，還有一頂紅帽疙瘩的瓜皮帽，就會令人疑問這個人怎的會去補名字當兵？

土娃從穿著看，不知道這人爲什麼要去當兵？

看樣子，這人像這一帶鄉下，靠有田地收租的地主家子弟，要是配上一個鳥籠給他捧在手上，纔像這個人呢！如今，他的胸前衣襟上，也縫上個白布條，寫上了名字，走在那「招募新兵」的一隊人羣裡，路人見到他也會這樣疑問：「這個人也去補個名字當兵嗎？」

總之，像張有才這麼個人物，也去當兵了。

要給土娃在胸前，用針縫上那塊白布上寫了「牛大鳴」三字，又蓋上了紅印章的時候，忙不迭的取出針線，熟練的給土娃縫上這白布符號的人，就是張有才。

於是土娃在張有才給他縫綴時的熟練忍不住輕聲問：「你會做衣服嗎？」張有才輕聲回答：「我是做裁縫的。」

減年，裁縫也失去東家了。

爲土娃縫綴好襟上的符號，五個人浩浩蕩蕩在那桿上寫「招募新兵」的白布旗子後面，直奔宿州縣城而去。

走了沒有幾步，土娃又突然退縮起來。

就這樣打著旗子，帶著名號，招招展展的入城，勢必經過西門，也經過華英煙行門口，怪不妥的。要被人看到，更有理由來編造我土娃逃出他們店的說詞了。說不定編說我兪盜他們的貨物或金錢被發現了，待不住了，不得不逃去當兵。

沒有臉回家呀！所以去補了名字，去當兵。

土娃越想越感到不對。可是，既然補了名字，就不能離開了啊！要是就以這樣的脚步走去，入城時，天還沒有黑呢！

越想越覺得這一步路又走錯了。錯得比上次跟花鼓班子到蚌埠演花鼓娘，還要錯得離了譜兒。

怎麼辦呢？再想想，只有去要求雷副官，別入城，可以打從城墻根走向東關車站。

上前一問，雷副官竟答說，連南關都不走，不到十里旬就岔向東南，說是專車在龍王廟這一站接應，新兵有兩個車廂呢。

土娃這纔放了心。遂跟著大家一路走去，沿路經過的村莊，都不是土娃曾經到過的，沿路上的田地，也與他們家鄉的情形差不多，田裡的大小麥，也是稀稀疏疏的，去秋的乾旱，這些地區也同樣受害。已入四月，農忙了，通常這種日子，不會有「招募新兵」的還下鄉招兵，居然還有人去補上名字。可證這帶人餓肚子的多啊！。

一路上，大家走在一起，也互問「你爲了啥要當兵？」都說是減年，家裡人口多，日子過不下去。當兵，每月可賸兩塊大頭（註十一）寄給家裡，比作長工（註十二）還強些，何況，如今連長工也尋不到東家。只有張有才說他與老婆吵嘴，賭氣出來的。小時候家境好，吃喝玩樂慣了，養成了遊手好閒，莊稼活兒不會幹，兄弟多，老人家一過，家當（註十三）還格得住三分。分的田地給佃戶種，對半兒分，這一連兩年旱潦連連，沒有嚼穀了。俺那老婆子又是個窮簍子（註十四），進了門，一年一個，生了六個，一家八口，二十畝地，好年成都拮据，何況減年。俺又不是料兒，種莊稼不會扶犁趕車，又是個窮命富身子，肩不能擔擔，手不能提提，光是手能寫，有啥用？如今的讀書孩子，都上了學堂，連束脩也不必拿，俺就是能教四書五經，也尋不到個「館」哪！就這樣，成天裡俺那老婆娘嘟嚕個不完。只有一賭氣，走！走到那裡能飽肚子啊？一眼看到招兵的，想想還是補個名字。

土娃一聽，認爲張有才說的，不管是眞是假，他說的一賭氣離家，無路可走，遂補了名字。有一半處境與他差不多。土娃則答說在這減年裡，他已讀不起中學，又不會作莊稼活兒，哥哥成天罵他是「廢物」！也是賭氣離家，跑出來補個名字，爹娘都不在世了。

反正，土娃也知道，他們任誰都沒有說眞話。

走到天黑，肚子餓得饑腸轆轆，還沒有到。火車的叫鳴聲，是近了，聽了似乎已離火車站不遠。幾個人都在問：「到了沒有？」雷副官答說：「別急，就到了。」又說：「也許我走岔了路。」

又走了差不多一小時，終於到了。目的地是個小莊子，只有三幾十戶人家，在鐵道旁邊，接應的人沒有穿軍服，身著夾長袍，勒著腰帶，下擺的半邊大襟翻起，斜角塞在腰帶上。一見了雷副官就說：「只有四名啊！」雷副官沒有答話，就率領著幾位進門。這家門口站有兩名穿軍服，手持步槍在門口站崗的衛兵，兩人帶頭進門時，站崗的衛兵，還喊了一聲：「敬禮！」

帶進大門之後，是兩進院子，還有第二道門，也站了兩個衛兵，進門也立正喊：「敬禮！」進了後院，就見到院子裡的四面八方，地上都坐的是人，黑鴉鴉的一堆堆。見有人進來，有不少人異口同聲的說：「又來了幾個！」也有不少人從地上站起身來。

月黑頭連陰天（註十五），房裡有油燈，也不亮。

進了屋，見到一位身著軍服的人，坐在八仙桌邊椅子上，正在翻檢名册之類的東西。見到他們進來，就笑著站起身來迎接，說：「歡迎！歡迎到我們的部隊來。」而且走近去一一握手。

這四個人都不習慣如何伸手去應接對方的手。

桌上擺的是一隻可以拎提的「馬蹄型」煤油燈。房子是這一帶四合院的中排兩房一廳（堂）的土墻茅草屋。不算矮小，有九尺高的墻。這人的領章是少校階級，雷副官稱他爲營附，沒有叫姓。他自己也沒有介紹。當他一眼看到土娃，上下打量了一眼，馬上就問：「牛大嗚你多大？」

土娃被這問，當時一怔，一低頭發現自己衣襟上的名字是「牛大嗚」，遂羞羞答答的答說：「十七。」

這時，雷副官已報告說他們還沒有吃晚飯，遂吩咐帶到後院厨房去用餐。時間估計有八點光景，幾個人的肚腸都餓過了頭。到了後院，厨子已不在，只有點起油燈來，去尋找吃的。找到蒸籠裡還有賸下的十來個菜角子（註十六），三個饅頭。當然不夠五個人吃的。

又尋了尋，還有大半袋子的麵粉，桿麵條，作烙餅，都費時間。土娃建議拌麵絮子吃，既省時間，又省工夫。

就這樣五個人湊湊和和，吃了一頓晚飯。

晚飯還沒有吃完，就催促上火車了。

吃完了晚飯，這四位新兵，就到前院加入了大衆行列，按點名的秩序入隊，每隊十人，分由兩位槍兵，一前一後像押犯人或押俘虜似的帶向火車。一共四隊加五個，共四十五人。

浩浩蕩蕩，走向火車。不遠，十來分鐘就到了。分乘兩輛車廂。每輛車廂有四個穿軍服的人隨著，槍口上裝上刺刀。車廂是敞口朝天的貨車，停在岔出行車軌道的停車道上。這條車軌上，只有這兩個敞口車廂，且不相連，距離總有幾百尺遠，車外放了一個梯子，一個個從梯子爬到車口，翻身扒著車廂邊緣，鬆手掉下去。個子矮些的人，一鬆手就會噗通摔了下去。所以每次有人爬到梯上，先到了車廂中的人，都在車內幫助翻入車廂的人，防備掉落時不會摔跤。

每個車廂裝了二十幾人，站著，空間不小，一但坐下來，人人把腿伸開，就嫌小了。車頭也沒有來，開向那裡？什麼時候開？連隨車的槍兵也不知道。車上的人，似乎彼此之間，都是陌生人。土娃那一夥四人，這車中只餘土娃一人。聽其中的人說，有人已在這村子的這家房屋中，住了三天三夜了。這四十幾個人，是分好幾批進來的，進來的人，都在夜晚。據那位少校營附說他們是第一路軍第一師。與土娃那個雷副官的說法不同。這一輛車上，已不見雷副官，也沒有那個少校營附。

大家夥上車之後，嘰嘰喳喳了很久，只要聽到火車鳴叫，以及車輪摩擦車軌的嗡響，就說是車頭要來掛車了。結果，一次次都只聽到見到東邊車軌上的火車，南北奔馳，一直沒有車頭駛過來。

不久，就有人叫起來，「什麼時候開車啊？把我們像牲口一樣裝在這裡幹啥？」起先，槍兵還大聲叱喝：「不要鬧！總會開車的。」有人已坐在車廂裡，背靠著車廂壁睡去。却忽然有人大叫有蟲咬人。却也不知說的是什麼蟲？有人擦亮了洋火，說是蝨子。這一說，引起了不少人叫了起來，說他也被咬了，身上發癢，起了好幾個疙瘩。跟著又有人說這車廂原是運猪的，一上車還能嗅到猪臊味。這一說，使得全車廂人都嗤哼起鼻子來。遂有人說：「這會子還能嗅到猪臊味兒呢。」

土娃也在用手去抓腰上的癢處，也鼓起了一個銅錢大的疙瘩。忍不住使他想到了猪身上的蝨子，大得像大麥粒子一樣，鼓鼓尖尖的肚子，一時想嘔。這時，竟有人吵著要下車，要換車，也有人開罵：「是他媽的什麼革命軍，還不如他媽拉八字東北軍呢！」

車上的四個槍兵，在拉槍栓，推子彈上鏜（註十七），一邊大叫：「不要鬧！營附帶兵來了。」

有一個扯起大嗓門兒喊叫起來說：

「不開車，把俺們弄上這運牲口的車皮（註十六）幹啥？」

又有人大叫：「咱們下車，不當你們的王八兵啦！」

於是，全車廂的人都轟動起來，四個槍兵雙手把槍舉起衝天吼著：「別鬧，要開槍了。」

另一個車廂，離開這裡有幾百尺遠，距離那麼遠，黑更半夜的，彼此之間，發生些什麼情況，看不見也聽不到。

突然，一聲嘟嘟汽笛長鳴，全車的人都刹然靜了下來。又聽到了車輪磨擦鐵軌的聲音，咕咕嚕嚕，漸漸的聽到輪軸交替轉動的咯咯嗒嗒聲，車頭上的燈光，閃亮到夜空中的光暈，也看得到向他們車廂移來。

遂有人喊：「火車頭來了！」

一時間，憤懣的心情，改成了歡呼！推想到要掛出去了。

果然，火車頭是來掛走這車廂的。經過一番倒過來又倒過去的，折騰了老半天。終於接在一長串運煤運貨的敞車或封閉式的車廂上，他們這一個車廂，夾在兩輛封閉式的車廂之間。又倒來倒去了一番，當車正式開行，究竟是開向南還是開向北，這車廂中的人，却也弄不清。若是有人手中有錶，計算了時間，火車正式開行時，可能天都快亮了。這晚是月黑頭加陰天，連星星也看不到的。不過，天亮時，火車正停在滁州車站，大家夥纔知道，車是向南開的。這時，大家已能肯定的知道，下車的地點，必是浦口無疑。

醒後的土娃，只想到一件事，寫封信回家。

昨夜，他在夢中回了家，所有街坊親鄰，男女老少，看到他都轉過臉去。娘說的，「作人可別作到人在前面走，後頭就有人搗你的脊樑筋！」我怎的會應驗了娘的這句話了呢？

看到了「招募新兵」的旗子，只得去補了名字。

當兵，是我土娃命中注定的一條路，連夢神爺都這樣指點我！土娃想到這裡，心又平適了下來。

〔附註〕

註一：靈璧，安徽北部的一個縣名，在宿州東南方，與泗州鄰界。

註二：永城，河南東部的一個縣，與宿州西部緊鄰。

註三：不用討飯，意指唱戲的今東明西的搭台演出，也像討飯一樣，補個名字當了名，有吃有穿，不必討飯。

註四：斜皮帶，也稱武裝帶，也稱三角皮帶，或寬皮帶，軍官的穿著標誌。在腰間的寬皮帶，斜上右肩挎出一根細皮帶。

註五：營盤，這一帶人指兵營的方言。指駐兵的地方。

註六：師爺，軍中文書人員的稱號，連裡的文書上士稱「師爺」。

註七：風紀扣，指領子上的兩個鐵質鈎鼻，名之「風紀扣」。風紀是軍中紀律的名詞。穿上軍服，這一道扣子，不可不扣。

註八：綁腿，是那時軍人的裝束，用五寸寬的布條包紮起小腿。

註九：力士鞋，是當時流行的一種黑帆布膠粘鞋底的鞋子，是力士牌。

註十：嚼口，是鐵製的鍊子，用皮繩串連上，戴在驢馬的口上，防止偷食，也叫「嚼子」。

註十一：大頭，指袁世凱頭像的銀圓。

註十二：長工，整年整年在東家工作，謂之長工，短工之對，短工，只在農忙工作。

註十三：家當，皖北這帶方言指家中的產業。

註十四：窮簍子，指窮人家的婦女會生孩子，這一帶人稱之爲「窮簍子」。

註十五：月黑頭連陰天，指沒有月亮的月初頭，天上又有烏雲。

註十六：菜角子，用蔬菜加粉絲油塩胡椒粉拌成餡，用麵粉包成蒸熟的角型包子。

註十七：拉槍栓推子彈上鏜，都是使用步槍的開槍必須過程。

註十八：這一帶人，稱敞口車箱，叫車皮。

四十二　立正、稍息、齊步走

土娃沒有量錯，果然在浦口下車。

接車的人，是位身披斜皮帶的上尉軍官，帶了十個武裝整齊的槍兵，一列橫隊，排在停下車廂的道旁。

車下沒有梯子，車上的人從車廂裡爬到車廂口邊，翻轉身來，由車下的人，扶持著落下車來。下了車就依指示，五人一列，排好就由兩位槍兵，一前一後的像押解人犯似的帶走。帶去的方向不同，有前有後，有左有右。

車廂停的地方，不是車站，也不是卸貨的地方，是倒轉火車頭的那個圓型轉盤旁邊不遠處。

土娃這五個人，被帶著在田間小徑上，走了半個多小時纔到。是一處有五排房屋的營房，孤處在麥田間。這裡稻田正在插秧，也有已經插好了的。偶然，也有麥田，比宿州那一帶早，快要出穗子了。

進了這營房，先帶到飯廳，吃了早飯，就站在飯廳裡排隊。不是土娃這五個，還有另外八個，一共十三人，站成橫隊。衣服上的白布字條，在各人胸前掛著。面對的是那位在火車廂邊接他們的那個上尉，他身後站著一列橫隊，十個人。

「我們是國民革命軍第一路軍總指揮部新兵訓練團」，又指著他胸前的藍框三角的符號說：「我是團副官呂中規。我們是正牌（註一）的中央軍，不缺餉銀，要求紀律，賞罰嚴明。你們來，將來都是我們第一路軍的鋼鐵部隊。」

說到這裡就停下口來，舉手打開手中的名冊，一一喊名，喊了五位，就說：「第一營第一連」。那行列中的第一名，就立刻立正答應：「有」。馬上出列，面對著被喊出的五人，輕聲的喊口令：「立正，向右轉，齊步走。」有人不知如何「向右轉」，左轉轉再右轉轉，連他們自己都笑了。

這位喊口令的人是班長，他沒有去管他們怎麼轉，自己竟然作了一個立正向左轉的正確姿勢，說：「跟我來。」遂頭前帶路，五個人都尾隨著便步前行。

土娃被編入第七班，一走入兵營，就帶到寢室。以下的人，也是這樣。也就是說，他們吃了早飯後，就編入了班次。

寢室是捲棚式的，床是兩層雙人床。兩床合竝一組，上下各二人，每人一張床。白被單，白棉被，灰軍毯，枕頭上還有枕頭布。都折疊得方方正正，有棱有角。這一連，就住在這一個大捲棚裡。他們進入的第一件事，是換衣服。

衣裝鞋帽，都已擺妥在各人的床上。

灰軍裝，連帽子都是舊的，但卻都洗滌過了。只有鞋子是新的力士牌，換好了軍裝，便被領到軍需上士那裡去領鞋子，還有襪子，黑色粗線織的，短筒。

衣服還包括內衣褲。內褲大多都是新的，白汗衫，黑襯褲。穿好之後，便有人坐在床位床頭前面長條凳上，教新兵打綁腿。打了解，解了打，教了三遍。說：「你們自己練習，出操時，可不能散了。散了要受罰。」

最後，每人發了一個針線包，要人在上衣的左上口袋中取出自己的符號（白布牛大鳴三字）照樣，吩咐各人自己縫上去。說：「針線包，各人用過就自己保存起來。以後，自己的衣服破了，都得自己縫補。」

土娃的軍服，上下都不合身。他人瘦削，上下身都嫌太大了。班長說：「沒有合你身兒的，我相信不要一年，就會合身的。」

一進營房，土娃就心情振奮，他長了恁麼大，還沒有見過這麼大的院子，又是這麼整潔，比他讀過的那所中學要氣派多了。營房的整潔，像教堂似的。內衣褲雖又寬又大，却是新的。今天換了這麼一身，他感到在家種田，一輩子也別想從頭到脚都換了新。就是娶媳婦做新郎，棉襖褲也未必是三面新（註二）。「不知那句『好人不當兵，好鐵不打釘』這話，是那裡來的？」土娃這樣想。

跟著，就是學著整理內務（註三）。

最難的一項，是疊被子，要疊得四四方方，有棱有角，還要迅速快捷。一切用具，都得按照規定放置，只有一個原則，「整齊清潔」。吃飯上餐廳，列隊而往，不叫「開動」，不可舉筯。

這些生活，都是土娃沒有經過的，也不曾聽到過的。他生來就稟性著一個「理」字，承受的庭訓也是一個「理」字，「守理走遍天下無理寸步難行」，從書本上學來的，也是一個「理」字。「理者，義也；義者，宜也。」所以土娃一入了營，看到一列列整齊的捲棚房舍，又在生活上學到了這些整潔有序的規律，就打心坎深處浮起了歡欣的心情。

「噢！我明白什麼叫新生活了（註四）。」他想。

頭一天，除了學習入營後的一切新生活，左一條右一條的規範，便是營盤的內部環境。先要學聽幾種號聲：起床號、熄燈號、集合號，還有夜晚的緊急集合號。

當晚，熄燈號已吹過，班長在床頭邊，嘮嘮叨叨指導全班的新兵，在入睡後的一切規定。如不准說話，不准抽煙，不准划洋火（火柴），不准吃零食。有打呼毛病的人，要換頭睡，自己做個口罩帶著睡。

熄燈後，土娃不能入眠，他要寫信回家。越想越不能入睡，遂起身披起衣裳，去向班長請求。

「班長，我得寫封信回家。」

這時班長還沒有睡，一見是那位最受大家注目的孩子牛大鳴。遂答說弟兄們寫信回家，都在星期天放假的日子，後天就星期天了，後天寫吧。師爺會給你們代筆的。

土娃一聽，低下頭來哭了。淚水如大雨中的簷頭水。甚而啜泣起來。

班長名叫李中秀，上士，二十八歲，不識字。

一見土娃這種哀傷的樣子，猜想這孩子心裡必有事情。遂輕輕吩咐：「去穿上衣裳。」土娃還不會什麼軍禮，馬上來了一個四十五度鞠躬，沒有說話，嗤哼一聲鼻子，轉身回去穿衣裳。

有不少人已經睡熟，可以聽到鼾聲此起彼落。

「不要打綁腿。」班長又吩咐了一句。

土娃穿上衣裳，隨同班長到了司務長的住處。

司務長年紀大，不止四十，可能五十都要出頭。

有一間房，一床、一桌、兩凳，堆了不少雜物，另外還有一間放軍需品的庫房，門鎖著。他正在扣算盤。

見李班長帶了個新兵來，愣了一霎。

「司務長還在忙啊？」李班長先打了個寒暄。

「坐，李班長，」司務長起身招呼李班長坐下。遂又望著土娃問：「這孩子是個新兵？」

「是。」李班長說：「他叫牛大鳴，要求寫封信回家，師爺可能睡了，也可能不在家，請司務長幫他寫吧。」

司務長一聽這要求，馬上就答應。

遂坐下來把凳子移移方向，面對土娃說：「你說吧！」就準備用筆記下來。

土娃還沒有說話，李班長就說：「先說收信人的姓名地址，還有稱呼，再說寫些什麼？」

「我自己寫。」土娃堅定的說。

司務長與李班長聽了，都頓時一愣。

「你會寫信？」司務長問。

「會。」土娃又堅定的回答。

「很快可以寫好嗎？」司務長又問。

「唔。」土娃本起嘴，用鼻音回答。又說：「向爹娘報平安，沒有幾句話。很快就能寫好。」

司務長遂馬上打開抽屜，取出信紙信封，又把桌上的墨盒打開，把凳子移好位置，向土娃說：

「來，坐在這裡寫。」

土娃深深鞠了一躬，又說了一聲「謝謝司務長！」便坐下，拿起筆來就寫。

李班走到身後去看，司務長招手要李班長不可站在身後看。李班長這纔退了回來。

父母親大人膝下跪稟者：兒不孝！不孝！不孝！未得嚴命而別家。離開這家店舖，乃不願受辱！別無他。若是胡言亂語說兒有越軌行爲，可質天地鬼神。原想回家說明，路見招募新兵，一時衝動，補了名字。今已入營，營中生活正合蔣委員長新生活運動，兒很能適應。

萬請勿念！跪叩

祖父母親大人放心 孫定會成爲一個有用之人。

再者此信懇姨父轉達，怕爹娘生氣，姨父會關說詳情。再報平安！

兒 大鳴百叩四月十日

不過十幾分鐘，土娃就把家信寫妥。收信人則寫的是另一家的地址。目的是不願暴露自己的眞實姓名與年籍，也怕家人會找到營中來。所以不寫發信地址。（信封也不是軍營的）

寫完了信，站起來把信封信紙，雙手呈給司務長，說：「我不寫這裡的通訊處，怕的家裡人會找到這裡來。這行嗎？」

司務長接過來一看，沒有唸文，就睜大了眼睛看土娃，「你讀了幾年書？字寫得這樣好！館閣體麼（註五）。」

土娃靦靦覥覥沒有回答。

「好了，可以這樣寫。」司務長看了信封說：「放在我這裡，明兒格我帶出去寄掉。放心吧牛大嗚。」

「謝謝司務長。」

李班長也作了謝，遂帶土娃回去睡覺。

在路上，李班長非常豔羨的問土娃讀了幾年書？答說讀到中學。李班長就頓然驚訝的停下腳來，轉過臉來問土娃：「那你怎的要當兵呢？」土娃一時之間，也不知如何回答。要說也不是三言兩語，可以說得了的？「出門愼說三分話，留下七分莫亂言。」這是古話，藏有眞理。土娃遂回答一句：「男兒志在四方啊！」

這句話，便交代過了。

第一晚，土娃睡得很甜美。可以說，從出生長到十六歲，也沒有睡過這樣平整而獨有的木床，更沒有蓋過這麼軟柔的棉被，也沒有枕過這麼舒適的枕頭。在家時，土娃單睡的床，是繩綳子的軟床（註六），中段已凹下去了。枕頭是草把子（註七）用破布包紮起的。棉被也不是三面新。身上穿的，也沒有這次換穿的齊整。惦記著家人關心的事，也寫了信去。所以一覺睡到起床號響。在哨子聲與一聲「起床啦」的吼聲中，矇矓中醒來，跟著大家忙手忙脚的穿衣打綁腿，疊被子，刷牙洗臉，一共十五分鐘，集合號聲就響了。

第一天起床，土娃就沒有打好綁腿，他是把未打好的這一頭，塞在腿肚子上的。沒有打好綁腿的人，不祗土娃一個，還有人只打了一條腿，另一捲綁腿布，還在手裡拿著。還有人在跑步集合時，綁腿散了，被另一雙脚踩到，摔了跟頭，傷了臉，流血滿面，被帶去醫務所包紮。

「今兒格是頭一天，一律不罰。」值星（註七）排長說：「從明兒格起，打不好綁腿的，一律三板子。」

一寸多厚，兩尺來長的木板，就握在那位身披紅帶子的排長手上。土娃看到那根板子，渾身都在打顫。心裡遂在想著班長敎他們打綁腿的程序，以及裹布時的訣竅。

正在想，排長已下命令，說：「解散之後，馬上整理服裝，十分鐘後集合。」說完就大吼一聲：「解散！」

頓時像蜂窩被戳了一桿似的，轟然散開了。一個個都蹲在地上，或坐在地上或站在那裡，打綁腿的打綁腿，繫鞋帶的繫鞋帶，穿褲子的穿褲子，勒腰帶的勒腰帶。排長在看手錶。

到時一聲吆喝：「集合！按原橫隊形站好。」

遂又轟轟然各歸各位，站成二十人一列五列橫隊。每列的頭一名是班長。

「班長檢查糾正！」排長說了這一句，就大聲一吼：「開始。」

十個班的班長開始檢查服裝，挑出了五個不合格的來，其中一位就有土娃。

這五個服裝有缺點的人，兩個綁腿打得紋路不對，一個上衣領口太小，扣不上風紀扣，一個腰帶太短，肚子大，皮帶上的眼兒不夠。另一個就是土娃，衣服太大人太瘦，腰皮帶又長，上衣皺巴在身上，褲子的兩條腿，像兩個燈籠圓鼓著，站在隊裡，非常礙眼。

除了兩個打綁腿的紋路不對有錯，其餘的三個，都不怪他們個人。尤其是牛大鳴（土娃），一站出隊來，令人看去就會忍不住笑。

排長要五人立正向後轉，面對著全連的新兵，一一指出服裝的缺點，應如何改正。業已預先說明，無論錯在誰？都不處罰。在這五人回到列之前，排長問牛大鳴：「你多大？」土娃輕聲答說：

「十七」。他想不到這位排長把眼一瞪，厲聲的說「大聲些！」一時誌得土娃張不開嘴，他的班長教他：「大聲回答。」那排長的眼還在瞪著等他回答。

土娃這纔鼓起勇氣，撕肝裂膽的吼出：「十七」。

都想不到這個瘦削削看去像個女孩子的小兵，居然還能吼出這麼一聲像喇叭口吹出的音響，連排長的臉都綻放出微笑；花朵似的。

遂命令五人回列。排長發出的「立正」口令，尚未落音，開飯號音就響了。於是再一聲口令：「向右轉，齊步走！」又加了一句：「目標，飯廳！」吃早飯了。

飯廳很大，整個挌棚，都是飯廳。每桌八人，最少有三十桌以上。早飯是長方型捲子，白米濃稀飯。桌上擺的小菜是醬菜、豆腐乳、蘿蔔絲、花生米；每天都也有變化。

吃多吃少，沒有限制。只是不准說話，說話的就得罰餓一頓。

這一點，土娃就心情恬適起來。他想到，在家裡往往收成不夠一家人嚼穀，時常吃「數子饃」（註九），到城裡作學徒，如果再伸手去拿第三個，就得看掌櫃娘子的臉色，聽小東家說他太會吃的閒話。到了這裡，有人三口就吞吃一個捲子。連吃七八個，也沒有人說吃得多。官長在吃飯時關照大家多吃饃少喝稀飯。說：「多喝稀飯小便多，出操的時候憋不住，尿了褲子會挨打。」據說這情形，時常發生。

陰曆四月天，太陽一掛上東南天，就有些兒曬人了。

出操一開始，雖是立正、稍息、左右前後轉，以及正步走、齊步走，可天天得站在太陽下綳緊著筋骨，凝結其精神，帶到操場，就是一上午。起先幾天，土娃的體力，有些不能支持。可是，這有規律的機械生活，却極能適應。尤其，土娃處處用心學習。

說起來，自從土娃入營，當晚在司務長房裡寫了一封信，第二天，連長就知道了。晚上就把土娃找了來，懷疑到一個正在讀中學的學生，怎會來當兵？這之間一定有原因。

這新兵訓練營，成立有兩年了，入營的新兵已踰萬人，略識文字的，一百人也未必有三兩個，如今竟有一個中學生自動補上名字當兵，得問問。

這連的連長名叫張振武，二十六歲，河南朝歌人，沒有上過學，如今已略識文字。也是因爲家窮跑到部隊去的。原在吳佩孚的部隊，在南北戰爭中，升到排長。吳佩孚的部隊改編，他已升到連長。編到這個新兵訓練營當連長。所以他對牛大鳴這個新兵，特別有興趣。

土娃見到張連長，並沒有洩露他的底兒。只說他家窮，父叔弟兄四個，分了家他就唸不起中學。自己身子骨又單薄，做不了莊稼活兒。耙地，從耙上摔下來，割草割破了手，割麥割破了脚脖子。蹲在家裡，左鄰右舍總在背後搗他的脊樑筋。看到招募新兵的旗子，就跑去補了名字。

張連長聽了，非常感動。

「我們國民革命軍要建新軍，」張連長說。「不是雜牌子的部隊。我們如今訓練新兵的法子，是學的德國，日本就是學的德國。怕的是你這瘦弱的體格，受不了這個罪。」

「我不怕，我受得了。」

張連長想不到這個新兵，會說出這麼堅定的話。

原來，張連長曾想，萬一這孩子對這一天來的緊張，表示出退縮，他就想著只讓他受完前階段的立正、稍息、齊步走，就調到連部來作幫寫（註十）。協助師爺、財務爺（註十一）作些文墨上的事。以後，還有機會送他到黃埔軍校去。不想這孩子堅定的說他「不怕，受得了。」也就非常高興。在暗中，却關照排長、班長，要特別關顧這個孩子。

這裡是新兵訓練營，時間是四個月。頭兩個月是徒手與操槍的基本訓練，後兩個月是野戰上的攻防與奇襲等等訓練。由於大多數人都不識字，上講堂也有，極少。上講堂也祇是講圖表，在黑板上畫圖。訓練完畢，一一分發各團、營、連。頭一個月，星期日也不放假，不是練習擦槍就是排隊帶出去，作勞動。挖地，種菜，挑水，挑糞，到營外修路。總之，從起床到熄燈，沒有空閒。只要被班長看出來你是一個不守規矩的人，凡事都是敷敷衍衍，吊兒郇鐺，就會是被修理給大家看的榜樣。只要他們一動手，除了拳打足踢，大巴掌在臉上左右開弓的正一掌翻一掌的打，有時還按在地上，臉朝地，扒了褲子打軍棍，一打就是廿或卅，「皮開肉爛」、「血肉糢糊」，這些掛在一般人口中的閒言語，土娃都親眼見到了。

拳打足踢的事，天天見到，按在地上臉朝下，扒了褲子打板子，每個月都有，一次或兩次，有時三次。每次施刑，都是集合全連的人站成方城，圍著看。被打的人，一被拖入方城，就叫喚的不成人聲。被打死的人，聽說也有。被打了的人，都是兩個人一邊一個架著胳臂拖著拉出去的。土娃這個連上，有兩人挨過板子，只有一人在醫院住了七八天纔回來，另一人則不知下落。回來的人，也不敢說三話四。

若是在挨打時反抗，那就更倒楣了，輕者挨了板子之後，關禁閉，重者坐牢。坐完了牢，還得下連受訓（註十二）。若有還手者，那就以軍法作「抗命」審理，小命兒就保不住了。

下午，大多是勞動生活，拿起鐵鍬、鋤頭、鐵扒子，整理環境。都是身著短衣褲。

土娃最不能跟得上的一門，就是體操。任何球類，他都一下場不到十分鐘，就被剔了出來。每次去盤槓子（註十三），應是他最畏懼的一項。土娃的個頭兒，雖已長到近一六五公分，可是雙臂無力，兩腿也無力。每次聳起身來，總是十有九次抓不到槓杆，摔掉在沙池裡，重則一臉沙，輕則一身。就是有人抱起他，讓他兩手抓緊鐵槓子，也只是雙手吊在那裡掛著，最多兩條腿想彎起來，也彎不起來，搖兩下就抓不住掉下地來。就是這樣掉下來，也是屁股落地，來個仰扒叉（註十四）。

要不是連長關照了排長、班長，板子早就挨上了。

所以每到體操「盤槓子」這一種操練，只試一次，若還是上不了槓子，就罰他在一旁作伏地挺身。直到兩個月完了，土娃終算能掀住槓子，翹上右腿攀上去了，再翻身下來。

連長還當衆嘉勉這牛大鳴的學習認眞呢！

事實上，由於土娃天賦的體質衰弱，爲了能攀上那根鐵槓子，偷偷兒的在第二個月的兩次星期日（一個月四個星期日只放兩次）假日，他都沒有出去，一個人在鐵槓子下練習。終於找到了竅門，能一聳身抓到槓子，攀上去了。遺憾的是，做不到旋轉盤旋。

不過，唱歌他倒比別人學得快。

別人都知道，他認識字，占了便宜。

直到進入第二階段已是第三個月了，方始發了全薪。第一次是入營第二個月的第二周，每人纔發放了半薪，還是存儲在連上的。說：「在受訓期間，不放假，沒有花錢的地方。」營中禁止吸煙，像坐監牢似的，不但不准離開營門，營盤裡也沒有售賣東西的。這次發薪，服裝整齊，胸前縫上了符號，番號是「國民革命軍陸軍第一路總指揮部新兵訓練團第一營第一連」，軍需上士擺一張桌子，放在一連人的橫隊前面，點名關餉，到桌前按指印領取。連長先講話。第一句話是不用向家寄錢的人，可以存在連部，要用時，隨時支領。第二句話是要寄錢的先登記。第三句話是領了錢的人，要謹慎保管，遺失了連部不代追查。

當然，向家寄錢的人占多數。凡是寄錢的人，分組由班長或派人率領到郵局付郵。這天是放全假一整天。早飯後檢查完內務，就放假。服裝整齊，每組五人，由人率領，只在浦口這一帶，不得過江。浦口也有戲院，也有遊藝場。

土娃領五塊多錢。一二等兵的薪餉，一月五元，扣去伙食兩元，還有公積金，雜費等五角，下餘兩塊五角，加上伙食的賸餘尾數，領了五塊三角七分。他交郵寄家五元。仍舊寄給姨父收轉。信上說明下個月就要分發下連，不知下連後的駐地在何處？到地方住定，再寫信來，胖了，也壯了。萬祈不要掛念。

滙完了錢，領頭的班長，徵求了五人的同意，到戲院去看勞軍早場。已經開演了許多時候，一進去正在演「寶蟾送酒」，他們尋到位置坐下，忽然見到後台走出一個手提紅紙木牌的人，把那貼上紅紙的木牌，向台口一放，拉好支架，擺定了就轉身回後台。土娃在鞭炮似的掌聲中一看，紅紙上寫的是：「特請青春玉女李韻吟小姐客串玉堂春」，李韻吟三字寫得很大。

土娃一見，忍不住心口怦然一動，鼻子發酸，臉龐發熱，淚水打從眼眶溢出，眼角上流了下來。幾乎哇地一聲哭了出來。

一年多了，他想。寫去的信，不知收到沒有。怎知我當了兵，如今竟然坐在台下看妳的戲呢？「李姐！李姐！我辜負了你的好心了。」土娃的心在肚子裡說：「我學的玉堂春都快忘完了。」

想到這裡，打心底就湧出了那句：「十六歲開懷是那王……」那小樓，那情況，怎能使人忘却呢！偷偷兒揚起手來，鈎起中指，揩去眼角下的淚。

戲開演了。土娃他們來得晚，坐在後幾排，戲院不大，還是看得很清楚的。他相信台上的李姐認不出他，身穿制服，頭戴軍帽，就是迎面遇上，也未必一眼認得出的。可是這齣戲，玉堂春要跪在台中間的台口不動，唱上四十分鐘。所以，每當玉堂春的眼神掃下台來，土娃就低下了頭，恰似那玉堂春身後的王金龍似的。直到慢板唱完，土娃的浮盪心神，方始定下。以後的戲，土娃竟低聲哼著在重溫舊情。

「你會唱嗎？」坐在身邊的班長聽到了問他。

土娃搖搖頭，答說：「不會唱，跟話匣子學過。」

遂又想到那台話匣子，不知怎麼樣了？爹說要送還人家，也許送還了。

「爹說話，總是說了就會去作。」他想：「我這麼樣子離開他們，絕不會再留著那台話匣子的。」

土娃猜對了。在土娃到華英煙行去作學徒，魯永春就帶了四瓶口子酒，又帶了半布袋花生，親自到蚌埠第一大舞台，送還了人家。

看完了戲，班長又帶了他們五個人去吃羊肉湯泡饃。

飯後，到江邊去看船，沿著大江走了一段路。江邊的麥子已收割完畢，秋莊稼也種下去了。稻禾已青青的一尺多高了。回到營盤，尚未到休假點名的時間。土娃到了寢室，已是一身大汗，換下外衣，去沖個澡。倒到床上，就入了夢鄉，點名號聲起時，他纔醒來。

「睡得好甜啊！」他恬適的想。

〔附註〕

註一：正牌是雜牌之對，在當時，有不少部隊都是自己組成的。

註二：三面新，指的是面子、裡子、棉花，都是新的。

註三：整理內務，是軍人一件重要工作，即寢室中的床上床下，都要整潔。

註四：新生活，是當時的蔣委員長發起的一個「新生活運動」。

註五：館閣體，指科舉時，舉子作文必須寫的正楷字。

註六：繩綳子的軟床，意指用木棍釘成床框再用繩子網起的床。

註七：草把子，用麥桿或黃米穀桿紮起的草綑子。

註八：値星，指擔任一星期的全連勤務，一星期一換，輪流交替。

註九：數字饃，每逢減年，糧食不夠，飯食就得減量，饃以數分配。

註十：幫寫，是幫助師爺（文書上士）抄抄謄謄。學習軍中文事。

註十一：財務爺是連中軍需上士的稱呼。

註十二：下連受訓，意爲仍舊回到訓練營的連上來，繼續受訓。

註十三：盤槓子，指的是鐵槓子的體操運動。

註十四：仰扒叉，指四肢朝天的樣子。

四十三　槍在我們的肩上

新兵訓練營的第二個階段，是野戰的攻防。簡而言之說，就是訓練士兵到了戰場上，知道怎樣與敵人作戰。也就是怎樣殺退敵人，怎樣保衛自己。他們只是新兵訓練，攻防的階段，只到班教練爲止。

在野戰訓練階段，立正、稍息的制式訓練，已經少了。每周最少有四天是「打野外」（註一），訓練進攻與防守戰法。雖說，陰曆六月七月的暑熱天氣，在南京這一帶，是有名的烈火爐子，野戰訓練是全連排起百多人的長隊，唱著軍歌，齊步走喊著一、二、一的口號，踏著整齊的節拍，走出營盤、走上大街、再走上野外的。在微風習習中，太陽的火熱已風散了些。何況，一出了市街，斜披著紅色絲織大帶，尾端還飄綴著穗子的帶隊官，嘴裡一面喊著一二一，一面指揮著部隊行進時的步子不可有一人走亂。還適時指揮著行進的部隊齊唱軍歌。總是先看部隊行進的步子匀不匀，口裡輕聲喊著一二一，一二一，觀察到部隊的步子一段段都走齊一了，遂先起個頭兒，唱：

「前進，前進，同胞們！」（註二）

「來，全體唱！」於是一百多人的三段長隊，就像錢江潮推岸的嗡轟聲便轟鳴起來。

前進，前進，同胞們！

要前途光明，快來打倒敵人。
要在鎗林彈雨中，奪回失地，重把國威振。
用我們的頭顱和熱血，爭我民族生存。

說起來，打野外比站在操場上操立正、稍息的生活，要輕鬆多了。所以，第二個階段的野戰訓練，這些入營後的新兵生活，大都已經習慣，可是土娃牛大鳴，在野戰訓練的一月未完，卻被調到了連部，協助師爺（文書上士）與財務爺（軍需上士）去抄抄寫寫去了，免去了他的軍事訓練，不必出操，也不必去參加打野外。連舖位都搬到師爺房裡去了。

土娃到了連部謄抄公文，得在「國民革命軍」的右邊，還要加上「中國國民黨」五字，與「國民革命軍」並排。這時的土娃，尙不知「中國國民黨」是什麼意思。問師爺之後，纔知道中國國民黨是總理孫中山先生的政治組織，最早叫「同盟會」，後改稱「中華革命黨」，再改組稱「中國國民黨」。土娃這纔知道這時的中國，除了中國國民黨，還有中國共產黨，還有什麼中國民主社會黨等等，中國共產黨也有了軍隊。爲什麼有這多的「黨」？土娃不明白，他只知道《論語》上的「鄉黨」，指的是父兄宗族居住的地方，黨，也是大多數人的意思。在黨歌上，有「三民主義吾黨所宗」，就是「中國國民黨」的政治綱領。

不過，土娃還沒有讀過「三民主義」，連「三民」是什麼也不知道。這位師爺只告訴他說：「我們是中國國民黨的部隊，當然要寫上中國國民黨」。這時土娃所明白的也只是這樣多。

連部的師爺姓陳，名應芳，不到四十歲，天津人。個頭兒比土娃還要矮些，也瘦瘦的，面皮卻是黑赧赧的。梅派青衣票友，不時到南京戲院去客串。在行動上，生活上，有幾分女人氣，連部的老同事，有時戲稱他「師娘」，不叫他「師爺」。他房裡就有一台留聲機，生旦淨丑的唱片都有。每次播放，就見到土娃總是傾耳靜聽。土娃的臉龐白皙，眉眼清秀。陳師爺早就發現到土娃的一双蔥葉似的纖勻手指，納紙寫字的手，在手指的末節上，四個指頭都有凹下去的漩渦。遂想到這孩子要是唱旦腳，扮起來可眞是個女人呢！有幾次想說：「牛大鳴，我教你唱京腔大戲好不好？」卻沒有啓口，認爲牛大鳴的土腔還太重、太濁。

可是，連上接到了團裡的一道手諭，說是團長太太要到各連教唱一首新流行的軍歌：「槍，在我們的肩上」。排定的這一天，全連都集合在一個大捲棚裡，一列列坐在長條凳上。還特別替團長太太在前面塋出一個講台，前面擺一張桌子，後面放一張架起的大黑板，歌與歌譜，已經寫在黑板上。

團長太太乘了一輛黑色放光的小轎車，兩個腰掛盒子礮的衛士還有一個身揹小箱子的勤務兵跟隨，到了這座捲棚。

起先，土娃一直提心吊膽，怕的這個團長太太就是那個郝團長太太。他曾問過班裡的人。都說不知道。班長說團長姓毛，浙江江山人。又說：「可能又調了。」因而土娃聽了，更加膽怯。

等到值星排長一聲「立正」的口令喊出，站在隊中的土娃，心卟通卟通的跳，當他見到團長太太笑嘻嘻的步上講台一站，就對著台下的人，說了一聲：「請坐」！值星排長再喊「坐下」的口令。一百多人又在唏哩嘩啦一陣坐凳移動的響聲過後，土娃這纔定下心來。見到這位團長太太，個子不矮，比李姐還高些。圓胖胖的白皙面孔，短髮只到耳根，陰丹史林布深藍色旗袍，寬寬綽綽。五官端正，似乎未施脂粉，口唇是自然的肉紅，年紀總有廿四五，看起來，像個成熟的婦人。連長又跑到台下敬禮，然後轉身向全連的弟兄說：「咱們團長太太是學音樂的，留過洋，教過大學生。團長特地請太太來教全團的弟兄學唱這個好聽的軍歌。咱們可得掏出心來學。聽見了沒有？」於是大家齊聲的像炸雷似的回答：「聽見啦。」

團長太太笑吟吟的說聲：「謝謝！」伸出舌尖舐舐口唇，略一靜寂，說：「聽我先唱一遍！」說著遂拿起講桌上的棒子，指向黑板上的歌譜。

槍，在我們的肩膀！血，在我們的胸膛！

我們來捍衛祖國，我們齊赴沙場。

統一意志，集中力量。

衝！衝出了一切惡勢力；幹！貫澈了總理的主張。

抱定殺身成仁的決心，發揚中華民族之榮光。

馬上，圓潤而且雄壯的清脆女音，響徹了整個捲篷，委實好聽。一唱完，一百多人的掌聲，就暴風雨陡降似的響起。

「來，我唱一句，大家跟著唱一句」。

就這樣，一聲聲，一句句，教唱起來。

在一遍遍教唱時，團長太太聽到衆聲中，有一個清亮而明媚的聲音，夾在其間，聽來，特別不同。遂用目光跟著耳朵的聽覺，去尋找這個聲音，她發現到這個聲音的區域，在左後方的中間那塊。跟著，團長太太把台下的百多人，從中分成兩半，再由兩半前後分開，變成四個區域。一區區的唱，要學唱的人，去評論那一區唱得好。再要全連的人，去挑選那一區中的那些人唱得好。

一區區，一遍遍，輪流著唱，要所有的人都作評判。這樣的比賽，歌聲是那些人唱的好聽，別說是站在講台上的團長太太聽得出，也尋得著，就是全連百多人，也聽得出來那些唱得好聽的人是那幾個？

土娃，被馬尾羅似的篩撿出來了。

團長太太要他走到講台上來，當衆唱上一遍。

聽去，那清脆的聲音，像女人的歌喉。加上土娃那個清秀的眉眼與白皙的臉蛋子。若不是在澡堂子裡一起洗過澡，幾乎人人會懷疑他是個「二尾子」（陰陽人）。

教唱結束後，團長太太問連長這個兵幾歲？連長答說十七歲還不到，唸過中學。走時雖沒有說什麼？過了幾天，團長卻巡察到這一連。有三個營長跟著，特別問起這個會唱歌的牛大鳴。交代陳連長好好帶這個兵，聽說總指揮部要成立幹部訓練班，課程安排到團教練（註三）。留下了一句話：「到時候我來保送。」

這團長是姓毛，名毛家駿，也是行伍出身，高高的個子，英俊的外表，唸過三年私塾，講話時滿口之乎者也。喜寫大字，給商家寫過招牌。以儒將自居，動輒孔子這樣說，孟子這樣說，規行矩步。有一次，集合全團連長以上軍官訓話，說到軍人最應遵守的是紀律。雖然咱們的符號背後印著：「武將不怕死，文官不貪財」十個字的口語，應知道「武將不怕死」是戰場上的事，平時要是沒有紀律，就是上戰場，有勇敢，不怕死，爭城奪地打了勝仗，也不是好軍人。有位團長纔四十二歲，就解職還鄉，就是因爲平時在外風花雪月。要不是有靠山，判軍法都算不定。最後，告誡大家務必少涉風月場。娶小老婆倒無法律禁止，可不能搶，也不能騙。

毛團長說的這件事，這個牛大鳴也是涉入的人物之一。當然，這裡沒有人知道這些底細。只有土娃能從團長這句話中吟味到。

兩個月的野戰攻防訓練，眨眨眼兒便已結束。

土娃作了連部師爺與財務爺的幫寫，只去過兩次野戰訓練，還是見習性的。但在連部的幫寫工作，卻每天抄寫不完。因爲它們這一團已奉令成立一個獨立旅，這位陳連長就是這一旅的特務連連長，由他們這一個訓練營，精選一連人率領前往駐地報到。這情事，是這個訓練營不知道的。

第一路軍的轄地，包括安徽、江蘇、浙江、江西、福建五省，總指揮陳調元，外號陳歪頭，屬下的部隊有五個師兩個獨立旅，近來又要再成立一個獨立旅，作爲機動部隊，駐紮江西。這時的第一路軍，擔任的主要任務是「剿匪」。所以又成立一個獨立混成旅，用精良的武器，裝備這個旅。第一路軍總指揮部，駐紮安慶，這個新成立的獨立旅，駐紮南昌。旅長是一位出身日本士官學校的伍承祖。這位訓練營的毛團長則仍留在浦口，繼續訓練新兵。

當天氣暑熱變成秋老虎的日子，這一批新兵訓練已經結訓。陳連長率領了挑選出的一百多人，穿上整齊的軍裝，排著整齊的隊形，後面還緊隨著伙食挑子，給養車子，浩浩蕩蕩，一路唱著軍歌，踏著整齊的步伐，在洋鼓洋號聲中，走出了新兵訓練營，步上江邊的碼頭。到了江邊碼頭，由四路縱隊改成一路縱隊，極有秩序的魚貫走上踏板，步上輪船。他們的倉位是倉底的一個大貨倉。只在鐵板上，舖了一層稻草而已。

目的地是九江，兩天一夜就到了。輪船名「江明」，是明輪子，撥水的大輪，銀光閃閃的吊貼在輪船的腰部兩旁，只有三分之一的部分深入水下。開動起來，輪子的轉動，不但聲響聽得見，轉動的快速也看得見。

土娃他們雖然住在底倉，連長卻准許他們一班一班的輪流爬到上倉去參觀。上倉還有三層纔是露天的甲板。

天上的太陽，雖然吐著毒蛇似的光，在江風吹拂下，卻也不像陸地上那麼刺熱。當土娃隨著大家走在二層倉位的船邊過道上，聽到管弦絲竹的聲音，悠揚傳出倉房之外，正有人在歌唱玉堂春的快板：「在洪洞住了一年正」這一段。忍不住駐下足來，倚著船舷諦聽。因爲他聽過連上的師爺不時在哼著唱，辨得出在歌唱的人，好像是陳師爺。

剛剛聽完了這一段，這間倉房門一開，出來的人是他連長。

迎面見到土娃一人站在船舷邊聽，遂問：「牛大鳴你會唱嗎？」土娃在立正敬禮之後搖搖頭。這時，倉房中的陳師爺也看到了土娃，馬上就起身去叫土娃到倉房裡去。連長又轉身進了房。

二等倉，兩邊各有上下層床位，共四人。住的都是官長，一位是營附，一位軍需官、兩位書記官，營部一位，團部一位。其中營附與團部書記官，都會拉會唱。土娃這一連的連長，也會唱幾句「武家坡」的「一馬離了西涼界」。師爺陳應芳是梅派票友，營裡出了名的。今在船上沒事兒，遂約在一起拉拉唱唱。在江上，風清水明，歌出的聲音，分外有韵致。他們已經唱了老大一會子了。

土娃被叫進房裡，靦靦覥覥的站著，房間極小，好在另兩位不會唱的，到船上層甲板看風景去了。這兩人也沒有見過土娃這孩子，所以土娃一進房，這兩人就認爲這孩子如會唱，一定是旦腳。

「營附你瞧！」陳師爺說：「這孩子是不是個好料子？（註四）」

「陳師爺收了徒弟啦？」拉琴的王書記官說。

「那裡！」陳師爺說：「他叫牛大鳴，是新兵，中學生噢！連部爲了獨立旅的事，文字的事兒忙，調這孩子到連部幫寫。我啊！可眞想收個徒弟。在我身邊有一個多月啦！聽留聲機到很專心的。我聽到哼過『蘇三離了洪洞縣』，土腔土調的，還是那會子事呢！」

「好！就唱這一段。」拉琴的王書記官說著琴就響了。

「唱，牛大鳴。」陳師爺命令著。

胡琴拉了兩個過門，陳師爺也用手式與眼睛的神情，指示他開口。土娃紅著臉，開不了口。

王書記官只得住了手，望著土娃說：「別怕，開口就唱。」

土娃羞紅著臉，靦靦覥覥的說：「我唱來在都察院。」

「好，散板！」陳師爺更加興奮的說。

土娃對於這段，在李姐姐的小樓上，左一遍右一遍，練習的次數最多。

於是，土娃開口唱這一段。

由於這一段土娃對著話匣子一遍遍學了不下數百次之多。跟著唱聲機也唱過許多許多次。加上他的聰明過人，雖然是第一次上胡琴吊嗓，却也能掌握住尺寸，高底而分明的學到了梅腔的情韻。

這一唱，最感奇異的是陳師爺，他絕未想到這孩子不是個到了他身邊，纔開始跟留聲機學唱的人。若是沒有經過行家指點過，那裡會能唱出這樣的成績。

張連長也瞪大了眼睛，驚詫著這孩子不會是鄉巴佬出身。

「你跟誰學的？」王書記官收了琴問。

土娃赤紅著臉，低下頭來，不知怎樣作答。

「連我也不知道！」陳爺師也滿腹狐疑的說。

「是新兵，入營纔四個月。」張連長答。

土娃本想說家中有話匣子。又怕露了底兒，不敢說。又想說跟表哥學的。却又編不出表哥是幹什麼的？

只隨便答說是跟師爺的留聲機學的。

船到九江靠岸。下了船再趁火車到南昌，在牛行車站下車。又改乘帆船過江到南昌，駐地在道台衙門舊址（註五）。旅部就設在這裡，他們特務連直屬旅部。

土娃第一次見到這座像小說中寫的這麼深有五層院落的瓦屋，還有樓，還有庭園。他們特務連一百多人，住了一進院子，還有空敞的餘屋。想到他們家住居的那種低矮的茅草屋，十家有八家的屋門，進出都要低頭。爲了減少冬天的大風吹襲，有不少人家把房子建築爲：地下一半，地上一半。這種房子，雖然可以避風，還冬暖夏涼。只是潮濕加重，過了五十的人，往往會得風濕關節炎，癱瘓在床上。

南昌有蔣委員長的行營，在百花洲附近。門口的衛兵，一邊兩個，盒子礮（註六）上了刺刀，安在木盒子上，拿在衞兵的手中。土娃那天跟著師爺打從行營門口經過，看到那手上托著刺刀的盒子礮，目光灼灼注視著路上行人，這情形使土娃心神只打抖擻。回到連上，纔敢問：「那是什麼槍？」

在南昌駐紮了不到十天，就開到奉新縣城去了。

奉新縣在南昌南方，相距不過百里之遙的一個山鄉小城，對土娃這孩子來說，應算是他第一次接觸到書上說的「蠻荒之境」。使他想到了白居易寫在「琵琶行」上的話：「豈無山歌與村笛，嘔啞嘲晰難爲聽。」在浦口的時候，到市場上購買東西，彼此的語言尙能交談，到了南昌，只不過幾天，又不准單獨出門，可以說沒有與外界接觸。到了奉新，他們的部隊，駐紮在一所小學，旅部是一個祠堂。初到的一些日子，與老百姓接觸，幾乎是十句有八句，得比手畫腳，雙方纔能溝通。簡直就是到外國一樣。

由於特務連是旅部的機動部隊，連上的兵，除了浦口原連中的大部分，還滲入了另幾連的小部分。到了奉新之後，部隊在大太陽下，又集訓了一個多月的制式訓練，就駐紮到鄉間。進入山區之後，自己砍樹，自己挖地，自己築墻，不幾天，就在山間建成了十幾間茅草屋。他們要在山嶴群嶺間，進行野戰訓練。

起先，連部的師爺以及財務爺都留守在奉新，山間的營房建成，留守的人，也進入了山區。就在這時候，旅部送來一紙命令，寫著一等兵牛大鳴調到三一九團第一營營部傳令上等兵。即日報到。

連部剛造冊上去，牛大鳴由二等兵晉升一等兵，纔幾天？就是上等兵了。這還沒有什麼，上等兵還是個兵，薪餉多五角錢就是。連部的師爺卻跳了腳，大罵營部的王書記官，竟拐彎磨角的挖走他的幫手。陰壞！還不是想收牛大鳴作徒弟。自己有老婆有兒女，還安著這種邪念頭。

罵的這些話，使土娃臉紅。

「師爺！我不去。」牛大鳴說：「俺在這裡習慣了。」

「不成啊孩子！」陳師爺打著一口的天津腔兒，莫可奈何的說：「有道是軍令如山，咱們當兵的，還扭得過當官的麼！得去，不去可成不的。不過，……」陳師爺說著說著忍不住嗚咽起來。淚水也溢出了眼眶。遂掏出手帕擦擦眼淚，強忍著辛酸，又說：「這齣鳳還巢（註七），沒機會教你嘍。」略停一霎，鎮住心頭的辛酸，又說：「到王書記官那裡也一樣，他也有話匣子。他能拉，可能學得更快些。」說到這裡，陳師爺的心情一時暢快起來。遂又露出微笑的神情來說：「好好學，學會了我給你配穆居易（註八）。」

可是，土娃的淚水卻已流了滿臉。

陳師爺居然像慈母似的，用手帕兒給土娃擦淚。一邊擦一邊說：「要眞的到營部去當一名傳令兵，那可比一個連上的戰鬥兵還要辛苦危險。傳令兵要走出戰壕，穿梭在戰場上傳達緊急命令。風裡也得去，雨裡也得行。槍，不是扛在肩膀上，是斜挎在肩胦上，短槍插在肚皮帶上。作起戰來，就得成天冒著戰場上的槍林彈雨奔啊……」

說到這裡，陳師爺眞的像個母親對待幾歲的孩童似的，坐到床邊，摟過土娃用手輕輕拍著，土娃也像孩子似的跪了下去，撲在陳師爺的膝上，嗚嗚啜泣起來。

「起來，我想的太多了。」陳師爺忽然感到不好意思起來，遂馬上扶著土娃站起身。說：「不會讓你去幹傳令兵的。」說著到盆架上取下一塊濕毛巾，交給土娃，要他去洗洗臉。一邊說：「孩子，你高升，我應該歡喜，這三二九團駐紮在高安（註九），弄不清這營部駐紮在那裡？總之距離不遠。明兒格我送你去。見了王書記官，問問淸楚！」

陳連長對於牛大鳴的調到營部去，也有失去什麼的感受。但也莫可如何！但一想到他們特務連所擔負的是機動任務，像牛大鳴這樣的兵，就不是任務上所需求的。旅部這樣的處理，又何嘗不是愛護一個人才呢！

〔附註〕

註一：打野外，軍人到山林地間訓練野戰攻防，俗稱「打野外」。

註二：這首「前進」的戰鬥歌曲，也是當時流行的，各學校教唱。

註三：軍事訓練，一般只到連教練，團教練是團長級的指揮戰術。

註四：好料子，指土娃的貌相是唱旦腳的好材料。

註五：道台，是清代官名，比知府還要高些。

註六：盒子礮，指七六三自來得可連發十響子彈的手槍，外有木盒，俗稱「盒子礮」。

註七：「鳳還巢」，是梅蘭芳的本戲，風行了好幾年了。

註八：穆居易，是「鳳還巢」一劇中的男主腳，小生行扮演。

註九：高安，也是一個小縣，在奉新東南方，相距不到百里。

四十四　傳令兵與下士小師爺

陳師爺買了一個帆布行李包，給土娃裝鋪蓋捲，又給土娃買了一套盥洗用具，連臉盆都買了。他平常用的一個手提牛皮包，也給了土娃。他要親自送土娃到高安去。

已查明三二九團團部駐高安，土娃要去報到的這一營在松湖村。離奉新不遠，要過一道河。陳師爺為土娃僱了一個民伕，還帶來一根竹扁擔擔起。另一頭輕，還綑了兩塊磚頭挑著。

到了營部駐地，是一處民房，屋主人在九江，作碼頭上的貨運生意的。兩層樓的獨立小院，有大門，還有左右兩個側門。營部的人還住不了呢。

見到王書記官，陳師爺可沒有說閒話，還一再說牛大鳴這孩子調到營部比在連部有發展，說書記官慧眼識人。一面囑附牛大鳴好好跟書記官學習。

王書記官說調牛大鳴到營部來，是營附的建議。這位營附就是在輪船上吊嗓子唱武家坡薛平貴的那一位。從第五十五師四七二團調來的。到差的第二天，在名冊上發現到牛大鳴的名字在本營的連上，就建議營長調到營部來。他認為牛大鳴年幼體弱，不適合跟著連在山林中作野戰訓練。先讓這孩子熟習軍營的生活，緩個年把（註一），咱門總指揮官成立了幹部學校，送這孩子去，招考，還未必有中學生應考呢。

陳師爺聽了，心情非常恬適。可見像牛大鳴這樣的孩子，應說是人見人喜，凡是見到這孩子的人，都會想著給他安排一個璀璨光大的前途。

王書記官接待陳師爺與土娃吃了一頓中飯，陳師爺回奉新，牛大鳴拜見了營附丁養猷，又看見了營長李雲鵬，遂又成了這營部的一員。

營部的書記官名叫王玉璽，三十來歲，階級是少尉，河南人，生於北京。還有一位文書上士，兩個傳令兵（一個下士，一個上等兵）如今，這個上等兵就是牛大鳴。

現在的軍事任務，是「剿匪」，他們這一旅是新成立的特務旅，新訓練，新裝備，有騎兵營，有礮兵營。他們這一團是預備團，新兵較多，之所以駐紮在南昌附近，目的就是再作半年到一年的野戰訓練。在江西擔任「剿匪」的任務，必須去學在山林中打游擊的戰術。因此，各團營連的駐地很散。指揮起來，除了電話，公文就得傳令兵送達。所以土娃牛大鳴到來，事實上，非得擔當傳令任務不可。擔任傳令任務，首先要學會騎馬，再學會騎自行車，他們叫鐵馬。這兩樣，土娃都得從頭兒學起。

從事實上的工作狀況說，營部委實用不著幫寫，最忙碌的是傳令兵，幾乎天天都有公文。郵政不便，只有市鎮上有郵政代辦所，城市郵局的郵差，幾天纔送一次。一營四個連，有三個連住在山澳間。山路崎嶇徑窄，有時，馬都通行不得，非得徒步走去。土娃到了營部，既然名字是傳令上等兵，又怎能不作傳令兵的工作？這一來，反而比連部的工作，還要艱苦。一個人擔當不下來，除了下面的連，還有上面的團。這情形，營附也保障不下來。

所以土娃到了營部，就開始去學傳令兵的工作。

先學騎自行車。在曬穀場上學了三天，就能上車下車，會自己上路了。再學騎馬，由下士班長教他。這位下士班長，也祇廿四歲，叫金士驤，在這個營裡作傳令兵兩年多了，原來的下士班長升了中士，下了連。金士驤升了下士，土娃牛大鳴就補了這個缺。金士驤讀過兩年私塾，略識文字。作傳令兵必須略識文字，這土娃能很快調到營部抵上這個傳令上等兵的缺，識字是一大原因。這位下士傳令班長金士驤，身體碩壯，像個小芒牛（註二）似的。他騎馬騎自行車，都非常在行。騎自行車還能表演特技呢。

營部只有一輛自行車，有兩匹馬，都交由這兩個傳令餵養，有一匹是營長、營附用的，卻也不固定。土娃在家餵過牲口，不用教了。騎馬騎驢，在家也騎過。只是單人獨騎奔走於山林小徑上，可沒有經歷過。這匹蒙古馬也比他家拉車耕田的馬要高大得多。背上的牛皮鞍子，差不多與他的下巴殼兒等平。兩個鐵鐙子，掛在鞍上，在馬腹下搖盪，騎了上去，一旦飛奔，像金班長說：「騎到馬上，先學慢走，後學奔跑。還要學上山下山的騎法，以及跳越高低障礙物的騎馬動作。這些騎馬的訓練，都是作傳令兵必須去學的。因爲傳令兵隨時隨地會用上。尤其是在戰場上傳送軍令，傳令兵必須具有騎兵的這些馬術。」金班長就是受過這些騎術訓練的一個傳令兵。土娃想到他的生活，又要面對一種新的挑戰。

一開始，土娃面對著這匹大馬，聽了金班長教他學騎馬的一番說詞，頗有幾分膽怯，曾想到，萬一摔下來，不死也會變成殘廢。這時的土娃突然想起了《孟子》上的一番話：「天將降大任於是人也。必先苦其心志，勞其筋骨，餓其體膚，空乏其身，行拂亂其所爲。所以動心忍性，曾益其所不能。人恆過，然後能改。困於心，衡於慮，而後作；徵於色，發於聲，而後喻……然後知生於憂患、死於安樂也。」所以，當金班長問他選騎那一匹？土娃便毅然選了這匹高大的蒙古馬。

「對啦！」金班長說。「要騎馬，當然騎這匹汗血馬（註三）。」

他們先在曬穀場上學，再到山林小徑上騎。

每周一次或二次，偶然間金士驤忙不過來。土娃也派去送達公文。但大部分的時間，都在營部辦公室跟王書記官工作。營部住的房子大，土娃有一間自己的房間。

鄉間又沒有玩樂的場所，王書記官也不吸煙，也不喝酒，更不打牌。只有一樣嗜好，拉拉唱唱。又有一台留聲機，說話一口京片子。比陳師爺的天津腔，還要標準。所以土娃到了營部，雖然工作比連部忙碌些，生活過得更加顯得充實。薪餉又多了五角，按月發，不欠，也不拖不拉。自從入營當了兵，薪餉按月寄。如今大了，人也熟了，有了應酬，但每月仍滙兩元家去。幾次，想寫信說明他離家後的生活情況。尤其遇上年節到來的日子，非常想知道家中老少的現狀。寫好了兩次信，想想，還是撕了。照舊瞞著，說的再好，還是在當兵。「好人不當兵，好鐵不打釘。」說出去，左鄰右舍照樣聳鼻子打哼哼（註四）！爹娘照樣得聽人在背後說閒話，被人搗脊樑筋，看別人的眼白（註五）。既然當了兵，就得熬到當官的日子，再向老人家說實話，也不遲。如今，無論怎麼說，都解釋不清離開「華英煙行」的實情。

部隊在這一帶山區訓練野戰時間多久？土娃不知道。但卻常常聽說，連高安、奉新這一帶，都有共產軍在出沒。南潯鐵路，也不時有被共產軍的便衣隊，破壞了鐵軌，鬧出火車出軌的事件。

年卅，王書記官到奉新跟妻子兒女團圓去了。金班長在外面也有個「招打對兒」（註六），營部裡，雖然營長、營附都沒有離營，家小卻都到了高安來團聚。書記室只餘下四個人在營部過年。加了菜，雞鴨魚肉擺滿一桌子，連廚房的幾個炊事兵，還有軍需官，都集合了來，也沒有坐滿一桌。

這是土娃有生以來，第一次在外過年，也從來沒有吃過這樣豐盛的年菜。他在家裡過年，雖也攤滿了桌案，肉蔬都比不上這裡的又實在又豐盛。可是土娃卻不能下箸，他祇吃了一些些，就回到房裡，跪在床前，双手撲在床上，伏下頭去哭了起來。哭得嗚嗚咽咽，還強壓住喉頭的嗚咽，不要發出聲來。

直到文書上士胡峰來敲門，邀他去押牌九，他纔擦乾眼淚，打開門來，強打起歡笑，隨同胡師爺去。

營長營附都給了土娃壓歲錢，每人一吊錢，也就是用紅紙包起的一條一百個銅子兒（註七）。土娃就帶著這一包銅子兒，到大廳中的賭桌上，加入留在營部的這夥人，押牌九。

除了衛兵，都在賭桌上。賭到過半夜，儘管輸贏不小，有用銀元下注的，然而土娃下注，每次最多也不超過五個銅子兒。結果，土娃只輸了十五個銅子兒。

胡峰卻把一個月的餉銀七元，都輸光了。

這裡的年俗，也與其他各地差不多。一過午夜，鞭炮聲就陸陸續續不絕於耳，到了年五更，到處都響起了噼噼叭叭像炒豆子炸米花似的連綴鳴響不停。天一亮，街上也全是老老少少，頭戴新帽身穿新衣的相互拜年人。只要迎面相遇，不管識與不識，人人都會双手舉起，或抱拳或合掌，笑嘻嘻的說聲：「恭禧！發財！」

村中的空地上，也集聚著點放花炮的孩子們。

只是一樣，語言嘔呀一句也聽不懂，房舍矗落，也不是家鄉景致。但卻羨慕此間城鄉，都比他們家鄉富有。

乾隆皇帝下江南，曾經特別爲了一看明朝開國皇帝朱元璋的家鄉鳳陽這一帶的情況，臨走時說了一句：「窮山惡水，潑婦刁民。」土娃離開家鄉這一年來，已經感受到自己的家鄉比起南方，可眞有天壤之別。不過，在土娃比較之下，他認爲「窮山」是事實，家鄉的山，既少又小，山上都是光禿禿的，不像這裡的山，又高又長，山連山，嶺疊嶺，青蔥蓊鬱。河流交錯，水聲潺潺，不絕於耳。所以這裡的房舍，都是磚瓦高樓。乾隆老爺子說俺那家鄉是「惡水」，卻又不知指的是那些地方？土娃則想到他們的家鄉，周遭數十里，連條河溝也沒有，只有死水的池塘，下大雨，水就溢出水塘。若是旱天，連一滴水也沒有，就變成了土坑。想不出這「惡水」二字是怎麼來的？至於這「潑婦刁民」四個字，何處無有？可能這八個字不是乾隆皇帝說的，不知是些啥樣的人物，編了這八個字罵俺們這裡人的。土娃不以爲然。

土娃最厭惡賭博，平時一些斯斯文文的人，一到了賭的場合，都會現了原形。俗說：「買馬看母，娶媳看娘，交友在牌桌子上。」松三爺告誡過土娃，說：「你是個具有眞性情的人，凡事求眞，可上不得牌桌子，也入不得官場，更上不得戰場。」當時，只是聽在耳裡，記在心裡，沒有問根。如今，當了兵了，當兵，總免不了打仗。打仗，就是上戰場。想不通有眞性情的人，「上不得戰場？」當兵打仗，就是不怕死。春秋時代，魯國的汪踦，纔十二三歲，比我還小呢，居然拏起刀槍走上戰場，爲國捐軀。

「爲國捐軀，是軍人的本分。」土娃想：「符號下不是印著八個字：『武將不怕死，文官不貪財』嗎！我要是到了戰場上，我決不會怕死的。金班長說了：「傳令兵在戰場上傳遞命令，必須具有騎兵的馬術訓練。」下一次，金班長就要找機會帶我到山野裡去學馬術了。「可能很刺激！」土娃想。

春節瞬間就過去了，休假結束。回家團圓的人，按時回營。一切工作，又恢復了正常。

年初五，降了一次雪。不大，積雪寸來厚。

一大早，金班長就來問書記官有沒有公事。他要帶牛大鳴到山裡去練習馬術。王書記官說現在沒有公事送，卻交代金班長要小心，不可莽撞，摔下來會受傷的。

這天，天已放晴，但卻雪寒風峭。化雪天，路上也就特別滑。金士驤不敢叫牛大鳴騎那匹大馬。要他騎那匹黑色毛髮的墨龍，那匹大馬名叫黃龍。起先，二人並轡行進，一路走，一路教。入了山區，步上小徑，金班長要土娃在前，他在後，看到路上的情況，隨時教導土娃如何勒繮，如何踩鐙，如何調整身腰。這些，都是操縱騎馬的馬術。

山裡的氣候，在零度以下八、九度，雖然帶了手套，手腳還是凍得僵僵的痳痳木木，感覺上已經遲鈍。在進入一段平坦的山路時，金士驤指揮土娃來一次小跑，要他鬆了繮繩，双蹬微叩馬腹，不想土娃的双腳使力太重，那匹黑龍馬居然撒起四蹄，昂起頭來飛奔。土娃一時不知如何收繮使跨下的馬，放慢四蹄。心頭也一時驚懼起來，但卻下意識的，扒在鞍上，双手緊緊抓住鞍上的銅環，双足緊緊的踩住鐙子，只有任憑馬兒飛奔。金士驤一看情形不對，遂一面緊勒繮繩，不使跨下的馬追逐，一面大喊：「勒繮！勒繮！」一直奔颺了一千多尺，土娃的手始把繮繩勒住。

金士驤的馬趕快超前放慢，遂把後面土娃的馬給擋住。

下了馬，金士驤摸一摸土娃的手，涼得像冰塊似的，嘴唇子凍得發青。他自己的手，則是熱騰騰後面的馬就會踩到你。前面的馬要是突然飛奔，後面的馬就會揚蹄飛追。馬上的人，很難及時勒得住。哎呀！太危險了。」

「太危險了！」金士驤說：「要是掉下馬來，手心還在出汗呢。

他知道牛大鳴的體質，還不能適應這樣的寒冷天氣，相對的，也不可能適應嚴熱的夏。遂想到，這個牛大鳴不是個作武官的材料。從此也就不帶他去騎馬練習馬術了。

不過，傳令兵應分中的事，牛大鳴還是在分擔著金士驤作不完的工作。兩個月之後，營裡的文書上士調升第三連司務長，牛大鳴便升了下士，抵上這個缺。傳令兵，另補了人。

從此，牛大鳴便是營部書記室中的文書下士。

就在牛大鳴升了文書下士不久，部隊便開拔了，新駐地是安徽婺源縣，在奉新的東北部，是江西、安徽，浙江三省交界的地方。從水路去，乘船到景德鎮，再徒步到婺源。

婺源，距離徽州很近，屯溪更近。這裡，比奉新那一帶的山，更高，更多。當然，山多的地方，河流也多。他們由高安出發，先坐船後徒步，一路上山山水水，景色處處秀麗，田裡的莊稼，稻苗青青翠翠，到處水聲潺潺。山麓上的旱地，種下的蕃藷，玉黍秫，似乎是不分春季秋季的。比起他們家鄉的十年倒有九年荒，不是赤地千里，就是汪洋無涯的情況，遂想到松三爺說的那些話：「凡是生長咱們這塊地土上的人，就註定了一生下來，就得練習過窮日子。過窮日子的法子，沒有別的，就是忍饑挨餓，經得住凍，經得住曬，還得不怨天不尤人。逆來，順受。否則，活不下去。又說：「可是咱們這地方，盡出大人物。首先豎起了抗秦義旗的陳涉、吳廣（註八），滅秦統一天下的劉邦（註九），還有曹操，以及後來的朱元璋。都是出生在這塊窮苦土地上的人物。因而史家說咱這個地土上的人，有耐性也有韌性，一旦彈起，就會百折不回。不成功的，只有陳涉、吳廣出了名。其實還多著呢！」又說：「說起來，咱們這裡的人最喜向外闖，秋莊稼一收，離家外奔的人，超過半數，說得好聽是『闖天下，賺大洋（註十）』，事實上是逃荒討飯。又說：「咱這地方有三種出產，兩種是濟世的藥品，半夏、宿蝎。半夏，就是咱宿州旱地裡野生的荸薺，爲啥子名叫『半夏』，它是五月苗生，秋末結根，可採作藥。醫家說是咱宿州的『半夏』最好。還有蝎子，大夫的藥方上，總是寫著『宿蝎』，指的就是宿州土地上的蝎子，不同處是宿州蝎子八個爪。這兩種藥品，都以毒出名。那麼另一種出產就是土匪。爲啥咱這塊土地上出土匪？那些挨不了饑餓，受不了凍曬的人，就鋌而走險，去偷去搶，去拐去掠。」土娃見到南方的山高水長，苗豐土肥，就想到自己這次的背鄉離井，也許松三爺會說他是對的呢！

營部的駐地，是坐落在山腰間的一處樓房，一位商家的別墅。山下有一條急湍處處而水清見底的小溪，溪邊有青石板小徑。走在小徑上，可以見到游魚衝浪而上的敗而不餒的可敬奇景。時令雖已仲夏，站在溪邊，眺望著山上的各色野花，在相互競妍的景致，山風迎面，儼然三春似的。這裡離市鎮只有數里之遙。訓練已經結束，他們駐紮到婺源，就是清剿這裡的共黨，防止他們在這皖、贛、浙三角地帶山區間，建立軍事基地。所以，部隊都分布在山區裡。不過，牛大鳴已不作傳令兵了。他是文書下士，營裡的兵丁，都喊他「下士小師爺！」

部隊一進入山區備戰，連營部的行政工作，都相對的減少，土娃的工作，又是王書記官的直屬，因而在工作之餘，他們便是聽留聲機，教土娃學習抄記歌譜，教他四大名旦以及譚鑫培與余叔岩的不同在那裡？最重要的是教土娃唸字，尖字如何唸？團字如何唸？這位王書記官，雖不是唸國文出身，說他家是開藥店的，但對平劇的唱唸，卻是挺有研究的。他身邊不但帶著一部《中原音韻》，還帶著一本《唱戲指南》，裡面全是談幾位名老生的出類唱腔是怎樣唱的。一談起這個，王書記官的興趣就精神起來，一邊唱，一邊點板，還一遍又一遍的重復著哼唱，又一個字一個字的字音訣竅如何掌握？這種唱法，字音與《中原音韻》有幾許的出入？他都能用學理說明。

有時，陳師爺也來，當他知道牛大鳴已學完了「鳳還巢」，聽了一遍，改正了幾處梅韵轉折時的訣竅，以及歸韵時落音的神韵。使土娃學戲的過程，又多了不少心得。

在這裡住了不到兩個月，又要換防了。他們這一團的新駐地是浙江開化縣的馬金鎮。雖是另一省，距離卻很近，不過百十里。

馬金鎮在開化縣城北方，是個大市鎮，挺長一條街，也有一條小河，就叫「馬金溪」，可以通到衢州。接上信安江，上達蘭谿、金華到富春江。他們營部可不在鎮上，駐紮在離鎮約有五里的一個小村。這村子有一個祠堂，部隊分散在西方的山區。

七月十五日，是鄉俗的「鬼節」，馬金鎮請來一班弋陽高腔，唱了五天戲，由於班中有位武打教師是特務連的陳師爺認識的，這特務連就駐紮在馬金鎮上。想不到陳師爺一時興起，竟去向營部的王書記官商量，由他反串崇公道，帶著牛大鳴到弋陽班去客串一齣「女起解」，不唱提監，光唱起解，從頭到尾，只是兩個人，由王書記官操琴，弋陽腔的鑼鼓點子，只要一點就通。咱們試試這孩子，能不能適應舞台。只要對對鑼鼓，說說身段，走走地位，兩個半天，準能帶到台上去。

王書記官一聽，非常贊成。牛大鳴也欣然願意一試。

果然，兩個半天就上了台，居然成績斐然！尤其是土娃的蘇三扮相，俊俏得令台下的觀衆，誰也不敢相信是一位兵營中的「下士小師爺」扮出來的。

粉牌上寫的是：

平劇青衣名票陳應方反串崇公道

十七歲下士小師爺牛大鳴客串蘇三

所以，戲演完之後的觀衆不散，非要一睹這位「下士小師爺」的廬山眞面目不可。一時間，鬧鬧嚷嚷，十分熱鬧。

土娃牛大鳴只得下了裝，洗去脂粉換上軍裝，與崇公道陳師爺，琴師王書記官三人，相偕出場謝謝觀衆！

大家一看，果然是一位眉目清秀的男孩子。

於是，「下士小師爺」的大名，風傳在馬金鎭上。

不想，瘧疾竟在駐紮馬金鎭的這一營，風吹柳絮似的流行起來。

土娃體弱，沒有幾天，就傳染上了。

〔附註〕

註一：年把二字，是皖北一帶人的方言，意爲一年上下。

註二：芒牛，指尙未閹過的小公牛。

註三：汗血馬，是一種會奔跑的千里馬，可以跑到汗水有血。

註四：鼻子打哼哼，是一種對付不須用嘴來說的人物，用鼻子一嗤哼就算了。

註五：白眼，意爲不被人正視，瞧不起的意思。

註六：招打對兒一語，也是皖北方言，意爲男人有了相好的。

註七：銅子兒，當十銅元的銅板，也稱銅子兒。（或銅各子）

註八：陳涉，吳廣，雖不是皖北人，卻是在皖北大澤鄉起義的。

註九：劉邦是江蘇沛郡人，但卻地近皖北宿州境。

註十：賺大洋，即當年賺錢的意思。當年以銀元爲主，銀元時稱「大洋」。一如今人稱之謂「賺鈔票」。

四十五　失去了牛大鳴的土娃

瘧疾的蔓延非常迅速，不到一周，駐在馬金鎭的這一營，已有兩個連的半數以上，感染上了。有的隔日一發，有的一日一發，發病的時間，幾乎是固定的。

土娃牛大鳴，倒是一日一發，到了吃午飯的時候，就像光身子站在雪地裡一樣，冷得直打牙板骨（註一），渾身也抖擻起來，抖擻得像篩子在篩糠（註二）。躺到床上，蓋上三床厚棉被，還是冷得弓起身子，直打抖擻不止。冷後，熱得出汗。

在家的時候，土娃也發過瘧子，感覺上，沒有這次厲害。家鄉人，稱「發瘧子」是被瘧子鬼纏上了（註三），往往請巫婆子來唸咒趕鬼。如今，他也忘了是吃什麼藥好的，還是巫婆子唸咒趕走的。可是這裡發了瘧子的人，全是肩扛大槍不怕死的兵，瘧子鬼也敢來纏這些當兵的嗎？

據醫生說，這種寒熱病是由帶病的蚊蟲傳染的，駐紮山林中作戰的部隊，一旦染上就影響作戰，若是敵人藉機襲來，會遭到全軍被殲。這種病已發明了有效的治療藥物，名叫「奎寧」，一兩劑就可愈止。如今染病的人，已踰百數，別說野戰醫院沒有這麼多藥物，三幾個省齊集起來，也未必有這麼多的存藥夠用。怕的是，還要蔓延呢！首先要做的事是換防，把染上病的先隔離起來，山林裡也無法子作滅蚊的工作。於是，這一團馬上換防到浙江衢州去駐紮。駐地選在一處距離人家稍遠的山嶼中，四周也要隔離起來。

這一團在衢州的駐地，是西鄉蓮花鎭的一處平坦小山丘，搭起帳蓬，野戰醫院派了一個醫療隊，趕來專作撲滅瘧疾的工作。

好在這種病是時發時止，不發病時，跟常人一樣。可是土娃却一日一發，今天病魔糾纏過後的倦怠，尙未消失，第二天，病魔又糾纏來了。由馬金鎭乘小划子順流而下，到了常山，又耗去了一天的上行逆水，到了衢州鄉間，已是第五天了。路上，雖然服用過醫生給的奎寧丸子，對於土娃來說，却毫無效果，一天一次，病發照常。在衢州下了船，還要徒步行走三十里路，方能到達駐地。

到了駐地之後，已有大半數染病的人，已經不再發病。只有牛大鳴，居然一天一次，到此五天來，一天也沒有間斷，冷熱的時間，反而一天天增長。所以到了駐地，身子已虛弱得很，連起床都有些兒氣喘。

病，還在繼續蔓延，已經不發病的，又再發作。

不久，整大桶的奎寧粉買來了。燒滾水，溫後和粉成麵，搓成細條，再一粒粒掐出來，放在太陽下曬乾，一包包發給病人服用。不到兩個月，瘧病全部撲滅。

可是，由於搓製奎寧粉製成藥丸，工作的人裡面，忘了消毒，也未免有時用水沒有燒滾，雖然瘧疾好了，又有一部份人染患了痢疾。又是一種傳染病在這營區蔓延開來。好在瘧疾不發的人，已經離開這一處蓬帳。

染上瘧疾，被這病鬼糾纏得最久的一個，就是土娃牛大鳴，也因此他吃的奎寧也最多。他一向體質羸弱，當痢疾一開始傳染，就輪到了他。瘧子鬼給予土娃身子骨的淩虐，尙未復元呢，痢疾鬼又糾纏上他了。

痢疾這種病，比瘧子還要纏人。

發瘧子，寒來了，熱來了，只要躺在床上就可以。痢疾可不然，得時時刻刻要去拉出來，還肚子痛。又拉起來日夜不停，可眞是折磨人。

衢州花蓮鎭這小山丘營區，蓬帳只賸下了五個。土娃住的這個蓬帳，一住進來時，只有四人，營部二人，另一位是營部的炊事班長，還有兩位是連裡的，一個上士班長，一個上等兵。當土娃感染上痢疾的時候，這個蓬帳只餘下這個上等兵與牛大鳴兩人。

這個上等兵名叫魯世光，江蘇宿遷縣人，廿六歲，當了四年兵了。已經結過婚，而且有了兒子，今年五歲多。由於父親好酒又好賭，母親在一次爭吵後，上吊死了。喪事料理之後，父親竟在醉中死去。一年間兩件喪事辦完，不但田地賣了一半，又加上連年減收，心情又不好，夫妻倆時常口角。老婆帶著孩子回了娘家，他也賭氣補了名字。中央軍不欠餉，按月寄三塊大洋回家，養活老婆兒子也夠了。比在家給人家作長工還強些。是第三連的，過去，兩人從來不相識，隔離到這個蓬帳裡治瘧疾，纔認識的。矮矮的個子，不胖，挺結實的。他說只讀過一年私塾，略識文字。他是個上等兵，班裡的副班長。

魯世光的瘧疾已經好了，正要回連，牛大鳴拉痢疾，身子骨又弱，這半個來月，都是魯世光照顧牛大鳴。何況，他也跟著染上了痢疾。去了一趟醫療隊，吃了藥就好了。可是牛大鳴，反而藥物對他無效力，先拉白色粘液，如今又拉起血來，紅白混在一起。不分晝夜的拉個不停，帳蓬搭在山野裡，出了帳蓬就是野地。起先，牛大鳴還能走遠些去拉，每次去，手中拎著一把鐵鍬，拉後，用鐵鍬鏟土埋上。

漸漸的，次數越來多了，往往出了帳蓬，走不多遠，就要拉，多走一步就得拉在褲子上，只得出了帳蓬就拉。每次拉一滴、兩滴，常常站起身來，還沒有拎起褲子，又得蹲下再拉，又是一滴子。

夜晚，幾乎不能睡覺，時時刻刻想拉。竟至夜晚不能起床，任憑它拉到褲子上。

這個蓬帳區域，還有新送來的瘧疾病人，土娃出了帳蓬就拉的情形，影響了其他的人，時常有人在蓬帳外罵。魯世光天天早上都拎著鐵鍬，挎著鐵筒，到帳外去清除土娃拉的血滴子。十之七八看不到，清除不完。還得天天早上，去替牛大鳴洗滌髒褲子。爲他曝曬，爲他清理床舖，爲他到厨房去拿飯食。到醫療隊報告。

醫療隊也祇是給藥，醫生已沒有時間到各帳蓬中去診視病人。直到土娃飯不思食，只要喝水，虛弱得不能起床，逼得魯世光背起了牛大鳴到了醫療隊，醫官方下診斷，說：「送野戰醫院吧！」

這纔把土娃牛大鳴送到衢州南郊的一個村莊，搭醫療隊的便車去的。魯世光却已恢復健康，陪伴著土娃。可是，野戰醫院正要換防，遂把土娃送到衢州的教會福音醫院。

痢是不拉了，却發起高燒，有一陣子，土娃已昏沈得不睜眼，不言語。魯世光大聲的喊他：「牛大鳴！牛大鳴！」一連喊了幾聲，土娃纔微微的睜開眼來，只輕輕地說了一句：「我不想死！」

魯世光這纔知道土娃還沒有昏迷。但却看到牛大鳴的病不輕。他這時已經發現牛大鳴的臉已經有了浮腫。當他把土娃的腿拿起擺平在病床上，看到小腿似乎也有些兒浮腫，用手指按捺了一下，凹下一個指印。

醫官來了，先用手翻牛大鳴的眼皮，看了看眼睛，護士在量體溫，醫官又按按額頭，伸手用小木板撬開牛大嗚的嘴，說：「張開嘴！」牛大嗚還聽得懂，把嘴張開。醫官用手上的小木板，壓住舌頭，看了看喉頭。牛大嗚還能打了個噁心。

沒有說話，也沒有等護士量出的體溫。就轉身走去。

護士取出溫度表，迎亮一看，說：「發燒，卅九度五。」

魯世光懂得卅九度五是高燒，他當兵四年了。

不久，護士進來，帶來塩水瓶子，問：「胃口好不好？」魯世光代答說兩天沒有吃東西了，只喝水。

於是，護士又回去取了一瓶葡萄糖，注射塩水加葡萄糖。

魯世光就睡在另一張空床上陪伴。到厨房討了一份吃的。

第二天，土娃牛大嗚的腫，更厲害了，眼睛只賸下一條縫，摸摸手，冰涼，摸摸脚，冰涼，摸摸額頭，冰涼。魯世光一時害怕起來，忍不住淚水直流，用一種歇斯的里的聲音喊：「牛大嗚！牛大嗚！」一點反應也沒有。用手放到鼻孔上，一點氣息也沒有。他哇地一聲哭了起來。住在這間病房中的還有兩個人，都被魯世光的哭聲驚駭得從病床上坐了起來。

其中一人感歎地說：「死啦！」

魯世光哭著跑出病房，去找醫生。

醫生來了，翻開眼睛看看，又用聽診器聽聽胸部，又用手按了手腕上的脈，說：「可能沒有救了！」

魯世光一聽，頓時噗通一聲，跪在地上。

「醫官，救救他吧！」哭啼啼地哀求著說：「他纔十七歲。」又加了一句：「唸過中學的呢。」

這時，一位洋人到病房來了。他聽護士說有病人奄奄一息，就要死了。他來，是要爲垂死的病人作臨終祈禱的。

醫生見到這位洋人進來，說；「眼睛中的光都散了。」

這位洋人到病床前看見病人渾身浮腫，遂問什麼病？

醫生答說是軍醫院前晚送來的。病歷表說先染瘧疾，後染痢疾，腫的情況，可能服多了奎寧，破壞了肝臟，痢疾，又損害了大小腸。

這位洋人伸手到牛大鳴胸口摸摸，說：「胸口還是溫的。」轉臉交代這位醫生，說了一句英文，醫生便離去了。

這位洋人站在土娃的病床前，低下頭來，閉起雙目，爲病人作祈禱！

「萬能的主！求你施恩，救救這年紀纔十七歲的孩子！他還有許多許多贖罪的日子。世上祇有，祢是萬能的。我求祢施恩，把他垂死的生命，復蘇過來！阿門。」

這簡短的禱詞完後，又去摸了摸病人的手和脚。

醫生帶著一位手捧腰型盤子的護士進來了。

護士把盤子放在病床的床頭櫃上，醫生去取針筒吸蒸溜水後，再取藥瓶鋸開，化吸了藥粉進入針管，護士在找尋病人身體可以注射的脈筋。因爲病人的身體，浮腫得太厲害了，不易找到動脈可以下針。

終於在頸脖上找到了，扎了三次纔把藥注射進去。

這時，病人的知覺已經鈍到不知道痛了。

兩小時過後，病人已經沒有了呼吸，沒有了脈膊。

醫生來了，說：「已經死亡。」記下時間在病歷表上，遂走出病房。魯世光沒有再哭，跟著醫生，請他打電話告知營部。

電話由旅部轉接過去的。

等魯世光回到病房，人已推到太平間去了。

病房中的兩個病人，愣怔怔的眼光，射向魯世光，都沒說話。

魯世光望著那張只餘下床板的空床，先是淚眼婆娑，跟著便一趨向前，跪倒撲在那張空床上，嗚嗚哭了起來。一會兒就擦擦眼淚站起，他想著應去買些紙錢來，到太平間給牛大鳴焚燒，別讓他身無分文，到了鬼門關會受到小鬼欺侮的。他常聽人說：「閻王好見，小鬼難纏。」

走了兩里路，方始到了衢州城，問了半天，纔找到售賣紙馬的小舖。買了一束香，一方錫箔，十個響炮，還有一盒洋火，一小瓶酒。回到這所福音醫院，天已經黑了。

到了醫院，正好在門口的掛號處，遇見了王書記官，還有第一連連部的陳師爺。遂上前說明他是第三連的上等兵魯世光，與牛大鳴同一個帳蓬，陪著牛大鳴住到這裡來的。牛大鳴渾身都腫了，今兒格下午死掉，屍首在太平間。

王書記官他們，只知道病重住院，到了野戰醫院，醫院也移防到江西玉山去了。部隊也移防到玉山山區，他們二人是來探視的，這一聽牛大鳴今天下午已經死了，突然的噩耗，頓使牛大鳴這兩位器重他的長官，又是老師的人，一時錯愕得說不出話來，怔怔然淚流滿面，半晌！半晌！陳師爺方纔擦擦眼淚說話。

「咱們去看看這孩子吧！」陳師爺向王書記官說；「怎樣安葬這孩子？得跟營長商量。」說過，魯世光便向掛號處的人，問明太平間的所在，三人一同到了太平間。

太平間只停著牛大嗚一個人，身上也沒有覆蓋什麼。

三人走到近前，駐下脚來。尙未說話，突然一個輕微的語聲，打從牛大嗚的口中傳出來了：「我要喝水。」

起先，這三個人都沒有想到這聲音是從他們對面的一個死人屍體傳出來的。但都聽到有人在說話。以爲是門外的人傳來的語聲。因爲聲音極其微弱，似有似無的。

「我要喝水！」

這一聲，三個人都聽到了，是面前的這個死人說出來的。

雖然還聽不出說的是一句什麼話？但一時之間，個個都毛骨悚然！正如一般人說的那種害怕情況：「毛髮直豎」！

三人都霎那退後一步，魯世光又趨前看看，見到的是，牛大嗚的臉，腫已消了大半，眼雖還無力睜開仍在閉著，却不是早晨那樣，腫成一條線。跟著，一聲「我要喝水」四個字，又從口中說了出來。後面的王書記官與陳師爺兩人，竟異口同聲的說：「沒有死。」這時，魯世光已見到牛大嗚的舌頭，正伸出唇外，在舐他那兩片乾裂了的口唇。

於是這兩個人也走近去，彎起腰、低著頭，一句跟著一句喊：「牛大嗚！牛大嗚！」我是陳師爺！我是王書記官！

牛大鳴吃力的睜開眼睛，看得出微腫的臉，還在打皺的皮，露出了笑紋，又說：「我要喝水。」

這時，三人方始肯定牛大鳴是個活人，不是死屍。

魯世光趕忙去取水，又去向醫生說明牛大鳴又活過來了。

一時之間，魯世光取來一杯開水，走到停屍床前，向土娃說：「水來了。」牛大鳴就張開嘴來，王書記官二人忙去托起牛大鳴的頭，讓魯世光拿著杯子對著牛大鳴的嘴，一小口一小口的送飲。跟著，醫生與護士以及其他不少人都到了門外。

一張擔架床，又把牛大鳴抬到了一間特種病房。

死人復活的事，一時傳揚開來，全院的人連病人都知道了。

當牛大鳴抬到了病床之後，牧師來了。一走進病房，就雙手捫胸，低首閉目禱告：「萬能的主！祢的神力，又一次顯現出來，一個宣布死亡的病人，祢使他復活，祢的愛，光照萬世！愈顯主榮！阿門。」不想這位牧師再次面對牛大鳴這個病人時，突然覺得這人他似曾相識。當他知道這孩子只有十七、八歲，便推想這孩子是不是在宿州時，到崇德中學讀書的那個學名魯金土的土娃呢？

這位牧師，就是三年前在宿州傳道的鍾斯。

他沒有認錯，這個牛大鳴，就是他扶持過的那個土娃。

不過，由於土娃的臉還浮腫未消，病還未愈。他也只是猜想而已。

王書記官與陳師爺，爲牛大鳴帶來兩個月的薪餉，每人又湊上五元，共有十五元之多，留在醫院，交給鍾牧師。

這名上等兵魯世光留在醫院，再照顧牛大鳴幾天。一旦證明牛大鳴的病，向復元路上走，魯世光就要回營。如今，由衢州到玉山，浙贛鐵路已修通，來去方便多了。

牛大鳴復蘇過來，由太平間回到病房，醫生檢查時，褲子上的大便，雖是水稀稀的，大便中却有了屎的成分。這就證明早上這一針藥劑，對了症，腸胃已有了消化食物的能力。醒覺之後，他的肚復的消化能力，使他想著要水喝。這就足以證明牛大鳴的病已消失。未來的就是調養，不能再轉別的疾病，這個病人的身子骨，再也經不起病魔上身了。只是肝臟還在腫脹未消，腹部鼓鼓的，不轉爲腹水變成臌脹病，再有半年到一年的時間，可以復元。

果然，醫生診斷不誤，推想到的病情，也極爲正確。

這時，衢州盛產的橘子，正是上市季節。魯世光整簍整簍的買來，一瓣瓣剝出來，再把橘瓣用紗布擰成水，餵給牛大鳴吃，再進一步，用臼把橘瓣搗成泥，連水帶瓤吃下去。漸漸地，牛大鳴可以吃半流質了，可以吃稀飯了，肝臟的腫大，也逐步消下去。

當然，牛大鳴的浮腫消下之後，鍾牧師認出了他就是那個魯金土，小名土娃。事至於此，土娃的一切也都不能再瞞下去。在魯世光準備回營的時候，土娃便一五一十的前前後後，全盤告訴了魯世光。到了這時候，魯世光纔明白，住在帳蓬中的日子，牛大鳴告訴他，他本姓魯，牛是假造的姓。

在魯世光回營時，土娃寫了兩封信交給魯世光帶去。一交王書記官，一交陳師爺。現在他還沒有復元，不希望把他改名當兵的事，尤其是部隊番號及駐地，寫信讓家裡知道。萬一家人知道，一準會找來，要他回家。這時還病殃殃的，要是回家，不但對他自己沒有顏面見鄉親，對於部隊也不好交代。當兵，幾乎病死軍營。好在這裡的主人是鍾牧師，鍾牧師就是他的老恩師，一定會照顧他。

這裡是教會醫院，他住在這福音醫院養病，不給錢，也會收留他的。何況，兩位長官還給他存了十幾塊錢在這裡呢。

魯世光帶去的這兩封信，却也正好給王書記官解決了一個困難。那就是，當這裡魯世光在電話上向營部報告牛大鳴病故，由旅部轉電話過去的。營部只得塡報死亡除名的名册。當兩位官員回去，說明牛大鳴死而復生，却又不敢再報，怕的是受到辦事馬虎的責備。正愁不知如何處置這件事，這封信到來，使他們有了解決的辦法。一是除了名，牛大鳴也有了落脚的地方，二是再以牛大鳴的本名魯金土重新補名。只是又得從二等兵幹起了。這事，必須向牛大鳴說明。

這樣辦，也有一大顧忌，牛大鳴是他們三二九團中的「下士小師爺」，已經出了名，別的團不認得，三二九團的三個營，却有不少人認識。唯一的方法，還是牛大鳴能由這位洋牧師留在教會最好。

就這樣，土娃被留在這家由基督教浸禮會設立的福音醫院，繼續醫療休養。從此，牛大鳴的名字，也就跟隨著這一場病造成的死亡，也宣告死亡。由於這教堂中的牧師鍾斯先生，知道這個病人的姓名和家世。在鍾牧師夫婦口中叫過千千次的「土娃」這名字，就是改口也不容易。這孩子，就是三年前跟過鍾牧師的那個土娃，一絲一毫也不錯啊！

所以，土娃死而復活之後，牛大鳴三字也就死去了。

由於土娃死而復蘇的事，不但騰諸於這個醫院，這個教堂的衆人之口，還上了報。只是那時的土娃，病中的身體，還相當虛弱，醫生不准外界干擾。不過，土娃恢復的倒也快速，一個月後，已能在床上坐起。肝臟的腫脹，尙未消失，腹水却退了。

駐紮在玉山的部隊，王書記官與陳師爺二人，已來看過一次，那時，土娃還不能下床走動。但却把旅部接到醫院的電話，說是牛大鳴已經病故，就開了缺。這事還沒有告知這孩子。

鍾牧師知道這一情事，便一口承應下來，願意負擔一切醫護，直到這孩子身體復元。還告訴王書記官與陳師爺，他認識土娃的父親，也知道這孩子的家中狀況，等病體復元，他會主動通知他的家人到這裡來。這時候，不應該通知他的家人，身上的病況還沒有全部消失。不應使這孩子的家人到此，見到孩子難受。

還強調說：「天上的神是這樣安排的麼！」

王書記官走後不久，營附來了。說是代表營長來的，又送來牛大鳴兩個月的薪餉。實際上，這錢是營部籌措的。

這時的土娃，已能下床走走了。

春節又到了，土娃已能食用常人食物，眼白上的黃色已褪。腹部的腫塊，用手摸還能感受到，已萎縮多了。臉上的病容尚在，看去總是乾枯枯的，那原有的清秀水靈，尚未呈現。雖飲食已改常人一樣，却還有限制，譬如辛辣酸霉的食物，以及油膩的食物，都禁食，仍要少吃多餐。

閱讀已不禁，教會的禮拜，已去參加，貞文中學的課，也去旁聽。一部基督聖經，從舊約到新約，已讀了一遍。

貞文中學是鍾牧師到此創設的，有高中部，男女同校。

年後三月，身子骨硬朗起來，土娃又寄了五塊大洋家裡去。仍舊未說明這兩年來的今東明西。只說是在部隊中服務，他怎知老爹已出來找過一次，找到浦口，找到奉新，都是按郵戳上的發信地址去找的。

既不知部隊番號，也說不出人在營中的名姓，怎能找得到啊！

這次收到了衢州發出的信，信中說到他時常到教堂作禮拜。魯永春得到了這一條線索，終於到衢州，從教堂問到了兒子的下落。尋到了浸禮會的貞文中學。

土娃的身子逐漸復元後，鍾牧師就安排他到貞文中學幫辦文書業務，一面選課隨堂旁聽。準備放暑假要他返家呢！

浙贛鐵路的北段通後，由浙江衢州回到安徽宿州，行程不過兩天。所以，魯永春接到兒子這封信就啓程找了來。

當貞文中學的校工站在辦公室門口，見到土娃在內，就大聲叫著說：「土娃，你爸爸找你來啦！」

土娃抬頭一看是爹，遂大喊一聲：「爹！」快箭出弦似的奔出，一手抓到他爹的衣裳，就昏倒在地。

魯永春也頓時跪在地上，雙手去扶起土娃的頭，口中哭喊著：「我的兒啊！我的兒啊！」一霎那間，土娃醒轉來了，孩童似的躺入在業已坐在地上的父親懷裡，痛哭得不能說話。這時的父親，也祇有哭，任何要說的話，要罵的話，都說不出來，罵不出口。原來想的，若是找到了這小子，必須先狠狠的揍一頓之後，再說話。這時的父親除了雙手緊緊摟抱著兒子，擁在懷中哭，那裡還有罵兒的嘴打兒的手呢！

這幕父子會，站在旁邊的人，也感動得下淚，但誰也不敢發出聲來！

父子倆哭了一陣之後，作父親的方始崩出一句話來：「不孝子啊！你奶奶想你想成了病，躺在床上一年啦！」

土娃又哇嗚哇嗚的哭了起來，跪在地上，抱著蹲在地上的他爹。

這時，鍾牧師來了。將這父子二人，請到他的辦公室。

寒暄過後，又說了些病重死了又復活的事。

魯永春聽了，跪下來感謝！土娃也跟著跪下，都淚眼婆娑。

「你們要敬天上的萬能之主！不要謝我！」鍾牧師說：「祇有天上這位萬能的神，纔能創造出這個奇蹟！」

鍾牧師知道他們父子二人還有許多話要說。遂吩咐爲這父子二人重新安排一個住處。

魯永春到此只停留了一天，父子二人便辭謝鍾牧師登程。

家中的奶奶，還病在床上呢！

〔附註〕

註一：打牙板骨，意指人在冷凍氣候中，冷得打顫。上牙板與下牙板自動碰擊。

註二：抖擻二字，讀音是（奪索）。篩子是用來篩撿糧米中砂石雜物的竹器。用時必須旋轉搖擺。所以用來比喻人在冷中的抖擻。

註三：傳說古帝顓頊有三子，一居江水爲瘧鬼，一居若水爲魍魎鬼，一居人之居室，驚人小兒，爲小鬼。韓愈寫有「譴瘧鬼詩」。

四十六　我的家在東北松花江上

魯永春父子二人，見面後的當天晚上，就把土娃離開華英煙行之後的許多情事，向兒子說了。

土娃走後的第二天，華英煙行的陳掌櫃還沒有回來。

掌櫃娘子見到土娃到了吃晚飯的時候，都沒有回店，猜想到這孩子定是回家去了。她也在氣頭上，同時，家裡還有兩個孩子，也不能一個人在店裡守著，遂關門回家。

第二天一大早，到了西關去找介紹人張大頭。見了面，纔知道土娃昨天沒有到他那裡。遂把土娃隱藏烙餅的事，說了一遍。

「我又沒有罵他，只說了一句：要吃就吃個飽，要留一張晚上吃，也要明說，幹啥偷偷摸摸的。」掌櫃娘子又說：「當時，也許我的臉色不好看，話說的太重了，也怪難聽。可想不到，這孩子竟然回口還了我一句：『我不是偷的。』說完就昂起頭走出店去。」

「當時以為是找你去了，」掌櫃娘子說。「誰想到這咱晚都沒個人影！」又說：「連你這兒都沒有來，那是回家去啦！」

你張表叔回到家來，學了掌櫃娘子這番話。

你奶奶回答說你沒有回家。你張表叔還以為咱家人想瞞昧起這丟臉的事，把你藏起來了。或者知道你逃出了陳家的店，躲到姑家或姨家去了。說了不少難聽的話給咱們聽。咱們只有向你張表叔陪不是，又到華英煙行去陪禮。搬回了你的舖蓋。

那些日子，連你小叔都羞得出門不敢抬頭，你奶奶氣得一再說：「我白疼了這孩子！怎會作出這樣丟人現眼的事。」最難過的人就是你奶奶。一直到你來了信，懸在一家人心上的吊桶纔放落到地上。可是補了名字去當兵，反而洗不掉人家店裡說的那些話。要不是眞的，怎的會不回家，去補名字當兵？

你奶奶那麼好強的人，還受得了嗎！一次傷風就躺了十多天。好在你常常有信來，又寄錢回來。你爲啥又瞞著下落的地方？鄉里們又傳說你到紅草湖（洪澤湖）入了盜幫。又傳說你在江西參加了共產黨，今東明西的打游擊。

去年我拿著你的信，照松三爺的指點，找到郵戳上的寄信地址，問到了營盤。營裡人告訴我到江西奉新縣去問三二九團。到了奉新，問到了旅部，說是這一批部隊又開到別處去了。有一位熱心的官長，拿著你的名字去查過，曾經駐在這裡的三二九團，都沒有你的名字。連我都相信親鄰們傳說的話，你當了共產黨了，不得不隱姓埋名。

咱李家莊的那位李連生夫婦倆，都被抓去下了監牢。縣裡又常常槍決共產黨。

你奶奶就因此病情加重，躺在床上半年多了。

魯永春向兒子一把眼淚一把鼻涕的，敍說這兩年來，爲了土娃逃家受到的這多折磨。土娃也一邊聽一邊哭，一條乾毛巾搗著臉，都被淚水濕透。魯永春這纔告訴兒子，華英煙行已經關了。

父子倆說了半夜的話。第二天起來，在學校吃了早飯，就去向鍾牧師辭謝。說是土娃的奶奶病在床上，早一天見到孫子，會早一天好。

鍾牧師吩咐教會方面，把軍中留下的錢，結算了一下，還餘下大洋拾元有餘。到市上爲土娃買了兩套成衣，貞文中學又以學生的身分，給了土娃一套學生服。臨行時，鍾牧師還當面允許土娃到家後，料理完家事，再回到學校繼續工讀。

所以土娃身著貞文中學的校服，回到了家。

鄉里的傳言改變了，原來這孩子去找他的洋牧師去了。

又做了洋學生，個子長高了，成大人了。只是臉上的那些水靈靈女孩兒的粉嫩，變得粗糙了。聲音也粗壯了，只有一點沒有變，還是那麼的瘦俏俏的。個頭兒高了，更顯得瘦俏。

奶奶看到了孫子，喜悅的精神終於沖淡了心情上的鬱結，病體徒然健朗起來。她要帶著孫子進城，向華英煙行的掌櫃娘子評理去。被勸止了。

事實擺在這裡，不說也表白了自己孩子的清白。

任何虧心事，就是瞞得了天地鬼神，也瞞不了自己啊！

快到麥季子了。

今年的春莊稼，業已展現了豐收的氣勢，大麥已經在收割。秫秫苗已尺來高。去冬雪盛，今春雨調。兩三年來的減收，眼望著今年可以有一個豐收的補償。

「老天爺的眼睛裡，還是有窮人的呀！」

人人都這樣想，都這樣祈盼著。

土娃在異鄉生了一場大病，死去活來。

這些事，連家裡的叔叔嬸嬸都沒有要他們知道。却看得出土娃的臉色，還呈現著病容，叔叔嬸嬸都說：「土娃的臉色，沒有在家時候的那分滋潤，總有些枯澀澀地。」因而這個麥季子雖然忙，都沒有安排他下田。

松三爺還在韓壇集，如今已膺聘到小學教國語文，實際上，是教四書的課本。麥季子，放假回家來了。

松三爺回家見到了土娃，業已長成了大人，童音消失了。在談吐答對上，也有了成熟的思維。聽說病了一場，死而復蘇，臉上的病容，尚未消失。就告訴土娃，不必再去他鄉做工讀生吧，遂應允這個暑季子過了，還是帶他去韓壇集，在民衆的識字班裡，作個小先生。當松三爺知道他爹已不要他下田，遂決定來教土娃學習讀文史的基本法則，從章句上去認知訓詁上的義理問題。

讀文史的人，這些小學（註一）上的根本，必須做到像孟夫子說的：「君子深造之以道，欲其自得之也。自得之，則居之安，居之安，則資之深。資之深，則取之左右逢其源。故君子欲其自得之也。」所以松三爺告訴土娃說：「咱們書院教學，最後的一級（註二），就是『自得』。作學生的，求學段落，必須能達到『取之左右逢其源。』像掘井一樣，必須及泉，及泉，方能左右逢其源。」

又說：「從章句上去學習訓詁，目的就是認知文理。」

遂跟著背誦劉彥和的章句論：「夫設情有宅，置言有位；宅情曰章，位言曰句。故章者，明也。句者，局也。局言者，聯字以分疆，明情者，總義以包體。區畛相異，而衢路交通矣。」土娃聽了，只是愣怔以對。他沒有讀過，耳聽口述，目不見文，自然不能領略。

松三爺見到土娃臉上愣怔的神情，不禁笑了。

「這個問題，得一步步進入。慢慢來吧！」

從此，土娃便又成天裡跟著松三爺讀書。

如今，土娃已十八歲了，可以向義理上去教了。

「章句，是義理的根。」松三爺教土娃，「所以劉勰論章句，一下筆就說：『設情有宅，置言有位。』情，是文之生，生必有根。也就是爲啥要寫？宅，就是宅地。蓋房子必須有塊地。沒有地，房子蓋在那裡？作文，必然有作文的情感，也就是西方人說的動機，英文叫MOTIVE（註三）。也就是劉氏的這四個字「設情有宅。」再說「置言有位」，也就是寫出一個句子，必須是傳達心意的。你爲什麼要說這話？說這話的心意，就是「言」之「位」。知道這兩個片語（註四）的意思，就能貫串上「宅情曰章，位言曰句。」這四個片語，只十六個字，已說明了文章中的「義理」之「根」，在什麼地方了。再讀下面幾個片語，就會明白「章」是明義的，「句」是有所止，讀也。故謂之「聯字以分疆。」」。」

又說：「一字一義，二字是一個辭組，合辭爲句，合句爲段，合段爲章。音樂一曲完了，爲之一章，一文寫成，名爲『成章』。至於劉氏的『章句』說的「局言者，聯字以分疆，明情者，總義以包體；區畛相異，而衢路交通矣！」這番話，說明的就是：「如通義理，必須先明章句。章句，義理之根也。」

松三爺把《文心雕龍》的「章句」講到這裡，便把書交給土娃，說：「下面的那多話，無非例說章句的文辭。你去體會之後，下次來說給我聽。要在旁通，聽了你的心得之後，我再講。」

土娃這次回家，第一次上松三爺的課，就是「章句」。居然是《文心雕龍》的章句。由於松三爺說得淸楚明白，土娃聽進心裡去了。「要在旁通」四字，就是土娃體會到的。

他記得松三爺給他講詩的時候，曾說到詩的換韵。說是詩的每一變韵，都是由於詩情的轉位。如今聽了先生講《文心》這篇「章句」，方始懂得先生松三爺說的這句話，是從劉彥和的「章句」來的。「設情」須「有宅」，「置言」須「有位」。劉氏說：「若乃改韵徙調，所以節文辭氣。」可沒有先生說的「改韵」乃「詩情轉位」的說法易懂。

於是土娃又想到先生松三爺叫他誦《詩三百篇》中的「桑中」：「爰采唐矣！沬之鄉矣，云誰之思，美孟姜矣！」到了下三語：「期我乎桑中，要我乎上宮，送我乎淇之上。」三章，都是上四句一韵，下三句改韵（註五）。之所以改韵，是因爲詩情變了，這首詩的前四句，是一問一答式的說他們到沬之鄉去采唐、采麥、采葑，目的是想會會那位美孟姜、美孟弋、美孟庸。下三句則是述說他們在沬之鄉吊娘兒們的成果，居然有了「期我桑中，要我上宮」，事後，還「送我淇之上」。土娃聽了先生講到「情有宅」、「言有位」，以及他理會到的「改韵徙調」，遂又旁通到「賈誼枚乘，兩韵輒易；劉歆桓譚，百句不遷；」都是一種賣弄，應是文家的大病。所以劉氏說：「亦各有其志也。」稍後遂責之說：「兩韵輒易，聲韵微躁，百句不遷，則唇吻告勞。」韵文，都是尙唱的（註六），需要「改韵徙調」的呀！就是散文，也講求格律聲色（註七）呢。

數日之後，土娃向先生松三爺講述了他的這一些讀書心得。松三爺喜悅不形於色的又給土娃講章句中的字辭爲用。

「劉彥和反對『麗辭』，反以『麗辭』爲之章。」

「他的『造化賦形，支體必雙，神理爲用，事不孤立。』的文須屬對的說法，正是後人詬病的魏晉六朝『麗辭』之害文缺點。固然，『夫心生文辭，運裁百慮，高下相須，自然成對。』這『運裁百慮』的去安排麗辭之體的『四對』（言對、事對、反對、正對），就會產生『游雁比翼翔，歸鴻知雙飛』（張華）『宣尼悲獲麟，西狩泣孔丘』的弊病。唐人韓昌黎的古文（左氏馬遷之文）運動，不就是反對這些麗辭興起的嗎！」

「咱們的桐城學派，講求的是『神理、氣味、格律、聲色』八個字，劉彥和的《文心》所雕所鏤，這八個字都概括了。」

「咱們桐城學派的治學原則，是『義理也。考據也。文章也。』（註八）王老傳（註九）把這三大原則，改爲『訓詁、義理、辭章、考據』，說起來，都是從章句入門的。」

「從章句入門尋求義理，有一個原則，是不能忽略的。那就是句子中的每一個字，不論實字與虛字，都不可置之義外。」

松三爺舉例說：「論語中的『士不可以不弘毅』，勸學中的『學不可以已』。文句中的『不可以』，就不能當作一個辭組來詮釋。『不可』已有了語言『不可以』的文義，看來『以』字獨有其文義。『以，因也。』，意爲不可緣於任何理由『已』；『不弘毅』。應知『助字』有助語辭，也有助義辭。劉彥和說到『兮』字，說到詩與楚辭中的『兮』字，『乃語助餘聲』。他如『夫、惟、蓋、故』、『之、而、於、以』、『乎、哉、矣、也』，也都說到。都需要『巧者迴運』方能『彌縫文體』得一字之助。這些章句，萬不可忽略，文義之能傳出『神理氣味』，之能令人誦出『格律聲色』，胥有賴於助字。作文時，就知道運用助字之難！」

又說：「章句最難的是句讀。學如不博，往往出錯。」遂舉例說：「韓非子在外儲說左下，記了一段話：『哀公問於孔子曰：「吾聞夔一足，信乎？」曰：「夔，人也。何故一足？彼其無他異，而獨通於聲（註十）。」堯曰：「夔一而足矣。使爲樂正。」故君子曰：「夔有一，足。」非一足也。』類似斷句有誤的事例，極多。」

又告訴土娃「識字難」。

「我們中國字，一字數音，却又一音一義。若是知其一，不知其二。也往往會詮錯文義。這種情事，雖大儒也難免。」

遂以《孟子》滕文公中的「圭田」爲例，漢儒趙岐注：「圭，潔也。」以爲「圭田」是上田。今人根據甲文，認出圭田應是畫完井田後，餘下的不方正的畸零地。

「這些情事，都是在義理上發現問題的，從博學上尋出正解來的。可以想知博學強記四個字，在治學上，多麼重要。」

當松三爺考驗了土娃的智慧，已隨年齡增長，加上他的讀書能「放心」在書本上，已夠條件要他自已到書本裡去博蒐了。遂把他手頭上的一部中華書局聚珍仿宋版《十三經》，又給了他一方小型芷硯（註十一），還有兩根白芷，兩包銀硃。土娃知道那芷與硯，都是用來磨硃點書批書的。點書（註十二）批書，已是大學生（註十三）的功課。論實情，土娃還沒有讀到可以用芷硯磨硃點書這一級。如今，松三爺爺却已把他看作大學生了。想來，怎不應該是大學生呢？古人十五六歲就是大學生了，自已都叫十九歲了。已東游西蕩了好幾年。所以土娃從先生手上接過書和硯，忍不住淚眼婆娑。說：

「多謝三爺爺！」

「讀書人要買書藏書。」松三爺說著，也淚水溢出了眼眶。「咱們那有買書的餘錢。」

擦擦眼淚又說：「先讀三傳，讀三傳應以三禮爲佐。先選事件相類的，對照著讀，如『鄭伯克段於鄢』、『石碏諫寵州吁』，可以合併起來研讀。傳中說到詩，讀詩（詩經），說到書，讀書（尚書）。馬遷的《史記》也應列入參考。」又特別關照土娃說：「經有經的寫法，必須深入理會。所謂：經、傳、注（箋）、疏這四個層次，史傳有史傳的書法，禮傳有禮傳的書法。尤其三百篇的大小序，應知那是詩教。」又說：「經書以外的，子集以外的，所謂閒書，如小說、戲曲，也有修齊治平的大道（註十三）。」

「遇到問題就記下來，記在紙片上或本子上。」松三爺說著又唸了孟子那句話：「『資之深，則取之左右逢其源，君子欲其自得之也。』所謂治學由己，非由人也。遇到問題，自己解決。」

這是松三爺交給土娃這一個暑期的功課。

魯奶奶自從孫子回來，病也漸漸好了。魯永春與老四永源合起來料理田事，也不勉強土娃下田幹莊稼活了，只派他作些不費力氣的雜事。所以土娃這次回到家，便全心全志的在讀書。

雖然有人在背後搗土娃的脊樑筋，輕謾地說：「瞧！這個小怪物，連走路都邁方步，學那個老怪物。」魯家人縱然聽見，也不以爲意了。事實擺在那裡，孩子在外當了兩年兵，每個月還滙兩塊大洋回家呢！

松三爺原說下學期帶土娃到韓壇集去，協助他教民衆識字班，意想不到衢州浸禮教會的鍾牧師收到土娃與家人寫去的感謝信，與學校方面考量了一番，認爲若是土娃願到貞文中學繼續工讀，衢州全教會的弟兄姊妹（註十四），都表示歡迎。

同時，本縣的崇德中學收到衢州的貞文中學來信，查問魯金土當年在崇德中學工讀的情形，所以崇德中學知道土娃魯金土現在鄉間家中。這裡的牧師又換了，中國名字叫秦約瑟，是鍾斯的同班同學。雖然不認識土娃，在到宿州來時，曾向鍾牧師探詢過這裡的風土人情，以及生活環境，教會發展趨向等等。鍾牧師說起那年的聖誕夜，爲了遷就當時的社會，在禮拜的形式過後，由小瓊妮與土娃魯金土加演兒童歌劇《可憐的秋香》，土娃魯金土還獨自表演《毛毛雨》。答說這個工讀生是個可愛的小男孩。又特別告訴秦牧師：「這個孩子有遺尿病，身上總是帶著臊臭。」

因此，這秦約瑟牧師收到鍾斯牧師的信，竟騎上自行車到鄉間去找土娃。

當他見到土娃魯金土，已成了大人，他那斯斯文文的樣子，既儒雅又親切的談吐，就有心要魯金土到崇德中學去工讀，如今，也設立了高中部，校舍的最後一進，已起了三層樓房。有些設備，比公立學校還要好。

魯家當然選擇了本縣的崇德中學。

松三爺尤其贊同。都是基督教浸禮會辦的學校，也不會產生兩者間的不快。

這學期，土娃又到城裡的崇德中學工讀去了。

老晉他還在學校，照顧大門。他是最爲贊賞土娃的。

崇德中學的門面，校舍，大都煥然一新。只是當年的同學，全不在了。

土娃在學校的工作，派在教務處，幫助教務組作些文書上的雜事，抄抄寫寫，有時，秦牧師也派他去作些教會方面的事。像往常一樣，每逢禮拜，安排教堂中的許多事務，都是土娃幫助秦師母在作。在牧師講道以前的領會工作，十有八次都是土娃在作，他的歌喉很好，唱的又比別人委婉，所以，他又是詩班的領導人。可以說他不祇是學校的工讀生，還是教堂裡的義工。

儘管，他的學生身分，揷入的是高二上，文史兩科，不須去聽，其他如數理等等，就是去聽也跟不上，聽不懂。教會裡的主張，是要土娃取得高中畢業文憑後，保送他進神學院，作一位耶穌的僕人，傳道淑世。

都知道土娃的中文程度，超過了高中生的程度。如今，只要求他加強英文與聖經的研讀。因而這裡的課，除了外國史地及英文，他都不去聽。說實在的，土娃在崇德中學的名義是「工讀生」，實際上，他祇是教堂與學校的僱工。在崇德中學只是吃口淡飯而已。

土娃呢，也有自知之明，他總是本本分分的服膺著教會與學校雙方面的指使，吩咐他去幹啥，就幹啥，從無一句推辭。譬如近年來，無論城市鄉鎭，反對使用日貨的社會運動，非常熾烈。若有人穿著日本貨印花市，發現後往往會罰欵，還要蒙上不愛國的「漢奸」罵名。那種氣味濃重的胰子「日光皀」，只要有人聞到誰身上有日光皀的氣味，就會向這人身上吐唾沫。可是崇德中學及教會，却還在使用。市場上已經沒處買了，這裡竟整箱從天津交火車運來。土娃感到不解？却也不敢問。

有不少學校參予的抗日活動，崇德中學都不參加。理由是他們乃美國的教會學校，不介入政治活動。土娃也不解。

突然傳來蔣委員長在西安被張學良扣押起來了的消息。

這是一件轟動全球的新聞。跟著，這裡的學校，無論中學小學，都停課遊行，崇德中學竟然參加進來。

也宣布在停課，派教師率領學生加入遊行行列。

喊起抗日口號！歌唱抗日歌曲！

打倒日本軍閥！

還我東北土地！

擁護蔣委員長對日宣戰！

領頭喊口號唱歌的，是各學校的先生。歌曲唱的是「松花江上」，那一曲最感人的「流亡三部曲」第一部。

我的家在東北松花江上，
那裡有森林煤鑛，那裡有滿山遍野的大豆高粱。
我的家在東北松花江山，
那裡有我的同胞，那裡有我衰老的爹娘！
九一八！九一八！從那個悲慘的時候！
九一八！九一八！從那個悲慘的時候！
脫離了我的家鄉，拋棄了我無盡的寶藏，
流浪！流浪！整日價在關內流浪！
那年？那月？纔能够回到我那可愛的故鄉！
那年？那月？纔能够回到我那可愛的故鄉！

爺娘啊！爹娘啊！

什麼時候纔能歡聚在一堂？

崇德中學的遊行，土娃並沒有參加，他被教堂派去辦事，到十里甸子一個信徒家，送東西去了。但却在街上見到一隊隊的遊行盛況。

土娃出了城，經過五里甸子，却見到一隊農民，也在遊行。打著縣西鄉農民協會的旗子，只有七八個人，有老也有幼，年長的有五十多，年幼的，也不過十四五，都是一般鄉下人的穿著。沒有唱歌，只喊口號。

口號，也是那幾句。只有一人在前頭揮旗領頭喊，後面的人跟著，聲浪既不響亮，也不熱烈。

土娃一見，感到只喊口號，不唱歌，怪沒有精神。人在行列裡走著，也缺少勁頭。這孩子竟一時衝動，走向前去，說：「你們怎麼不唱歌？」沒有等到人家回答，就走到隊伍前面，大聲唱起：「我的家在東北松花江上，」他這樣扯起清亮的嗓子唱起來，却也未能引發起來這一隊遊行的隊伍，精神起來，振奮起來。原因是這一隊遊行的人，沒有人能跟著接唱歌詞。連那個帶頭喊口號的人，也祇能附和著接應幾句，歌詞還是支離破碎的。這人也不大會。

然而土娃，還是一口氣唱完了這一段歌詞。

儘管，土娃的歌聲一停，就贏來了這一隊遊行人的爆炸掌聲，也有人在行列中喊：「再來一個。」土娃却已失去了興致。遂轉過身來，岔出了隊，失望的愣著這一隊還在前進中的遊行者，再一看路上有些看熱鬧的人都投射給他的那種輕蔑眼光！雖然領頭遊行的那個人，側過頭來，向土娃笑嘻嘻的說：「加入我們吧！」却也沒有熱烈的歡迎他。

這時，土娃方始覺乎著有些兒不對勁，遂說：「我還有事，不加入你們了。」

土娃確是有事，教會交給他的任務，還未達成呢。

土娃到十里甸子辦完了事，在回城的路上，尙未走到五里甸子，突然有汽車的馬達聲，從身後響來。土娃遂走向路邊，讓出寬濶的路來。可是，身後駛來的這輛軍車，開到土娃身邊，居然停了下來。

這是一輛卡車，停下之後，站在車上的兩個穿便衣的人，便跳下車來。起先，車停下來時，土娃站住發愣，剛準備轉身向前走去，這兩人竟走到土娃身邊，其中一人笑吟吟的說：「你很會唱歌是不是？」沒等土娃回答，又說：「俺來請你到營裡去敎唱。」還沒等土娃說話，兩人便伸手架起土娃，像兩人抬起一個布袋，或抬起一頭猪似的，輕輕一扔，便扔到了汽車上。土娃被扔上汽車，摔坐在車上，這纔大聲的吼叫：「不，俺不去，俺還得去上課。」吼叫間，那兩人已跳上了車，馬達已經發動，車一聳，嗚地一聲，飛速向前開行了。跟著，土娃便捱了狠狠的一拳，喝叱說：「別叫！」另一人已把一塊黑布，勒上土娃的眼，同時，一條毛巾也塞在土娃的口中。一時之間，土娃又驚又怕，經過一塞他的口唇，突然間的悶閉，竟昏眩過去。

這兩人却也不管這些，汽車飛速的在凹凸不平的道路上，一蹦一蹦的行進。…………

〔附註〕

註一：古人以文字學、訓詁學、聲韵學謂之「小學」。朱子說：「古者小學教人以灑掃應對進退之節，愛親敬長隆師親友之道。」

註二：古時書院及塾屋教育，由啓蒙到自得，約分五級六級不等。最後是「自得」級。

註三：英文MOTIF，此指「動機」。

註四：片語，即句中的一個逗點小句。英文爲PHRASE。

註五：改韵，就是換韵。「改韵徙調」，是指音樂，文字換韵，音樂應換旋律。

註六：韵文，都以唱爲主，即尙唱之意。

註七：格律、聲色，也是音樂藝術，文要合律呂，更得有聲有色。

註八：這話是桐城學派姚鼐（惜抱）先生說的。

註九：王道傳先生，此話指土娃讀書的這個書院的負責人。

註十：「獨通於聲」，意爲只長於音樂。「夔有一，足。」，即「夔這人只有這一專長，也就足夠擔任「樂正」這官職。

註十一：芷硯，是用來磨硃砂的小硯台。用白芷磨硃，稱「芷硯」。

註十二：點書，意爲用筆醮硃砂，圈點古書。即學「斷句」。

註十三：修齊治平，即修身、齊家、治國、平天下的簡稱。

註十四：基督教會稱呼教友，不論長幼尊卑，一律稱爲兄弟姊妹。

四十七　鼎沸的民族怒潮澎湃起來了

土娃在一陣昏眩後醒來，車還在顛簸的行駛著，打算用手去揭開蒙在眼上的布，方知雙手已被綁著。於是他哭起來，說：「你們把我弄到那裡去？」想欠身站起來，又被人用手在頭頂上，狠狠一按，又按坐下去。同時，還挨了一脚，踢在他的臀部大腿骨上。還聽到狠狠的一句：「你安分些。」

車還在行駛著，不時車身跳躍起來又噗嗵落下，顛簸得土娃的臀部，跳起摔下，痛苦不堪。兩隻手反綁著，只有任由臀部坐著，隨同車子的顛簸起落。

這時，土娃所能抵抗的，只有哭！却又不敢大聲，怕的毛巾又塞到口中來。所以只有泣泣呼呼的嗚咽著。想不通爲啥找上他。那第一句話是：「你會唱歌不是？請你到俺營裡教唱去。」會爲了我剛纔在那隊農民遊行隊伍裡，唱了那首「我的家在東北松花江上」嗎？這首歌，唱了好幾年了啊！學校的遊行隊伍，在城裡也唱這首歌麼，怎的能不許我唱？想來想去想不通。只有嗚咽的哭著，迷惘的思索著。

車的飛馳，沒有多久，似乎不到半小時，就停了下來。

車上的兩個人，用同樣的手法，兩人在一邊用雙手架起土娃一個膀子，架起由車上放下，慢慢送到土娃的雙足點他，方始鬆手。跟著車下就有人伸手，兩邊架著土娃的膀子，輕輕以命令的語氣，說：「走。」便輕輕架著土娃向前走。

這時的土娃，恐懼已占據了他全部身心，連意識都已凝滯，遂踉踉蹌蹌的被架著，隨同別人的駕馭方向走去。

停下脚步之後，取下那蒙在眼上的黑布，土娃的視覺，還沒有恢復，直眨巴眼睛，過了一些時候，方始認出這是一間泥土墻的小屋，只有一桌一椅，放在正中，恰似問案用的。

在土娃的視覺與心腦的意識尚未恢復正常時，就有人進來，唏哩嘩啦的鐵鍊聲音，便在土娃的脚脖子上響起，一付脚鐐，便安裝在土娃的脚脖子上了。

土娃的意識活動起來了，他意識到這是重刑犯的脚鐐。

「啊！我犯了什麼罪啊？」

土娃只說了這麼一句就昏倒在地。

等土娃醒轉來，他坐在一張木椅上，有兩人站在兩邊。

那張桌子後面，已經坐了一位身著中山裝的中年人。小平頭，態度挺溫和的。見到土娃醒轉，遂以眼神支使站在土娃身邊的兩個人，把土娃攙到桌案前來。

當土娃被架到桌案前，遂問：「你叫什麼名字？今年幾歲？在那裡唸書？幾年級？」土娃都照實一一回答。

「你那一年加入的？」

土娃聽不懂這句話，遂愣怔在那裡，不知回答什麼？

「照實說，罪會減輕的。」遂又重問一句：「那一年加入的？」

土娃還是不懂，遂答：「我不知道。」

「不知道，」這人的態度嚴肅起來，「怎能不知道？你今年都十九啦，成大人啦！啊？」

「我不知道加入什麼？」土娃反問起來。

「噢！裝沒事人哪？」這人的面容露出了奸笑。「不知道加入什麼？那你怎的會跑到十里甸子，加入農民協會的遊行隊伍，領頭兒唱歌？」

這一問，土娃方始明白，遂馬上答說他沒有加入什麼農民協會，他也不認識那些遊行的人。遂照實說他是到十里甸子，爲教會送信，看到這一隊遊行的農民，只喊口號不唱歌，遊行的隊伍沒有精神。一時興起，加入了他們唱了這首『我的家在東北松花江上』。其實，並沒有加入他們，也不認識他們。一面說，一面擦眼淚。

問話的人，聽了土娃這一番回答，又看到這個孩子，不像個曾經參加共產黨的孩子，這類參加過共產黨的小孩子，他已審問過數十起，看得出魯金土這個孩子，不像他審過的那些類。遂決定向崇德中學查一查。這孩子，還得再扣押幾天。

就這樣，土娃帶著脚鐐，被收押了起來。

在崇德中學，到了晚上，土娃還沒有回來，你問我，我問你，都說不知道。早上派他送一封信到十里甸子去，給一位教友，怎會到晚飯時還沒有回來？這孩子一向本本分分，誠誠實實，如果有事回家去了，會先說明的。

也許在路上遇見家人，家中有事，要他回去，來不及回來說知後再走，先回家去，事後再來說明。這情形，也會有的。結果，等了三天，也沒有消息。

據傳聞，參加抗日遊行的教師，捉去了兩位。崇德中學帶學生去參加抗日遊行的兩位教師，連叫去問話的事，也沒有。土娃又沒有參加遊行。

又過了一天，土娃還沒有回來。教會只得叫老晉到鄉下土娃的家裡去看看。結果，土娃並沒有回家。鄉裡人却傳說農民協會的人，被抓去好幾個。

於是，土娃家裡人也緊張起來。

可是，這種傳聞，到任何地方，都問不出個事實來。但教會的秦牧師，却把土娃失踪的事，寫信告知了浙江衢州的鍾牧師。這不久，蔣委員長由西安脫險歸來的新聞，引發了全國的歡慶。國民政府頒令逮捕歸案的主犯張學良，也隨同委員長同機返京請罪。

眞格是舉國歡騰！然而土娃這個孩子的失踪，半個月來，連個可以獲得一隙壁光的消息也沒有。誰也不曾推想到土娃的失踪，與蔣委員長的西安蒙難，牽連到學生抗日大遊行，有著密切相關的因素。

收押土娃的這個單位，經過初步調查，竟發現這孩子十五歲時，學過花鼓戲，逃家在蚌埠西遊藝場，以小紅娃爲藝名，扮過花鼓娘下過場子。在城裡一家煙店作學徒，有了盜竊行爲，又逃出店去，化名補了名字，去當了兩年兵。

在鄉間居然查到了土娃這個孩子，可不簡單，十多歲就有了這些令鄉鄰大搗脊樑筋的閒言碎語，可不能小看了這個孩子。可得再向深處去查，也許能追出個大案出來。他既然當過兩年兵，又在江西安徽浙江等邊界的山林地帶駐紮過。兩年就離開了，如今又潛藏在教會的學校中，今竟在這個學潮中，下鄉跑到這個農民協會行列裡，可不能把這孩子的行爲，當作一般學生的遊行事件看。得重視這個孩子了。於是，把土娃又換了一個收押的地處，雙手腕又加了一付手拷。每天的伙食，也改為一般軍官的同等，兼且關照看管的人，平常要對這孩子待之以禮，和顏悅色，使他精神愉快。萬不可有任何虐待的行為，加諸到這孩子身上。

居然把土娃當作共產黨方面的頭兒看待。

調查者極為愼重認眞的，追踪土娃供出的補名字當兵入營的過程。由於供述的全係事實，不但由浦口的新兵訓練團，一直追踪到浙江衢州的福音醫院，連當初招募新兵的那些人，並不是有編制的正式軍人，都是些自行組成，假冒部隊番號的招兵獲利團體，也一一查了出來。

福音醫院的浸禮教會負責人鍾斯牧師，這纔獲知土娃魯金土的失踪原因及眞相。仗著他是美國人，辦事方便，遂也獲知了收押土娃的單位。鍾斯牧師為了解救土娃的這次牢獄之災，遂從浙江衢州，親自到了宿州。救出了土娃。

土娃被送回到崇德中學了，這一折騰，四個月的時間過去了。在羈押期間，雖說審問了不少次，却未刑求。但兩個扣上脚鐐的脚脖子，已被鐵鐐磨破。縱然經過醫療，也包紮過，還是有潰爛化膿的現象。不得不送醫療治。

土娃失踪的事，鄉間的親鄰，也有風聞。這種事怎能瞞昧得了，家裡的人，雖口不漏風，臉上浮泛出的愁雲慘霧，就是明顯的表白。自從那天各學校的洋學生遊行之後，就風傳了有遊行的教書先生被捕的謠傳。倒沒聽說有學生被抓去。可是，有人說已有人到鄉下調查土娃在蚌埠扮演花鼓娘的事。遂有傳說土娃被抓了去，坐了牢監。

也有傳說土娃是逃兵，被部隊在城裡的中學抓了回去。

魯奶奶被二女兒接去了，爲的是怕魯奶奶在家風聞到許許多的可怕謠啄，她承受不了。但在一般鄉人們的推想中，可不是這麼說，居然有人傳說土娃是共產黨，已經槍斃了，怕這溺愛孫子的老太太，成天在家哭，魯家的門墻擋不住。

如今，土娃雖然回來了，終究是從牢監裡回來的，被鐵鐐磨破了的脚脖子，還在潰爛化膿呢。又怎能這個樣子帶回家？

魯永春到二妹家見到了娘，說明了孩子放回的一切前因後果。一句話，不能怪任誰？只怪這孩子太逞能，不知天有多高？地有多厚？人有多少類？無知啊！都叫二十啦！

魯奶奶哭得是一把鼻涕又一把鼻涕，擤也擤不完。一句話也沒有說，說什麼呢？怪得誰呢？

在這個時代裡，人活著可不容易。

「好在有個美國教會的鍾牧師，」魯永春下結論說。「不是他親自出面，打從老遠的浙江趕到這裡來，救出了咱這混賬的小子，後果可就難說了。」

魯奶奶還只是哭，擦不乾的眼淚，擤不完的鼻涕。任何話也沒有的說。魯永春還沒有說土娃的脚脖子，被鐵鐐磨爛化膿的情事呢。

魯永春勸娘在二妹家再住些日子，等孩子在醫院裡調養幾天，再一起回家。今後，咱這孩子就給了教會。鍾牧師的這分大恩大德，咱能怎樣報答人家呢！

鍾牧師的如此熱忱，竟親自南北千里奔波，一是他瞭解土娃這個孩子，在兵營中的這一段經歷，他也知道得一淸二楚。二是他本於教會的牧師職司，負荷著救人淑世的義務。內心並不曾想著別人的感謝什麼的。所以，當土娃被送回崇德中學，鍾牧師見到了土娃的父親魯永春，把土娃交付了家人，他就回浙江去了。

經過這麼一次折騰，可以說，土娃已失去了「莊稼漢應守家園」的立足環境，所以魯永春向母親解說，還是把這孩子給了教會去安排罷。在教會方面呢，土娃這孩子與他們這家教會，早就有了淵源。尤其是品德與工作兩方面，都已獲得了前後兩任牧師的信任。這次事件的意外，事實上雖是土娃個己的愛表現，一時逞能招惹來的，他終究是崇德中學的學生，又是教會的教友，也是教會的傭工。既然家庭沒有要把土娃領回家，學校與教會，也沒有理由排斥他，也不捨得失去這個誠實可愛的好孩子。

於是，土娃出了院，又回到了學校，回到了教會。仍舊像往常一樣，一面在學校上課，一面在教會工作。

學校要放假了，土娃也不回家，住在學校。

可是近來的時局，却顯得極爲緊張。日本軍在北方，不時惹事生非，上海的吳淞口外，日本的兵船也增多起來。可以說，這兩年來，中日的關係就在緊繃著。自從蔣委員長西安事變脫險歸來，日本軍就擺好了隨時進攻的架式。就在學校要放暑假的這些天，報上就天天報導，日本兵在北平近郊的宛平城，連續多日舉行軍事演習。終於在七月七日的晚上，駐紮在豐台縣的日本兵，說是他們失踪了一個士官，強要進入我方搜查，又無理而強悍的要求我們駐紮在宛平城的軍隊，無條件撤出。這些無理取鬧的要求，我們當然不理會。日本遂在這晚，開槍挑戰。

我們的守軍陸軍第二十九軍二十七師的一團，由吉星文團長，率領了全團官兵，作防禦抗鬥。就這樣，中華民族的抗日戰爭，爆發了。政府對日本的宣戰令，發布了。且本的飛機，飛往沿海及鐵路線上的城鄉騷擾，警報日夜不斷。日本的炮火兇猛，攻擊力強大，不幾日，便占領了北平與天津。一般老百姓，原以爲像北伐軍時代一樣，兵來兵往的只是軍人與軍人的爭城掠地。一天，飛機飛來，投彈轟炸火車站，大家親眼見到被炸後的慘酷景象，方始認知了這場戰爭的可怕。

那天，日本的六架轟炸機飛來，前後不到十分鐘的光景，一架一架的輪流投彈，炸彈落地爆炸的轟鳴，不但鳴聲晴天霹靂似的，在地上的爆裂震動，連三幾里範疇中的房屋，都被震塌。炸後的火車站，變成一片廢墟，整列的火車，炸出了軌，一箱箱，橫躺在地上，火車頭也倒在地上冒氣。炸死的人，支離殘破，血肉糢糊。被燃燒彈炸到的，就起火燃燒，入夜尚無救火車來撲熄。

人，個個都憤慨起來，也恐懼起來。今後，我們怎麼辦？

我們國民政府頒布的對日抗戰綱領，喊出的口號是：

國家至上　民族至上

抗戰第一　勝利第一

我們全中國的四萬萬五千萬人同仇敵愾，從歌聲中怒吼了出來：

向前進，別退後，生死已到最後關頭。

同胞們被屠殺，土地被强占，我們再也不能忍受！我們再也不能忍受！

亡國的條件，我們決不能接受；中國的領土，一寸也不能失守。

同胞們！向前進，別退後；用我們的血和肉，去拚掉敵人的頭！

犧牲已到最後關頭！犧牲已到最後關頭！

全民抗戰　焦土抗戰　長期抗戰

全國上下，不分男女老幼，無不響應這「全民抗戰」的決策。各機關各學校，也都作了「長期抗戰」的準備。在校的學生們，也喊出了「讀書不忘救國，救國不忘讀書。」當日本軍又借詞在上海，引發了南方戰場，這一帶的學校，便意想到津浦鐵路綫，也是避不開戰爭的地方。已在作「救國不忘讀書」的計畫。

崇德中學是屬於美國教會的，這時的英、美，還在保持中立態度，認爲扯起美國的星條旗就可以了。但獲得的消息是，上海的外國租界，照樣躱避不了不長眼睛的炮火。

尤其，大家親眼見到火車站被炸的慘酷情況，不但城中的商家已關門，向鄉間疏散，來自鄉間的在校學生，又怎會敢到城市上學？再從日本軍力的強大，進攻的氣勢看，有如「破竹」，敵兵還未到，前路已經空了。算不定還未開學，南京都會不保。聽說，南京的國民政府，已準備作入川的構想。

秦牧師與盧敎師研商了當前情況之後，判斷今秋學校恢復開學上課，可能性極少。敎育局已有通知，所有城中各學校的校舍，都騰給部隊駐紮。爲今之計，應離此前往浙江衢州鍾牧師那裡去，這裡交給老晋一人看守就可以了。遂如此決定。

秦牧師夫婦倆一個五歲多的小男孩，加上盧牧師與土娃共五人。學校有一部中型廂車，也是與敎會公用的。正好可以利用這輛車南行。他們知道津浦鐵路的火車，只運兵不載客了。長江的船，也派了軍用。要走，只有利用這部車。報上的消息，日本軍已占領了羅店與吳淞口的砲臺，揚子江的航船，無論開向何方，都被日本兵艦截斷。南去祗有汽車這一條路。

土娃得回家向家人說明，隨同秦牧師一家到浙江去。

他一大早就起身，打算當天折回城中來。

當他走出西城門的時候，正好有一長列出早操的兵隊，扛著大砲長槍，身上斜挎著子彈帶，還有水壺背包。齊步走，帶隊官喊著一二一，口中唱著他也會唱的「義勇軍進行曲」，從他身後響起。

土娃一時毛骨悚然，趕快躲在路邊，聽著他們歌出的雄壯歌聲，看著他們整齊的步伐過去。

起來！不願作奴隸的人們，

把我們的血肉築成我們新的長城。

中華民族到了最危險的時候，

每個人被迫發出最後的吼聲！

起來！起來！起來！

我們萬衆一心，冒著敵人的砲火，前進！

冒著敵人的砲火，前進！

前進！前進！進！

這首歌也是土娃會唱的，這時聽來，似乎更加錐骨銘心！

走出城門，轉臉望見城墻上，已漆上大字標語，占據城墻高度一半以上的地位。土娃走過護城河的吊橋，左轉進入南官路（註一）時，看清楚了城墻上的紅字是：「擁護蔣委員長領導全民抗戰」十二個腥紅大字。在一般市街的民房，顯著於外的墻，也都泥上圓形的石灰板，漆上了紅字「誓死抗戰到底」以及「國家至上　民族至上」等抗戰標語。

田裡的高粱，正在曬米（註二），青綠的葉，血紅的穗，有的已提前砍伐在地，簽去了穗子（註三）。

路上，隔不上三五里，就會見到豎在路邊的標語木牌，上寫抗戰口號。不是粉紅板黑字，就是粉板藍色字。

土娃走過十里甸子，聽到右方的高粱田裡，傳來一陣雄壯的齊唱歌聲：

大刀向鬼子們的頭上，砍去！
全國武裝的弟兄們，抗戰的一天來到了！
抗戰的一天來到了，前面有東北的義勇軍，
後面有全國的老百姓。
咱們中國軍隊勇敢前進！
看準那敵人，把他消滅！把他消滅！
衝啊！大刀向鬼子們的頭上砍去！
衝啊！殺！

土娃停下腳步來聽，不大會工夫，一隊齊唱的歌聲，從高粱田的田埂小徑，走出來了。是一隊鄉團組成的大刀隊，不過十來個人，有老有少，全是本鄉的老百姓，他們爲了保國衛鄉，也組織起來了。

他們打從鄉公所開完會出來，一個個都身挎明晃晃的鬼頭大刀，大刀把上還繫著紅布，隨著胯間晃動的大刀飄搖。配合著「大刀向鬼子們的頭上砍去」的歌聲，顯得特別威武。

中華民族的怒潮，眞的如江中的浪，海中的濤，澎湃起來了。

我們再也不能忍受！我們再也不能忍受！

亡國的條件，我們決不能接受！中國的領土，一寸也不能失守。

全中國人，怒吼起來了。

全民抗戰！焦土抗戰！拚了！拚了！

土娃一路激動著走到自家的村頭，却遇到李秀實與張良士兩人，拎著工具，正要去用石灰泥土城的墻，準備漆上抗戰口號。見到土娃，就說：「洋學生，你回鄉來了。怕在城裡被炸死啊！」

土娃遂把教會要帶他南去浙江的事，老老實實說了。他回來是向家人說一聲，今兒格就要折回城去的。

想不到李秀實一聽，開口就罵：「你他媽的孬種！逃避抗戰。」說著，轉身就走。張良士雖遲滯了一霎，只是瞪了土娃一眼，又用鼻子向土娃「哼嗡」了一聲，也轉身走去。

土娃赤赧了臉，半晌抬不起頭來。神情鎭定了一霎，再舉步向前。這時，在土娃腦海間，浮泛出一個念頭：

我應該留在家鄉，不能讓李秀實罵我「孬種」！

〔附註〕

註一：南官路，是指宿州大官路隋堤南岸的一條。飛沙少些。

註二：高粱正在曬米，指高粱在成熟期，青色的穗子，靠大太陽來曬紅它。

註三：簽去了穗子，是指高粱收穫時，砍倒之後，再由刀子截下了穗子。俗話叫「簽」，截下的意思。

國立中央圖書館出版品預行編目資料

在這個時代裡／魏子雲著.--初版.-- 臺北市：臺灣學生，民83
面；　公分. --
ISBN 957-15-0626-5（精裝）.
ISBN 957-15-0627-3（平裝）

857.7　　　83006340

土娃（全一冊）

著作者：魏子雲
出版者：臺灣學生書局
發行人：丁文治
發行所：台灣學生書局
臺北市和平東路一段一九八號
郵政劃撥帳號○○○二四六六八號
電話：三六三四一五六
FAX：三六三六三三四
本書局登記證字號：行政院新聞局局版臺業字第一一○○號
印刷所：常新印刷有限公司
地址：板橋市翠華街八巷一三號
電話：九五二四二一九

定價　精裝新臺幣五○○元
　　　平裝新臺幣四二○元

中華民國八十三年八月初版

85717

ISBN　957-15-0626-5（精裝）
ISBN　957-15-0627-3（平裝）